Della stessa autrice
nelle edizioni HarperCollins

BLOOD AND ASH SERIES

Sangue e cenere

THE DARK ELEMENTS SERIES

Dolce come il miele
Caldo come il fuoco
Freddo come la pietra
Lieve come un respiro

THE HARBINGER SERIES

Tempesta e furia
Rabbia e rovina
Grazia e destino

COVENANT SERIES

Tra due mondi
Cuore puro
Anima divina
La vendetta degli dei
L'ombra di Ares

TITAN SERIES

Il ritorno
Il potere
La lotta
La profezia

JENNIFER L. ARMENTROUT

REGNO DI CARNE E FUOCO

BLOOD AND ASH 2

Traduzione di
SARA A. BENATTI

HarperCollins

ISBN 979-12-5985-081-2

Titolo originale dell'edizione in lingua inglese:
A Kingdom of Flesh and Fire
Blue Box Press
an imprint of Evil Eye Concepts, Incorporated

Traduzione di Sara A. Benatti

Pubblicato in accordo con
The Italian Literary Agency e Taryn Fagerness Agency

Prima edizione HarperCollins
settembre 2022

FSC
www.fsc.org
MISTO
Carta da fonti gestite
in maniera responsabile
FSC® C021883

A te, lettore.

Isole Vodina
MARE
DI STROUD
Colline Eterne
MASADONIA
Quercia Quieta
Terre Desolate
Aegea
Pensdurth
Foresta di Sangue
Nuovo
Nido
Foresta Tetra
Pompay
REGNO
DI ATLANTIA
Tadous
Padonia
Massene
Tempio
delle Ossa
Silvaseclusa
Tre Fiumi
Pontebianco
Clan delle Ossa
Punta di Spessa
Baia Stigia
Passo Occidentale
Valle di Nile
Montagne di Skotos
Approdo di Saion
CARSODONIA
REGNO
DI SOLIS
Scogliere di Ione
Pianure dei Salici
Isole
di Bele
Picchi Elisi
N
W
E
S

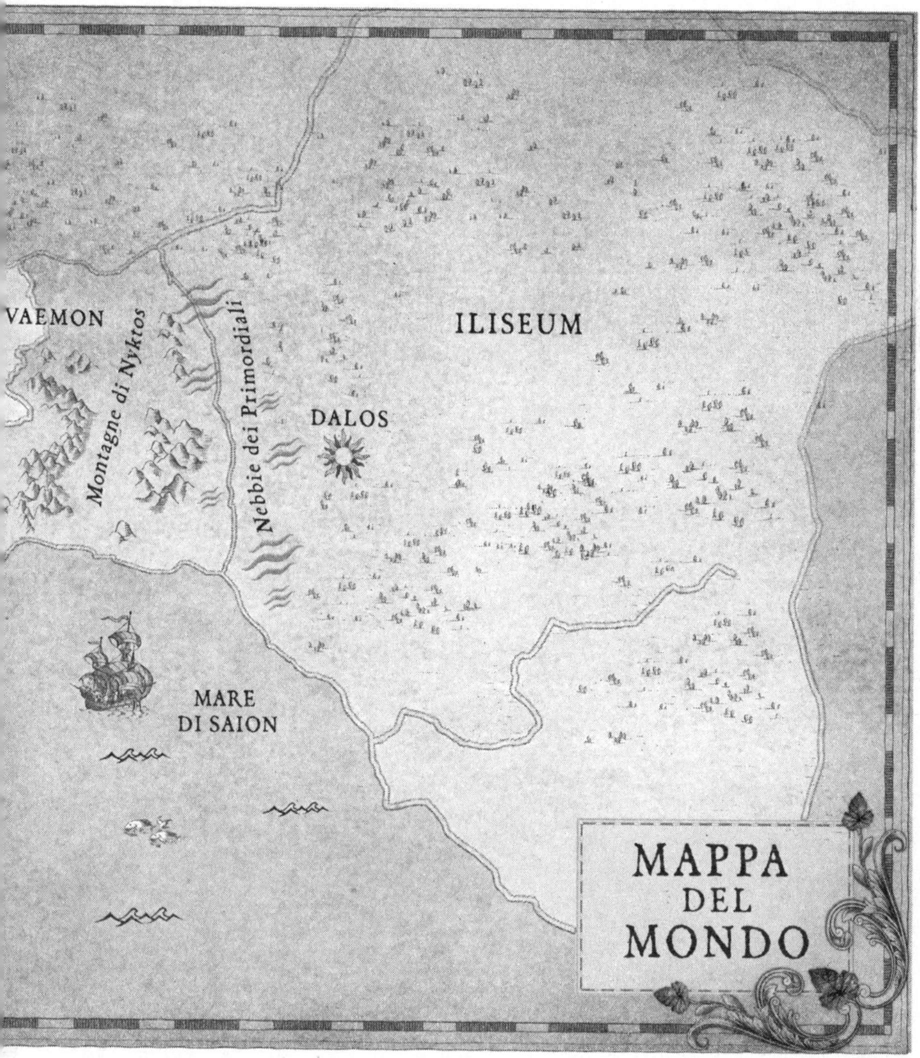
VAEMON
Montagne di Nyktos
Nebbie dei Primordiali
ILISEUM
DALOS
MARE
DI SAION
MAPPA
DEL
MONDO

1

«Andiamo a casa a sposarci, mia principessa.»

Cioè, stava parlando di matrimonio?

Con *lui*? Ripensai subito alle fantasie romantiche che avevo coltivato da ragazzina, prima di sapere chi fossi e che cosa ci si aspettasse da me: sogni a occhi aperti, alimentati dall'amore che i miei genitori nutrivano l'uno per l'altra. Nessuno di quei sogni infantili aveva mai contemplato una proposta di matrimonio che non fosse in piena regola. Di certo non avevo mai immaginato che l'avrei ricevuta davanti a una tavolata piena di estranei, metà dei quali mi voleva morta. E per finire, nei miei sogni di sicuro non c'era mai stato posto per quella che doveva essere la peggiore – e probabilmente la più folle – non-proposta di matrimonio del regno, per giunta da parte di un uomo che al momento mi teneva prigioniera.

Forse ero malata di mente. Forse le mie erano allucinazioni causate dallo stress. Dopotutto, avevo dovuto elaborare un lutto devastante. Affrontare il fatto che *lui* mi avesse tradita. E come se non bastasse avevo appena appreso di discendere da Atlantia, un regno che avevo sempre creduto fosse la fonte di ogni male e tragedia di questa terra. Le allucinazioni indotte dallo stress sembravano una motivazione assai più credibile rispetto a quello che stava effettivamente succedendo.

Non riuscivo a fare altro che fissare la grande mano che teneva la mia, molto più piccola. La sua pelle era leggermente più scura, come se fosse stata baciata dal sole. Anni passati a impugnare una spada con precisione aggraziata e mortale gli avevano coperto di calli i palmi.

Sollevò la mano fino alla bocca di una bellezza indecente e totale. Fino alle labbra morbide, eppure inesorabilmente ferme. Labbra che avevano intessuto nell'aria splendide parole e sussurrato perfide, infuocate promesse contro la mia pelle nuda. Labbra che avevano reso omaggio alle molte cicatrici che mi segnavano il corpo e il volto.

Labbra che avevano anche pronunciato menzogne intrise di sangue. Ora quella bocca premeva sulla mia mano in un gesto che solo pochi giorni o poche settimane prima avrei serbato nel cuore per l'eternità, considerandolo squisitamente tenero. Gesti semplici come tenersi per mano o scambiarsi casti baci mi erano sempre stati proibiti. Come anche essere desiderata, o provare io stessa desiderio. Da tempo avevo accettato che non avrei mai vissuto esperienze del genere.

Finché non era arrivato *lui*.

Sollevai lo sguardo dalle nostre mani unite, da quella bocca che si stava già incurvando da un lato, evocando l'ombra di una fossetta sulla guancia destra, e dalle labbra che si schiudevano lentamente per rivelare appena un accenno di zanne letali e affilate.

I capelli gli sfioravano la nuca e ricadevano sulla fronte in folte ciocche di un nero talmente intenso che spesso, al sole, sprigionava riflessi bluastri. Gli zigomi alti e spigolosi, il naso diritto e la mandibola fiera e cesellata mi ricordavano il grande, aggraziato felino delle caverne che una volta, da ragazzina, avevo visto nel palazzo della Regina Ileana.

Bellissimo, ma nella maniera in cui lo erano tutti i predatori selvatici e pericolosi. Sentii il cuore perdere un battito quando i miei occhi incontrarono i suoi, di una splendida ma fredda sfumatura ambrata.

Sapevo che stavo fissando Hawke...

Mi fermai, il petto inondato dal gelo. Non era quello il suo nome. Non sapevo nemmeno se *Hawke Flynn* fosse semplicemente un'identità fittizia, o se quel nome appartenesse a qualcuno che molto probabilmente era stato massacrato quando gli era stata rubata. Temevo che la seconda ipotesi fosse quella vera. Perché in teoria *Hawke* era arrivato da Carsodonia, la capitale del Regno di Solis, accompagnato da calorose raccomandazioni. Poi, però, il comandante delle guardie di Masadonia si era rivelato un sostenitore degli Atlantiani, un Caduto, perciò poteva essere stata tutta una menzogna.

Comunque fosse, la guardia che aveva giurato di proteggermi con la sua spada e con la sua vita non esisteva. Né tantomeno era reale l'uomo che mi aveva vista per *chi* ero, e non solo per *ciò* che ero. La Vergine. La Prescelta. Hawke Flynn era solo frutto dell'immaginazione, proprio come quei miei sogni di bambina. L'uomo che adesso mi stringeva la mano era il Principe Casteel Da'Neer. Sua Altezza. L'Oscuro. Sopra le nostre mani intrecciate, le sue labbra si incurvarono ancora di più. La fossetta sulla guancia destra diventò più evidente. Quella sulla sinistra appariva di rado. Solo i sorrisi sinceri la facevano emergere.

«Poppy» disse, e ogni muscolo del mio corpo si irrigidì. Non sapevo di preciso se fosse perché aveva usato il mio soprannome, o per la cadenza profonda e musicale della sua voce. «Non credo di averti mai vista così silenziosa.»

La luce beffarda nei *suoi* occhi mi riscosse dal mio silenzio sbigottito. Ritrassi la mano, con l'odiosa consapevolezza che se lui avesse voluto impedirmelo ci sarebbe riuscito facilmente.

«Matrimonio?» Avevo ritrovato la voce, seppure solo per pronunciare quella parola.

Un lampo di sfida gli balenò negli occhi. «Sì. Matrimonio. Sai che cosa significa?»

Strinsi il pugno contro il tavolo di legno e sostenni il suo sguardo. «Perché mai pensi che non sappia cos'è un matrimonio?»

«Be'» replicò lui pigramente, sollevando un calice, «sembravi confusa quando hai pronunciato quella parola. E in quanto Vergine, so che sei stata... protetta.»

Sotto la treccia, la nuca cominciava a bruciarmi. Probabilmente stava diventando rossa quanto i miei capelli alla luce del sole. «Essere la Vergine o crescere in un ambiente protetto non significa essere stupida» sbottai, consapevole del silenzio calato sulla tavolata e sull'intera sala dei banchetti, in quel momento colma di Caduti e Atlantiani. Tutta gente disposta a uccidere e a morire per l'uomo a cui avevo apertamente rivolto un'occhiata truce.

«No.» Casteel bevve un sorso e mi squadrò. «No, hai ragione.»

«Però è vero che sono confusa.» Avvertii qualcosa di tagliente vicino al pugno. Abbassai rapidamente lo sguardo e vidi quello che ero stata troppo sconvolta e turbata per notare prima: un coltello. Con l'impugnatura di legno e la lama spessa, seghettata, pensata per tagliare la carne. Non era il mio pugnale d'osso di Wolven. Quello non lo avevo più visto dallo scontro nelle stalle, e il pensiero che avrei potuto non ritrovarlo più mi ferì nel profondo. Quel pugnale non era solo un'arma. Vikter me l'aveva regalato per il mio sedicesimo compleanno, era il mio unico legame con lui, che per me era stato ben più di una guardia. Vikter aveva assunto il ruolo che sarebbe stato di mio padre, se fosse sopravvissuto. Adesso il pugnale era scomparso, e Vikter anche.

Ucciso dai seguaci di Casteel.

E considerato che l'ultima volta che avevo avuto un pugnale tra le mani lo avevo affondato nel cuore di Casteel, dubitavo che l'arma d'osso di Wolven mi sarebbe stata restituita presto. Anche il coltello da carne era un'arma, però. Me la sarei fatta bastare.

«Che cosa c'è da essere confusi?» Casteel posò il calice, e il suo sguardo mi sembrò più caldo, come quando era divertito o... o come quando provava sensazioni che mi rifiutavo di riconoscere.

Posai il palmo della mano sul coltello e il mio dono parve premere contro la pelle: voleva che lo usassi per percepire le emozioni di Casteel, ma riuscii a metterlo a tacere prima di formare una connessione con lui. Non desideravo sapere se fosse divertito o... o *altro*, in quel momento. Non mi importava *che cosa* provasse.

«Come ho detto» continuò il principe, facendo scorrere un lungo dito sul bordo del calice, «un matrimonio fra due Atlantiani può avvenire solo se entrambe le parti si trovano sul suolo patrio, principessa.»

Principessa.

Quel soprannome irritante, eppure in qualche modo non privo di tenerezza, aveva appena assunto un significato del tutto diverso. Un significato che esigeva la risposta a una domanda: Casteel sapeva tutto fin dall'inizio? Aveva ammesso di aver capito chi fossi già quella notte alla Perla Rossa, ma anche di non sapere che ero in parte Atlantiana, finché non mi aveva morso. Finché non aveva assaggiato il mio sangue. Il segno dei denti sul mio collo formicolò, ma resistetti all'impulso di toccarlo.

Quanto di quel soprannome era una coincidenza? Non sapevo bene perché, ma per me era importante scoprire se mi aveva detto un'altra bugia.

«Quale parte ti confonde?» chiese lui, senza batter ciglio sugli occhi color ambra.

«La parte in cui pensi che ti sposerò.»

Davanti a me sentii il suono soffocato di qualcuno che tentava di nascondere una risata. Scoccai un'occhiata al volto affascinante di un Wolven dalla pelle bruno chiaro e dagli occhi celesti, una creatura in grado di assumere la forma di un lupo con la stessa facilità con cui sapeva assumere quella di un mortale. Fino a pochi giorni prima avevo creduto che i Wolven fossero estinti, sterminati durante la Guerra dei Due Re circa quattrocento anni prima. Ma anche quella si era rivelata una bugia. Kieran era solo uno dei numerosi e decisamente vivi Wolven seduti a quel tavolo.

«Non *penso* che lo farai» replicò Casteel, abbassando leggermente le folte ciglia. «Ne sono certo.»

Lo fissai incredula. «Forse non sono stata chiara, perciò tenterò di essere più esplicita. Non c'è alcuna possibilità che io ti sposi, e non so davvero come fai a credere il contrario.» Mi sporsi verso di lui. «Così è abbastanza chiaro?»

«Cristallino» rispose lui. I suoi occhi si accesero e assunsero una calda sfumatura color miele, eppure non pareva esserci alcuna traccia d'ira nel suo sguardo, né nel suo tono. C'era qualcosa di completamente diverso. I suoi occhi mi facevano pensare alla pelle calda e alla sensazione di quei palmi ruvidi e callosi sulla mia guancia, a come mi scivolavano sul ventre e le cosce, sfiorando luoghi assai più intimi. La fossetta sulla sua guancia si fece più profonda. «Ma staremo a vedere, giusto?»

Un formicolio bruciante mi si diffuse sulla pelle. «Non staremo a vedere proprio nulla.»

«So essere molto convincente.»

«Non *così* convincente» ribattei, e lui rispose con un vago mormorio che mi fece ribollire di rabbia. «Sei impazzito?»

Da qualche parte in fondo al tavolo giunse una profonda risata di pancia. Sapevo che non era Delano. Il Wolven biondo aveva l'aria di chi ha appena assistito a un massacro e pensa che la sua testa sarà la prossima a cadere. Forse, in effetti, era il caso di avere paura, perché i Wolven non si spaventavano facilmente, e di certo non Delano. Mi aveva difesa quando Jericho e gli altri erano venuti a prendermi, anche se lui e Naill, l'Atlantiano che gli sedeva accanto, erano stati in grave inferiorità numerica.

Pochi avrebbero osato scatenare l'ira dell'Oscuro. Lui era un Atlantiano, letale, veloce e incredibilmente forte. Difficile da ferire, figuriamoci da uccidere. E come avevo appreso solo di recente, capace di imporre la propria volontà sugli altri. Aveva ucciso Teerman, uno tra i duchi più potenti di tutta Solis, trafiggendogli il cuore con la medesima verga che lui aveva spesso usato su di me.

Eppure non avevo paura.

Ero troppo furiosa per essere spaventata. La risata che avevo appena sentito arrivava da qualcuno che era seduto alla sinistra di Delano, una montagna d'uomo di nome Elijah. Non mi sembrava un Wolven. Per via degli occhi. Tutti i Wolven avevano gli stessi occhi azzurri e gelidi come l'inverno. Quelli di Elijah erano nocciola, di un colore più simile all'oro che al marrone. Non ero l'unica a fissarlo in quel momento. Su di lui si erano posati diversi occhi. Colsi l'occasione per far scivolare il coltello dal tavolo, nascondendolo nello spacco della mia tunica.

«Che c'è?» Elijah ricambiò i numerosi sguardi, accarezzandosi la barba scura. «Ha chiesto quello che molti di noi stanno pensando.»

Delano sbatté le palpebre, poi si voltò lentamente a guardare Elijah. Casteel non proferì verbo. Il suo sorriso tirato diceva molte cose, il suo sguardo penetrante e pesante come il piombo si spostò da me al fondo della tavolata.

Elijah si schiarì la gola, le dita si fermarono sulla barba. «Credevo che il piano...»

Il principe lo zittì. «Ciò che credi tu è irrilevante.»

«È lo stesso piano per cui pensavate di usarmi come esca per liberare tuo fratello?» domandai io. «Oppure nelle ultime ore è magicamente cambiato?»

Un muscolo guizzò lungo la mandibola di Casteel mentre la sua attenzione tornava su di me. «Faresti meglio a mangiare.»

In quel momento quasi persi il controllo e fui sul punto di scagliargli contro il coltello che avevo nascosto. «Non ho fame.»

Il suo sguardo calò sul mio piatto. «Hai mangiato a malapena.»

«Be', vedete, non ho molto appetito, *Vostra Altezza.*»

Lui serrò la mascella e puntò gli occhi nei miei. La sfumatura dorata delle sue iridi si era raffreddata. Mi venne la pelle d'oca, l'aria intorno a noi sembrò farsi più densa e carica di una tensione che riempì la stanza. Il mio tono era stato tutt'altro che rispettoso. Mi ero spinta troppo oltre con Casteel? Se anche fosse stato così, non mi importava.

Strinsi le dita intorno al manico del coltello. Non ero più la Vergine, sottomessa a regole che mi impedivano di avere voce in capitolo su ciò che riguardava la mia vita. Nessuno mi avrebbe più controllata. Potevo reagire con decisione ancora maggiore, e lo avrei fatto.

«Ha posto un'ottima domanda» disse qualcuno in fondo al tavolo. Era un uomo dai corti capelli scuri. Non pareva più vecchio di Kieran, che, come Casteel, sembrava avere poco più di vent'anni. Eppure Casteel ne aveva oltre duecento. Quell'uomo poteva anche essere più vecchio, per quanto ne sapevo. «Il piano di usarla per liberare il Principe Malik è cambiato?» chiese.

Casteel non disse nulla e continuò a osservarmi, ma la totale immobilità che si era impossessata dei suoi lineamenti era un avvertimento migliore di qualsiasi parola.

«Non è mia intenzione mettere in dubbio le tue decisioni» affermò l'uomo. «Sto solo tentando di comprenderle.»

«Che cos'è che ti sfugge, Landell?» Casteel tornò ad appoggiarsi allo schienale della sedia, le mani posate con leggerezza sui braccioli. Quel modo di sedersi, come se fosse completamente a suo agio, mi fece rizzare tutti i peli del corpo.

Ci fu un momento di silenzio carico di tensione, poi Landell disse: «Tutti noi ti abbiamo seguito fin qui da Atlantia. Siamo rimasti in questo cesso di regno primitivo, fingendo lealtà a un re e a una regina fasulli. Perché, come te, volevamo liberare tuo fratello. È lui l'erede legittimo».

Con un cenno del capo, Casteel fece segno a Landell di continuare.

«Abbiamo subito perdite... brave persone che hanno provato a infiltrarsi nei Templi di Carsodonia.» Nella mia mente si formò l'immagine di quei vasti edifici scuri. Mi irrigidii.

Se tutto quello che Casteel aveva sostenuto era vero, anche lo scopo dei Templi era una menzogna. I terzogeniti, maschi e femmine, non venivano assegnati nel corso del Rito al servizio degli dei. Venivano invece consegnati agli Ascesi – i Vampry – diventando nient'altro che bestiame. Gran parte delle tante bugie che mi erano state propinate per tutta la vita era terribile, ma tra tutte, quella era probabilmente la peggiore. E per quanto rivoltante fosse ciò che Casteel sosteneva, temevo che fosse la verità. Come potevo negarlo? Gli Ascesi ci avevano raccontato che il bacio degli Atlantiani era velenoso, una maledizione che colpiva i mortali innocenti e li trasformava nei gusci corrotti di se stessi, nei mostri feroci e assetati di sangue chiamati Craven. Ma io sapevo che non era vero. Il bacio degli Atlantiani non era tossico. Né lo era il loro morso. Io ero la prova di entrambe le cose. Casteel e io ci eravamo baciati molte volte. Mi aveva dato il suo sangue per guarire una ferita mortale. E mi aveva morsa.

Non mi ero trasformata.

Proprio come non mi ero trasformata in passato, quando ero stata attaccata dai Craven. Tra l'altro avevo già iniziato a nutrire sospetti sugli Ascesi ben prima che Casteel entrasse nella mia vita. Lui li aveva solo confermati. Ma era tutto vero? Non avevo modo di saperlo. Stringevo il coltello così forte che le dita mi dolevano.

«Non abbiamo trovato alcun indizio che ci permetta di capire dove sia tenuto prigioniero il nostro principe, e troppi non torneranno mai più a casa dalle loro famiglie» continuò Landell, la voce più salda a ogni parola, carica di una rabbia che percepivo anche senza usare il mio dono. «Ma adesso qualcosa l'abbiamo. Finalmente, abbiamo qualcosa che possiamo sfruttare per scoprire dove si trova tuo fratello... e forse per liberarlo, così che non sia più costretto a creare nuovi Vampry e a vivere un inferno che tu conosci fin troppo bene. E invece ce ne andiamo a casa?»

Anch'io sapevo qualcosa di quell'inferno.

Avevo visto le numerose cicatrici sul corpo di Casteel, lo Stemma Reale marchiato a fuoco sulla parte alta della sua coscia, appena sotto l'anca. Casteel non replicò. Nessuno parlò. Nessuno si mosse, né le persone al tavolo né quelle vicino al focolare in fondo alla sala dei banchetti.

Landell non aveva ancora finito. «Coloro che sono appesi alle pareti del salone, fuori da questa stessa stanza, meritano di trovarsi lì. Non solo perché hanno disobbedito ai tuoi ordini, ma perché, se fossero riusciti a uccidere la Vergine, avremmo perso l'unico vantaggio a nostra disposizione. L'hanno messa in pericolo per sete di vendetta. Ecco perché credo che meritino il loro destino, anche se alcuni di loro erano miei amici... miei, e di molti altri a questa tavolata.»

Li ucciderò.

Era stata questa la promessa di Casteel quando aveva visto le ferite che gli altri mi avevano inferto. E l'aveva mantenuta. Quasi. Aveva inchiodato alle pareti le persone di cui parlava Landell, e adesso erano tutti morti, tranne Jericho. Il capobanda era a un passo dalla morte e stava sopportando una lenta agonia per ricordare a tutti che nessuno doveva farmi del male.

«Hai la possibilità di usarla» disse Landell con rabbia. «È la favorita della regina... la Prescelta. Se mai lasceranno andare tuo fratello, sarà per ottenere lei in cambio. E invece vuoi che andiamo a casa perché tu possa sposarla?» Mi indicò con il mento. «*Quella*?»

Il disgusto contenuto in quella parola mi ferì, ma ero abituata a ricevere commenti ben più taglienti dal Duca Teerman per mostrare anche solo l'ombra di una reazione.

Di fronte a me, Kieran si voltò di scatto verso Landell. «Chiudi la bocca, se hai un briciolo di cervello. Subito.»

«Lascialo continuare» intervenne Casteel. «Ha diritto di esprimere la sua opinione. Proprio come ha fatto Elijah. Ma sembra che Landell abbia più cose da dire, e mi piacerebbe sentirle.»

Elijah strinse le labbra ed emise un basso fischio, poi si appoggiò allo schienale, sgranò gli occhi, e posò una mano sulla sedia di Delano. «Ehi, a volte parlo e scherzo a sproposito. Ma sono con te, Casteel, qualsiasi cosa desideri o progetti.»

«Dici sul serio?» Landell balzò in piedi e si girò di scatto verso Elijah. «Ti sta bene rinunciare a liberare il Principe Malik? Ti sta bene che Casteel si porti quella donna a casa, nelle nostre terre, e la sposi, rendendola la principessa? È un onore che dovrebbe unire le nostre genti, non dividerle.»

Casteel si mosse appena, facendo scivolare le mani dai braccioli della sedia.

«Come ho detto, io sto con Casteel.» Elijah sollevò lo sguardo su Landell. «Sempre, indipendentemente da quello che sceglie di fare. E se sceglierà lei, allora lo faremo tutti.»

Era tutto... Tutta quella discussione era assolutamente ridicola. Non aveva senso. E a me non interessava sapere perché fosse necessario riunire le genti di Atlantia, dato che

Casteel e io non ci saremmo sposati. Ma non ebbi la possibilità di puntualizzarlo.

«Io non scelgo lei. Non sceglierò *mai* lei» imprecò Landell, spostando lo sguardo sui commensali seduti intorno a lui, la pelle del volto che si faceva più sottile e più scura. Wolven. Era un Wolven, mi resi conto. Serrai la presa sul coltello e mi irrigidii. «Lo sapete tutti. I Wolven non l'accetteranno. Non importa se ha sangue atlantiano o meno. Nemmeno il popolo di Atlantia la accoglierà. È una straniera, allevata e accudita da coloro che ci hanno costretti a tornare in una terra che sta rapidamente diventando troppo piccola e inservibile.» Abbassò gli occhi sulla tavolata e fissò Casteel. «Lei non ha nemmeno accettato la tua proposta, e noi dovremmo credere che si legherà a te?»

Legarmi? Scoccai un'occhiata a Kieran e poi a Casteel. Sapevo che alcuni Wolven si legavano agli Atlantiani di una particolare classe sociale, e non serviva un gran balzo logico per presumere che Casteel, essendo un principe, ne facesse parte. Tra tutti coloro con i quali lo avevo visto interagire, Kieran sembrava quello con cui aveva il rapporto più stretto, ma non ero a conoscenza di altri legami.

E comunque anche questo era irrilevante, dato che non ci saremmo sposati. «Come possiamo credere che sia degna di essere la nostra principessa, quando ti respinge senza mezzi termini di fronte alla tua gente, e per di più puzza come gli Ascesi?» proclamò Landell. Arricciai il naso. Non puzzavo come... come gli Ascesi. O forse sì? «Quando si rifiuta di sceglierti?»

«Ciò che conta è che io scelgo lei» disse Casteel, e il mio stupido, *stupido* cuore perse un battito, anche se senza dubbio io non avevo scelto lui. «Ed è l'unica cosa che importa.»

Il Wolven increspò le labbra. Quando vidi i suoi canini allungarsi sgranai gli occhi. «Fallo, e sarà la rovina del nostro regno» ringhiò. «Io non sceglierò quella puttana sfregiata.»

Trasalii.

Ero davvero *trasalita*, e il volto mi bruciava come se mi avessero appena schiaffeggiata. Posai le dita sulla pelle irregolare della guancia prima di rendermi conto di quello che stavo facendo.

Landell portò la mano al fianco. «Preferisco vederla morta piuttosto che farmi da parte e permettere tutto questo.»

Pochi secondi, non più di qualche istante dopo che quelle parole erano uscite dalla bocca di Landell, un violento sbuffo d'aria mi sollevò i capelli dalle tempie.

La sedia di Casteel era vuota.

Un grido, poi qualcosa di pesante rimbalzò con fragore su un piatto. Una sedia si rovesciò, e Landell... non era più in piedi accanto al tavolo. Il suo piatto non era più vuoto. Sopra c'era un pugnale sottile, di quelli fatti per essere lanciati. A occhi spalancati seguii la sagoma guizzante che era Casteel mentre inchiodava Landell alla parete e gli premeva l'avambraccio contro la gola.

Santi numi, potersi muovere con tale rapidità, e così silenziosamente...

«Volevo solo farti sapere che non mi ha seccato più di tanto che tu abbia messo in dubbio le mie intenzioni. Non mi disturba il tono con cui ti sei rivolto a me. Non sono così insicuro da preoccuparmi dell'opinione di uomini da niente.» Il volto di Casteel era a pochi centimetri dagli occhi sgranati del Wolven. «Se fosse stato solo questo, l'avrei ignorato. Se ti fossi fermato dopo quel primo riferimento a lei, ti avrei permesso di andartene da qui insieme alla tua esagerata autostima. Ma poi l'hai insultata. L'hai fatta trasalire e poi l'hai minacciata. E questo non lo dimentico.»

«Io...» Qualsiasi cosa Landell fosse sul punto di dire si perse in un gorgoglio quando Casteel affondò il braccio destro.

«E non lo perdono.» Casteel tirò indietro il braccio con

uno strattone e gettò sul pavimento qualcosa che atterrò con un tonfo sordo.

Dischiusi lentamente le labbra quando mi resi conto di che cos'era quel grumo rosso. Oh, dei. Un cuore. Era proprio un cuore. Casteel lasciò andare il Wolven, indietreggiò e lo osservò scivolare lungo la parete con la testa inclinata di lato. Poi si voltò verso la tavolata, la mano destra macchiata di sangue. «C'è qualcun altro che desidera esprimere la propria opinione?»

2

Nel salone echeggiò un coro di dinieghi, eppure nessuno dei presenti sembrava aver battuto ciglio di fronte all'accaduto, anzi, alcuni avevano anche sogghignato. Quanto a me... ero rimasta attonita di fronte al rivolo rosso che colava dalle dita di Casteel e gocciolava sul pavimento.

Dopo essersi chinato a raccogliere il tovagliolo di Landell, Casteel tornò tranquillo alla sua sedia, pulendosi le dita.

Lo osservai sedersi e il cuore iniziò a pulsarmi in gola quando si voltò verso di me, gli occhi leggermente velati dalle ciglia appena abbassate. «Forse la mia reazione ti è sembrata esagerata.» Appallottolò il tovagliolo insanguinato e lo lasciò cadere sul piatto. «Ma ti sbagli. Nessuno può rivolgersi a te o parlare di te in quel modo e uscirne vivo.»

Il mio sguardo era fisso su di lui.

Casteel si appoggiò allo schienale della sedia. «Gli ho concesso una morte rapida. Mi sembra dignitoso.»

Non sapevo cosa rispondere. E nemmeno quali sensazioni provare. Tutto quello che riuscivo a pensare era: *Oh dei, ha appena strappato il cuore dal petto di un Wolven a mani nude.*

Gli uomini di guardia stavano raccogliendo da terra il cadavere, quando uno dei commensali chiese: «Dunque, a quando il matrimonio?».

In risposta ci fu uno scoppio di risa, e anche sulle labbra di Casteel passò l'ombra di un sorriso.

Si chinò verso di me. «Non c'è alcun lato di te che sia meno bello dell'altra metà. Non c'è un solo centimetro che non sia meraviglioso.» Le sue palpebre si sollevarono e l'intensità del suo sguardo mi catturò. «Era vero la prima volta che te l'ho detto. È vero oggi. Sarà vero domani.»

Aprii la bocca per inalare un brusco respiro e feci per toccarmi il viso, ma poi mi fermai. L'abitudine a mostrarmi senza il velo da Vergine mi aveva fatto dimenticare le cicatrici... non lo avrei mai creduto possibile prima di allora. Non provavo vergogna: non lo facevo più da anni. Quei segni erano la prova della mia forza e dell'aggressione spaventosa a cui ero sfuggita. Ma la prima volta che mi ero tolta il velo davanti a Casteel avevo davvero temuto che lui fosse d'accordo con quanto aveva sempre detto il Duca Teerman.

Così come sapevo cosa avrebbe pensato chiunque mi avesse vista senza velo, allora come oggi. Che metà del mio viso era un capolavoro e l'altra metà un orrore.

Invece, quando Hawke – *Casteel* – aveva posato gli occhi sulle due strisce di pelle rosata, la più lunga che dall'attaccatura dei capelli attraversava la tempia e arrivava al naso, e la più corta che si spingeva un po' più su, aveva commentato che le due metà del mio volto erano belle nel loro insieme.

Io gli avevo creduto, e mi ero sentita bella per la prima volta in vita mia: un'altra cosa che prima di allora mi era sempre stata negata.

E, per gli dei, gli credevo anche ora.

«Le parole di Landell non volevano essere un semplice insulto: erano una minaccia.» Casteel tornò a sedersi ritto e sollevò il calice con la stessa mano che aveva aperto una gabbia toracica pochi istanti prima. «E io non tollero certe cose.»

Lo sguardo mi cadde sul pugnale che giaceva ancora nel piatto di Landell. Non mi sarei dovuta sorprendere delle intenzioni del Wolven con quel coltello: ero assolutamente consapevole che parecchie persone a quel tavolo mi avrebbero fatta a pezzi molto volentieri. Lì non ero affatto al sicuro. Ma allo stesso tempo, tutti i presenti avevano avuto modo di vedere il salone accanto alla sala da pranzo. Sapevano qual era il destino di chi disobbediva a Casteel.

Inconsciamente, continuavo a sottovalutare l'odio di quelle persone per tutto ciò che ricordava loro gli Ascesi. Ovvero io, anche se non avevo fatto altro che difendermi.

Le conversazioni attorno al tavolo ripresero. Alcune più tranquille. Altre più concitate. E tornarono a sentirsi anche le risate, come se nulla di particolare fosse accaduto. E questo mi inquietò ulteriormente. Ma non quanto ciò che non riuscivo ad ammettere nemmeno con me stessa.

Kieran si schiarì la voce. «Desideri tornare alle tue stanze, Penellaphe?»

Mi riscossi dai miei pensieri. «Intendi la mia cella?»

«È molto più comoda e con meno spifferi delle prigioni» rispose.

«Una cella è una cella, non importa quanto sia comoda.»

«Mi pare di averla già sentita, questa conversazione» commentò Casteel.

Mi girai per guardarlo. «E *a me* pare che non me ne importi proprio nulla.»

«Sono anche piuttosto sicuro fossimo già giunti alla conclusione che tu non sei mai stata libera, principessa.» La verità di quelle parole mi colpì con la stessa brutalità della prima volta che le avevo sentite. «Anzi, penso che non sapresti riconoscere la libertà nemmeno se ti venisse offerta.»

«Ne so abbastanza da riconoscere che non è quello che

mi stai offrendo adesso» ribattei, sentendo la rabbia che tornava come una piacevole ondata di calore sulla mia pelle troppo fredda.

Un nuovo sorrisetto apparve sulle labbra di Casteel, ma questa volta non era cinico o calcolatore. La mia collera si dissolse, e tornò la confusione: lo faceva apposta a provocarmi?

Agitata, rivolsi di nuovo la mia attenzione su Kieran. «Sì, vorrei tornare alla mia cella comoda e con pochi spifferi. Presumo che non avrò il permesso di andarci da sola.»

Il Wolven arricciò le labbra, ma la sua espressione si ammorbidì subito. Ebbe il buon senso di non mettersi a sorridere, o peggio, a ridere. «Presumi correttamente.»

Senza aspettare il permesso di Sua Altezza spinsi indietro la sedia. Le gambe di legno stridettero sul pavimento, e dentro di me sospirai. Il mio gesto non era stato dignitoso come avrei voluto, ma tenni la testa alta e feci per voltarmi e andarmene.

Una delle guardie alla porta, quella che aveva recuperato il cadavere di Landell, stava attraversando la sala: giunta di fronte al principe si inchinò e gli sussurrò qualcosa all'orecchio. Kieran si alzò. Senza aspettare nessuno, e senza guardare la chiazza di sangue sul pavimento, feci un passo.

Un attimo dopo Casteel era al mio fianco, la sua mano sul mio braccio. Deglutii per la sorpresa: non mi ero affatto accorta che si fosse alzato. Mentre la guardia si allontanava, con uno strattone cercai di liberare il braccio.

Casteel non mi lasciò andare. «No.» Fu solo un sussurro, ma qualcosa nel suo tono mi paralizzò. Lo scrutai. «Stiamo per avere compagnia. Più tardi potrai ribellarti a me quanto vorrai. Probabilmente sarà anche piacevole. Ma non lo fare di fronte a lui.»

Incrociai il suo sguardo e sentii un nodo allo stomaco. Ancora una volta il suo tono aveva toccato le mie corde più profonde, e fui invasa da una sensazione di disagio. Voltai lo sguardo verso la porta: chi stava arrivando? Suo padre, il re?

Casteel si spostò per frapporsi tra me e la porta, mentre un gruppo di uomini si radunava nell'ingresso. Poi, tra loro apparve uno sconosciuto dai capelli color sabbia, alto e largo di spalle, che catturò la mia attenzione: l'istinto mi fece capire che si trattava della persona che Casteel stava aspettando.

Il nuovo venuto aveva capelli che scendevano fino a sfiorargli la mascella squadrata e sembrava molto più vecchio di Casteel: se fosse stato un mortale, cosa di cui dubitavo, lo avrei collocato sulla soglia della mezza età. Ma poteva davvero essere suo padre? Non si somigliavano affatto, anche se supponevo che questo non significasse nulla.

L'uomo si dirigeva verso di noi. Indossava un enorme mantello punteggiato di fiocchi di neve che si stavano sciogliendo e, sotto, una tunica nera con due bande dorate che si incrociavano sul petto. Quando ebbi modo di vederlo più da vicino, trattenni a stento un sussulto: non era per via degli occhi azzurro pallido che avevo imparato ad associare ai Wolven, ma per il solco profondo che vidi sulla sua fronte, probabile risultato di un colpo diretto a spaccargli la testa in due. Subito dopo distolsi lo sguardo, imbarazzata: io, tra tutte le persone al mondo, sarei dovuta essere l'ultima a restare impressionata dalle cicatrici. E non era neanche una cicatrice deturpante: quell'uomo continuava a essere bello, anche se un po' rude, e mi faceva pensare a un leone. No, il mio turbamento era dovuto al fatto che non credevo esistessero Wolven con addosso cicatrici. Quasi non mi accorsi di Kieran che si era spostato alle mie spalle.

«Per le zanne degli dei» cominciò il nuovo venuto, «che sta succedendo qui?»

Il respiro mi si bloccò in gola. La sua voce suonava così... familiare.

«Anzi, siamo sicuri che io lo voglia proprio sapere?» L'uomo guardò il sangue sul muro e alzò un sopracciglio.

Gli altri che erano venuti con lui si mescolarono alla gente seduta al tavolo. Tutti, tranne uno, più basso di Casteel ma più compatto, con onde di capelli bruno-rossicci e occhi d'oro scintillante proprio come quelli del principe. Quest'ultimo rimase accanto all'uomo biondo, ma i suoi occhi sembravano seguire ogni mio respiro.

«Ho solo ridecorato un po' le pareti» rispose Casteel.

Il Wolven ridacchiò, poi lui e il principe si strinsero la mano.

Ebbi un altro tuffo al cuore: quella risata... rasposa e gutturale, quasi come se la gola che la emetteva non sapesse bene come esprimere quel genere di emozione. Come Vikter. Persi un battito: ecco perché sia la voce sia la risata mi suonavano tanto familiari.

«Non ti aspettavo così presto, Alastir» disse Casteel.

«Abbiamo cavalcato veloci per precedere la tempesta che viene in questa direzione.» Lo sguardo di Alastir si spostò su di me. Il suo viso non aveva né l'ardore della rabbia né il gelo del disprezzo: esprimeva solo curiosità. «Questa è lei, suppongo.»

«Sì.»

Abbassai lo sguardo e tesi ogni singolo muscolo. Il Wolven piegò la testa, ma mi ci volle qualche istante per capire che stava fissando il mio collo.

Quel dannato morso!

La treccia mi era scivolata giù dalla spalla, lasciando il collo scoperto.

Gli angoli della bocca di Alastir si arricciarono mentre i suoi occhi tornavano a Casteel. «Direi che sono successe un po' di cose dall'ultima volta che ci siamo visti.»

Forse Alastir era con il padre di Casteel quando lui si era recato a Nuovo Nido per parlargli? Se era così, dove si trovava ora il re?

«Ci sono stati molti cambiamenti» rispose il principe. «Tra cui i miei rapporti con Penellaphe.»

«Penellaphe?» Alastir alzò un sopracciglio, sorpreso. «Porta il nome della Dea della Saggezza, della Lealtà e del Dovere?»

Non ce la facevo a rimanere ancora in silenzio, come se non fossi presente, perciò annuii.

Lui fece un sorrisetto. «Un nome adatto alla Vergine, immagino.»

«Non la penseresti così se la conoscessi meglio» replicò Casteel, e io mi dovetti mordere le labbra per non rispondere.

«In verità, non vedo l'ora di fare la sua conoscenza.»

«Temo che per farlo dovrai aspettare ancora un po'.» Casteel si voltò. I suoi occhi incontrarono i miei solo per un attimo, ma fu sufficiente a farmi capire quello che chiedeva: di non contraddirlo per quello che stava per dire. «Penellaphe stava per ritirarsi.»

Kieran mosse un passo in avanti e mi appoggiò una mano alla base della schiena per segnalarmi di andare. Ingoiai la voglia di rifiutarmi: chiaramente Casteel non voleva che restassi vicina al nuovo venuto, e doveva esserci una buona ragione.

Mi avviai, sentendomi gli occhi di tutti addosso, ma ero solo a metà strada dalla porta quando Alastir chiese: «È saggio lasciare che la Vergine se ne vada in giro come vuole?».

Mi fermai.

«Continua a camminare» disse Kieran sottovoce. Il manico del coltello che avevo rubato mi premeva contro il palmo.

«Non sarebbe saggio rifiutarglielo» rise Casteel, e mi servì tutto l'autocontrollo che avevo per non lanciargli contro la lama.

Io e Kieran superammo gli uomini che erano di nuovo di guardia alla porta. Mentre passavamo accanto al cadavere impalato del signor Tulis mi sforzai di non alzare lo sguardo, ma invano.

Sentii un senso di oppressione al petto. Lui e sua moglie si erano presentati davanti al Duca e alla Duchessa Teerman per supplicare che non venisse portato via il loro terzo figlio, l'unico rimasto, *destinato* al servizio degli dei dopo il Rito. E io avevo avvertito il loro profondo dolore, la loro disperazione, persino senza l'aiuto del mio dono. Avevo finanche pensato di portare di mia iniziativa il loro caso di fronte alla regina, anche se non era servito a nulla.

Erano fuggiti. I superstiti della famiglia del signor Tulis, la moglie e il figlio più piccolo, erano andati in cerca di una nuova vita, mentre lui aveva colto l'opportunità di sferrare il colpo che avrebbe potuto uccidermi, se Casteel non fosse intervenuto.

Mi venne voglia di urlare. Fissai quella faccia livida e il petto macchiato di sangue rappreso e gridai in silenzio: *Perché?* Perché aveva preso quella decisione? Aveva gettato via tutto quello che gli era rimasto per un singolo istante di vendetta contro di me, io che non avevo fatto nulla di male né a lui né alla sua famiglia. E alla fine, niente di tutto questo era servito. Suo figlio ormai sarebbe cresciuto senza un padre.

Se non altro il bambino era vivo. Se fosse stato consegnato al Rito, sarebbe andato incontro a un destino ben peggiore della morte. Non avevo idea di quanto a lungo i terzi figli potessero sopravvivere nei Templi... Li usavano fin da subito come cibo? Da quando erano ancora neonati? Ogni anno venivano donati ai Templi, mentre i secondogeniti e le secondogenite fra i tredici e i diciotto anni erano spediti a Corte. In teoria sopravvivevano... be', almeno la maggior parte di loro: alcuni morivano per una malattia del sangue che se li portava via nel cuore della notte. Ma da quando Casteel mi aveva spiegato che i Vampry erano costantemente in lotta per tenere sotto controllo la loro sete di sangue, l'esistenza di quella fantomatica malattia mi sembrava alquanto improbabile. In realtà, accadeva la stessa cosa che era successa alla povera Malessa Axton, ritrovata con un morso sulla gola e il collo spezzato. E anche se non ne avevo mai avuta la conferma, sapevo che il responsabile era Lord Mazeen, un Asceso. Lui l'aveva uccisa e aveva lasciato il corpo dove potesse essere ritrovato.

Almeno lui non farà mai più del male a nessuno, mi dissi, e una selvaggia ondata di soddisfazione mi attraversò nel ripensare alla sua espressione sconvolta, nel momento esatto in cui gli avevo mozzato una mano. Prima di allora, non avrei mai creduto di poter provare quel sentimento nell'uccidere qualcosa di diverso da un Craven: Lord Mazeen mi aveva fatta ricredere.

La mia gioia violenta svanì nel pensare ancora a quei bambini. Come poteva un essere umano, mortale o meno, riuscire a fare del male a una creatura così piccola? E avevano perseverato nel farlo nel corso dei secoli.

Mi resi conto di essermi fermata e mi costrinsi a ripartire. Avevo il cuore così pesante che non guardai nemmeno in direzione di Jericho: dai flebili gemiti che emetteva capii che era ancora vivo.

Secondo il mio parere, chiunque meritava dignità nella morte, persino lui, ma non provavo un briciolo di empatia per il destino che si era tirato addosso da solo.

E per Landell? Ero dispiaciuta per lui? Non particolarmente. Che aveva detto su di me?

Non mi andava di ripensarci. «Chi è quell'uomo?» chiesi invece.

«Si chiama Alastir Davenwell» rispose Kieran. «È il consigliere del re e della regina oltre che un carissimo amico di famiglia, quasi uno zio per Casteel e Malik.» Sentendo citare il fratello di Casteel ebbi un brivido.

«È per questo che Casteel non mi voleva intorno a lui, perché è una persona che consiglia i suoi genitori? O perché anche lui è tra quelli che mi farebbero volentieri a fette?»

«A dispetto della sua cicatrice, Alastir non è una persona incline alla violenza. Conosce perfettamente la sua posizione nei confronti del principe, ma la sua lealtà va al re e alla regina, e ci sono cose che Casteel preferisce tenere lontane dalle orecchie dei suoi genitori.»

«Cose tipo la ridicola idea del matrimonio?»

«Più o meno. Ti fa pena il mortale?» chiese Kieran cambiando argomento mentre giravamo l'angolo ed entravamo nella sala comune, dove il lezzo di morte non arrivava. «L'uomo che Cas ha aiutato a sfuggire agli Ascesi insieme alla famiglia, intendo.»

Cas.

Dei... un soprannome così innocuo per un essere tanto pericoloso.

Mentre imboccavamo la stretta scalinata, osservai Kieran che camminava di fronte a me: in quel momento non portava né l'arco né la spada corta, ma una creatura come lui era ben lungi dall'essere indifesa. Non presi certo in considerazione l'ipotesi di tentare di fuggire, non sarei riuscita a percorrere un solo metro. Ricordavo bene quanto fossero veloci i Wolven.

Kieran si fermò senza preavviso e si voltò talmente in fretta che io arretrai contro il muro. Mi si avvicinò ancora di più, chinando la testa verso la mia, e inspirò a fondo. Ogni singolo muscolo del mio corpo si tese.

Stava forse per...?

La testa del Wolven mi arrivò così vicina che il suo setto nasale mi sfiorò la tempia. Inspirò di nuovo.

«Che stai facendo?» Mi scostai di lato, cercando di mettere spazio tra di noi. «Mi stai *annusando*?»

Lui si raddrizzò e serrò gli occhi. «Il tuo odore è... diverso.»

Alzai le sopracciglia. «Ah sì? Non so che dirti.»

Kieran non sembrava ascoltarmi, ma un attimo dopo si illuminò. «Odori di...»

«Se stai per dire di nuovo che ho l'odore di Casteel, giuro che ti arriverà un pugno in faccia. Forte.»

«Ce l'hai addosso, il suo odore. Ma non è questo.» Scosse la testa. «Odori di morte.»

«Wow. Grazie. Be', non è colpa mia.»

«Non capisci.» Kieran mi fissò ancora per un istante, poi si voltò e riprese a salire le scale.

No, in effetti non capivo. E nemmeno ci tenevo a farlo.

Mi annusai la manica della tunica: odorava di... carne arrosto.

«Prima hai detto che non provi simpatia per nessuno di loro.»

«Ed è ancora così.» risposi. «Mi vorrebbero morta.» Arrivammo al passaggio coperto in cima alla scala, dove ci accolse l'aria fredda e umida. «Ma non riesco a non provare pietà per il signor Tulis.»

«Non dovresti.»

«Però è così.» Abbassai il mento contro il soffio tagliente del vento, tremando. «Gli era stata data una seconda possibilità, e l'ha gettata via. Provo pietà per quella scelta. E per sua moglie. E per suo figlio. E per le famiglie di tutti quelli che adesso sono su quel muro, penso.»

Kieran si spostò dietro di me per ripararmi dal vento. «La pietà per le famiglie è ben riposta.»

Mi arrestai per la sorpresa, ma non dissi nulla.

«Che c'è?»

«Niente» mormorai.

Lui ridacchiò. «Pensi che io sia incapace di provare compassione?»

Guardai verso il cortile. Un sottile strato di neve scintillava alla luce della luna, ma al di là non si vedeva altro che l'oscurità impenetrabile del bosco. Era strano guardare in lontananza e non vedere un'Alzata, una delle enormi muraglie costruite con la pietra calcarea e il ferro ricavati dalle miniere dei Picchi Elisi. La cittadina sonnolenta di Nuovo Nido ne aveva una, ma molto più piccola di quelle a cui mi ero abituata a Masadonia o a Carsodonia.

«Non so di che cosa tu sia capace o meno» ammisi. Toccai il legno gelido della balaustra. Una folata di vento più forte delle altre agitò i ciuffetti di capelli sfuggiti alla mia treccia. «Non so praticamente nulla dei Wolven.»

«La mia parte animale non cancella quella mortale» fu la sua risposta. «Non sono privo di emozioni.»

Mi voltai a guardarlo. «Non intendevo questo. È solo che...» Non seppi come continuare. Che cosa volevo dire, in effetti? «Forse intendevo *proprio* questo. Mi dispiace.»

«Non serve scusarsi. Dopotutto non hai incontrato molti Wolven in vita tua.»

«È vero, ma non è una giustificazione.» Strinsi una mano sulla balaustra. «Ci sono un sacco di persone, nei luoghi più diversi, che non ho mai incontrato e di cui non so nulla. E questo non significa che io abbia il diritto di avere dei pregiudizi su di loro.»

«Giusto» fu la sua risposta.

Ebbi un brivido: quante volte avevo avuto pregiudizi sugli Atlantiani? O sui Caduti? Ci venivano insegnati, e noi li imparavamo. Probabilmente non era del tutto colpa mia, ma non era comunque accettabile.

Eppure nessuno a tavola aveva reagito quando Casteel aveva ucciso Landell: che cosa potevo dedurne sulla mentalità di quella gente? «È normale, quello che è successo questa sera?»

«Quale parte, la proposta di matrimonio o la chirurgia a cuore aperto?»

Gli lanciai un'occhiataccia. «Landell.»

Kieran mi studiò per un momento, poi spostò lo sguardo sul cortile e sugli alberi. «Non particolarmente. Forse non te ne sei ancora accorta, o non vuoi accorgertene, ma Cas non è un tiranno assassino. A dire il vero è raro che qualcuno decida di contestarlo. Non perché ciò che fa – o non fa – sia sempre ragionevole, ma perché non ha problemi a sporcarsi le mani di sangue se serve a ribadire la sua autorità, o a tenere al sicuro le persone per lui importanti.»

Sentire che Casteel non strappava cuori tutti i giorni mi rassicurò un pochino: almeno quello era un bene... probabilmente. Ciò nonostante, non mi azzardavo a pensare di rientrare nella categoria delle persone a cui teneva. Ero una di cui aveva bisogno, niente di più.

«Comunque, Cas non ha agito così perché Landell lo ha contestato.» Kieran tornò a voltarsi verso di me. «Non tutto si riduce al fatto che lui non avesse capito come o perché Cas abbia scelto te. E tantomeno stava sfidando il principe. Ma gli Atlantiani e i Wolven farebbero qualunque cosa per proteggere la loro patria, ed era chiaro che Landell ti vedeva come una minaccia.» Mi chiesi che cosa potessi avere a che fare io, nella mente di Landell, con il fatto che le loro terre stavano diventando sempre più piccole e meno vivibili. «Cas ha fatto bene. Se non lo avesse ucciso, Landell avrebbe lanciato quel pugnale. E ci saranno altri che avranno nel cuore il desiderio di fare la stessa cosa.»

Mi si gelarono le ossa. «Insomma, mi stai dicendo che Landell era solo un altro avvertimento? Quanti ce ne saranno ancora?»

«Quanti ne saranno necessari.»

«E la cosa non ti preoccupa nemmeno un po'? Alcuni sono tuoi amici, no?»

«Se una persona è così stupida da insultarti e minacciarti di fronte a Cas non è certo qualcuno che vorrei tenermi particolarmente vicino, tanto per cominciare.»

Fui sul punto di scoppiare a ridere, anche se in effetti non c'era nulla di divertente. «Un momento sembrate così infuocati dalle emozioni, e quello dopo diventate del tutto apatici.»

«Hai per caso cercato di leggere le mie emozioni per sapere quello che provo?» La sua risposta mi sorprese di nuovo. Lo fissai.

Poi mi ricordai che anche lui era presente quando avevo usato il mio dono per lenire il dolore di una guardia morente. Tuttavia era strano parlarne con qualcuno, dopo aver passato così tanto tempo a tacere e a tenere ben nascoste le mie abilità.

«Cas mi ha spiegato che all'inizio eri soltanto capace di percepire e attenuare il dolore, ma che poi le cose sono cambiate.»

Annuii. «Sì, da poco. Ma non so perché. Ho chiesto alla duchessa, supponendo che anche la prima Vergine avesse queste abilità.» La tensione mi fece irrigidire il collo. La Duchessa Teerman mi aveva detto che la prima Vergine era passata dal dono di percepire solo il dolore a quello di leggere anche le emozioni altrui, e che ciò era accaduto perché si stava avvicinando la sua Ascensione... esattamente come per me. Ma si sapeva così poco sulla prima Vergine: persino il suo nome e il luogo in cui era vissuta erano andati perduti. La duchessa aveva solo alluso al fatto che a ucciderla fosse stato l'Oscuro.

Cioè Casteel.

Rabbrividii di nuovo, e non per il freddo. «Comunque no, non ho mai tentato di leggere le tue emozioni. Cerco di non farlo: la trovo una cosa invasiva.»

«Sì, forse è una violazione dell'intimità» concordò lui, «ma ti dà anche un vantaggio nel trattare con le persone.»

Non potevo negarlo.

«Che tu sappia, ne ha parlato anche con altri?» chiesi.

«Cas? No. Meno gli altri sanno sul tuo conto, meglio è.» Alzai le sopracciglia. «Non ho notizia di nessun Atlantiano vivente che abbia il potere di percepire le emozioni altrui.»

«Che significa?»

«Non ne sono ancora sicuro.» Ricominciò a camminare. «Vieni, o hai deciso di restare qui impalata e diventare un pezzo di ghiaccio?»

Sospirando, mi staccai dalla ringhiera e lo raggiunsi di fronte alla porta.

Lui cavò di tasca una chiave. «La tua abilità ti sarà particolarmente utile nel gestire Cas.»

«Non ho la minima intenzione di gestirlo.»

Kieran fece un sorrisetto e aprì la porta. Entrai e fui inondata dal tepore del focolare.

«Ma lui ha tutta l'intenzione di gestire te.»

Mi voltai a fronteggiare Kieran, la mano stretta sul coltello che tenevo nascosto sotto la tunica. «Vuoi dire che ha tutta l'intenzione di servirsi di me.»

Lui piegò leggermente la testa di lato. «Non è quello che ho detto, Penellaphe.»

«Perché no? Pensi davvero che abbia rinunciato ad aiutare suo fratello? Io non lo credo. Mi ha persino ricordato che sono la favorita della regina.» Le ultime tre parole mi bruciarono come acido sulla lingua. «Questa idea del matrimonio deve far parte di un piano per riavere indietro suo fratello. Solo, non capisco perché non lo abbia semplicemente detto a tutti gli altri a tavola.»

«Io credo che nessuno di voi due abbia capito la verità.»

Mi irrigidii. «E questo cosa vorrebbe dire?»

Kieran mi fissò in silenzio, così a lungo che la mia inquietudine triplicò. «Cas ti ha raccontato la verità sugli Ascesi, no?»

Non capivo che cosa avesse a che fare con il nostro discorso, ma risposi: «Mi ha detto che gli Ascesi... sono Vampry. E che tutto quello che mi hanno insegnato, quello a cui la gente di Solis crede, è una menzogna: gli dei non hanno mai benedetto il Re Jalara e la Regina Ileana, anzi gli dei stessi non...».

«Sbagliato. Gli dei esistono. Sono i *nostri* dei, e adesso sono addormentati. Ma il resto è vero: gli Ascesi non sono i Benedetti. Semmai sono maledetti, come accade a chi viene morso da un Craven. L'unica differenza è che non marciscono. Ora questo tu lo sai, ma capisci anche che cosa significa?»

Le sue parole mi colpirono come un pugno al petto. «Mio fratello...» Tacqui. Non c'era nessun bisogno di parlare di Ian. «Lo capisco.»

«E credi a quello che Cas ti ha detto sugli Ascesi?»

Fissai il fuoco in silenzio. Da un lato avevo avuto la prova del racconto di Casteel: l'avevo vista letteralmente marchiata sulla sua pelle. Gli Ascesi avevano tenuto lui prigioniero prima di mettere le mani su suo fratello, lo avevano torturato, lo avevano costretto a prendere parte a cose che anche solo dagli scarni dettagli che mi aveva rivelato avevo intuito essere a dir poco orripilanti. Al solo pensarci, provavo una sensazione talmente profonda che era riduttivo chiamarla disgusto. E sapere che suo fratello era stato catturato mentre lui tentava di liberarlo non faceva che acuire la pena.

Potevo essere infuriata con Casteel.

Forse addirittura lo odiavo.

Ma ciò non significava che non mi venisse voglia di urlare al pensiero di tutto il dolore che lui provava e di tutto ciò che suo fratello stava subendo in quello stesso istante.

Da questo derivava che tutti gli Ascesi erano malvagi? Tutti, dal primo all'ultimo, incluso mio fratello? Io credevo solo in ciò di cui avevo avuto prova... E comunque potevo dare credito a malapena a metà di quello che Casteel diceva. Oltre al fatto che gli Atlantiani stessi erano ben lungi dall'essere innocenti.

«Dunque, se gli credi, perché continui a lottare per tornare indietro?» Riportai lo sguardo su Kieran. «Non è forse ciò che stai tentando di fare, con il tuo rifiuto nei confronti di Cas?»

«Rifiutarmi di sposarlo non ha proprio nulla a che fare con gli Ascesi. E nemmeno con lui. Mi ha mentito su *tutto*.»

«Non è vero.»

«E tu che ne sai?» ribattei. «Anzi, non rispondere. Non ha importanza. Conta solo il fatto che il suo piano è quello di tenermi in ostaggio per far leva su quelle stesse persone che hanno compiuto azioni orribili contro di lui, e contro un numero incalcolabile di altri. E infine consegnarmi a loro, che verosimilmente mi useranno come una sacca alimentare di sangue per il resto dei miei giorni. Oppure, se per un caso assai poco probabile questi piani venissero cambiati, sarebbe solo perché Casteel ha capito che sono mezza Atlantiana. Tutto questo come aiuterebbe a migliorare la situazione? Perché dovrei accettare di sposarlo?»

«E perché Cas dovrebbe voler sposare una persona che sta progettando di consegnare come riscatto?»

«Esattamente!» Serrai le labbra, esasperata, e i miei occhi corsero verso l'oscurità alle spalle di Kieran. «Non riesco nemmeno a capire perché stiamo facendo questo discorso.»

Lui tacque di nuovo per un po'. «Continuerai a respingerlo senza alcun timore, anche dopo tutto quello che hai visto?»

«Dovrei temerlo, invece?» Una parte incredibilmente stupida di me non voleva sentire la risposta. Di Hawke mi ero fidata al punto da concedergli i miei segreti, i miei desideri, il mio corpo, il mio cuore... la mia vita. Gli avevo dato *tutto*, mentre nulla di lui era stato reale, nemmeno il suo nome.

Per colpa sua ero inciampata e caduta molte volte, e avevo paura che avrei continuato a farlo nonostante la consapevolezza del suo tradimento. Ecco che cosa mi spaventava davvero.

«Ha fatto cose che alcuni giudicherebbero imperdonabili. Così terribili da farti venire gli incubi nel sonno e tormentarti da sveglio. Può anche detestare il fatto di sentirsi chiamare l'Oscuro, ma è un nome che si è meritato.» Gli occhi pallidi di Kieran incontrarono i miei, e un brivido si fece strada verso il basso, lungo la mia schiena. «Ma Cas è l'unica creatura in tutti i regni esistenti che tu, e tu soltanto, non hai alcuna ragione di temere.»

3

Se le parole di Kieran dovevano rassicurarmi, ottennero l'effetto opposto.

Camminavo avanti e indietro di fronte alla stretta finestrella, troppo piccola per poter fuggire da lì, e fissavo la porta. Era stata chiusa a chiave dall'esterno.

Proprio come una cella.

Passai di nuovo di fronte alla finestra, stringendo i pugni, la rabbia mescolata all'onnipresente disagio. Non era per ciò che Kieran aveva detto su come Casteel si era guadagnato il titolo di Oscuro. Dopo il modo freddo ed efficiente in cui aveva ucciso Phillips, la guardia che aveva viaggiato insieme a noi da Masadonia, sapevo già come si fosse ritrovato con quel soprannome. Vederlo uccidere Landell era stata solo un'ulteriore prova del fatto che fosse in grado di togliere una vita senza esitare, e che fosse disposto a farlo. Ma...

Mi fermai di colpo. Anch'io sapevo uccidere senza troppa riluttanza. Non lo avevo forse dimostrato con Lord Mazeen? E quando Jericho e gli altri mi avevano aggredita, ero stata pronta a farlo. Abbassai lo sguardo sulle mani. Anche le mie erano coperte di sangue, e non potevo dire che fosse per legittima difesa e necessità di sopravvivere. Lord Mazeen si meritava la fine che aveva fatto. L'Asceso aveva provato la stessa gioia perversa del duca nell'impartirmi le sue *lezioni*, ma quando lo avevo aggredito, lui non mi aveva attaccata. Aveva insultato Vikter pochi istanti dopo che la mia guardia – il mio amico – aveva esalato l'ultimo respiro, e io non avevo provato nemmeno un grammo di senso di colpa per la mia reazione. Anche se non fosse stato un Vampry, sarebbe comunque stato un mostro. Forse era per quello che non ero rimasta sconvolta da ciò che Casteel aveva fatto nel corridoio.

E con tutta probabilità, ciò voleva dire che c'era qualcosa che non andava in me. In ogni caso, era stato ciò che Kieran aveva detto prima di chiudere la porta a farmi infuriare.

Che Casteel era l'unica persona che non avrei mai dovuto temere.

Kieran non avrebbe potuto sbagliarsi di più.

Guardai il letto, e lo stomaco mi sprofondò come se mi fossi trovata sul bordo di un'Alzata. Riuscivo quasi a vederci, le membra intrecciate, i corpi uniti. Un dolore pulsante mi attraversò quando toccai il segno del morso sul mio collo. Rabbrividii, poi cercai in me stessa un barlume di disgusto o perfino di paura. Non ne trovai.

Mi aveva morso.

E quel morso era stato doloroso, ma solo all'inizio, e solo per pochi secondi. Poi, era stato... era stato come immergersi in un calore liquido. Non avevo mai provato qualcosa di così intenso in tutta la mia vita... non sapevo nemmeno che una cosa del genere fosse possibile. Ma non erano stati gli effetti del morso a causare ciò che avevamo fatto nei boschi, con la neve che cadeva tutto intorno e su di noi. I nostri corpi si erano uniti per via dell'attrazione che io provavo per lui, che era stata più grande della verità su chi e che cosa fosse Casteel. Era questo a nutrire il mio bisogno di comprendere come lui fosse giunto a questo punto nella sua vita, e perché ora si stesse comportando così. E a fomentare il desiderio di dimenticare tutto, tranne la beatitudine che avevo provato tra le sue braccia... con le sue labbra sulla mia pelle, e la pace e l'affinità che avevo avvertito quando semplicemente parlavamo tra noi.

Ma non ero al sicuro con lui.

Anche se Casteel non aveva mai alzato un dito su di me, non potevo dimenticare chi fosse. Ciò che aveva causato. Non era stata la spada di Casteel a uccidere Vikter, ma erano comunque state le lame seghettate dei suoi seguaci. E che dire di Loren e Dafina, le Lady in Attesa che erano morte nell'attacco durante il Rito? L'idea di ascendere le emozionava, ma dubitavo che fossero a conoscenza della verità. Non avevano meritato una morte simile, assassinate da Caduti che molto probabilmente non conoscevano nemmeno i loro nomi. Anche in quel caso non era stata la mano di Casteel a infliggere il colpo fatale, ma loro erano state uccise in nome suo. Come avrei mai potuto perdonarlo?

E ciò che continuava a farmi del male, ogni volta che ripensavo a lui, era che Casteel sapeva quanto ardentemente desiderassi la libertà. O anche solo poter fare una scelta – qualunque fosse – per me stessa: una semplice passeggiata da qualche parte, senza velo, o parlare con qualcuno, fino a quelle cose fondamentali come scegliere con chi condividere il mio corpo. Sapeva quanto fosse importante per me, ma tentava comunque di negarmi questa possibilità. Sentii il cuore stringersi così dolorosamente che mi parve di aver ricevuto una pugnalata al petto.

Che cosa poteva provare Casteel per me, se pure qualcosa sentiva?

Il mio cuore *soffriva* profondamente, come se piangesse per un lutto. E, in un certo senso, era così. Piangevo per la perdita di Hawke, e non aveva importanza che fosse ancora vivo. L'Hawke di cui avevo imparato a fidarmi, con cui avevo condiviso i miei segreti, non c'era più. Al suo posto c'era il Principe Casteel Da'Neer, e io ero ancora attratta da lui. Provavo ancora quel desiderio, quel bisogno, e quel...

Ecco perché era la persona più pericolosa di tutti i regni per me. Non avevo alcun dubbio che avesse pianificato fin dall'inizio di usarmi per liberare suo fratello, restituendomi agli stessi Ascesi che lo avevano tenuto prigioniero per cinque decadi e che adesso avevano Malik.

Mi sentii stringere il petto e ricominciai a camminare, pensando alla Regina Ileana. Lei e mia madre erano state amiche intime. Al punto che quando mia madre aveva scelto mio padre invece dell'Ascensione, la regina glielo aveva concesso. Una cosa inaudita. E persino più rara era stata la maniera in cui la regina si era presa cura di me dopo l'attacco dei Craven, come se fossi figlia sua. Mi aveva cambiato le bende, era rimasta seduta accanto a me quando erano arrivati gli incubi, e mi aveva tenuta tra le braccia quando tutto ciò che desideravo era un abbraccio di mia madre e di mio padre. Era stata la prima a insegnarmi a non avere vergogna delle mie cicatrici quando gli altri trasalivano e bisbigliavano dietro alle mani guantate. Nel corso di quegli anni, e prima che venissi mandata a Masadonia, era diventata più che una semplice persona che si occupava di me.

E secondo Casteel, era stata lei a marchiarlo con lo Stemma Reale.

Ricordavo senza fatica la regina che mi teneva per mano nei Giardini Reali sotto il cielo stellato. La sua pazienza e la sua gentilezza parevano infinite, eppure quella stessa mano che aveva tenuto la mia aveva inferto le ferite sulla pelle di Casteel. Se ciò che lui aveva detto era vero, la stessa voce dolce e sommessa che mi aveva raccontato le storie su mia madre, che da bambina correva per gli stessi sentieri sui quali noi passeggiavamo, aveva anche propinato a un intero regno nient'altro che bugie intrise di sangue. Se Casteel diceva la verità, la regina non aveva esitato a usare la paura che la gente nutriva per quelle creature, che lei e gli altri avevano creato, così da tenere sotto controllo ogni singolo mortale.

E se tutto questo era vero, allora la regina aveva sempre saputo che io ero mezza Atlantiana?

Dei, era quasi troppo da elaborare. E Ian? Come poteva essere asceso? Casteel aveva detto che Ian si faceva vedere solo di notte, perciò pensava che fosse asceso *davvero*. La verità era quella che aveva suggerito qualcuno durante la cena? Ian era davvero solo il mio fratellastro? Mi riusciva difficile credere che uno dei miei genitori avesse avuto un figlio con qualcun altro. L'amore che nutrivano l'una per l'altro era... be', era quello a cui ognuno aspirava nella propria vita.

Oppure ero io a essere totalmente ingenua. Perché se Ian non era loro figlio, dove lo avevano trovato? In mezzo alla strada?

Casteel avrebbe probabilmente pensato che mi stavo comportando da sciocca.

Non che per me i suoi pensieri avessero importanza. Né ciò che la regina sapeva, né se Ian fosse davvero il mio fratellastro. Il mio sguardo tornò verso la porta.

Dovevo fuggire.

Nonostante il monito che Casteel aveva lasciato appeso nel salone, era palese che la sua gente mi vedeva ancora come la figura simbolo degli Ascesi. Non credevo che Landell avesse mentito quando aveva detto che gli Atlantiani non avrebbero tenuto conto delle mie origini. Dubitavo che i nuovi arrivati avrebbero avuto desideri diversi. Lo stesso Alastir sembrava preferire che io stessi in cella piuttosto che in giro.

Come se ne avessi il permesso.

E una volta che Casteel mi avesse portata ad Atlantia, se

poi era davvero quello il piano, mi sarei trovata circondata dalla sua gente, e in una posizione perfino più scomoda.

Al pensiero di Atlantia, un piccolo germoglio di emozione affondò le radici nel mio stomaco. Non potevo fare a meno di voler vedere quel regno. Probabilmente perché avevo visto così poco, nella mia vita. Ma poter dare un'occhiata a un luogo che non sarebbe nemmeno dovuto esistere? Una vera occasione per pochi.

Con un sospiro scacciai quelle emozioni e quei pensieri. Se Casteel fosse riuscito a condurmi ad Atlantia, non avrei più avuto possibilità di fuga.

Kieran sbagliava a pensare che volessi oppormi a Casteel per ritornare dagli Ascesi. Lo contrastavo per tornare da mio fratello.

Dovevo raggiungere Ian, ma dovevo farlo alle mie condizioni. Se fossi riuscita a sopravvivere abbastanza a lungo perché Casteel mi usasse come pedina di scambio, sarei passata direttamente da una gabbia a un'altra. E questa doveva essere l'ultima delle mie opzioni. Avevo bisogno di raggiungere Ian a modo mio.

E poi?

Sapevo che non sarei stata al sicuro tra gli Ascesi, ma *esistevano* villaggi e cittadine lontani, dove avrei potuto ritagliarmi una sorta di nuova vita.

Lentamente, portai la mano al viso, posando le dita sulla cicatrice più lunga. Sarebbe stato difficile nascondermi. Ma dovevo tentare. Perché non avrei mai più accettato di celare il mio volto. Non potevo vivere in quel modo.

Si trattava, però, di un ponte che non potevo iniziare ad attraversare finché non avessi studiato come fuggire, come arrivare nella capitale e come trovare Ian senza farmi catturare o uccidere.

Saremmo scappati dagli Ascesi insieme. Perché anche se Ian non era mio fratello da parte di entrambi i genitori e aveva affrontato l'Ascensione, non poteva essere come gli altri. Mi rifiutavo di crederlo. Non era possibile che accettasse di nutrirsi di innocenti e *bambini*. Non era possibile che tutti gli Ascesi fossero malvagi. Alcuni mi erano parsi piuttosto normali.

Ma se non si nutrivano dei terzogeniti consegnati agli dei nel corso del Rito, allora come potevano sopravvivere? Avevano bisogno di sangue. Altrimenti la ferita letale inferta loro prima dell'Ascensione li avrebbe condotti a morte certa. Ian era sempre stato sano come un pesce, ma prima di nutrirsi di un Atlantiano per ascendere doveva essere stato prosciugato di quasi tutto il suo sangue. E questo lo avrebbe ucciso, e poteva *ancora* ucciderlo se non si fosse nutrito.

Volevo vedere con i miei occhi che cosa Ian era o non era diventato. E le avrei tentate tutte per aiutarlo. Ma se davvero si era trasformato in un mostro che si nutriva di altre persone? Di bambini? Che cosa avrei fatto? Mi si strinse il cuore, ma tirai un lento, profondo respiro. Sapevo bene cosa dovevo fare.

Porre fine alla sua condizione. *E lo avrei fatto*. Perché Ian aveva un animo dolce e gentile... l'aveva sempre avuto. Era un sognatore, destinato a raccontare storie per il resto della vita, non a diventare un mostro. Non era possibile che si fosse voluto trasformare in qualcosa di così malvagio. Porre fine a quell'incubo per lui sarebbe stata la cosa più onorevole da fare.

Anche se questo voleva dire uccidere una parte di me.

I miei muscoli si irrigidirono per il desiderio di agire, e la stanza mi sembrò tre volte più piccola di prima. Non potevo sprecare un altro momento lì, in preda a quei pensieri, senza poter fare un accidenti di niente.

Non ero certa di riuscire a resistere a Casteel.

Se lui aveva ragione, forse non sarei sopravvissuta ad Atlantia.

Ma potevo trovare mio fratello.

«E non passerò nemmeno un altro fottuto istante in questa stanza» dissi ad alta voce, dirigendomi verso la porta a grandi passi. Mi ci appoggiai contro, con l'orecchio teso ad ascoltare i rumori provenienti dall'esterno. Non sentii nulla, perciò bussai con le nocche sul legno. «Kieran?»

Silenzio.

Kieran non era di guardia alla porta. Probabilmente aveva pensato che fosse sicuro lasciarmi lì dentro. Di certo non potevo abbattere la porta, né calarmi da quella stupida, inutile finestra. Forse riteneva che non ci fosse una via d'uscita. E sarebbe stato così, se non avessi avuto un fratello maggiore che mi aveva insegnato come scassinare le serrature.

Incurvai le labbra in un sorriso e mi voltai. Presi il coltello dal tavolo e tornai alla porta. La lama era spessa vicino all'impugnatura, ma la punta era abbastanza sottile da poterla infilare nella serratura.

Mi inginocchiai e ficcai il coltello nel buco. Bisognava fare pressione prima verso destra e poi verso sinistra, ripetendo i gesti fino a sentire un leggero scatto. Ian mi aveva insegnato tutti i trucchi. Al Castello di Teerman, prima di chiedere il mio trasferimento nella parte più vecchia dove c'erano gli antichi ingressi di servizio per i domestici – grazie ai quali avevo potuto aggirarmi non vista – ero stata spesso chiusa a chiave nelle mie stanze. Ian, invece, aveva il permesso di uscire per frequentare le lezioni, suonare e fare quello che voleva. Non mi aveva mai detto come avesse imparato a forzare le serrature, ma aveva passato tanti pomeriggi a insegnarmelo.

«Devi avere pazienza, Poppy» diceva, inginocchiandosi accanto a me mentre infilavo il coltello nella serratura. Ridendo, posava la mano sulla mia. *«E delicatezza. Non puoi aggredire la serratura come un ariete da battaglia.»*

Perciò fui paziente e delicata. Mossi il coltello finché sentii il lieve scatto della punta che trovava il tamburo. Con l'altra mano afferrai il pomello ed esalai un respiro profondo mentre il meccanismo cedeva un poco. Mi concentrai per mantenere salda la mano e lo ruotai in senso antiorario.

Il pomello girò, e la porta si aprì. L'aria fredda filtrò nella stanza mentre sbirciavo il corridoio vuoto.

Inondata da un fiotto di euforia, chiusi la porta e perlustrai la stanza. La borsa a tracolla conteneva tutti i miseri oggetti che avevo portato con me. Andai a prenderla, ma il mio sguardo si spostò sul letto e sulla camicia da notte di flanella che qualcuno aveva lasciato lì per me. L'afferrai e feci per infilarla nella borsa, quando vidi il fodero da coscia che vi era posato sopra. Lo assicurai in fretta alla gamba e vi inserii il coltello, con una fitta al pensiero del mio pugnale d'osso di Wolven e diaspro sanguigno. Forse era ancora nelle stalle, smarrito sotto mucchi di paglia e fieno?

Passai la cinghia della borsa sopra la testa e la sistemai di traverso sul petto. Poi mi voltai e presi il pesante mantello orlato di pelliccia. Era di uno scialbo marrone scuro, lo avevo scelto quando avevo lasciato Masadonia perché non avrebbe dato nell'occhio. Me lo gettai sopra le spalle e allacciai i bottoni lungo il colletto con dita ferme, nonostante i battiti forti del cuore. Mi infilai i guanti e rimpiansi che nella camera non ci fossero provviste, a parte quella che mi sembrava una bottiglia di liquore posata sul tavolo sotto la finestra. Comunque in passato mi era già capitato di restare senza mangiare, di solito quando il Duca Teerman era deluso per qualcosa che avevo o non avevo fatto. Potevo digiunare di nuovo.

Non avevo in mente un piano vero e proprio, e conoscevo pochissimo le zone circostanti, ma sapevo che viaggiare verso est mi avrebbe portata più vicina alle Montagne di Skotos. A quanto pareva Atlantia sorgeva e prosperava oltre i picchi orlati di nubi e le vallate immerse nella nebbia. Se avessi attraversato la città, avrei potuto riprendere la strada per Masadonia, ma così facendo sarei finita dritta nella Foresta di Sangue. Se mi fossi diretta a sud-ovest, attraverso i boschi, alla fine sarei arrivata a... come si chiamava quella cittadina? Arricciai il naso, tentando di rammentare una delle cartine che avevo visto nell'Ateneo di Masadonia. Era vecchia, con l'inchiostro sbiadito, ma c'era disegnato un ponte...

Pontebianco.

La cittadina di Pontebianco si trovava a sud, ma non avevo idea di quanto ci avrei messo a piedi. Maledicendo la mia inesperienza come cavallerizza, scattai in avanti e aprii la porta. Il corridoio era ancora libero e io scivolai fuori, richiudendomela alle spalle. Potevo chiuderla a chiave dall'esterno, ma il tempo che avrei impiegato non sarebbe valso gli istanti necessari per riaprirla con la chiave.

Mi affrettai verso le scale, rimanendo vicina alla parete. Davanti alla porta mi fermai, con l'orecchio teso. Non sentendo nulla, entrai, sfrecciai giù per i gradini e giunsi al pianerottolo con una sensazione surreale di *déjà-vu*. Mi voltai verso la porta che conduceva all'esterno, proprio come avevo fatto dopo avere pugnalato Casteel.

Sollevai il cappuccio del mantello e sperai davvero che l'esito sarebbe stato diverso, questa volta. Afferrai la maniglia e aprii lentamente la porta.

Uno strato sottile di neve scricchiolò sotto i miei stivali quando uscii in cortile, un suono lievissimo che alle mie orecchie riecheggiò come un rombo di tuono. Inspirando a fondo, ricordai a me stessa tutte le volte che ero uscita di nascosto sull'Alzata senza essere vista o mi ero mossa tra le mura del castello e in città proprio sotto il naso di tanti.

Potevo farcela.

Il fiato mi usciva in piccole nuvolette bianche mentre puntavo lo sguardo sulla destra, verso le stalle. Forse il pugnale d'osso di Wolven era veramente lì?

Potevo davvero essere così stupida da andare a controllare?

Sì?

Quel pugnale significava... be', significava tutto per me. Ma Ian era di gran lunga più importante... la mia *libertà* era più importante. Andare nelle stalle era troppo rischioso. Ci sarebbero stati stallieri, Caduti e forse perfino Atlantiani o Wolven.

Non ero *così* stupida.

«Maledizione» borbottai, poi mi staccai dalla parete. Corsi verso le ombre, con i bordi del mantello che si sollevavano dietro di me, evitando le fiaccole accese e il loro bagliore burroso.

Non mi resi nemmeno conto di essere riuscita a raggiungere la foresta finché l'argentea luce lunare non si fece frammentata, lasciandomi giusto il chiarore sufficiente per non sbattere contro un albero. Non rallentai. Corsi più veloce di quanto avessi mai fatto, mantenendo il passo per mettere più distanza possibile tra me e la fortezza. Quando il mio stivale s'impigliò su una radice scoperta, facendomi piombare con le ginocchia sul terreno gelato, mi rialzai e corsi un altro po', ignorando il dolore e l'aria fredda e umida che mi pungeva le guance. Corsi finché il dolore sordo al fianco si trasformò in una fitta che mi costrinse a rallentare. A quel punto non avevo idea della distanza che avevo percorso, ma gli alberi erano meno fitti, e la coltre di neve a terra intatta.

Massaggiandomi il fianco, proseguii, ansimante. Tra Nuovo Nido e Pontebianco non poteva esserci più di una giornata a cavallo di distanza. A piedi, quanto sarebbe stato? Un giorno e mezzo, forse due se avessi riposato. Arrivata là, magari avrei trovato un gruppo di viaggiatori diretti alla capitale. Se fossi stata fortunata non avrei aspettato a lungo. Al contrario, invece? Mi sarei dovuta arrangiare. In realtà, la vera preoccupazione era che Pontebianco fosse controllata dai Caduti, così come Nuovo Nido. E se così fosse stato, mi avrebbero riconosciuta? Probabilmente no. Pochissime persone erano a conoscenza delle mie cicatrici. Ma se Casteel avesse inviato un dispaccio, come del resto avrebbero fatto gli Ascesi quando non ci avrebbero visti arrivare al successivo avamposto, sarei stata riconosciuta. Per quanto ne sapevo, non avevamo programmato di fermarci a Pontebianco, ma i piani comunicati alla duchessa non erano quelli effettivi. Potevo forse sfruttare la mia identità? Se avessi potuto dimostrare a qualcuno dei mortali, o magari degli Ascesi, che ero la Vergine, allora sarei stata certa di potermi garantire un passaggio verso la capitale. Poi, una volta all'interno, avrei potuto fuggire. Sarebbe stato rischioso, ma non c'era nulla che fosse privo di pericoli in quel viaggio. Solo gli dei sapevano che cosa abitava in quei boschi. Data la mia fortuna, probabilmente un'irascibile famiglia di orsi molto grossi e molto arrabbiati. Non avevo mai visto un orso. Perciò sarebbe stata una visione straordinaria da contemplare prima che mi mangiasse la faccia. Però almeno dubitavo che...

Lo schiocco di un ramo spezzato mi paralizzò mentre scavalcavo un tronco caduto. Abbassai lo sguardo, ma non vidi altro che neve liscia e aghi di pino. Trattenni il fiato, sforzandomi di cogliere qualche altro rumore, con la pelle che formicolava. Udii un altro suono simile, questa volta più vicino, che mise in allarme tutti i miei sensi.

Mi voltai e scrutai gli alberi e i rami bassi, appesantiti da neve e ghiaccio. Era quella la causa del rumore? Rami che si spezzavano? Ruotai su me stessa, più lentamente questa volta, con l'aria fredda che mi faceva lacrimare gli occhi. Spostai di scatto la testa verso destra e strizzai le palpebre per distinguere qualcosa tra le ombre più cupe e dense, dove la luce della luna non riusciva a penetrare. Infilai la mano tra le pieghe del mantello ed estrassi il coltello. Speravo davvero che non fosse un orso. Non volevo essere costretta a ucciderne uno. Quasi mi scappò una risata, perché dubitavo che quel coltello da carne sarebbe servito a molto contro un plantigrado. Tesi i muscoli e l'ombra si mosse, uscendo dalle tenebre. Arretrai d'istinto di un passo nel vedere quant'era grosso, alto quasi quanto un uomo e con il pelo fulvo spolverato di neve.

Il cuore mi sprofondò fino alla punta dei piedi gelati quando il Wolven avanzò, i muscoli che si gonfiavano e si muovevano sotto la pesante pelliccia marrone rossastra.

Kieran.

«Maledizione» brontolai, la rabbia mi risalì in gola.

Il Wolven appiattì le orecchie, scavalcò per metà il tronco caduto e affondò nel legno gli artigli delle zampe anteriori. Abbassò il mento, gli occhi azzurro pallido all'erta, e ci fissammo l'un l'altra. Probabilmente si aspettava che scappassi, ma io sapevo bene che non avrei fatto una bella fine. La sensazione di disperazione e di ingiustizia mi fece quasi cadere in ginocchio.

Ma rimasi dove mi trovavo.

Non mi sarei arresa.

L'impugnatura del coltello premeva contro il mio palmo guantato, il cuore martellava contro le costole. «Non tornerò alla fortezza» dissi a Kieran. «Dovrai costringermi e non te la renderò facile. Combatterò.»

«Se cerchi lo scontro...» disse una voce che mi fece scorrere un brivido lungo la schiena e su tutta la pelle. Voltai di scatto la testa in quella direzione. «Dovrai combattere contro di me, principessa.»

4

Una figura stupenda, vestita di nero, avanzava stagliandosi contro la neve. Era Casteel.

Si fermò accanto a Kieran, e io notai che era armato di due spade corte con le impugnature scure cromate e le lame di diaspro sanguigno color rubino.

Il coltello che stringevo non mi era mai parso più misero.

«Suppongo di dover aggiungere *scassinatrice* alla lista in continuo aumento delle tue qualità» disse lento Casteel. «Certo, è un talento poco consono a una Vergine. D'altronde, non dovrei essere così sorpreso. Possiedi molte doti inadatte a una Vergine, vero?»

Il cuore stava per schizzarmi fuori dal petto, ma non replicai.

«Davvero pensavi di potermi sfuggire?» chiese Casteel in un mormorio.

La rabbia era più affilata di qualunque lama, ma ben più gradita della disperazione. «Ci sono quasi riuscita.»

«Quasi. Non vuol dire niente, principessa. Dovresti saperlo.»

Lo sapevo, infatti. «Non tornerò in quella fortezza con le mie gambe.»

«Forse preferisci che ti ci porti io in braccio?» si offrì.

«*Preferisco* non rivedere mai più la tua faccia.»

«Suvvia, sappiamo tutti e tre che è una menzogna.» Accanto a lui, Kieran emise uno sbuffo di scherno e io presi in considerazione l'idea di scagliargli il coltello contro il muso. «Ti propongo un accordo.»

Casteel scavalcò il tronco caduto come se fosse un rametto. Rimasi all'erta. «Non mi interessa alcun accordo. A me interessa la mia libertà.»

«Ma non hai ancora sentito ciò che ho da offrirti.» Portò la mano al petto e sganciò una delle spade. «Combatti contro di me. Se vinci, avrai la tua *libertà*.» E gettò l'arma ai miei piedi.

Lanciai una rapida occhiata alla spada e risi, un suono che mi graffiò la pelle. Indicai Kieran con il capo. «E lui è di certo disposto a permettere che io ti faccia del male.»

Casteel inclinò la testa e il Wolven rizzò le orecchie. «Torna alla fortezza, Kieran. Voglio che Poppy sappia che è uno scontro leale.»

«Leale?» sibilai, mentre Kieran, dopo un attimo di esitazione, scendeva dall'albero caduto. Muovendosi con tutta la grazia di un animale, si girò e trotterellò via con andatura dinoccolata. «Sei un Atlantiano. Come potrebbe essere un combattimento leale?»

«Hai dunque paura di perdere? O hai paura di combattere contro di me?»

«Mai» giurai.

Lui fece un sorrisetto, dagli occhi divampava una calda luce ocra. «Allora combatti. Ricordi quello che ti ho detto? Voglio che tu combatta con me. Non vedo l'ora. Mi piace. Nessuna di queste cose era una menzogna. Attaccami.»

Era ovvio che ricordavo quello che aveva detto, ma non sarei di certo riuscita a batterlo. Lo sapevo io. Lo sapeva *lui*. Tuttavia, non potevo nemmeno tornarmene bella tranquilla in gabbia. Non dopo aver passato in gabbia tutta la vita.

Senza perderlo d'occhio, rinfoderai il coltello e sganciai il mantello, lasciandolo cadere a terra. Sentii subito la mancanza di quel calore, ma tenerlo addosso sarebbe stato un azzardo troppo grande. Mi tolsi anche la borsa e la lasciai cadere accanto all'indumento.

Casteel inarcò un sopracciglio. «Volevi scappare solo con i vestiti che indossi? Nient'altro? Niente cibo o acqua?»

«Non potevo rischiare di essere sorpresa a fare provviste in dispensa, o no?» Osservandolo, mi chinai a raccogliere la spada corta e la strinsi con due mani. Non era pesante come uno spadone, neanche lontanamente, ma per quanto fosse leggera, la parte superiore del mio corpo non era forte quanto quella di chi si era addestrato per anni a usarla. Vikter aveva cancellato subito dalla mia testa il pensiero di riuscire a reggere quel tipo di armi con una mano sola per un tempo prolungato.

«Probabilmente il tuo era un piano mal congegnato, frutto del panico.»

«Non era affatto frutto del panico.» Non esattamente. Forse solo un pochino.

«Non ci credo. Sei più sveglia di così, Poppy.» Casteel snudò l'altra spada, liberandola dal fodero. «Troppo intelligente per scappare nel cuore della notte senza cibo, senza acqua, e senza nient'altro che un misero coltello per proteggerti.»

Strinsi le labbra, la pelle scaldata dal fuoco dell'ira.

«Sai quanto ci vuole per raggiungere Pontebianco a piedi? È lì che stavi andando, non è così? Hai pensato a quanto fa freddo a notte fonda?» domandò, mentre una punta di rabbia induriva il suo tono. «Ti sei mai fermata a pensare a cosa avresti potuto trovare in questi boschi?»

No. Non proprio. E aveva ragione. Il mio piano non era poi così geniale. «Hai finito di parlare? Oppure hai troppa paura che potrei effettivamente batterti e quindi non vuoi tacere?»

«Mi piace ascoltare il suono della mia voce.»

«Ne sono sicura.» La neve si fece più fitta, turbinando a terra.

«Pronta?» domandò lui.

«E tu?»

«Sempre.»

Abbassai lo sguardo sulla sua spada. La teneva con la punta rivolta verso il basso, non era affatto pronto. Con quel gesto mi stava insultando, che fosse sua intenzione o meno. Una rabbia ardente mi annebbiò, spingendomi all'azione.

Caricai, tirando un affondo verso il torso, ma Casteel fu veloce e deviò il mio attacco con un semplice movimento della spada. «Dovresti mirare al collo, principessa. Oppure quella spada è troppo pesante per te?»

Strinsi le labbra a quella presa in giro e sollevai alta la spada. Lui bloccò il mio movimento e colpì, molto più lentamente di quanto avrebbe potuto, visto che riuscii facilmente a guizzare fuori dalla sua portata.

«Hai dimenticato parecchie delle cose che ti ho detto.» Casteel avanzò lento e deviò il mio attacco successivo con un colpo di lama.

«Forse ho scelto di ignorarle.» Socchiusi gli occhi e mi spostai di lato.

«Comunque sia, ti farò un favore e le ripeterò.»

«Non è necessario.» Seguii con lo sguardo i movimenti di Casteel, che mi stava girando intorno. Era bravissimo con la spada, proprio come Vikter quando mi addestrava. Che cosa mi aveva insegnato? Non dimenticare mai una delle armi più importanti: l'elemento sorpresa.

Casteel mi incalzava con la spada sollevata. «Mi sembra assolutamente necessario ripeterle, considerato il tuo comportamento sciocco.»

Gliel'avrei fatto vedere io, un comportamento sciocco.

«Combatti contro di me. Litiga con me. Non te lo impedirò. Ma non ti permetterò di mettere in pericolo la tua vita. E quello che hai fatto stanotte è l'epitome di una condotta sconsiderata con cui hai rischiato la vita.»

«Prima non hai voluto che discutessi con te» gli ricordai, osservandolo attentamente.

«Perché, come ho detto, puoi lottare con me, ma non quando diventa un rischio per la tua vita.»

«Quindi la mia vita era a rischio con Alastir?»

«Stavo giusto lavorando per assicurarmi che non fosse così. E adesso sono qui, ad assicurarmi che tu non vada a farti ammazzare.»

«Solo perché ti servo viva. Giusto? Una Vergine morta non sarebbe utile da barattare per liberare tuo fratello, vero?»

La sua mascella si strinse. «Perciò preferisci farti uccidere?»

«Preferisco essere libera» ringhiai, mentre il vento mi scompigliava una ciocca di capelli sul viso.

Casteel sollevò un angolo della bocca, rivelando una zanna. «Se pensi che tornare dagli Ascesi ti dia la libertà, devo aver sopravvalutato la tua capacità di pensiero critico.»

«Se pensi che quella fosse la mia intenzione, allora sono io ad aver sopravvalutato la tua» ribattei.

A quel punto Casteel si mosse, sferrando un colpo violento. Mi assalì il sospetto che volesse farmi perdere la presa sulla spada. E se il colpo fosse andato a segno, ci sarebbe riuscito, ma io schizzai sulla traiettoria della sua lama. Colto di sorpresa, Casteel tirò indietro l'arma, come immaginavo. Da morta non gli sarei servita a nulla.

Con un movimento verso il basso ruotai sotto il suo braccio e sferrai un calcio. Lo colpii con lo stivale allo stomaco, strappandogli una feroce imprecazione. Tornata in piedi, descrissi un arco con la spada. Casteel si spostò di lato, evitando per un pelo un taglio al petto.

«Bella mossa» sottolineò, senza ironia.

«Nessuno ha chiesto la tua opinione.»

Tra affondi e schivate, la sua lama cozzava contro la mia nel clangore rovente del diaspro. E per diversi minuti quello fu l'unico rumore a risuonare nel bosco. Nonostante il freddo, un sottile velo di sudore inumidiva la mia fronte. I miei muscoli, per via della corsa, gemevano in segno di protesta. Io, però, rifiutavo la resa.

Non era una lotta all'ultimo sangue. E dentro di me sapevo che non era nemmeno una lotta per la libertà, perché, nonostante il patto, Casteel non mi avrebbe lasciata andare. Il punto era vedere chi avrebbe disarmato l'altro per primo. Chi avrebbe versato il primo sangue. Finalmente sarebbe venuta a galla la rabbia repressa e il senso marcio di impotenza che covavo dentro di me da molto più tempo di quanto volessi ammettere. E forse, solo forse, era per questo che Casteel aveva suggerito di batterci in duello.

Il filo della mia spada arrivò vicino a graffiargli la guancia sinistra, ma Casteel deviò la lama, facendomi tremare dolorosamente le braccia. Ansimavo, mentre lui non mostrava segni di stanchezza.

Si mosse intorno a me in un cerchio lento, abbassando ancora una volta la spada. «Ti ho spaventata, stasera? Con Landell?» La sua espressione colma di arroganza scomparve, rivelando una persona completamente diversa. «È per questo che sei fuggita? Hai paura di me?»

Stupita dalla domanda – dal fatto che sembrava quasi temere la mia risposta – abbassai la spada di qualche centimetro.

Fu un errore.

Rapido come un falcone che ha puntato la preda, Casteel colpì. Mi afferrò il braccio e mi fece ruotare, e mi trovai con la schiena contro il suo corpo. Cercai di svincolarmi, ma il suo braccio mi bloccava la vita e mi inchiodava al suo petto. Lui premette le dita sul mio polso, provocandomi uno spasmo che mi costrinse ad aprire la mano. La spada cadde nella neve.

«Non avevo altra scelta.» Chinò il capo in modo da premere la sua guancia contro la mia. «Nessuno, e intendo proprio *nessuno*, può dire certe cose su di te. Minacciarti, e sopravvivere.»

Il mio stupido, ridicolo cuore saltò un battito. «Come sei dolce» dissi, e sentii il suo braccio allentare la presa intorno alla mia vita. «Ma hai barato.»

Scattai di lato e gli sferrai una gomitata allo stomaco più forte che potevo. Casteel grugnì e mi lasciò andare. Anziché puntare alla spada che lui teneva ancora ben salda, ruotai su me stessa e colpii rapida. Il mio pugno lo raggiunse all'angolo della bocca. La sorpresa del dolore divampò nei suoi occhi, io volteggiai, mi chinai e spazzai con la gamba. Casteel saltò, ma io riuscii a colpirgli una gamba, che perse il contatto con il terreno. Lui cadde, e con un grido di trionfo balzai in piedi e mi voltai a guardarlo, ansimando forte.

Casteel mollò la spada, si sollevò su un gomito, e con gli occhi fissi su di me si passò la mano sulla bocca. Il dorso rimase macchiato di sangue, e dentro di me sentii una sensazione di piacere violento. Mi aveva disarmata per primo, ma io lo avevo fatto sanguinare.

«Per tua informazione, lo rifarei... ucciderei mille altri Landell» disse, smorzando un po' della soddisfazione che provavo guardando la sua spada caduta a terra. «E non ci perderei un istante di sonno. Ma tu non dovrai mai avere paura di me. Mai.»

Il mio sguardo volò sui suoi occhi. Nelle sue parole non c'era compiacimento, né mi fissava con aria canzonatoria. «Io non ho paura di te.»

Casteel aggrottò la fronte, confuso, e io colsi l'attimo per scattare verso la spada. Non avevo la più pallida idea di cosa avrei fatto una volta che l'avessi afferrata.

Non ebbi modo di scoprirlo.

Casteel mi prese per la vita, muovendosi così silenziosamente che non lo sentii alzarsi o balzarmi addosso. Mi sollevò da terra e fece una torsione per assorbire la caduta. Io gli finii sopra.

«Tutto questo mi ricorda le stalle» sussurrò sulla mia nuca, in tono decisamente meno vulnerabile di prima. Rotolando, mi fece finire sotto di lui. «Impetuosa, ora come allora.»

Il peso e il calore di Casteel contro la mia schiena e il gelo della neve su petto e addome sconvolsero i miei sensi, lasciandomi stordita.

«Una qualità attraente per pochi.» La sua voce era un caldo sussurro al mio orecchio, ed evocava memorie di lenzuola intrecciate e spezie inebrianti.

Lo spazio tra noi era ridotto a meno di un centimetro. Lo sentivo addosso a me sulla schiena, sopra la curva del mio sedere, dove una delle sue gambe si insinuava tra le mie. Il suo profumo era perdizione e insieme al gelo pungente della neve riempiva i miei respiri, troppo brevi e troppo corti, mentre ogni parte del mio corpo diventava consapevole della sua presenza.

«Ma...» Mi sfiorò la guancia con la bocca per poi graffiarmi con i denti affilati, provocandomi un brivido proibito. Voleva mordermi? Una pressione dolorosa mi riempì il petto e scivolò verso il basso, evocando un'ondata di incredulità. Volevo...? Volevo che lo facesse? No. Certo che no. Non potevo. Le sue labbra si curvarono contro la mia pelle, dove il segno del morso stava guarendo. «Io non sono come la maggior parte delle persone.»

«La maggior parte delle persone non è pazza come te» dissi con una voce roca che non mi apparteneva.

«Non è una cosa molto gentile da dire.» Mi graffiò più forte con i denti affilati, appena più in basso rispetto al punto in cui mi aveva morso in precedenza, e io sobbalzai con un ansito. «E la verità è che la mia follia ti piace.»

Il sangue mi scorreva nelle vene così rapido da farmi venire le vertigini. «Non c'è niente che mi piaccia di te.»

Casteel rise, sfiorandomi il collo con le labbra. «Adoro le tue bugie.»

«Non sto mentendo.» Mi chiesi se fosse stato lui a spostarmi la testa di lato o se lo avessi fatto da sola. Non potevo essere stata io.

«Mmm?» Le sue labbra indugiarono dove il mio sangue pulsava impazzito. «Non devi vergognarti per la tua propensione alla violenza. Non con me. Non ti ho già detto che mi eccita?»

«Fin troppe volte.» Feci forza contro il terreno e contro Casteel per rialzarmi. Per un attimo lo sentii contro di me e percepii la prova di ciò che diceva. La reazione del mio corpo a quella scoperta fu un pulsare intenso che mi fece dubitare della mia sanità mentale.

Casteel non si aspettava quella mossa e scivolò di lato... o forse mi stava solo accontentando. Probabilmente la seconda. A ogni modo, mi alzai in ginocchio e mi rivoltai contro di lui con un pugno violento.

Casteel mi afferrò la mano. «Immagino quindi che suonerebbe ripetitivo dirti quanto mi stai eccitando adesso?»

«Sì, e anche incredibilmente inquietante.»

Lui mi sorrise, gli occhi due fiamme dorate gemelle. «Il combattimento corpo a corpo con te è davvero il mio preferito.» Calai un nuovo pugno e lui mi afferrò l'altro polso. «Mi piace come ci fa avvicinare, principessa.»

Urlai per la frustrazione – e la rabbia – che provavo nei suoi confronti. E nei miei. «Tu hai davvero dei grossi problemi!»

«Probabile, ma sai una cosa?» Sollevò la testa da terra. «È quella la cosa che ti piace di più.»

«Non c'è nulla...» La replica morì sulla punta della mia lingua. Sotto la sua testa, la neve sembrava alzarsi da terra, ma... non era possibile. Sollevai lo sguardo e vidi nuvolette di nebbia bianca avanzare lentamente. *Nebbia*. «La vedi?»

«Che cosa?» Casteel girò la testa. «Merda. Craven.»

Il mio cuore tremò. «Non immaginavo ci fossero Craven qui.»

«E per quale motivo immaginavi che non ci fossero?» La sua voce suonò incredula. «Sei a Solis. I Craven sono dovunque.»

«Ma qui non ci sono Ascesi» osservai, mentre la nebbia si addensava e si diffondeva. «Come fanno a esserci i Craven?»

«Un tempo c'erano anche gli Ascesi.» Casteel si alzò a sedere, attirandomi più vicina. «Si nutrivano, e anche parecchio. Elijah e gli altri tengono i Craven lontani ma, visto che Pontebianco è dall'altra parte dei boschi e alcune fanciulle giovani e carine li attraversano correndo alla cieca nel cuore della notte, non è che manchi loro il cibo.»

«Non sono corsa nel bosco alla cieca» sbottai.

«Invece lo hai fatto, e non ti sei nemmeno resa conto che in questa foresta ci fossero dei Craven.» La sua voce si indurì con un'ombra della rabbia di prima. «E con te non avevi altro che un maledetto coltello da carne. Perché sei scappata, Poppy?»

Un urlo stridulo mi fece raccapricciare. «Credi che sia un buon momento per discuterne?»

«Sì.»

Lo guardai con occhi increduli.

«No?» disse, poi aggiunse un sospiro. Si sollevò rapido come l'aria, rimettendomi in piedi. Lasciò andare una delle mie braccia, si chinò e raccolse la spada che gli era caduta.

Un altro strillo risuonò acuto, seguito dal crepitio di rami spezzati, e il sangue mi si gelò nelle vene. «Credo...»

Senza preavviso, Casteel mi attirò contro il suo petto.

Prima ancora che ne capissi il motivo, la sua bocca fu sulla mia, rubandomi il fiato e disperdendo i miei pensieri. Fu un bacio bollente e affamato, uno scontro di labbra e denti, che mi ricordò ancora una volta quanto si fosse trattenuto quand'era Hawke e mi baciava, e tutto ciò che mi aveva tenuto nascosto. Non si trattava solo delle zanne, ma anche del potere... il *suo* potere.

Sollevò la bocca dalla mia e con occhi quasi luminosi fissò i miei, sgranati. «Ma ne riparleremo più tardi» promise, cacciandomi in mano la spada. «Fammi sentire incompetente e uccidine più di me, principessa.»

Per un momento rimasi inchiodata dov'ero, l'impugnatura della spada fredda contro il palmo. Le urla dei Craven mi ridestarono dal mio turbamento. Mi voltai mentre Casteel raccoglieva l'altra spada. Non c'era tempo per pensare a nulla, soprattutto non dopo il bacio. La nebbia cresceva e raggiungeva ormai le ginocchia...

Si riversarono fuori da un gruppetto di alberi, una marea di corpi grigi ed emaciati, zanne snudate e occhi rossi e ardenti come tizzoni. Non avevo mai visto Craven in un tale stato di... disfacimento. I crani non avevano capelli, o al massimo rimanevano solo chiazze di ciocche impastate. Le casse toraciche erano quasi completamente esposte attraverso gli abiti laceri che indossavano. Erano così smunti, così avvizziti, che non potevo fare a meno di provare pena per i mortali che erano stati un tempo e i cadaveri in decomposizione che erano diventati.

Mentre correvano scavalcando massi e rami caduti, mi preparai. Perché anche in quelle condizioni erano veloci, e nella loro sete di sangue sarebbero stati letali.

Il primo che mi raggiunse un tempo poteva essere stato una donna. Lo si capiva dall'abito giallo sbiadito e dall'anello adorno di pietre preziose che portava ancora al dito. Urlava e correva, con gambe sottili come giunchi e le mani tese verso di me. Le dita terminavano in artigli affilati come rasoi che avrebbero potuto facilmente lacerare la pelle.

Io ne ero la prova.

La Craven spalancò la bocca, esponendo i due canini superiori allungati, e gli altri due che spuntavano dalla mandibola. Le andai incontro e le affondai la spada nel petto. Uno spruzzo di sangue marcio riempì l'aria dell'odore di putrefazione. Se l'arma non fosse stata una lama di diaspro sanguigno o un paletto ricavato dagli alberi della Foresta di Sangue, avrebbe continuato ad attaccare, squartandosi in due pur di arrivare a me. Avevo già visto un Craven farlo. Ma la lama *era* di diaspro sanguigno, e la creatura morì nell'istante in cui le trafisse il cuore.

Mentre crollava a terra, liberai la lama con uno strattone e mi voltai. Casteel aveva decapitato un Craven, un altro modo infallibile per ucciderli. Non ero preoccupata per lui. Immaginavo che ci sarebbero voluti dozzine di Craven, se non di più, per sopraffare un Atlantiano.

Mentre trafiggevo al petto un'altra creatura, non potei fare a meno di pensare che se ci fosse stato anche solo un barlume di verità nelle affermazioni degli Ascesi, i quali sostenevano che i Craven fossero controllati dall'Oscuro, difficilmente avrebbero cercato di squarciargli la carne in quel momento. Già lo sapevo, però, avendo visto i Craven attaccarlo nella Foresta di Sangue. Quella non era altro che un'ulteriore prova del fatto che Casteel aveva detto il vero.

E delle menzogne che mi erano state raccontate.

La furia mi diede energia. Trafissi il collo di un Craven, mozzandogli la testa con il diaspro. Ruotai su me stessa e mi trovai faccia a faccia con occhi inumani e agghiaccianti e denti pronti ad azzannare. Quando il mio sguardo incontrò quello del Craven, fui assalita da un momento di terrore puro e assoluto, che minacciava di riportarmi indietro negli anni, al mio incubo infinito, quando non ero riuscita a tenere stretta la mano di mia madre, scivolosa per il sangue che la macchiava, e al dolore del primo artiglio e poi del primo morso.

Non ero più una bambina piccola, incapace di difendersi. Non ero debole. Non ero una preda.

Lanciai un urlo intriso di rabbia, che riconobbi a stento come mio, e affondai la lama nel petto infossato del Craven. La luce empia nei suoi occhi si spense, l'ultima traccia di vita.

«Io sei» disse Casteel. «Tu?»

«Quattro» risposi, ritrovando la calma. Quanto avrei voluto poter ignorare quello che intendeva. Mi lanciai sotto le braccia di un altro Craven e gli piantai la spada in profondità nella schiena. «Cinque.»

«Che vergogna» mi prese in giro, e io roteai gli occhi.

L'ululato di un Craven mi fece voltare di scatto. Mi corse incontro e io avanzai, stringendo l'elsa con entrambe le mani mentre gli cacciavo la lama sotto il mento. Quando liberai la spada, mi accorsi che la nebbia si era ormai quasi dissolta.

Con il cuore che batteva forte abbassai l'arma, mentre Casteel infilzava l'ultimo Craven. Feci un passo indietro, e qualche respiro profondo. Casteel liberò la lama dai resti putridi e si voltò verso di me. Forse voleva controllare che fossi ancora in piedi o accertarsi che non scappassi... o che non tentassi un assalto con la spada.

Non aveva motivo di preoccuparsi delle ultime due cose. Ero di gran lunga troppo stanca per correre ancora.

«Speravo di avere la possibilità di salvarti.» Casteel si inginocchiò, ripulendo la lama sulla gamba dei pantaloni del cadavere. «Ma il mio aiuto non ti è servito.»

«Spiacente di averti deluso.» Spostai lo sguardo sul Craven di fronte a me. Non indossava una camicia, per questo riuscii a vedere la ferita che aveva allo stomaco, quattro tacche profonde lungo la vita, segni di un'orribile sfumatura viola, mentre il resto della pelle aveva il colore della morte. Di lui non si era nutrito un Asceso. Mi chiesi quanti anni avesse prima che il morso di un Craven lo maledicesse. Che faceva per vivere? Era una guardia, o un Cacciatore? Un banchiere? Un contadino? Aveva una famiglia? Bambini che erano stati fatti a pezzi di fronte a lui? «Te l'ho mai detto che sono stata morsa da un Craven?»

«No» rispose lui in tono sommesso. «Dove?»

«Alla gamba. È talmente sfregiata ormai che sembra siano stati artigli, ma erano zanne.» Non sapevo bene perché stessi ripensando a tutto questo, o ne stessi parlando. «Non ho mai capito perché fossi sopravvissuta al morso, mentre tutti gli altri venivano maledetti. Avevo pensato di parlartene dopo che siamo stati... insieme, ma poi è successo altro. Non ho detto niente perché anche di questo avevo l'ordine di non parlare. La regina mi disse che era andata così perché ero la Vergine, l'unica prescelta dagli dei. Ecco perché non mi ero trasformata. Ma in realtà non sono stata prescelta da niente e nessuno.» Guardai Casteel. «È perché sono in parte Atlantiana, vero?»

Casteel si avvicinò, rinfoderò la spada e si fermò al mio fianco. «Il morso di un Craven non maledice gli Atlantiani, ma se sono in numero sufficiente e riescono a tagliarci la testa, immagino che possano ucciderci.»

«Sono sicura che il motivo per cui non mi è mai stato permesso di usare il mio dono o di parlare dei morsi è perché si tratta di caratteristiche atlantiane» dissi. «Forse gli Ascesi avevano paura che se la gente lo avesse saputo, qualcuno si sarebbe reso conto del vero significato.»

«Qualcuno sapeva?» domandò lui.

«Vikter era a conoscenza dei morsi e del dono, ma non Tawny. Mio fratello sapeva... cioè, *sa*. Lo sa.» Aggrottai le sopracciglia. «E i Teerman.»

«Tra i Caduti ci sono anche Atlantiani. Se uno di loro

avesse saputo del tuo dono o del morso, avrebbe compreso.» Casteel mi posò la mano sulla guancia e mi passò il pollice lungo un lato del viso, sotto la cicatrice, facendomi irrigidire. «Sangue di Craven» spiegò, ripulendomi. Mi guardò negli occhi. «Se avessi saputo che quei segni erano morsi, avrei capito all'istante che cos'eri.»

«Già, be'...» Esitai. «Avrebbe fatto differenza?»

Per un lungo istante non rispose, poi disse: «No, Poppy. Che tu fossi mortale o mezza Atlantiana non avrebbe cambiato quello che stava già avvenendo».

«Almeno sei sincero.» Provai una fitta al petto, distolsi lo sguardo dal suo e osservai i Craven. Erano arrivati dalla direzione in cui stavo andando io. Esalai un pesante respiro, sapevo che da sola non sarei sopravvissuta, non avrei mai potuto abbattere una dozzina di Craven. E armata solo di un coltello. Questo dovevo ammetterlo. Sarei morta quella notte, e non era certo quello il tipo di libertà che stavo cercando.

Per qualche motivo, ripensai a ciò che Casteel mi aveva detto in passato, in quella che ormai sembrava un'altra vita. «Ricordi che, quando ci siamo incontrati, hai detto che ti sembrava di conoscermi?»

«Sì.»

«Era una bugia?»

La sua espressione si indurì, poi tornò a distendersi. «Era una bugia, per te?»

Feci no con la testa. «E allora perché?»

Casteel abbassò le ciglia folte. «Credo sia il nostro sangue atlantiano che ci fa riconoscere l'un l'altra, e che ci rende consapevoli della nostra connessione tramite un sentimento che avremmo potuto facilmente ignorare.» Avvertii la sua mano sopra quella con cui tenevo la spada. Me la tolse, e io non tentai di lottare. Lo osservai ripulire la lama per poi rinfoderarla accanto all'altra.

Incontrai di nuovo il suo sguardo. «Al coltello non rinuncio.»

«Non mi aspetto che tu lo faccia.» Un lungo momento di silenzio s'insinuò tra noi. «È ora.»

Sapevo che cosa intendeva. Era ora di tornare. Ed era vero. Non avevo più lo spirito per combattere *quella* lotta. «Cercherò di scappare di nuovo.»

«Questo lo avevo capito.»

«Non smetterò di oppormi a te.»

«Non lo vorrei.»

Pensai che fosse bizzarro. «E non ti sposerò.»

«Ne parleremo in seguito.»

«No che non ne parleremo.» A passi stanchi, andai a riprendere il mio mantello. Mi fermai di colpo, imprecando sottovoce.

«Che c'è?» Casteel mi raggiunse.

Feci un sospiro pesante. «C'è un Craven morto sul mio mantello.»

«Un luogo di certo inopportuno su cui cadere.» Lo spinse via, ma il danno era già fatto. Vedevo il sangue marcio che macchiava l'indumento, e ne sentivo l'odore.

«Se lo indosso, vomito» lo avvisai.

Lui raccolse la borsa, se la mise in spalla e si rialzò. «Sei arrivata lontano. Più di quanto ero convinto che avresti potuto.» Visto che non stava guardando, mi concessi un piccolo sorriso. «Ma non credo che morirai congelata sulla via del ritorno. E poi ti riposerai» mi disse, guardandomi. «Le battaglie che ti aspettano richiederanno tutte le tue forze, principessa.»

5

Il viaggio di ritorno fu lungo e silenzioso. Il vento aveva ripreso forza e ci martellava entrambi, tanto che cominciavo a domandarmi se gli dei si fossero svegliati e quella fosse la loro punizione. In fin dei conti, se tutto quello che Casteel e gli altri avevano detto era vero, non ero io stessa una truffa al pari del Re e della Regina di Solis? Feci del mio meglio per gestire il freddo e soprattutto per non darlo a vedere, ma sembrava impossibile nascondere qualcosa a Casteel, che a metà strada mi avvolse le spalle con il braccio e mi tenne stretta contro di lui mentre andavamo avanti, schermandomi con il suo corpo dal vento.

Che gli dei mi perdonino, ma non riuscii a resistere. Mi dissi che era colpa del gelo e della stanchezza, che non aveva niente a che fare con il suo odore intenso che mascherava il lezzo dei Craven. Niente a che fare con quanto fosse... bello potersi appoggiare a qualcuno che mi proteggeva dal vento e portava il mio peso insieme al suo. Niente a che fare con il semplice piacere di poter stare così vicino a qualcuno senza il timore di essere sgridata o giudicata indegna.

Casteel era semplicemente... caldo.

Quando infine raggiungemmo la fortezza, non avrei saputo dire quanto tempo fosse passato. Nonostante il fallimento della mia fuga, fui felice di essere accolta dal tepore della mia stanza: ero un blocco di ghiaccio con due gambe, e avevo il naso così insensibile che non ero sicura fosse ancora attaccato.

Quel che invece non mi rese molto felice fu trovare Kieran seduto sulla sedia accanto al caminetto.

Quando entrammo ci squadrò e alzò un sopracciglio. «Perché ci avete messo così tanto? Cominciavo a sospettare che lei ti avesse battuto.»

«Sei veramente il ritratto dell'angoscia, lì seduto.» Casteel mi sospinse verso il fuoco, e io lo lasciai fare: tremavo così forte che le mie ossa sembravano muoversi da sole.

«Ero fuori di me per la preoccupazione» ghignò Kieran.

Casteel storse il naso. «Avevamo delle questioni da risolvere, e lo abbiamo fatto.»

«Non è vero» buttai fuori io, tra i denti che battevano.

Ignorando le mie parole, Casteel mi aprì le mani contratte. «Ci siamo imbattuti in un gruppo di Craven» spiegò sfilandomi i guanti fradici e lanciandoli davanti al caminetto. «Una dozzina o poco più.»

Kieran alzò la testa verso di me mentre Casteel mi girava attorno e si toglieva di dosso la mia borsa. «Chissà come te la saresti cavata con il tuo coltello da bistecca.»

«Chiu-chiudi il becco» balbettai, e avvicinai le mani al fuoco quanto più potevo senza scottarmi.

«Lo sapeva che non se la sarebbe cavata.» Casteel si passò una mano tra i capelli baciati dalla neve e li gettò all'indietro. «Per questo è così arrabbiata.»

«Mi permetto di dubitare che sia l'unica ragione» commentò Kieran.

Gli lanciai un'occhiata che lo avrebbe incenerito sul posto, se solo gliene fosse importato qualcosa.

Ma non gliene importava nulla, almeno a giudicare dal

suo ghigno, che si allargò di un centimetro. «Avevo fatto preparare una vasca da bagno. L'acqua sarebbe ancora calda se vi foste presi la briga di tornare prima.»

Feci per precipitarmi nella stanza da bagno, ma il tono con cui aveva detto *presi la briga* sprizzava un po' troppo divertimento. «Ti aspetti forse dei ringraziamenti formali?»

«Non sarebbe male» fu la sua risposta. «Ma non credo che ne riceverò.»

Il calore stava tornando nelle mie dita con un formicolio. Lanciai un'altra occhiata colma di desiderio alla stanza da bagno. «Credi bene.»

«Di solito è così.» Kieran mi osservò ancora per un momento, poi si alzò. «Prendo alcuni uomini e vado a occuparmi dei Craven.»

«Vengo con te» disse Casteel. Lo guardai sorpresa, e lui se ne accorse prima che potessi distogliere lo sguardo. «Non li lasciamo a marcire là fuori. Erano umani, un tempo. Li bruciamo.»

A Masadonia veniva fatta la stessa cosa con i corpi di quelli che attaccavano l'Alzata, ma a lasciarmi allibita era il fatto che Casteel intendesse uscire di nuovo di *sua* volontà. Era una cosa che mi sarei aspettata da Hawke, non dal principe. E poi là fuori si gelava... anche se lui continuava a sembrare assolutamente indisturbato dal freddo. Mi morsi il labbro per cercare di restare zitta, ma non bastò: la curiosità aveva sempre la meglio su di me. «Non lo senti, il freddo?»

«Ho la pelle dura» fu la sua risposta. Aggrottai le sopracciglia, non riuscendo a capire se stesse scherzando o meno. «Per fare il paio con la mia testa.»

Almeno quella era la verità.

«Vorrei chiederti di lasciare perdere ogni ulteriore tentativo di fuga per questa notte» continuò, e io digrignai i denti. «Piuttosto, fai il bagno e riposa. E se proprio dovesse venirti voglia di testare i tuoi limiti di resistenza al freddo, sappi che metterò Delano di guardia alla porta.»

Povero Delano, pensai. L'ultima volta che lo avevano messo di guardia le cose non gli erano andate tanto bene... e nemmeno a me.

Casteel si avviò verso la soglia, dove Kieran lo aspettava, ma a metà strada lo sentii mormorare: «Comportati bene, principessa».

Mi voltai di scatto con un migliaio di risposte taglienti sulla lingua, ma la porta si stava già chiudendo. Imprecai in maniera tutt'altro che fine, e allo scatto della serratura che si chiudeva lo sentii ridere.

Repressi la voglia di prendere a calci la porta, sapendo che non sarebbe servito a granché, se non a farmi male ai piedi assiderati. Invece mi sfilai dalla coscia il fodero e lo misi davanti al fuoco per farlo asciugare, poi appoggiai il coltello sul comodino, mi tolsi veloce di dosso i vestiti quasi congelati, li impilai vicino al camino e corsi nella stanza da bagno. L'ambiente era immerso nella luce morbida di varie lampade a olio: c'erano diverse brocche piene di acqua pulita, e quando immersi le punte delle dita nella vasca scoprii che l'acqua era ancora abbastanza calda.

In effetti era stato un pensiero carino da parte di Kieran: forse avrei dovuto ringraziarlo davvero.

Ma d'altro canto anche lui era uno dei miei carcerieri, quindi c'era poco da essere grata. E *non* lo sarei stata.

Alzai gli occhi al cielo e mi immersi nella vasca. Sussultai quando l'acqua calda mi toccò la pelle gelata e le ginocchia graffiate, e fu solo in quel momento che la realtà di tutto quel che era successo quella notte mi affondò nello stomaco, come una manciata di biglie di piombo. Né Casteel né Kieran erano nei pressi della mia porta quando ero fuggita, eppure avevano scoperto subito la mia assenza. Forse avevo aspettato troppo a uscire e uno dei due era già diretto alla mia camera.

Mi gettai la treccia dietro la spalla, presi la saponetta che profumava di lillà e cominciai a sfregarmi vigorosamente la pelle. No, non sarebbe cambiato nulla se anche fossi scappata prima: mi avrebbero trovata comunque, viva... o fatta a pezzi dai Craven.

La mia fuga era stata un'idea sciocca e mal pianificata, nata solo dal desiderio di ritrovare mio fratello e... sì, anche dal panico. Non per ciò che Casteel aveva fatto a cena, quanto piuttosto per lo schiacciante senso di impotenza che provavo e...

Il sapone mi sfuggì dalle dita. Mi portai una mano al morso che avevo sul collo, e una fitta dolorosa mi attanagliò in fondo allo stomaco. Il morso. *Quello* sì che aveva a che fare con il motivo per cui ero scappata.

Riaprii gli occhi e ripescai il sapone, e nella calma immobile della stanza compresi la verità della mia situazione: fuggire era quasi impossibile, persino avendo tutto il tempo per prepararmi, risorse appropriate – incluso il diaspro – e un clima più favorevole agli spostamenti.

Kieran mi avrebbe rintracciata ovunque.

Casteel sarebbe venuto a riprendermi.

Mi sdraiai nella vasca con un sospiro, e ci rimasi finché mi resi conto che l'acqua si era raffreddata. Uscii, mi asciugai. Presi la veste da notte dalla mia borsa, e con sollievo scoprii che era asciutta. La indossai, mi infilai a letto e iniziai a sciogliere lentamente la treccia: avevo ancora i capelli bagnati sulle punte, ma si sarebbero asciugati. Mi rannicchiai su un fianco, scrutando la porta.

Il calore delle coperte mi cullò verso il sonno, a dispetto dei miei pensieri che continuavano a turbinare. Ma non doveva essere passata nemmeno un'ora quando una risata profonda dall'esterno mi svegliò di soprassalto.

Casteel.

Era davanti alla mia camera. Perché? In un attimo mi

vennero in mente un milione di pensieri diversi, immagini di me e lui avvinghiati l'uno all'altra...

Balzai giù dal letto come se il materasso fosse in fiamme e afferrai il coltello.

Non poteva essere lì per controllare che fossi ancora dentro, non con Delano di guardia. Dunque perché era qui anziché in camera sua, a riposarsi anche lui da quella notte devastante?

Il cuore perse un colpo.

Doveva avere anche lui una camera da letto... no? Mi guardai intorno. *Quella* era la sua camera.

Al rumore della serratura che scattava mi voltai. La porta si aprì lasciando filtrare una ventata umida e fredda che agitò il fuoco e...

Casteel entrò con il piglio di chi aveva tutto il diritto di farlo. Si fermò a esaminare quel che avevo in mano, esalò un lungo sospiro e si chiuse la porta alle spalle, ma abbastanza saggiamente non distolse lo sguardo da me.

«Poppy, è stata una lunga giornata, seguita da una notte altrettanto lunga, e lo sai. Ora, per quanto io sia sollevato nel constatare che non sei sfuggita anche a Delano, e per quanto ti trovi adorabile con quella veste da notte, e quel coltellino in pugno...»

Gli lanciai il coltello, mirando alla testa come mi aveva suggerito lui.

Casteel fece un balzo di lato e lo afferrò a mezz'aria. Sapevo bene quanto fosse veloce, eppure ogni volta era strabiliante da vedere. Rimasi senza fiato, mentre una irritante vocina nella testa mi diceva che mi sarei dovuta aspettare esattamente quello che era appena accaduto.

Casteel imprecò tra i denti quando la sua mano si chiuse sulla lama. Vidi un rivolo di sangue colargli tra le dita, ma non provai il minimo briciolo di rimorso: non aveva fatto nulla per meritarsi un coltello in faccia *in quel preciso istante*, ma non avevo dubbi che se lo sarebbe meritato nei minuti successivi.

Lui aprì lentamente la mano e lasciò cadere il coltello per terra. La lama insanguinata tintinnò sul pavimento di legno. «È la seconda volta che versi del sangue stanotte.» Mi fissò per un lungo, tesissimo momento. Poi alzò un sopracciglio scuro. «Sei sempre così incredibilmente violenta.»

«Solo quando ci sei tu nei paraggi.»

Le sue labbra si sollevarono in un mezzo sorriso, rivelando la fossetta sulla guancia destra. «Lo sai molto bene che non è vero.» Entrò nella stanza da bagno e si sciacquò la mano nel catino accanto alla porta. «Sai invece cosa lo è?»

Strinsi la mascella così forte da sentire dolore pur di non rispondere. Forse, se lo avessi ignorato abbastanza, se ne sarebbe andato. Poco probabile, ma la speranza era l'ultima a morire.

Casteel mi lanciò un'occhiata da sopra la spalla, in attesa.

Sentii una vampata di frustrazione. «Che cosa?»

E questa volta mi sorrise. Un sorriso autentico che fece apparire entrambe le fossette, e non solo quelle. Non dovendo più nasconderle dietro le labbra strette, lasciò che si intravedessero anche le zanne. Il respiro mi si bloccò in gola, e non avrei saputo dire se fosse per le zanne o le fossette o il calore sincero del suo sorriso. Li avevo visti tutti, i suoi sorrisi, e ormai sapevo riconoscerne uno vero. Quello con le labbra semicurve segnalava che era divertito. Quello predatorio ricordava l'espressione sul muso di un grosso felino la cui preda aveva appena fatto uno stupido errore. Quello freddo non raggiungeva mai i suoi occhi. Quello contorto, simile a un ghigno, prometteva un'esplosione di violenza. Quei sorrisi non erano sempre stati diretti a me, nemmeno durante il nostro scontro di quella notte nel bosco, ma li avevo visti tutti, almeno una volta, sul suo viso.

Quella di adesso, però, era un'espressione che gli ammorbidiva le linee nette del volto e trasformava l'ambra fredda dei suoi occhi in miele caldo. Il più pericoloso di tutti i suoi sorrisi, almeno per me. Non si era arrabbiato perché gli avevo lanciato un coltello e lo avevo fatto sanguinare, ma un campanello di allarme squillò comunque dentro la mia testa. Quel sorriso invitava a dimenticarmi della realtà, di tutte le sue menzogne e di tutto il sangue che era stato versato.

Mi ricordava *Hawke*.

Poi, per fortuna, subentrò l'istinto di sopravvivenza e, nonostante quel sorriso continuasse a stritolare il mio stupido cuore, la sensazione scemò.

Casteel si voltò verso di me con la mano aperta: il sangue non c'era più. Della ferita restava solo una pallida linea rosa che attraversava il palmo. «Questa cosa non smette di eccitarmi, principessa.»

Esalai un respiro tremante. «Ho l'impressione di avertelo già detto un milione di volte, ma a quanto pare lo devo ribadire: c'è qualcosa che non va in te.»

Lui scrollò le spalle. «Secondo alcuni c'è qualcosa che non va in ognuno di noi, e io tendo a essere d'accordo.»

«Non ti facevo così filosofico.» Lanciai un'occhiata al coltello sul pavimento mentre Casteel svuotava il catino in un secchio. Non poteva essersi dimenticato che io avevo quell'arma, o che fosse ancora lì alla mia portata in quel momento. Stava aspettando di vedere che cosa avrei fatto?

«Ci sono un sacco di cose che non sai di me.» Tornò nella camera da letto e raccolse la brocca d'acqua che si scaldava davanti al caminetto. «Non vedo l'ora di tornare a casa, dove tutto quel che serve per avere dell'acqua calda è aprire un rubinetto.»

«Cosa?» Mi voltai verso di lui. «Che intendi dire?»

Il mezzo sorrisetto riapparve. «Ad Atlantia tutte le case hanno acqua calda che arriva dai tubi direttamente nei lavandini.»

«Non raccontarmi storie.»

Mi lanciò un'occhiata mentre appoggiava la brocca accanto al catino. «Perché mai dovrei mentirti su una cosa del genere?»

«Perché sei un bugiardo compulsivo?»

Casteel sbuffò a bassa voce e allentò il colletto della tunica. «Tu mi ferisci, Poppy. Proprio qui.» Si appoggiò una mano sul cuore. «Di nuovo.»

«Piantala. Guarirai, come ogni altra volta. Sfortunatamente.»

Lui ridacchiò. «A quanto pare non sono l'unico bugiardo qui.» Si afferrò il bordo della tunica. «Tu saresti molto addolorata se io non guarissi.»

«Sai quanto mi importerebbe...» Spalancai gli occhi. Si stava sfilando l'abito. «Che stai facendo?»

«A te che sembra?» Indicò la vasca. «Ho appena finito di maneggiare una massa di corpi putrefatti. Vorrei lavarmi.»

Casteel cominciò a riempire di nuovo la vasca di acqua calda e io, per qualche istante, rimasi senza parole. In parte perché non riuscivo a credere a quello che accadeva, e in parte perché... accidenti, il suo corpo era un'opera d'arte, persino con tutti i graffietti e le cicatrici sottili che alla luce delle lampade intravedevo appena. «E intendi farlo qui? Perché?»

«Perché questa è la mia camera. E per il resto della notte – il poco che ne resta – sarà anche la tua.» Si sporse oltre la vasca per raccogliere le caraffe che io non avevo usato, e i muscoli della sua schiena e delle sue spalle si mossero in un intrico affascinante sotto la pelle tesa.

Il cuore mi martellava nelle orecchie. «L'acqua nella vasca l'ho già usata io...»

«È ancora abbastanza pulita. E ho condiviso acque molto più luride con persone molto meno interessanti.»

«Ma non puoi andare in un'altra stanza e farti un bagno

per conto tuo? Con dell'acqua pulita? Sono sicura che c'è un sacco di gente qui che non vede l'ora di rendersi utile al suo principe.»

«C'è senz'altro.» Mi guardò con un sopracciglio sollevato. «Ma lasciarti da sola, con la possibilità che tu ti metta in testa di intraprendere chissà quali altre sconsiderate, benché eccitanti, iniziative... meglio di no. E non posso lasciare qualcuno di guardia alla tua porta tutta la notte. Abbiamo tutti bisogno di riposo. Anch'io.»

«Perché? Domani partiamo?»

«No. Non finché dura la tempesta. Sarebbe un viaggio infernale.» Mi guardò. «La stessa tempesta in cui saresti finita tu se fossi riuscita a scappare.» Le sue mani si spostarono sui bottoni delle brache...

E io distolsi subito lo sguardo. «Non riesco a credere che tu lo stia facendo davvero.»

Casteel ridacchiò. «Non è nulla che tu non abbia già visto.»

«Il che non significa che debba vederlo di nuovo» ribattei, sentendo il rumore del tessuto che cadeva sul pavimento.

«Interessante scelta di parole.»

Dicevo a me stessa che non avrei dovuto, ma fui incapace di resistere e sbirciai verso la stanza da bagno: colsi così uno scorcio di pelle dorata e ciocche sparse di capelli neri, i polpacci poderosi e la curva liscia e muscolosa della schiena. Il suo corpo era *davvero* un'opera d'arte, e i segni lasciati dalla violenza stranamente ne accentuavano la bellezza.

«Avresti potuto dire che non *volevi* vederlo di nuovo» continuò Casteel, facendomi sobbalzare e inducendomi a distogliere ancora lo sguardo, con le guance in fiamme. Seguii il rumore dell'acqua mentre lui si infilava nella vasca. «Puoi guardare. Adesso sono... decente.»

Incrociai le braccia sul petto.

«O meglio, abbastanza decente per i tuoi occhi da ex Vergine.» Questa volta mi girai sul serio, ma vidi solo la sua nuca e le sue spalle. E fu sufficiente. «Tuttavia immagino che il tuo problema non sia quel che è decente o che ci si aspetta da te, dico bene? Non sei mai stata il tipo di ragazza che segue le regole.»

Scossi la testa, anche se non mi poteva vedere. Lui prese il sapone e se lo rigirò tra le mani. Aveva ragione: non mi erano mai interessate né la decenza né le aspettative, e questo da ben prima che lui irrompesse nella mia vita come un uragano. Ma, nonostante questo, non era di sicuro accettabile che lui restasse in quella stanza con me.

Staccai gli occhi da quello spettacolo e mi voltai verso...

«Prendi pure il coltello.» La voce di Casteel mi gelò.

Mi girai di scatto al rumore dell'acqua che sciabordava. Come faceva a saperlo?

«È questo che vuoi, no? Se ti fa sentire più sicura, a me la cosa non dà nessun problema.» Casteel si spruzzò dell'acqua in viso. Rivoli scorsero giù lungo il collo e lungo le spalle dalla splendida forma. «Prendilo, Poppy.»

Mi si era seccata la bocca. «Non hai paura che lo usi su di te mentre ti rilassi nell'acqua?»

«Ci conto. Anzi, sarei sorpreso se non dovesse succedere. Per questo mi sono portato anche le mie spade. Mi aspettavo che avresti tentato di prenderne una.»

E lo avrei fatto, se fossero state abbastanza vicine. Aprii e chiusi le mani abbandonate lungo i fianchi: Casteel mi stava offrendo una sorta di protezione, un senso di sicurezza, e per qualcuno sarebbe stato un fatto positivo. Ma non per me. Io la trovavo un'offerta inutile e offensiva: sapevamo entrambi che una coltellata lo avrebbe semplicemente fatto sanguinare per un po'.

Mi diressi comunque a raccogliere l'arma, a passi veloci. Ma la mia irritazione scemò alla vista del sangue sulla lama. Il suo sangue. Mi si contorse lo stomaco.

«Vuoi che ti racconti della terra dove l'acqua calda scorre se si gira un rubinetto?» chiese Casteel nello sciabordio della vasca. Sì che volevo, anche se non ero sicura di potergli credere. Ma rimasi in silenzio. Raccolsi l'asciugamano che avevo usato quella sera e me ne servii per pulire la lama.

«È grazie al sistema di caldaie e tubi» spiegò lui. «I tubi partono dalle caldaie, che in genere si trovano in un locale accanto alle cucine, e portano l'acqua calda ovunque serva.»

La mia riluttante curiosità ormai si era risvegliata. «Che cosa sono le caldaie?»

«Sono come... grossi forni in cui del materiale combustibile riscalda taniche piene d'acqua.» Casteel si alzò in piedi senza preavviso e l'acqua scese a cascata sulla pelle scintillante della sua schiena e tra le sue...

Mi voltai, con il cuore in tempesta. Solo dopo una manciata di secondi osai lanciare un'occhiata sopra la spalla mentre lui tornava in camera da letto, con un asciugamano avvolto attorno alla vita. Era letteralmente... Non avevo le parole per descrivere quel livello di indecenza. O forse ne avevo fin troppe, nella mia testa...

Casteel mi sorrise, attraversò la stanza e aprì un armadietto sul muro, a cui io non avevo badato. Ne tirò fuori un paio di pantaloni neri. «Si usa anche l'elettricità per le caldaie. E sì, ad Atlantia in ogni casa e ufficio c'è la corrente elettrica, per chiunque vi risieda.»

Fissai il fuoco riflettendo sulle sue parole. Se solo fossero state vere... Quella sarebbe stata probabilmente la prima delle molte cose che rendevano il suo regno diverso da quello in cui ero cresciuta. A Solis, solo le persone più ricche o più altolocate avevano la corrente elettrica. «Com'è possibile?»

«Qui l'elettricità è una risorsa esauribile, ma non deve essere così per forza. Sono gli Ascesi che creano questa situazione.» Una rapida occhiata mi rivelò che i pantaloni avevano sostituito l'asciugamano. Si trattava di un indumento da camera, più largo dei pantaloni normali, e che pendeva sui fianchi in maniera oscenamente bassa, sorretto da una sorta di fascia che sembrava sfidare la gravità. Casteel raccolse il cumulo di vestiti sporchi, li gettò nel cesto della biancheria e mise quest'ultimo fuori dalla porta. «Una componente fondamentale per mantenere il loro potere su tutto e tutti» continuò mentre chiudeva la porta, «è mantenere la divisione tra i mortali che possiedono cose e quelli che non hanno nulla.»

Sedette sulla sedia nell'angolo, appoggiò la schiena e incrociò le gambe, con una caviglia sopra il ginocchio: con quei pantaloni così larghi, era l'immagine perfetta della comoda arroganza maschile, se mai ne avevo vista una.

Tamburellò con le dita sul bracciolo della sedia. «In questo modo, chi ha giusto quel poco che gli basta per vivere convoglia la propria rabbia contro chi detiene molto più di quanto gli serva. E quindi mai contro gli Ascesi.»

Non seppi cosa ribattere. A Masadonia quella divisione era chiara ed evidente, non meno che nella capitale. E se Perledoro, dove vivevano i mortali ricchi e qualche Asceso, includeva solo alcuni isolati, a Carsodonia quello stesso spazio era grande quanto una città dentro la città, mentre tutto il resto era identico alle abitazioni vicino all'Alzata di Masadonia: casupole squadrate, ammassate l'una sull'altra.

«E ad Atlantia è diverso?» chiesi in tono di sfida, stringendomi il coltello al petto.

«Sì.»

Mi tornarono in mente le parole di Landell. «Mi sembra che i problemi non vi manchino comunque.»

Le sue dita si fermarono. «I problemi esistono dappertutto, Poppy.»

«E quali sono i problemi che sta avendo Atlantia a proposito di poco spazio e terra inutile?»

Casteel piegò la testa di lato. «Atlantia un tempo era un

unico territorio esteso dal Mare di Stroud fino a oltre le Montagne di Skotos. Il mio popolo costruiva città e coltivava le terre che oggi governano gli Ascesi. Quando ci siamo ritirati alla fine della Guerra dei Due Re abbiamo perso tutto quel terreno, e adesso siamo semplicemente a corto di spazio.»

«E cosa accadrà se lo finirete?»

«Non permetterò che ciò succeda.» Casteel raddrizzò la testa. «Quando sono tornato pensavo di trovarti addormentata. Probabilmente la tua giornata è stata assai più stancante che per la maggior parte di noi.»

«E infatti dormivo, ma...» Lo sguardo mi cadde sul suo petto e sui muscoli tesi del suo stomaco. Il chiarore del fuoco lasciava ben poco all'immaginazione.

«Ti ho svegliata io? Mi dispiace.» Le scuse suonavano sincere. «Ci sono molte cose di cui io e te dobbiamo parlare, Poppy.»

«Sì, certo.» Sicuramente si riferiva a quell'assurdità del matrimonio. «Comunque non serve che tu resti seminudo per parlare.»

«Per parlare non serve essere vestiti.» Era tornato il suo ghigno ambiguo. «Anzi, ti posso garantire che alcune delle conversazioni più interessanti avvengono proprio quando non ci sono vestiti di mezzo.»

Una vampata sulle guance. «Sono sicura che hai un sacco di esperienza in materia.»

«Gelosa?» Casteel appoggiò un gomito al bracciolo e il mento sul palmo.

«Ti piacerebbe.»

Il ghigno si allargò, e anche se le dita sulla guancia la coprivano, sapevo che la fossetta era lì. «Distratta?»

«No» mentii. E poi mentii ancora. «Neanche un po'.»

«Ah, capisco. Impressionata.»

«Impressionata?» Per un soffio riuscii a non scoppiare a

ridere. E poi ecco di nuovo quegli occhi un poco spalancati, le labbra lievemente schiuse, la scomparsa dell'arroganza. Era come vedere una maschera che scivolava via, ma non potevo sapere se quello che appariva al di sotto era solo un'altra maschera, soprattutto perché quei momenti duravano troppo poco e l'espressione illeggibile immediatamente ritornava.

Esalai con lentezza. «Non stavamo parlando del tuo ego spropositato. Quello è un fatto già assodato da tempo. Dobbiamo parlare di questa faccenda del matrimonio. Perché non esiste la minima possibilità che io...»

«Dobbiamo parlare del nostro futuro, certamente. Ma non adesso: è tardi e sono stanco. E se io sono stanco, tu devi essere sfinita.» A quelle parole socchiusi gli occhi. «Si tratta di una conversazione che dobbiamo affrontare entrambi nel pieno delle forze.»

«La conversazione si ridurrà a me che dico di no, non ho nessuna intenzione di sposarti. Quindi non c'è nessun futuro di cui parlare. Abbiamo già finito. Vedi quanto è semplice?»

«Non è affatto semplice» rispose lui a bassa voce. «Perché sei fuggita stanotte?»

La frustrazione stava cominciando a scavare dentro di me un vero e proprio buco. «Tu che dici? Forse perché stai cercando di costringermi a sposarti? Ti è passata per la testa questa ipotesi?»

«Forse.» Mi scrutò per un lungo istante in silenzio. «Sai perché ho scelto il nome Hawke?»

Il repentino cambio di argomento mi fece perdere un battito. «Credevo fosse il nome del poveraccio che, con ogni probabilità, hai ucciso per prenderne il posto.»

Lui rise, eppure la mia non era affatto una battuta. E mi resi conto di colpo che le sue risate, proprio come le sue espressioni e persino i suoi sorrisi, facevano parte delle sue tante maschere: una per ogni diverso Casteel, per una diversa verità o una diversa menzogna.

«Non esiste nessun poveraccio con quel nome. O almeno nessuno di mia conoscenza. Se c'è o c'è stato qualche altro Hawke in circolazione, è per pura coincidenza. C'è un motivo dietro la scelta di quel nome.»

Avrei voluto dirgli che non me ne importava nulla, ma non era vero. Oh dei, desideravo sul serio scoprire quel motivo.

Casteel abbassò la mano. «Ad Atlantia è tradizione avere un secondo nome. Di solito è quello di un familiare o di un amico a cui si vuole rendere onore. Generalmente lo sceglie la madre, e rimane un segreto: lo conoscono solo la famiglia, gli amici più stretti e le persone veramente importanti per noi, quelle con cui ci confidiamo. A me lo diede mia madre in onore di suo fratello, che si chiamava Hawkethrone. Il mio nome completo dunque è Casteel Hawkethrone Da'Neer. Da piccolo mia madre mi chiamava spesso con un diminutivo, Hawke appunto. E lo faceva anche mio fratello. Nessun altro al mondo, a parte loro due, mi ha conosciuto come Hawke. Prima di te.»

6

Hawke...

Il nome quindi non apparteneva a nessun altro. Era reale. Hawke era reale?

«A essere sincero, le uniche volte in cui mia madre mi chiama Casteel in genere include il mio secondo nome completo e i cognomi, e di solito significa che è arrabbiata per qualcosa che ho fatto o non ho fatto» continuò. «E anche se Kieran non mi chiama Hawke, conosce l'origine del nome. È stato lui a scegliere il cognome, Flynn. Pensava suonasse bene insieme a Hawke.»

«Noi... non abbiamo secondi nomi» mi sentii dire.

«Lo so.»

«Stai dicendo la verità, adesso?»

La sua espressione si indurì e fu attraversata da un'emozione che non decifrai. «Sto dicendo la verità, Poppy.»

Il dono mi premette contro la pelle, e mi tornarono in mente le parole di Kieran sulle mie abilità. Avevo detto che non era mia intenzione manipolare il principe, ma il mio dono poteva rivelarmi cosa provava e magari aiutarmi a determinare se stava mentendo. Bugie e verità erano molto spesso legate alle emozioni, e le persone potevano cercare di nascondere quello che sentivano. A volte ci riuscivano, persino quando si trattava dell'afflizione mentale più profonda. Ma anche se potevano mentire agli altri sui loro sentimenti, non potevano mentire a se stesse.

Aprirmi era sempre stato facile. Non richiedeva sforzo. I miei sensi si tesero, e fu come se una corda si formasse tra Casteel e me, collegandoci. Non andava sempre in quel modo, così particolare. A volte, le folle mi soverchiavano, risucchiandomi. Alcune persone proiettavano ciò che avevano dentro, e la loro angoscia era così profonda e intensa che stabilivano una connessione con me senza doverci provare. Con Casteel, mi ci volle qualche secondo per elaborare ciò che stavo percependo in lui. Le emozioni mi trasmettevano determinati sapori e sensazioni, e in quel momento avvertivo qualcosa di aspro e pungente in fondo alla bocca. Disagio e... tristezza.

Il suo dolore mi era familiare. Era sempre presente, come un'ombra su ogni suo passo, ogni suo respiro. Spesso riflettevo su come facesse a ridere e scherzare, a essere così incredibilmente irritante provando nel contempo una tale sofferenza. Mi chiedevo se le sue canzonature e la sua risata fin troppo facile fossero anch'esse maschere, perché sapevo che quel dolore iniziava e probabilmente terminava con suo fratello.

Non sapevo a cosa fosse collegato il disagio, ma non sentii nulla che mi inducesse a credere che non stesse dicendo la verità.

E forse... forse questo significava che il nome Hawke era reale. Che non era una bugia.

Il mio respiro successivo mi parve esile. «Perché mi stai raccontando queste cose sul tuo nome? Che importanza ha?»

Adesso era silenzioso, i suoi lineamenti si stavano distendendo. «Perché sapere che Hawke è una parte del mio nome, una parte di me, per te è importante.»

«Sai leggere nel pensiero?» domandai, pensando che probabilmente glielo avevo già chiesto in passato, ma sentivo il bisogno di farlo ancora. La lettura del pensiero non poteva essere un'ipotesi troppo azzardata, considerando come riusciva a imporre la sua volontà sugli altri. E soprattutto considerando che quello che aveva appena detto era vero. A me importava. Perché? Non ne avevo idea, che differenza faceva? In fin dei conti... nessuna.

Sul suo volto apparve un lieve sorriso. «No, non ne sono in grado, ed è una vera delusione, se si tratta di te. Vorrei davvero sapere che cosa stai pensando... che cosa provi davvero.»

Grazie agli dei non lo sapeva, perché ciò che provavo era un groviglio peggiore di quelli che combinavo quando tentavo di lavorare a maglia.

«Io sono Hawke» disse dopo un istante. «E sono Casteel. Non sono due persone separate, per quanto tu voglia disperatamente crederlo.»

Mi irrigidii, stringendo la presa sull'impugnatura del coltello. Odiavo che mi conoscesse così bene. «Questo lo so.»

«Davvero?»

Un'ondata di frustrazione mi arse la pelle, perché era vero che spesso pensavo a lui come a due persone distinte. Ma era anche comprensibile, visto che indossava sempre maschere diverse e una l'aveva usata per Hawke.

Ma non importava. Non poteva avere importanza.

«So che sei la stessa persona» dissi. «Sei la persona che mi ha mentito fin dal principio, e sei quella che mi sta tenendo prigioniera adesso. Non importa quale nome usi per farlo.»

Lui inarcò un sopracciglio scuro. «Eppure, da quando hai saputo la mia vera identità non mi hai più chiamato Hawke.»

La frustrazione divampò rapidamente in rabbia. «E che importanza ha, *Hawke*?»

Un sorriso gli affiorò sulle labbra, mostrando appena un poco di zanne. «Perché mi manca sentirti pronunciare quel nome.»

Lo fissai per quella che mi parve una piccola eternità. «Sei ridicolo, *Casteel*.»

Lui rise, un suono caldo, profondo e sincero. Percepii il suo divertimento attraverso la connessione, una spolverata di zucchero sulla mia lingua. Mi fece quasi arrabbiare, al punto da voler fare di nuovo qualcosa di davvero sconsiderato con il coltello. Non so come riuscii a resistere all'impulso che dimostrava in effetti quanto potessi essere violenta.

Il suo buon umore si spense. «Non ti ho più mentito da quando hai appreso chi sono.»

«Come faccio a crederti?» domandai. «E anche se fosse così, questo non cancella tutte le bugie precedenti.»

«Hai ragione. Non mi aspetto che tu mi creda, né mi aspetto che ti dimentichi quelle bugie.» Ancora una volta, attraverso la connessione che avevo lasciato aperta, avvertii la tristezza insieme al sapore del buon umore che stava svanendo. «Ma non ho nulla da guadagnare dalle menzogne, adesso. Ho ciò che voglio. Te.»

«Non mi hai affatto.»

Casteel sollevò un angolo della bocca. «Su questo dovremo accettare di non avere la stessa opinione. Domandami qualcosa, principessa. Chiedimi qualunque cosa, e io ti dirò la verità.»

Mi vennero in mente cento domande diverse. Avrei potuto chiedergli tantissime cose. Due su tutte svettavano.

Hai mai tenuto davvero a me?

C'è stato qualcosa di reale?

Ma non avevo intenzione di porle di nuovo. «E io dovrei semplicemente crederti?»

«Che tu lo faccia o meno, sta a te.»

Il punto quindi era se io *sceglievo* di credergli, ma non

lo sottolineai. Un'altra domanda si presentò alla mia mente, una cosa su cui avevo riflettuto in precedenza.

«Hai ucciso tu la prima Vergine?»

«Cosa?» Avvertii la sorpresa nel suo tono anche attraverso il legame: fredda come uno spruzzo d'acqua gelata.

Gli raccontai ciò che la duchessa aveva sostenuto sulle abilità della prima Vergine. «Ha detto che la Vergine si era comportata in maniera indegna, anche se doveva ancora essere consegnata agli dei. Ma le sue decisioni e le sue scelte l'avevano condotta all'Oscuro. A te.» *Proprio come è successo a me.* «In pratica la duchessa ha detto che l'Oscuro la uccise.»

«Non so per quale motivo la duchessa ti abbia detto una cosa simile. L'unica Vergine che ho conosciuto sei tu» rispose, e io avvertii il bruciore caldo e acido della rabbia irradiarsi da lui. «Non so nemmeno se sia esistita veramente un'altra Vergine.»

Non... non avevo considerato la possibilità che non fosse esistita un'altra Vergine. Ciò avrebbe spiegato perché su di lei non era stato scritto nulla, nemmeno il nome. Ma davvero poteva non essere mai esistita?

«Ho molto sangue sulle mani, Poppy. Così tanto che a volte credo che non torneranno mai pulite. Così tanto che non so nemmeno se voglio che lo siano.»

I miei occhi guizzarono sui suoi.

«E sono sicuro che tu abbia sentito un sacco di cose su di me... sull'Oscuro. Alcune sono vere. Uccido gli Ascesi ogni volta che ne ho la possibilità, a Carsodonia e in ogni città che ho visitato. E sì, trovo dei modi peculiari di porre fine alle loro vite. Sono lordo del loro sangue.»

Raggelata, non riuscii a distogliere lo sguardo. «Sei tu il responsabile della Rocca di Crestadoro... Lord Everton?»

«Lord Everton non era più in vita quando lasciai la città di Tre Fiumi. Né lo erano i mortali che lo avevano aiutato a soddisfare la sua propensione a cibarsi di ragazzini... una predilezione che andava oltre il mero nutrimento. E come di certo ti sarai resa conto, alcuni mortali sanno come stanno le cose e hanno aiutato a nascondere la verità su ciò che succede nei Templi e quando non è in atto un Rito.»

Avevo immaginato che gli Ascesi venissero aiutati. Doveva per forza essere così. I Sacerdoti e le Sacerdotesse nei Templi dovevano sapere. Le Madame delle fortezze e i servitori più vicini agli Ascesi.

«Di sicuro hai sentito la voce secondo cui sono riuscito a entrare nel maniero grazie alla mia tresca con Lady Everton, giusto?» Sì, lo avevo sentito. «Ammetto che ho usato tutte le armi in mio possesso. Dopotutto, sono stati gli Ascesi a insegnarmelo.»

Trasalii.

«Lady Everton era famosa per le sue relazioni clandestine. I servitori la aiutavano a far intrufolare i suoi amanti nel castello. Molti di loro non ne sono mai più usciti, in ogni caso io feci in modo che lei mi notasse. Alla fine mi invitò nel suo letto, e fu così che riuscii a entrare. Ma non la sfiorai con un dito, in quel senso. Mai.» Nel suo tono vi era un basso brontolio. «E se non fosse scappata quando sono divampate le fiamme, non si sarebbe salvata neppure lei.»

Di quello non dubitai nemmeno per un secondo.

Casteel si sporse in avanti e sostenne il mio sguardo. «Non sono solo gli Ascesi a macchiare le mie mani. Ci sono anche degli innocenti. Mortali e discendenti di Atlantiani che si sono trovati nel mezzo, tra me e ciò che voglio. Uno di loro è stato la tua guardia, Rylan.»

La mia gola si strinse.

«Così come le persone che hanno viaggiato fin qui insieme a noi, e innumerevoli altri. Periti a causa di una freccia, del veleno o di una caduta. Qualsiasi cosa che si frapponesse fra te e me.» Non distolse lo sguardo, nemmeno per un istante. «E Vikter? Le lady presenti al Rito? Non li ho uccisi io, ma avevi ragione. Coloro che mi sostengono hanno agito di loro volontà, ma lo hanno fatto perché infiammati dalle mie parole, spinti dal mio esempio. Perciò anche il loro sangue è sulle mie mani. Avrei dovuto assumermene la responsabilità fin dal primo momento.»

Un brivido mi percorse, di sofferenza e dolore. «Anche la tua anima è macchiata da un po' di quel sangue?» sussurrai.

«Parecchio.» Casteel si appoggiò allo schienale. «Ma non da quello della prima Vergine. Se è esistita davvero, ed era come te – in parte Atlantiana, con i tuoi stessi doni o qualcosa di simile – non è stata consegnata agli dei. Molto probabilmente fu usata nello stesso modo in cui intendono usare te.»

Esalai un respiro tremante. «Se... se già avevano tuo fratello, perché avevano bisogno di lei?»

Casteel mi osservò. «Gli Atlantiani hanno bisogno di sangue atlantiano per sopravvivere. Un mezzo Atlantiano può fornire il nutrimento necessario. È così che fui tenuto in vita io.»

Deglutii con la gola chiusa, perché nonostante tutto soffrivo per lui. Soffrivo anche per lei, una donna che non avevo conosciuto, che nemmeno sapevo per certo fosse esistita. «Quindi forse l'hanno tenuta prigioniera per... nutrirlo? Per tenerlo in vita?»

«Senza sangue atlantiano, non possiamo morire» disse lui.

Aggrottai la fronte. «Com'è possibile che non sopravviviate, eppure viviate lo stesso?»

«Perché ciò che diventiamo non può essere paragonato all'essere in vita» rispose. Prima che potessi fare domande, proseguì. «Se c'è stata una prima Vergine, o è servita a tenere in vita mio fratello, oppure è stata usata come fanno con lui. Forse entrambe le cose. Ma in ogni caso, immagino che ormai sia morta da molto tempo. Piuttosto, dovresti chiedere perché hanno bisogno di te. Perché renderti la Vergine, tenerti rinchiusa, sotto la loro protezione e costantemente sorvegliata? Perché hanno aspettato fino a ora per la tua *Ascensione*?» L'ultima parola la sputò fuori. «Prima, dopo l'attacco dei Craven, avevi ragione sul motivo per cui ti hanno costretta a non rivelare che sei stata morsa e ti hanno ordinato di non usare mai le tue abilità. Qualcuno avrebbe potuto scoprire chi fossi, e questo avrebbe fatto crollare sulle loro teste l'intero castello d'ossa. Quindi perché hanno aspettato così tanto, correndo questo rischio? Ti prego, dimmi che te lo sei domandata anche tu.»

Mi sentii gelare la pelle. «Sì. Vogliono... usarmi per creare altri Vampry. Ma perché? Hanno...»

«E perché pensi che abbiano aspettato così a lungo?» ripeté. «Perché la cosiddetta prima Vergine scomparve opportunamente nello stesso periodo in cui le sue abilità iniziarono a crescere? Non c'è l'Ascensione per te. Gli dei non richiedono alcun servizio. Hanno aspettato perché potessi essere loro utile.» Si sporse sulla sedia. «C'è una ragione se gli Ascesi aspettano fino a una certa età per ascendere. Sai che cosa succede quando un Atlantiano raggiunge i diciannove anni?»

Lo sapevo. Lo avevo letto nella *Storia della Guerra dei Due Re e del Regno di Solis*. La risposta era in quel maledetto libro, che ero stata costretta a leggere centinaia di volte. Probabilmente, l'unica parte che diceva il vero. «Un Atlantiano raggiunge uno stato di maturità. Lo chiamate... la Transizione, quando andate incontro a cambiamenti fisici.»

«E quando, per alcuni, certe altre abilità cominciano a manifestarsi o a rafforzarsi» aggiunse, con gli occhi luminosi nella stanza fiocamente illuminata. «Per me, fu la compulsione. Già da bambino riuscivo a essere abbastanza persuasivo, ma una volta passato attraverso la Transizione divenni in grado di imporre la mia volontà sugli altri, se lo desideravo.»

Sentii un vuoto allargarsi nel mio stomaco. «Allora perché non mi hai semplicemente costretta a fare quello che vuoi?»

Casteel aggrottò la fronte. «Perché sarò anche un mostro, Poppy, ma non sono *quel* tipo di mostro.»

Distolsi lo sguardo, con un tuffo al petto.

«Inoltre la compulsione ha un effetto temporaneo, utile solo per un vantaggio immediato» spiegò. Quando lo guardai di nuovo, la sua espressione si era distesa. «Ed è interessante che non funzioni con gli Ascesi, proprio come tu non sei in grado di percepire le loro emozioni.»

Mi schiarii la gola. «Ne conosci il motivo?»

«Alcuni credono che sia perché non hanno un'anima.»

Pensai a Ian, poi scacciai quei pensieri. «Allora pensi che le mie abilità stiano cambiando perché sto vivendo la Transizione?»

«Una sua versione, sì. Il tuo sangue non era utile per loro finché non avessi compiuto almeno diciannove anni, anche se le tue abilità sarebbero cambiate nel corso dei due anni successivi.»

Mentre riflettevo su quello che mi stava dicendo, il mio cervello seguì un pensiero. «Mi verranno... le zanne?»

Lui inarcò le sopracciglia. «Ne dubito. I mezzi Atlantiani non hanno bisogno di sangue, perciò le zanne non servono.»

«E... l'immortalità?»

«Non la vorresti?»

Pensai agli Ascesi, alla loro lunga vita. Non ero sicura se la loro mancanza di umanità fosse dovuta a quello che facevano per sopravvivere, oppure al fatto che vivevano abbastanza da vedere morire tutti coloro che li circondavano, per diverse generazioni.

«Non lo so» risposi sinceramente. «L'avrò?»

Lui scosse la testa. «Solo gli Atlantiani purosangue possiedono quella che i mortali considererebbero immortalità.»

Non sapevo se avrei dovuto sentirmi sollevata o meno. «Potrei davvero ascendere, allora? Diventare una Vampry?» chiesi, pensando a Ian. Se era in parte Atlantiano come me...

«Sinceramente non lo so, Poppy. È proibito per gli Atlantiani far ascendere chiunque abbia anche solo una goccia di sangue mortale. Perfino i mezzi Atlantiani che vivono ad Atlantia non sono ascesi. Vivono e muoiono proprio come mortali» spiegò. Ecco una cosa che non sapevo degli abitanti di Atlantia, che non tutti gli Atlantiani erano come lui. «Immagino che se un mezzo Atlantiano affrontasse l'Ascensione il risultato sarebbe lo stesso che per i mortali. Diventerebbe un Vampry.»

Ovvero verrebbe dominato dalla sete di sangue, senza però esserne consumato come un Craven. Mi sentii comprimere il petto. «Quando una persona viene trasformata... e diventa un Vampry, che cosa le succede?»

Casteel rimase in silenzio per diversi istanti, poi rispose: «Altri Vampry se ne nutrono, portandola sull'orlo della morte per la perdita di sangue, poi viene dato loro quello di un Atlantiano. A volte, il cambiamento è immediato. Altre volte, possono sembrare morti per diverse ore. Ma si risvegliano e... hanno fame. Una fame incontrollabile come quella dei Craven, al punto che spesso occorrono diversi Ascesi per soggiogarli». Casteel serrò la mandibola, spostando lo sguardo verso il fuoco. «Perfino dopo essere stati nutriti continuano a essere consumati dalla fame. Ho sentito che possono volerci settimane, a volte mesi, prima che un nuovo Vampry sia in grado di tenere sotto controllo la propria sete.»

Ebbi la sensazione di sprofondare nel pavimento. Dopo la sua Ascensione, e fino a quando non si era sposato, erano trascorsi mesi prima di ricevere notizie da Ian.

«Però c'è anche chi non vuole assecondare i bisogni dovuti al cambiamento e si assicura di non fare del male ad altri» aggiunse Casteel con voce sommessa.

«Come?» domandai. L'istinto mi diceva che la risposta non sarebbe stata facile da ascoltare.

«Scelgono di uscire quando il sole è allo zenit. Non richiede molto tempo, ma non è affatto rapido. Né indolore.»

Oh, dei...

Ecco, quella... *quella* sembrava una cosa che avrebbe potuto fare Ian. Ma lui era vivo. Mi aveva inviato lettere. Doveva essere vivo.

Deglutii. «Quelli che hai visto trasformati... avevano tutti l'aria di sapere ciò che stava accadendo?»

Casteel riportò lo sguardo su di me. «So dove vuoi andare a parare, e non credo che la risposta cambierà la situazione come vorresti.»

«Ti dispiace rispondere alla domanda?»

Lui strinse le labbra. «Gli Ascesi organizzano una cerimonia per la trasformazione. I mortali vengono fatti entrare con indosso tuniche e maschere. Si cantano parole senza senso, si accendono candele. Alcuni sembravano sapere quello che sarebbe successo. La maggior parte sembrava ubriaca. Non ho idea se si rendessero esattamente conto di quello che stava accadendo.» Sollevò il petto in un respiro profondo. «Alcuni parevano drogati. Dubito sapessero anche solo se erano svegli.»

Lo fissai, orribilmente paralizzata tra sollievo e orrore. Di colpo compresi perché non aveva voluto rispondere alla domanda. Se Ian, se altri erano stati drogati al punto da non essere consapevoli di quanto stava avvenendo, era molto peggio.

Casteel mi osservò in silenzio. «Non c'è motivo per un Asceso di trasformare un mezzo Atlantiano. Farlo ne guasterebbe il sangue... la parte necessaria a trasformare altri Ascesi o per tenere un Atlantiano in vita. Ecco perché si assicuravano che tu fossi in salute e protetta, e la tua preziosa regina si preoccupava con tanto affetto per te.» Tutto il mio corpo si tese come una corda d'arco. «Prima il tuo sangue non significava nulla per loro, e se affrontassi l'Ascensione significherebbe ancora meno.»

Dunque, Ian e io avevamo probabilmente genitori diversi, uno o entrambi. Perché lui doveva essere stato trasformato. Mi scriveva lettere, e Casteel sosteneva che si facesse vedere solo di notte. A meno che...

A meno che le persone con cui era in contatto Casteel avessero visto qualcun altro, e non fosse stato affatto Ian a inviarmi quelle lettere.

La pressione dentro di me crebbe, calando sullo stomaco mentre deglutivo un groppo alla gola. Non potevo pensarci in quel momento, ancora così lontana da Ian. Le domande e i dubbi mi avrebbero schiacciata.

E io mi sentivo già ridotta in briciole.

Sapevo quali erano i loro piani per me, ma comprendere davvero il motivo per cui avevano atteso, il motivo di ogni loro azione, mi nauseava al punto che temevo di potermi davvero ammalare.

«Mi stavano solo tenendo in vita finché mi avrebbero...» Mi strozzai con le parole, il loro peso minacciò di schiacciarmi.

Casteel rimase seduto in silenzio, e probabilmente in quel momento fu la cosa migliore. Mi sentivo come un barilotto di polvere con la miccia accesa. Dentro di me, incredulità e rabbia mandavano scintille. Ero stata tenuta al riparo e virtualmente in gabbia, curata come bestiame pregiato, finché il mio sangue era invecchiato al punto giusto. Finché era diventato utile... o per creare più Vampry o per tenere qualcun altro in vita perché continuasse a crearne altri.

«Non sono una bottiglia di vino» sussurrai.

«No» mormorò Casteel. «Non sei una bottiglia di vino, Poppy.»

Sollevai di scatto la testa. «E quando ti sei messo sulle

mie tracce, non sapevi tutto questo? Lo giuri? Giurami qui e ora che non sapevi che ero in parte Atlantiana. Che era per questo che mi avevano fatto diventare la Vergine. Che mi tenevano in vita e al riparo da tutto finché non sarei stata... utile.»

Casteel mi guardò negli occhi. «Te lo giuro, Poppy. Non avevo idea che fossi Atlantiana finché non ho assaggiato il tuo sangue. Non mi aspettavo che lo fossi nemmeno quando ho scoperto del tuo dono. Forse avrei dovuto.» Un'ombra gli attraversò i lineamenti, sparendo così in fretta che non fui nemmeno sicura di averla vista. «Ma nessun Atlantiano è in grado di fare una cosa del genere da... be', da centinaia di anni. Non ne avevo idea.»

Avevo ancora i sensi aperti, e mi ci vollero diversi istanti per filtrare ciò che percepivo e dare un senso alle sue emozioni. C'era ancora il sapore acido della rabbia, il gusto aspro che associavo all'incertezza, e la tristezza che aleggiava sempre dentro di lui.

Il mio dono non era certo infallibile nel rivelare le menzogne, ma non credevo che Casteel stesse mentendo. Ritirare il mio dono era la parte più difficile, perché sembrava innaturale. Naturale sarebbe stato andare da lui e portare via la sua tristezza, dargli un po' di pace temporanea. La pelle mi formicolava per il desiderio di farlo, e non necessariamente perché si trattava di lui. Il dono esigeva di essere usato, di guarire. Lottai per riportarlo dentro di me, esalando un respiro tremante mentre sedevo sul bordo del letto.

«Adesso che puoi capire appieno perché si sono comportati in quel modo con te e ciò che progettano» disse Casteel, la voce che si induriva come raramente avevo sentito quando si rivolgeva a me, «perché diavolo vuoi tornare da loro, Poppy? A prescindere dal matrimonio con me.»

Fissai Casteel, il coltello da carne dimenticato tra le mani. «Te l'ho già detto, non stavo tornando da loro.»

«Allora dove stavi scappando? Senza provviste, aggiungerei.»

«Non c'è bisogno che tu lo aggiunga. So perfettamente che cos'avevo portato con me quando me ne sono andata.»

«Se non stavi tornando dagli Ascesi, dove pensavi di andare? Ti stavi dirigendo verso Pontebianco... verso sud.» I suoi occhi erano schegge d'ambra. «Non stavi tornando a Masadonia. Ho immaginato stessi andando alla capitale. Perché? Anche conoscendo ciò che sapevi allora, perché andare lì?»

«Perché?» La rabbia divampò in me, calda e brillante come le fiamme. «Me lo stai davvero chiedendo di nuovo?»

«Ti sembra che io stia scherzando?»

Rimasi in silenzio per lo stupore, ma solo per un istante. «Perché restare qui e permetterti di consegnarmi agli Ascesi? A coloro che, come hai detto tu, vogliono solo usarmi... che hanno abusato di te e ti hanno torturato? E stanno facendo lo stesso con tuo fratello? In che modo questo ti rende migliore? La scelta più sicura? Mi stai facendo esattamente quello che mi hanno fatto loro!» La gola mi bruciava per un grumo di emozioni dolorose e orribili conficcate proprio lì. «Mi stai tenendo al sicuro, ben nutrita e in gabbia finché non potrai usarmi!»

Un muscolo guizzò nella sua guancia.

«E poi annunci che mi sposerai.» Scossi la testa, tremando. «Per quale motivo al mondo hai detto una cosa così offensiva?»

«Offensiva? Suvvia, Poppy, so che in fondo sei emozionata. Non tutte possono diventare una vera principessa.»

«Non sono neanche lontanamente...» Chiusi la bocca di scatto, rendendomi conto che in *verità* mi stava prendendo in giro. Era tutto una specie di grande scherzo, per lui?

«Ad Atlantia è considerato un grande onore venire accolta in seno a una famiglia nobile e al potere» proseguì lui. «Credo che a mia madre piacerai.»

Balzai in piedi. «Noi non ci sposeremo!» Scagliai via il coltello, che si piantò profondamente nel legno del tavolino vicino al letto, con il manico che vibrava per l'impatto.

«Ripensandoci, a mia madre piacerai di sicuro» mormorò Hawke, e in quel momento fu *proprio* Hawke.

Quello era il tono divertito che mi era fin troppo familiare, e mi tolse la concentrazione al punto che mi ci volle qualche istante per riprendermi e ricordare che si trattava semplicemente di un'altra maschera. «Perché? Perché stavolta non te l'ho tirato in faccia?»

«Molto probabilmente sarà divertita nel sentire che lo hai fatto» disse, e io aggrottai le sopracciglia. «E sarà felice di sapere che sei in grado di controllarti.»

«Adesso vorrei non averlo fatto.»

Lui ridacchiò – anche quello un suono fin troppo familiare – ma la risata che si spense fu quella di Casteel. Furono i suoi occhi dorati a mostrare uno sguardo d'intensa fascinazione. Era sia Hawke sia Casteel, ma adesso avevo a che fare con il secondo. Si sporse sulla sedia, posando i piedi nudi sul pavimento. «Quando sei arrabbiata sei incredibilmente bella.»

Rifiutai di sentirmi lusingata da quel complimento un po' bizzarro. «E tu sei incredibilmente squilibrato.»

«Mi hanno detto di peggio.»

Incrociai le braccia al petto. «Ne sono certa.»

Casteel si alzò dalla sedia, e per un istante mi ritrovai un po' smarrita di fronte a tutta quella pelle dorata in mostra. «Parleremo domani del nostro futuro...»

«Non c'è nessun futuro di cui parlare. Non ci sposeremo» lo interruppi.

«Credo che troverai i miei argomenti impossibili da rifiutare.»

«Nulla è impossibile.»

«Vedremo.»

«No, non... Che stai facendo?» domandai quando lui raggiunse l'altro lato del letto. «Che stai facendo?»

«Mi metto a letto.»

«Perché?» chiesi con voce stridula.

Lui inarcò un sopracciglio, scostando la coperta. «Per dormire.»

«L'avevo capito, grazie. E come mai credi di poter dormire nella mia stessa camera, anzi, nel mio stesso *letto*?»

«Perché, come ti ho spiegato prima, questa è la *mia* camera.»

«Allora troverò un'altra stanza.»

«Non ci sono stanze disponibili, principessa.»

Affondai le mani nelle coperte, con la mente che galoppava. «Non è appropriato. Io sono la Vergine. O comunque lo ero. Insomma. Sono l'appropriatezza fatta persona.»

Casteel mi fissò. «A parte che non sei affatto l'appropriatezza fatta persona, tutti in questa fortezza sanno che abbiamo già dormito insieme, Poppy.»

«Oh, che...» Avvampai. «Che meraviglia.»

«Non ti lascerò da sola.»

«Non cercherò di scappare! Lo prometto.»

«Spero che tu non mi ritenga così sciocco da fidarmi della tua promessa.» Casteel raccolse un cuscino piuttosto piatto e lo sprimacciò. «Perciò, la scelta è tra avere qui me, oppure Kieran. Preferisci dormire con lui? Se è così, te lo chiamo.» Gettò il cuscino alla testa del letto. «Ma giusto perché tu lo sappia, spesso quando dorme riprende la forma di Wolven e ha l'abitudine di tirare calci.»

Dischiusi lentamente le labbra. «Che cosa? No, aspetta, non mi interessa. Non lo voglio Kieran.»

L'ombra del suo sorriso fu pura perfidia. «Vuoi me.»

«Non è quello che ho detto. Tu puoi dormire sul pavimento.»

«Non dormirò sul pavimento. E prima che tu lo dica, non

lo farai nemmeno tu.» S'infilò tra le coperte con invidiabile grazia. «Non importa quello che credi di sapere di me, spero che tu ti renda conto che non userei mai la forza per farti venire a letto con me, né ricorrerei alla compulsione. Non farei mai nulla che tu non desideri, e non solo perché so che cosa si prova» disse in tono piatto, e io avvertii una stretta al cuore, «ma perché non sono mai stato quel tipo di persona.»

«Non credo che lo faresti» dissi in fretta. Poi capii che non volevo semplicemente sapere. Avevo... *bisogno* di sapere. «Che cosa ti hanno fatto?»

«Preferirei davvero non parlarne, Poppy.»

Aprii la bocca, poi la richiusi. Potevo capirlo. Rispettarlo.

E mentre rimanevo dov'ero, pensai a quello che Kieran aveva detto in precedenza, che ero al sicuro con il principe. Sfortunatamente mi ricordai anche gli effetti del suo sangue, e che praticamente lo avevo implorato di toccarmi.

Non certo uno dei miei momenti migliori.

Casteel aveva rifiutato, però. Avrebbe potuto facilmente approfittare della situazione, ma che cosa aveva detto? Che non era un uomo buono, ma che stava provando a esserlo. Ripensai alla vergogna che avevo percepito dentro di lui. Era sia il cattivo che l'eroe, il mostro e l'uccisore di mostri.

Ma io non temevo che provasse a sedurmi. Avevo più paura di me stessa... paura del modo in cui mi batteva forte il cuore. La notte che eravamo stati insieme, addormentarmi tra le sue braccia era stato... era stato bello quanto quello che avevamo condiviso appena prima.

Solo che non era stato reale.

Il problema era che il mio cuore non sembrava capirlo, almeno non sempre. Ecco perché adesso batteva così rapido. Per alcuni – probabilmente per la maggior parte degli abitanti del regno – dormire con qualcuno non significava molto. Ma per me? Era una cosa che ti cambiava la vita, come tenersi per mano, riuscire a toccarsi apertamente, o cenare insieme... tutte cose che gli altri spesso davano per scontate.

Ecco perché dividere un letto con Casteel era pericoloso.

Lo osservai lasciare che la coperta gli ricadesse sulla vita, poi incrociare le braccia dietro la testa. Quando parve comodo, disse: «Tanto perché tu lo sappia, però, se vuoi le mie labbra su una parte qualsiasi di te, sono più che disposto a soddisfarti».

Spalancai la bocca.

«E la mia volontà di obbedire si estende alle mie mani, alle dita e al cazzo...»

«Oh, dei» lo interruppi. «Non preoccuparti. Non richiederò mai i tuoi... servizi.»

«Servizi?» Casteel inclinò la testa verso di me. «Suona così sporco.»

Ignorai il commento. «Tu e io non faremo mai più niente di simile a quello che abbiamo fatto in passato.»

«Mai?»

«*Mai.*»

«Vuoi dire che è... impossibile?»

«Sì. È decisamente impossibile.»

Allora Hawke sorrise, e fu il sorriso *di Hawke*. Gli apparvero fossette su entrambe le guance, e odiai il tuffo al petto che mi colse nel vederle. Detestavo riconoscerlo come Hawke. «Ma non hai appena detto che nulla è impossibile?» disse suadente.

Lo fissai, totalmente senza parole. «In questo momento vorrei pugnalarti al cuore.»

«Sono sicuro che è vero» replicò, chiudendo gli occhi.

«Già» borbottai, rassegnandomi ad avere a che fare con lui. Almeno per la notte, o finché non avessi capito come fuggire. Mi scostai, infilai le gambe sotto la coperta e mi sdraiai così bruscamente da far sussultare il letto.

«Tutto bene? Dal rumore sembra che ti sia fatta male.»

«Sta' zitto.»

Lui rise.

Gli diedi le spalle e fissai il coltello. La lama era piegata. Sospirai. Un momento dopo udii uno scatto, e la stanza piombò nel buio. Aveva spento la lampada a olio dal suo lato del letto.

Il *suo* lato del letto?

Non esisteva un lato *mio* e uno *suo.*

Tirai su la coperta fino al mento e spostai l'attenzione sul caminetto. La mia mente tornò su un dettaglio che non avrebbe dovuto avere importanza... e invece ce l'aveva.

«Perché me lo hai detto?» sussurrai, senza nemmeno sapere se lui era ancora sveglio o perché gli stessi facendo quella domanda. In realtà aveva già risposto. «Perché hai voluto dirmi che Hawke era il tuo secondo nome?»

Il fuoco crepitava, sputando scintille, e io chiusi gli occhi.

Secondi, o forse minuti dopo, Casteel rispose: «Perché avevi bisogno di sapere che non era stato tutto una bugia».

7

Con tutta la tensione e i traumi degli ultimi giorni, non fu una sorpresa che il passato mi venisse a trovare nel sonno. Ma mi sconvolse comunque.

Il sangue era dappertutto. Schizzi sui muri, rivoli sottili che scivolavano lungo le pareti e formavano pozze sui polverosi pavimenti di legno e sotto i rigonfiamenti informi. L'aria era intrisa di odore metallico. Una chiazza azzurra illuminata dalla lampada catturò il mio sguardo. Una camicia. Non ce l'aveva l'ometto buffo che ci aveva servito il cibo quella sera, una camicia azzurra? Il signor La... Lacost? Ci aveva raccontato storie sulla famiglia di topolini che vivevano nel fienile sul retro ed erano diventati amici dei gattini. Volevo andare a vederli, ma papà ci aveva riportato nelle nostre stanze. A cena non aveva sorriso né riso. Non lo faceva da quando eravamo partiti. Era rimasto seduto al tavolo, e tra un boccone rapido e l'altro il suo sguardo guizzava verso la finestra.

Osservai tremante il petto e lo stomaco del signor Lacost, che però mi sembravano strani. Non più arrotondati, ma infossati, frastagliati...

«Non guardare, Poppy. Non guardare lì» disse la mamma

in un sussurro, tirandomi per la mano. «Dobbiamo nasconderci. Svelta.»

Mi trascinò lungo un corridoio stretto, la sua mano bagnata contro la mia. «Voglio papà...»

«Shhh. Non dobbiamo fare rumore.» La voce le tremava, sembrava troppo esile. Aveva le maniche del vestito stracciate, il rosa pallido era striato di cremisi. Mamma era ferita, e io non sapevo che cosa fare. «Dobbiamo fare silenzio, così papà può venire a cercarci.»

Non capivo come fare silenzio avrebbe aiutato papà a trovarci. Era buio nella stanza in cui eravamo entrate, e i suoni, i respiri faticosi e i gemiti, le urla e le grida continue erano forti. Papà era uscito quand'erano arrivati, era uscito con quell'uomo strano che sembrava conoscerlo. Volevo papà. Volevo Ian, ma lui se n'era andato con la donna che profumava di zucchero e vaniglia...

Un suono stridulo trafisse l'oscurità. La mamma mi strattonò per la mano, accovacciandosi e trascinandomi con sé. Aprì una grande credenza dietro di me, mentre qualcuno urlava. Tirò via dall'armadietto le pentole, che caddero rumorosamente sul pavimento.

«Vieni, Poppy. Devi entrare qui e stare zitta, d'accordo? Silenziosa come un topolino, qualunque cosa succeda. Capito?»

Guardai il piccolo spazio vuoto nell'oscurità alle mie spalle e scossi la testa. La mamma non sarebbe riuscita a entrarci. «Voglio rimanere con te.»

«Sarò proprio qui.» Mi toccò le guance con le mani e mi fece voltare la testa verso di lei. Aveva la pelle umida. «Ma ora ho bisogno che tu faccia la bambina grande e mi ascolti: devi nasconderti...»

Giunse di nuovo quell'ululato stridulo, e io chiamai la mamma, stringendomi al suo fianco. Affondai le dita nella stoffa appiccicosa che le copriva la vita. «Devi lasciarmi, piccola. Devi nasconderti, Poppy.»

La strinsi più forte, sentendo quel calore bagnato scivolarmi lungo i lati del viso.

Un suono – una voce – fece sobbalzare la mamma. Qualcuno parlò, ma il cuore mi batteva troppo forte nelle orecchie perché potessi sentire. Sembrava una cascata d'acqua scrosciante, e i suoni da incubo erano più forti, più vicini. Poi ci fu di nuovo una voce. E la mamma... le sue mani erano più bagnate, più appiccicose...

Da qualche parte, qualcuno rovesciò una lampada. Vetri infranti. La mamma urlò, avvolgendomi tra le braccia, le parole si confondevano insieme, avevano poco senso, tranne una...

Urla. Qualcuno stava strillando. La mamma? Fu strappata via da me, le sue mani scivolarono lungo le mie braccia, le sue dita strinsero le mie, poi mi persero. Un corpo ci – mi – finì addosso, e io barcollai da una parte, perdendo la presa con cui mi aggrappavo alla mamma. Un dolore ardente mi tagliò il viso, lasciandomi stordita. Caddi riversa sulla schiena. Delle mani mi afferrarono. Mani che erano troppo pesanti. Mani che *facevano male*. Gridai...

Di nuovo una voce, da qualche parte nel buio, sotto le urla.

Che grazioso papavero
è la piccola Poppy.
Ma se lo cogli sanguinerà
e la piccola Poppy
graziosa più non sarà.

Mi svegliai con un sobbalzo. Un urlo mi risuonava nelle orecchie, mi bruciava la gola mentre annaspavo in cerca d'aria, tentando di muovermi senza riuscirci. Avevo le braccia incollate ai fianchi, le gambe avvolte in un calore denso. Aprii gli occhi, e mi servì un istante prima di riuscire a comprendere dove mi trovavo. Mi concentrai sul battito regolare che sentivo sotto la mia guancia e riemersi lentamente dai rovi di panico e paura.

Una debole luce grigia filtrava dalla stretta finestrella di fronte al letto. Non ero alla locanda, non mi stavano lacerando e azzannando. Ero nella fortezza, a letto, con un torace caldo e solido sotto la guancia, una mano che continuava ad accarezzarmi i capelli, una voce che sussurrava il mio nome ancora e ancora, e mi diceva che andava tutto bene, mi prometteva che ero al sicuro. Ero raggomitolata nel suo grembo, mi teneva stretta al petto come se tentasse di scacciare i tremiti semplicemente abbracciandomi.

Casteel.

La realtà si ricompose un pezzo dopo l'altro mentre il disorientamento dovuto all'incubo passava, e io mi resi conto del lento cullare di Casteel che avvolgeva entrambi.

Sapevo che dovevo scostarmi, dovevo frapporre della distanza tra noi, ma qualcosa nel suo abbraccio mi dava stabilità. Inspiegabilmente, sembrava la cosa più giusta dopo il sangue e il terrore. Forse perché spesso, dopo gli incubi, mi svegliavo da sola, scossa e spaventata, soprattutto dopo che Ian era partito per la capitale. E anche se le mie urla il più delle volte svegliavano Tawny, non mi ero mai concessa un tale... conforto. Ero sempre stata troppo imbarazzata per chiederlo alla mia cameriera personale. Ma adesso non avevo altre opzioni, ed era la prima volta che mi sentivo sollevata di non avere scelta. Chiusi gli occhi, lasciando che il calore del corpo di Casteel si diffondesse nel mio.

Fui invasa da un barlume di vergogna, anche se Casteel era già a conoscenza dei miei incubi. Vikter lo aveva avvisato, e io sapevo che non lo aveva fatto per lui, ma per me. Il dolore mi strinse il petto. Mi mancava Vikter, mi mancava tantissimo, e al risveglio da quegli incubi sanguinosi la sua perdita era ancora una ferita aperta.

Ma anche l'imbarazzo riscaldava la mia pelle. Casteel doveva considerarmi incredibilmente sciocca a soffrire ancora di incubi, dopo così tanti anni. Feci per scostarmi. «Scusa.» La mia voce era così roca che trasalii. Solo gli dei sapevano che genere di suoni dovevo avere emesso per ridurmi la gola in quello stato. «Non volevo svegliarti.»

«Quando lasciai Atlantia per la prima volta, da giovane, vidi un Craven fuori da un piccolo villaggio. Non avevo mai visto nulla di più spaventoso in tutta la mia vita. Non credevo che potesse esistere niente di peggio.» Casteel mi abbracciò più forte. «Era in quella condizione da parecchio, perciò sembrava un cadavere ambulante. Era di gran lunga più terrificante di qualunque fantasia avessi creato da bambino. E il modo in cui ululava... ero sicuro che mi avrebbe perseguitato nel sonno, e infatti fu così. Per settimane, perfino quand'ero ben lontano da qualunque Craven, mi svegliavo nel cuore della notte, giurando di avere sentito quelle urla.»

I miei tremori stavano passando. Casteel mi posò la mano sulla nuca. «Ma poi fui catturato. E sai qual è la parte peggiore? Che fu colpa mia. Ero ancora giovane e sciocco. Pensavo di poter risolvere tutto eliminando io stesso Re Jalara e la Regina Ileana. Credevo davvero di poterci riuscire. Mi avvicinai... abbastanza da fare la mia mossa. Ovviamente, fallii. E allora imparai che cos'è il vero terrore. Prima mi hai chiesto che cosa mi fecero. Mi negarono il sangue, mi tennero al limite della sopravvivenza dandomi appena quanto necessario... a volte a stento, ma la costante scarsità di nutrimento influì sulla mia capacità di guarire.»

La bile mi risalì in gola, ma rimasi in silenzio tra le sue braccia.

«Occorre moltissimo tempo perché si verifichi quell'effetto, e loro lo sapevano. Non mi marchiarono prima di essere certi che il segno sarebbe rimasto.» Il suo petto si sollevò sotto di me. «Quando coloro che erano destinati al mio nutrimento erano vicini alla morte e non potevano più servire al loro scopo, li uccidevano di fronte a me. Talvolta lentamente, infliggendo loro sempre gli stessi tagli e ferite finché morivano. Altre volte invece gli spezzavano il collo. Ma c'erano anche occasioni in cui ero così affamato che...» Deglutì. «Che ero io a lacerare loro la gola e a ucciderli. E i loro corpi venivano lasciati lì, a marcire con me. Per giorni. Settimane. Non avevo nient'altro da fissare se non la persona che avevo ucciso. Nient'altro a cui pensare se non alla vita che avevano condotto prima di quel momento, e al futuro di cui li avevo privati. Capitava che i corpi si ammucchiassero, e venissero lasciati lì a lungo anche dopo che il loro puzzo era svanito.»

Oh, dei.

Avevo gli occhi aperti, ma lo ascoltavo senza vedere nulla. Anche questo era parte del dolore che portava con sé? Se era così, potevo capirne il motivo. In quel momento, tutte le cose terribili che aveva fatto o causato non avevano importanza. Non riuscivo a immaginare la sofferenza che doveva aver sopportato. Nessuno la meritava. Nemmeno coloro per cui la morte avrebbe reso giustizia alle azioni commesse. Nessuno meritava di essere torturato, usato e abusato.

Ed essere perseguitati dagli incubi per decenni? Per secoli? Non avrei potuto tollerare di rivivere per centinaia d'anni la notte in cui i Craven mi avevano attaccata.

Mentre Casteel proseguiva, la sua voce suonava vuota. «E mi fecero cose... che provocarono reazioni su cui non avevo controllo. Femmine. Maschi. Mi fecero...» Si fermò, e io lo sentii scuotere la testa. «Imparai che cos'è la vera paura.»

Mi sfuggì un respiro tremante. «Mi... mi dispiace. Vorrei...»

«Non hai nulla di cui scusarti. Non sei stata tu, e non è quello che voglio da te.» Intrecciò le dita ai miei capelli. «Non voglio pietà.»

«Non ti sto compatendo» gli dissi. «E so che non sono responsabile per quello che ti è successo... e tantomeno lo sei tu, anche se furono le tue azioni a causare la tua cattura. Quello che ti hanno fatto mi fa inorridire.»

«Non voglio che tu ti senta così. Voglio solo che tu sappia che ho avuto anch'io degli incubi, Poppy. Per anni, dopo essere stato liberato, mi sono svegliato nel cuore della notte credendo di essere ancora in quella gabbia, incatenato a polsi e caviglie. A volte, sono state le azioni compiute dopo la mia liberazione a inseguirmi nel sonno.»

La sua mano scivolò sulla mia guancia e mi fece spostare la testa quanto bastava perché i miei occhi incrociassero i suoi. «Perciò, so tutto sul passato che non rimane dove dovrebbe. Su come ti fa visita quando sei più debole. Non devi scusarti, né dovresti vergognartene, mai.»

Sentii il cuore contrarsi, anche se una parte del mio disagio si alleviò. «Come... come sei riuscito a sopravvivere?»

«Non credo che la risposta ti piacerà» disse dopo un istante, distogliendo gli occhi. «Ho promesso a me stesso che, qualora fossi riuscito a scappare, un giorno avrei visto la vita della Regina Ileana e di Re Jalara abbandonare i loro occhi senz'anima.» Casteel abbassò la mano. «Ecco come sono sopravvissuto.»

Il gelo assoluto del suo tono mi fece deglutire. «La vendetta, dunque.» Quando annuì, non seppi bene come reagire alle sue parole. Dovevo avere una cattiva opinione di lui? Ancora non sapevo come conciliare quello che mi aveva raccontato della regina e quello che sapevo io, quello che avevo visto.

«E tu, come sei sopravvissuta, Poppy?» Tornò a guardarmi negli occhi, le palpebre lievemente abbassate. «Come hai fatto a impedire che la notte dell'attacco dei Craven ti rendesse timorosa di tutto? Sei impavida, che si tratti di affrontare uno sciame di Craven, fissare negli occhi un Wolven o contrastare me, perfino sapendo che cosa sono.»

La sua domanda mi colse di sorpresa, così come apprendere che mi considerava impavida. «Non... non è che io non abbia paura. Ci sono cose che temo.»

Nei suoi occhi d'oro si accese l'interesse. «Non ci credo.»

Non avrei mai ammesso con Casteel che, in realtà, temevo me stessa più di quanto avrei mai potuto temere un Craven, un Wolven, o perfino lui. «Sono sopravvissuta perché mi sono rifiutata di trovarmi di nuovo indifesa. È questo che mi ha impedito di cedere alla paura. Ecco che cosa mi ha aiutata a sopportare la fatica dell'addestramento con Vikter... i dolori e i lividi.» Pensai al marchio sulla coscia di Casteel, ai tormenti che doveva aver subito per rimanerne sfregiato, visto che guariva così facilmente. «Posso capire come il bisogno di vendetta ti abbia aiutato a sopravvivere.»

Casteel inclinò la testa, sollevò le palpebre e rivelò così il suo sguardo, intenso e luminoso. «È così che stai sopravvivendo adesso? Immagini tutti i modi possibili per uccidermi?»

No. Non stavo affatto pensando a quello. Forse avrei dovuto, ma non lo stavo facendo.

Scivolai via dal suo abbraccio e mi spostai sul mio lato del letto. «Immagino che dovrai aspettare e vedere.»

Sul suo volto comparve un mezzo sorriso, che rivelò la fossetta sulla guancia destra. Troppo presto, però, scomparve. «Ricordi qualcosa del tuo incubo?»

«Veramente sto evitando di pensarci» ammisi, tirando su la pesante coperta fino al petto.

Lui si appoggiò su un gomito, e il mio sguardo scivolò dai suoi occhi al suo stomaco asciutto. «Parlavi nel sonno.»

Quelle parole riportarono i miei occhi traditori sui suoi. «Cosa?»

Casteel annuì. «Dicevi qualcosa che mi ricordava una... ninna nanna inquietante, a essere sincero. Qualcosa su un grazioso fiorellino.»

Nel momento in cui quelle parole lasciarono la sua bocca, l'incubo tornò con stupefacente chiarezza. «*Che grazioso papavero. Se lo cogli sanguinerà*» mormorai. «*E grazioso più non sarà.*»

«Sì. Quella.» Casteel inarcò un sopracciglio. «Ed è inquietante tanto quanto la prima volta che l'ho ascoltata.»

«Non riesco a credere che stavo ripetendo quella nenia.»

«Nemmeno io quando l'ho sentita» commentò. «L'hai sentita da qualcuno, in passato?»

«Non...» Scossi la testa e aggrottai la fronte. «Non lo so. A volte i miei incubi non ripetono in modo esatto gli avvenimenti di quella notte, ma non ricordo di avere mai sentito quelle parole.» Infilai le dita nel colletto della camicia da notte. «E... e cerco di non pensarci quando mi sveglio. Magari le ho sentite in passato e me ne sono dimenticata. A volte...»

«Disorienta» concluse lui per me.

Annuii, setacciando i ricordi. Nel farlo, mi venne la nausea. Potevo quasi sentire l'odore del sangue, la mano bagnata di mia madre contro... «Qualcuno parlava a mia madre. Nel mio incubo. C'era una voce, appena prima che i Craven ci raggiungessero.» Sgranai gli occhi. «Credo che fosse la stessa persona che ha parlato del fiore, e mia madre gli rispose. Ma non...»

Divorata dalla frustrazione, tentai di trovare un senso a quella parola confusa che credevo mia madre avesse detto. Poteva essere stata più di una parola. Quasi riuscivo a vedere le sue labbra muoversi, ma poteva anche essere un ricordo fasullo. «Non so... non riesco a ricordare.»

«Forse ti tornerà in mente più tardi.»

«Forse.» Sospirai. «Ma non so nemmeno se quello che ho sentito fosse reale.»

«Potrebbe non esserlo. A volte, gli elementi del passato si sovrappongono gli uni agli altri, nei sogni. Spesso la mia cattura si mescola a quella di Malik.» Si sdraiò sulla schiena, gli occhi puntati sulle travi a vista del soffitto. «La notte dell'attacco dei Craven non è stata la tua unica disgrazia.»

Le mie dita lasciarono il colletto della camicia da notte. Capii subito che si stava riferendo al duca. Sentii un calore che mi risaliva in gola, e odiai la vergogna che lo provocava: l'umiliazione di ciò che mi aveva fatto, e che io non ero stata in grado di impedire. E come avevo appena appreso, se c'era qualcuno che sapeva come mi sentivo, quello era proprio Casteel. A lui era andata molto peggio che a me, però. «Come hai scoperto del duca? Io non te l'ho mai detto.»

«Delle sue *lezioni*?» Ai lati della bocca apparvero due linee dovute alla tensione. «Il Duca Teerman era temuto, ma non era così rispettato dalle sue guardie reali. È bastato esercitare appena un po' di compulsione perché una di loro raccontasse quello che sapeva.»

La consapevolezza del suo uso della compulsione mi seccò la bocca, ma non per quello che aveva fatto, bensì perché mi aveva ricordato ciò che era in grado di fare. Una capacità del genere era spaventosa... e impressionante. Così com'era impressionante che non la usasse ogni volta che poteva. Dubitavo che io avrei avuto una tale forza di carattere.

Mi accigliai.

Avevo davvero elogiato il suo carattere? Quello dell'uomo che mi aveva mentito, rapita e tenuta prigioniera?

Era evidente che mi serviva più riposo.

«Hai presente quello che ripetevi nel sonno?» disse Casteel, strappandomi ai miei pensieri. «Sembrava una cosa che avrebbe potuto dirti il duca. Era abbastanza perversa per quel bastardo.»

Casteel aveva ragione. *Era* abbastanza perversa per il Duca Teerman. La voce mi era parsa familiare. Forse era così? Si trattava di due... disgrazie che si sovrapponevano? A volte non ricordavo esattamente tutto quello che succedeva nei suoi uffici privati, quando il dolore delle vergate mi lasciava in uno stato di lucidità solo parziale.

«Quanto spesso lo faceva?» domandò Casteel con voce sommessa. «Impartire le sue lezioni?»

Chiusi la bocca.

Casteel volse il capo verso di me. «So che cosa faceva. So che non sempre era solo. E so che a volte durava solo mezz'ora. Altre invece la guardia perdeva il conto del tempo.» I suoi lineamenti erano duri e affilati. «So anche che preferiva usare la verga sulla carne nuda.»

Sentii il cuore contrarsi al ricordo di Lord Mazeen che mi teneva le mani sul tavolo, impedendomi di coprirmi il petto, privandomi di ogni brandello di dignità. «Ogni volta che lo deludevo» replicai aspramente. «Ed era spesso deluso.»

Le labbra di Casteel si fecero sottili. «Se avessi saputo che Lord Mazeen si univa a lui, l'avrei impalato su quel muro insieme al duca.»

Sollevai gli occhi verso i suoi. «Sono felice che tu non lo abbia fatto. Altrimenti, non avrei potuto vedere la sua espressione quando gli ho tagliato la mano e la testa.»

Casteel mi fissò, piegando in su gli angoli della bocca. Dischiuse le labbra, e io colsi un barlume di zanne. La fossetta sulla sua guancia destra fece capolino, poi quella sulla sinistra. Sentii qualcosa turbinare nel mio stomaco. «Così violenta, la mia principessa.»

Il turbinio si spostò perfino più in basso. «Non sono la tua principessa.»

Lui ridacchiò, voltandosi. «Credi di poter tornare a dormire?» domandò. «Probabilmente abbiamo ancora un paio d'ore prima che Kieran o qualcun altro venga a bussare per assicurarsi che tu non abbia trovato il modo di assassinarmi nel cuore della notte.»

Alzai gli occhi al cielo.

«Non appena la tempesta passerà, partiremo per Spessa.»

Sapevo molto poco di quel luogo. Solo che era un piccolo villaggio simile a Nuovo Nido, collocato ai margini della Baia Stigia. Era la cittadina più vicina a Pompay, l'ultima roccaforte atlantiana durante la guerra. Una delle Sacerdotesse mi aveva detto che la Baia Stigia era il passaggio per i Templi dell'Eternità sorvegliati da Rhain, il Dio degli Uomini e della Fine, e mi aveva descritto la Baia come un luogo nero e buio quanto il cielo di notte.

Mi voltai dal mio lato del letto, ma non dormii. Rimasi invece a fissare le fiamme morenti, ripensando al duca, all'incubo, e alla consapevolezza che avrei avuto poche possibilità di fuggire tra qui e Punta di Spessa.

«Non dormi, vero?» chiese Casteel dopo un po'.

«Come fai a saperlo?»

«Dondoli come una bimba che viene cullata per farle prendere sonno.»

«Non è...» Mi rimangiai un gemito, rendendomi conto che era proprio ciò che stavo facendo. Smisi di muovere la parte inferiore del corpo. «Mi dispiace. È una vecchia abitudine di quando ero bambina. Di solito dopo gli incubi non riesco a dormire» ammisi dopo qualche secondo.

«Era in quei momenti che te la svignavi a esplorare la città?»

Visto che non poteva vedermi, sogghignai. «A volte. Dipendeva da quanto fosse tardi.»

«Be', adesso non hai una città da esplorare» disse, e io sentii il letto oscillare sotto i suoi movimenti. «Ho fiducia che ti ricordi quanto io sia bravo a conciliare il sonno.»

Sulla pelle sentii danzare scintille. Certo, ricordavo la notte nella Foresta di Sangue, quando mi aveva infilato la mano tra le cosce, e per la prima volta nella vita avevo scoperto che cos'era il puro piacere. Cercai di scacciare quelle immagini. «Non è necessario.»

«Che delusione.»

«Se sei deluso è un tuo problema...» D'improvviso lo sentii contro la mia schiena e risucchiai un respiro brusco. Mi contorsi. «Che stai facendo?»

«Ti abbraccio» rispose, passandomi un braccio intorno alla vita.

Il mio cuore rimbalzava come la palla di un bambino. «Non ho...»

«Non sto facendo altro» mi interruppe. «Ho scoperto che a volte stare accostato a qualcuno mi aiuta a dormire.»

Mi chiesi come avesse acquisito quella conoscenza. Ma gli domandai: «Allora perché non lo hai suggerito nella Foresta di Sangue?».

«Si dà il caso che non sia per niente divertente o interessante quanto quello che ho fatto in quell'occasione» replicò. «Però ho ancora quel diario qui, da qualche parte. Sai, quello con il pulsante e palpitante ca...»

«So esattamente di quale diario stai parlando. E neanche quello sarà necessario.»

«Che delusione.» Casteel appoggiò la testa dietro la mia e mi fece sdraiare. «Ho bisogno di dormire, e non succederà se ho la sensazione di stare su una barca.» Fece una pausa. «Una di quelle instabili.»

«Non stavo dondolando così tanto!» negai, divincolandomi per mettere dello spazio tra noi.

Casteel irrigidì il braccio e disse con voce burbera: «Non ti consiglio di fare così».

«Perché?»

«Dimenati qualche centimetro più in basso e sono sicuro che lo scoprirai.»

Sgranai gli occhi e rimasi molto, molto immobile. Era...? Era eccitato? Semplicemente perché era a letto accanto a me? Non serviva altro? Dopo tutto quello di cui avevamo appena parlato?

Mi morsi il labbro. A volte, a me bastava guardarlo per

sentirmi in una certa maniera. Sapere che Casteel poteva provare tutta quella brama e desiderio, dopo quello che aveva passato, era un sollievo. Ciò che sentiva ora non aveva nulla a che fare con quanto gli era stato fatto. Ciò che sentivo quando mi toccava non aveva nulla a che fare con le sensazioni che avevo provato quando il duca mi aveva messo le mani addosso. Questo lo sapevo.

E non avrei dovuto essere sbalordita nello scoprire che Casteel era attratto da me. Mi era abbondantemente chiaro, a meno che... anche quello non fosse stato una recita.

No, non credevo che avesse recitato.

Non ci sarebbe stato motivo per fingere attrazione adesso, soprattutto quando eravamo solo noi...

«Riesco praticamente a sentire le rotelline girarti nel cervello, principessa.»

«Perché credi che stia pensando a qualcosa?» domandai.

«Perché non potresti essere più rigida. Dormi, Poppy. Domani abbiamo un sacco di cose di cui parlare.»

Il matrimonio.

Il nostro futuro.

Due cose irrilevanti: la prima non si sarebbe mai verificata, pertanto non ci sarebbe stato alcun futuro per noi.

E poi, come avrei fatto a dormire con lui raggomitolato intorno a me come uno di quei piccoli animaletti pelosi che vivevano sugli alberi vicino alla capitale? Com'era che si chiamavano? Non me lo ricordavo. Li avevo solo visti disegnati in un libro per bambini che, una volta, avevo trovato nell'Ateneo. Erano graziosi e sembravano morbidi, ma Vikter mi disse che erano creaturine aggressive.

«Sai come si chiamano gli animali pelosi che vivono sugli alberi, vicino alla capitale?» domandai.

«Cosa?»

«Quelli che si appendono ai rami» spiegai. «Sono morbidi e carini, ma a quanto pare sono feroci.»

«Santi numi, non so se voglio sapere perché stai pensando agli orsi arboricoli.»

«Orsi arboricoli?» Aggrottai la fronte. «Si chiamano così?»

«Poppy» sospirò lui.

Alzai gli occhi. «Mi ricordi un orso arboricolo.»

«Ti vorrei dire che sono offeso, ma per farlo dovrei parlare, e questo significherebbe che né io né te stiamo dormendo.»

«Come ti pare» borbottai.

Sdraiata e irrigidita, valutai se afferrare il coltello e pugnalarlo al braccio. Poteva sembrare una reazione un po' esagerata, ma me la sarei goduta, almeno sul momento.

Non so di preciso quando, o quanto tempo ci volle, ma a un certo punto, mentre fissavo il coltello e mi sforzavo di non dondolare, le mie palpebre si fecero pesanti, e alla fine mi addormentai.

E non sognai.

8

Non appena avessi rivisto Casteel, avrei cacciato quello stupido coltello così a fondo nel suo petto che per toglierlo avrebbe dovuto scavare.

Lanciai un'occhiata truce alla porta, sorvegliata dall'esterno, e deglutii ricacciando giù un grido di rabbia e frustrazione. Eccezion fatta per quando Delano mi aveva portato il pranzo, ero rimasta chiusa in quella stanza per tutta la giornata, da sola e sul punto di diventare pazza per via della reclusione.

Quando mi ero svegliata Casteel non era lì, una gradita scoperta visto che non avevo bisogno di ripetere l'esperienza di svegliarmi tra le sue braccia. I ricordi erano già abbastanza difficili da dimenticare. Ma ore dopo, mentre la neve cadeva senza sosta e il vento ululava fuori dalla finestrella, la mia gratitudine si era disseccata e dissolta.

Delano era rimasto di guardia quasi tutto il giorno. Lo sapevo perché l'ultima volta che avevo picchiato il pugno sulla porta, lui aveva risposto attraverso il legno massiccio. Ogni volta che avevo chiesto di farmi uscire, mi aveva risposto praticamente allo stesso modo.

«A nessuno va di inseguirti attraverso la bufera.»

«Preferirei che il principe non mi squartasse, dunque no.»

«Il principe tornerà presto.»

La mia risposta preferita arrivò quando gli dissi che volevo solo prendere una boccata d'aria. *«Niente di personale, ma non mi fiderei mai di te abbastanza da aprire la porta, anche solo di una fessura, per far entrare un soffio d'aria fresca nella tua camera.»*

Come poteva non esserci qualcosa di personale?

Andai alla porta, decisa a bussare fino a quando non mi fosse caduta la mano, finché l'intera fortezza sarebbe accorsa...

La porta si spalancò all'improvviso e Delano corse dentro con la mano sull'elsa della spada. Si fermò bruscamente, scrutando me e la stanza con occhi accesi.

«Stai bene?» domandò. Delano aveva quel tipo di viso spesso ingannevole. I suoi lineamenti avevano qualcosa di fanciullesco, a parte la ruga che spesso faceva capolino tra le sopracciglia chiare. Come se fosse pronto a sogghignare non appena avessi smesso di guardarlo. Ma in quel momento, con la mandibola serrata e uno sguardo d'acciaio che non gli avevo mai visto, aveva proprio l'aria di essere a un soffio dal decapitare qualcuno.

«A parte la rabbia dovuta alla prigionia, sì.»

Lui socchiuse gli occhi. «Non stavi gridando?»

Inarcai le sopracciglia. «Non all'esterno. Mi hai sentita gridare?»

Delano inclinò la testa. «Che cosa intendi con... non all'esterno?»

«Probabilmente stavo gridando dentro di me perché sono chiusa qui.»

«Dunque non stavi gridando?»

Incrociai le braccia. «No. Non con la voce.»

La sua pelle già chiara parve impallidire. «Credevo... credevo di averti sentita chiamare il mio nome.» La ruga tra le sue sopracciglia si fece più profonda. «Gridavi aiuto.» Tolse la mano dalla spada e la passò tra i capelli di un biondo quasi bianco. «Dev'essere stato il vento.»

«O la tua cattiva coscienza.»

«Probabilmente il vento.»

Feci per avvicinarmi.

Ed eccolo, il balenare di un sogghigno. «Spiacente di averti interrotta.»

«Interrotto cosa? Sono bloccata in questa stanza. Che cosa avrei potuto...?» La porta fu richiusa a chiave e io strillai. «Adesso sì che sto gridando!»

«È il vento» urlò di rimando lui attraverso la porta.

Invece di cedere all'impulso di mettermi a urlare sul serio, picchiai il piede a terra, per ben due volte.

Mi buttai sul letto, e immaginai i diversi punti in cui avrei potuto accoltellare Delano, ma poi mi pentii di quel pensiero. Non era colpa sua. Era colpa di Casteel. Perciò, fantasticai di infliggere a lui una serie di pugnalate finché iniziai a sonnecchiare. Non cercai di resistere. Ma non essere cosciente era assai meglio di camminare avanti e indietro per la rabbia. Non so per quanto dormii, minuti oppure ore. Quando aprii gli occhi annebbiati, mi accorsi che mi era stata adagiata sulle gambe una trapunta patchwork, e che non ero sola. Di fronte al letto sedeva Kieran, sulla stessa sedia della notte precedente, praticamente nella stessa posizione, con un piede calzato nello stivale appoggiato al ginocchio.

«Buon pomeriggio» disse mentre sbattevo lentamente le palpebre e spostavo lo sguardo da lui alla coperta. «Non te l'ho messa io. È stato Cas.»

Era stato qui? Mentre dormivo? Che figlio di...

«Ma sono felice che tu ti sia finalmente svegliata. Ti avrei concesso un altro quarto d'ora prima di rischiare arti e vita per chiamarti. A differenza di Cas, non trovo così interessante guardarti dormire.»

Casteel mi aveva guardata dormire? Un attimo. Da quanto tempo Kieran se ne stava seduto lì? «Che stai facendo qui?» dissi con voce roca.

«A parte chiedermi quali scelte nella vita mi abbiano portato a questo punto?» domandò Kieran.

Socchiusi gli occhi. «Sì. A parte quello.»

«Ho immaginato che a Delano avrebbe fatto piacere una pausa e mi sono chiesto se avessi fame. Spero di sì, perché anche a me andrebbe di mangiare.»

Il mio stomaco decise immediatamente che sì, era il caso di mangiare, e brontolò forte.

«Lo prendo per un sì.»

Mi sentii arrossire. Scostai la coperta e mi alzai. «Ho davvero il permesso di lasciare la stanza?»

«Ma certo.»

Inarcai le sopracciglia. «Lo dici come se fosse una domanda stupida. Sono rimasta chiusa a chiave qui dentro per tutto il giorno!»

«Se potessimo avere la certezza che non scapperai, forse non saresti chiusa a chiave qui dentro.»

«Forse, se non mi teneste prigioniera, non avrei bisogno di provare a fuggire!»

«Giusta osservazione.»

Sbattei le palpebre.

«Ma le cose stanno così.» Kieran inarcò un sopracciglio. «Preferisci lasciare la stanza e mangiare, o startene seduta qui a ribollire di rabbia? La scelta è tua.»

Mia? Quasi mi scappò una risata. «Prima devo usare il bagno.»

«Fa' con comodo. Me ne resterò seduto qui a fissare... niente, adesso.»

Alzai gli occhi al cielo e feci per voltarmi, poi la mia stupida bocca si aprì. «Dov'è Sua Altezza?»

«Altezza? Accidenti, scommetto che Cas adora sentirsi chiamare così.» Kieran ridacchiò. «Ti manca già?»

«Oh, sì. È esattamente per quello che lo chiedo.»

Lui sogghignò. «È andato a parlare con Alastir e varie altre persone al villaggio. Se non fosse il Principe di Atlantia, con tutti i suoi principeschi doveri, sono sicuro che sarebbe qui a...» I suoi occhi pallidi brillarono. «Guardarti dormire.»

«Grazie agli dei che ha qualcosa da fare per passare il tempo, allora» borbottai.

Decisi di ignorare Kieran e andai in bagno. Mi occupai dei miei bisogni, poi afferrai la spazzola sulla piccola toletta. Dopo il sonno i miei capelli erano un disastro, e molto probabilmente ne strappai via la metà nel tentativo di liberarmi dei nodi. Una volta finito, riposi la spazzola dove l'avevo trovata e mi osservai nel piccolo specchio, inclinando la testa da una parte.

Non guardai le cicatrici, anche se mi sembrava che fossero meno visibili, forse per via della luce. Mi osservai gli occhi, invece. Erano verdi, io e Ian li avevamo ereditati da mio padre. Quelli di mia madre erano marroni. Ripensai al fatto che gli Atlantiani avessero occhi dorati o nocciola. Quelli di mia madre erano di una normale sfumatura di marrone? O erano di un marrone dorato? Stavo semplicemente dando per scontato che tutti gli Atlantiani avessero un po' d'oro negli occhi?

Voltando la testa da una parte, vidi che il segno del morso era diventato solo un pallido livido viola. Sembrava uno dei succhiotti di cui avevo letto nel diario della signorina Willa Colyns. Arrossii e intrecciai rapidamente i capelli. Una volta fatto, spostai la spessa treccia sulla spalla, sperando che sarebbe rimasta lì, a nascondere il marchio.

Abbassai lo sguardo sulle mani. *Ho molto sangue sulle mani.* Per quanto fossi arrabbiata con Casteel, le sue parole ancora mi perseguitavano, così come ciò che mi aveva confidato sulla sua prigionia. Non si meritava cose del genere.

Una parte di me era ancora incredula che si fosse assunto la responsabilità di Vikter e degli altri, e non potevo fare a meno di chiedermi se le loro morti fossero parte di ciò che gli macchiava l'anima. Tanto quanto ciò che non era stato in grado di tenere sotto controllo quand'era prigioniero.

Se le cose stavano in quel modo, avevo un peso ben più gravoso sul mio cuore, e non sapevo cosa fare in merito. Gli erano state fatte cose orribili. Lui aveva commesso azioni terribili. Non si cancellavano a vicenda.

Quando uscii dal bagno, Kieran era in piedi. Osservava le braci, e io mi domandai se spostarsi lì davanti fosse stato il suo unico movimento.

«Non ti annoia mai?»

«Cosa?» replicò nel tono più disinteressato possibile.

«Startene ad aspettare me senza fare nulla? Mi pare ti tocchi spesso questo compito.»

«In realtà è un onore sorvegliare qualcosa che il principe considera così prezioso» ribatté. «E dato che non sono mai del tutto certo di sapere che cosa combinerai da un secondo all'altro, non è neanche lontanamente noioso. Tranne quando dormi, chiaro.»

Sbuffai irritata, a bocca chiusa, con il cuore che iniziava immediatamente a lottare con il cervello per stabilire perché fossi considerata qualcosa di prezioso per il principe. Il cuore, con il suo piccolo tuffo di felicità, era ovviamente il più stupido dei due.

Andai al caminetto e raccolsi il fodero da coscia, sollevata di vedere che il cuoio duttile si era asciugato. «Hai visto il mio pugnale?»

«Quello di ossa di Wolven?»

Feci una smorfia. «Quello, sì.»

«Non l'ho visto.»

Mortificata per essere stata insensibile, mi voltai verso di lui. «Quella... quell'impugnatura. Non so come sia stata realizzata o quando. È un regalo che ho ricevuto...»

«Lo so» mi interruppe. «A meno che non sia stata tu a ricavarla dalle ossa di un Wolven, non devi scusarti. Immagino sia stata fabbricata poco dopo la Guerra dei Due Re. Molti membri della mia specie caddero in quelle battaglie, e non tutti i corpi vennero recuperati.»

Volevo scusarmi di nuovo, soprattutto quando pensai alle famiglie che non avevano avuto la possibilità di onorare i loro cari secondo i riti funebri della tradizione. Mi trattenni dal commentare e infilai nel fodero il coltello da carne con la lama piegata, aspettandomi quasi che Kieran dicesse qualcosa, ma quando alzai lo sguardo su di lui si limitò a un lieve sorriso.

«Pronta?» Quando annuii, si staccò dalla parete. «Fai strada.»

Lo feci, e provai un'immensa soddisfazione. Dopo aver aperto la porta, uscii e percorsi il corridoio. Perché non mi era mai parso così freddo quando nevicava?

Mentre aprivo la porta che dava sulle scale, mi venne una domanda migliore. «Gli Atlantiani hanno tutti sfumature dorate negli occhi?»

«Questa domanda arriva davvero di punto in bianco» disse Kieran, bloccando la porta prima che gli si chiudesse in faccia. «Comunque sì, la maggior parte degli Atlantiani ha sfumature dorate negli occhi. Solo gli appartenenti alla stirpe degli Elementali hanno gli occhi completamente d'oro.»

Quasi mancai un gradino. «Stirpe degli Elementali?» chiesi, voltandomi a guardarlo.

«Non tutti gli Atlantiani sono uguali» sottolineò lui. «I tuoi libri di storia non ne parlano?»

«No» brontolai, tornando a guardare dove mettevo i piedi. I libri dicevano che i Wolven facevano parte di Atlantia, ma nulla aveva mai suggerito che esistessero diverse... stirpi. «Che cos'è la stirpe degli Elementali?»

«Coloro il cui sangue è atlantiano puro, la cui ascendenza si può ripercorrere fino ai primi Atlantiani di cui si abbia notizia» rispose. «Nati non dalla carne, bensì creati.»

«Creati da altri... Atlantiani?»

«Sì, dalle divinità, i figli degli dei.»

«Davvero?» dissi in tono scettico. «Divinità?»

«Davvero.»

Aggrottai la fronte mentre ci avvicinavamo al pianerottolo. Non ero del tutto convinta, ma che potevo saperne? Tornai a guardarlo. «Ce ne sono ancora ad Atlantia?»

«Se ce ne fossero, Cas non sarebbe il nostro principe.» Un muscolo guizzò nella guancia di Kieran. «L'ultimo della loro stirpe scomparve alla fine della guerra.»

«Che significa che Casteel non sarebbe il principe?»

«Coloro che crearono gli Atlantiani elementali erano divinità, Penellaphe. Ogni goccia del loro sangue è una goccia che giunge dagli dei. Spodesterebbero con la forza qualsiasi famiglia che sedesse sul trono.»

«Solo perché possono ricondurre il loro sangue a queste... divinità?»

«Governarono Atlantia fin dall'alba dei tempi e fino a quando l'ultimo di loro morì. Non erano solo una stirpe» disse. «Erano *Atlantia*.»

D'accordo, allora. «E Casteel appartiene alla stirpe degli Elementali?»

«Sì.»

Be', se qualcuno poteva essere collegato a divinità e dei, quello era lui. Spiegava la sua arroganza e il suo atteggiamento autoritario. «Dunque, ad Atlantia vivono anche altre genti? A parte i Wolven?»

«Sì» rispose, e io ne rimasi sorpresa. Mi aspettavo che la considerasse un'informazione quasi confidenziale. «Ci sono coloro che hanno sangue mortale, di solito di prima o seconda generazione, con un genitore Atlantiano e uno mortale.»

Ovvero, i mezzi Atlantiani di cui Casteel aveva parlato la notte precedente.

«È molto raro che le persone di terza generazione, o di parentela ancora più lontana, abbiano tratti o sangue atlantiani riconoscibili. Ma anche se la loro vita ha una durata da mortali, di rado si ammalano.»

«Visto che il loro sangue può nutrire i membri del lignaggio elementale e si può usare per creare Vampry, non hanno bisogno di sangue dopo la Transizione, giusto?» domandai, rendendomi conto che non avevo approfondito l'argomento con Casteel.

Kieran inarcò un sopracciglio. «No. Non hanno bisogno di sangue.»

Era un sollievo, anche se il sangue di Casteel aveva un sapore diverso da quello che mi sarei mai immaginata. «Chi appartiene al lignaggio elementale ha bisogno di cibo?» Avevo visto Casteel mangiare. In effetti avevo visto gli Ascesi mangiare. «E i Vampry?»

«Gli Atlantiani elementali possono rimanere senza cibo per lunghi periodi, ma per farlo hanno bisogno di sangue più spesso. I Vampry possono mangiare, ma non ne hanno bisogno. Il cibo non placa la loro sete di sangue.»

Mi fermai sulla scala. «Le persone in parte mortali... sono quelle con gli occhi nocciola, ma più dorati?»

«La tua supposizione è corretta.»

«Allora perché i miei sono verdi? I miei genitori non avevano gli occhi nocciola» gli dissi. «Mia madre potrebbe averli avuti marrone dorato, ma sono piuttosto sicura che fossero solo marroni.»

Lui diede un'occhiata alla porta. «Se tua madre o tuo padre avevano del sangue atlantiano, questo non significa che fossero Atlantiani puri. Potrebbero essere stati di seconda generazione, e il ricordo che hai dei loro occhi potrebbe essere impreciso.»

Aggrottai la fronte. «Me lo ricordo, di che colore avevano gli occhi.»

Kieran abbassò lo sguardo su di me. «È anche possibile che non fossero i tuoi veri genitori.»

Quasi inciampai di nuovo. «Mi hanno trovata in un campo e hanno deciso di tenermi, secondo te?»

«I mortali fanno spesso cose strane e inspiegabili, Penellaphe.»

«Come ti pare.» Mi stavo sforzando di accettare un sacco di cose che sembravano impossibili. Ma non avere un vero legame di sangue con nessuno dei miei genitori non era una di quelle. «Esistono altre... stirpi?»

«Sì.»

Rimasi in attesa con lui che mi fissava. «Vuoi dirmi quali sono?»

I suoi occhi color inverno luccicarono divertiti. «Un tempo ne esistevano molte. Tuttavia, la maggior parte si è estinta in maniera naturale, oppure si è persa nel corso del conflitto. Un'altra stirpe è quella dei Metamorfi, anche se è considerevolmente diminuita di numero.»

«Metamorfi?» ripetei lentamente. Non avevo mai sentito quella parola.

«In genere appartengono a due mondi e sono in grado di cambiare forma.»

«Come un Wolven?»

«Sì. Alcuni.» Il suo sguardo si spostò di nuovo sulla porta, e i suoi occhi divennero due fessure. «In molti credono che siano lontani cugini dei Wolven, i figli di una divinità e di un Wolven.»

«Che tipo di forme possono assumere?» Ripensai a una delle storie che mi aveva raccontato Ian, quella sul popolo delle acque. Stavo per chiedere se potessero trasformarsi parzialmente in pesci, ma mi sembrava una cosa troppo ridicola, anche solo per dirla ad alta voce.

«Molte forme diverse. Ma questo argomento dovrà aspettare.» Aprii la bocca, ma lui mi premette un dito sulle labbra. «Un momento.»

Mi accigliai, ma lui spostò la mano e mi superò per aprire la porta. Lo seguii. Quando si fermò di colpo, quasi gli finii contro la schiena.

«Kieran.» Quella voce roca e familiare mi provocò un tuffo al cuore, anche se sapevo che non si trattava di Vikter. Era Alastir. «Oggi mi sono chiesto dove fossi. Mi aspettavo di vederti con Casteel.»

«Ero impegnato» rispose Kieran. «È già tornato Cas?»

«È ancora con Elijah, a discutere della... mossa imminente.» Ci fu una pausa e io sbirciai da dietro Kieran. Alastir aveva i capelli raccolti sulla nuca. Senza il mantello, vidi che non era disarmato. Fissato a una coscia portava un pugnale, e sul fianco opposto aveva un fodero decorato d'oro con una spada. E non era nemmeno solo.

Con lui c'era un uomo dai capelli ondulati castano ramato e gli stessi vividi occhi dorati di Casteel. Un Atlantiano elementale, come ormai sapevo. Il suo sguardo scivolò dal Wolven a dove mi trovavo io, perlopiù nascosta dietro Kieran. Sollevò un angolo delle labbra.

Kieran si spostò, frapponendosi tra me e l'Elementale.

«Come di sicuro saprai, c'è preoccupazione» continuò Alastir.

«Da parte di Elijah o tua?» domandò Kieran.

«Da parte di tutti» rispose Alastir. «Si tratta di un gruppo considerevole da condurre sano e salvo. E una volta laggiù...»

La mia mente considerò in fretta quelle parole da un'altra prospettiva. La gente di Nuovo Nido si stava spostando ad Atlantia? Anche i Caduti, che non discendevano dagli Atlantiani? Credevo che i motivi di preoccupazione riguardassero la limitatezza delle loro terre. Ma perché andare là adesso?

Kieran incrociò le braccia. «È ciò che va fatto.»

«Davvero?» fu la tranquilla replica di Alastir.

«Avrei pensato che tu, fra tutti, sapessi già che è così» disse Kieran, mentre io mi spostavo in silenzio un po' più in là. «Non fare nulla è crudele.»

Con espressione tetra, Alastir disse: «Concordo. Non fare nulla è crudele. La mia esitazione non nasce dall'indifferenza. Diavolo, sai che ho passato buona parte della vita a individuare la nostra gente e i loro figli prigionieri a Solis, e a riportarli a casa». Alastir posò la mano sulla spalla di Kieran. «La mia esitazione nasce dalla compassione. Spero che tu e Casteel ve ne rendiate conto.»

«Ce ne rendiamo conto.» Kieran posò la mano sull'avambraccio del Wolven più anziano. «Solo che la situazione è complicata.»

«Lo è davvero.» Alastir si voltò verso di me. «Ma neanche lontanamente complicata quanto questa.»

Kieran fece di nuovo per spostarsi di fronte a me, ma ne avevo abbastanza di quelle ridicolaggini. «Guarda che lo vede che sono dietro di te» dissi. «Sei un grosso babbeo, però non così grosso.»

Sul viso di Alastir fiorì un ampio sorriso, e l'Elementale dietro di lui rise.

Kieran sospirò.

«Speravo di poterti incontrare di nuovo senza che il principe si affrettasse a condurti via.» Il sorriso del Wolven si irrigidì. «Sembra alquanto preso da te.»

Il mio corpo si irrigidì e subito provai il desiderio di far notare che, considerato quello che Casteel aveva pianificato, non poteva certo essere *preso da me*. Poi però ricordai quello che Casteel aveva detto, ovvero che stava cercando di non mettere a rischio la mia vita con quell'uomo, e riuscii a tenere il commento per me. «Credo che sia preso molto di più da se stesso.»

L'Elementale scoppiò in una gran risata. «Credo di essermi appena aggiunto al numero di quelli che sono affascinati da te.»

Arrossii, e mi sentii bruciare le guance ancora di più quando Kieran disse: «Vorrei darti un consiglio: non lo dire mai di fronte a Casteel».

«La testa mi piace attaccata al corpo, e il cuore nel petto» rispose l'Elementale. «Non ho intenzione di ripeterlo.»

«Aveva detto che eri alquanto... schietta.»

Incrociai le braccia. «Vuoi dire che ti aveva avvisato?»

«Più o meno, ma è comunque sorprendente.» I pallidi occhi di Alastir brillavano di divertimento. «Non abbiamo avuto la possibilità di essere presentati ufficialmente, ieri. Sono Alastir Davenwell, mentre la persona alle mie spalle è Emil Da'Lahr.»

Emil mi rivolse un cenno del capo, sogghignando. «Da adesso penserò sempre a Kieran come a un grosso babbeo, grazie a te.»

«Meraviglioso» borbottò il Wolven che mi stava accanto.

Gettai una rapida occhiata all'espressione stoica di Kieran, e dissi: «Mi chiamo Penellaphe... Penellaphe Balfour».

Lo sguardo che Alastir mi puntava addosso si fece più attento. Aggrottò la fronte. «Balfour?»

Annuii.

«Un nome bizzarro, che risale a centinaia d'anni fa, a Solis» commentò Alastir.

Quanti anni aveva quel Wolven? «La famiglia di mio padre era nel commercio. Mercanti.»

«Casteel mi ha detto che hai antenati atlantiani» disse Alastir dopo un momento. «Il che spiegherebbe perché gli Ascesi ti abbiano nominato Vergine: per controllarti.» Inclinò la testa. Probabilmente scorse qualcosa nella mia espressione, perché proseguì: «Hai scoperto quello che avevano in mente per te».

Detto in parole povere. Ma annuii comunque.

«Mi dispiace» mormorò, chinando appena il capo. «Non riesco a immaginare come ci si senta a sapere che coloro che ci hanno allevato lo hanno fatto per ragioni così ripugnanti.»

Ci si sentiva come se il mondo intero non fosse altro che una crudele bugia.

«Tua madre era amica intima della regina vampry, e la famiglia di tuo padre era amica del re, corretto?»

Sorpresa, domandai: «Te lo ha detto Casteel?».

Sul suo volto apparve un lieve sorriso. «Conoscevo una parte della tua storia prima di conoscerti, Penellaphe. Voci su una Vergine, prescelta dagli dei, sono giunte ad Atlantia molto tempo fa.»

Ascoltare quelle parole non mi fece sentire del tutto a mio agio. «Immagino sia stata una sorpresa per la vostra gente, dato che i vostri dei sono addormentati e dunque non possono scegliere nessuno.»

Emil ridacchiò. «Assolutamente. Ci siamo chiesti se si fossero svegliati e ci avessero dimenticati.»

«Penso che la sorpresa più grande sia stata quella di scoprire la tua ascendenza atlantiana.» Alastir aggrottò la fronte. «Soprattutto, visto che tua madre e tuo padre avevano legami così stretti con la Corona di Sangue.»

«La Corona di Sangue?»

«La Regina e il Re di Solis. La Famiglia Reale» spiegò Kieran. «Vengono chiamati la Corona di Sangue.»

Ero sicura che quel titolo fosse di una precisione inquietante.

«Tutto ciò fa sorgere una domanda: come mai sei qui...» disse Alastir.

Kieran, che aveva le braccia incrociate, le sciolse. «Che cosa vuoi dire?»

«Non puoi farmi credere che né tu né il principe vi siate chiesti come abbia fatto il genitore di qualcuno che ha ascendenza atlantiana a sopravvivere così a lungo vicino alla Corona di Sangue.» Alastir mi guardò. «Non che possano percepirci, ma con rapporti così stretti immagino che l'avrebbero scoperto.»

«E in che modo avrebbero potuto usarli? Come scorta di sangue?» conclusi.

Emil inarcò le sopracciglia. «È un modo per dirlo, sì.»

«Non so quale dei due fosse Atlantiano» ammisi. «Kieran sembra credere che io sia stata trovata in un campo.»

Emil indirizzò al Wolven un'occhiata interrogativa.

Kieran sospirò. «Non ho detto questo. Ho solamente suggerito che uno, o forse persino entrambi, non fossero i suoi veri genitori.»

«Questo è possibile.» Alastir assunse un'espressione pensosa. «Non ho mai saputo che cosa sia successo ai tuoi genitori. Vivono ancora nella capitale di Solis? Se è così, immagino che abbiano la risposta.»

«I miei genitori non ci sono più.» Non sapendo se avesse sentito parlare di Ian, non lo menzionai. «Furono uccisi durante un attacco dei Craven fuori dalla città.»

Alastir impallidì, fissandomi. «È così che...?» La sua voce si spense e alcune rughe di espressione gli apparvero ai lati della bocca.

Ebbi la sensazione di sapere cos'era stato sul punto di domandare. Sostenni il suo sguardo. «È così che sono stata sfregiata.»

Le rughe ai lati della sua bocca si fecero più profonde. «Porti le tue cicatrici con orgoglio, Penellaphe.»

«Come te» mormorai.

«Mi dispiace per i tuoi genitori» disse Alastir. «Vorrei che ci fosse altro da dire.»

«Grazie» replicai con voce sommessa.

«Dobbiamo andare.» Kieran mi toccò piano la schiena. «Scusateci.»

Alastir annuì e lui ed Emil si fecero da parte. «È stato piacevole conversare con te, Penellaphe.»

Indirizzai a entrambi un piccolo sorriso. «Anche per me.»

Kieran mi condusse via. L'area comune era vuota salvo che per la nostra presenza. Guardai dietro di me e vidi che entrambi gli uomini erano rimasti a osservarci. Mi voltai di nuovo verso il corridoio. Rallentai e dissi a bassa voce: «Sembravano... gentili. Lo sono?».

«Sono due brave persone, leali ad Atlantia e alla dinastia Da'Neer.»

Dinastia. Era questo la famiglia di Casteel? Una dinastia?

«Vieni.» Kieran mi toccò di nuovo la schiena. «Dobbiamo mangiare. *Tu* devi mangiare.»

Mi costrinsi a tenere il passo, dimenticandomi momentaneamente di Alastir. Non riuscivo a vedere oltre la curva, ma il mio stomaco era stretto da piccoli nodi. Non volevo rivedere i morti appesi alle pareti. «Perché tutti si preoccupano che io mangi?»

«Vogliamo portarti ad Atlantia. Non farti morire di fame.»

Atlantia. Lo stomaco, che già mi si stava torcendo, sprofondò. Sapevo così poco di ciò che era sorto dal sangue e dalla cenere della guerra. «C'è davvero acqua corrente lì, che arriva dai... rubinetti?»

Kieran sbatté le palpebre un paio di volte. «Sì, è vero. Probabilmente è la cosa che mi manca di più quando sono qui.»

«Sembra stupendo» mormorai. «L'acqua calda, intendo. Non il fatto che ti manchi.»

«Avevo capito cosa intendevi.»

Mentre ci avvicinavamo alla curva, mi preparai allo spettacolo grottesco dei corpi impalati contro le pareti. Jericho era ancora vivo? Gli altri avevano cominciato a decomporsi? Faceva abbastanza freddo da far sì che i corpi avessero probabilmente mantenuto lo stesso aspetto, solo più grigio e slavato. Lo stomaco vuoto mi si contorse di nuovo. Arrivai al corridoio e sollevai lo sguardo.

Le pareti erano vuote.

Niente corpi. Niente tracce di sangue, niente che colava sui muri formando rivoletti nelle minuscole crepe della pietra. E niente sul pavimento.

Mi premetti la mano sullo stomaco. «Non ci sono più.»

«Cas li ha fatti rimuovere la notte scorsa, dopo cena» mi informò Kieran.

La sorpresa mi invase. «E Jericho?»

«È morto. Casteel se ne è occupato mentre tu te la filavi a iniziare una nuova vita, che si sarebbe conclusa in smembramento e morte certa per mano dei Craven.»

Ignorai la stoccata, senza sapere se dovessi sentirmi sollevata. «Casteel ha... ha ritenuto che il suo avvertimento fosse andato a segno?»

«Credo fosse più preoccupato per le tue parole, che di far rimanere in vista il suo avvertimento quanto bastava affinché fosse colto.» Kieran varcò le porte aperte. «Per quanto mi riguarda, io avrei lasciato Jericho appeso al muro almeno per un altro giorno o giù di lì.»

Rimasi a bocca aperta. Non sapevo che cosa mi avesse sbalordito di più: che Casteel mi avesse dato ascolto, o che Kieran fosse disposto a lasciare il Wolven traditore a soffrire sull'orlo della morte. «Dovrebbe sempre esserci dignità nella morte» dissi quando ritrovai la voce. «Sempre.»

Senza rispondere, Kieran mi condusse a un tavolo vuoto. Le sedie della notte precedente erano state sostituite da una lunga panca. Una volta seduta mi guardai intorno e notai solo poche persone in fondo alla sala dei banchetti, vicino al focolare e a diverse porte. Dov'erano tutti? Insieme a Casteel ed Elijah?

Quando Kieran mi si sedette accanto, mi voltai verso di lui.

«Non credo che Casteel abbia agito per quello che ho detto io, ma se lo ha fatto sono felice di saperlo.»

Lui appoggiò il gomito sul tavolo. «Mi sa che tu non ti rendi proprio conto del potere che hai su di lui.»

Feci per contestare quell'affermazione, ma una donna anziana con un grembiule bianco che le copriva il morbido abito giallo si affrettò al tavolo portando due piatti. Il profumo del cibo spinse ancora una volta il mio stomaco a farsi sentire. La donna ci sistemò davanti i piatti, entrambi colmi di soffice purè di patate, arrosto e panini lucidi. Nel modo più discreto possibile, le osservai gli occhi. Erano marroni senza traccia d'oro.

«Grazie.»

In risposta ottenni solo un grugnito, ma quando a ringraziare fu Kieran, in cambio ricevette un sorriso caloroso e un dolce «grazie a te». Serrai le labbra, ma non me ne curai più di tanto: afferrai la posata e iniziai a cacciarmi in bocca forchettate di purè. Per me era un'esperienza unica anche solo poter guardare qualcuno in faccia, o che gli altri vedessero me, o scambiare semplici convenevoli. I bocconi di purè si trasformarono in segatura sulla mia lingua, dunque immaginai che quella reazione mi avesse *effettivamente* infastidita. Un pochino.

Osservando Kieran, vidi che a lui erano stati dati una forchetta e un coltello. Strinsi gli occhi. Era lievemente più sottile, ma di gran lunga più affilato della mia lama misera.

Finito il purè, ripresi il discorso. «La donna che ci ha portato il cibo è una mortale, vero?»

Kieran stava tagliando l'arrosto in pezzetti regolari, tutti della stessa misura. Annuì. «Esatto.»

Doveva quindi essere una Caduta, una mortale di Solis. In passato mi ero chiesta quali potevano essere le difficoltà affrontate nella vita da chi sosteneva l'Oscuro e il regno caduto. Ma era prima di sapere come stavano le cose. Ora mi chiedevo quali disgrazie le avessero fatto aprire gli occhi sulla verità.

«La gente di qui sta pensando di partire per Atlantia?» domandai.

«Sai fare due più due, vedo.»

«Sono proprio sveglia.»

Lui inarcò un sopracciglio.

«Allora ho ragione? Perché se ne vanno?»

«Perché dovrebbero scegliere di rimanere sotto il controllo degli Ascesi?»

Be', in effetti quella sembrava un'ottima ragione. «Ma perché adesso?»

«Presto o tardi, gli Ascesi si renderanno conto che la loro Vergine è scomparsa e verranno a cercarti. Verranno qui» rispose Kieran. «E Nuovo Nido è piena di loro sostenitori.»

Spostai lo sguardo sul focolare, ora vuoto, e pensai a tutte quelle case abitate lungo la strada che avevamo percorso all'arrivo. «Quanti sono gli abitanti?»

«Diverse centinaia.»

«C'è posto per loro ad Atlantia?»

I suoi occhi si posarono sui miei. Aveva capito che conoscevo il problema dei territori. «Faremo spazio.»

Sospettavo che non fosse così semplice. Ero curiosa di sapere cosa sarebbe successo se non fossero riusciti a trasferire la gente in tempo. Mi trattenni. Non era un mio problema.

Dopo circa una decina d'anni, finalmente Kieran terminò di affettare il cibo. «Posso averlo? Se hai fatto, intendo. Non ne sono sicura, ma mi sembra che l'ultimo pezzo sia un po' più spesso degli altri.»

Lentamente, si volse a guardarmi. «Vuoi che tagli anche la tua porzione?»

«Vuoi volare giù dalla panca?»

Kieran si fece una risata di cuore. «Cas ha ragione. Sei incredibilmente violenta.»

«Non è vero.» Gli puntai contro la forchetta. «Però non sono una bambina. Non ho bisogno che qualcuno mi tagli la carne.»

«Mm-mmm.» Kieran mi passò il coltello, e io lo presi prima che potesse cambiare idea.

Ad affettare quella carne tenera non mi ci volle neanche lontanamente il tempo che era servito a lui, ma non gli restituii subito il coltello. Lo tenni nella mano sinistra mentre infilzavo il cibo con la forchetta. «Dove sono gli altri?»

«A godersi la vita, suppongo» rispose Kieran con una certa nostalgia.

Gli lanciai un'occhiata fosca, ma rimasi impassibile. «Comunque» dissi strascicando la voce, per tornare a ciò di cui stavamo parlando prima di imbatterci in Alastir. «Come chiamate quelli che hanno anche sangue mortale, i mezzi Atlantiani? Cioè, come chiamereste me?»

«Atlantiana.»

«Davvero?» ribattei, prendendo uno dei panini. «Crea un po' di confusione.»

«Non per me.»

Alzando gli occhi al cielo, morsi il pane e quasi mi scappò un mugolio. Era incredibilmente burroso, con qualcosa di dolce che non riuscivo a identificare. Di qualunque cosa si trattasse, era fantastica.

«Non è la quantità di sangue a definire un Atlantiano» spiegò Kieran. «Gli Atlantiani elementali non sono più importanti degli altri.»

Non sapevo se crederci, considerato che gli Atlantiani elementali erano più potenti, vivevano più a lungo ed erano stati creati dai figli degli dei. «I Metamorfi vivono a lungo? Immagino che i Wolven sì.»

«Sì.» Kieran sospirò, sollevando la tazza. «E anche loro.»

«Quanto vivono, di solito?» Presi il tovagliolo, mi pulii le dita, poi abbassai la mano e snudai il coltello piegato.

«Più di quanto tu possa immaginare.» Kieran teneva lo sguardo fisso di fronte a sé, masticando lentamente.

«Sono in grado di immaginare un tempo molto lungo. Gli Ascesi vivono per sempre. Gli Atlantiani... be', quelli della linea elementale anche, in pratica.» Posai il coltello piegato sul tavolo, presi l'altro e lo infilai nel fodero.

«Niente vive per sempre. Tutto si può uccidere, basta impegnarsi abbastanza.»

Con un orgoglio esagerato per me stessa, infilzai un altro pezzo di carne. «Suppongo sia così.»

«Con quel coltello che hai appena sgraffignato, e per quanto tu possa impegnarti» disse, e io sgranai gli occhi, «non riuscirai a uccidere Cas.»

Mi voltai verso di lui. «Non penso di ucciderlo con quello.»

«Lo spero bene.» Mi osservò con la coda dell'occhio. «Se ci provassi, probabilmente ti apprezzerebbe solo di più.»

Scossi appena la testa. «È terribilmente inquietante e ignorerò questa possibilità.»

«Ignorare qualcosa non la rende meno vera, Penellaphe.»

«Perché mi chiami Penellaphe?»

«Perché hai così tante domande?»

Socchiusi gli occhi. «Perché non rispondi?»

Kieran si sporse in avanti e abbassò il mento. «Di solito i soprannomi sono riservati agli amici. Non credo che tu ci consideri tali.»

Quello che aveva detto era talmente sensato che non sapevo come rispondere. Quando lo feci, dubitai che Kieran fosse felice dell'ennesima domanda. «Come gli Atlantiani che rivelano il loro secondo nome solo agli amici?»

«Agli amici *intimi*, sì.» Mi squadrò per un momento. «Presumo te l'abbia detto Casteel.»

«Sì.»

«E questo ha cambiato qualcosa, per te?»

Non risposi, perché ancora non capivo per quale motivo mi importasse. O forse lo capivo, ma non volevo riconoscerlo. Kieran non insistette, e finimmo il nostro pasto in silenzio. Continuai a lanciare occhiate alla porta aperta. Non che stessi cercando Casteel, stavo... cercando qualcuno. Le poche persone che avevo visto prima in fondo alla stanza erano quasi del tutto scomparse.

Immaginai che Kieran fosse grato per la tregua, ma purtroppo per lui fu di breve durata. «Sai cosa non capisco?»

«Un'altra domanda» disse lui con un sospiro incredibilmente rumoroso.

Finsi di non avere sentito il suo commento. «L'osservazione fatta da Alastir sui miei genitori è giusta. Io dovrei essere di seconda generazione, no? Per quanto ne so io, nessuno dei miei parenti era purosangue, nato, per esempio, ad Atlantia» dissi. «Ma la Regina Ileana sapeva che ero...» Aggrottai la fronte, lasciando la frase in sospeso.

Davvero non avevo idea se gli Ascesi avessero capito chi ero prima o dopo l'attacco dei Craven. Il fatto che fossi sopravvissuta al loro morso senza trasformarmi doveva essere stata una prova schiacciante per la Regina Ileana.

«Che c'è?» mi pungolò Kieran.

«Be'... sinceramente non riesco a ricordare di essere stata chiamata la Vergine o la Prescelta prima che i miei genitori partissero. Ma ero piccolissima e ho pochissimi ricordi.» E non potevo essere sicura che quelli che serbavo della notte dell'attacco dei Craven fossero reali. «Non so come abbiano appreso ciò che ero. Se sia stato per le mie abilità prima dell'aggressione o se accadde dopo.»

«Non ricordi cosa spinse i tuoi genitori a lasciare la capitale?»

«Ricordo che dissero di volere una vita più tranquilla, ma se... se invece avessero saputo cosa ne sarebbe stato di me? Dei loro figli?»

«Magari stavano scappando dagli Ascesi.» Kieran bevve un sorso. «È una possibilità.»

Lanciai di nuovo un'occhiata alla porta. «Alastir aiutava gli Atlantiani rimasti bloccati a Solis a trasferirsi?»

«Sì, ma se i tuoi genitori fossero stati di prima generazione, e ignari di esserlo, dubito che avrebbero saputo come contattare qualcuno come Alastir.»

Tornai a voltarmi verso di lui. «Come avrebbero dovuto fare?»

«Conoscere qualcuno, che conoscesse qualcuno, che conoscesse qualcuno, e avrebbero dovuto fidarsi completamente di tutte le persone coinvolte in quella catena.»

Considerato come venivano trattati i Caduti, non riuscivo a immaginare che qualcuno avesse una fiducia del genere. E tuttavia, se fossero stati in cerca di una persona come Alastir? E se fossero partiti senza sapere che c'era qualcuno in grado di aiutarli? L'esito sarebbe cambiato? Probabilmente.

«Alastir ha fatto un'altra giusta osservazione» commentò Kieran.

«Com'è possibile che nessuno dei miei genitori sia stato sfruttato per creare altri Vampry.»

«A meno che...»

Sapevo dove voleva andare a parare. «Comunque, per tornare alla mia domanda originaria...»

«Evviva» borbottò lui.

«Se i miei genitori fossero stati di prima generazione, allora io sarei di seconda.»

Lui osservò il mio viso, spostando lo sguardo sulle cicatrici senza sgranare gli occhi, nemmeno un po'. «*Ipotizzando* che fossero entrambi i tuoi veri genitori, sì. Sarei quasi incline a pensare che le tue abilità siano da prima generazione, ma è possibile che tu sia di seconda.»

«Tutti gli Atlantiani hanno gli occhi dorati» dissi. «E di certo vedi anche tu che io non li ho.»

«No, è vero. Ma non ho mai detto che ce li hanno tutti. Ho detto *la maggior parte.*» Kieran giocherellò con la forchetta. «I Metamorfi non hanno occhi dorati, e tantomeno di un colore caratteristico. Né li avevano alcune delle altre stirpi che riteniamo essersi estinte» aggiunse. La forchetta tra le sue dita smise di muoversi. «Magari ci sbagliavamo nel dare per scontato l'estinzione di alcune delle altre stirpi antiche. E forse tu ne sei la prova.»

9

«Perciò potrei discendere da un'altra stirpe? Oppure... da un Metamorfo?» Mille pensieri affollarono la mia mente. «Non posso cambiare forma. Cioè, non ho mai provato. Dovrei farlo?» Arricciai il naso. «Probabilmente no. Conoscendo la mia fortuna, diventerei un granratto.» Rabbrividii. I granratti erano grossi quanto un piccolo orso.

Kieran mi fissava, le sue labbra fremevano. «Hai una memoria selettiva. Ho detto che *la maggior parte* può cambiare forma, ma non tutti. E sarebbe estremamente difficile farlo anche per un discendente di prima generazione della stirpe dei Metamorfi.»

«Scusa, ero rimasta al cambio di aspetto. E dunque gli altri cosa sanno fare? Quelli che non si trasformano?»

«Alcuni possiedono sensi più acuti... doti mentali. Spesso succede anche ai membri della stirpe degli Elementali.»

«Tipo... riuscire a predire il futuro o avere informazioni sugli altri?»

Lui annuì.

Mi venne subito in mente la donna alla Perla Rossa. Per essere una persona che non avevo mai incontrato, sapeva di gran lunga troppo. Mi era sorto il dubbio che fosse una Veggente, ma era molto più probabile che collaborasse con Casteel. Però aveva detto una cosa. All'epoca mi era sembrata strana, ma non vi avevo dato importanza. Com'era...?

Sei come una secondogenita, ma non nel senso che vuoi lasciare intendere.

Voleva dire secondogenita nel senso di... seconda generazione?

In ogni caso, considerate le mie abilità, era plausibile che provenissi da quella stirpe. Essere in grado di comprendere che cosa provavano gli altri era di certo un senso molto acuto.

«E le altre stirpi?» domandai. «Quelle che si sono estinte?»

«Erano...» D'un tratto, Kieran si voltò verso la soglia. Seguii il suo sguardo, ma non vidi nessuno. Poi, nel giro di pochi secondi, apparve *lui*.

Quando vidi Casteel, il respiro mi rimase incastrato nel petto. Seccata e alquanto in soggezione al pensiero che la semplice vista di qualcuno mi provocasse una tale reazione fisica, mi trovai ad ammettere che il suo aspetto – le brache nere, la tunica e il pesante mantello bordato di pelliccia drappeggiato sulle spalle – era imponente e straordinario. A mano a mano che veniva avanti, il mantello aperto rivelò le corte spade, rinfoderate vicino ai fianchi con le punte affilate e letali lontane dalle braccia e le lame seghettate accostate lungo il corpo. Il vento gli aveva scostato i capelli dal viso, rendendo gli zigomi più pronunciati.

Casteel fece qualche passo nella sala dei banchetti e si voltò verso di me. I suoi occhi trovarono i miei con precisione infallibile. Mentre mi fissava, lo spazio tra noi parve rimpicciolirsi. Il mio cuore aumentò i battiti e mi accorsi di arrossire.

Non ricordavo quando mi fossi addormentata, quel mattino, ma rammentavo esattamente la sensazione del suo braccio intorno alla vita, il suo petto ad appena pochi centimetri dalla mia schiena. Era stata un'*esperienza* e sarebbe stata perfetta se le cose fossero state... differenti. In quel caso, avrei atteso con gioia le molte notti e mattine che di sicuro ci attendevano. Un dolore acuto e pulsante mi attraversò.

Casteel sollevò le labbra, solo un angolo. Sapevo che se fossimo stati vicini avrei visto la fossetta sulla guancia destra. Lui sembrava quasi conoscere la direzione che avevano preso i miei pensieri. Distolsi lo sguardo e un sospetto attraversò la mia mente. Casteel sapeva.

Mi voltai verso Kieran e chiesi a bassa voce: «È possibile che qualcuno percepisca... i miei sentimenti? Come me, ma in maniera diversa?».

Kieran inclinò la testa verso la mia, aggrottando la fronte che poi si distese, l'ombra di un'espressione divertita sulle labbra.

Oh, no.

D'istinto mi irrigidii, sapendo che probabilmente la risposta non mi sarebbe piaciuta.

«Gli Atlantiani della linea elementale posseggono sensi fisici più acuti» spiegò Kieran. «La loro vista è di gran lunga superiore, più di quanto un mortale possa immaginare, e ciò permette loro di vedere con chiarezza anche nell'ora più buia della notte.»

E questo lo sapevo già.

«Anche il senso del gusto è più accentuato, così come l'olfatto» continuò, il sogghigno sempre più ampio. «Riescono a percepire l'odore unico che ha una persona, e che è capace di rivelare tanto su chi lo possiede e sul suo corpo: dove è stato, l'ultima cosa che ha mangiato o con chi è entrato in contatto.»

Iniziai a sentirmi sollevata. Non sembrava così brutta la situazione...

«In determinate circostanze, potrebbero arrivare a capire se quella persona non sta bene o è ferita, o l'esatto opposto. Per esempio, se è...» Kieran fece una pausa. «Sessualmente eccitata.»

Ed ecco ciò che temevo.

Casteel era in grado di percepire l'eccitazione?

Ogni centimetro del mio corpo fu invaso da calore, e fui consapevole di aver assunto il colore rosso delle foglie nella Foresta di Sangue. Oh, dei. Questo spiegava perché sembrava sapere esattamente quando mentivo sull'attrazione che provavo per lui. Ma riusciva a percepire *una cosa del genere* anche da lontano? Ne dubitavo.

«Com'è possibile?»

«Ogni persona ha un profumo proprio. In alcuni momenti, aumenta d'intensità. Soprattutto se si prova eccitazione.»

«Vorrei che smettessi di dire quella parola» borbottai.

«Perché? Non c'è nulla di cui vergognarsi» rispose. «Probabilmente è una delle cose più naturali che ci siano.»

Naturale o meno, ora conoscevo la sensazione che si provava quando le emozioni più intime venivano percepite da altri. Era come se le carte in tavola fossero cambiate a mio danno. Sollevai la tazza e bevvi il succo dolce.

«Solo i Wolven possiedono sensi ancora più acuti che consentono di seguire piste per distanze maggiori» aggiunse Kieran. «E per periodi più lunghi.»

Quasi mi strozzai con il succo.

Mi tornò in mente quella notte nella Foresta di Sangue, e con dettagli incredibilmente vividi. Kieran era di guardia mentre Casteel... mi *aiutava* a prendere sonno. All'epoca avevo pensato che Kieran fosse troppo lontano per udire, vedere o *annusare* qualcosa.

Quasi mi uscì un'imprecazione che avrebbe lasciato Vikter sbigottito, per poi farlo scoppiare a ridere.

«Sono curioso» disse Casteel, facendomi sobbalzare. Non

lo avevo sentito avvicinarsi. «Di che cosa state parlando voi due? Poppy sembra sul punto di andare a nascondersi sotto il tavolo.»

«Niente» dissi io.

«Le stavo solo dicendo che i tuoi sensi fisici sono più acuti» rispose Kieran nello stesso momento. «Per esempio, che la tua capacità di vedere è migliore della sua, e che puoi percepire il profumo della sua eccitaz...»

«Oh, dei!» Mi girai sulla panca e sferrai a Kieran un pugno, che lui riuscì facilmente a evitare.

«Mi spiace.» Non sembrava neanche lontanamente dispiaciuto. «Volevo dire *desiderio*. Non le piace la parola *eccitazione*.»

«Attento, Kieran» mormorò Casteel, afferrandomi la mano prima che tentassi di colpire di nuovo il Wolven. «La prossima volta minaccerà di pugnalarti.»

Kieran sogghignò. «Sono abbastanza sicuro che lo abbia già fatto.»

«Ti odio» proclamai. «Vi odio tutti e due.»

Casteel ridacchiò. «Questa è una bugia.»

Cercai di tirare via la mano con uno strattone, spostando lo sguardo su di lui. «Non lo puoi percepire.»

Lui non mi lasciò andare. «Non con i miei sensi, ma comunque so che non è la verità.»

«Qualunque cosa tu sia convinto di sapere è decisamente sbagliata. Detesto profondamente il fatto stesso che esisti.» Lo guardai truce. «E puoi lasciarmi la mano, per favore? Grazie.»

«E perché detesti la mia stessa esistenza?» I suoi occhi luccicavano e l'ombra di un sorriso gli aleggiava sulle labbra. «Comunque, anche se lo hai chiesto con cortesia squisita, temo che se lasciassi andare la tua mano Kieran e io saremmo in grave pericolo.»

Il Wolven annuì.

«Codardo» sibilai.

«E poi, mi piace tenerti la mano.» Casteel si prese il labbro inferiore tra i denti... tra le *zanne*.

«Non mi interessa cosa ti piace. E nemmeno io riesco a credere che tu mi stia davvero chiedendo perché ti detesto. Hai problemi di memoria?»

«Penso che la mia memoria sia davvero eccezionale. Non credi anche tu, Kieran?»

«È molto raro che ti dimentichi qualcosa, in effetti» rispose il Wolven.

Ormai doveva uscirmi il fumo dalle orecchie. «A parte il fatto che mi hai mentito, mi hai rapita e volevi chiedere un riscatto, oggi mi hai pure tenuta chiusa in camera tutto il giorno. Come può essere meglio di quello che gli Ascesi mi hanno fatto per tutta la vita?»

Il calore e il divertimento svanirono sotto il ghiaccio che invase lo sguardo di Casteel. «Perché questa volta si tratta della tua incolumità.»

Feci una risata aspra. «Non lo dicevano anche loro?»

Un muscolo gli fremette nella guancia. «La differenza è che loro ti stavano mentendo, io no.»

«C'è gente disposta a rischiare la propria vita per vendicarsi degli Ascesi» aggiunse Kieran. «Sta cercando di proteggerti.»

«A che scopo?» Lanciai a entrambi un'occhiata feroce. «Per farmi restare in vita abbastanza a lungo da permettergli lo scambio con un altro ostaggio?»

Casteel inarcò un sopracciglio, senza commenti.

Rabbia e imbarazzo erano un miscuglio pericoloso. Ero furiosa per essere rimasta chiusa a chiave l'intera giornata, e imbarazzata perché ora avevo ben chiaro che entrambi sapevano dei miei impulsi verso Casteel e quanto facilmente il mio corpo cantava per lui. «Non sei tanto meglio degli Ascesi.»

Casteel non si mosse.

Kieran non parlò.

Il silenzio tra noi si prolungò tanto da provocare disagio e il mio cuore iniziò a battere forte. Non avrei dovuto dire una cosa simile. Lo seppi non appena mi uscì di bocca, ma non potevo rimangiarmela.

«Devo farti vedere una cosa» ringhiò Casteel, sollevandomi dalla panca. Mi trascinò via con sé, stringendomi la mano con fermezza, ma senza farmi male.

Attraversammo la sala dei banchetti, e io faticai a tenere il passo delle sue gambe lunghe. «Non c'è niente che tu possa mostrarmi e io voglia vedere.»

«Non vorrai vederlo. Nessuno lo vuole. Ma *hai bisogno* di vederlo.»

Confusa, mi guardai alle spalle e scorsi Kieran comodamente seduto, con le braccia sul tavolo e le gambe distese davanti a sé. Mi salutò con la mano.

Gli rivolsi un gesto che mi aveva insegnato Ian, e che talvolta avevo visto le guardie scambiarsi per scherzo o per rabbia. Era considerato un gesto disgustoso, e non l'avevo mai fatto in vita mia.

Mostrai a Kieran il dito medio.

Il Wolven gettò indietro la testa e scoppiò in una profonda risata.

Casteel si voltò a guardarmi, inarcò le sopracciglia e spostò lo sguardo su Kieran. «È il caso che io sappia cosa hai fatto?»

«Non sono affari tuoi» brontolai, con le guance bollenti.

«Oggi il tuo umore è adorabile.»

«Sto iniziando a dubitare della tua intelligenza. Mi hai tenuta...»

«Chiusa a chiave in una stanza per tutta la giornata. Lo so» mi interruppe mentre camminavamo lungo il corridoio vuoto. «Avrei preferito non doverlo fare. Credici o meno, l'idea di tenerti prigioniera mi risulta sgradevole.»

Volevo credergli. Volevo davvero, ma non ero così ingenua. «E allora potresti semplicemente evitare.»

Lui scoppiò in una risata senza divertimento. «E rischiare che tu scappi di nuovo, impreparata e senza protezione? Direi che non è il caso.»

«Non cercherò di scappare...»

Casteel rise di nuovo, questa volta di gusto quanto Kieran. Mentre entravamo nella sala comune, pensai davvero di essere sul punto di esplodere. La gente indugiava nei dintorni e non avevo idea di cosa pensassero vedendoci passare. Immaginavo che uno di noi, o forse entrambi, avesse l'aria di essere in partenza per una battaglia.

Più avanti, uno degli uomini di guardia ci aprì la porta e Casteel mi condusse fuori. Ignara di dove mi stesse conducendo, ero comunque felice che non mi stesse riportando in camera, altrimenti avrei definitivamente perso le staffe.

La neve scendeva in un lento, lieve turbinare, un po' meno intensa rispetto a prima. Ce n'erano diversi centimetri nel cortile che attraversammo.

«Perché andiamo nel bosco?» chiesi, domandandomi se fosse il caso di preoccuparsi, nonostante sapessi che da morta non gli sarei servita.

«Non andiamo molto lontano.» Casteel aveva rallentato il passo per permettermi di camminare al suo fianco. Mi lanciò un'occhiata. «Hai freddo?»

Scossi la testa.

«Non resteremo fuori a lungo.»

Mentre proseguivamo sollevai una mano, momentaneamente distratta dalla neve. La osservai cadere e sciogliersi sulla mia pelle. Dopo un istante, mi accorsi dello sguardo intenso che Casteel aveva posato su di me. Chiusi la mano e la abbassai.

«Anche a Masadonia nevicava, vero?» domandò con voce

sommessa, mentre raggiungevamo i margini della foresta. «Hai mai potuto godertelo?»

«Sarebbe stato sconveniente per la Vergine giocare nella neve.» Avanzammo tra gli alberi e io mi accigliai. La neve copriva ampi tratti di terreno e scendeva formando mucchi più alti dove non c'erano alberi. «A volte sono riuscita a sgattaiolare fuori di notte e l'ho vista. Ma non spesso, un paio di volte con Ian. Una con Tawny.»

Tawny.

Pensare a lei mi fece male al cuore, e quasi desiderai che non mi fosse venuta in mente. Dei, se mi mancava. Era la seconda figlia di un mercante affermato, consegnata alla Corte Reale a tredici anni durante il Rito. Le era stato affidato il compito di farmi da dama di compagnia, più o meno, ma Tawny era diventata molto di più. Spesso temevo che la nostra amicizia per lei non fosse altro che una faccenda da sbrigare, un dovere. Ma adesso sapevo che non era così. Teneva sinceramente a me.

«Tutti sembravano voler uscire quando nevicava» proseguii. «Perciò, andarci senza dare nell'occhio non era sempre fattibile.»

«Peccato. Poche cose trasmettono pace quanto uscire sotto la neve.» Casteel rallentò il passo, poi si fermò e mi lasciò la mano.

Il mio palmo formicolava ancora per il contatto con il suo. Incrociai le braccia sul petto. Lui si chinò. «Ad Atlantia nevica?»

«Sulle montagne sì.» Casteel sollevò un ramo pesante, che usò per spazzare via il lieve strato di neve da quella che aveva l'aspetto di una botola di legno. «Mio fratello e io ce la svignavamo spesso per andare sulle montagne, quando sapevamo che avrebbe nevicato. Spesso Kieran veniva con noi, così come... altri, a volte.» Casteel afferrò un anello di ferro e sollevò la botola. «So fare delle palle di neve niente male.»

Fissai la buca fiocamente illuminata. Dalle ombre emergevano le forme di gradini fatti di pietra e terra battuta. «Ian mi ha insegnato a fare le palle di neve, ma sono anni che non ne tiro.»

Casteel mi guardò con un sorrisetto. «Scommetto che sei il tipo che comprime la neve così tanto da lasciare i lividi quando colpisce qualcuno.»

Le mie labbra fremettero. Distolsi lo sguardo. In quel momento la maschera del principe si era lievemente incrinata, mostrando uno scorcio di Casteel, oppure di un'altra maschera.

«Lo sapevo» mormorò, poi si schiarì la gola. «Prima di arrivare alla sala dei banchetti ho incontrato Alastir. Mi ha detto che ha parlato con te.»

«Sì. Un poco.» Gli gettai un'occhiata. «C'era anche Kieran.»

«Lo so.» Casteel mi osservò. «Che cosa pensi di Alastir?»

Riflettei per un momento. «Sembra gentile, ma non lo conosco.» Sollevai gli occhi sui suoi. «Kieran ha detto che siete molto amici.»

«Lo conosco da sempre. È come un secondo padre per Malik e me. E per Kieran, anche. Quando mia madre diceva di no a qualcosa che volevo fare, e mio padre domandava cosa avesse risposto lei...» Un lieve sogghigno fece la sua comparsa. «... Che ovviamente di solito era un no, allora andavo da Alastir.»

«E lui cosa diceva?»

«In genere, sì. E se si trattava di qualcosa di avventato o pensava che avrei potuto finire nei guai, veniva con me» rispose. «Alastir è rimasto... sorpreso da te.»

«Credevo lo avessi avvisato di quanto posso essere diretta.»

«A quanto pare, non abbastanza.»

Inspirai profondamente. «Credi che sia ancora in pericolo con lui?»

«Se tutto va bene, non per molto ancora.» Casteel si girò verso i gradini di terra battuta. Trascorse un altro lungo momento. «So che odi venire confinata da sola in una stanza. Non volevo lasciarti là così a lungo.»

Non dissi nessuna delle cose che avrei voluto dire e rimasi a fissargli la spalla.

«Sono andato a parlare con la signora Tulis a proposito di suo marito» continuò con voce gentile. «Le ho spiegato il motivo per cui ciò che è successo era necessario.»

Con la bocca di colpo secca, alzai gli occhi sui suoi.

«Era sconvolta. Come prevedibile. Non riusciva a credere a quello che lui aveva fatto. Penso che non mi abbia creduto, in effetti.» Inclinò indietro la testa e socchiuse gli occhi, osservando la neve che scendeva tra gli alberi. «Non posso nemmeno biasimarla se dubita di ciò che le ho detto. Quante menzogne si è sentita raccontare dagli Ascesi? Parlare con lei ha richiesto più tempo di quanto avessi immaginato.»

Dentro di me fiorì un pizzico di senso di colpa. «Come...? Sta bene, adesso?» Feci una smorfia. Ovvio che non stava bene. Suo marito era morto.

«Le ho dato l'opportunità di scegliere se rimanere con la gente di Nuovo Nido, promettendole che non le sarebbe stato fatto del male, oppure, se lo desidera, le ho detto che avremmo organizzato un passaggio sicuro verso un'altra cittadina.» Abbassò il mento. «Mi farà sapere.»

«Spero scelga di rimanere» sussurrai.

«Anch'io.» Sospirò. «Riesci a vedere i gradini?» Quando annuii, aggiunse: «Scendi, ti seguo».

Esitai e deglutii per scacciare un groppo in gola. Non avevo paura del buio o delle gallerie, ma... «Non sono mai scesa sottoterra.»

«Somiglia molto alla superficie.»

Gli lanciai un'occhiata severa. «Davvero?»

Lui ridacchiò, un suono dolce e reale. «D'accordo. Non assomiglia affatto alla superficie, ma ci troveremo in un tunnel stretto solo per poco, poi ti scorderai che sei sottoterra.»

«Di questo non sono sicura.»

«Vedrai» disse, in tono calmo e intenso.

Per un attimo lo guardai negli occhi, poi annuii con un sospiro. Non avevo idea di cosa stessimo facendo, ma ero curiosa. Ero sempre curiosa. Scesi con attenzione, tastando con le mani le pareti fredde e umide. Arrivata in fondo, cercai di non pensare a quanto fossi in profondità nel sottosuolo. Avanzai di un paio di passi prudenti. Torce accese, sistemate a qualche metro di distanza l'una dall'altra, illuminavano, fin dove riuscivo a vedere, il pavimento di pietra e terra e il basso soffitto. Non faceva freddo come mi ero immaginata.

La porta si chiuse, poi Casteel atterrò alle mie spalle. Mi girai, chiedendomi se avesse saltato, ma lui si voltò verso di me. Di colpo ci trovammo petto contro petto. Sotto il ricco profumo di terra, c'era un sentore di lui. Di pino e spezie. Mi fissò negli occhi, e io distolsi rapidamente lo sguardo, turbata da... tutto.

«Che posto è?» domandai, sperando che la mia voce suonasse più sicura di quel che mi sembrava.

«Per ognuno è una cosa diversa.» Mi girò intorno, la sua spalla e il fianco sfiorarono i miei. Sapevo che quel brivido non aveva nulla a che fare con il luogo in cui mi trovavo.

Casteel mi prese di nuovo la mano, e la scintilla nata dalla sua pelle che toccava la mia mi risalì lungo il braccio. «Per alcuni, questo è un luogo dove riflettere.» Iniziò a camminare, e io mi chiesi se avesse percepito anche lui quella scarica di energia. Proseguimmo lungo il tunnel. «Per altri, è la testimonianza di quanto in molti si sforzino di dimenticare.»

Le ombre di fronte a noi scomparvero e la galleria terminò. Diversi metri di scalinata conducevano a uno spazio che si apriva in una sorta di camera circolare con alti soffitti e... santi numi, doveva essere lunga quanto la fortezza stessa. Dozzine e dozzine di torce spuntavano dalla pietra e gettavano luce sulle pareti. Solo il centro era in ombra. In quell'oscurità si intravedevano diverse panche.

«Per altri ancora, è solo una tomba. Un luogo sacro.» Casteel mi lasciò la mano. «Uno dei pochi posti in tutta Solis dove coloro che hanno perso i propri familiari a causa degli Ascesi possono piangerli.»

Senza neanche accorgermene, mi mossi e scesi le scale fino a giungere all'interno della camera. Una serie di piedistalli erano situati a distanza di circa un metro l'uno dall'altro, e su di essi erano adagiati esili scalpelli e martelli. Iniziai a camminare verso destra, osservando le pareti e ciò che era inciso nella pietra. Parole. Nomi. Età. Alcuni accompagnati da appellativi. Altri senza. Avvicinandomi, vidi anche degli schizzi disegnati. Ritratti realizzati da capaci mani d'artista. Mi sfuggì un respiro tremante. Seguii la curva sulla parete. I nomi... ce n'erano così tanti. Ricoprivano la superficie, dal pavimento al soffitto, ma furono le date di nascita e morte a stringermi un nodo nel petto. Rendermi conto che in molti condividevano la stessa data di morte fece salire quel nodo verso la gola, e riconoscere quelle date rese sfocate le incisioni sulla parete.

Molte date di morte erano sporadiche, alcune risalivano a centinaia di anni prima, altre solamente a dieci o cinque anni, o all'anno precedente, oppure... a un paio di mesi. Ma tante altre combaciavano con le date dei Riti compiuti nel passato.

E le età...

Mi strinsi il petto con la mano. Due anni. Sette mesi. Quattro anni e sei mesi. Dieci anni. E così via. Ce n'erano tantissimi. *Migliaia.* Migliaia e migliaia di bambini. Di neonati.

Quando ruppi il silenzio, la mia voce era roca e incrinata. «Sono... sono i bambini dei Riti.»

«Molti di loro sì, altri sono Caduti che sono stati uccisi» rispose Casteel alle mie spalle. «Alcuni morirono di quella che gli Ascesi chiamano la malattia di consunzione, ma la vera causa erano i loro pasti sfrenati.»

Chiusi forte gli occhi e mi si affacciarono alla memoria il signore e la signora Tulis. Avevano perso due bambini in quel modo. Due.

«E vedi i nomi che non hanno la data di morte?» Adesso Casteel era più vicino. «Rappresentano le persone scomparse, che si presume siano morte o si siano trasformate in Craven.»

Aprii gli occhi e sbattei le palpebre per ricacciare indietro le lacrime. Mi avvicinai e allungai la mano per sfiorare i solchi che delineavano guance e occhi, ma mi fermai bruscamente. In basso, appoggiati contro la parete, c'erano fiori vecchi, secchi. Ma anche freschi. Gioielli che luccicavano debolmente alla luce delle fiamme. Una collana. Un braccialetto. Un anello. Due fedi nuziali posate una sopra l'altra. Riportai al petto la mano che mi tremava. Mi fermai di fronte a un animale di pezza. Un vecchio orso con un nastro pallido sulla testa. Mi bruciava la gola.

«Questa è solo una piccola parte delle vite a cui gli Ascesi hanno posto fine. Esistono grandi camere in cui non resta nemmeno un singolo spazio per aggiungere i nomi. E questi sono solo quelli dei mortali.» Ogni parola suonava aspra. «Ad Atlantia, i nomi dei defunti sono apposti su pareti che si estendono a perdita d'occhio.»

Deglutii e mi passai le dita sulle guance umide per asciugarle. Continuavo a fissare l'orso.

«Io ho commesso i miei peccati. Sono sicuro che ci sono tanti nomi incisi su altre pareti a causa mia, ma non sono come loro.» La sua voce era sommessa, eppure echeggiava nella camera. «*Noi* non siamo come loro. Tutto quello che ti chiedo, la prossima volta che non mi riterrai migliore di un Asceso, è di ripensare ai nomi su queste pareti.»

Le parole *so che tu non sei come loro* mi salirono sulla punta della lingua, ma non riuscii a dar loro voce. Mantenevo a malapena il controllo.

«Posso giurarti che la stragrande maggioranza di coloro che ho ucciso, e che sono finiti in una tomba o su pareti come queste, se lo meritavano. Non spreco neanche un solo istante di sonno a ripensarci. Ma gli innocenti...» parlò di nuovo Casteel, con la voce bassa e tagliente quanto gli scalpelli che attendevano dita tremanti per il dolore. «Le vittime cadute perché si trovavano nel posto sbagliato al momento sbagliato, o quelle che sono state uccise dai miei sostenitori... per loro sì che perdo il sonno. Per le Loren e le Dafina di tutto mondo. I Vikter...»

«Basta» mormorai, incapace di muovermi per quella che parve una piccola eternità.

Casteel tacque, e io non sapevo se lo avesse fatto perché aveva terminato di dire quello che doveva o se fosse un piccolo dono che mi stava facendo.

Quando finalmente riuscii a muovermi, mi tremavano le labbra. Proseguii il cammino, scoprendo fiori più freschi, date più recenti e nomi più comuni... troppe date di morte esageratamente vicine a quelle di nascita, e altri nomi senza data di morte certa.

Non so per quanto rimanemmo là, ma sentivo di dover percorrere ogni metro di quella camera, vedere ogni nome che potevo leggere, mandarne a memoria il più possibile ed essere testimone, come altri avevano fatto, di quella orribile e dolorosa perdita di vite umane.

Casteel aveva ragione quando diceva che nessuno avrebbe voluto vedere quel posto. Nemmeno io lo volevo, ma dovevo. Nessuno poteva fare finta. Non era possibile e basta.

Mi voltai lentamente.

Casteel era vicino all'entrata. «Sei pronta?»

Mi sentivo come se avessi appena combattuto contro una legione di Craven, ma annuii.

«Bene.» Aspettò che lo raggiungessi, poi prese a salire le scale. Non parlammo finché non fummo di nuovo in superficie, dove scoprimmo che il giorno aveva ceduto il passo alla notte da diverso tempo.

Lo osservai chiudere la botola e porvi sopra il ramo. «Perché hai fatto togliere i cadaveri dal corridoio?»

Lui rimase in ginocchio. «Ha importanza?»

«Sì» sussurrai.

Sollevò la testa e osservò la neve immersa nella luce della luna. «Non ho mentito quando ti ho detto che avevo aiutato le persone maledette dai Craven a morire con dignità. L'ho fatto. Perché credo che debba esserci dignità nella morte, perfino per coloro che detesto. Me lo ero dimenticato, nella rabbia e nel...» Si interruppe e alzò lo sguardo su di me. «Tu mi hai ricordato che era ciò in cui credevo quando ero Hawke.»

Quando ero Hawke.

«Grazie» dissi con voce roca. Non sapevo se lo stavo ringraziando per ciò che si era ricordato o per avermi mostrato quello che non avrei mai voluto vedere, ma che *avevo bisogno* di vedere.

Casteel mi fissò con la testa inclinata, poi si alzò. «Vieni» mormorò. «Abbiamo un sacco di cose di cui discutere prima che si faccia troppo tardi.»

La sua proposta di matrimonio, che non era in piena regola.

Il nostro futuro, che in realtà non era nostro.

Sulla via di ritorno alla fortezza non dissi nulla, né opposi resistenza quando mi prese di nuovo la mano. Non sapevo perché l'avesse fatto. Dubitavo che temesse una mia fuga. Magari semplicemente gli piaceva tenerla.

Anche a me piaceva.

L'ultimo ad avermi preso la mano tanto spesso era stato Ian, ma solo quando non c'era nessuno nei paraggi. Tuttavia, la sensazione che mi dava allora non somigliava per niente a quella che provavo in quel momento.

Forse il piacere derivava dal fatto che la mia mente era ancora in quella camera... no, in quella *cripta* senza corpi, tra coloro che non avrebbero mai più tenuto per mano nessuno. O forse perché la mia mente era ancora ferma all'istante in cui Casteel aveva ricordato la parte di sé che era Hawke.

Non parlammo lungo tutto il tragitto fino alla fortezza, e fin su alla camera. Una volta dentro, mi fece avvicinare al focolare. Rimasi lì in piedi e lasciai che il fuoco mi riscaldasse la pelle gelata.

«Partiremo domani?» chiesi, rompendo il silenzio.

«La tempesta si sta indebolendo, ma le strade dovranno liberarsi un po'.» Fiocchi di neve si scioglievano e scomparivano tra le ciocche dei suoi capelli scuri mentre osservava la finestra che tremava. «Il vento dovrebbe aiutare... e, se continuerà così per un'altra notte, forse abbatterà l'intera fortezza.»

Scoppiai a ridere. Casteel si voltò a fissarmi. «Scusa» dissi. «Mi è tornata in mente una storia che Ian aveva sentito raccontare. Parlava di un lupo che abbatteva con un soffio la casetta di alcuni maialini. Per qualche motivo, ho immaginato un Wolven al posto del lupo.»

«Non devi scusarti» disse lui. «Sei bellissima quando sei cupa e silenziosa, ma quando ridi l'alba sulle Montagne di Skotos diventa tua rivale.»

Parve sincero, come se davvero lo credesse, e io non riuscivo a capire. «Perché dici cose del genere?»

Mi scrutò negli occhi. «Perché è la verità.»

«La verità?» risi, allontanandomi dal fuoco. Mi bruciava

di nuovo la gola. Ero sul punto di farmi travolgere. «Quando mi avrai consegnata, aggiungerai il mio nome alle pareti? Tanto prima o poi morirò. È questa, la verità. Perciò, non dire cose del genere.»

«Ma non è così. Non lo è affatto.» I suoi occhi catturarono i miei e li tennero imprigionati. «È per questo che dobbiamo sposarci.»

«Perché sei così ostinato a volere questo matrimonio?» domandai. «Non ha senso.»

«Sì che ce l'ha. È l'unico modo per ottenere ciò che voglio, assicurandomi che tu resti in vita. Sperando che così tu possa condurre un'esistenza lunga e *libera*.»

10

«Che cosa?» ripetei, questa volta poco più che in un sussurro. Condurre una lunga esistenza? Libera? Come sarebbe stato possibile se avesse ottenuto ciò che voleva, la libertà di suo fratello in cambio della mia prigionia?

«Mi lascerai spiegare? Non ti sto chiedendo di fidarti di me e basta.»

«Che io mi fidi di te non è una cosa di cui dovresti preoccuparti.»

Casteel si tirò indietro, la linea della sua mascella si indurì. «Non ti sto nemmeno chiedendo perdono, Penellaphe.»

L'uso del mio nome formale fu una nota stonata che mi fece battere rapido il cuore e ammutolì le parole irritate che avevo sulla punta della lingua.

«So che quello che ti ho fatto non si può dimenticare» continuò. «Ti chiedo solo di ascoltare quello che ho da dire. E, se tutto va bene, troveremo un accordo.»

Mi costrinsi ad annuire. Il bisogno di comprendere la sua proposta era di gran lunga più importante del mio desiderio di litigare con lui. «Ti... ti ascolterò.»

Casteel sgranò appena gli occhi, come se si fosse aspettato un mio rifiuto, poi la sua fronte si distese. «Ricordi quando sono andato via per andare a parlare con mio padre? Certo che ti ricordi» aggiunse dopo un momento. «È stato quando Jericho ti ha aggredita.» La sua mascella si tese. «Mio padre non è potuto venire e ha mandato Alastir al suo posto. C'erano delle questioni, a casa, a cui doveva pensare.»

«Problemi con i Wolven e la scarsità di terre?» riassunsi.

Lui annuì. «Non subito, ma presto, la scarsità di terre causerà mancanza di cibo e altre risorse.»

Una piccola parte di me fu sorpresa che avesse effettivamente risposto alla domanda. «Da quello che Alastir ha detto a Kieran, sembra che per la gente di Nuovo Nido arriverà presto il momento di partire per Atlantia.»

«È così.»

«A causa del fatto che mi hai rapita, e che gli Ascesi verranno qui a cercarmi.»

Il suo sguardo si puntò sul mio. «Già prima che ti rapissi progettavamo di trasferirli ad Atlantia. Le mie azioni hanno accelerato le cose, ma il problema della scarsità di terre non si sarebbe comunque risolto prima.»

Ci rimuginai sopra. «Dunque, le risorse diventeranno ancora più scarse.»

«Sì, ma non siamo giunti al punto di rottura. Non ancora» rispose lui. «Alcuni vorrebbero che ci mostrassimo più aggressivi nel rimediare alle nostre carenze. È una fazione che conta molti Wolven, così come molti Atlantiani. Durante le discussioni su cosa fosse più opportuno fare, alcuni animi si sono scaldati, ed è per questo che mio padre è dovuto rimanere a casa.»

Casteel si alzò e andò a un tavolino sotto la finestra. Prese un decanter di vetro pieno di un liquido color ambra che immaginavo fosse liquore. «Ti va di bere qualcosa? Se ricordo bene, ti piaceva sgraffignare un whisky o due con Tawny.»

Tawny.

Desideravo tantissimo vederla e accertarmi che stesse bene. Ma se fosse stata qui...

Chiusi per un attimo gli occhi, sperando che fosse al sicuro. Ero più che mai grata che non ci fosse. Rischiava di diventare un problema da risolvere, come era successo a Phillips e alle altre guardie.

Inspirai a fondo, aprii gli occhi e chiesi: «L'avresti fatta uccidere, Tawny? Se avesse viaggiato insieme a me, l'avresti fatta uccidere?».

Casteel fece una pausa. Prese un bicchiere e lo riempì di whisky fino a metà. «Non ho l'abitudine di uccidere donne innocenti.» Versò un altro bicchiere. «Avrei fatto tutto quello che potevo per assicurarmi che non fosse necessario. Ma la sua presenza avrebbe potuto causare complicazioni che non avrei voluto dover risolvere.»

Ovvero, se avesse dovuto lo avrebbe fatto. Tuttavia, *si era assicurato* che il problema non si ponesse vietando a Tawny di viaggiare con me. Non sapevo come questo mi facesse sentire. Cos'era giusto e cos'era sbagliato? In ogni caso, non c'erano garanzie che Tawny fosse del tutto al sicuro. Era destinata ad ascendere.

Adesso che ero scomparsa, però, sarebbero ascesi comunque, lei e gli altri Lord e Lady in Attesa? Tutte le Ascensioni del regno erano legate alla mia. Avevano ancora in custodia il fratello di Casteel, e dovevano avere un altro Atlantiano per tenere in vita il principe. Senza di me, potevano procedere lo stesso con le Ascensioni, a meno che...

A meno che succedesse qualcosa al Principe Malik. Deglutii, a disagio, e scacciai quella domanda. Chiedere una cosa del genere non avrebbe portato a nulla di buono, e dubitavo che Casteel non ci avesse già pensato.

Mi raggiunse con il bicchiere di whisky, e io lo presi anche se non l'avevo chiesto. Casteel andò a piazzarsi di fronte al camino.

Passai il pollice sul vetro freddo, portai il bicchiere alle labbra e bevvi un piccolo sorso. Il liquore mi bruciò la gola, ma il secondo sorso fu più morbido. Dovetti ancora schiarirmi la gola, però. Tawny e io rubavamo di nascosto qualche liquore, e ogni tanto ne avevo bevuto un sorso o due, ma non abbastanza da esserci abituata. «Che cosa hanno a che fare i problemi della tua gente con la faccenda del matrimonio?»

«Ci sto arrivando.» Casteel si voltò verso di me, appoggiando un gomito sulla mensola del camino. «Per prima cosa, la mia gente mi obbedirà fino alla morte, sia gli Atlantiani sia i Wolven.» Fece roteare il liquido nel vetro. «Spero che il matrimonio, e tutto quello che ho fatto per ricordare che non ti si deve fare del male, sarà per loro la spinta a compiere scelte sagge. Tuttavia, queste non sono circostanze normali. Tu non sei una circostanza normale.»

«Ma non ho fatto nulla alla tua gente. Ho perfino cercato di salvarne uno.»

«Anche i Caduti non ti hanno fatto nulla, eppure una volta li consideravi tutti malvagi e sanguinari» ribatté. «Una volta credevi che tutti gli Atlantiani non fossero altro che mostri, eppure nessun Atlantiano ti aveva mai fatto del male.»

Aprii la bocca.

«È lo stesso, vero? I Caduti e io rappresentiamo morte e distruzione, anche se molti di loro non hanno fatto altro che dire la verità.» Spostò lo sguardo sulle fiamme che danzavano aggraziate. «Tu rappresenti una dinastia che ha soggiogato e decimato le loro famiglie, strappato alle loro vite le persone più care, i loro dei, e perfino il loro legittimo erede. Tu non hai fatto nulla di tutto questo, eppure è ciò che vedono quando ti guardano. Non vedono altro che l'opportunità di prendersi la loro vendetta.»

Le sue parole pesarono come pietre sul mio stomaco riscaldato dal liquore. Non riuscii a impedirmi di dire: «Mi dispiace».

Lui aggrottò la fronte. «Per che cosa?»

Affannata per il gran sorso di whisky che avevo ingollato, sbattei rapidamente le palpebre. «Per ciò che è stato fatto alla tua gente» gli dissi con voce roca. «Alla tua famiglia. A te. So che l'ho detto la notte scorsa, e che non vuoi le mie scuse, ma sento il bisogno di ribadirlo.»

Casteel mi fissò. «Credo che tu abbia bevuto abbastanza whisky.» Fece una pausa. «O forse dovresti berne ancora di più.»

Grugnii. Come un maialino. «Quello che hai fatto non mi impedisce di provare comunque compassione.» Feci per bere un altro sorso, ma ci ripensai. Quel whisky, di qualunque tipo fosse, sembrava fare effetto più rapidamente di qualsiasi altra cosa avessi mai bevuto. «Ciò che hai fatto non significa che di colpo non sappia o non mi importi di quello che è giusto o sbagliato. Ciò che ha subito la tua gente è orribile.» Lo sguardo mi cadde sul liquido dorato nel mio bicchiere. Ripensai a tutti quei nomi sulle pareti. Chi sapeva quanti fossero? «E... e quello che gli Ascesi hanno fatto al popolo di Solis è orribile. È tutto tremendo.»

«È vero» mormorò lui.

«Credo di capire il perché del loro odio.» Al pensiero del signor Tulis, mandai giù un sorso più lungo. «Vorrei non fosse così.»

«Anch'io. È uno dei motivi per cui dobbiamo sposarci.»

Quasi mi strozzai, fissandolo negli occhi. «È questa la parte che non capisco. Come sei giunto a questa conclusione e perché? In che modo ti aiuterà a riavere tuo fratello? In che modo aiuterà a risolvere il problema delle risorse limitate? In che modo sarò... libera?»

Il suo sguardo si fece tagliente. «C'è la possibilità che alcuni disobbediscano lo stesso ai miei ordini. La vendetta può essere una forte motivazione. Io stesso amo il sapore della vendetta e ne godo, e so che è così anche per te.»

Iniziai a negare, ma Casteel mi aveva vista attaccare Lord Mazeen. Sapeva che era una menzogna.

«Devo ritornare a casa per aiutare a placare le preoccupazioni degli altri, e lì tu sarai circondata da gente che per la maggior parte considera chiunque provenga dal Regno di Solis una Lamaea in carne e ossa.»

«Una *Lamaea*?»

«È una creatura che ha pinne al posto delle gambe e code al posto delle braccia. Si nasconde sotto il letto dei bambini, in attesa che le luci vengano spente. Nel buio, esce da lì e risucchia la vita dei piccoli.»

«Oh.» Arricciai il labbro.

«Non è reale. O almeno io non ne ho mai vista una, ma da piccoli io e mio fratello lottavamo perché le luci restassero accese di notte.» Riuscivo a figurarmelo, un bimbo precoce con gli occhioni dorati, nascosto sotto una coperta.

Osservai i muscoli del suo braccio flettersi quando si portò il bicchiere di whisky alle labbra. Be', potevo *quasi* figurarmelo bambino.

«Un momento» dissi, confusa. «Come fa a uscire da sotto il letto, se ha pinne al posto delle gambe e code al posto delle braccia?»

Le sue labbra fremettero. «Credo che una volta mia madre abbia detto che si dimenava e strisciava, come un serpente.»

«È una cosa terribilmente inquietante.» Arricciai il naso e gettai un'occhiata alla caraffa di whisky, dubbiosa se versarmi o meno un altro bicchiere. «E poi non capisco la parte sulle code al posto delle braccia.»

«Non la capisce nessuno.» Casteel distolse gli occhi e abbassò il mento, passando le zanne sul labbro inferiore. Quel gesto parve rapire il mio sguardo, e tutto il mio essere. Un brivido sottile mi danzò un momento sulla pelle, e poi di nuovo.

«Il punto è che, nonostante abbia dato l'ordine che nessuno ti faccia del male, potresti essere ancora in pericolo» spiegò. «Per alcuni, l'idea della vendetta è assai più vitale della paura di una morte certa.»

Mi ci volle un momento per distogliere i pensieri dalla Lamaea e dal balenare delle sue zanne e riuscire a concentrarmi sul succo della conversazione. «E tu credi che sposarmi eliminerà il pericolo?»

«Assicurarmi che la gente sappia che sei in parte Atlantiana e che diventerai mia moglie *dovrebbe* renderti intoccabile. Soprattutto per coloro che ancora temono la morte e hanno un po' di vero buon senso.» Bevve un sorso. «Ai loro occhi non sarai più la Vergine. Sarai la mia fidanzata. Nella loro testa, diventerai la loro principessa.»

Meditai su quello che stava dicendo, e non sapevo se fosse per la stanchezza oppure per il liquore che attutiva le mie emozioni, ma riuscii a elaborarlo senza scagliargli addosso il bicchiere.

Cosa che di sicuro lui apprezzò.

Probabilmente era stato per quello che mi aveva offerto da bere.

«Che pensi?» chiese.

«Mi sto domandando se bere un altro bicchiere di whisky.»

«Puoi avere quello che vuoi.»

Quello che volevo? Lo guardai, e la portata del desiderio che sorse in me mi suggerì che un altro bicchiere di whisky non sarebbe stato saggio.

Mi sporsi in avanti e posai il bicchiere vuoto sul tavolo. «Vuoi sposarmi per... proteggermi. È questo che stai dicendo?»

«Sì e no.»

Nonostante il calore nel mio stomaco, il mio petto era gelido come ghiaccio. «Che vuol dire?»

«Significa che il matrimonio darà a te sicurezza, e a me quello che voglio e quello di cui il mio regno ha bisogno.»

«In che modo sposarmi garantirà la liberazione di tuo fratello o darà al regno ciò che è necessario?»

Lui bevve un altro sorso. «Secondo te, a cosa attribuiscono più valore i regnanti di Solis? Alla capacità di creare altri Vampry o al rimanere in vita?»

La domanda mi fece scostare la testa di scatto. «Spero la seconda.»

«Lo spero anch'io» concordò Casteel. Ci fu una pausa. «Mio padre è convinto che Malik sia morto oppure che ormai sia impossibile salvarlo.»

Risucchiai un respiro brusco. «Davvero?» Casteel annuì, e io non seppi che dire. «È... è davvero triste.»

«È la realtà della situazione, e io non posso biasimarlo per questo, ma non credo che Malik sia perduto. *Mi rifiuto* di crederlo» affermò con convinzione adamantina, e io sperai per il suo bene che avesse ragione. «Molti Atlantiani hanno sete di vendetta: per quello che gli Ascesi hanno fatto al loro principe, per le innumerevoli vite a cui hanno posto fine, per la terra e il futuro che ci hanno rubato. Mio padre sta rapidamente diventando uno di quelli che spingono per la rappresaglia. E il fatto è, Poppy, che siamo in grado di vendicarci. Atlantia è risorta da sangue e cenere. Non siamo più un regno caduto. In nessun senso dell'espressione. È da tanto tempo che non lo siamo più. Siamo un regno di fuoco.»

I minuscoli peli del mio corpo si rizzarono.

«Dopo la guerra ci siamo ritirati, ma lo abbiamo fatto per il bene della nostra gente e le vite dei mortali coinvolti loro malgrado. Questo, però, non significa che abbiamo stentato a sopravvivere, o che non siamo più il regno di un tempo. Dall'epoca della guerra siamo cresciuti di numero e ci siamo sparsi in lungo e in largo fuori da Atlantia, ci siamo stabiliti in ogni città all'interno di Solis e abbiamo aperto gli occhi di chiunque fosse pronto alla verità.»

Il cuore mi batté più rapido mentre lo osservavo portarsi ancora una volta il bicchiere alle labbra. «In tanti hanno trascorso gli ultimi quattrocento anni a addestrarsi per riconquistare i regni» disse Casteel, e in quel momento mi si mozzò il respiro. «Vogliono andare in guerra contro Solis, e, se riusciranno a convincere mio padre, innumerevoli vite saranno perdute. Atlantiani. Wolven. Mortali. La terra sarà di nuovo intrisa di sangue. Ma questa volta non ci sarà ritirata. Se mio padre si convincerà a dichiarare guerra, Atlantia non cadrà. Non ci fermeremo finché tutti gli Ascesi e i loro sostenitori non saranno che cenere.»

«E... tu non vuoi che ciò accada? Non vuoi riprenderti il regno ed eliminare gli Ascesi?» Se era così lo capivo, ma non riuscivo a smettere di pensare a Ian e Tawny, e a tutti gli innocenti che sarebbero stati calpestati prima della fine.

Casteel mi osservò da sopra il bordo del bicchiere. «A volte, spargere sangue è l'unica opzione. Se il conflitto sarà inevitabile, non esiterò a impugnare la spada. Tuttavia, mio fratello sarà una delle vittime. Non verrà mai tenuto in vita se dichiareremo loro guerra. Devo riuscire a liberarlo prima che questo accada.»

«E pensi che la tua gente eviterà di scendere in guerra se lui vi verrà restituito?»

«Non si tratta solo di lui, ma se avrò successo credo che andrà così. O, al limite, i mortali avranno il tempo di prepararsi. Di scegliere da che parte stare, oppure di fuggire il più lontano possibile in attesa che la guerra si concluda. Preferirei non infliggere a questa terra altri secoli di conflitto.»

Teneva ai mortali? Anche a quelli che non sostenevano Atlantia? In questo assomigliava all'Hawke che conoscevo io, non all'uomo che si era guadagnato il soprannome di Oscuro. Turbata, lisciai con le mani l'orlo della mia tunica. «E sposarmi ti farà ottenere tutto questo? Sono solo la Vergine... e sappiamo entrambi che non significa nulla. Gli dei non mi hanno scelta...»

«Ma la gente di Solis non lo sa» ribatté. «Per loro, tu sei la Vergine. *Eri* stata prescelta dagli dei. Proprio come per Atlantia sei la rappresentante degli Ascesi, per la gente di Solis sei un simbolo.» Casteel fece un mezzo sogghigno. «E sei la favorita della regina.»

Scossi la testa. «Sarà anche vero, ma non vedo come questo ti permetta di ottenere qualcosa.»

«Non ti dai abbastanza credito, principessa. Sei incredibilmente importante per il regno, per la gente, ma ancora di più per gli Ascesi. Sei la colla che tiene insieme le loro bugie.»

Mi irrigidii.

«Riesci a immaginare che cosa potrebbe succedere se il popolo di Solis sapesse che tu, la Vergine Prescelta, hai sposato un principe Atlantiano e non ti sei trasformata in Craven? Nemmeno dopo un bacio mozzafiato?» Mi rivolse un sogghigno che fece apparire una fossetta. Socchiusi gli occhi. «Già solo questo farà aprire molte menti. E attraverso la nostra unione, saremo in grado di introdurre con delicatezza i mortali a un mondo in cui le genti di Atlantia non sono sconfitte e disperse al vento. Ma gli dei devono approvare una tale unione, e stando a ciò che gli Ascesi hanno raccontato per generazioni, se le divinità non dovessero approvare cercheranno vendetta. La gente di Solis non sa che gli dei dormono. E gli Ascesi contano sul fatto che non scoprano mai la verità.»

Annuii lentamente, riflettendo. «La gente crederà che gli dei abbiano dato la loro approvazione.»

«E cosa farà la gente se gli Ascesi si dovessero rivoltare contro l'unica Prescelta dagli dei? Quelle stesse divinità che, proprio secondo gli Ascesi, proteggono la gente di Solis dai Craven? Il loro regno costruito sulle bugie inizierebbe a incrinarsi. E a quel punto basterà veramente poco per far crollare tutta la maledetta baracca. Se ricordo qualcosa della Regina Ileana, è che si tratta di una donna molto intelligente. Queste cose le sa bene.»

Vidi le sue labbra assottigliarsi e mi infastidì che avesse pronunciato quel nome, cosa che faceva assai raramente. «Non tanto intelligente, però, da immaginare che il Regno di Atlantia sia cresciuto al punto tale da essere una notevole minaccia al dominio degli Ascesi?»

«Sanno che Atlantia esiste ancora, e hanno rafforzato le loro armate... i cavalieri.»

Sentir menzionare i Cavalieri Reali mi fece scorrere un brivido gelido lungo la schiena. Erano l'esercito di Solis, con armature pesanti, addestrati in maniera eccezionale e assolutamente impressionanti. Li avevo visti solo nella capitale, ma anche lì era raro scorgere un cavaliere, poiché erano accampati sulle colline ai piedi dei Picchi Elisi. Molti avevano fatto voto di silenzio.

«Ma dobbiamo fare molta attenzione a mantenere il segreto su quanto siamo cresciuti e sulle nostre conquiste. Vogliamo che i Caduti vengano considerati un gruppo raffazzonato di sostenitori di un principe solitario, che vuole a tutti i costi assicurarsi il trono. Sono passati molti anni e gli Ascesi si sono adagiati sugli allori.» Casteel bevve un sorso, inarcando un sopracciglio. «E mi pare che diversi studiosi abbiano sostenuto che l'ego provoca la caduta di molti, molti potenti. I cavalieri e tutte le guardie che combattono per loro non sarebbero sufficienti per sconfiggerci. Ed ecco che arrivi tu. O, più precisamente, che arriviamo *noi*. Insieme. Sposati. Uniti. Tu e io...»

«Ho capito» lo interruppi in un basso ringhio.

La sfumatura dei suoi occhi si fece più intensa. «Anche con il mio considerevole talento, non potrei mai avvicinarmi a loro o ai Templi. Ci ho provato varie volte quand'ero a Carsodonia, ma tu... tu sei la mia chiave per entrare.»

Feci un pesante sospiro. «Credi che con me – sposandomi – sarai in grado di negoziare il rilascio di tuo fratello.»

«E contrattare la restituzione di parte delle nostre terre. Voglio tutto ciò che si trova a est di Nuovo Nido.»

«Tutto ciò che si trova a est di Nuovo Nido. Ovvero... le Terre Desolate e Pompay. E, più a sud, Spessa...»

«E molti altri piccoli villaggi e campi. Molti non sono nemmeno governati da un Asceso locale» spiegò. «Sarebbe una richiesta ragionevole, gran parte di quei posti non viene neanche sfruttata.»

Lo era davvero. Il Regno di Solis avrebbe comunque compreso le maggiori città commerciali e i terreni agricoli fuori da Carsodonia e Masadonia. Ma...

«Non sarà facile, non basterà inviare una semplice lettera per annunciare agli Ascesi le nostre nozze.» Casteel catturò di nuovo la mia attenzione. «Quando si renderanno conto che sei scomparsa, potrebbero credere che sei andata incontro a una fine sfortunata.»

«Per mano dell'Oscuro?»

Lui inclinò la testa verso di me. «O di una delle tante persone poco raccomandabili là fuori. Ma né la Regina Ileana né gli Ascesi crederanno che siamo insieme senza vederti ancora viva, in salute e tutta intera. Organizzeremo un incontro alle nostre condizioni e presenteremo le opzioni a loro disposizione.»

«Cedere alle tue pretese o affrontare la guerra?» conclusi. «La guerra potrebbe scoppiare in entrambi i casi, ma se dovessero accettare potremmo guadagnare un po' di tempo per la gente di Solis.»

Casteel annuì e appoggiò di nuovo il braccio alla mensola.

«Le tue richieste sono eque. Hanno tuo fratello, e la perdita di terre non provocherebbe un gran danno a Solis» dissi. «Voglio sperare che avranno il buon senso di accettare. Potrebbero non essere più in grado di creare nuovi Vampry... sempre che non abbiano catturato altri da usare a quello scopo.» Mi venne in mente Ian, e il mio stomaco si contorse. «E se non accetteranno... sarà la guerra.» Sollevai gli occhi sui suoi. «Se incontrerai il re e la regina e loro saranno d'accordo, li lascerai vivere?»

Casteel abbassò il mento e un lento, freddo sorriso gli si allargò sul viso stupendo. «Quando avrò quello che voglio e ciò che serve al mio regno, non rimarranno sul trono di Solis. Non rimarranno vivi. Non loro. Non lei.»

Distolsi lo sguardo, lottando contro il desiderio di indietreggiare. Potevo capirlo, soprattutto dopo ciò che gli avevano fatto. Però era difficile dimenticare i mesi e gli anni dopo l'aggressione dei Craven, quando tutto ciò che avevo erano Ian e la Regina Ileana.

Ma avevo visto le pareti della camera sotterranea. Avevo visto le cicatrici di Casteel. Avevo nutrito i miei sospetti anche prima di incontrare lui. Sapevo che ciò che affermava era la verità. Non avevo bisogno di vedere o sapere nient'altro.

«E permetterai agli Ascesi di continuare a vivere? Chi governerà Solis, allora?» Mi interruppi perché avrei voluto chiedere: *Che ne sarà di Ian?*

«Per evitare la guerra, e che la storia si ripeta, dovrà essere concessa loro la sopravvivenza. Le cose dovranno cambiare, tuttavia. Niente più Riti. Niente più morti misteriose. Avranno il dovere di controllarsi.»

«E tu credi che sia fattibile? Hai detto che ci vogliono mesi, se non di più...»

«Loro ne sono capaci. Lo fanno già, in certi casi, e molti Ascesi sono abbastanza vecchi da riuscirci. Possono rendere piacevole il loro morso. Possono nutrirsi senza uccidere. Sono sicuro che molti si offriranno volontari. Oppure gli Ascesi potrebbero arrivare addirittura a pagare per il servizio. In ogni caso, se vogliono vivere dovranno tenere sotto controllo la loro sete di sangue. Il fatto che non siano come i Craven che creano è la prova che possono riuscirci. Solo che non hanno mai avuto motivo di farlo.»

«Credi che funzionerà?»

«È il solo modo in cui gli Ascesi avranno una possibilità di sopravvivenza» rispose lui.

Ma se Casteel avesse avuto torto... se avesse fallito? Se suo fratello era già morto? Alzai lo sguardo su di lui e capii con assoluta certezza che li avrebbe uccisi tutti, oppure sarebbe morto provandoci.

Mi si strinse la gola. «E dopo, con o senza tuo fratello, sarò libera?»

Lui mi guardò negli occhi. «Sarai libera di fare ciò che sceglierai.»

«Quindi, questo matrimonio non sarà... reale?»

Ci fu un attimo di silenzio, poi disse: «È reale quanto credi che sia reale tutto ciò che riguarda me».

Non mi guardava mentre parlava. Aveva di nuovo l'attenzione rivolta alle fiamme. La linea della sua mandibola era come marmo. «Non ho proprio idea di cosa significhi tutto ciò» ammisi, ripiegando le gambe sotto la coperta. «Come farò a essere libera, se ci sposiamo?»

«Ti concederò il divorzio, se è ciò che vorrai.»

Prima di riuscire a controllarmi, trasalii. I divorzi erano praticamente una cosa inaudita a Solis. Bisognava presentarsi in tribunale per chiederne uno, e la maggior parte delle volte la domanda veniva respinta. «Il divorzio è usuale ad Atlantia?»

«No» rispose. «Semmai non è d'uso per gli Atlantiani sposarsi senza amore. Ma quando i sentimenti delle persone cambiano, è possibile divorziare.»

Sentire che il matrimonio senza amore non era frequente catturò la mia attenzione. Se era così raro, com'era possibile che Casteel scegliesse con tanta facilità di unirsi a una persona che palesemente non amava? La risposta era facile. Avrebbe fatto di tutto per il fratello.

«Quindi il matrimonio non è reale.» Tirai un breve respiro. «E se rifiutassi? Se dicessi di no?»

«Spero che andrà diversamente, specialmente dopo tutto ciò che hai visto. In questo modo, non verrai usata per mandare un messaggio agli Ascesi, e non sarai usata da loro. È una via di uscita.» Si passò una mano fra i capelli. «Non è perfetta, ma comunque è una possibilità.»

Era... una via d'uscita. Tortuosa, complicata, ma sapevo che se Casteel non fosse mai venuto a cercarmi sarei rimasta a Masadonia, con il mio velo e piena di sospetti, senza sapere quale orrore stava per compiersi... il futuro a cui sarei andata incontro. Casteel non era certo una benedizione per me. Non sapevo di cosa si trattasse, ma niente sarebbe andato nel verso giusto se lui non fosse entrato nella mia vita.

Sollevai il mento. «E se rifiutassi comunque?»

«Non ti costringerò a sposarmi, Poppy. Già ciò che devo costringerti a fare è... abbastanza sgradevole, considerato tutto quello che ti è stato tolto prima ancora di avermi incontrato.» Inspirò a fondo, gonfiando il petto. «Se ti rifiuti, non so. Dovrò trovare un altro modo per liberare mio fratello e tenerti nascosta, così che nessuno, inclusa la mia gente, possa mettere le mani su di te.»

Sorpresa, reagii senza pensare e protesi i miei sensi verso di lui per leggere le sue emozioni, in cerca di un'ombra di astuzia o di inganno. Un indizio qualsiasi da cui capire se era sincero. Ciò che percepii fu tristezza, più pesante e densa di prima, e avvertii un sapore aspro sulla lingua, che mi trasmise il desiderio di liberarmi della mia stessa pelle.

Vergogna.

Sentii la vergogna provenire da lui, ma non dal profondo. Era lì, appena sotto la superficie. «Non... non ti piace la situazione, vero? Quella in cui mi... ci troviamo.»

Un muscolo guizzò ancora una volta nella sua guancia, ma Casteel non disse nulla.

«Ecco perché, in questo istante, non mi stai trascinando

dritta alla capitale per esigere lo scambio» dissi. «Sarebbe più veloce. Sarebbe facile...»

«Consegnarti a loro non avrebbe *niente* di facile.» I suoi occhi lampeggiarono di un intenso color ambra, poi distolse lo sguardo. «E smettila di leggere le mie emozioni. È maleducazione.»

Inarcai le sopracciglia. «E costringermi a bere il tuo sangue non lo è stato?»

«Era per salvarti la vita» mugugnò.

«Magari potrei salvare io la tua, leggendo le tue emozioni» ribattei, ritirando le mie percezioni.

Casteel mi inchiodò con uno sguardo pungente. «Ti prego, spiegami come sei giunta a questa conclusione.»

«Perché è un sollievo sapere che non mi costringeresti a sposarti.» E davvero questa consapevolezza sciolse un po' della tensione che mi stringeva il petto. «Non cambia le menzogne e tutto il resto, ma almeno smorza la rabbia quasi omicida che provo.» E la sconvolgente delusione, ma quello non lo avrei confidato. «Dunque, potrei effettivamente non tentare di tagliarti la testa mentre dormi.»

Le sue labbra fremettero. «Ma niente promesse?»

Non lo degnai di una risposta. «Dunque, dichiarerai a tutti che ci sposiamo e io dovrò tenere un comportamento adeguato di fronte agli altri? Poi, una volta sposati, andremo nella capitale?»

Casteel sollevò la testa, puntando lo sguardo sulla parete di fronte a sé. «Sì, ma dovremo essere convincenti. Non si tratta di dire semplicemente al mondo che ci sposeremo. Dobbiamo sposarci non appena arriveremo ad Atlantia. Prima di presentarti ai miei genitori.»

Provai un vuoto allo stomaco. «Credi sia saggio sposarci prima ancora che tu dica al re e alla regina che sei fidanzato?»

«Non proprio.» Sul suo volto balenò un sogghigno infantile, che immaginavo mostrasse spesso quand'era più giovane e sul punto di fare qualcosa che lo avrebbe messo nei guai. «I miei genitori saranno... scontenti.»

«Scontenti?» Scoppiai a ridere. «Ho la sensazione che proveranno un'emozione ben più forte.»

«Assai probabile. Ma cercherebbero di ritardare il matrimonio per accertarsi che sia genuino. Non possiamo aspettare il tempo necessario a ottenere il loro permesso... permesso che oltretutto non mi serve» disse. «Come ho già detto, la mia gente vuole vendetta. Se dovessero intuire che il mio è un piano per riavere indietro un principe che hanno già dato per morto, quelli per cui la vendetta è più preziosa della vita tenteranno qualcosa. Quando sarai mia moglie, avrai la protezione che serve.»

«La tua gente sembra...» non conclusi la frase. Sembrava un popolo di barbari, ma il mio non era poi molto meglio. Sempre che io considerassi gli Ascesi come la mia gente. Ma del resto ero stata allevata da loro. E non sarei stata, forse, altrettanto violenta se avessi dovuto vivere ogni giorno della mia vita con la consapevolezza che gli Ascesi potevano compiere un massacro in qualsiasi momento, senza domande o punizioni? Di sicuro sarei stata altrettanto furiosa.

Fissai il profilo di Casteel, i lineamenti tesi del suo volto e le ombre sotto i suoi occhi. Un brivido mi percorse e mi resi conto che forse lui e io non eravamo poi così diversi. «Lo capisco.»

Lui sgranò gli occhi e mi fissò. «Cosa?»

«Capisco perché stai facendo tutto questo. Hanno tuo fratello, che è stato catturato mentre ti liberava» gli dissi, pensando a Ian. «Posso capire che tu ricorra a mezzi estremi per riaverlo indietro.»

Casteel si voltò verso di me. «Davvero?»

Annuii. «Io farei lo stesso. Perciò, anche se non mi piace, lo posso capire. Posso odiare il fatto di essere solo una pedina per te, ma ne comprendo il motivo.»

«Per me tu non sei solo una pedina, Poppy.»

«Non mentire» gli dissi, il cuore stretto. «Non aiuterà nessuno dei due.»

Casteel aprì la bocca, poi la richiuse, con l'aria di ripensare a quello che stava per dire.

«Se ti capisco, c'è una ragione» gli dissi. «Faresti qualsiasi cosa per liberare tuo fratello, e io farò qualsiasi cosa per riavere il mio. Acconsentirò, se però tu prometterai di aiutarmi ad arrivare a Ian.»

«Poppy...»

«So cos'è Ian, e tu sai che devo vedere che cos'è diventato.»

Casteel si voltò verso di me. «E se fosse diventato esattamente come gli altri?»

«Solo perché è un Asceso non significa automaticamente che è malvagio...» Casteel fece per parlare, ma io sollevai la mano. «No. Hai detto che se vogliono, possono essere in grado di controllare la sete di sangue. Molti degli Ascesi sono malvagi, ma altrettanti erano brave persone prima dell'Ascensione e non avevano idea della verità. Mio fratello...» Feci un respiro tremante, raddrizzando le spalle. «Devo vedere con i miei occhi che cos'è diventato. Perciò, il patto è questo. Ti sposerò temporaneamente e ti aiuterò a liberare tuo fratello se tu mi aiuterai a liberare il mio.»

Casteel inclinò il capo e mi fissò per diversi minuti. Non avevo idea di che cosa vedesse, ma poi annuì. «Va bene.»

«D'accordo» sussurrai.

«Non ti metterai a discutere, quindi?»

Ci pensai su. «Non di fronte agli altri. Perché dovrei? Se far credere loro che ci sposiamo mi terrà in vita, perché non dovrei stare al gioco?» ragionai, aggrottando lievemente la fronte. Non avrei mai immaginato che il whisky avesse una tale stupefacente capacità di schiarire i pensieri. «Non ho istinti suicidi. Né desidero finire in gabbia ed essere usata come scorta di sangue.»

Lui trasalì. Fu un sussulto, ma me ne accorsi. «In privato, però, lotterai contro di me con le unghie e con i denti?» riassunse.

«Kieran conosce il tuo piano, vero?»

Annuì.

Lo guardai negli occhi. «Allora, di fronte a lui e in privato, lotterò contro di te con le unghie e con i denti. Non fingerò di essere una docile fidanzatina, a meno che non abbia un pubblico.»

«Comprensibile.» Casteel passò il pollice sul vetro. «Ma se vorrai fingere di esserlo in privato...»

«Non succederà.»

Qualcosa scintillò nei suoi occhi dorati. «Scoprirai che so essere incredibilmente affascinante.»

Lo fissai truce.

«Ricordi quello che hai detto sulle cose impossibili?»

Ricordavo. «Questo però è veramente impossibile.»

«Immagino che lo scopriremo.»

«Immagino di sì.» Mi rilassai. Quello scambio di battute sembrava normale. Per noi, almeno.

Casteel mi osservò. «Ho la sensazione che sia un trucco, e che fra due secondi cercherai di conficcarmi un'altra volta quel coltello nel cuore.»

Scoppiai in una risata caustica. «E che vantaggio ci sarebbe? Tu ti arrabbieresti e il coltello non è neanche lontanamente affilato abbastanza da tagliarti o trapassare quella testa straordinariamente dura che ti ritrovi.»

Lui fece un sorrisetto, finì il whisky rimasto nel bicchiere e si allontanò dal caminetto. «Ma sarebbe molto soddisfacente.»

Ci pensai sopra.

Sì, lo sarebbe stato.

«Lo sapevo» mormorò, posando il bicchiere sul tavolo.

Trascorsero un paio di secondi, durante i quali sentii su

di me lo sguardo di Casteel. «Gli Atlantiani rispettano la tradizione degli anelli, quando fanno una proposta di matrimonio?» domandai. A Solis gli Ascesi non lo facevano, ma molti dei mortali sì. L'usanza era regalare un anello all'annuncio del fidanzamento, poi durante il matrimonio si scambiavano le fedi.

«Sì.»

«Allora quanto potrà essere credibile il nostro fidanzamento, se non ho un anello?»

«Giusta osservazione» mormorò.

«Voglio un anello» annunciai. «Ne voglio uno oscenamente grande come quelli che ho visto al dito di alcune mogli di ricchi mercanti di schiavi. Avevano diamanti così grossi che sembravano pesantissimi sulle loro mani.»

Lui si voltò di nuovo verso di me. «Ti troverò un diamante così grosso che entrerà nella stanza prima di te.»

«Bene.» Mi ci volle un istante per rendermi conto che stavo sorridendo. Ripensai a quanto ci eravamo appena detti e mi chiesi se essere o meno preoccupata, ma mi sentivo un po' più a mio agio. Era vero che comprendevo il motivo di tutto quello che stava facendo. Ma non significava che dovesse per forza piacermi o che quella realtà non mi ferisse e bruciasse ferocemente. Tuttavia, se da Vikter avevo imparato qualcosa, se avevo tratto qualche insegnamento dalla Regina Ileana e dal mio periodo da Vergine, o dalla frequentazione del Duca Teerman e di Lord Mazeen, era che essere pragmatici e razionali era l'unica maniera di vincere una battaglia e sopravvivere a una guerra. Sarei stata al gioco, così sarei rimasta in vita e sarei arrivata a Ian. Come Casteel, avrei fatto qualsiasi cosa per mio fratello. E questo includeva passare da un nido di vipere a un altro.

11

Mi sarei sposata.

Fu con questo pensiero che mi addormentai e con questo pensiero che mi svegliai... e in entrambi i momenti ero sola.

Casteel se n'era andato poco dopo il mio sì, chiamato altrove da Delano. Io mi addormentai, e mi accorsi che era tornato solo perché a un certo punto, nel cuore della notte, mi svegliai e sentii di nuovo il calore del suo corpo accanto al mio. Rimasi lì anche troppo a lungo, ad ascoltare il suono regolare del suo respiro e a combattere contro la voglia di girarmi a guardarlo. Al mattino, quando mi svegliai, se n'era già andato e io ne fui sollevata... ma per ragioni diverse da quelle di prima.

Avevo bisogno di riflettere su ciò che avevo accettato di fare. Ci provai davanti allo specchio nella luce fioca della stanza da bagno, mentre lottavo per sciogliere i nodi nei capelli come se fossero loro le risposte a tutte le mie domande.

Il matrimonio era una realtà... e allo stesso tempo non lo era. Era un accordo formale che avrebbe permesso a entrambi di ottenere quello che volevamo: suo fratello, le terre, mio fratello, la libertà, e forse la fine di una guerra che non era nemmeno ancora cominciata. Insomma, potevamo sperare di vedere realizzati i nostri desideri.

Come potevo rifiutare? Se avessi detto di no, e se davvero Casteel mi avesse lasciata andare e nascosta da qualche parte dove nessuno mi avrebbe trovata – ammesso che un luogo del genere esistesse – avrei comunque dovuto trovare il modo di raggiungere Ian. Con quell'accordo invece non dovevo mettermi alla sua ricerca da sola. Per Casteel ero la via d'accesso al re e alla regina, ma avevo abbastanza discernimento e buon senso da capire che anche lui per me era la via d'accesso più rapida e sicura a mio fratello.

Tuttavia queste non erano le sole ragioni per cui avevo detto sì.

Casteel mi aveva mentito e tradito più volte, eppure dentro di me sapevo che non sarei riuscita ad andarmene, a lasciarlo da solo a trovare un modo per salvare suo fratello, e se possibile anche la sua gente. Per quanto non avessi avuto molte occasioni per conoscere la persona che era veramente Casteel, conoscevo abbastanza bene me stessa da rendermi conto che, in una libertà conquistata a quel prezzo, non avrei più vissuto un momento di pace. Non dopo tutto quello che avevo scoperto. E non quando anch'io potevo fare qualcosa.

Ma un matrimonio?

Era passato parecchio tempo da quando le fantasticherie infantili sui matrimoni e la possibilità di ritrovarmi legata a un Asceso – una cosa che all'epoca non sapevo fosse impossibile – erano solite riempirmi di panico.

Così come questo matrimonio, ma per ragioni molto diverse. Avremmo dovuto comportarci come persone attratte l'una dall'altra al di là del piano fisico. Come se fossimo innamorati. Ed era pericoloso. Lo sapevo, nonostante la mia mancanza di esperienza in quasi tutte le cose del mondo. Già i sentimenti che provavo per lui a dispetto di tutto quello che era successo rappresentavano una china scivolosa: fingere di amarci abbastanza da convincere la gente non sarebbe stato privo di conseguenze.

Non potevo dimenticarmene.

E non lo avrei fatto.

Mi assalì un'altra preoccupazione: come avremmo fatto a persuadere il pubblico che il nostro era un rapporto d'amore, dopo che lo avevo rifiutato davanti a tutti e avevo insinuato piuttosto chiaramente che secondo me era pazzo?

Non sapevo nemmeno da dove cominciare la recita. L'unico esempio che avevo in mente erano i miei genitori, e da quello che riuscivo a ricordare – i lunghi sguardi che si lanciavano, il fatto che si toccassero costantemente a vicenda – ogni singolo aspetto del loro amore sembrava così *naturale*. Nulla che fosse una costrizione, o che si potesse recitare. Gli unici altri rapporti di coppia che avevo avuto sotto gli occhi erano quelli degli Ascesi, e non avevo visto il duca e la duchessa toccarsi una sola volta. Nemmeno Ian parlava mai di sua moglie nelle lettere che mi aveva spedito: in una mi aveva annunciato il matrimonio, a cui io non avevo avuto il permesso di partecipare. All'epoca l'avevo presa come una misura di scurezza per la mia persona. Ora mi domandavo se non ci fosse stato sotto qualcos'altro.

Avrei dovuto fare più domande, lo sapevo, ma a quei tempi mi ero già adattata al fatto che gli Ascesi avessero un controllo totale sulla mia vita. Come era potuto succedere? Come si era arrivati al punto che nella popolazione di Solis erano pochissimi quelli che protestavano all'idea di dover consegnare i propri figli? Molti di quelli che lo facevano ne erano addirittura onorati. Era un effetto della paura? Delle false informazioni? Della mancanza di accesso all'istruzione e alle risorse? Le ragioni erano così tante... e persino le persone che cominciavano ad avere sospetti finivano per darsi delle giustificazioni.

Lo avevo fatto anch'io.

Perché la verità era terrificante.

E se il piano di Casteel avesse funzionato? Avrei incontrato Ian e... avrei dovuto gestire quello che mio fratello era diventato. E poi? Gli Ascesi avrebbero veramente cambiato atteggiamento? La popolazione di Atlantia sarebbe rimasta soddisfatta? E chi ci avrebbe garantito che gli Ascesi si sarebbero adattati alle nuove regole e avrebbero abbracciato una vita più controllata? E anche se fosse successo, dubitavo che l'abisso tra chi abitava a Perledoro e chi viveva nelle baracche sotto l'Alzata si sarebbe colmato da un giorno all'altro: il meccanismo creato dagli Ascesi avrebbe continuato a funzionare, no? Oppure la morte del re e della regina sarebbe stata sufficiente per far sbandare gli Ascesi e indurli ad accettare una nuova forma di esistenza?

Non avevo risposte. Sapevo solo che non si poteva continuare a permettere che il popolo di Solis venisse depredato a quella maniera. E avrei fatto qualunque cosa per essere d'aiuto.

Era uno scopo di vita ben più grande di quello che avevo quando ero la Vergine. Era qualcosa di reale. Avrebbe cambiato destini. Mi faceva sentire come se questa volta fossi stata scelta per qualcosa che contava *veramente*.

Ma niente di tutto ciò mi aiutava a capire come avrei dovuto comportarmi in un *rapporto d'amore*. Gli Ascesi in pubblico mostravano di non avere alcun bisogno di tipo fisico, ma io sapevo che non era così. E di certo le perversioni del Duca Teerman e di Lord Mazeen non erano un buon indicatore sulla condotta da tenere in una relazione.

Qualcuno bussò, e il mio cuore ebbe un balzo.

Poi sentii la porta che si apriva e la voce di Kieran: «Vuoi fare colazione?».

«Sì.» Misi giù la spazzola e uscii dalla stanza da bagno.

Kieran teneva la porta aperta. «Qualcuno ha fame, vedo.»

In realtà non ero certa di riuscire a mandare giù un solo boccone. Vidi che fuori aveva smesso di nevicare, anche se gli alberi si agitavano ancora sotto il vento e spargevano neve per tutto il cortile.

«Partiremo presto, ora che non nevica più?» chiesi.

«Penso che Alastir partirà oggi insieme ad altri per controllare se le strade a est sono praticabili. Spero di sì, dato che la tempesta non si è spinta molto verso ovest.»

Il che significava che nemmeno le strade per Masadonia, o persino verso la capitale, sarebbero state bloccate. «Secondo te si sono resi conto che non siamo ancora arrivati alla prossima tappa?»

«Non credo. Abbiamo ancora tempo. Non un'infinità, ma ne abbiamo.»

Provare sollievo fu strano, pensai che forse avrei dovuto sentirmi in colpa. Ma sapevo che non era così.

«Penellaphe, per una volta sono io a volerti fare una domanda» disse Kieran mentre imboccavamo le scale.

Gli lanciai un'occhiata. «Ovvero?»

«Che effetto fa essere sul punto di diventare una vera principessa?»

«Te lo ha già detto?» Non sapevo perché, ma la cosa mi sorprese. Casteel e Kieran dovevano essersi incontrati la notte prima.

«Certo che sì. E di sicuro avevo capito che il suo piano era cambiato ancora prima che se ne accorgesse lui stesso.»

Socchiusi gli occhi. «Scommetto che il piano è cambiato quando ha capito che io sono in parte Atlantiana.»

Kieran sfoggiò un sorriso che nascondeva un milione di segreti. «Era già cambiato molto prima. Soltanto che, come ho detto, lui non se ne era ancora accorto.»

«Tu invece sì. Lo conosci *così* bene?»

«Eh già.»

«Buon per te» borbottai.

Lui ridacchiò. «Non vedo l'ora di scoprire come ve la caverete voi due in questa situazione.»

Il cuore mi partì al galoppo come un cavallo selvaggio. «Che vuol dire?»

Kieran mi lanciò un'occhiata eloquente mentre entravamo nell'affollata sala comune. «Da quando abbiamo lasciato la Foresta di Sangue non è passato un solo istante senza che tu abbia messo in pericolo la vita di Casteel.»

«Non esagerare. Ci sono stati senz'altro... diversi minuti.» Ebbi un brivido, ma Kieran aveva ragione.

«Immagino che lo scopriremo presto.»

Ci dirigemmo verso il tavolo dei banchetti, che ora era deserto. Ero così nervosa che non badai nemmeno se qualcuno ci stesse lanciando occhiate cariche di odio. Prendemmo posto a tavola, file di sedie avevano sostituito le panche.

Arrivò la colazione: uova, salsicce e biscotti talmente buoni che fui in grado di superare il nodo che avevo allo stomaco e ne presi uno. C'era un grande silenzio mentre mangiavamo, e la ragione mi fu chiara non appena finii di mandare giù il poco che riuscii: Kieran si guardò sopra la spalla e io capii chi era arrivato.

Mi voltai lentamente: Casteel stava entrando insieme ad Alastir e a vari altri uomini. Si diresse verso di noi, mentre Alastir gli diceva qualcosa: ci fissammo per un istante, poi lui distolse lo sguardo. Il cuore ricominciò a tuonarmi nel petto.

Kieran abbassò la sua tazza. «Casteel annuncerà ufficialmente il vostro fidanzamento. Sarebbe saggio comportarsi in maniera adeguata.»

Fissai il suo profilo con gli occhi ridotti a due fessure. «Pensi che abbia intenzione di urlargli in faccia e scappare?»

Sul suo volto apparve l'ombra di un sorriso. «Non mi sorprenderebbe.»

Roteai gli occhi e guardai verso la porta: il gruppo si era

fermato sulla soglia per parlare con Naill, che sembrava condividere con gli altri la capacità di apparire sempre dal nulla. «Dici che lui ci crederà?»

«Sul serio? Altre domande?» Kieran si appoggiò allo schienale della sedia e incrociò le braccia. «Ma non ti stanchi mai?»

«A quanto pare neanche tu, dato che ne hai appena fatte tre di fila.»

Lui ridacchiò. «Penso che sarà dura convincere Alastir.»

Lo fissai. «Grazie. Questo sì che è incoraggiante.»

«Prego.»

Un'altra rapida occhiata mi suggerì che erano ancora sulla porta. «Ti ha detto in che modo farà l'annuncio?»

«No.»

«E allora come fai a saperlo?»

«Lo so e basta.»

Gli lanciai uno sguardo inespressivo. «So che voi due siete molto vicini, ma...» Mi venne un pensiero: il legame. «Ho letto che alcuni Atlantiani di rango e alcuni Wolven hanno dei legami.»

«Ah sì? Lo hai letto?»

«Si dice che un Wolven sia tenuto a proteggere l'Atlantiano a cui è legato.»

«Lo mangi o no quel biscotto?»

Corrugai la fronte e scossi la testa. «No. Puoi mangiarlo tu.»

Kieran lo prese e cominciò a farlo a pezzetti, in un modo che mi ricordò i piccoli roditori che i Guaritori tenevano nelle gabbiette e che facevano a pezzi le loro lettiere di carta.

Scacciai quell'immagine dalla mia mente. «Penso che i libri che dicono questo si sbaglino. Il legame non riguarda gli Atlantiani di un certo rango, ma di una specifica linea di sangue: gli Elementali.»

«Vero.» Kieran si mise un pezzo di biscotto in bocca. «Questa roba è così buona che potrei vivere solo di questo.»

«Sì, è... buona.» Mi pentii di avergli lasciato il biscotto. «Il legame che c'è tra voi due va al di là della semplice protezione, dico bene?»

«Siamo stati legati alla nascita, Penellaphe. Ed è un legame che significa molte cose.»

Stavo per chiedere altri dettagli, per esempio se lui era in grado di percepire che cosa Casteel avesse intenzione di fare, ma il rumore di passi in avvicinamento mi fece desistere. Il mio cuore, che aveva appena iniziato a rallentare, accelerò di nuovo. Casteel e gli altri stavano arrivando e io non avevo la più pallida idea di che cosa fare: sorridere e comportarmi come se il principe fosse il mio sole che sorgeva ogni mattina? Irrigidii le spalle e cercai di immaginarmi in quel ruolo: non sapevo perché, ma nella mia mente le cicatrici sul mio viso divennero enormi e visibilissime.

«Stai iperventilando?» chiese Kieran.

«Cosa?» Fissai il mio piatto. «No.»

«Il tuo respiro è velocissimo.»

Sul serio? Oh dei, era vero. Ma perché mi stavo comportando come...

«Faresti meglio a darti una calmata» mi consigliò. «Come dicevo, è improbabile che Alastir creda a Casteel. E gli altri seguiranno il suo esempio.»

«Di nuovo, molto incoraggiante.»

Non feci in tempo a chiedere perché Alastir dovesse partire da quel presupposto. Prima che Kieran potesse rispondermi il Wolven più anziano gli disse qualcosa, e alle mie orecchie suonò come una lingua straniera. Stavo ancora cercando di decifrare quei suoni, quando Casteel pronunciò il mio nome. Il mio cuore si trasformò in un tamburo rullante e gli anni di abitudine reagirono al mio posto, a livello totalmente inconscio. Mi accorsi di essere balzata in piedi.

Casteel mi sfiorò la base della schiena, un contatto leggerissimo ma che riverberò in tutto il mio corpo. Alzai piano

piano lo sguardo su di lui e l'intensità di quegli abissi d'ambra mi intrappolò. Nei tratti del suo viso mi sembrò di vedere qualcosa di simile alla preoccupazione. Stavo ancora respirando veloce?

«Penellaphe?» ripeté.

«Mi dispiace.» Mi girava la testa. Ammiccai. «Hai detto qualcosa?»

Casteel mi osservò attentamente. «Ti ho chiesto se hai finito di fare colazione.»

«Sì.» Annuii per sottolineare la mia risposta.

«Bene.» Casteel mi prese per mano e con l'altra mi scostò alcune ciocche dal viso, un gesto intimo a cui non ero abituata. Il modo in cui mi guardò mi fece capire che era *davvero* preoccupato per me.

Dovevo riprendere il controllo di me stessa.

Ero riuscita a stare dritta e immobile durante le lezioni del Duca Teerman, perciò dovevo essere in grado di comportarmi come se non stessi per stramazzare al suolo.

Mi incollai un bel sorriso sulla faccia e mi voltai verso Alastir, evocando tutte le buone maniere che avevo imparato in una vita intera. «Buongiorno, Alastir. Hai passato una buona notte?»

Lui chinò la testa e increspò le labbra. «Sì. Grazie per averlo chiesto.» Notò che Casteel mi teneva la mano e alzò un sopracciglio in direzione di Kieran. «Lei è stata molto più cortese di voi due.»

Sembrò che a Kieran andasse l'aria di traverso, e al mio fianco udii qualcosa che assomigliava a uno sbuffo. Strinsi la mano di Casteel. Con forza. «Mi rendo conto che questi due non sanno granché di buone maniere. Chiedo scusa per la loro mancanza di considerazione.»

Lo sguardo di Alastir tornò su di me. Emil, che stava parlando con Naill, fece un ghigno. Alastir scoppiò a ridere, una risata profonda che gli increspò gli angoli degli occhi.

Aprii appena le labbra per inspirare. Quella risata. Mi faceva pensare a Vikter, e il mio cuore doleva terribilmente.

«Questi due io non li considererei beneducati in nessuna circostanza al mondo» fece Alastir.

Casteel abbassò lo sguardo su di me e credetti di vedere un'espressione contrita nei suoi occhi, come se non gli piacesse la piega che stavano prendendo gli eventi. Ma non disse nulla, anche se Alastir e gli altri lo osservavano in attesa. Però rispose alla mia stretta, anche se non forte come me. Per caso mi stava chiedendo di... leggerlo? Aprii i miei sensi e fui inondata da un miscuglio di amaro e vaniglia. Vergogna e sincerità. Non era fiero di se stesso. Ma non ero sicura di decifrare correttamente le sue emozioni. Annuii e lui abbassò le palpebre, nascondendo lo sguardo per un istante.

E in quel momento la vidi.

La maschera che scivolava al suo posto, incurvando gli angoli della bocca in un sorriso sardonico. I tratti del viso che si facevano più affilati. Gli occhi che tornavano ad aprirsi luccicando come schegge d'ambra.

«Se ho ben capito, è il momento delle felicitazioni» disse Alastir. Riportai la mia attenzione su di lui. La risata era scomparsa. «Questa mattina il principe mi ha detto che hai accettato la sua proposta.»

«È così.»

«Sarò sincero: quando me lo ha detto ho pensato di avere bevuto troppo ieri sera. Non riuscivo a credere che avesse deciso di sposarsi, e ancora meno che volesse farlo con la Vergine.»

«Lei non è la Vergine» intervenne Casteel. «Non più.» Mi lasciò andare la mano e riportò la sua sulla mia schiena.

Avvertii uno strano senso di calore al petto, che mi riempì di stupore.

Alastir inarcò un sopracciglio. «Immagino di no.» Sbarrai gli occhi. «Ma lo *era*.» La sua attenzione tornò su Casteel.

«Certo, quello che è stato appartiene al passato, ma quel passato non cambia.»

Casteel aprì le dita appoggiate sulla mia schiena. «Il passato non ha importanza.»

«Lo credi davvero?» Alastir suonava divertito.

«Quello che credo io non conta.» La mano di Casteel scivolò via, lasciandosi dietro un brivido, e tornò a chiudersi sulla mia. «Conta che lo credano tutti gli altri.»

«Parole da vero principe. I tuoi genitori sarebbero orgogliosi di te.» Alastir grugnì una risata. Il suo sguardo tornò su di me e indugiò sul lato del mio collo, dove i capelli mi ricadevano sulla spalla: non c'era dubbio che avesse notato i segni del morso, che pure stavano sparendo. La linea delle sue labbra si assottigliò. «Sono felice che tu sia qui, Penellaphe, anche se non abbiamo ancora avuto molto tempo per parlare, e io ho molte domande da farti.»

«Lo immagino» mormorai in risposta.

Casteel mi diede un piccolo strattone alla mano. «Ti siedi con me?»

Annuii e feci per tornare alla sedia da cui mi ero alzata, ma lui si diresse verso quella a capotavola, si mise seduto e solo a quel punto capii dove voleva che mi sistemassi io: sulle sue ginocchia. Esitai. Non avevo la minima intenzione di accontentarlo. Da sopra la spalla vidi gli altri che prendevano posto. Kieran sedette alla sinistra di Casteel, Alastir alla sua destra, sulla sedia che avevo occupato io. Casteel mi fissò e la sua espressione si ammorbidì. Quello che vedevo adesso nei suoi occhi era sfida: socchiusi i miei, e lui inarcò un sopracciglio. Non c'erano altri posti per sedersi: la sola opzione sarebbe stata rimanere in piedi dietro di lui come una serva, e non avrei mai accettato di fare una cosa del genere. In effetti *c'era* un posto alla fine del...

«Vuoi che ti ceda il mio posto, Penellaphe?» offrì Alastir.

Sapevo bene che la disposizione dei posti a tavola era stabilita dal rango, ed ero consapevole che avrei dovuto rifiutare.

«La mia fidanzata è arrabbiata con me» annunciò Casteel. Mi voltai a guardarlo allibita.

«Una cosa davvero difficile da immaginare» commentò Kieran, e io repressi l'impulso di tirargli un pugno.

«Lo so.» Il sorriso di Casteel si era fatto più ampio, più vero. La fossetta sulla guancia destra cominciava ad apparire, come pure la punta delle zanne, e a quella vista mi sprofondò lo stomaco anche se nello stesso tempo stavo divampando di rabbia. «Ma ammetto che me lo merito.»

Mi fermai, senza sapere bene quello che stava accadendo.

«Non siete ancora sposati e già la fai arrabbiare?» ridacchiò Emil. «Non è certo quello che chiamerei un buon inizio.»

«Non lo è, quindi devo porvi subito rimedio.» I suoi occhi incontrarono i miei e il suo sorriso scomparve. «Mi dispiace. Sul serio. Non era programmato.»

Mi venne la pelle d'oca. Si stava scusando con me davanti a tutti? Si spostò per cingermi la vita con il braccio e, colta di sorpresa dalle sue parole, finii mezza seduta sulla sua gamba. Lui chinò il mento e portò le labbra quasi a contatto con il mio orecchio per dirmi: «Speravo che avremmo avuto tempo per parlarne prima».

Annuii appena.

La sua bocca mi sfiorò l'orecchio leggera come una piuma. Poi disse: «Non avevo pianificato la proposta e a essere sincero non è stata delle migliori, come del resto hanno potuto testimoniare in tanti nella fortezza, inclusa la gente a tavola. Sulle prime, anzi, lei mi ha risposto di no».

«E non è l'unica cosa che ha detto» ridacchiò di nuovo Naill. «Gli ha risposto che era fuori di testa. E svariate altre cose.»

Quell'Atlantiano aveva forse voglia di morire?

Casteel rise. «È vero. Ma alla fine l'ho convinta, non è così?»

Le risate mascoline che si levarono in risposta mi fecero fremere d'irritazione la pelle, e la mia lingua si mosse prima che io stessa me ne accorgessi: «Sì, dopo che ti ho lanciato un coltello in faccia».

Alastir tossicchiò mentre il mio piatto e quello di Kieran venivano sostituiti con del cibo. «Come?»

«Oh, sì.» Gli occhi di Casteel splendevano come pozze d'oro fuso. «Effettivamente, dopo che mi hai lanciato un coltello in faccia. Ammetto di non essere stato il migliore dei corteggiatori.» Sollevò la mia mano sinistra. «Le ho promesso il diamante più grande che troverò non appena riusciremo a tornare a casa.»

«Be'...» Alastir indugiò su quella parola mentre afferrava una forchetta. «Quello è un problema di facile soluzione: nei suoi forzieri, la regina ha esattamente quello che ti serve.»

La madre di Casteel conservava un anello di diamanti? Per lui? Per quando si fosse sposato? La spina dorsale mi si irrigidì come un tronco. Perché mi era venuta quell'idea idiota di parlare di gioielli? Non me n'era mai importato nulla prima, dato che... be', dato che non avevo mai avuto il permesso di portarne, a parte le catenelle d'oro del velo.

«Casteel non è stato esattamente generoso di informazioni su come vi siete conosciuti.» Alastir addentò una salsiccia senza darsi pena di tagliarla prima a cubetti come aveva fatto Kieran. «Volevo già chiedertelo l'ultima volta che abbiamo parlato: come sei finita nelle incorreggibili mani del nostro principe, Penellaphe? Immagino che una persona del tuo... rango non sia facile da raggiungere, specialmente per uno come lui.»

Casteel rise a bassa voce. «Dovresti avere più fiducia nelle mie capacità di ottenere quello che voglio.»

Mi irrigidii, con la sensazione che quella risposta fosse rivolta più a me che ad Alastir.

«E dunque, in definitiva...» Alastir produsse un sorrisetto asciutto. «Come è riuscito Casteel a fare breccia nel tuo cuore?»

Mi chiesi quanto si aspettavano che fossi onesta, e quali voci potessero essere già arrivate all'orecchio di Alastir. Decisi di dire la verità, per quanto potevo: il passato mi aveva insegnato che le menzogne di maggior successo erano quelle in cui le poche informazioni fornite corrispondevano al vero. «È diventato la mia guardia del corpo.»

«Be', in realtà non è in quell'occasione che ci siamo conosciuti.» La mano di Casteel, appoggiata sulla mia anca, si mosse e io ebbi la sensazione di schizzare fuori dalla mia stessa pelle. «Il nostro primo incontro è stato in un bordello.»

Qualcuno emise un suono gutturale, come se si stesse strozzando con il cibo. Avrei scommesso che si trattava di Emil.

Alastir sollevò un sopracciglio biondo, masticando lentamente. «Questa non me l'aspettavo.»

«La Perla Rossa non è solo un bordello» specificai lanciando un'occhiata di fuoco a Casteel.

Lui ridacchiò. «Non lo è?»

«È un posto dove la gente va a giocare a carte.»

«Lì non si gioca solo a quello, principessa.» Casteel mosse il pollice nell'incavo della mia anca. Lo stomaco mi si ribaltò. «Penellaphe aveva l'abitudine di uscire di nascosto durante la notte e dedicarsi all'esplorazione della città.»

Mordicchiandomi un labbro, mi costrinsi a staccare gli occhi da Casteel. Sapeva davvero, lui, quante volte lo avevo fatto? Aveva detto di avermi osservata per molto più tempo di quanto io avessi realizzato.

«Da quello che so sulla Vergine... e me lo ricordo che lei non ha più quel titolo, ma all'epoca lo aveva» aggiunse Alastir prima che Casteel potesse correggerlo. «Dicevo: so che l'Ascensione degli altri era legata alla tua, giusto? Ancora una volta, mi dispiace che tu sia stata allevata in quella pozza di menzogne creata dagli Ascesi.»

Nel sentire quelle ultime parole molti intorno al tavolo imprecarono.

«Ti ringrazio. E quello che dici è vero.» Aggrottai lievemente la fronte. «O almeno, così era: non so se le Ascensioni si potranno ancora fare, adesso.»

«Speriamo di no» commentò Delano.

«Lo spero anch'io» dissi a bassa voce, pensando a Ian.

«Sul serio lo speri anche tu?» chiese Alastir.

«Sì» ammisi. «Non avevo idea di chi fossero veramente gli Ascesi. Come la maggior parte della gente del Regno di Solis, sapevo solo quel che mi era stato mostrato.»

«Immagino che tanta gente non riesca a vedere nemmeno ciò che ha sotto gli occhi» commentò un giovane dalla folta capigliatura castana, all'altro capo del tavolo.

«Molti vivono nel terrore di cadere preda dei Craven, o di dispiacere agli Ascesi e incorrere nell'ira degli dei» risposi. Casteel serrò il braccio intorno alla mia vita, stringendola delicatamente. Stava cercando di dirmi qualcosa? Non lo sapevo e non mi importava. Il popolo di Solis era una vittima non meno degli Atlantiani. «E in ogni caso, la maggior parte delle persone è molto più preoccupata di garantire ogni giorno del cibo alla propria famiglia e di tenerla al sicuro dai pericoli, che non di porsi domande su quello che raccontano gli Ascesi.»

«Sono talmente distratti dalla lotta quotidiana per la sopravvivenza che non si fanno domande sull'obbligo di consegnare i propri figli alla Corte o a divinità che non hanno mai visto?» chiese Alastir. «O sono semplicemente docili e sottomessi?»

«Non sono incline a considerare la distrazione e la sottomissione come la stessa cosa» risposi in tono freddo. «E non si deve confondere l'obbedienza con la stupidità, soprattutto perché è evidente che qui non sapete granché sulla vita della gente di Solis.»

Alastir mi puntò lo sguardo addosso.

«Tutto ciò che quella gente è convinta di sapere sugli Atlantiani, sugli dei e sui Craven è solo quello che è stato detto loro dagli Ascesi. Generazione dopo generazione, è stato insegnato loro a credere nel Rito, a considerare un onore il fatto che i terzi figli vengano affidati al servizio degli dei. E a pensare che gli dei e gli Ascesi siano la sola protezione che si erge tra loro e i Craven. Sono le stesse cose che ho imparato io.» Mi chinai in avanti e rimasi un poco sorpresa che Casteel non me lo impedisse. «Gli dei appartengono alla gente di Atlantia, no? Il vostro popolo crede in loro anche senza averli mai visti?»

Attorno al tavolo calò il silenzio. Infine fu Kieran a rispondere. «Gli dei dormono da centinaia di anni. Solo gli Atlantiani più vecchi ricordano di averli incontrati. Ma tutti noi continuiamo lo stesso a credere in loro.»

Feci un sorriso tirato. «Come in loro crede anche la gente di Solis.»

«Ma non tutti a Solis seguono il Re Jalara e la Regina Ileana» fece notare Alastir. «Ci sono molti che hanno compreso la verità e sostengono Atlantia.»

«È vero: i Caduti.» Esalai un respiro lento. «Come è vero che anche io ho nutrito sospetti per tutta la vita, e molti altri come me, ne sono certa. Ma, quale che sia la ragione, i loro occhi non si sono mai veramente aperti. Sono convinta che in buona parte ciò sia dovuto al senso di stabilità che deriva da quello che sappiamo, anche quando è sgradevole. E, suppongo, anche alla paura di riconoscere la verità che abbiamo attorno, di capire che cosa significa per noi stessi e per le persone che abbiamo a cuore.»

Alastir si appoggiò allo schienale della sua sedia e mi fissò. «È una cosa ammirevole.»

«Che cosa?»

«La completa mancanza di timore con cui mi parli, con cui parli a tutti noi, pur sapendo chi siamo, e di cosa siamo capaci.»

Lo fissai negli occhi. «Non sono così sciocca da non avere paura, lo so che ciascuno di voi potrebbe uccidermi prima che io abbia il tempo di fare un ultimo respiro. Ma temere quello di cui siete capaci e temere voi non è la stessa cosa.»

Casteel si chinò di nuovo per mormorarmi all'orecchio: «Hai comunque un coraggio incredibile». L'inspiegabile calore di poco prima tornò a dilagarmi nel petto.

«Lei mi piace» dichiarò Alastir dopo un attimo, con un tono che mi diede l'impressione di essere sincero. E poi feci quello che mi aveva suggerito Kieran: usai le mie abilità. Protesi i miei sensi verso Alastir: da lui non proveniva rabbia, semmai quel sentore di amaro che di solito associavo alla tristezza. Non avrei saputo dire quale fosse la provenienza, ma avvertii una sensazione di sincerità.

«Tornando al vostro primo incontro in quel... luogo improbabile: com'è potuto succedere?»

Le dita di Alastir picchiettarono leggermente sul tavolo, ed ebbi l'impressione che il cambio di argomento suscitasse un generale sospiro di sollievo intorno al tavolo. «Dato che l'Ascensione degli altri dipendeva da te, pensavo che fossi strettamente sorvegliata, praticamente che...» Tacque, come se cercasse le parole corrette.

«Che mi tenessero in gabbia?» suggerii. «Lo facevano, per la maggior parte del tempo. Non mi era permesso andare in giro liberamente: potevo uscire dalle mie stanze solo accompagnata dalle guardie del corpo, e solo per andare a lezione dalla Sacerdotessa o per attraversare determinate parti del castello in specifiche occasioni.»

Emil si immobilizzò, la tazza sollevata a mezz'aria. Le sue sopracciglia si congiunsero sopra gli occhi che vibravano d'oro. «E per tutto il resto del tempo dovevi rimanere chiusa nella tua camera? Anche durante i pasti?»

Annuii. Gli Atlantiani sembravano sconvolti. Alcuni mormoravano sottovoce.

«Ma hai trovato un modo per svignartela» disse Alastir. «E immagino fosse una cosa terribilmente rischiosa. Qualcuno avrebbe potuto scoprirti.»

Le sensazioni che emanavano da lui ora erano più... controllate, ma continuavo a non avvertire il sentore acre della rabbia o dell'odio. Piuttosto sembrava più riservato dell'ultima volta che avevamo parlato, e lo ero anche io.

«Qualcuno l'ha scoperta infatti» disse Casteel mentre con il pollice tracciava sulla mia pelle cerchi lenti e regolari che mi distraevano tremendamente.

«Certo: tu.» Alastir abbassò il mento. «Ma ora che l'hai presa, intendi davvero tenertela?»

12

«Non la sposerei se non intendessi tenermela.»

Il mio udito doveva avere qualche problema. Tenermi? Come se fossi una specie di animaletto domestico? Posai la mano sopra la sua, mi stampai un sorriso in volto e gli piantai le unghie nella carne.

Il pollice di Casteel continuò imperterrito ad accarezzarmi lungo la parte interna del fianco. «Non posso farci niente.» Le sue labbra mi sfiorarono la guancia, e mi ci volle tutto il mio autocontrollo per non tirargli una gomitata alla gola. «Penellaphe mi ha intrigato fin dal primo momento in cui le ho parlato.»

Intrigato. Ancora quella parola.

«Posso capirne il motivo.» Alastir inclinò la testa. «È assolutamente unica, e assai probabilmente non ciò che ci si aspetterebbe dalla Vergine.»

«È unica e coraggiosa, intelligente e bellissima» concordò Casteel, a quanto pareva non più soddisfatto di farmi impazzire solo con il pollice. Adesso usava anche le altre dita, allargandole e riportandole verso il palmo. «E una completa sorpresa. Ma non è la Vergine, Alastir.» Si voltò verso il Wolven, sfiorandomi la spalla con il mento. «E se ti riferirai un'altra volta a lei con il nome di Vergine, avremo un problema. Chiaro?»

Questa volta, quando i miei muscoli si tesero, fu per reazione alle sue parole.

«Chiaro» mormorò Alastir.

«Bene.» Casteel spostò indietro la schiena, e nel farlo mi sfiorò la guancia con il mento.

Alastir rimase in silenzio per un istante, poi si rivolse agli uomini. «Assicuratevi che i cavalli siano pronti per quando usciremo a perlustrare le strade.»

Tutti si alzarono dal tavolo, tutti tranne Delano e Naill. Loro rimasero anche dopo che Alastir ebbe lanciato loro un'occhiata penetrante.

«Se richiamassi indietro quegli uomini, obbedirebbero» iniziò Casteel, continuando a sfiorarmi con le dita il fianco e la vita. «E quelli rimasti lasceranno il tavolo solo dopo che l'avrò ordinato io.»

Alastir fissò Casteel. «Questo lo so.»

«Sono lieto di sentirtelo dire, perché per un attimo ho pensato che ti fossi scordato chi comanda qui.»

Un brivido mi scivolò lungo la schiena, ricordandomi su quale grembo sedevo. Non si trattava di Hawke. Era il principe di un regno, e non avrebbe accettato alcuna disobbedienza.

«Non me lo sono scordato, Casteel. Mi conosci troppo bene per crederlo. Ed è per questo che sento il dovere di parlare sinceramente.»

«Parla, allora» replicò Casteel in tono tranquillo, e l'immagine di lui che conficcava la mano nel petto di Landell mi balenò davanti.

«Vuoi che lo faccia adesso?» Lo sguardo di Alastir si spostò per un attimo su di me. «Anche se ciò che ho da dire è qualcosa che non vorresti fosse detto in questo momento?»

Le dita di Casteel sul mio fianco si fermarono e un formicolio mi percorse. Per un attimo, pensai che mi avrebbe mandata via. «Saresti sorpreso di scoprire ciò che Penellaphe già sa.»

Alastir inarcò le sopracciglia.

«Casteel voleva usarmi come ostaggio per riavere in cambio suo fratello» annunciai. Pensavo che sarebbe suonato un po' meglio se l'avessi detto io. Alastir sgranò lievemente gli occhi. «Non è un segreto. A questo tavolo lo sanno tutti.»

«E quel piano è cambiato?» mormorò Alastir, ma né Casteel né io avemmo la possibilità di rispondere prima che continuasse. «Ti ho visto crescere e trasformarti dal ragazzino che sedeva al fianco di sua madre nell'uomo che sei oggi, così come ho visto crescere Malik. E ogni maledetto giorno avrei voluto avere la possibilità di vederlo diventare il re che era destinato a essere. Voi fareste di tutto l'uno per l'altro, e sacrifichereste qualsiasi cosa.» Non disse *sacrifichereste chiunque*, ma quelle parole aleggiarono lo stesso. «E comprendo il senso del dovere che provi. Comprendo più di molti altri, e sono sicuro che te lo ricordi.»

Il corpo di Casteel si irrigidì, e io capii che Alastir aveva toccato un nervo scoperto.

«So che non hai rinunciato di punto in bianco a tuo fratello, per quanto tu possa essere intrigato.» Alastir si sporse verso di noi e parlò a bassa voce. «Né tua madre né tuo padre volevano che tu partissi quando te ne sei andato. Capiscono perché sentivi di doverlo fare, ma sai anche da che parte stanno.»

«Lo so» affermò Casteel, e l'istinto mi disse che Alastir si stava riferendo al Principe Malik. «E *tu*, da che parte stai?»

«Dalla parte di sempre, con il Regno di Atlantia» rispose Alastir. «Ma non mi sarei mai aspettato che rinunciassi a Malik. Io non ci riuscirei, se fossi in te, perciò devo chiedertelo. Questo... fidanzamento è un altro piano per ottenere la libertà di tuo fratello?»

Il fatto che Alastir avesse inquadrato subito quello che Casteel progettava mi confermò che, come sosteneva, lo conosceva davvero bene.

Mi resi conto di non dover essere io a dover convincere Alastir dell'autenticità del fidanzamento. Doveva farlo Casteel. E se non ci fosse riuscito, che cosa sarebbe successo?

Casteel parlò in tono piatto. «Che cosa c'entra il matrimonio con Penellaphe con mio fratello?»

«È un'ottima domanda.» Alastir spostò indietro la schiena. «Forse sei convinto che aver preso la persona che il Regno di Solis brama e averla messa nella posizione di diventare la futura Regina di Atlantia ti darà maggior potere nelle negoziazioni.»

Il fatto che, ancora una volta, Alastir avesse compreso con tanta precisione i piani di Casteel avrebbe dovuto lasciarmi sbalordita. Non fu così. A cogliermi di sorpresa fu il suo accenno alla futura *Regina di Atlantia.*

Se non fosse stato per il braccio con cui Casteel mi cingeva, sarei potuta cadere dalla sedia. Capii allora che Casteel, quando avevamo parlato del nostro accordo, aveva tralasciato un particolare fondamentale.

Era destinato a diventare re.

Oh, certo, avevamo *così tanto* di cui parlare... Non era affatto divertente.

«Sì, forse consentirà a tutti noi di godere di maggior potere nelle negoziazioni» sottolineò Casteel. Mi morsi l'interno del labbro. «Sono stato nella capitale e a Masadonia, e mi sono rassegnato all'idea che mio fratello sia irraggiungibile per me.»

Bugia. Era una grossa bugia. Ma non dissi nulla, perché perfino io avevo il buon senso di starmene zitta.

Alastir rimase in silenzio per un lungo istante, poi esalò un pesante sospiro. «Detesto doverlo dire, dato che voglio bene a te e a Malik come se foste figli miei, ma spero che sia vero. Se non altro per il bene tuo e del regno. È decisamente il momento di andare avanti.»

Protesi di nuovo i sensi, questa volta senza esitare. Il legame invisibile mi trasmise la sincerità di Alastir attraverso il sapore di vaniglia calda.

«È vero» disse Casteel, e io rivolsi il mio dono verso di lui. La sua sofferenza fu una scarica acre che mi foderò lo stomaco.

D'istinto abbassai la mano sulla sua, fermandomi solo all'ultimo momento. Avrebbe capito che cosa avevo fatto. Scostai la mano e la giunsi all'altra in grembo.

«E i tuoi obblighi?» Alastir incrociò impassibile lo sguardo di Casteel. «Te ne sei andato, ma sono ancora lì. E ti attendono.»

Casteel riprese a muovere le dita lungo la curva del mio fianco. «Le cose cambiano di continuo.»

Che cosa si aspettavano da Casteel al suo ritorno? Mille domande mi si affollarono sulla punta della lingua, ma le trattenni. Sapevo che se le avessi tirate fuori loro avrebbero smesso di parlare. In quel momento, avevo la sensazione che si fossero dimenticati della mia presenza.

«Da quando te ne sei andato le cose sono cambiate, Casteel. Manchi da più di due anni» osservò Alastir, sollevando il bicchiere. «C'è malcontento, soprattutto tra i Wolven.»

«Questo lo so» rispose Casteel, mentre io osservavo Kieran. Se ne stava con una mano sull'elsa della spada, ma se non fosse stato per quel dettaglio mi sarei chiesta se fosse in grado di dormire rimanendo in piedi e con gli occhi aperti. Sembrava davvero annoiato. «E farò di tutto per placare gli animi.»

«Sposando una persona che è solo mezza Atlantiana? Una straniera.» Alastir si voltò verso di me. «Senza offesa, Penellaphe. Sono sincero.»

«Nessun problema» replicai. Aveva ragione. Per la gente di Casteel sarei stata una straniera.

«Sarà anche mezza Atlantiana e cresciuta a Solis, ma il mio popolo la accoglierà perché *io* la accolgo.» Casteel lo disse come se non vi fossero altre opzioni. «Sai, hai ragione quando dici che sposare lei ci darà potere nelle negoziazioni. È vero. Con lei al mio fianco, abbiamo una migliore possibilità di riavere indietro la nostra terra.»

Alastir si appoggiò allo schienale della sedia. «Per evitare la guerra?»

«Sì. Non è quello che vuoi? Non è forse meglio che mandare migliaia di persone a morire?» domandò Casteel. «Vuoi vedere altri Wolven soccombere?»

«Certo che no.» Alastir scosse la testa. «Voglio evitare la guerra. Ho già subito abbastanza perdite per colpa degli Ascesi, come ben sai.»

Per un attimo sentii Casteel irrigidirsi. «Lo so. Dei, lo so.» Fece un profondo sospiro, rilassandosi un po', e io percepii che c'era dell'altro, cose rimaste non dette. «La ragione non era dalla tua parte quando hai dato per scontato che il mio unico motivo per sposare Penellaphe fosse quello di ottenere potere nelle negoziazioni, che fosse per mio fratello o per il regno. Se non provassi ciò che provo per lei, avrei potuto semplicemente usarla come avevo pensato all'inizio.»

La verità faceva male, ma le bugie mi graffiavano la pelle come lame bollenti. Rimasi priva di espressione, senza mostrare reazioni.

«Questo è vero.» Alastir si morse il labbro inferiore. «Posso solo sperare che il malcontento sia gestibile. Ci ho provato, ma i giovani... hanno una loro visione su quello che bisogna fare. E tuo padre è sempre più d'accordo con loro.» Alastir puntò lo sguardo sul bicchiere. «Sperava che il periodo che hai passato a Solis desse frutti. Ha saputo che è stato così. Tuttavia adesso ha elaborato i suoi piani, Casteel. Ed è ancora il re.»

«I suoi piani riguardano me?» Mi resi conto che avrei dovuto tacere, ma non ero riuscita a trattenermi. Per troppi anni ero rimasta seduta in silenzio mentre gli altri discutevano di me, della mia vita e del mio futuro.

Mai più.

L'espressione sorpresa che balenò sul volto di Alastir lasciò il posto a un lieve sorriso. «Ho la sensazione che adesso molte cose ti riguardino.» Tornò serio, spostando lo sguardo sul principe. «Vorrei parlare con Penellaphe.»

«Di che cosa?» domandò Casteel.

«Di tutto quanto. Voglio parlarle da solo.»

Casteel si sporse in avanti, premendomi il petto contro la schiena. «E perché mai?»

«Hai davvero bisogno di farmi questa domanda?» ribatté Alastir, le guance arrossate dai primi segni di sincera rabbia. «Avrai bisogno del mio aiuto quando si tratterà di convincere tuo padre e i Wolven che sarà il regno a beneficiare di questo matrimonio, e che tu la ami per davvero. E pensi che sarò al tuo fianco se mi renderò conto che la stai costringendo?»

Il mio rispetto per il vecchio Wolven aumentò a dismisura. «No, non penso che saresti al mio fianco» rispose Casteel. «Se Penellaphe vuol parlare con te, io non ho problemi al riguardo.»

Il mio cuore accelerò, ma quando Alastir si voltò verso di me annuii. «Parlerò con te.»

«Perfetto.» Alastir mi rivolse un sorriso tirato e si alzò. «Vieni. Camminiamo un po'.»

Casteel mi tolse il braccio di dosso e io mi alzai. «Giusto perché tu lo sappia, a Penellaphe non serve protezione: è perfettamente in grado di badare a se stessa. Ma resta il fatto che stai uscendo a passeggio con il mio futuro. Trattala bene. Ne va della tua vita.»

«Dunque, è la verità?» chiese Alastir mentre ci inoltravamo negli stretti corridoi della fortezza, la mia mano stretta nell'incavo del suo braccio. La luce flebile delle lampade a olio proiettava lunghe ombre sui muri di pietra. «Sei capace di difenderti? Con o senza armi?»

«Con e senza. Sono addestrata a usare la spada, il pugnale e l'arco e so combattere a mani nude.»

Lui mi fissò con un misto di sorpresa e rispetto sul volto. «Non è molto consueto per una donna di Solis, e ancora meno per la Vergine.»

«Vero, non lo è. Ma dopo la morte dei miei genitori mi sono sentita incredibilmente indifesa. Ero una bambina, e mia madre non era addestrata. Se lo fosse stata avrebbe potuto difendersi e forse sarebbe sopravvissuta. Perciò io... dovevo imparare a difendermi perché non accadesse più. Troppe persone, soprattutto donne, non hanno mai avuto la possibilità di imparare a proteggere se stesse: devono dipendere da altri, o dagli Ascesi... e sto cominciando a capire solo adesso che anche questo aumenta il controllo spropositato che loro hanno sulla popolazione.»

«Però gli Ascesi hanno permesso che tu venissi addestrata.»

Risi sottovoce al pensiero di come avrebbero reagito il duca e la duchessa a una notizia del genere. «No. Ai miei tutori sarebbe venuto un infarto se lo avessero scoperto. Però, in tutta onestà ho sempre pensato...»

«Pensato cosa?» mi esortò lui vedendo che esitavo.

Non ero sicura di poterne parlare, ma c'era qualcosa in Alastir che riusciva a infondermi un senso di calma. Forse era proprio il fatto che mi ricordava così tanto Vikter. «Che se avesse saputo che ho imparato a combattere, la Regina Ileana avrebbe approvato. Non so perché, ma ho sempre avuto questa sensazione. Il fatto è che... che la regina che conoscevo io...»

«Non è la stessa persona che conoscono gli altri» completò lui, e io annuii. «Le persone hanno tante sfaccettature. Anche gli Ascesi. Dunque, chi ti ha insegnato a combattere?»

«Una delle mie guardie del corpo, in segreto. Si chiamava Vikter.» Mi si formò un nodo in gola alla sola idea di parlarne, di raccontare del rischio che aveva corso. «È stato come un padre per me e... dei, quanto mi manca.»

Alastir si fermò, ma non lasciò andare il mio braccio. «Dalle tue parole mi pare di capire che fosse un uomo eccezionale.»

«Sì, e...» Battei le palpebre per ricacciare indietro il fiotto caldo delle lacrime. «Meriterebbe di essere ancora vivo, oggi.»

Gli occhi di Alastir cercarono i miei. «È morto per mano dei Caduti che seguivano il Principe Casteel? Come sei riuscita ad accettare una cosa del genere?»

Sentii sprofondare lo stomaco. No che non ero riuscita ad accettarlo. «Non credo che ci riuscirò mai.»

«E nonostante questo ti sei innamorata di Casteel? Non era sua la mano a brandire la spada, ma...»

«Ma chi la brandiva ha ucciso in suo nome. Lo so. E lo sa Casteel. Sa di essere il responsabile, e io so bene che questo gli ha tolto il sonno.» Mi sentii la bocca secca. «Non è stato facile, è vero, ma i sentimenti che provo per lui non hanno niente a che vedere con quello che è successo a Vikter.» La menzogna mi uscì con facilità. Persino troppa. Il vento fece sbattere una finestra poco lontano e il mio cuore mancò un battito. «Nulla di ciò che riguarda Casteel e me è mai stato facile. Quando l'ho conosciuto pensavo che fosse una persona completamente diversa, eppure avevo cominciato a innamorarmi di lui già allora.» E quello, lo sapevano gli dei, era la pura verità. «E così siamo arrivati a questo punto.»

«Già, siamo a questo punto.» Alastir sorrise a labbra chiuse, spostò il braccio e mi prese per mano. «Conosco sia Casteel che suo fratello fin dalla nascita. Conoscevo il loro padre da prima che nascessero. E la loro madre da un tempo ancora più lungo: ricordo quando era sposata con un altro re.» Quindi era molto più vecchio di quanto avessi immaginato. «Casteel è come un figlio per me. Anzi, avrebbe potuto esserlo per davvero se il destino avesse fatto andare le cose in un altro modo.»

Avrebbe potuto esserlo per davvero? «Che cosa vuoi dire?»

Alastir socchiuse gli occhi e all'improvviso il mio dono mi percorse come un brivido la pelle, reagendo al cambiamento delle sue emozioni. Avvertii una sofferenza così potente e pura che ne fui letteralmente investita. Incapace di fermarla, mi aprii a essa e il tumulto che passò da lui a me mi fece irrigidire tutto il corpo: un dolore così profondo che faticavo a respirare. Iniziai a usare il mio dono in modo diverso, per cercare di lenire quello che stavo percependo.

«Sapevi che Casteel è già stato innamorato, in passato?»

La domanda mi fece trasalire e la nostra connessione invisibile si interruppe, ma il sapore amaro del dolore non se ne andò subito dal fondo della mia gola. «Sì.»

Ed era tutto quello che sapevo al riguardo. Che era già stato innamorato.

«E che si era anche fidanzato ufficialmente?»

Rimasi senza parole. Scossi la testa.

Alastir fece un sorrisetto privo di allegria. «Non ne sono sorpreso. Lui non ne parla spesso. Nemmeno con me, sebbene io abbia provato ben più di una volta a indagare. A essere sincero non ricordo neanche l'ultima volta in cui gli ho sentito pronunciare quel nome. È una ferita che è guarita, ma è pur sempre una ferita. E Casteel...» Lanciò un'occhiata al corridoio. Le sue spalle si tesero, poi tornarono a rilassarsi. «Casteel si arrabbierebbe molto se sapesse che ti ho parlato di Shea. E, onestamente, so bene che sto oltrepassando un limite nel farti questo discorso, ma voglio che tu comprenda perché mi sono meravigliato così tanto quando ho sentito del vostro fidanzamento. A dir la verità, non avrei mai creduto che Casteel avrebbe permesso a se stesso di provare ancora questo genere di sentimenti.» I suoi occhi incontrarono i miei. «E voglio che tu lo sappia, perché spero che lui desideri sposarti per ragioni che riguardano veramente il suo cuore, e non per un tentativo disperato di salvare suo fratello.»

Non avrei saputo dire quale tra le sue rivelazioni mi avesse sconvolta di più, se il fatto che Casteel fosse stato fidanzato con un'altra donna – una Wolven – e che, chiaramente, quel suo antico amore non fosse più in vita, oppure il desiderio di Alastir che il nostro matrimonio fosse basato sul vero amore.

Mi schiarii la gola. «Shea era tua figlia?»

Alastir annuì. «Sì. E, per quanto possa sembrarti strano, dato che ci conosciamo a malapena, tu me la ricordi. Anche lei non si tirava mai indietro nell'esprimere la sua opinione, seppure scomoda o irritante. E se era necessario, sapeva difendersi molto bene.» Ridacchiò. «Oserei quasi dire che Casteel è stato attratto da te proprio per questo. Lo ha indotto a guardare al di là del velo.»

Non sapevo cosa pensare. «Quando... quando è morta? Come è successo?»

«È passato molto tempo. Anni prima che tu nascessi.» Le sue parole mi ricordarono ancora una volta quanto fosse vasta l'esperienza di Casteel. «Era mia figlia, ma non spetta a me raccontare la storia della sua morte. Spetta a Casteel.» Di nuovo il suo sguardo cercò il mio. «E spero davvero che un giorno vorrà condividerla con te.» All'inizio avevo attribuito il dolore di Casteel alla prigionia di suo fratello, ma poi avevo scoperto che in parte aveva origine nel male che aveva subito lui stesso. In quel momento mi domandai quanto di quel dolore fosse invece legato alla figlia di Alastir.

«Mi dispiace per la tua perdita» dissi. Ed era vero. «Non dirò a nessuno che me lo hai raccontato.»

«Puoi farlo, se vuoi. A essere sincero, io spero che lui ne voglia parlare con te. Che voglia parlare di lei con qualcuno.»

A dire il vero, io ero l'ultima persona al mondo che si sarebbe messa a parlare di Shea con Casteel. «Perché me lo hai detto? Non è il genere di argomento che è il caso di sollevare con lui.»

«È vero. Per ora, almeno. Ma la mia speranza è che Casteel a un certo punto decida di aprirsi e parlarne, anche se non con me. Ho scelto di raccontarlo a te perché Shea non era una damigella in pericolo, e mi sono reso conto che nemmeno tu lo sei. Ma spero che tu non le somigli al punto da non chiedere aiuto se ne avessi bisogno, o da rifiutarlo se ti venisse offerto.» Mi diede un colpetto sulla mano. «Io sarò per sempre fedele al mio regno, agli dei e ai Da'Neer, ma non potrei sopportare di vedere una giovane donna usata contro il suo volere, anche se non avessi mai avuto una figlia. La guerra è una cosa crudele, è normale che ci siano delle perdite, ma questa sarebbe una crudeltà inutile, e io non potrei tollerarla.»

Il cuore mi pulsava di nuovo così forte che mi domandai se lui potesse sentirlo.

«Casteel ha tentato in ogni modo, per decenni, di riprendersi suo fratello, Penellaphe. Più a lungo di una singola vita mortale. E, se da un lato speravo che ormai si fosse dato pace e avesse deciso di assumere quel ruolo di cui il suo regno ha un disperato bisogno, dall'altro – ed è questa la cosa più importante – vorrei che concedesse a se stesso il permesso di vivere appieno la sua vita. È una cosa a cui vorrei poter credere, sinceramente. Ma non ci riesco.»

Mi irrigidii.

Alastir mi guardò negli occhi. «In conclusione, è per questo che ti offro il mio aiuto: se ti stanno forzando ad accettare la situazione, ti aiuterò a scappare. Farò tutto quanto è in mio potere per metterti in salvo. Non a Solis, è ovvio: non ti rimanderei mai nelle mani di chi ti farebbe solo del male in un'altra maniera. Ma potrei farti arrivare in un posto dove né gli Ascesi né Casteel potrebbero più raggiungerti. Non hai che da dirmelo.»

Ancora una volta le sue parole – la sua offerta – mi tolsero il respiro. La stessa offerta che mi aveva fatto Casteel, ma senza l'obbligo del matrimonio, senza tutte le finzioni che avrebbe comportato e senza il rischio che ne conseguiva. Non avevo dubbi sulla sincerità di Alastir: quest'uomo, che avevo incontrato da pochissimo, era disposto ad affrontare l'ira del suo principe e magari conseguenze anche peggiori per aiutare una ragazza che aveva appena conosciuto. E tutto perché...

Perché era una *brava* persona. Era esattamente quello che mi sarei potuta aspettare da Vikter, quello che Vikter avrebbe voluto essere in grado di fare per me quando si era accorto che essere la Vergine mi *stava uccidendo* a poco a poco, un giorno dopo l'altro. Gli occhi mi bruciarono ancora di lacrime.

«Santi numi» esclamò Alastir. «Il luccichio dei tuoi occhi mi ha appena detto tutto quello che mi serviva sapere. Mi dispiace che...»

«No. Non è per quello.» Gli strinsi la mano. «È solo che la tua offerta arriva così inaspettata. Sei una brava persona... e di brave persone ce ne sono così poche. Mi hai fatto venire in mente che è proprio quello che avrebbe fatto Vikter, e mi sono ritrovata a pensare a lui.»

«Solo questo?» Mi osservò con attenzione, ponendo anche l'altra mano sulla mia.

Sostenni il suo sguardo. «Sì. Apprezzo l'offerta. Apprezzo tutto quello che saresti disposto a fare per me. Ma Casteel non mi sta usando. Non in questo modo.»

«Dunque non hai bisogno del mio aiuto?»

«No. Lo giuro.»

Ed era vero, non ne avevo bisogno. Non in quel momento. Se Alastir fosse venuto da me il giorno prima, probabilmente la risposta sarebbe stata un'altra. Avrei detto di sì. Sarei scappata. Ma Alastir non poteva darmi quello che Casteel mi aveva garantito: non poteva darmi Ian. Inoltre ora sapevo che avrei potuto contribuire a cambiare il destino della gente di Solis, quindi fuggire per me non era più un'opzione. La libertà che Alastir mi stava offrendo non era quella di cui avevo bisogno.

Alastir sospirò, e compresi che secondo lui stavo compiendo una scelta scriteriata. Forse era in Casteel che non credeva. O forse gli dispiaceva per me, perché mi aveva creduto. Non potevo saperlo.

«Se dovessi cambiare idea» disse con la tristezza negli occhi, «non dovrai fare altro che dirlo. Me lo prometti?»

Ora ero davvero sul punto di piangere. «Lo prometto.»

«Bene.» Alastir sorrise e io...

D'impulso, feci un balzo in avanti e gli gettai le braccia al collo. Il gesto lo colse di sorpresa: per un attimo rimase paralizzato, ma poi mi abbracciò a sua volta.

«Mi dispiace» mormorai scostandomi. Avevo il volto in fiamme.

Lui sorrise e di nuovo si formarono piccole rughe intorno ai suoi occhi. «Non bisogna mai scusarsi per un abbraccio, Penellaphe. E, a essere sincero, era da molto tempo che non ne ricevevo uno. Né Casteel né Kieran sono tipi da abbracci.»

Risi con voce roca. «Penso che se tentassi di abbracciare Kieran gli verrebbe un infarto.»

«Verosimile. In definitiva, adesso so tutto quello che avevo bisogno di sapere.» La sua voce era ancora pervasa di tristezza, che pensai nascesse dal pensiero di sua figlia, di Casteel o anche di me. «Penso di doverti riportare dal principe, ora.»

Feci per voltarmi, poi mi fermai. Quando avremmo avuto un'altra occasione di parlare in privato, io e lui? «Posso chiederti una cosa?» Lui annuì. «È vero che hai aiutato degli Atlantiani e dei loro discendenti che vivevano a Solis a scappare dal regno?»

«Sì.»

«Stavo pensando ai miei genitori... e al motivo che li aveva spinti a lasciare la capitale. È possibile che avessero capito le intenzioni degli Ascesi, o intuito di essere di discendenza atlantiana. Almeno uno di loro due. C'erano altre persone che aiutavano i fuggitivi come hai fatto tu?»

«Sì, anche se non molti. E, tristemente, la maggior parte di loro non ha mai fatto ritorno a casa.» Alastir si strofinò il mento. «Abbiamo sempre dato per scontato che fossero stati catturati. Purtroppo non ci sono molte persone con cui potresti parlare.»

Non mi ero nemmeno azzardata a sperare che ce ne fosse una. «Mi stavo solo domandando se i miei genitori potessero essere stati al corrente dell'esistenza di persone come te.»

«Certo che sì. Il re e la regina erano consapevoli che ricercavamo attivamente la nostra gente: è perfettamente plausibile che tua madre o tuo padre avessero sentito parlare di noi da qualche Asceso.» Alastir inclinò la testa di lato. «Pensi che sia questo ciò che è accaduto?»

«Non lo so.» Passai una mano sul coltello agganciato alla coscia. «Ho pochi ricordi della notte in cui ci attaccarono, ma rammento bene che mio padre era più silenzioso del solito durante il viaggio. E anche mia madre. Sembravano nervosi, e non emozionati all'idea di cominciare una nuova vita in un posto più tranquillo... E suppongo che mio padre abbia incontrato qualcuno. Ho la vaga impressione che lì ci fosse anche un'altra persona.»

«Ma non ricordi chiaramente, dico bene?» Scossi la testa. «È piuttosto normale dopo un trauma.»

Sì, me lo avevano spiegato.

«Dopo la guerra ho sentito alcuni sopravvissuti dichiarare di avere dimenticato intere battaglie a cui avevano partecipato. Le emozioni e le cicatrici erano lì a testimonianza, ma i dettagli nella loro mente si erano fatti vaghi come ombre. È accaduto anche a Casteel: ricorda pochissimo del suo periodo di prigionia.»

Questo non era vero: lo ricordava molto bene, o almeno abbastanza da non doversi immergere nelle ombre della memoria per ricavare dettagli. Ma non lo dissi: era sorprendente che Casteel si fosse aperto così tanto con me su quell'argomento, ma non con Alastir.

«A volte faccio dei sogni, e da lì può scaturire qualche dettaglio nuovo. È come aprire uno scrigno e lasciare che un po' dell'oscurità all'interno si dissipi. Ma non so se sono ricordi di avvenimenti reali oppure no... Comunque non ha importanza: la mia era semplice curiosità.»

«È comprensibile.» Il volto di Alastir si tese per un attimo, poi tornò a distendersi. «Quelli che venivano a sapere di noi, e provavano a contattarci a Solis, di solito usavano cognomi falsi. Come si chiamavano i tuoi genitori? I nomi propri, intendo.»

Esalai un lungo respiro. «Coralena e Leopold. Cora e Leo.» Fissai la lampada, sforzandomi di riportare alla memoria l'aspetto di mio padre. Ma erano ricordi troppo sbiaditi. «Era così che si chiamavano l'un l'altra.»

«Coralena» ripeté Alastir. Si schiarì la gola, e io lo guardai: anche lui stava fissando la lampada. «Un bellissimo nome. E abbastanza insolito. Se i tuoi genitori avessero usato i loro veri nomi propri, non lo avrei dimenticato. Quando arriveremo ad Atlantia, chiederò a quelli che sono ancora con noi se si ricordano di avere conosciuto qualcuno con quel nome, o se ne hanno almeno sentito parlare. Le possibilità non sono molte, ma non si può mai sapere. Il mondo può sembrare un posto enorme, ma spesso si rivela molto più piccolo di quanto non crediamo.»

13

Alastir mi condusse in una stanza in cui non ero mai stata, sull'altro lato della fortezza rispetto alla sala dei banchetti. Poiché davanti all'ingresso c'erano delle guardie, sapevo che molto probabilmente all'interno vi avrei trovato Casteel. Non appena si aprirono le porte, un profumo di antichità mi colpì e illuminò di gioia il mio cuore.

Libri.

File e file di libri.

Avanzai stordita, a malapena consapevole che Alastir stesse parlando, e del tutto ignara di ogni altra cosa a parte le possibilità che attendevano oltre i dorsi colorati, spessi o sottili, dei libri. Un impulso incontrollabile mi fece avanzare...

Un braccio mi afferrò per la vita. Trattenni uno squittio di sorpresa quando mi sentii tirare giù. E per la seconda volta mi ritrovai in grembo a Casteel.

Ero talmente concentrata sui libri da non averlo visto seduto sul divano mentre passavo. Mi voltai verso di lui, ignorando l'accelerare del mio battito, quando occhi color ambra, gravi e socchiusi, si posarono sui miei. «Era necessario?»

«Sempre» replicò lui, tenendomi tra le braccia senza

stringermi, mentre diversi uomini uscivano uno dopo l'altro dalla stanza. Tenevano gli occhi fissi davanti a sé come se non osassero guardare nella mia direzione.

La porta si richiuse. Solo Kieran era rimasto seduto su una poltrona, con i piedi posati su un baule di cedro. Feci per alzarmi. Non andai molto lontano.

Casteel mi trattenne. «Com'è andata la chiacchierata con Alastir?»

«Bene» dissi, ripensando a Shea, la donna che era stata la sua fidanzata. Volevo fare domande su di lei. Volevo sapere cosa le fosse successo. Volevo sapere perché non aveva mai tirato fuori l'argomento con me, anche se potevo capirne i motivi. Un tempo eravamo stati amici. O almeno così credevo. E prima di conoscere la verità, ero arrivata anche a pensare che fossimo qualcosa di più. Avevamo un accordo, certo, ma non sarei mai stata così importante da indurlo a condividere i suoi segreti con me.

Ma è davvero così?, sussurrò una voce nella mia mente. Casteel mi aveva confidato quello che aveva subito quand'era prigioniero degli Ascesi. Non si era aperto con Alastir, il padre della sua fidanzata di un tempo. Qual era il senso, se anche ce ne fosse stato uno? A ogni modo, parlare della donna che un tempo aveva pensato di sposare senza altra ragione che l'amore che provava per lei era una cosa troppo... intima. Lo avrebbero potuto fare delle persone che si amavano realmente.

Dunque, non noi.

Alastir avrebbe dovuto riporre le sue speranze in qualcun altro.

Casteel inarcò un sopracciglio. «Bene e basta?»

Annuii, con un inspiegabile senso di oppressione al petto.

«Casteel dovrebbe essere più preciso nel fare domande» commentò Kieran. «Dobbiamo preoccuparci che Alastir tenti di portarti via?»

Gli rivolsi un'occhiata maliziosa. «E perché dovreste pensare una cosa del genere?»

«Perché entrambi sappiamo che tipo d'uomo è Alastir» disse Casteel, riportando la mia attenzione su di lui. «Probabilmente teme che tu venga costretta a sposarti e forse ti ha offerto il suo aiuto per fuggire.»

«La notte scorsa, tu mi hai offerto una scelta. Se non avessi accettato il matrimonio, non mi avresti forzata. Abbiamo trovato un accordo» gli rammentai. «Se avessi accettato l'offerta di Alastir, mi troverei seduta qui?»

«Suppongo di no.» Mi osservò da sotto le palpebre semiabbassate. «Oppure, potresti attendere il momento più inaspettato. Anche se, giusto perché tu lo sappia, mi aspetto sempre l'inaspettato da te.»

Aggrottai la fronte. «Sembri paranoico.»

«Come se non ne avessi motivo.»

«Mi offende che tu mi creda capace di rimangiarmi la parola. Ho acconsentito, *Vostra Altezza*.» Un muscolo guizzò nella sua guancia e io sorrisi. «Alastir mi ha offerto davvero il suo aiuto. Ho rifiutato.»

«Allora mi dispiace per la mia paranoia, principessa.»

Sbuffai. «Certo, come no.»

«Adesso sei tu a offendermi, mettendo in dubbio la mia sincerità.»

Alzai gli occhi al cielo. «In effetti ho delle domande da porti. E sono più importanti del discorso fatto con Alastir.»

«Hai delle domande?» Il tono di Kieran era carico di finta sorpresa. «Sono assolutamente sconvolto.»

«Io sono un libro aperto» replicò Casteel. «Che cosa vuoi sapere?»

Un libro aperto? Improbabile. «Quali sono i piani di tuo padre?»

Casteel si appoggiò al divano color crema, insopportabilmente a suo agio. «Mio padre ne ha tanti di piani, Poppy.» I suoi occhi percorsero il mio viso. Mi resi conto che non mi aveva mai chiamato Poppy di fronte ad Alastir. «Ma se includono te, quei piani si trasformeranno rapidamente in mere fantasie.»

«Mi pareva di aver capito che fossi io a rendere le tue *attività* fruttuose.»

«Non preoccuparti di mio padre.» Casteel sollevò la mano che teneva sul mio fianco e mi passò il pollice sul labbro inferiore, provocandomi un indesiderato sfarfallio nel petto. «Adesso ha cose più gravi di te di cui preoccuparsi.»

Socchiusi gli occhi e gli afferrai il polso. «Per esempio la penuria di terre?» Gli scostai la mano.

I suoi occhi si fecero di un color ambra più caldo e cupo. «Di sicuro quel problema sta occupando gran parte del suo tempo, ma mio padre non rischierà di danneggiare il suo rapporto con me prendendo iniziative ai tuoi danni.»

Volevo crederci. Per tornare da Ian dovevo rimanere in vita. E tutta intera.

Da questo punto di vista, non era certo di buon auspicio essere al centro di uno dei piani del re che, probabilmente, intendeva rispedirmi a pezzi nella capitale di Solis.

«Credo che tu ti sia scordato di dirmi una cosa.»

Casteel inarcò le sopracciglia. «Mi dovresti dare qualche dettaglio in più.»

«Perché? Ci sono molte cose che non mi hai detto?»

«Un uomo deve avere i suoi segreti. Non è forse parte del suo fascino?»

Sforzandomi di rimanere paziente, cercai di contare fino a dieci. Arrivai a tre. «I tuoi segreti sono l'esatto opposto del fascino. Se esistesse una pozione antifascino, sarebbe esattamente così.»

«Accidenti» mormorò lui, con gli occhi che brillavano.

«Vogliono che tu diventi re, quando tornerai?» chiesi. «È questo che si aspettano da te?»

Il divertimento svanì dai suoi occhi. «È una delle ipotesi. Un re e una regina possono governare Atlantia solo per quattrocento anni. Si usa così per permettere il cambiamento. Se nessuno dei loro figli sale al trono, allora chiunque può farsi avanti e lanciare una sfida per ottenerlo. Il regno dei miei genitori si è prolungato oltre i termini. E dato che non ritengono possibile il ritorno di Malik, reputano che sia giunta l'ora che io prenda il loro posto.»

«Qualcun altro si è fatto avanti per ottenere il trono?»

«Per quanto ne so, no.»

Ma come poteva saperlo, visto che mancava da casa da anni? «Non hai pensato che fosse una buona idea dirmelo?»

«Non particolarmente.»

«Oh, dei...» iniziai.

«Soprattutto perché sapevo che ti avrebbe messa in agitazione» aggiunse.

«Come sta succedendo adesso» mormorò Kieran.

«Nessuno ha chiesto il tuo parere» sbottai, e il Wolven ridacchiò. Tornai a guardare truce Casteel. «Che mi agitasse o meno, dovevo saperlo...»

«Non cambia nulla» m'interruppe. «Solo perché i miei genitori ritengono che sia ora per me di salire al trono, non significa che io sia obbligato o che accetterò. Non possono costringermi. Mio fratello è il vero erede al trono di Atlantia. Non io. E una volta che l'avrò liberato assumerà il ruolo che gli spetta.»

Serrai le labbra e lanciai un'occhiata a Kieran per valutare la sua reazione alle parole di Casteel, ma lui teneva lo sguardo fisso davanti a sé con un'espressione indecifrabile. Dubitai che le mie percezioni mi avrebbero rivelato di più, ma sapevo che Casteel intendeva assolutamente salvare il fratello. Non voleva essere re, nemmeno se da tempo era giunto il momento di una nuova incoronazione. Detto questo, non dovevo preoccuparmi di diventare regina. Feci per alzarmi.

Casteel mi trattenne. «Dove vai? Stavo comodissimo con te in grembo.»

«Ne sono sicura, ma non abbiamo pubblico.»

«E io?» chiese Kieran. «Io sono ancora qui.»

«Tu non conti.»

«Ahia» mormorò lui.

«Ma non siamo in privato, principessa. Non era quello l'accordo? Che in pubblico non avresti litigato con me?»

Strinsi gli occhi. «Non c'è nessun altro nella stanza. Le porte sono chiuse, e il nostro accordo non comprende sedermi in grembo a te.»

«Lo so.» Ritirò tra i denti il carnoso labbro inferiore, rivelando le zanne. «Ma mi piace davvero.»

I muscoli in fondo al mio stomaco si torsero, ma ignorai del tutto la reazione del mio corpo al suo sguardo bollente e a quel balenio di zanne: un rossore inebriante che potevo solo sperare non fosse visibile quanto io lo percepivo. Oltre al risveglio di un acuto, intenso pulsare in una zona che mi fece venire voglia di stringere le gambe. Detestavo la consapevolezza che Casteel conoscesse esattamente le reazioni che avevo nei suoi confronti. Gli lasciai andare il polso. «Non mi importa se ti piace.»

«Bugiarda» mormorò, sistemandomi i capelli dietro l'orecchio. «Anche a te è piaciuto.»

«Sai, però, che cosa mi è piaciuto ancora di più?» Mi sporsi in avanti e nei suoi occhi notai un lampo di sorpresa che lasciò presto il posto al calore.

Quel suo pigro sguardo a occhi semichiusi tornò. «Qualche idea ce l'ho.»

«Mi è piaciuto lanciarti il coltello addosso e farti sanguinare» dissi, scostando la testa per sfuggire al suo tocco. Questa volta, quando mi alzai, non mi fermò.

Casteel rise e posò la mano sul bracciolo. «Era una delle idee che avevo.»

«Voi due siete più convincenti adesso di quando eravate con Alastir» commentò Kieran. «E se non riuscite a convincere Alastir di essere talmente innamorati l'uno dell'altra da aver fatto dimenticare a Casteel i decenni trascorsi a cercare suo fratello, oltre al fatto che tu lo hai perdonato per aver pensato di usarti come ostaggio, allora non convincerete mai il re. E soprattutto non convincerete tua madre.»

Sfortunatamente, Kieran aveva ragione. «Alastir non è convinto. Non lo ha detto apertamente, ma era palese che avesse seri dubbi. Probabilmente pensa che io sia infatuata di te, e che tu mi stia solo usando.»

Un lento sogghigno si allargò sul volto di Casteel, interrompendosi a malapena quando lui notò lo sguardo che gli lanciai. I suoi occhi brillavano ancora. «Dovremo semplicemente impegnarci di più, vero?»

Incrociai le braccia. «Come facciamo a essere credibili, quando solo poche notti fa ti ho chiesto se eri impazzito?»

«In poche notti possono succedere molte cose, Poppy. Soprattutto con me.»

«La tua arroganza non smette mai di sbalordirmi» borbottai.

Casteel mi ignorò. «Penso che Alastir alla fine ci crederà. Abbiamo tempo per convincerlo, ma adesso di sicuro devo rassicurarlo prima che vada a perlustrare le strade.» Casteel si alzò.

«Rassicurarlo di che cosa?»

«Alastir può essere... suscettibile. Dunque, devo rassicurarlo che non lo farò uccidere prima che ce ne andiamo da qui» replicò, e io non riuscii a capire se dicesse sul serio. «Ti andrebbe di rimanere qui per un po'? Ci sono montagne di libri. Anche se nessuno è interessante quanto il diario della signorina Willa.»

Quel maledetto diario.

«Mi piacerebbe rimanere qui.»

Casteel gettò un'occhiata a Kieran, che disse: «La terrò d'occhio».

«Pensate davvero che sia in pericolo? Ormai la notizia del nostro fidanzamento dev'essersi diffusa nella fortezza.»

«Non voglio correre rischi con te.» Casteel avanzò e mi sfiorò la guancia appena sotto la cicatrice. «Grazie.»

«Per cosa?» Il tocco dei suoi polpastrelli fu leggero, ma mi provocò comunque un brivido.

«Per aver scelto me.»

Passai il resto della giornata nella biblioteca e consumai un pranzo tardivo con della zuppa accanto al camino dove crepitava il fuoco, sfogliando le pagine polverose di brevi racconti per bambini e vecchi registri di coloro che erano vissuti un tempo a Nuovo Nido. Passando di fila in fila, non ripensai a quello che Alastir mi aveva detto o a ciò che mi attendeva quando avessimo lasciato la fortezza. Mi smarrii nella libertà di poter leggere qualsiasi libro desiderassi. A Masadonia non avevo il permesso di leggere altro che testi di storia, e anche se spesso Tawny mi portava di nascosto romanzi assai più interessanti, non era mai abbastanza.

Kieran era una presenza silenziosa, si era immerso in uno dei libri che io avevo scartato. Sospettavo che fosse contento del suo compito solo perché ero troppo impegnata per fargli domande.

Dopo aver finito il piatto di verdure bollite, e aver passato al setaccio tutti gli scaffali tranne la fila in basso dietro una grande scrivania di quercia, trovai un testo particolarmente interessante. Era un romanzo sottile, rilegato in pelle dorata e macchiato dalla polvere, mezzo nascosto dietro diversi voluminosi registri. Lo tirai fuori, tossendo per la nuvola di polvere che si sollevò.

«Per favore, non morire» commentò Kieran dalla sua sedia. «Casteel ne sarebbe alquanto dispiaciuto.»

Lo ignorai e portai il libro alla scrivania, ripulendone la copertina. Lo aprii e sfogliai pagine vuote di pergamena sbiadita color giallo smorto. Quando vidi una data mi fermai. Quel testo rilegato in oro era un altro registro, ma assai più antico degli altri. Risaliva ad almeno ottocento anni prima.

Voltando le pagine, lessi date di morte e di nascita, impieghi e numeri di case, e notai rapidamente che si trattava di un registro diverso dagli altri. A catturare la mia attenzione fu il numero di anni trascorsi tra le date di nascita e quelle di morte.

Secoli.

Si trattava di testimonianze sugli Atlantiani che un tempo erano vissuti a Nuovo Nido. Sedetti sulla poltrona consunta, che scricchiolò. Molti nomi erano illeggibili per via dell'inchiostro troppo sbiadito, così come le relative occupazioni. Alcune erano più facili da decifrare. Panettiere. Responsabile delle Scuderie. Fabbro. Guaritore. Accademico. Era strano vedere quelle abilità comuni associate a date che suggerivano vite lunghe dieci volte o anche più di quelle mortali. Ma immaginavo che nel periodo in cui Atlantia governava il regno, molti abitanti conducessero lunghe vite assai ordinarie. C'erano impieghi e parole che non mi erano familiari, e che vidi ripetuti nella colonna delle occupazioni, e altre parole, contenute spesso tra parentesi, vicino ai nomi che riuscivo a decifrare.

«Che cos'è una Wiverna?» domandai, incerta sulla pronuncia.

«Che?» Kieran sollevò lo sguardo dal libro che teneva in grembo.

«Ho trovato un registro risalente al periodo in cui gli Atlantiani vivevano qui» gli dissi. «La parola *Wiverna* appare spesso.»

Kieran, che sedeva con le gambe raccolte vicine al petto,

si alzò e posò il libro dove prima stavano i suoi piedi. Si spostò accanto a me. «Dove?»

«Vedi?» Picchiettai con il dito sotto l'inchiostro nero e sbiadito. «Ci sono parole che non riconosco. Per esempio, qui.» Abbassai il dito. «Ceeren.»

«Diamine.» Kieran si sporse in avanti e andò alla pagina con il titolo. «È un registro atlantiano.»

Inarcai un sopracciglio. «È quello che ho detto.»

«Sono sorpreso che sia rimasto qui per tutti questi anni.» Kieran tornò alla pagina che stavo guardando.

«Era dietro un paio di altri registri e coperto di polvere. Dev'essere stato dimenticato.»

«Dimenticato senza dubbio. Gli Ascesi hanno distrutto tutti i documenti relativi agli Atlantiani che un tempo vivevano qui. Anche quelli insignificanti come i censimenti.»

«Allora, che cosa significa Wiverna?»

«Si tratta di una stirpe atlantiana che si è estinta durante la guerra» spiegò. «Appartenevano a due mondi, mortale e animale.»

«Come i Wolven e i Metamorfi?»

Lui annuì. «Solo che le Wiverne potevano assumere la forma di felini più grandi di quelli che si aggirano nelle caverne delle Terre Desolate. Ecco. Draken?» Kieran si avvicinò per indicare un punto più in basso sulla pagina, sfiorandomi il braccio.

E ritirò di scatto il suo, soffiando a denti stretti. Mi voltai e lo vidi a qualche metro da me.

Inarcai le sopracciglia, pensando avesse avuto una reazione un tantino esagerata solo per avermi toccata. «Stai bene?»

Lui mi fissò, gli occhi sgranati più di quanto glieli avessi mai visti, ma carichi di una luce innaturale. «Non lo hai sentito?»

«Mi hai toccato il braccio. Non ho sentito altro.» Lo osservai sfregarsi l'arto. «Che cosa hai sentito tu?»

«Una scossa» rispose. «Come se mi avesse colpito un fulmine.»

«Sei mai stato colpito da un fulmine?»

«No. È un modo di dire.» Gettò un'occhiata alla porta, poi posò quei suoi occhi troppo luminosi su di me. «Davvero non l'hai sentito?»

Scossi la testa. «Forse è stato come l'elettricità statica che si accumula trascinando i piedi sul tappeto.» Un lieve sorriso mi piegò le labbra. «Un tempo lo facevo sempre a Ian.»

«Chissà perché non mi sorprende.» Kieran abbassò la mano. «Il principe sta arrivando.»

Aprii la bocca, ma un istante dopo la porta si aprì. L'udito di Kieran era davvero così eccellente?

Casteel entrò a grandi passi, i capelli scostati dal viso, e fu come se tutta l'aria fosse stata risucchiata via dalla biblioteca, che di colpo divenne tre taglie più piccola. Era semplicemente lui, la sua mera presenza, a dominare immediatamente lo spazio.

Casteel spostò lo sguardo da Kieran a me. «Sembra che voi due vi stiate divertendo.»

Dato che Kieran aveva ancora l'aria di avere visto un fantasma, ne dubitavo.

Sollevai il libro. «Ho trovato un registro risalente a quando gli Atlantiani vivevano qui.»

«Sembra proprio uno spasso» fece Casteel in tono strascicato.

«Tempismo perfetto.» L'espressione di Kieran si distese. «La tua fidanzata ha delle domande.»

Il modo in cui pronunciò la parola *fidanzata* mi fece venire voglia di sbattergli il libro in testa.

«Potrei avere le risposte.» Casteel si appoggiò alla scrivania. «E sì, prima che tu lo chieda, sei libero di fare quello che ti pare.»

«Grazie agli dei» mormorò Kieran, staccandosi dagli scaffali. Andò alla porta. «Tutto bene con Alastir?»

Casteel annuì. «Lui e diversi altri sono andati a perlustrare le strade.»

«Bene.» Kieran si voltò. «Buon divertimento.»

Lo osservai chiudere la porta. «Si comporta in modo strano.»

«Davvero?»

«Quando mi ha sfiorato il braccio, ha ricevuto una scossa di elettricità statica e ha reagito come se l'avessi fatto di proposito.»

«Sai che certi impianti elettrici possono andare in cortocircuito? Che emettono scintille o scariche elettriche?» Quando annuii, Casteel proseguì: «Se entrano in contatto con l'elettricità, anche in quantità innocua, i Wolven possono perdere il controllo delle loro forme. A volte, durante temporali con fulmini particolarmente brutti, ne vengono influenzati».

«Oh. Capisco, allora.» Feci una pausa. «Kieran è comunque strano.»

Casteel rise, un suono profondo, sincero, bello. «Allora, quali erano le domande?»

Alzai lo sguardo su di lui e desiderai di non averlo fatto. Mi tornarono in mente le parole che aveva pronunciato prima di andare a parlare con Alastir. *Grazie per avere scelto me*. Ma io non avevo scelto lui. Non nella realtà.

Con lo stomaco comunque invaso di farfalle, riportai la mia attenzione sul libro. «Ho trovato delle parole che non capisco. Kieran mi stava giusto spiegando che le Wiverne potevano trasformarsi in grandi felini, e stava per dirmi che cos'è un Draken.»

«Ah, è *davvero* un vecchio testo.» Si sporse verso il libro, ispezionando le pagine. L'odore di fumo di legna si mescolò al suo. «Quella dei Draken era una stirpe potente, capace di farsi spuntare ali lunghe quanto un cavallo e artigli affilati come una lama. Erano in grado di volare. Alcuni potevano perfino sputare fiamme.»

Alzai di scatto la testa e lo fissai. «Come... come un drago?»

Casteel annuì.

«Credevo che i draghi fossero un mito.» Ricordavo di avere letto delle storie su quelle creature nei libri presi in prestito dalla biblioteca cittadina. Alcuni contenevano anche disegni di quelle bestie spaventose.

«Ogni mito ha radici nella realtà» rispose lui.

«Se esistevano Draken in grado di volare e soffiare fuoco, come accidenti hanno potuto gli Ascesi sconfiggere Atlantia?»

«Perché i Draken erano già praticamente estinti prima ancora che il primo Vampry venisse creato.» Casteel mi sollevò una ciocca di capelli e iniziò ad attorcigliarsela intorno al dito. «Se fossero stati qui, degli Ascesi non sarebbe rimasto altro che terra bruciata.»

Rabbrividii. «Che cosa intendi dicendo che i Draken sono *praticamente estinti*?»

«Be', mia curiosissima principessa, secondo le leggende molti di loro non morirono. Si sono addormentati insieme agli dei, oppure sono rimasti a proteggere i luoghi in cui questi riposano.»

«Dicono il vero, le leggende?»

Lui liberò la ciocca di capelli. «A questo non so rispondere. Non ho mai visto un Draken, ed è un peccato. Avrei adorato vederne uno.»

«Anche io» ammisi. Immaginavo che un Draken sarebbe stato uno spettacolo feroce ma di sicuro maestoso.

Casteel si avvolse ancora una volta i miei capelli intorno al dito, guardando la pagina. «C'erano dei Ceeren qui? Ah. Non me lo sarei mai immaginato.»

«Perché?» Gli strappai di mano la ciocca di capelli.

Lui mise su il broncio. «Perché nelle vicinanze non c'è il mare o un grande specchio d'acqua. Anche i Ceeren erano in parte mortali e in parte...»

«Popolo d'acqua?» sussurrai, con un tuffo al cuore.

«Immagino che alcuni li avrebbero definiti così. Potevano farsi spuntare le pinne... non come una Lamaea» sogghignò, facendo apparire una lieve fossetta. «Avevano le pinne al posto giusto, ma anche la loro stirpe scomparve prima della guerra.»

Era una coincidenza che Ian avesse scritto una storia su due bambini che diventavano amici di una creatura d'acqua? Avevo sempre creduto che fosse solo frutto della sua immaginazione. Ma forse aveva scoperto i Ceeren.

«Come morirono?»

«Su questo si discute molto. Alcuni degli Atlantiani più anziani sostengono che fu perché caddero in depressione quando Saion si addormentò e persero la voglia di vivere. Altri ritengono che, siccome si mescolarono con le altre stirpi per generazioni, semplicemente non rimasero più Ceeren puri.»

«Spero nella seconda» dissi, anche se era una cosa bizzarra da sperare. «Che siano morti perché un dio si è addormentato è una cosa troppo triste.»

«Vero.» Casteel voltò la pagina. «Questo lo troverai interessante.» Posò il dito in mezzo al foglio. «Senturion.»

Tornai a concentrarmi. «Che cos'è?»

«Un termine generico che indica numerose vecchie stirpi, guerrieri nati e non addestrati.» Posò la mano accanto alla mia. «Ce n'erano a dozzine, e ogni lignaggio era caratterizzato dalle proprie peculiarità, che li rendevano pericolosi da affrontare in combattimento. Molte delle stirpi guerriere si estinsero centinaia di anni prima degli Ascesi.»

«Come?»

«Tutti i regni sono costruiti sul sangue. Atlantia non fa

eccezione» spiegò. «La guerra che pose fine alla maggior parte delle stirpi guerriere iniziò con una rivolta degli Elementali contro la stirpe regnante.»

Mi tornò in mente quello che mi aveva detto Kieran. «Le... le divinità?»

«Qualcuno ha chiacchierato con te.»

«Kieran mi ha parlato di alcune di loro, ma non capisco. Dalle sue parole sembrava che le divinità detenessero un'autorità incontrastata... che fossero figli degli dei e avessero creato gli Elementali.»

«Sono sicura che Kieran lo sosterrebbe.» Casteel sbuffò. «Ma sì, crearono gli Elementali e la maggior parte delle stirpi guerriere, ma viene sempre il momento in cui la creatura cerca di innalzarsi al di sopra del suo creatore. Gli Elementali e diverse altre stirpi orchestrarono un massacro e riuscirono a uccidere numerose divinità, cosa che immagino non fu esattamente semplice. Alcune delle stirpi guerriere si allearono con gli Elementali, altre con le divinità. La guerra non durò quanto quella con gli Ascesi, ma fu assai più distruttiva. Alla fine, quasi tutte le divinità furono uccise, intere stirpi si estinsero, e una divinità mantenne il trono finché, infine, fu messa da parte e uccisa... stavolta per ragioni che non riguardavano le decisioni dei miei antenati su chi fosse più adatto a governare.»

«Ovvero?»

«Ti ho già raccontato il motivo, in passato.» Alzai lo sguardo su di lui, e Casteel inclinò la testa. «Quella divinità creò il primo Vampry.»

«Re Malec? Era una divinità?»

Casteel annuì.

Santi numi, voleva dire che la madre di Casteel era stata sposata a una divinità? «Era in vita sin dall'inizio? O era un discendente di quella stirpe?»

«Era il figlio di due antiche divinità.»

Scossi la testa, avevo la sensazione che il cervello stesse per esplodermi. Questo non mi impedì di porre altre domande. «Che tipo di qualità posseggono questi guerrieri?»

La fossetta sulla guancia di Casteel si fece più profonda mentre rispondeva. «Alcuni erano in grado di sfruttare la terra in battaglia... evocavano vento o pioggia. Appartenevano alla stirpe primordiale. Altri potevano evocare le anime delle persone uccise dal loro avversario. Questi elencati qui sopra...» Il suo mignolo sfiorò il mio, trasmettendomi una scossa che non avevo avvertito quando l'elettricità statica era passata in Kieran. «I Pryo? Questi erano in grado di evocare fiamme per le loro spade. Sotto invece c'è un discendente della stirpe cimmeriana.»

Il suo mignolo scivolò sopra il mio mentre fissavo una parola troppo sbiadita perché riuscissi a leggerla. Annuii.

«Erano in grado di evocare la notte, schermando il sole e rendendo il nemico cieco ai loro movimenti.»

«Sembra tutto troppo... troppo fantastico» ammisi, mentre il suo dito percorreva la linea del mio, risvegliando con forza i miei sensi.

«Vero, ma anche i Wolven lo sono, per molti mortali.» Aveva ragione. «E immagino che lo siano anche gli Empati.»

«Empati?»

«Una stirpe guerriera che si estinse poco dopo la guerra, ma ancora più unica, Poppy. Tutti erano terrorizzati all'idea di affrontarli in battaglia.» Le sue dita scivolarono sulle mie, e io alzai gli occhi su di lui. «Erano i favoriti delle divinità, che erano le sole in grado di compiere ciò che gli Empati sapevano fare: leggere le emozioni altrui e trasformarle in un'arma, amplificandone il dolore o la paura. Mettevano in fuga gli eserciti ancora prima che si levasse una sola spada.»

Mi mancò il fiato.

«È da questa stirpe che suppongo tu discenda, Poppy. O almeno è quella che mi è venuta in mente.» Casteel riportò la mano sulla scrivania. «Guerrieri empati. È l'unica ipotesi che ha senso. Alcuni potrebbero essersi smarriti a Solis, incapaci di tornare ad Atlantia alla fine della guerra, e dunque creduti morti. A un certo punto uno di loro potrebbe avere incontrato un mortale, anni e anni dopo, oppure è accaduto al figlio di due Empati, dando così vita alla prima generazione da cui poi sei nata tu, oppure...»

«Oppure uno dei miei genitori era... un guerriero empate.» Sbigottita, non riuscii a muovermi. «I loro occhi avevano un colore tipico? Perché io non ho occhi dorati o nocciola.»

«No. I tuoi hanno il colore di una primavera atlantiana... di foglie baciate dalla rugiada.»

Sbattei le palpebre.

Casteel distolse lo sguardo, schiarendosi la gola. «Comunque, le stirpi guerriere non avevano tratti somatici caratteristici.»

Allora mia madre *o* mio padre avrebbero potuto appartenervi, o essere figli di uno di loro. «È possibile che la Regina Ileana o Re Jalara fossero amici così intimi dei miei genitori e non lo sapessero?»

«È possibile. Ma se uno di loro fosse stato un Empate, avrebbero saputo che cos'erano gli Ascesi.» Appoggiandosi alla mano, Casteel chinò la testa in modo che i nostri occhi fossero quasi alla stessa altezza. «Dunque immagino che fossero di prima generazione. E, come te, non capissero perché non riuscivano a percepire le emozioni degli Ascesi.»

«Ma io non sono in grado di usare il mio dono come arma.»

Il suo sguardo mi percorse il volto. «Le abilità cambiano quando viene introdotto sangue mortale.»

«Come sono morti?» chiesi, per poi comprendere immediatamente la risposta. «Non potevano utilizzare le loro capacità con gli Ascesi, vero?»

«Perché non erano in grado di percepire le loro emozioni o non sapevano farlo. Erano comunque guerrieri eccezionali. Spiegherebbe il tuo talento quasi naturale per le armi.» La sua voce si addolcì. «Erano la stirpe più audace e più coraggiosa di tutte.»

Il mio sguardo si posò sull'inchiostro sbiadito. Guerrieri empati. Potevo davvero discendere da una stirpe così potente da riuscire ad abbattere un esercito prima ancora che la battaglia avesse inizio? Una stirpe favorita dai figli degli dei? Potevo realmente farne parte? Aveva senso. Mi dava la sensazione di avere trovato il pezzo finale di un puzzle. Sembrava *giusto*. Sollevai gli angoli della bocca e sorrisi.

«Bellissima» sussurrò Casteel.

Trasalii e spostai di scatto lo sguardo su di lui. Nel momento in cui i nostri occhi si trovarono, non riuscii più a distoglierli. La sua testa era vicinissima alla mia, la sua bocca perfino più vicina... vicina quel tanto che se avessi inclinato il capo e mi fossi sporta di qualche centimetro, le nostre labbra si sarebbero toccate. Il cuore iniziò a battermi forte. Era quello che volevo? Oppure no? Non mi mossi per aumentare lo spazio tra noi. I miei occhi cominciarono a chiudersi...

Casteel si scostò, voltandosi verso la porta. Si allontanò dalla scrivania proprio mentre qualcuno bussava. «Entra.»

Naill fece il suo ingresso, la mano posata sulla spada. «Una delle sentinelle ha segnalato che abbiamo compagnia. Vengono dalle strade occidentali.»

«Chi?» domandò Casteel.

«Gli Ascesi.»

14

Ero già balzata in piedi quando Casteel si voltò verso di me. «Dobbiamo andare» disse.

Feci per aggirare il tavolo ma mi fermai. «Aspetta.» Presi il libro e lo rimisi dove lo avevo trovato, dietro agli altri registri.

Casteel mi osservò in silenzio, poi, quando aggirai di nuovo il tavolo, mi prese per mano.

Come avevano fatto gli Ascesi a scoprire che ero scomparsa? Soprattutto, come avevano fatto ad arrivare così presto vista la tempesta che stava infuriando? Aveva toccato solo i lati occidentali, ma dovevano aspettarsi che ci rallentasse.

«Sono già entrati nel cortile» ci avvertì Naill appena lasciammo la biblioteca. La notizia mi fece sprofondare lo stomaco.

«Fate attenzione» rispose Casteel. Naill annuì seccamente e si dileguò. «Seguimi» disse Casteel rivolto a me.

Mi guidò in silenzio in un labirinto di corridoi poco illuminati che sembrava quasi pensato apposta per essere una trappola, finché giungemmo a una vecchia porta di legno: Casteel la spalancò con il braccio e ci ritrovammo nelle cucine. I presenti si scostarono per lasciarci passare e si inchinarono alla vista del principe, ma i loro volti mi apparvero solo come macchie sfocate.

«Gli Ascesi sono qui» avvertì lui, e gli rispose un coro di ansiti. «Nascondete i bambini ai piani bassi e diffondete la notizia, ma non tentate di affrontarli.»

Un uomo anziano si fece avanti e si batté il pugno sul petto. «Da sangue e cenere.»

Casteel imitò il suo gesto. «Noi risorgeremo.»

Prima che raggiungessimo la porta sul fondo della cucina se ne erano già andati tutti. Dietro la porta c'erano le stalle: l'aria gelida ma immobile mi colpì mentre alzavo il viso per guardare il cielo, dove la luce del giorno aveva già lasciato il posto alla notte. Ci dirigemmo verso gli alberi, e nessuno dei due disse nulla finché non fummo sotto i rami carichi di neve. E in quel momento realizzai davvero, per la prima volta, quanto era cambiata la mia vita.

Stavo scappando dagli Ascesi.

Non verso di loro.

Casteel mi prese per mano e mi guidò nell'oscurità del bosco.

Quando aprii bocca il mio respiro formò nuvolette di nebbia. «Dove stiamo andando?»

«Ce ne stiamo qui fuori, finché non mi sarò fatto un'idea di quello che sta succedendo.» Casteel afferrò un ramo troppo basso e lo scostò perché potessimo passare.

Gli restai vicina. All'inizio rimanemmo ai margini della foresta, ma dopo un po' mi resi conto che eravamo penetrati più in profondità, perché ci ritrovammo dalla parte opposta della fortezza e puntammo di nuovo verso le mura. Era passata forse mezz'ora quando cominciai a sentire freddo. Rabbrividii e ritirai la mano libera all'interno della manica.

«Mi dispiace» borbottò Casteel. «Vorrei ci fosse stato il tempo di prendere un mantello, o almeno i tuoi guanti.»

«Va tutto bene.»

Lui mi fissò, ma non riuscii a decifrare la sua espressione.

Proseguimmo verso la fortezza, ma a un certo punto Casteel mi fece fermare. «Aspetta.»

Il suo tono mi mise in allarme. «Che c'è?»

Casteel alzò il mento. «Sta succedendo qualcosa.»

«Cosa?» Seguii la linea del suo sguardo, cercando di aguzzare la vista tra gli alberi. «Io non ho i tuoi occhi super speciali da Atlantiano.»

«E sono certo che la cosa ti fa bruciare di invidia.»

In effetti era vero.

«Non dobbiamo fare rumore.»

Obbedii, cosa che probabilmente lo lasciò costernato. Ci avvicinammo in silenzio al limitare del bosco, e quando gli alberi si diradarono vidi che il cortile era illuminato, molto più di quanto lo avessi mai visto prima.

E non era vuoto. Nemmeno lontanamente.

Casteel si arrestò di nuovo, ma questa volta mi strattonò per segnalare di mettermi in ginocchio accanto a lui. Il gelo della neve filtrò attraverso la stoffa dei miei pantaloni. Osservai gli uomini a cavallo con un senso crescente di disagio: ce n'erano a dozzine, e una buona metà stazionava intorno a una carrozza senza finestrini che alla luce delle torce sembrava quasi nera. Ma non mi servivano occhi atlantiani per capire che non era veramente nera, né un'illuminazione migliore per distinguere il simbolo dipinto sulla sua fiancata.

I mantelli che avvolgevano le spalle coperte dall'armatura non erano bianchi, bensì neri, e la carrozza era color cremisi, con il simbolo di un cerchio trapassato al centro da una freccia. Lo Stemma Reale.

Quelle non erano guardie reali: erano *la* Guardia. I Cavalieri Reali.

«Hanno portato i cavalieri» sussurrai. Era ovvio, ma lo

dissi soprattutto perché avevo bisogno di sentirlo dalla mia voce per credere a quello che avevo davanti agli occhi. Non avevo mai visto un cavaliere fuori dalla capitale.

«Già, hanno portato i cavalieri.» Il tono del principe era piatto, ma allo stesso tempo tagliente come una lama. Lasciò andare la mia mano. «Dunque, che cosa intendi fare, principessa?»

Mi sentii addosso il peso del suo sguardo, ma in quel momento le porte situate nelle mura si aprirono e due cavalieri con le mani appoggiate sull'elsa della spada, pronti a brandirla all'occorrenza, spinsero gli abitanti della fortezza nel cortile e li fecero mettere in riga. Un misto di incredulità e confusione mi rimescolò lo stomaco: riconobbi subito Elijah e Magda, perché erano i più vicini alle torce. Per una volta l'uomo stava zitto, e teneva le braccia incrociate sull'ampio torace. Non vidi Kieran, Naill o Delano, ma le persone che venivano messe in fila erano almeno due dozzine e... oh dei, c'erano anche bambini, che tremavano senza mantello nell'aria gelida, sotto il cielo da cui continuava a cadere una neve sottile. E se Alastir e i suoi fossero tornati in quel momento? Verosimilmente avrebbero visto quello che stava accadendo prima di essere avvistati a loro volta.

«Vorresti forse correre da loro?» chiese Casteel a bassa voce. «Urlare e avvertirli della tua presenza?»

«Perché dovrei fare una cosa del genere?» Mi voltai di scatto a guardarlo. «Ho accettato la tua proposta e declinato l'offerta di Alastir.»

«Ma ora gli Ascesi sono qui. Di fronte ai tuoi occhi.»

«Vero.» La frustrazione mi costrinse a dire la verità. «Tuttavia la mia decisione non cambia. Ho più possibilità di raggiungere mio fratello con il tuo aiuto che con il loro.»

Qualche genere di emozione fece tremolare i suoi lineamenti. «Ancora non riesco a credere che tu abbia provato a farlo da sola. Non hai la minima possibilità di farcela senza aiuto, Poppy.» Poi raddrizzò la testa e socchiuse gli occhi. «A meno che *non* avessi in mente di farlo da sola. Santi numi, stavi cercando di farti trovare dagli Ascesi? Era questo il tuo piano quando sei fuggita, rivelare alla prima persona che avresti incontrato che eri la Vergine? Pensavi che a quel punto ti avrebbero scortata dritta alla capitale, da lui? Se è così, sei immensamente più avventata di quanto avessi mai supposto.»

Esalai un brusco respiro inferocito. «Ho pensato che, una volta arrivata dove volevo, sarebbe stato più facile sfuggire a loro che a te.»

Casteel mi fissò come se mi fosse spuntata una seconda testa. «Una volta arrivata dove volevi, Poppy, saresti stata dove *loro* ti volevano, sola e indifesa.»

«Come se fosse diverso dalla situazione in cui sono con te.» Strinsi le labbra e tornai a voltarmi verso la fortezza. Uno dei cavalieri stava smontando.

«Non sei indifesa con me» ribatté lui, «tutto il contrario. E non sarai mai sola.»

Il cuore mi perse un battito, ma lo ignorai con tutte le mie forze.

«E, nel caso te lo stessi domandando» proseguì lui in un ringhio, «il tuo piano sarebbe andato incontro allo stesso miserevole fallimento della tua scappatella nei boschi.»

«E ti sembra il momento buono per ritirare fuori una cosa che adesso non ha alcuna importanza?»

«Per me ne ha.»

«Be', ti sbagli.»

«Mi sbaglio molto di rado.»

«Oh dei, penso che tenterò sul serio la sorte con gli Ascesi piuttosto che restare qui un solo secondo di più.»

«Allora è il tuo giorno fortunato. Sono proprio lì: vai, di' loro chi sei.»

«E me lo lasceresti fare?» ringhiai a mia volta girandomi verso di lui.

«Che ne sai tu di cosa ti lascerei o non ti lascerei fare?» I suoi occhi quasi sfavillavano di rabbia. «Ma stavolta hai ragione: non ti *lascerei andare*, perché non voglio dover incidere il tuo nome in mezzo agli altri sul muro.»

Lo fissai negli occhi ed ebbi un brivido. Lui imprecò e riportò lo sguardo sulla fortezza.

Il cavaliere che era smontato stava parlando: evidentemente non era di quelli che avevano fatto il voto del silenzio. «Questi sono tutti gli abitanti della fortezza?»

«Tutti e anche qualcuno in più» rispose Elijah. «Abbiamo giusto finito di cenare e stavamo parlando con quelli appena rientrati.»

«Interessante.» Il cavaliere andò a fermarsi di fronte a lui. «Tuttavia, il lord che sovrintende Nuovo Nido non si trova da nessuna parte nella fortezza?»

Dunque... non erano qui per me? Cercavano Lord Halverston? Il mio sguardo corse alla carrozza. Perché mai un Asceso era venuto fin lì, e accompagnato da cavalieri?

«Come ho già detto» rispose Elijah, «Lord Halverston si è recato a caccia con molti dei suoi uomini.» Ma si trattava di una menzogna: Lord Halverston era un Asceso ed era morto, come tutti gli altri Ascesi che un tempo occupavano quel luogo. «Se n'è andato già da varie notti, ma tornerà presto. Ha un capanno di caccia...»

«Abbiamo controllato il capanno nella brughiera» lo interruppe il cavaliere. «Non c'era nessuno. E sembra che nessuno ci vada da parecchio tempo.»

Elijah non batté ciglio. «Se non è lì significa che ha deciso di accamparsi da qualche altra parte. Era emozionato quando è partito, non parlava d'altro da giorni. Diceva che il brivido della caccia gli era mancato per troppo tempo.»

Quell'uomo era un bugiardo davvero convincente.

Ma non abbastanza.

«Ah, è così?» La voce del cavaliere grondava scetticismo.

«Sì» confermò Elijah. «E, a voler essere del tutto onesti, non apprezzo molto che dubitiate in questo modo della mia sincerità.»

A voler essere del tutto onesti, di sincerità ne aveva offerta ben poca.

«Così come non apprezzo» proseguì Elijah, «che voi e i vostri cavalieri con queste eleganti armature nere e gli ancor più eleganti mantelli dello stesso colore vi presentiate qui nel cuore della notte e trasciniate tutti fuori al freddo... inclusi i bambini, che non vedo proprio di che utilità potrebbero esservi.»

«Attento, Elijah» sussurrò Casteel.

La porta della carrozza si spalancò senza produrre suono e ne uscì una voce suadente, quasi amichevole. «Chiunque viva a Nuovo Nido può essere utile, se adeguatamente motivato.»

Magda posò una mano sul braccio di Elijah, evidentemente per zittirlo.

«D'altronde, per dei sudditi del Regno di Solis fedeli al re e alla regina anche una motivazione minima dovrebbe essere sufficiente.» Finalmente l'Asceso apparve alla vista, e riconobbi subito il volto a mezzaluna e i lunghi capelli di un nero corvino.

«Lord Chaney» sussurrai, appoggiando la mano alla corteccia di un albero. L'Asceso non aveva né mantello né guanti: solo una tunica pesante e pantaloni scuri. «Viene da Masadonia. Perché mai dovrebbe essere qui in cerca di Halverston?»

Non aveva nessun senso, a meno che... non mi fossi sbagliata nel pensare che fossero venuti per il lord di Nuovo Nido.

Casteel non rispose. Lo guardai e il mio disagio crebbe: aveva il mento abbassato, la mascella serrata, lo sguardo fisso in avanti e la mano stretta sull'impugnatura della spada corta.

«L'assenza di Halverston mi preoccupa, ragion per cui si dovrà indagare approfonditamente» continuò Chaney. Riportai lo sguardo su di lui. «Ma sono venuto qui per una questione assai più importante, di cui è necessario occuparsi prima di tutto. So che non ci siamo mai incontrati in precedenza, dunque mi sembra fondamentale informare tutti voi che, a differenza dei cavalieri, io possiedo pochissima pazienza quando si tratta di gestire sudditi poco disposti a collaborare.»

«Non penso che i vostri cavalieri ne possiedano molta di più» fu la risposta di Elijah.

Chaney ridacchiò, un suono gelido almeno quanto il vento che continuava a spargere neve sul terreno. Non conoscevo bene quel lord: di solito era presente agli incontri del Consiglio e a volte, mentre giravo di nascosto per il castello, lo avevo visto in compagnia del duca o della duchessa. In generale tutti gli Ascesi mi davano i brividi, ma Chaney mi era sempre sembrato abbastanza cortese: mi salutava con un cenno quando ci incontravamo per caso, non mi fissava mai e, da quello che sapevo, era educato anche con la servitù.

«Allora prendete nota del fatto che io lo sono persino di meno.» L'Asceso si fermò di fronte a un bambino, quello che avevo visto correre da una casa all'altra al mio arrivo a Nuovo Nido e fuori dalle stalle la notte in cui avevo scoperto la verità su Casteel. «Se ho ben capito, i visitatori sono arrivati poche notti or sono.»

Mi irrigidii. Dovevano essere venuti per me, non c'era altra spiegazione. Come avevano fatto altrimenti a sapere così in fretta che ci trovavamo lì?

«Avete capito male, mio signore» rispose Elijah. «Non ci sono nuovi arrivati qui. Solo le persone rientrate alla fortezza.»

Il lord superò Elijah, le mani allacciate dietro la schiena, e si fermò di nuovo, questa volta davanti a un anziano che sosteneva con il braccio un altro uomo. Quest'ultimo sembrava reggersi in piedi a stento. «Mi trovo qui su incarico della Corona.» L'Asceso lanciò un'occhiata al di sopra della spalla in direzione di Elijah. «Per cui mi auguro vivamente che nessuno abbia intenzione di mentirmi, perché sarebbe come mentire al re e alla regina in persona, ovvero un atto di alto tradimento. Sebbene i sovrani si comportino il più delle volte come benevoli benefattori, rimangono pur sempre i nostri signori. È chiaro questo?»

«Cristallino» rispose stoicamente Elijah.

«Molto bene.» Rimanendo dov'era, Chaney girò su se stesso per fronteggiare Elijah e sciolse le mani. «So per certo che un gruppo di visitatori è giunto di recente. Io li chiamo visitatori, ma potrebbero essere gli stessi a cui ti sei riferito come *le persone rientrate alla fortezza*. Su questo punto non ho intenzione di insistere. Insieme a loro viaggia una giovane donna: dove si trova adesso?»

Esalai un brusco respiro e fui invasa da una gelida sensazione di orrore.

Fu Magda a rispondere. «Non c'erano donne tra quelli rientrati di recente, mio signore.»

Chaney si voltò verso di lei, ma era troppo lontano perché riuscissi a decifrare la sua espressione. Affondai le dita nella corteccia. Nonostante sapessi già quale sarebbe stato il risultato, aprii i miei sensi e creai un canale tra me e il lord.

Non sentii nulla. Un vuoto vasto, senza fine. Era la stessa sensazione che un tempo provavano i guerrieri empati, il cui talento era stato tanto più potente del mio? Sul serio gli Ascesi non provavano alcuna emozione mortale? Spostai i miei sensi su Elijah e subito mi si accapponò la pelle: l'uomo bruciava di una rabbia incandescente, a cui si mescolava il sapore ferroso di una determinazione incrollabile. Elijah non provava la minima traccia di paura. Mi ritirai.

Chaney schioccò le dita. Un cavaliere venne avanti e

aprì la porta della carrozza. Corrugai la fronte: dall'interno emerse una sagoma snella, con le spalle curve e la testa china.

«Oh, dei» ansimai, tirandomi indietro così in fretta che persi l'equilibrio.

Casteel mi afferrò. «Attenta.»

«È la signora Tulis» mormorai, esterrefatta.

«Adesso devi nasconderti.»

Si accinse a farmi voltare, ma io puntai i piedi. «No.»

«Non c'è bisogno che tu veda» insistette lui.

E invece c'era.

Dovevo vedere.

Casteel imprecò, ma non tentò più di mandarmi via.

La povera donna, che indossava solo un abito logoro e prossimo a cadere a pezzi, si allontanò di qualche passo dalla carrozza, tremando al punto che mi domandai come facesse a rimanere in piedi. Il vento le scompigliava i capelli legati, sollevando le ciocche sfuggite al nodo. Teneva le braccia strette intorno al petto... *braccia vuote*.

«Dov'è suo figlio?» chiesi. Guardai Casteel, ma lui scosse la testa.

«Dimmi di nuovo» le chiese Chaney fermandosi ancora una volta, «chi è arrivato qui alcuni giorni fa?»

«L-la Vergine» balbettò lei in risposta, e il cuore mi sprofondò nel petto. «La Pre-Prescelta. È arrivata insieme ad altre persone, da Masadonia.» Fece un passo barcollante in direzione di Elijah. «Mi dispiace. Mi ha...»

«È sufficiente, signora Tulis.» Bastarono quelle due parole di Chaney e la donna si zittì all'istante, raggomitolandosi ancora di più su se stessa. «Sono sicuro sappiate tutti chi è la Vergine. Era diretta alla capitale, sotto scorta, e penso sappiate anche che Nuovo Nido non è sulla strada che si usa abitualmente per andare laggiù. Fermarsi qui non faceva parte del programma.»

«Non c'è nessuna Vergine qui» disse Elijah. «In nessun senso della parola.» Alcuni intorno a lui ridacchiarono.

«La sua linguaccia prima o poi lo farà ammazzare» sibilò Casteel.

Temetti che sarebbe stato più prima che poi, quando vidi Chaney prendere un lungo respiro. «Stai dunque dicendo che questa donna mi ha mentito?»

«Ho solo detto che nella fortezza non c'è nessuna Vergine» replicò Elijah, il che tecnicamente era vero.

Chaney annuì. «Molto bene.» Poi si mosse con la velocità tipica degli Ascesi, pari quasi a quella di un Atlantiano: un attimo prima si trovava a diversi metri dalla signora Tulis, un attimo dopo era dietro di lei, la mano affondata nei suoi capelli. Le strattonò la testa di lato, e nell'aria echeggiò un orribile *crack*.

Barcollai in avanti e mi tappai la bocca con la mano per soffocare il mio stesso grido. Elijah si mosse come se volesse lanciarsi sul lord, ma si immobilizzò quando vari cavalieri sguainarono le spade.

Non potevo credere ai miei occhi. Chaney aprì la mano e il corpo della signora Tulis si accasciò ai suoi piedi come una bambola senza ossa. Anche se avevo visto la sala sotterranea con tutti quei nomi sul muro non ero preparata a quello che era appena accaduto di fronte a me. Come avrei potuto esserlo? L'Asceso le aveva spezzato il collo, così, come se niente fosse. Come se la sua vita non avesse avuto il minimo valore. Abbassai lentamente le braccia.

«Perché?» chiese Magda, le mani premute sul ventre rotondo. «Perché lo avete fatto?»

Lord Chaney scavalcò il cadavere come avrebbe fatto con un cumulo di rifiuti senza importanza. «Aveva mentito. Non dovevo forse punirla?»

Oh, dei. Un brivido mi scosse da capo a piedi. La signora Tulis non mentiva, e Magda lo sapeva bene. Lo sapevano tutti.

«A meno che non siate voi a mentire» proseguì il lord. «E l'unica ragione che potrei darmi per una cosa del genere è che alcuni di voi, o magari tutti, siano dei Caduti. Proprio come lo era la donna che avete accusato di essere una bugiarda. Un tempo viveva a Masadonia, era scomparsa insieme al marito e al figlio appena prima del Rito, ma non prima di avere chiesto pubblicamente di poter rifiutare il Rito stesso ed essersi sentita rispondere di no. Ha ricevuto una morte meritata e rapida.»

Una morte meritata? Non potevo credere alle mie orecchie. Come era riuscito il lord a mettere le mani su di lei mentre si trovava a Nuovo Nido? E che fine aveva fatto Tobias?

«Ma torniamo al nostro problema principale. La Vergine è di fondamentale importanza per il regno, e vale più di ciascuno di voi.» Chaney fissò le persone in fila. «Dove si trova?»

Nessuno aprì bocca.

Chaney lanciò un'occhiata all'unico cavaliere che aveva parlato, il quale, senza una parola, scattò in avanti e affondò la spada nello stomaco di uno degli uomini in fila.

Casteel sobbalzò e un'ondata di orrore mi investì, ma un istante dopo il principe si fermò, ringhiando dal fondo della gola. L'aria stessa intorno al suo corpo vibrava di furia, e i miei sensi si riscossero quando l'agonia dell'uomo dilagò attraverso il cortile: mi sentii stringere la gola e dovetti combattere disperatamente contro l'impulso di connettermi a lui. Non potevo fare una cosa del genere. Mi avrebbe sopraffatta.

L'uomo barcollò, ma non gridò e nemmeno gemette. Nella mia mente immaginai un enorme paio di forbici che recideva tutte le linee che i miei sensi stavano tentando di lanciare verso di lui, verso Casteel e verso tutti gli altri presenti. La rabbia saturava l'aria, più pesante della neve stessa, e io tremai nello sforzo di tenerla fuori da me prima che il bisogno terribile di lenire le sofferenze di quell'uomo e la paura e la rabbia degli altri mi soverchiassero.

Prima di combinare qualcosa di ancora peggiore di ciò che era appena successo.

Non una delle persone in piedi nel cortile mosse un solo muscolo quando il moribondo rialzò la testa e sputò in faccia al cavaliere.

Quest'ultimo torse la spada nel suo corpo e poi la liberò. Una cascata densa e scarlatta uscì dallo stomaco dell'uomo e scorse giù per una gamba.

«Fottiti» sibilò l'uomo tra i denti.

La spada calò di nuovo su di lui, di taglio, staccandogli la testa dal collo. La gente intorno ansimò, o almeno così credetti, perché il sangue mi pulsava nelle orecchie con la forza di un tuono. Forse ero stata io l'unica ad ansimare.

Casteel si rialzò, le mani che si aprivano e si chiudevano. Un muscolo guizzò sulla sua mascella. Stirò il collo da un lato, poi dall'altro, infine tornò a inginocchiarsi accanto a me.

Sentii la bile che mi saliva in gola mentre guardavo il cavaliere pulirsi lo sputo dalla guancia con il dorso della mano libera.

«Lo ucciderò con le mie mani» promise Casteel con voce ancora più gelida dell'aria che respiravamo. «Lo ucciderò lentamente e dolorosamente.»

Un altro cavaliere si fece avanti, afferrò il ragazzino che avevo visto correre in giro la mia prima sera a Nuovo Nido e gli premette la punta della spada alla gola.

Mi si fermò il cuore.

«È così che sono veramente.» Casteel mi prese per il mento e mi girò il viso verso di lui. «Questi sono quelli che pensavi sarebbero stati più facili da manipolare. Quelli da cui sarebbe stato più facile scappare.»

Tremai.

Gli occhi di Casteel si piantarono nei miei. «Lo so. Lo *capisco*. Anche dopo tutto quello che ti ho detto e ti ho mostrato sugli Ascesi, vederlo con i tuoi occhi è tremendo.» Poi la sua voce si ammorbidì. «Fa sempre un altro effetto.»

Era vero.

Chaney si stava rivolgendo di nuovo alle persone in fila. «Se avete nascosto la Vergine da qualche parte, dovete solo dirmi dove. Indicatemi dove si trova, niente di più. È facile. Dimostratemi che ci tenete alle vostre vite.»

«E a quel punto cosa accadrebbe? Ve ne andreste e basta? Sul serio volete farci credere che ci lascereste andare?» La voce di Elijah era un ringhio. «Ho avuto momenti di profonda stupidità nella mia vita, ma non sono mai stato *così* stupido.»

Chaney ridacchiò. «Quest'ultimo punto è tutto da dimostrare.»

«Può darsi» replicò Elijah, e persino io sentii distintamente il ghigno di scherno nella sua voce. «Ma in questo momento non sono io quello che si nasconde dietro un bambino.»

L'Asceso si immobilizzò. Mi si drizzarono tutti i peli sulla nuca.

«Stai velatamente suggerendo che io sia un vigliacco?» chiese Chaney.

«Lo avete detto voi.» Elijah sciolse le braccia conserte. «Non io.»

Casteel mi costrinse di nuovo a distogliere lo sguardo mentre allungava l'altra mano verso uno stivale. «Avrei voluto che tu non dovessi assistere a nulla di tutto questo.»

Non mi diede il tempo di reagire. Si mosse talmente veloce che arrivò al margine del bosco nel tempo che io impiegai a sbattere le palpebre.

Mi occorse un altro secondo per rendermi conto che lo spazio che aveva lasciato libero accanto a me non era vuoto: su un cuscino di neve e foglie secche c'era un pugnale con la lama color del sangue e l'impugnatura di osso lucido. Un pugnale d'osso di Wolven. Il *mio* pugnale Wolven.

Lo raccolsi con mano tremante: il peso familiare mi rassicurò. Cercai con gli occhi Casteel che scivolava tra gli alberi come un'ombra. Da quanto tempo teneva il pugnale con sé? E perché me l'aveva restituito proprio in quel momento?

Perché il diaspro poteva uccidere un Asceso.

Mi aveva lasciato un'arma da usare nel caso gli Ascesi fossero riusciti a raggiungermi.

«Cercate la Vergine?» urlò Casteel, e il lord si voltò di scatto. Vari cavalieri si mossero per mettersi al suo fianco.

Chaney piegò la testa di lato osservando Casteel che avanzava nel cortile. «E tu chi diavolo saresti?»

«Chi sono io?» Casteel ridacchiò, come se avesse sentito una battuta. «Tu chi pensi che io sia?»

Mi alzai lentamente in piedi, appoggiandomi alla base di un albero. Feci per aggirarlo, ma mi arrestai quando una macchia di pelo fulvo apparve fulminea dall'area delle stalle. *Kieran*. Lo vidi saettare lungo la parete e sparire tra le ombre.

«Non ne ho idea» rispose Chaney. «Forse qualcuno sa rispondere alla mia domanda? Lo spero davvero: sarebbe triste vedere una vita giovane come la tua troncata così presto.»

Strinsi le dita sull'impugnatura d'osso e ripresi ad avanzare con estrema cautela. Spostai lo sguardo sul cavaliere: potevo arrivargli alle spalle prima che mi notasse, o prima che il lord gli ordinasse di uccidere un altro innocente? Bastava che facesse un cenno con la testa e il bambino sarebbe morto.

Un lieve fruscio di foglie calpestate mi fece voltare di lato: accanto all'albero a cui mi ero appoggiata un attimo prima c'era un grosso Wolven dalla pelliccia talmente candida che quasi si confondeva con la neve.

All'improvviso mi tornò alla mente il ricordo di me che giacevo sanguinante nella cella dopo l'attacco guidato da Jericho. Un Wolven bianco mi aveva toccata con il naso e poi aveva ululato. Avevo pensato fosse Kieran: invece doveva essere il lupo che avevo ora davanti.

Doveva trattarsi di Delano.

Il lupo mi fissò con occhi azzurri che splendevano tra le ciocche di pelo candido, emise un brontolio e si avvicinò. La sua testa superava la linea della mia vita, e quando mi fu vicino provai l'impulso assurdo di accarezzarlo tra le orecchie. Non lo feci: non sarebbe stato appropriato.

Casteel si fermò al centro del cortile con le braccia lungo i fianchi. «In effetti so rispondere alla tua domanda. La Vergine è qui.»

Mi fermai dov'ero, paralizzata.

«Davvero?» Lord Chaney giunse le mani e guardò la gente in fila. «Era dunque così difficile? Ho fatto una domanda e ho ricevuto una risposta.»

«Ora dovreste chiedergli come fa a sapere che la Vergine è qui» disse Elijah con un sorrisetto. Magda fece un passo indietro.

Mi mossi seguita da Delano, mentre Lord Chaney fissava di nuovo lo sguardo su Casteel, e raggiunsi il limitare degli alberi. Mi fermai proprio quando Chaney chiese: «Non ti sei ancora presentato. Risponderai anche a questa domanda?».

«Sono un figlio del Primo Regno.» La voce di Casteel risuonò come quella della neve e del vento. A uno a uno, i cavalieri si voltarono nella sua direzione, come investiti da un'onda. «Creato dal sangue e dalla cenere di tutti coloro che sono caduti prima di me. E da sangue e cenere risorgo per reclamare ciò che mi appartiene. Io sono colui che voi chiamate l'Oscuro.» Un brivido mi fece vibrare la pelle. «Sì, ho preso io la Vergine. E non intendo ridarvela indietro.»

E Lord Chaney *mutò*.

Qualunque parvenza di civiltà svanì da lui in un soffio. Il viso si contorse, gli zigomi si fecero più acuti, la mascella cadde verso il basso e gli occhi si accesero della luce di due tizzoni accesi... *come gli occhi di un Craven.* Arretrai incespicando e andai a sbattere contro Delano. E vidi...

Ancora una volta vidi la verità.

L'Asceso snudò le zanne, soffiò come un serpente fuori misura e si rannicchiò su se stesso.

«Le mie sono più grosse delle tue» fu la risposta di Casteel, che continuò ad avanzare.

A quel punto anche i cavalieri *mutarono*, o almeno lo fece la metà di essi: le loro labbra si ritrassero scoprendo canini allungati e io ebbi la sensazione che la terra tremasse sotto i miei piedi, anche se allo stesso tempo il mondo intero pareva essersi fermato. C'erano degli Ascesi nell'Esercito Reale. Una cosa inaudita. Solo i nobili potevano ascendere: questo era ciò che mi era sempre stato detto...

E si trattava solo di un'altra menzogna, chiara come il sole sotto gli occhi di tutti i presenti. In quel momento compresi anche un'altra verità: in quel cortile, gli Ascesi non avevano intenzione di lasciare in vita nessuno.

15

Scoppiò il caos.

Metà dei cavalieri caricò Casteel, l'altra metà la gente in fila. Elijah calò i pugni chiusi sul braccio di un cavaliere che aveva alzato la spada: si levarono all'unisono un rumore di ossa spezzate e un ululato di dolore, Elijah si impadronì della spada e la piantò nel suo possessore. Era una lama di diaspro e fece quello per cui era stata creata: penetrò l'armatura nera e affondò nel petto del cavaliere. Poi Elijah la liberò e si voltò per affrontare qualcun altro. Udii nuove grida di dolore e un sibilo acuto, ma non riuscii a staccare gli occhi dal cavaliere.

Mi aspettavo di vederlo crollare a terra come avrebbe fatto un Craven, ma non fu così: sulle sue guance si aprirono delle crepe, che dilagarono sul collo come una ragnatela e affondarono sotto l'armatura e gli abiti. E poi la pelle *andò letteralmente in pezzi.*

La carne venne via a strisce, che si disintegrarono in polvere e furono subito disperse dal vento. In pochi istanti del cavaliere non restarono altro che l'armatura e gli abiti ammucchiati sul terreno.

I Craven non morivano in quel modo. I loro corpi non si

disfacevano. Non era accaduto nemmeno al duca, che tuttavia era stato ucciso con un bastone ricavato dal legno della Foresta di Sangue. E non era successo quando avevo ucciso Lord Mazeen, ma anche in quel caso la lama era stata d'acciaio, non di diaspro.

Fissai il pugnale di osso di Wolven che avevo in mano. Dunque era quello l'effetto del diaspro su un Asceso?

Per una manciata di secondi preziosi rimasi immobile a fissare lo scontro di corpi e lame che ingombrava il cortile e gli schizzi di sangue che macchiavano la neve.

I cavalieri non stavano semplicemente combattendo contro i Caduti: li stavano *aggredendo*. Molti non avevano nemmeno sfoderato le spade, ma usavano solo le zanne e la forza sovrumana. Gli abitanti mortali della fortezza furono sopraffatti quasi subito in un turbinio di volti contorti e zanne che scintillavano alla luce della luna. Gli Ascesi balzavano loro addosso e li gettavano a terra... proprio come avrebbero fatto i Craven. Mi sentii malferma sulle gambe.

Sete di sangue.

Quelli che avevo davanti non lanciavano strida come i Craven e non sembravano cadaveri rianimati, eppure era questo che stavo vedendo: sete di sangue.

Quasi tutti i dubbi che ancora avevo nutrito su quello che Casteel mi aveva detto erano scomparsi quando avevo visitato la camera sotterranea, ma adesso anche gli ultimi residui si dissolsero nel nulla. Quello era il vero aspetto degli Ascesi, e io non avevo mai visto niente di più terrificante in vita mia.

Apparve Naill, non avrei saputo dire da dove. Si avventò su un cavaliere che stava uccidendo un uomo, lo strattonò indietro afferrandolo per il collo e gli affondò la spada corta nella schiena. Purtroppo per la sua vittima era troppo tardi: la vidi cadere al suolo con la gola ridotta in poltiglia.

Delano mi sorpassò di corsa, facendomi riscuotere dal

mio torpore. Con un balzo poderoso atterrò un cavaliere che aveva azzannato al collo una donna. Quest'ultima barcollò via premendosi la mano sulla ferita.

Sbattei le palpebre e mi voltai a cercare Casteel. Lo vidi trapassare con la spada un cavaliere, poi girarsi, abbandonare l'arma e afferrare da dietro la testa di un altro, che si piegò all'indietro. A quel punto...

Mi sfuggì tutta l'aria dai polmoni.

Casteel affondò i denti nel collo dell'Asceso, squarciandolo. Poi gettò di lato il corpo, sputò il sangue che aveva in bocca e si voltò a recuperare la spada dal petto del primo cavaliere, giusto un attimo prima che quello finisse in polvere.

Cercai con lo sguardo Lord Chaney, senza trovarlo, ma individuai il cavaliere che aveva afferrato il bambino: lo teneva ancora con la spada alla gola e lo stava usando come scudo.

Mi sembrò che il pugnale Wolven vibrasse di vita propria nella mia mano, e *finalmente* ripresi ad avanzare. L'istinto sopraffece l'orrore: mi sentii come se fossi stata di nuovo sull'Alzata, o come quando di recente avevo affrontato i Craven. Calma e concentrazione mi pervasero: attraversai di corsa il cortile e puntai verso la carrozza. Con la coda dell'occhio vidi Kieran aggredire un cavaliere che aveva messo Elijah con le spalle al muro, azzannarlo e trascinarlo a terra. Riapparve anche Magda, con in pugno una spada di diaspro.

Raggiunsi il retro della carrozza, rallentai e mi guardai intorno: il cavaliere stava trascinando verso le stalle il bambino, che ora lottava per liberarsi dal possente braccio che gli serrava il collo. Nella luce lunare i suoi occhi sbarrati dal panico incontrarono per un attimo i miei, prima che il cavaliere si girasse dalla parte opposta.

«Continua ad agitarti» ringhiò l'Asceso. «Fa scorrere meglio il sangue.» Mi ero sbagliata. Il bambino non era più uno scudo umano: adesso era cibo. La furia fece scorrere il *mio*, di sangue. Mi staccai dalla carrozza e colmai la distanza tra me e loro mentre afferravo il pugnale per la lama, come Vikter mi aveva insegnato.

Il cavaliere si voltò di scatto, trascinando con sé il ragazzino come una bambola di stracci. Poi levò la spada e i suoi occhi, che nella luce della luna parevano di un rosso prossimo al nero, guizzarono sul mio volto. E si dilatarono. Aveva riconosciuto le *cicatrici*. Sapeva chi ero. Abbassò di qualche centimetro la spada e il suo braccio perse leggermente la presa.

Era la mia occasione.

La colsi.

Il pugnale volò via dalla mia mano roteando nell'aria e la lama si piantò nell'occhio del cavaliere, penetrando nel cervello. La sua mano si aprì in uno spasmo e la spada cadde a terra. Poi cadde anche lui e le crepe dilagarono veloci sulla sua pelle, sottili ma profonde. Quando il corpo andò in polvere sembrò quasi implodere.

«Accidenti» disse il ragazzino, a occhi sbarrati. Si chinò a raccogliere il pugnale dall'armatura vuota e me lo porse. «Lo hai centrato! In un occhio! Come hai fatto? Mi insegni?»

Constatare che non aveva subito nessun trauma mi tranquillizzò. Sorrisi. «Forse...»

«Due al prezzo di uno?» fece una voce alle nostre spalle. «Perfetto.»

Diedi una spinta al ragazzino. «Scappa, nasconditi.» Sperando che mi desse retta, mi voltai a fronteggiare un cavaliere. La sua bocca grondava densi grumi di sangue. Cominciavo a pensare che il voto del silenzio non si applicasse più quando smettevano di nascondere la loro vera natura.

O non gli avevano descritto il mio aspetto, cosa che mi pareva improbabile, o era troppo annebbiato dalla sete di sangue, una spiegazione assai più convincente. In ogni caso snudò le zanne, sibilò e si accucciò per attaccare. Notai che aveva denti simili a quelli dei Craven: non due, ma quattro zanne appuntite, una coppia sopra e una sotto. Corte e facili da nascondere, ma non per questo meno letali.

Mi si avventò addosso con la grazia di un granratto, e io mi preparai all'impatto, sapendo che anche con una lama di diaspro trapassare quell'armatura non sarebbe stato facile. Nell'istante in cui la sua mano mi sfiorò il braccio sgusciai di lato e gli piantai il pugnale nel petto con tutta la forza che avevo. Incontrai resistenza, ma l'impeto stesso del cavaliere giocò a mio vantaggio: la lama penetrò l'armatura e poi la cassa toracica.

Il cavaliere esplose in un urlo di dolore, subito interrotto. Liberai il pugnale e scivolai via mentre apparivano le prime crepe. Non volevo essere troppo vicina quando si sarebbe dissolto in polvere: la sola idea delle sue ceneri che mi arrivavano nei capelli o sulla bocca o – dei! – negli occhi mi dava il vomito.

«Vergine?»

Mi si drizzarono i peli sulla nuca. La voce di Lord Chaney. Mi voltai con il cuore in gola: le zanne non erano in vista e l'espressione placida dell'Asceso aveva lasciato il posto a una di meraviglia. Aveva una ferita sanguinante al petto, qualcuno forse era riuscito a colpirlo con una lama, ma lui era stato più veloce. A farmi sprofondare lo stomaco fu però la vista di ciò che stringeva contro di sé.

Il ragazzino.

Forse non mi aveva ascoltata, o forse non era stato abbastanza rapido. Il lord gli teneva una mano serrata sulla gola e rivoletti di sangue scendevano dai punti in cui le unghie avevano bucato la pelle.

«Mi avevano parlato delle tue cicatrici.» I suoi occhi colmi di fuoco nero guizzarono sul mio pugnale. «Avevo dato per scontato che si trattasse solo di graffi, un piccolo difetto. Ma sei senz'altro tu.»

«Sono io.» Tutti i possibili scenari dell'immediato futuro passarono velocissimi nella mia mente. In quasi tutti il bambino finiva morto a terra, e lo avrei avuto io sulla coscienza. Già troppe persone erano morte o rimaste gravemente ferite per causa mia. Altri nomi che si sarebbero aggiunti a quelli sul muro, e tutto perché gli Ascesi erano venuti a cercare me.

Mi venne in mente un solo modo per far sopravvivere il ragazzino. «Siete venuti a salvarmi.» Quelle parole sapevano di cenere sulla mia lingua. «Siano ringraziati gli dei.»

Lord Chaney mi osservò meglio. «Sicura di avere bisogno di esser salvata? Hai appena ucciso due cavalieri.»

«Uno stava per uccidere il bambino, e l'altro... mi ha spaventata. Pensavo volessero farmi del male. Non avevo idea che ci fossero degli Ascesi tra i Cavalieri Reali.»

Il lord produsse un sorrisetto privo di divertimento. «Non c'è più bisogno di avere paura, Vergine. Sei al sicuro adesso. Metti giù quel diaspro.»

Avevo ancora i capelli dritti sulla nuca. Quella lama era la mia unica difesa contro gli Ascesi: senza di essa mi restava solo il coltello da tavola, che non sarebbe servito a granché. Casteel aveva ragione: se fossi riuscita veramente a scappare la notte precedente, le cose non sarebbero andate per nulla come avrei voluto. Ma non era il momento per le recriminazioni contro me stessa. «State facendo male al bambino.»

Il lord alzò un sopracciglio. Tutto intorno il rumore dei combattimenti continuava. «Davvero?»

Annuii. «Sanguina.»

Chaney non mi staccava gli occhi di dosso. Sapevo che ora non sarei riuscita a lanciare il pugnale, non avevo più l'elemento sorpresa. «È un Caduto, mia cara Vergine.»

«È solo un bambino...»

«Figlio di gente che ha tentato di sequestrarti. La sua incolumità dovrebbe essere l'ultimo dei tuoi problemi. Piuttosto, a essere assai più preoccupante è il fatto che tu stia davanti a me senza alcun velo, e brandendo una lama di diaspro che hai dimostrato di sapere anche usare.»

Fui sul punto di scoppiare a ridere. Solo un Asceso avrebbe potuto pensare che il mio viso scoperto e la mia capacità di combattere fossero assilli più pressanti del destino di un bambino. «È soltanto un ragazzino, e credo anche che sia un secondo figlio» mentii. «È destinato ad ascendere. Non pensate che gli dei non sarebbero contenti se gli dovesse accadere qualcosa?»

«Certamente. Lungi da me il voler suscitare il dispiacere degli dei.» Chaney allentò la presa e il ragazzino respirò affannosamente. Le mani del lord si spostarono sulle sue piccole spalle. «Metti giù il pugnale. Non ti serve più. A quel punto lo lascerò andare e ti porterò via da qui. Ti riporterò dalla regina, che è in tremenda apprensione per te.»

Con il pugnale avevo una speranza. Chaney era più furbo e più veloce dei cavalieri: non mi avrebbe caricata come un cinghiale inferocito. Dovevo essere furba anch'io. Senza il diaspro, però, non avevo la minima possibilità. Certo, non mi avrebbe uccisa: agli Ascesi servivo viva. Ma avrebbe ucciso il ragazzino senza pensarci due volte. Abbassai lo sguardo su di lui. Lo avevo visto urlare: «Da sangue e cenere!» davanti alle stalle mentre gli altri chiedevano a gran voce di rimandarmi dalla regina a pezzetti. Ma era solo un bambino.

Esalando un lento respiro, aprii la mano e il pugnale cadde a terra con un tonfo leggero che mi ricordò il rumore di una porta chiusa. «Sono pronta. Torniamo a casa.» Mi sforzai di tenere ferma la voce. «Riportatemi dalla regina, per favore.»

Lord Chaney sorrise di nuovo. A quella vista mi si gelò lo stomaco. Poi l'Asceso annuì e fu l'unico avvertimento che ebbi prima che un dolore tremendo mi esplodesse dietro la testa e il mondo precipitasse nell'oscurità.

Ripresi coscienza a fatica. La testa mi doleva come se si fosse spaccata in due e mi sembrava di avere un pezzo di cotone asciutto infilato in bocca. Un dondolio brusco e continuo mi costrinse ad aprire gli occhi, ma non vidi altro che una nebbia rossastra.

Sbattei le palpebre finché la mia vista non si schiarì. La luce di una lampada a gas penetrava attraverso la nebbia. Ero in una carrozza, sdraiata su un sedile imbottito e foderato di stoffa rossa. Inspirai a fondo e per poco non mi misi a tossire: l'aria era densa di acqua di colonia, un sentore pesante e troppo dolce.

«Ben svegliata.»

Ebbi un tuffo al cuore. Lord Chaney. Mi drizzai a fatica: il dolore dietro la testa mi fece contorcere il volto. Mi toccai la nuca con dita incerte e trovai un bernoccolo, ma niente sangue, anche se toccare quel punto faceva un gran male. L'Asceso entrò nel mio campo visivo.

«Mi avete colpita» dissi con voce roca.

«Niente affatto» fu la risposta. Chaney sedeva in una posa arrogante, con le braccia appoggiate allo schienale del sedile. «È Sir Terrlynn che ti ha colpita. Un gesto sgradevole, ma necessario.»

«Perché?» Mi diedi una rapida occhiata intorno: non vidi nulla che potesse essere usato come arma, e dubitai che ci fossero lame di diaspro o paletti di legno della Foresta di Sangue nascosti da qualche parte.

In effetti avevo ancora il coltello da tavola. Ma a che sarebbe servito contro un Asceso?

«Dovevamo fare in fretta, e ho avuto l'impressione che tu potessi... rallentarci senza averne l'intenzione.» Il lord cambiò la posizione in cui era seduto e linee di tensione apparvero agli angoli della sua bocca. Appoggiai una mano sul sedile al mio fianco e abbassai lo sguardo: la ferita sul suo petto era ben visibile attraverso uno squarcio nella tunica, una striscia frastagliata di carne rossastra. Aveva l'aria di un taglio profondo. Gli Ascesi guarivano rapidamente, come gli Atlantiani.

«Per quanto tempo sono rimasta priva di sensi?» chiesi. La carrozza non aveva finestrini: non riuscivo nemmeno a capire se fosse giorno o notte.

«Circa un'ora.»

Il mio cuore precipitò. Un'ora? Oh dei! Come avevano fatto a eludere Casteel e a lasciare la fortezza? Il principe doveva aver capito che io ero con loro.

E se avesse pensato che ci ero andata di mia volontà, nonostante tutto quello che avevo visto e sentito? Mi sentii stringere il petto, ma non potevo preoccuparmi anche di quello. Lanciai un'occhiata alla portiera della carrozza: al di là del rumore delle ruote, udii tonfi di zoccoli. Eravamo scortati.

«Se stai meditando di scappare» disse Lord Chaney, «ti sconsiglio vivamente di intraprendere azioni così incaute. Ci stiamo muovendo a velocità sostenuta: nutro dubbi che sopravvivresti alla caduta, e anche in quel caso sappi che non viaggiamo soli. Accanto a noi ci sono Sir Terrlynn e vari altri cavalieri e guardie.»

Presi un brusco respiro e fissai gli occhi color pece del Vampry, reprimendo il moto istantaneo di nausea che mi salì in gola. Rabbrividii: sebbene non avessi veramente considerato di lanciarmi fuori da una carrozza in corsa, stavo davvero cercando una via di fuga. Non sapevo per quanto tempo ero rimasta in biblioteca, ma supposi che mancassero ancora varie ore all'alba, quando il lord e i cavalieri avrebbero dovuto cercare riparo dal sole. La mia occasione per scappare sarebbe arrivata allora.

E dopo?

Non ne avevo idea, ma ci avrei pensato a tempo debito.

Per il momento, la cosa migliore da fare sembrava convincere il lord che ero davvero dalla sua parte.

«Perché pensate che voglia fuggire?» Mi appoggiai allo schienale, intrecciai le mani in grembo e incrociai le caviglie, la posizione che avrei assunto se avessi indossato il velo. Fu come avere una maschera, un travestimento tossico che minacciava di soffocarmi. «Temevo che nessuno sarebbe venuto a cercarmi. Sono sorpresa della rapidità con cui mi avete trovata.»

«Abbiamo occhi ovunque, Vergine.» Chaney si massaggiò con la mano l'area al di sopra della ferita. «Persino nei luoghi più infestati dai Caduti.»

«È così che avete trovato la signora Tulis? La donna che avete... che era con voi?» Era stata seduta proprio in quella carrozza, forse nel punto esatto in cui ora sedevo io. E adesso era morta, stesa sulla terra gelata. Che ne era stato di suo figlio?

Il lord fece un sorriso affilato. «In quel caso è stata pura coincidenza. L'abbiamo sorpresa che camminava nella neve a qualche chilometro da Nuovo Nido, già quasi assiderata. Che idiozia.» Rise, e a me venne voglia di colpirlo così forte da trasformare quella risata nel suo ultimo respiro. «Ha raccontato che l'Oscuro aveva ucciso suo marito.»

La signora Tulis non aveva scelto nessuna delle opzioni offerte da Casteel. Ingoiai una nuova ondata di tristezza e repressi un brivido. Casteel sapeva che se n'era andata? E si poteva forse biasimarla? Probabilmente aveva temuto di incorrere anche lei nello stesso destino.

«Eravamo già diretti a Nuovo Nido» continuò il lord, «solo qualche giorno indietro rispetto a te. Ci eravamo resi conto che molti membri della tua scorta non erano chi avevano detto di essere. I Caduti si sono insinuati fin nei ranghi più alti delle nostre guardie.»

Stava parlando del Comandante Jansen? In effetti aveva

senso che avessero scoperto che aveva aiutato Casteel. E, se era andata così, Jansen era morto.

«Dunque l'abbiamo incontrata per caso, ma ci ha confermato che insieme all'Oscuro viaggiava una donna, che alcuni sussurravano fosse la Vergine.» Chaney deglutì rumorosamente. «Ed era vero.»

«Se sapevate che era sincera, perché l'avete uccisa?» Una parte di me sentiva il bisogno di comprendere le ragioni di un gesto come quello.

«Era fuggita dalla città anziché obbedire all'ordine del Rito.»

Aspettai che aggiungesse qualcos'altro, ma non lo fece. Presi un respiro brusco e quasi soffocai per l'odore della sua colonia. «E suo figlio? Il bambino?»

Lord Chaney sorrise, in silenzio. Non un'altra parola. La vista della curva gelida, inumana, delle sue labbra mi riempì di raccapriccio. Aveva fatto qualcosa al bambino? Chiusi gli occhi per un attimo. Era un pensiero intollerabile, non perché fossi così ingenua da non crederci, ma semplicemente perché mi sembrava impossibile che si potesse sorridere a quel modo dopo avere fatto del male a un bimbo. Eppure c'erano tutti quei bambini che venivano donati ai Templi, e alcuni erano ancora così piccoli... Nessuno li vedeva più, per ragioni che non c'entravano nulla con il servire gli dei.

«Cosa gli è successo?» Riaprii gli occhi. «Anche se i suoi genitori erano Caduti, lui è solo un bimbo.»

«È rimasto alla fortezza.»

La notizia mi diede un briciolo di sollievo. Era poco, ma mi ci aggrappai con tutte le forze: qualunque cosa pur di non vomitare mentre mi costruivo sul viso quella che speravo potesse passare per un'espressione serena, un'aria di fiducia completa. L'Asceso mi osservava... e io osservai lui.

Lord Chaney si poteva senz'altro definire un bell'uomo. Avevo sentito alcune Lady in Attesa, le seconde figlie donate alla Corte per andare incontro all'Ascensione, parlare di lui. Solo non ricordavo fosse così pallido: la sua pelle era talmente svuotata di colore che vedevo tutte le vene bluastre pulsare al di sotto.

«Vi sentite bene?» chiesi. «Quella ferita... sembra grave.»

«Lo è.» Il lord non aveva smesso di massaggiarsi il petto. Quando aprì la bocca, le linee che la circondavano si fecero più profonde. «Penellaphe?»

Sobbalzai nel sentire il mio nome. «Sì, mio signore?»

Chaney non aveva mai battuto le palpebre, non una sola volta da che mi ero svegliata. Una cosa a dir poco inquietante. «Puoi anche smettere di fingere.»

Mi si gelò il sangue. «Fingere cosa?»

Chaney si sporse verso di me e io mi irrigidii. Le sue dita erano immobili. «Dimmi una cosa, *Vergine*. Lo hai accolto volentieri, il bacio dell'Altlantiano? Magari ti è persino piaciuto? O lui ti ha costretta, ti ha forzata a terra e ha preso il tuo sangue senza il tuo consenso?»

Quel maledetto morso. Mi affondai le unghie nei palmi. «No... non l'ho accolto.»

Una scintilla rossa balenò negli abissi neri dei suoi occhi. Proprio come un Craven. Oh, dei.

«Ah no?» disse.

Scossi la testa.

«Dunque l'Oscuro ti ha morsa, ma ora sei qui davanti a me e non sei un Craven. La cosa deve averti sorpresa non poco.»

Diamine, non ci avevo pensato. Come avevo fatto a dimenticarmi che, secondo l'insegnamento degli Ascesi, il morso degli Atlantiani era velenoso? «Certo, ma dopotutto io sono la Prescelta...»

«Inoltre, ci hai visti stanotte nel cortile» mi interruppe lui. «Hai visto che cosa siamo. Eppure non sembri sorpresa. L'unica cosa per la quale hai mostrato costernazione è la morte di quella donna.» Appoggiò una mano sul sedile accanto a me. «Hai detto di essere sollevata che io ti abbia trovata.»

«Lo sono.»

Lui rise a bassa voce. «Non ti credo.»

Tutti i miei sensi mi urlavano di stare all'erta. Lanciai un'occhiata alla sua mano: le vene spiccavano in maniera quasi violenta. Lord Chaney non stava bene. Per niente.

Un attimo dopo lo udii sbuffare sottovoce. «Il re e la regina non saranno affatto contenti.»

Non gli staccai gli occhi di dosso neanche per un secondo. «Per quale ragione? Perché avete ordinato a un cavaliere di colpirmi?»

«Nemmeno questo gli piacerà, è vero, ma penso saranno ben più inquietati nell'apprendere che sei stata compromessa.» Il rosso sfavillò nei suoi occhi, molto più evidente di prima. «Verosimilmente in più di un senso.»

Le implicazioni nel suo tono mi fecero saltare i nervi, e per un istante ricordai che non portavo il velo. «Dovreste essere più preoccupato per voi stesso.» Lo fissai negli occhi. «Non avete un bell'aspetto, Lord Chaney. Forse quella ferita è più grave di quanto pensiate.»

«Quel bastardo Atlantiano mi ha mancato di poco il cuore.» Il suo volto si fece inespressivo. «Ma sopravvivrò.»

«Sono felice di sentirlo» sibilai.

«Ne sono certo.» La carrozza urtò un sasso facendomi sobbalzare, ma Lord Chaney non parve accorgersene. «C'è una ragione per la quale l'incarico di ritrovarti è stato affidato a me. La immagini?»

«Perché siete paziente e generoso?»

La sua risata fu come un'unghia passata sui miei nervi. «Non avevo idea che la Vergine fosse così sarcastica.»

Inarcai un sopracciglio.

«Sono stato scelto perché so chi sei veramente» disse. Io

mi sforzai di aprire le mani, che mi si erano serrate a pugno. «Conosco la verità sul tuo sangue, anzi oserei dire che ne so persino più di te, al riguardo.»

«Ah sì?»

Le sue labbra si aprirono e la vista delle sue zanne mi fece venire voglia di ritrarmi... Una reazione che non avevo mai avuto davanti a quelle di Casteel. «Non immagineresti mai il motivo per cui sei stata prescelta, ma per ora non ha importanza. Lo scoprirai ben presto.»

«Che cosa scoprirò?»

I suoi occhi, che ora erano un caleidoscopio di rosso e nero, si fissarono su di me... no, sul mio collo. «Che grazie a te gli Ascesi entreranno in una nuova era.»

Il disgusto mi fece tremare. «Pensate che non lo sappia già?»

«Tu non puoi arrivare a comprenderne il vero significato. A parte questo, temo tu abbia ragione: la mia ferita è più grave di quanto io dia a vedere. Se fosse stato acciaio, starei già guarendo. Ma era diaspro. Ho ripetuto tante e tante volte al re e alla regina che tutto il diaspro che esiste andrebbe distrutto. Ma temono che, se non ne avessimo più, i Craven finirebbero per sopraffare la popolazione.»

«E non potete permettere che la vostra fonte di cibo venga sterminata, vero?» dissi prima di riuscire a trattenermi.

«L'Oscuro ha chiaramente bisbigliato nel tuo orecchio.» Si passò la lingua sul labbro inferiore. «E altrettanto chiaramente ha fatto anche altro.»

«Quello che ha fatto non ha importanza.» Produssi un sorriso gelido quanto il suo. «Quel che importa, invece, è che io so il motivo per cui sono la favorita della regina, conosco le vostre intenzioni e so che non mi toccherete con un dito. Vi servo in vita, per nutrire e mantenere vivo l'Atlantiano che avete in ostaggio o per creare nuovi Ascesi.»

Il lord piegò la testa di lato. «Su una cosa hai ragione: ci servi viva. Ma nient'altro.» E, prima che potessi elaborare tutto quello che aveva detto, si alzò e si mosse verso di me. E io reagii.

Mi gettai all'indietro e gli sferrai un calcio in pieno petto con lo stivale, scaraventandolo sul sedile.

Lui sbarrò gli occhi e scoppiò a ridere. «Mia cara Vergine, questo davvero non era necessario. Tutto quello di cui ho bisogno è un piccolo sorso, nient'altro. Non serve che il re e la regina lo sappiano: sarà il nostro segreto, che sarà saggio da parte tua conservare, perché...»

Scalciai di nuovo, colpendolo al petto.

Chaney sibilò di dolore. «Davvero poco cortese da parte tua.» Mi spostai e misi mano al coltello. «Stavolta mi hai fatto male.»

«L'intenzione era quella.» Snudai la lama e la tenni ferma. «Se sapeste tutto quello che credete di sapere sul mio conto, avreste già capito che so perfettamente come usare questa. Magari non potrà uccidervi, ma vi farà desiderare di essere morto.»

Gli occhi neri si dilatarono. Si rialzò sul sedile puntellandosi con le mani. «Ma senti senti.» Il suo tono si era fatto conciliatorio, quasi condiscendente. «Non c'è bisogno di minacciare violenza.»

«Ah no?» Senza staccargli gli occhi di dosso, scivolai lungo il sedile, verso la portiera.

I suoi occhi seguirono i miei movimenti. «Hai scordato la velocità a cui stiamo andando? E i cavalieri?»

«Correrò il rischio di finire calpestata. Almeno andrò nella tomba sapendo che voi mi seguirete di lì a poco, non appena il re e la regina sapranno che sono morta per causa vostra.» Allungai una mano verso la portiera...

E Chaney colpì.

Aspettandomi che mirasse al coltello mi tirai indietro, ma quando la sua mano si chiuse sulla mia caviglia capii di aver commesso un terribile errore. Mi strattonò, strappandomi dal sedile: colpii il bordo di quest'ultimo con la schiena e una fitta martellò il mio cranio già dolorante. Caddi malamente nel piccolo spazio sul pavimento della carrozza.

Chaney mi trascinò verso di sé sul fondo sporco e bagnato, senza smettere di ridere un solo istante. «Lottare non serve a nulla...»

Gli afferrai il ginocchio, mi tirai a sedere e sferrai un colpo con tutta la forza che avevo, diretto alla ferita sul suo torace.

Chaney ululò e mi tirò un pugno alla mascella. La mia testa volò all'indietro e gli occhi mi si riempirono di scintille. Il lord ricadde sul sedile stringendosi il petto e io lottai per rimettermi in piedi. La carrozza ebbe un sobbalzo: dondolai prima all'indietro e poi in avanti, mi aggrappai alla sua spalla per non cadere e gli montai sopra. Lui si contorse e rotolò su un fianco, disarcionandomi. Finii contro lo schienale, rimbalzai sui cuscini e mi ritrovai di nuovo sul pavimento, con l'aria che mi perforava i polmoni in mille punture dolorose. Feci per rialzarmi, ma Chaney mi piombò addosso.

«Non riesco a immaginare come facessero i Teerman a tenerti con loro sapendo che cosa sei veramente, senza cedere alla tentazione di un piccolo assaggio. Sei Atlantiana solo per metà, ma il tuo sangue è potente.» Il peso del suo corpo e l'odore della sua colonia erano insopportabili, soffocanti. Mi afferrò il braccio sinistro e se lo portò alla bocca. «Solo un minuscolo morso, e finalmente questo dolore odioso si calmerà...»

«No!» strillai divincolandomi selvaggiamente sotto di lui. Ma tutti i miei anni di allenamento sembravano spazzati via dall'onda del panico. Con la gamba ancora libera scalciai il fondo del sedile, scalciai contro di lui, contro il pavimento, contro i cuscini...

Ma non servì a nulla. I denti del Vampry squarciarono la pelle e penetrarono nella carne del mio braccio.

16

Il mio braccio andava a fuoco.

Le fiamme mi incendiarono il corpo, talmente intense e divoranti che temetti mi avrebbero fermato il cuore.

Avevo paura che fosse già successo, perché stavo bruciando viva, e mentre urlavo premevo le mani sul pavimento, cercando di sfuggire al dolore, a ciò che stava accadendo, ma ogni parte di me ne era invasa. Lo sentivo... sentivo che *lui* stava attirando dentro di sé il mio sangue, facendomi sempre più a pezzi a ogni sorso. Non assomigliava per niente al morso di Casteel. Il dolore non si attenuò. Non svanì. Aumentava a ogni battito di cuore.

L'Asceso gemette e morse più forte, affondandomi i denti inferiori nella pelle. Proprio come un Craven. Proprio come in passato. Come durante *quella notte*, quand'ero troppo piccola e troppo giovane per combattere, troppo indifesa.

La carrozza si fermò bruscamente con uno stridio e Chaney mollò la presa. Giunse un momento di sollievo, durante il quale il bruciore scemò abbastanza da permettere al mio cervello di tornare a funzionare. Con il respiro sibilante, chiusi in uno spasmo le dita sull'impugnatura del coltello. *Il coltello.* Ce l'avevo ancora. Non ero una bambina. Non ero più indifesa. *Muoviti, Poppy. Muoviti.*

Chaney si attaccò di nuovo al mio braccio, e il dolore fu carbone bollente contro la pelle che mi attraversò come una scossa per poi trascinarmi di nuovo nel baratro.

Calai il coltello sulla sua schiena, più e più volte, finché finalmente lui se ne accorse, finalmente reagì con un urlo di rabbia e staccò la bocca da me. Si fece indietro, scostandosi da una parte, e allungò la mano verso l'arma. Aggrappata alla sua spalla, la tenni dov'era, conficcando la lama nella ferita, nel petto, nel volto... ovunque riuscissi ad arrivare. La furia di Chaney si scatenò, divampando quanto la mia. Una nuova ondata di dolore mi esplose lungo il braccio, la guancia, e luci accecanti mi danzarono davanti agli occhi. Urlai, mentre qualcosa sembrava lacerarsi dentro di me. Liberai le mie percezioni, legandole all'Asceso. Nulla. Nulla. Nulla a parte il mio dolore, la mia rabbia. Pulsava martellante dentro di me, attraverso di me, lungo il legame e in tutta la carrozza, diventando una terza entità tangibile. Gli tagliai la guancia e Chaney balzò indietro con uno strillo. Da occhi e orecchie gli uscirono fiotti di sangue. Non mi fermai. Nemmeno quando sul tetto della carrozza risuonò uno schianto. Accoltellai il lord più che potevo, finché gli inflissi talmente tante ferite che le mie mani furono viscide del suo sangue, e del mio sangue, mentre continuavo a conficcare il coltello nel suo corpo, e ancora e ancora...

Lo sportello della carrozza si spalancò e fu strappato dai cardini. L'aria fredda invase l'interno insieme alla notte, e la notte era *furiosa.* Mi travolse con un'intensità così stordente da soverchiarmi, annullando i miei sensi.

E poi Chaney scomparve, insieme al suo peso schiacciante e all'acqua di colonia pesante e troppo dolce, ma io non mi fermai. Accecata da rabbia, dolore, e un panico antico e fin troppo familiare, continuai a pugnalare l'aria, la notte, la sagoma che riempiva lo spazio lasciato vuoto dallo sportello, e infine ciò che apparve sopra di me. Finché una mano mi afferrò per il polso...

«Va tutto bene. Shhh, va tutto bene, Poppy. Fermati. Guardami» disse una voce. «Guardami, principessa.»

Principessa.

L'Asceso non mi avrebbe mai chiamata così.

Ansimando, mi guardai intorno con occhi selvaggi, fissandoli su di lui. Aveva le guance macchiate di sangue. «*Hawke*» sussurrai.

«Già. Sì.» Sembrava scosso e scarmigliato. «Sono io.»

«Non... non volevo andare con lui.» Avevo bisogno che sapesse che *capivo*... che vedevo davvero gli Ascesi per quello che erano, anche prima di risvegliarmi nella carrozza. «Aveva un ragazzino, e io...»

«Lo so. Ho trovato il pugnale d'osso di Wolven nelle stalle. Sapevo che non l'avresti lasciato lì se avessi potuto.» Con delicatezza mi tolse il coltello di mano e lo posò sul sedile. I lineamenti del suo volto, di solito stupendi, sembravano confusi. «E io che pensavo di fare un'entrata a effetto per salvarti. Non sono sicuro che avessi bisogno di essere salvata.»

Non ne ero così certa. I miei occhi vagarono fino a posarsi sul coltello insanguinato. Perfino stordita com'ero, perfino con il pantano che erano i miei pensieri, sapevo che non sarei riuscita a uccidere Chaney. Non ero nemmeno sicura di quanto fossero gravi le ferite che gli avevo inferto. Si sarebbe ripreso in fretta, e mi avrebbe morsa di nuovo. Avrebbe continuato a mordermi, a nutrirsi di me, e...

«Ehi, rimani con me.» La voce morbida di Casteel si intromise nella spirale del mio panico, ponendovi fine prima ancora che mi rendessi conto che vi stavo precipitando. Mi toccò il mento e mi fece distogliere lo sguardo dal coltello. I suoi occhi mi percorsero il viso e indugiarono dove la mascella mi pulsava maledettamente, poi si abbassarono. Il suo volto si irrigidì. «Ti ha fatto del male.»

Sollevare la testa richiese uno sforzo maggiore di quello che avrei creduto. Era stranamente pesante. Abbassai lo sguardo. La parte davanti della mia tunica era strappata e striata di rosso.

«Stai sanguinando» disse con voce rude, toccandomi la pelle sotto l'angolo della bocca. Anche lì mi faceva male, ma poi le sue mani scostarono cautamente la manica sinistra della tunica e Casteel divenne immobile quanto le statue dentro il Castello di Teerman, come se anche lui fosse fatto della stessa pietra calcarea.

I suoi occhi erano schegge di ambra brillante. «Ti ha morso in qualche altro punto?»

«No.» Deglutii, i muscoli a poco a poco meno rigidi. «Fa male. Sembrava il morso di un Craven.» Fui scossa da un tremito. «Non assomigliava per niente a...»

I suoi occhi trovarono i miei, e per un lungo momento mi fissò come se... come se *tenesse a me*, come se fosse pronto a fare qualsiasi cosa per cancellare il dolore che provavo. «Voleva che facesse male.»

«Bastardo» sussurrai, lasciando che il capo mi ricadesse all'indietro.

Casteel fece scivolare la mano sotto la mia testa prima che finisse sul pavimento duro. Volevo ringraziarlo, ma mi faceva male il viso... tutto il mio corpo doleva, e il braccio pulsava e pulsava.

«Avrebbe potuto ucciderti» disse, e per la prima volta da quando lo conoscevo sembrò affaticato. «Sei solo mezza Atlantiana.»

C'era qualcosa di importante in proposito... qualcosa che aveva detto Chaney. Ma i miei pensieri erano come inafferrabili sbuffi di fumo.

«La sete di sangue lo avrebbe consumato, e non si sarebbe fermato. Deve quasi sempre esserci un altro Vampry con loro, per indurli a fermarsi. E a volte non basta neanche quello. Non credevo...» Esalò un respiro stanco, tremante. «Non credevo che ti avrei trovata ancora viva.»

Ancora una volta sembrava preoccupato, ma doveva essere per la ferita alla testa che molto probabilmente mi ero procurata. O magari era per l'adrenalina che stava scemando.

O forse per la perdita di sangue.

«Perché?» domandò.

Costrinsi la mia lingua a muoversi. «Aveva... quel ragazzino. Dovevo fare qualcosa.» Avevo le palpebre troppo pesanti. Era tutto pesante, perfino mentre Casteel mi sollevava dal pavimento della carrozza, tenendomi tra le braccia. «Solo così avrebbe lasciato andare il ragazzino.»

«Ma non lo ha fatto» disse Casteel mentre chiudevo gli occhi, scivolando nell'oblio. «Non lo ha lasciato andare.»

Il viaggio di ritorno verso la fortezza fu una confusione di immagini nebulose, frammenti spezzati di sogni e girandole di stelle. Il volto di Casteel era così vicino al mio che credetti mi avrebbe baciata, ma sarebbe stato un momento bizzarro per farlo. C'erano suoni. Voci che riconoscevo, intrise di preoccupazione. Poi un sapore strano sulla lingua, che mi ricordò spezie, agrumi, neve e Casteel. Il calore di un sole estivo mi invase le vene, e quando iniziò a diffondersi nei miei muscoli e sulla pelle, credetti di sentire un gocciolio d'acqua e un profumo dolce, come di lillà. Ma Casteel era un sussurro pesante contro la mia pelle, poi non ci fu più nulla.

Quando riaprii gli occhi, ero confusa. Riconoscevo le travi a vista del soffitto e il profumo di pino e spezie scure che aleggiava sulla coperta che mi era stata rimboccata addosso, ma non ricordavo come fossi arrivata lì. Spostai lo sguardo sulla luce grigiastra che filtrava dalla finestrella. L'ultima cosa che ricordavo era Casteel che mi trasportava fuori dalla carrozza. C'erano immagini scollegate, cose che non avevano senso per quanto io provassi a darglielo.

«Poppy?»

D'improvviso il cuore mi martellò contro le costole e io voltai la testa verso quella voce.

Casteel si alzò da una poltrona vicino al camino. Era vestito come l'ultima volta che l'avevo visto, tutto in nero. Gli mancavano solo le spade. Si avvicinò lentamente al letto, il volto ripulito dalle macchie di sangue. «Come ti senti?»

Per rispondere dovetti spazzare via le ragnatele che soffocavano i miei pensieri. «Sto... sto bene.» Ed era vero. Mi sentivo come se mi fossi appena svegliata dopo una notte di sonno ristoratore.

Casteel si fermò ai bordi del letto, inarcando un sopracciglio. «Dal tono, non sembrerebbe.»

«Non capisco. Dovrei...» Il respiro successivo mi si bloccò in gola quando sfilai le braccia da sotto la coperta. Le maniche ampie della camicia da notte si sollevarono, rivelando due punti dove... la pelle era di un colore tra il rosato e il rossastro, ma non era irritata, né lacerata. Lentamente, portai le dita alla bocca, poi alla mascella. Neanche lì la pelle era gonfia. Provai solo l'ombra di un dolore quando deglutii. Abbassai le mani sulla coperta morbida, e in fondo alla bocca sentii fiorire il sapore di agrumi speziati e neve.

«Poppy?»

Deglutii di nuovo. «Chi mi ha messo addosso questa camicia da notte?»

Ci fu un attimo di silenzio, e quando guardai di nuovo Casteel, aveva le sopracciglia inarcate. Pareva colto del tutto alla sprovvista.

«Sei... sei stato tu?»

Lui sbatté le palpebre, poi scosse la testa. «No. È stata Magda. Abbiamo pensato che saresti stata più comoda.»

Ciò significava che Magda era viva.

«Non hai altro da chiedere?» domandò lui.

Lo sguardo mi cadde sulle lievi punture sul mio braccio. «Mi hai dato il tuo sangue.»

«Sì.»

«Ero ferita tanto gravemente?»

«Eri ammaccata e sanguinante, e questo è già abbastanza grave» affermò, e io lo guardai un'altra volta. «Avevi anche un gonfiore preoccupante dietro la testa. Kieran non pensava fosse una cosa così grave, ma io... non voglio correre rischi.» La sua guancia si contrasse. «E non possiamo rischiare di indugiare qui per il tempo che ti occorre a guarire. Verranno altri a cercarti.»

Altri.

«Ci stavano seguendo» dissi, schiarendomi la gola. «Lord Chaney mi ha detto che avevano scoperto che...»

«Lo so» disse lui, con l'ombra di un sogghigno. «Ho avuto una piccola conversazione con il Vampry, e quando si tratta di ottenere informazioni so essere molto persuasivo.»

Frammenti di quello che Lord Chaney aveva detto si incastrarono lentamente. «Ha... ha visto il segno del morso sulla mia gola, e sapeva che avevo appreso la verità.» Aggrottai la fronte. «Ha detto che non riusciva a capire come mai il duca o la duchessa non si fossero mai nutriti di me... come avessero fatto a resistere sapendo ciò che ero. Ha detto che il mio sangue è potente.»

Casteel strinse i denti. «Per un Vampry, il sangue atlantiano è buono quanto un vino pregiato. Quello di un atlantiano puro sarebbe come...»

«Whisky invecchiato?»

Lui fece un sorrisetto. «Molto invecchiato, e molto buono.»

Scossi la testa. «Be', immagino che i Teerman abbiano resistito perché sapevano che la regina e il re si sarebbero infuriati. Inoltre mi avrebbero rivelato la verità su di loro.» Giocherellai con il bordo della coperta. «Chaney era ferito.»

«Elijah gli ha dato una bella passata prima che il codardo scappasse.»

Avrei voluto assistere, ma qualcos'altro che Chaney aveva detto riemerse lentamente alla mia memoria. «Gli ho detto... gli ho detto che sapevo perché mi volevano viva. Ha insinuato che non fosse come credevo.»

Casteel sogghignò. «Naturalmente. Dubito che la regina o il re vogliano che tu sappia la verità. Ti vogliono disponibile, obbediente... così potranno mentirti finché ti avranno portata dove vogliono. Se non fosse stato ferito, probabilmente ti avrebbe detto che erano tutte menzogne. Avrebbe cercato di guadagnarsi la tua fiducia.»

«Ma il mio sangue era un'attrattiva troppo grande?»

Casteel annuì.

Lo stomaco mi si contorse per la nausea. «In passato, Lord Chaney mi era sempre parso... gentile» dissi. «Più simile a un mortale rispetto al duca o a Mazeen.»

«Gli Ascesi sono maestri nel nascondere la loro vera natura.»

Così come lo era Casteel.

Il mio cuore sprofondò, ancora incapace di credere che tutti gli Ascesi fossero così. Ripensai alla duchessa, che mi aveva detto di non sprecare un altro minuto a pensare a Lord Mazeen, quando avevo chiesto se sarei stata punita. Forse c'era una ragione se non avevo mai visto lei e il duca toccarsi. Solo perché era una Vampry non significava che fosse protetta dalla crudeltà del duca. E poi pensai a Ian.

Nel silenzio, tentai disperatamente di distogliere la mente da mio fratello e pensai al cavaliere... Sir Terrlynn. Sapevo d'istinto che era lui quello che aveva parlato davanti alla fortezza e aveva sventrato il Caduto. «Hai ucciso il cavaliere?»

«Ho fatto quello che aveva fatto lui. L'ho tagliato e l'ho lasciato a sanguinare. Era un Vampry, ma non è stato indolore.» Gli occhi di Casteel bruciavano di fuoco dorato. «Poi l'ho ucciso.»

«Bene» sussurrai.

Sul suo volto balenò una lieve sorpresa. «La sua morte ha avuto molta poca dignità.»

Vero. «Ma è morto, adesso?»

Casteel annuì.

«Almeno è stata una morte... relativamente veloce.» Non mi sentivo neanche lontanamente a disagio al pensiero che il cavaliere avesse sofferto. E forse questo avrebbe dovuto preoccuparmi. Probabilmente in seguito lo avrei fatto. Inspirai a fondo. «Quante vite perdute?»

Quanti nomi sarebbero stati aggiunti alle pareti?

«Quattro uccisi, oltre alla signora Tulis. Sei con ferite gravi, ma sopravvivranno.»

Sentii male al cuore. «E il ragazzino? Sta bene, vero?»

L'espressione di Casteel si fece controllata, e di colpo mi ricordai quello che aveva detto. *Non lo ha lasciato andare.* Mi sollevai sui gomiti. «Il ragazzino sta bene, vero? È l'unica ragione per cui ho abbandonato il pugnale. Chaney ha detto che lo avrebbe lasciato andare.»

«Ha fatto quello che fanno tutti gli Ascesi. Ha mentito.» Sobbalzai, e la tensione scavò delle rughe ai lati della bocca di Casteel. «L'unica consolazione è che è stata una fine rapida. Gli hanno spezzato il collo. Non se ne sono nutriti.»

Per diversi istanti non riuscii a pensare. Non riuscii nemmeno a parlare, la mente invasa dall'immagine degli occhi sgranati e colmi di panico del bambino. Dolore e orrore si impadronirono di me. «Perché?» Un nodo mi strinse la gola. «Perché l'ha fatto? Perché ucciderlo senza nemmeno nutrirsene? Che senso ha?»

«Vuoi la risposta a qualcosa che nemmeno io riesco a comprendere del tutto» replicò Casteel con voce sommessa. «Il Vampry l'ha fatto perché voleva e perché poteva.»

Chiusi gli occhi e strinsi le labbra, il cuore che si torceva in una morsa. Le lacrime mi bruciavano negli occhi. Volevo... volevo *urlare*. Volevo cedere alla furia di fronte all'inutilità di tutto.

Non so quanto mi ci volle perché ritrovassi il controllo senza scoppiare a piangere o ripiombare senza freni nella rabbia dell'impotenza. Avevo fatto tutto quello che potevo per salvare il ragazzino, e non era servito a nulla. *A nulla*. Sarebbe stato solo un altro nome da aggiungere a quella lunga, infinita lista. E per che cosa? E il figlio dei Tulis? Dentro di me sapevo che anche lui era morto. Emisi un respiro tremante, tornai a stendermi, e mi passai le mani sul volto. Avevo le guance umide.

Casteel rimase in silenzio, attento. Quando riaprii gli occhi, domandai: «Come si chiamava?».

«Renfern Octis.»

«E i suoi genitori?» domandai con voce roca.

«Sono morti qualche tempo fa. Sua madre uccisa da un Craven, suo padre di malattia. Erano gli zii a occuparsi di lui.»

«Dei» sussurrai, fissando le travi del soffitto. «Ho visto... ho visto il cavaliere prenderlo. Non potevo restare a guardare.»

«Speravo che lo facessi, ma non mi aspettavo niente di diverso da te.»

Spostai su di lui gli occhi annebbiati. Non aveva parlato in tono irritato. Mi parve di cogliere del rispetto nella sua voce. «Ecco perché mi hai dato il pugnale.»

Casteel non disse nulla.

«Lo... lo hai con te?»

Annuì.

Feci per chiedere di restituirmelo, ma Casteel disse: «Nonostante tutta la morte che ho visto, non ci si fa mai l'abitudine». Abbassò le palpebre, celando gli occhi. «Non è mai meno sconvolgente. E ne sono felice, perché credo che se mai smettesse di sconvolgermi, potrei non dare più un valore alla vita. Per questo accolgo il turbamento e il dolore. Altrimenti non sarei meglio degli Ascesi.»

Sentii sulla lingua il sapore acido delle parole che gli avevo detto l'altro giorno. «So che non sei come loro... come gli Ascesi. Non avrei dovuto dirti una cosa del genere.»

Casteel mi fissò così a lungo che iniziai a preoccuparmi. Poi però disse: «Non mi chiedi se ti trasformerai in un Craven? Non sei arrabbiata perché ti ho dato il mio sangue?».

«So che non mi trasformerò in un Craven.» Mi sedetti più comoda e mi appoggiai alla testiera. «Hai usato la compulsione?»

«Non per farti bere. Sei stata sorprendentemente disponibile a farlo, il che mi ha fatto preoccupare ancora di più.» Di colpo fui grata di non ricordare nulla. «Quando hai iniziato a sentire gli... effetti del mio sangue, ho usato la mia abilità per aiutarti a dormire. Ho pensato che lo avresti apprezzato.»

Considerato come avevo reagito l'ultima volta, apprezzavo *davvero*. Sotto la coperta, portai una gamba al petto. «Non sono arrabbiata. Non sto male, e avrei provato molto più dolore.» Mi guardai di nuovo il braccio, ancora sbalordita di non vedere altro che segni pallidi. «Quanto spesso puoi darmi il tuo sangue? Voglio dire, succederebbe qualcosa se continuassi a farlo?»

«Spero che non sia necessario, ma non succederebbe comunque nulla.» Casteel strinse le labbra. «O almeno non credo.»

«In che senso *almeno* non credi?»

«Gli Atlantiani non condividono spesso il loro sangue con i mortali, nemmeno con i mezzi Atlantiani.» Sedette sul bordo del letto. «In effetti, è proibito.»

«Per via della tua stirpe?»

«Il nostro sangue non ha grandi effetti sui mortali, a parte quelli curativi e afrodisiaci. Ma tu non sei del tutto mortale. Immagino che potrebbe rafforzare la parte atlantiana di te, almeno temporaneamente.» Tornò a guardarmi. «Ma si teme che condividere il proprio sangue con chi è mortale possa alla fine portare all'Ascensione.»

«Oh.» Capivo perché fosse preoccupante. «Finiresti nei guai se saltasse fuori?»

«Non devi preoccuparti.»

«Mi preoccupo, invece» mi sfuggì.

Lui inarcò un sopracciglio. «Allora ti preoccupi per me, principessa?»

Arrossii. «Se ti accadesse qualcosa, metterebbe a rischio i miei obiettivi.»

Casteel inclinò la testa, studiandomi. Calò un silenzio fin troppo lungo. «Nessuno che abbia visto com'eri ferita nelle due occasioni in cui ti ho dato il mio sangue lo racconterebbe mai.»

Buono a sapersi. «Che cosa potrebbe succedere, se accadesse?»

Lui sospirò. «Kieran aveva ragione. Fai davvero un sacco di domande.»

Socchiusi gli occhi. «La curiosità è indice di intelligenza.»

A quelle parole, Casteel sorrise. «Così ho sentito.» Riapparve la fossetta. «Il re e la regina non sarebbero contenti, ma essendo loro figlio, probabilmente si limiterebbero a sgridarmi, tutto qui.»

Non riuscivo a capire se dicesse la verità.

«Pensavo che ti saresti infuriata» ammise.

«Perché dovrei infuriarmi, se hai fatto in modo che non soffrissi?» domandai. Ed era vero, non ero arrabbiata. «Non mi hai fatto del male. Neanche tu ne soffri, vero? Io sono solo felice di non avere un'emicrania e...» Abbassai lo sguardo sui pallidi segni. «E un'altra cicatrice.»

Due dita mi toccarono sotto il mento, facendomi alzare la testa. «Le tue cicatrici sono bellissime.» Qualcosa nel mio petto crebbe rapidamente, e per quanto il mio cervello sbraitasse rifiutò di sgonfiarsi. «Però non permetterò che il tuo corpo ne subisca altre.»

Il cuore iniziò a martellarmi ancora una volta. «Lo dici come se lo intendessi sul serio.»

«Perché è così.»

Volevo che fosse vero, e questo era già un avvertimento sufficiente. Mi allontanai dalla sua presa. «Quando... quando partiamo?»

«Naill è uscito in perlustrazione per accertarsi che non vi sia traffico inaspettato sulle strade occidentali. Non posso andarmene finché non sarò certo che la fortezza non sia sotto minaccia immediata» spiegò. Aveva senso. «Spero che potremo partire al mattino, o il giorno seguente al più tardi.»

Annuii e chiusi gli occhi. Quando iniziai a vedere il volto di Lord Chaney, diressi i pensieri su ciò che avevo appreso prima che l'Asceso arrivasse. Probabilmente avevo scoperto quale fosse la mia ascendenza... una stirpe guerriera.

Il bisogno di alzarmi, di muovermi – di fare qualcosa – mi colpì di nuovo, ma questa volta con uno scopo. «Le persone rimaste ferite stanno soffrendo?»

Casteel aggrottò la fronte. «Gli abbiamo dato quello che potevamo per alleviare il dolore. Magda è andata a prendere altre scorte.»

«Posso aiutarli io.» Mi spostai sull'altro lato del letto e scostai la coperta.

Casteel si alzò. «Poppy...»

«Posso aiutarli io» ripetei, alzandomi. «Sai che posso. Perché non dovrei?» Casteel non rispose, allora inarcai le sopracciglia. «Non c'è nessuna buona ragione per impedirmelo.»

«A parte il fatto che sei stata appena ferita anche tu?» suggerì lui.

«Sto bene, grazie a te.» Aprii e chiusi le dita. «Sai che odiavo non poter usare le mie capacità, essere costretta a restarmene con le mani in mano quando potevo aiutare gli altri. Non farmi una cosa simile.»

«Non è questa la mia intenzione.»

«Allora quale sarebbe?» domandai. «È la tua gente. Voglio aiutarli. Lasciamelo fare.»

«Non capisci.» Si passò una mano tra i capelli. «La gente di qui non ti conosce. Non...»

«Non si fidano di me? Non gli piaccio? Lo sapevo già, Casteel. Non ho bisogno della loro fiducia né del loro apprezzamento. Non è per quello che voglio sfruttare le mie capacità.»

Casteel rimase in silenzio e mi fissò così a lungo che mi preparai a litigare. «Allora dovresti cambiarti» disse infine, voltandosi. «Se vedono che belle gambe hai, diventerò geloso.»

17

Quando Casteel e io lasciammo la stanza, mi ritrovai di nuovo a indossare abiti presi in prestito. La pesante tunica di lana era di un ricco verde bosco, calda e soffice, ma questa volta i pantaloni erano troppo grandi di una taglia o due. Li strinsi alla vita con una cinta dorata, ma rimasero flosci lungo tutte le gambe, come se fossi una bambina piccola che giocava a travestirsi con gli abiti degli adulti. Tuttavia, non mi sarei lamentata. Erano vestiti caldi e puliti e odoravano di citronella.

Arrivati in fondo alle scale, Casteel mi prese per mano. Tra i nostri palmi uniti parve passare una scarica di consapevolezza che mi risalì lungo il braccio. Sorpresa, alzai lo sguardo su di lui.

Casteel mi fissò, a labbra dischiuse quanto bastava da mostrare un accenno di zanne. L'ambra dei suoi occhi riluceva nel pozzo delle scale fiocamente illuminato.

«Scintille» mormorò.

«Come?»

Lui scosse la testa con un lieve sorriso. «Vieni. Quando avrai terminato con i feriti, c'è una cosa che voglio darti.»

Casteel aprì la porta prima che potessi fargli altre domande.

La gente si accalcava intorno all'ingresso principale e guardava fuori dalla fortezza. Il vento aveva soffiato all'interno una spolverata di neve, ma nessuno sembrava accorgersi dell'aria fredda.

«Che cosa stanno guardando?» chiesi.

«Uno spettacolo inaspettato» replicò Casteel. Aggrottai la fronte.

Incuriosita più che mai, andai verso le porte. Casteel non mi fermò. Quando si accorsero dell'arrivo del principe, le persone iniziarono a scostarsi per lasciare libero il passaggio e piegarono il busto in un inchino, rivolgendo poi le facce pallide e gli occhi distratti verso l'esterno.

Avanzando, vidi che fuori c'erano altre persone, che si stringevano il busto con le braccia. Guardavano verso le stalle. Quando girammo l'angolo della fortezza, i raggi brillanti del mattino si allungavano sul terreno coperto di neve.

Mi fermai di colpo, e la mia mano si afflosciò in quella di Casteel.

Davanti a noi, dove prima c'era lo spiazzo vuoto in cui Lord Chaney mi aveva trovato la notte precedente, c'era un albero.

Alzai lo sguardo, percorrendo la corteccia lucente dell'ampio tronco e gli spessi rami che si allungavano alti quanto la fortezza, pesanti di foglie che rilucevano cremisi al vivace sole del mattino.

Non era un germoglio appena piantato. L'albero aveva radici profonde, come se fosse stato lì da decenni, se non da secoli. Dalla corteccia colava qualcosa di umido, perle che rotolavano lente verso la punta delle foglie e cadevano in gocce rosse sulla neve.

Un Albero di Sangue.

«Com'è possibile?» sussurrai, anche se nessuno sapeva da dove nascessero gli alberi della Foresta di Sangue e perché sanguinassero. Come mai ne era cresciuto uno lì, nell'arco di una notte, anche se prima non ve n'era mai stato un altro?

«Dicono che sia un segno» mormorò Casteel.
«Un segno di cosa?»
«Che gli dei stanno guardando.» Rabbrividii, e Casteel mi strinse la mano. «E anche se dormono ancora, stanno segnalando l'arrivo di un grande cambiamento.»

«Ti eri forse dimenticato dell'Albero di Sangue?» domandai, una volta rientrati alla fortezza. «È per quello che non me ne hai parlato?»
«A essere sincero, avevo preoccupazioni più urgenti.»
Inarcai un sopracciglio. «Davvero? E che c'è di più urgente di un segno mandato dagli dei?»
«Che tu ti svegliassi guarita. Questo era più importante di un vago messaggio, piuttosto inutile, da parte degli dei» replicò mentre entravamo nella sala dei banchetti. E io quasi inciampai.
«Non puoi dire sul serio» affermai.
Lui si accigliò. «Sono assolutamente serio.»
Era impossibile che fosse sincero. Il presagio era di gran lunga più importante di qualsiasi cosa riguardasse me. Quand'era stata l'ultima volta che gli dei avevano inviato un messaggio qualsiasi? Non c'era nulla del genere nei libri di storia, e anche se ci fosse stato dubitavo che ne avremmo avuto un resoconto accurato.
Ma c'era qualcosa di più importante dell'Albero di Sangue, ovvero ciò che ci attendeva lì.
I feriti erano stati sistemati in una stanza vicina alla sala dei banchetti. Prima ancora che le porte si aprissero, sentii il dolore che si irradiava attraverso le pareti di pietra. Il mio polso si fece irregolare, anche se non rallentai il passo.
Casteel entrò prima di me, e fu immediatamente accolto da Alastir.
«Vedo che sei tornato» disse Casteel mentre io contemplavo la stanza, dimenticando l'Albero di Sangue. Erano

state preparate sei brandine, ciascuna occupata da uomini, tranne l'ultima. La benda intorno al collo della donna era macchiata di rosso. La riconobbi. Uno dei cavalieri l'aveva afferrata, e mi sorprese vedere che era sopravvissuta. Ma la sua pelle era già simile a quella di un morto, e lei era immobile. Una donna più anziana le sedeva accanto e muoveva le labbra in una preghiera silenziosa, le mani premute insieme.

«E vedo che sarei dovuto ritornare prima» commentò Alastir.

«Sei tornato abbastanza presto, secondo Elijah.» Casteel strinse la mano del Wolven più anziano. «Ho sentito che tu e i tuoi uomini vi siete occupati del resto dei cavalieri.»

Alastir annuì distrattamente, osservando la stanza con le labbra serrate in una linea sottile. «Maledetti. Questa gente non si meritava quello che è successo.»

«Gli Ascesi pagheranno.»

«Davvero?»

«È una promessa che non verrà infranta» replicò Casteel.

Alastir emise un respiro tremante e si voltò verso di me. «Sono felice di sapere che sei stata riportata qui sana e salva, Penellaphe, e che il loro tentativo di riprenderti è stato vano.»

Non sapendo bene che cosa gli fosse stato detto, annuii e mormorai un ringraziamento. Mi formicolava la pelle per il bisogno di avanzare. Solo uno dei feriti, la donna, sembrava essere oltre il dolore. Mi voltai verso Casteel.

Lui colse il mio sguardo e annuì. Mi affrettai verso il primo uomo. Era un gentiluomo anziano, con più grigio che corvino nei capelli. Non sapevo quali ferite avesse subito, ma i suoi occhi cinerei e confusi mi seguirono. Aprii le mie percezioni e feci un respiro brusco con la bocca mentre un senso di afflizione, sia mentale sia fisica, giungeva a me dai letti e dalle persone che li vegliavano. Riempiva l'aria, soffocante. Spostai brevemente lo sguardo sulla donna, poi sull'anziana accanto a lei. Alcuni non avrebbero più lasciato quella stanza. Altri ne erano consapevoli. Un lieve tremore s'impadronì delle mie mani, e io mi concentrai sull'uomo che avevo davanti.

«Mi dispiace per quello che ti è stato fatto» sussurrai, posando la mano sulla sua. Lui non disse una parola.

Di solito mi occorreva qualche istante per rievocare i ricordi che portavano ad alleviare il dolore. Ripensavo alle spiagge sabbiose del Mare di Stroud, alla mano di mia madre nella mia. Ma quella volta sentii calore sul palmo. Non fu necessario ripescare nulla, mi bastò pensare di assorbire la sofferenza. Mi accorsi quando il mio dono lo raggiunse: la sua bocca si rilassò e il suo petto si sollevò in un respiro più profondo e regolare. Gli tenni la mano finché le nubi lasciarono il suo sguardo. L'uomo mi fissò, ma non disse nulla, e lo stesso fece quello accanto a lui, troppo giovane per sopportare il tormento nei suoi occhi. Alleviai il dolore delle ferite nascoste dalla coperta e quello più profondo. *Lutto.* Vivido e potente.

«Chi hai perso?» domandai quando smise di tremare, consapevole che nessuno parlava. Né Alastir, né Casteel, che mi seguiva come un'ombra per la stanza.

«Il... il nonno» rispose con voce roca. «Come... come fai a saperlo?»

Scossi la testa e posai il suo braccio sulla brandina. «Mi dispiace per la tua perdita.»

Seguita da numerosi sguardi, andai dall'uomo successivo e mi inginocchiai. Mi chiedevo se fosse il sangue di Casteel a rendere più facile per me usare il mio dono, o se fosse a causa della Transizione. A ogni modo, ero felice di scoprire che bastava poco per sfruttarlo. Continuare ad aggrapparsi a tempi più felici non era facile, quando la morte ammantava la stanza.

L'uomo che avevo di fronte continuava a perdere conoscenza e risvegliarsi, fremendo e gemendo piano. Posai la mano sulla sua, canalizzando la mia energia per indirizzargliela. Nel giro di qualche secondo, la sua fronte sudata si distese.

«Che gli hai fatto?» Una giovane donna crollò in ginocchio accanto all'uomo, lasciando cadere una bracciata di pezzuole pulite. «Che cos'ha fatto?»

«Va tutto bene.» Casteel le mise la mano sulla spalla. «Ha solo alleviato il suo dolore in attesa che torni Magda.»

«Ma come...?» La donna non concluse la frase, sgranando gli occhi bruni, con una mano sul petto.

Incrociando lo sguardo di Casteel, mi alzai e andai dal successivo, che aveva occhi color inverno. Un Wolven. Non sapevo quanti anni avesse, ma in termini mortali sembrava averne pressappoco una decina più di me. La pelle color onice era percorsa da linee di tensione. Sul suo petto nudo vi era un taglio profondo, provocato da una spada che aveva lacerato muscoli e tessuti.

«Guarirò» disse burbero. «Per altri non sarà così facile.»

«Lo so.» Mi inginocchiai. «Questo non significa che tu debba soffrire.»

«Immagino di no.» Con uno sguardo incuriosito, sollevò la mano.

Chiusi la mia sulla sua, e ancora una volta percepii un dolore più profondo. Anni e anni di dolore. Il mio palmo formicolava, caldo. «Anche tu hai perso qualcuno.»

«Molto tempo fa.» Trattenne il fiato, poi il suo respiro rallentò. «Adesso capisco.»

«Capisci cosa?»

Non stava guardando me. Seguii i suoi occhi fino a Casteel. Dietro di lui, Alastir sembrava non riuscire a credere a quello che stava vedendo. Forse avrei dovuto avvisarlo.

«Jasper lo troverà interessante» disse il Wolven, e con un

lieve sogghigno tornò ad appoggiare la testa sul cuscino sottile.

«Senza dubbio» commentò Casteel, con gli occhi che brillavano. «Stammi bene, Keev.»

Il Wolven annuì, e io mi alzai, curiosa di sapere chi fosse Jasper. Mi mossi per andare dall'uomo accanto a Keev, quello che mi aveva fissato per tutto il tempo. Mi feci avanti.

«No» ringhiò lui, con rivoli di sudore sul viso. Aveva gli occhi di una sfumatura nocciola-dorato. «Non voglio il tuo tocco.»

Mi fermai.

«Senza offesa, mio principe.» I suoi respiri, troppo corti, riempirono il silenzio. «Non voglio.»

Casteel annuì. «Non c'è problema.» Mi sfiorò la schiena, incitandomi a proseguire.

Lo feci, lanciando un'occhiata da sopra la spalla a quel mortale con sangue atlantiano. Mi osservava, il volto già arrossato dalla febbre. Aprii la connessione con lui, e subito la recisi. Il fiotto di odio acido e l'amaro della sfiducia mi stordirono. Distolsi in fretta lo sguardo e deglutii, mentre le mie percezioni si tendevano verso ogni angolo della stanza. Il miscuglio di emozioni e sapori che mi assalì mi fece inciampare. *Limonata fredda. Frutta aspra e acida. Vaniglia. Zucchero.* Confusione e sorpresa. Paura e soggezione. Sfiducia. Divertimento. Il cuore iniziò a martellarmi nel petto.

Sentii la mano di Casteel distendersi contro la mia schiena. Mi guardò.

«Sto bene» sussurrai, recidendo i legami, e mi concentrai solo sulle due donne che avevo di fronte.

La più anziana mi osservò con occhi marroni intrisi d'oro filato mentre mi voltavo verso la donna sulla brandina, ancora innaturalmente immobile. Sapevo che era una mortale, almeno parzialmente. Un'Atlantiana come Casteel sarebbe stata in via di guarigione, mentre invece lei...

Non poteva avere molti anni più di me: la sua pelle era senza rughe o segni dell'età. Mi chinai, anche se da lei non sentivo provenire... nulla.

«Non sei costretta a farlo» disse la più anziana.

Fermai le dita a pochi centimetri dalla mano floscia e lucida di sudore della donna ferita e guardai l'altra.

«Lo so.» Deglutii.

«Su mia figlia, i tuoi doni sarebbero sprecati.»

«Io...» Non sapevo che cosa dire.

Lei abbassò lo sguardo sulla donna, le toccò la guancia, poi la fronte. «Avevo sentito parlare di te, prima di venire qui. Per qualche tempo ho vissuto a Masadonia, anni fa» disse, cogliendomi di sorpresa. «Mormoravano... le famiglie delle persone di cui ti eri occupata, voglio dire.»

Ritirai la mano, consapevole dell'estrema attenzione di Casteel.

«Dicevano che davi dignità a coloro che erano stati maledetti.» Rughe comparvero sul volto della donna quando sorrise alla figlia. «E che facevi cessare il loro dolore prima di porre fine alle loro sofferenze. Non ci avevo creduto.» Una lacrima cadde sul petto della donna. «Non credevo che qualcuno allevato dagli Ascesi potesse concedere un dono così prezioso. Non credevo.» Sollevò gli occhi sui miei.

Mi mancò il fiato. I suoi occhi... Scintille dorate sembrarono bruciare più luminose mentre mi fissava, fissava dritto *dentro di me*.

«Tu *sei* una secondogenita» sussurrò, facendomi rabbrividire. «Non una Vergine, e tuttavia Prescelta.»

Turbata dalle emozioni dei presenti e dall'ombra della morte in attesa di reclamare la giovane, provai l'impulso di uscire fuori e lasciare che il temporale mi lavasse via tutto quanto dalla pelle.

«Alcuni avevano paura di me» riuscii a dire dopo che Alastir ebbe richiuso la porta alle nostre spalle. «Quel tipo... quello che non voleva che lo toccassi. Non si fidava affatto di me. E percepivo la loro paura.»

Casteel socchiuse gli occhi, guardando la porta. «Non comprendono quello che fai.»

«Non hanno mai visto niente di simile.» Alastir venne a sedersi con noi a un tavolo vuoto, ancora pallido. «Non ho mai visto nulla del genere in...»

«Dall'epoca degli Empati?» riassunse Casteel. «Credo che Penellaphe discenda dalla loro stirpe. Alcuni di loro devono essere rimasti a Solis.»

Alastir annuì e mi scrutò. «Quand'è che i tuoi genitori appresero delle tue capacità? O che tu ti sei accorta di possederle?»

«Non ricordo quanti anni avessi di preciso, ma successe prima che lasciassimo la capitale. Non so se all'epoca gli Ascesi fossero a conoscenza di cosa ero in grado di fare.»

«E hai un fratello?» domandò Alastir. Casteel si voltò verso di lui. «Avevate entrambi i genitori in comune?»

«Credo di sì.» Mi resi conto che qualcuno doveva avergli parlato di Ian, oppure era venuto a sapere di lui quando aveva sentito parlare di me. «Ma se è come me – un mezzo Atlantiano – allora perché gli hanno permesso di ascendere?»

Alastir guardò Casteel. «Sei sicuro che lo sia?»

«Quanto posso esserlo senza avere assistito di persona all'Ascensione.»

Alastir si fece pensoso. «È improbabile che lo abbiano trasformato, se è un discendente di Atlantia, ma... sono accadute cose anche più strane.» Mi lanciò un'occhiata, poi si rivolse a Casteel. «Penellaphe ha mostrato qualche altra caratteristica da Empate?»

Casteel scosse la testa, e io supposi che Alastir si riferisse al modo in cui i guerrieri empati potevano sfruttare le loro percezioni ai danni altrui.

«Ma perché hanno paura?» domandai. «Hanno visto che ho aiutato il primo dei feriti.»

«Le persone, anche coloro che hanno vissuto a Solis, a volte diffidano di ciò che non hanno mai visto e non comprendono» spiegò Casteel. Mi venne in mente che forse era per via di tali reazioni se all'inizio non aveva voluto che li aiutassi.

«Ad Atlantia ci sono alcuni sopravvissuti alla guerra, i più anziani, che potrebbero ricordare gli Empati.» Alastir toccò lo schienale della sedia e rimase per un istante in silenzio. «E questo potrebbe essere un problema. Di sicuro hai visto quell'accidenti di albero là fuori. Gli dei hanno mandato un avvertimento.»

«Suvvia, Alastir, da quando sei diventato così fatalista?» L'espressione di Casteel mostrò un lampo di irritazione. «Il segno non è necessariamente un avvertimento. I cambiamenti possono essere positivi come negativi. E in ogni modo questo non ha nulla a che vedere con lei.»

Certo che quel segno non aveva niente a che fare con me. La sola idea era ridicola. Incrociai le braccia. «Perché il fatto che gli Atlantiani più anziani si ricordino dei guerrieri dovrebbe essere un problema?»

«Non hai nulla a che vedere con quel presagio. Un grande cambiamento in arrivo non significa necessariamente qualcosa di negativo.» Casteel allargò le gambe e assunse una posizione più salda. «A volte le capacità degli Empati erano temute, soprattutto perché a loro si poteva nascondere molto poco. E tra tutte le stirpi erano quella più vicina alle divinità.»

Alastir inarcò un sopracciglio. «Ed erano in grado di assorbire l'energia dietro le emozioni» spiegò. «In quel modo potevano nutrirsi degli altri. Spesso venivano chiamati Divoratori di Anime.»

«Divoratori di Anime?» Mi irrigidii. «Ma io non sono capace di fare una cosa simile. Non ricevo niente dalle persone che aiuto. Insomma, non ricevo energia o altro del genere. E non sono in grado di amplificare la paura.»

«Lo so. Lo sappiamo» mi rassicurò Casteel.

«Ma loro non lo sanno.» Il Wolven tolse la mano dalla sedia, indirizzandomi un sorriso debole, che non raggiunse i suoi occhi. «Casteel ha ragione. Dobbiamo solo assicurarci che capiscano che non hai le stesse capacità dei tuoi antenati. E quando ti avranno conosciuta, sono convinto che non penseranno più alla piccola percentuale dei tuoi antenati che incuteva paura.»

«Davvero?» Ero piena di dubbi.

Alastir annuì. «Davvero. Non c'è bisogno che ti preoccupi.»

Speravo che fosse così veramente, dato che di preoccupazioni ce n'erano già abbastanza.

Alastir tornò a concentrarsi su Casteel. «E non essere così sicuro che il segno non abbia nulla a che fare con lei... con entrambi. Vi sposerete. Non porterà forse un grande cambiamento?»

Casteel inarcò le sopracciglia, pensieroso. «Be', non hai torto.» Io socchiusi gli occhi. «Parti tra poco?» Alastir annuì, e Casteel mi prese per mano, sorprendendomi con la naturalezza del gesto. Sembrava che lo facesse d'istinto, ma ogni volta che mi teneva per mano, per me era come una rivelazione. «Buon viaggio. Ci vediamo a Spessa.»

«Buon viaggio a entrambi.» Alastir mi posò con delicatezza una mano sulla spalla. «Grazie per avere aiutato i nostri, anche se alcuni non hanno capito o apprezzato.»

Annuii, messa a disagio dalla sua gratitudine.

Ci separammo da Alastir, che attraversò la sala dei banchetti. «Sta già andando a Spessa?»

«Mentre tu riposavi, ho parlato con Emil. Dopo quello che è successo, abbiamo pensato che fosse meglio dirigersi a est in gruppi più piccoli, per non attirare l'attenzione.»

«Ha senso» mormorai. «Pensi davvero che quel segno riguardi il nostro matrimonio?»

«Potrebbe» rispose, ma non eravamo in privato e non potevo fargli notare che il matrimonio non era reale. Non abbastanza da portare un grande cambiamento.

A meno che il nostro piano funzionasse. *Quello* sì che lo avrebbe portato, un grande cambiamento.

La mia mente si spostò sulle altre cose che erano accadute nella stanza. Speravo che questo avrebbe dissipato la sensazione oleosa che mi sentivo ancora sulla pelle. «Quella madre ha detto le stesse parole che mi disse la donna della Perla Rossa. Che sono una secondogenita, ma non come penso io.» Guardandomi alle spalle, vidi Alastir sulla porta. Sembrava quasi che un alito di vento potesse spazzarlo via, pover'uomo. «Non lo compresi allora, ma adesso credo intendesse dire che sono di seconda generazione.»

«Quale donna della Perla Rossa?»

«Quella che mi ha mandato nella stanza in cui c'eri tu. Ovviamente.»

Casteel mi guardò aggrottando la fronte. «Non so di chi tu stia parlando.»

«Davvero?» replicai in tono secco. «Quella che mi ha indirizzato nella tua stanza. Credo che fosse una Veggente... una Metamorfa.»

«Non ho ordinato a nessuna donna di mandarti in quella stanza, specialmente non a una Metamorfa» disse. «Sapevo già chi eri quando ti ho sfilato il cappuccio, ma non ho chiesto a nessuno di mandarti lì.»

Lo fissai. «Dici sul serio?»

«Perché dovrei mentire su una cosa del genere? Ti ho già detto che sapevo chi fossi quella notte.»

«Allora come...?» Non conclusi la frase. Casteel svoltò bruscamente a sinistra, aprì una porta e mi attirò in una stanza che profumava di terra ed erbe. La porta si richiuse alle nostre spalle. Mi guardai intorno e vidi barattoli di verdure, ceste di patate e sacchetti di erbe essiccate. «Mi hai portato in dispensa?»

«Sì.» Casteel si avvicinò di un passo, abbassando il mento. Capelli scuri gli scivolarono sulla fronte.

Io indietreggiai, urtando una mensola. I barattoli tremarono. Lui era così alto che dovevo inclinare indietro la testa per guardarlo negli occhi. «Perché?»

«Volevo un momento da solo.» Posò le mani sulla credenza sopra la mia testa. «Con te.»

Con i sensi all'erta, lo osservai chinarsi su di me, mentre un tremito disorientante di aspettativa mi scivolava lungo la spina dorsale. «E questo momento da soli doveva essere nella dispensa?»

Lui voltò lievemente la testa, portando la bocca all'altezza della mia. «Ne avevo *bisogno*.»

Minuscoli brividi mi travolsero. Aprii la bocca per dirgli che di qualunque cosa avesse bisogno, certamente non prevedeva lui e me in una dispensa, ma dalle labbra non mi uscì nulla. Niente proteste. Niente avvertimenti. Mi limitai a fissarlo, in attesa... e desiderosa.

«So quanto dev'essere difficile per te.» Abbassò le palpebre, e il suo respiro mi danzò sulle labbra. «Entrare là dentro con le tue capacità e aprirti al loro dolore.»

Strinsi le dita sul bordo di uno scaffale. «Non è stato nulla.»

«Menti, principessa.» La sua bocca era più vicina, a un soffio dalla mia. «L'hai fatto anche se percepivi la paura e la sfiducia che provavano. È stato tutto.» Dischiusi le labbra. «Ed è questo che avevi bisogno di dirmi in dispensa?»

Lui scosse la testa, e quando le sue labbra mi sfiorarono la bocca mi mancò il fiato. «Non ho finito.»

«Scusa» mormorai. «Continua, per favore.»

«Grazie del permesso» replicò, e io avvertii l'ombra di un

sorriso nella sua voce. «Spesso provo un'assoluta soggezione di fronte a te.»

Mi immobilizzai. Completamente.

«Quello di cui sei capace non dovrebbe sorprendermi» proseguì. «Né quello che sei disposta a fare. Eppure è così. Mi sento sempre in soggezione.»

Qualcosa mi strinse il petto, mozzandomi un po' il fiato. «È di questo che avevi bisogno, quando mi hai trascinata qui?»

«Non ho ancora finito, principessa.»

Il mio battito correva forte. «No?»

«No.» La sua fronte scese sulla mia. «Ho bisogno di un'altra cosa. Sono giorni che ne ho bisogno. Settimane. Mesi. Forse ne ho bisogno da sempre.» Il suo naso sfiorò il mio. «Ma so che non me la concederai. Non così.»

Il martellare nel mio petto si spostò più in basso. «Di... di cosa hai bisogno, da così tanto tempo?»

«Di te.»

Tremai.

«Perciò, forse, per qualche minuto, quando nessuno ci guarda – quando saremo soli, tu e io – possiamo fingere.»

Mi appoggiai alla credenza, stordita, come se i miei polmoni non trovassero abbastanza aria. «Fingere?»

«Fingere che ieri non sia esistito. Che non esista il domani. Siamo solo noi, adesso, e io posso essere Hawke.» Il calore riempiva lo spazio tra noi. Tremai di nuovo. Lui mi toccò la guancia, provocando una scarica di consapevolezza che mi inondò. Le sue dita scivolarono sul mio mento, sul labbro inferiore. «Tu puoi essere Poppy, e possiamo semplicemente baciarci.»

«Un bacio?»

Annuì. «Per finta.» Le sue labbra erano un sussurro contro la mia guancia. «Solo un bacio.»

Non dovevo.

C'erano centinaia di motivi per cui non dovevo. Avrei reso i nostri ruoli confusi. Gli avevo detto che non sarebbe mai ricapitato. Lui mi stava usando. Io stavo usando lui. Baciarlo non era saggio. C'erano tante cose che ignoravo, ma ne sapevo abbastanza da rendermi conto che non ci si fermava mai a un semplice tocco di labbra, anche se non si andava oltre. C'era sempre *di più*. Desiderio. Bisogno.

E non sapevo nemmeno che cosa provavo per lui, visto che i miei sentimenti per Casteel sembravano cambiare ogni cinque minuti. Ma comunque fosse, non dovevo permettere nulla di simile. Se l'avessi fatto, la situazione sarebbe diventata più difficile e ancora più confusa di quanto già non fosse. Tawny sarebbe riuscita a riassumere perfettamente lo stato presente delle cose in due parole: un casino.

Ma c'era una donna che stava per morire.

E sua madre diceva che io ero comunque la Prescelta.

Un uomo in quella stanza non voleva che lo toccassi.

Alcuni, là dentro, mi *temevano*.

Mi odiavano.

Sentivo ancora i denti di Lord Chaney nella carne, anche se le ferite erano scomparse.

Vedevo ancora i suoi occhi simili a carboni ardenti, e mi sentivo un semplice oggetto per lui. Cibo. Sostentamento. Una cosa.

Non volevo sentirmi così.

Volevo crogiolarmi nella soggezione di Casteel, e magari... magari già lo sapevo, dentro di me, quali erano i miei veri sentimenti per lui.

«Solo per finta?» I suoi polpastrelli mi scivolarono lungo la gola, intorno alla nuca, e io tremai.

«Per finta.» Ancora una volta le sue labbra rimasero proprio lì, vicinissime alle mie, stuzzicandomi.

Chiusi gli occhi, la mia voce appena più che un sussurro: «Sì».

18

Come già era accaduto la notte prima del Rito, quando sotto il salice gli avevo chiesto di baciarmi, anche questa volta non perse tempo.

Solo che all'epoca lui era Hawke, e non stavamo fingendo.

Le sue labbra sfiorarono le mie, una volta, poi una seconda, con una tale delicatezza e una tale dolcezza che rischiarono di mandare all'aria qualunque genere di finzione. Tremai e le sentii incurvarsi sulle mie. Stava sogghignando. Se avessi aperto gli occhi, avrei visto la fossetta in tutta la sua maledetta seduttività. Il suo tocco sulla mia nuca e sulla guancia, appena sotto la cicatrice, era leggero come una piuma. Era come se stesse esplorando la forma delle mie labbra con le sue, lentamente, quasi volesse riprendere confidenza con esse. Ero scossa da scariche di brividi.

E volevo di più. Adesso. L'impazienza mi fece avvampare. Afferrai con due mani la sua tunica sul petto e lo attirai a me. «Pensavo avessi intenzione di baciarmi.»

«E non è quello che sto facendo?»

Scossi la testa. «Non è quello che sai fare davvero.»

Lui ridacchiò contro le mie labbra. «Vero. Non lo è.»

E a quel punto mi baciò sul serio. Prese le mie labbra come

se avanzasse un diritto di possesso sulla mia stessa anima. E la possibilità che fosse già sulla buona strada per riuscirci era un avvertimento più che sufficiente, ma ero troppo immersa nell'attimo, troppo rapita da lui, troppo catturata dalla pressione della sua bocca. Mi mordicchiò il labbro inferiore con le zanne, invitandomi ad aprire la bocca: con un ansito, mi arresi. Il bacio si fece più profondo, la sua lingua scivolò sulla mia. Mi sfuggì un gemito senza fiato. La sua bocca era rovente, il suo sapore, il suo profumo... tutto di lui mi invadeva come un incendio.

Il bacio andò avanti ancora, e ancora... e io desideravo *ancora di più*. Avrei voluto che quella finzione continuasse all'infinito, mentre un fuoco liquido si riversava dentro di me cancellando il tocco gelido di Lord Chaney, la sensazione soffocante di quella stanza in cui di sicuro la morte era ormai già passata, e tutti i timori per il futuro misterioso che ci aspettava.

Casteel lo sapeva, lo sentiva, e mi stava dando ciò di cui avevo più disperatamente bisogno. La sua mano finalmente si staccò dalla mia guancia e scese a disegnare un percorso sulla pelle fino al seno. Nel suo tocco c'era una sorta di reverenza, come se far scivolare la mano oltre il bordo della mia tunica fosse un atto di venerazione. Sentii la carne contro la carne e sussultai mentre le sue dita percorrevano l'intrico delle mie cicatrici per poi dirigersi più in alto, attraverso le linee delle mie costole, verso la base dei seni. Gemetti dentro la sua bocca quando il suo pollice raggiunse la punta turgida, e dardi acuti di puro piacere mi trafissero dappertutto.

Casteel emise un suono cupo e profondo che mi riverberò dentro. La mano che mi teneva sulla nuca scese alla base della schiena. Mi fece staccare dalla credenza e mi premette contro la superficie solida del suo corpo, senza mai smettere di divorare le mie labbra. Di marchiarmi a fuoco con il suo tocco. La fame che gli cresceva dentro avrebbe dovuto spaventarmi, ma l'unico effetto che ottenne fu di far montare la stessa fame in me.

Stavamo solo fingendo... ma sembrava così reale. *Lui* sembrava così reale, le sue labbra contro le mie, le sue mani sul mio seno e sulla mia schiena, il suo corpo contro il mio. Gettai la testa all'indietro mentre lui con la bocca disegnava un percorso di fuoco fino al punto in cui il suo morso era ormai guarito. Sentii il passaggio della lingua rovente sulla pelle, il grattare dei denti acuminati. Ero in tensione da capo a piedi e mi sfuggì un grido di pura delizia e attesa proibita.

«Poppy» ansimò lui. O forse era una preghiera. Non ne ero sicura. La lingua mi passò di nuovo sulla pelle. Mi avrebbe morsa? E io lo volevo? O questa volta lo avrei fermato?

Il mio corpo conosceva già la risposta. Sollevai una mano e la affondai nella parte più soffice dei suoi capelli.

«Lo vuoi?» mi chiese, sussurrando contro la parte più sensibile della mia pelle. «Lo vuoi davvero?»

Tremai, incapace di rispondere.

«Sì. Lo vuoi.»

Una pulsazione dolorosa mi tolse il respiro e un attimo dopo Casteel, con una impressionante dimostrazione di forza, mi mise le mani sotto le cosce, mi sollevò e si girò per premermi la schiena contro la porta. Gli circondai la vita con le gambe. I nostri corpi si incontrarono e lui spinse forte, la parte più dura di lui che premeva contro la parte più morbida di me.

Chiuse la bocca sul mio collo e io gemetti. Le zanne mi pizzicarono la pelle. Staccai i glutei dalla porta per premere anch'io contro di lui.

Casteel morse un po' più forte, strappandomi un altro grido, ma ancora non perforò la pelle. Invece andò avanti a mordicchiarmi e provocarmi finché mi sembrò che ogni singolo nervo nel mio corpo fosse teso al punto di spezzarsi, finché non cominciai a ondeggiare contro di lui, insieme a lui.

E quando infine la sua bocca tornò sulla mia seppi che stavamo entrambi per perdere il controllo. Era una finzione. Anche se mi stava baciando come se volesse bere le mie labbra. Anche se il suo corpo premeva contro il mio e le mie dita affondavano nella sua spalla e nella stoffa della tunica sul suo petto. Era tutta una finzione.

Il bacio si fece più lento, nonostante le sue anche continuassero a tenermi inchiodata contro la porta. E quando staccò le labbra dalle mie, anche il suo respiro era spezzato. «Penso... penso che così sia sufficiente.»

Lo era?

Appoggiai la testa indietro contro la porta, deglutii e annuii. Doveva essere sufficiente, perché già a quel punto rasentava la follia... e avrebbe condotto a follie anche peggiori. Casteel sembrava vicinissimo a strapparmi i vestiti di dosso e prendermi lì contro la porta. E io ero vicinissima a supplicarlo di andare avanti. Smisi di stringere la stoffa del suo vestito e riaprii gli occhi.

Casteel mi fissava, le labbra gonfie, gli occhi come pozze splendenti di oro fuso. Dei, era di una bellezza da togliere il fiato, e sembrava esausto tanto quanto me.

Emise un profondo brontolio. «Non guardarmi a quel modo.»

La sua voce era così roca che stentavo a riconoscerla. «Quale modo?»

«Come se non ti bastasse.» Allargò le dita sui miei fianchi fino a circondare i miei glutei e mi staccò dalla porta. Mi ritrovai di nuovo premuta contro la sua parte più dura e mi sfuggì un sospiro, che lui azzittì con un bacio così profondo che avrei voluto perdermici dentro.

Ma a un certo punto si interruppe. Casteel mi rimise delicatamente per terra, e indugiò con la fronte appoggiata contro la mia. Mi carezzava i capelli, e avrei giurato che le sue mani tremassero leggermente. Le ginocchia mi reggevano a stento: me ne resi conto quando finalmente lui si staccò da me, indietreggiando di un passo. I nostri occhi si incontrarono, e il desiderio doloroso che avevo ancora dentro pulsò allo stesso ritmo del mio cuore.

«È stato...» Mi morsi le labbra, non sapendo come continuare.

«Non dire nulla.» Mi si avvicinò di nuovo e mi sistemò una ciocca di capelli dietro l'orecchio. «Probabilmente è meglio se tacciamo entrambi.»

«Va bene.» Avevo voglia di premere la guancia contro la sua mano, ma riuscii a resistere.

Casteel accennò un sorriso. «Ho qualcosa per te, qualcosa di cui hai bisogno. Un regalo. Avrei voluto dartelo una volta usciti di qui, prima che... ci distraessimo.»

Ci distraessimo? Era questo quello che era appena successo, per lui? E per me, cos'era stato invece? Qualcosa di più?

«Non è un anello» stava continuando lui, «ma penso che lo apprezzerai lo stesso.»

Aggrottai le sopracciglia, confusa. «Che genere di regalo sarebbe, dunque?»

«Il genere migliore: la vendetta.»

Non avevo idea di come facesse a rimanere così calmo e composto, dopo quel bacio. Lo osservai di soppiatto: sembrava reduce da una sessione di lettura della *Storia della Guerra dei Due Re e del Regno di Solis*, un libro emozionante più o meno quanto guardare crescere l'erba.

Avevo la sensazione che fosse stato tutto frutto della mia immaginazione. E avrei seguitato ad avere seri dubbi, se la penosa sensazione di mancato appagamento non avesse continuato a pulsare dentro di me. E invece no: era successo veramente. Mi aveva baciata, e lo aveva fatto come se la sua stessa vita dipendesse da quel gesto.

Riusciva davvero a essere così distaccato? E, se le cose stavano così, che senso aveva fingere? Ero sul punto di usare i miei sensi, ma in quel momento Casteel aprì una pesante porta di legno e un odore umido di muffa, che riconobbi subito, si diffuse.

«Il mio regalo è in una cella?» chiesi mentre mi guidava lungo una scala stretta e ripida. Rallentai il passo: l'odore era nauseante.

«Potrà sembrarti strano, ma tra poco capirai.»

Cercai di ignorare la vocetta paranoica che cercava di mettermi in guardia sul rischio di una trappola e mi costrinsi a proseguire. In fin dei conti, però, avevo accettato di sposare Casteel: che bisogno avrebbe avuto di gettarmi di nuovo in cella? Restava però il fatto che là sotto ero quasi morta e trovarmi di nuovo in quel posto era a dir poco inquietante.

Quando raggiungemmo la sala sotterranea illuminata dalle torce, un'ombra si staccò dalla parete. Era Kieran.

Il suo sguardo si spostò da Casteel a me. «Tutto a posto?»

«Io sì. E tu?» Non so perché glielo chiesi, subito mi si imporporarono le guance. Non era possibile che si fosse accorto di quello che era successo nella dispensa, nemmeno con i suoi sensi da Wolven...

A meno che non lo sapesse per via del legame. Dovevo assolutamente scoprire qualcosa di più su quell'argomento.

Le sue labbra si piegarono in un sorriso. «Una meraviglia.» Guardò il principe. «E tu?»

«Esattamente come l'ultima volta che me lo hai chiesto.»

Aggrottai la fronte. «Ti eri fatto male?»

«La cosa ti provocherebbe fitte di angoscia?»

Le mie labbra si piegarono all'ingiù. No? Sì? «Non particolarmente.»

«Ahia.» Casteel si portò una mano al petto. «Mi fai soffrire di nuovo.»

«No che non si era fatto male» disse Kieran. «Almeno non fisicamente. Emotivamente, credo che tu lo abbia distrutto.»

Alzai gli occhi al cielo. «Perché allora gli chiedi come sta, se sai che non si è fatto nulla?»

Kieran aprì la bocca per rispondere, ma Casteel lo anticipò: «Perché è un ansioso. Ha sempre paura che io non stia bene o mi stia stancando troppo. Si preoccupa di sapere se ho dormito almeno otto ore e fatto almeno tre pasti completi al giorno».

«Precisamente» fece Kieran in tono buffo.

Casteel rivolse a lui un sorrisetto e a me un cenno. «Vieni, il tuo regalo aspetta.»

Seguii il principe chiedendomi cosa avessero in mente quei due, e a un certo punto mi venne un sospetto. *Vendetta.* L'aria era colma dell'odore denso e ferroso del sangue fresco, ma in sottofondo sentivo un profumo fin troppo dolce di fiori. I miei sospetti vennero confermati, ancor prima di scorgere la presenza rinchiusa nella cella davanti alla quale Casteel si era fermato.

Incatenato al muro, a braccia aperte e con le gambe legate, c'era Lord Chaney. L'Asceso aveva decisamente visto giorni migliori: aveva perso un occhio e le profonde ferite che gli avevo inflitto con il coltello solcavano ancora il suo volto. Dalla bocca aperta colava un rivolo di sangue. Attraverso la camicia, ormai a pezzi, notai che la ferita vista prima era in realtà uno di tre squarci distinti. Sul torace scarno aveva anche segni di artigli. Le manette che gli serravano polsi e caviglie erano dotate di aculei, che gli penetravano nella pelle cavandogli altro sangue. In quel momento doveva provare una sofferenza terrificante.

Lo fissai, senza un briciolo di compassione. «Non lo hai

ucciso» dissi rivolta a Casteel, e l'Asceso aprì l'occhio superstite. Era più rosso che nero.

«No.» Casteel si girò verso di me appoggiando il fianco alle sbarre della cella. «Avrei voluto. E in effetti ne avrei ancora voglia. Molta. Ma non è la mia pelle quella che ha morso. Non è mio il sangue che si è preso.»

Il cuore mi accelerò di nuovo. Mi sforzai di staccare lo sguardo dal Vampry per spostarlo sul principe.

«La vendetta è tua, se la vuoi» disse Casteel. «Altrimenti, lascia che sia io la tua lama, il mezzo per porre fine alla sua miserabile esistenza. Scegli.» Si tolse dallo stivale un'arma affilata e me la porse. Era il mio pugnale Wolven. «In entrambi i casi, questo è tuo. Che entri o meno, oggi, nel cuore di un Asceso.»

In silenzio serrai le dita sull'impugnatura. Il suo peso familiare mi trasmise una bella sensazione. Guardai di nuovo dentro la cella. «Non parla più, adesso?» In precedenza sembrava che gli fosse impossibile stare zitto.

«Gli ho strappato la lingua» disse Kieran.

Sia io sia Casteel ci voltammo a fissarlo. «Cosa?»

«Mi infastidiva.»

«Oh. Va bene» mormorò Casteel.

L'Asceso emise un gemito miserevole. Tutti gli occhi tornarono su di lui, e l'ondata di empatia che mi salì nel petto rischiò di travolgermi.

Ma non era per il mostro che avevo di fronte.

Era per la signora Tulis, a cui Chaney aveva spezzato il collo senza riflettere un solo istante. Per l'uomo che il cavaliere aveva trucidato su ordine dell'Asceso. Per tutti quelli che erano morti. Per quelli che giacevano nella stanza davanti alla sala dei banchetti. Per la donna che ormai era quasi certamente spirata. Per il ragazzino che l'Asceso aveva ucciso solo perché poteva e aveva voglia di farlo. Era per loro che mi bruciavano gli occhi e la gola.

«Aprite» dissi.

Kieran liberò la porta dal lucchetto e i miei piedi mi spinsero a entrare. Forse quello che stavo per fare era sbagliato. Di sicuro non era qualcosa che la Vergine avrebbe dovuto fare. Ma io non ero più la Vergine. E in verità non lo ero mai stata. Eppure *una vita per una vita* rimaneva un concetto sbagliato, e lo sapevo bene. Così come sapevo che la mia mano, quella che ora impugnava il coltello, era la stessa che aveva stretto le mani dei feriti per alleviare il loro dolore, non per causarne altro.

Casteel o Kieran avrebbero potuto porre fine alla vita di Chaney. Oppure poteva farlo uno qualsiasi degli abitanti della fortezza: tutti avevano diritto a quella vendetta. Non era necessario che il suo sangue macchiasse le mie mani.

Ma altro sangue era stato versato a causa mia.

Mi fermai di fronte a Lord Chaney e lo fissai nell'unico occhio. C'era un tale gelo là dentro, un vuoto incommensurabile che mi fissava mentre il suo proprietario strattonava le catene nel tentativo di raggiungermi, ottenendo solo di sanguinare ancora di più. Dalla sua gola uscì un suono rasposo e vibrante: se non ci fossero state le catene si sarebbe avventato su di me proprio come un Craven, per lacerare a morsi la mia carne. Si sarebbe preso la mia vita per saziare la sua sete, senza preoccuparsi delle conseguenze o ricordarsi del valore che avevo per gli Ascesi. Avrebbe bevuto e bevuto ancora, come aveva sempre fatto. E se non fosse arrivato a Nuovo Nido avrebbe continuato a uccidere e uccidere. Fissai nelle profondità del suo occhio, e tutto quello che vidi furono i volti delle sue vittime, tante delle quali sarebbero rimaste per sempre senza un nome.

Il pugnale parve quasi vibrare nella mia mano.

Quello che avevo fatto a Lord Mazeen era stato dettato da rabbia e dolore, ma nondimeno era un atto di vendetta. Nel profondo della me stessa di allora, c'era stato qualcosa che mi aveva permesso di sferrare quel colpo: qualcosa che Casteel aveva riconosciuto, e a causa del quale adesso mi stava offrendo quel... *dono*. Sapeva che ne sarei stata capace, e quel pensiero avrebbe dovuto inquietarmi. Probabilmente lo avrebbe fatto sul serio, più tardi.

O forse no.

Non ero più sicura di cosa avrebbe potuto tormentarmi adesso, nel presente, o se ciò che mi teneva sveglia di notte un tempo fosse ancora in grado di farlo. Stavo cambiando. E non giorno per giorno, ma ora per ora, o almeno quella era la mia impressione. Le forze che avevano potere su di me quando indossavo il velo, ora non lo avevano più.

Sostenni lo sguardo di Lord Chaney. Non distolsi gli occhi. Accettai il dono del principe. Senza una parola, piantai la lama di diaspro nel cuore dell'Asceso.

E rimasi a guardare mentre il bagliore rosso si spegneva nel suo occhio. Mentre la pelle si riempiva di crepe e si dissolveva a pezzi. Mentre le catene vuote cadevano tintinnando contro il muro di pietra. Non mi voltai finché non rimase altro che una nube di cenere finissima, che si depositava lentamente sul pavimento della cella.

Passato un po' di tempo, ero di nuovo seduta in biblioteca a sfogliare i registri atlantiani, ma riuscivo a stento a distinguere le lettere, anche quelle che sapevo decifrare. Concentrarsi sulla lettura era impossibile, la mia mente rincorreva mille pensieri diversi. A un certo punto mi appoggiai allo schienale della sedia ed emisi un lungo sospiro.

«C'è qualcosa di cui vorresti parlare?» chiese Kieran, alzando la testa dal libro che stava leggendo. Casteel lo aveva lasciato a badare a me ed era andato a incontrare le famiglie che avevano perso i propri cari nello scontro. Non mi aveva chiesto se volevo accompagnarlo, ma mi ero resa conto da sola che la mia presenza avrebbe finito per essere un impaccio o una distrazione: quello era un suo dovere, non mi riguardava.

«O qualcosa che vorresti chiedere?» insistette Kieran. «Sento che hai una domanda sulle labbra.»

Corrugai la fronte. «No. Niente.»

«Allora perché sospiri ogni cinque minuti?»

«Non è vero, non lo sto facendo. Però, in effetti, ci sarebbe un cosa che avevo in mente di chiederti.» La sua espressione si addolcì. «Il legame che hai con Casteel... come funziona esattamente? Riesci a sentire i suoi pensieri? O percepisci quello che gli succede, come se stesse accadendo a te?»

«So che non dovrei essere sorpreso per un'uscita così inaspettata da parte tua, eppure, incredibilmente, lo sono.»

«Prego.»

Kieran chiuse il libro. «Non posso sentire i pensieri di Casteel, né lui i miei.» Ringraziai mentalmente gli dei. «Ma posso sentire le sue emozioni, immagino in maniera non troppo diversa da come fai tu con il tuo dono. E lui può sentire le mie. Inoltre, se gli accadesse qualcosa di brutto o se si ritrovasse gravemente debilitato, il legame gli permetterebbe di assorbire energia da me.»

Drizzai la testa. «E nel periodo in cui era prigioniero?»

Kieran rimase a lungo in silenzio. «Quando lasciò Atlantia, non avevo idea di quale fosse il suo piano. Non ha voluto che andassi con lui. Me lo proibì esplicitamente.»

«E tu obbedisti?»

«Era un ordine diretto del mio principe. Persino io devo obbedire, ogni tanto.» Kieran produsse un ghigno. «E vorrei, sinceramente, non averlo fatto... Diavolo, se avessi saputo che cosa aveva intenzione di fare, avrei mosso mari e monti per tentare di fargli capire quanto fosse idiota la sua idea. E se nemmeno quello fosse servito...» Tolse una gamba da sotto il tavolino. «Seppi che era rimasto ferito quando cominciai a stare male all'improvviso, senza motivo apparente. Mi resi conto che non era una semplice ferita quando mi ritrovai deprivato di tutte le mie forze. E capii che era stato catturato quando non riuscii più a camminare, e divenni preda di una fame che nessun cibo poteva saziare e una sete che nessuna acqua poteva estinguere.»

«Dei» sussurrai. «È rimasto prigioniero per...»

«Cinquant'anni.»

«E tu hai... hai continuato a stare male per tutto quel tempo?»

Kieran annuì.

«Suo fratello, il Principe Malik... anche lui ha un legame con qualcuno?»

Il volto di Kieran si indurì per un attimo, poi tornò a rilassarsi. «Il Wolven a cui era legato morì nel tentativo di liberarlo.»

Mi appoggiai allo schienale della sedia e mi coprii il viso con le mani. «E se lui morisse? Moriresti anche tu?»

«Se uno dei due morisse, l'altro resterebbe gravemente indebolito, ma con il tempo sarebbe in grado di riprendersi.»

«In definitiva, qual è lo scopo di questo legame? Scambiarsi l'energia quando uno dei due ne ha bisogno?»

Kieran annuì. «Il legame è un giuramento attraverso cui mi sono impegnato a obbedire a Casteel e a proteggerlo, anche a costo della mia vita. Nessuna creatura esistente può superare la forza di questa promessa.»

«E lui farebbe lo stesso per te?»

«Sì. Non è obbligato, ma tutti gli Elementali che hanno un legame farebbero la stessa cosa.»

Chiusi con cautela il registro che avevo in mano, mentre riflettevo. «Come ebbe inizio tutto ciò?»

«Fu opera degli dei. Quando i loro figli, le divinità, vennero al mondo sulla terra, gli dei chiamarono a raccolta i lupi Kiyou, a quel tempo creature selvagge, e diedero loro una forma mortale. Lo scopo era quello di proteggere e guidare le divinità, poiché dovevano affrontare un mondo di cui non sapevano nulla. È così che nacquero i primi Wolven. E quando gli Elementali cominciarono a superare di numero le divinità, il legame passò a loro.» Kieran si sporse in avanti e appoggiò i gomiti alle ginocchia. «Ma non tutti ne hanno uno. Delano, per esempio, non è legato ad alcun Elementale.»

«E i genitori di Casteel?»

«I loro Wolven morirono in guerra.»

«Dei» mormorai. «E Alastir? Lui ha un legame?»

«Lo ha avuto fino allo scoppio della guerra.» Kieran non aggiunse altro, ma bastò quello a farmi capire che il suo Elementale non era sopravvissuto. «Oggigiorno i legami non sono più tanto frequenti. Nessun Wolven è obbligato a prestare il giuramento, e molti di loro scelgono di non farlo. E, peraltro, se fosse ancora obbligatorio non ci sarebbero abbastanza Wolven in circolazione per renderlo una consuetudine.»

«Per via della guerra?»

Kieran annuì.

Appoggiai la testa contro lo schienale della sedia. «È per questo che i Wolven ci tengono così tanto ad avere indietro la loro terra?»

«Già.»

«Non è la guerra che vogliono.» Fissai il soffitto. «Vogliono una restituzione.»

Non ci fu risposta. Non serviva.

«E tu?» chiesi dopo un attimo. «Tu che cosa vorresti?»

«Quello che vuole Casteel.»

Alzai un sopracciglio. «Per via del legame?»

«Perché la guerra dovrebbe essere sempre e soltanto l'ultima risorsa. Ma nel caso in cui si arrivasse al conflitto, proprio come Casteel anche io dovrei impugnare la spada. E spero davvero che ciò non accada.»

«Vale lo stesso per me» mormorai. Lasciai vagare i pensieri. «Hai visto l'Albero di Sangue?»

«Sì.»

«Casteel dice che in giro circola voce sia un prodigio che annuncia grandi cambiamenti. Secondo Alastir, probabilmente ha a che fare con il nostro matrimonio.» Ripensai alla sua prima reazione. «Tu che ne pensi?»

Gli occhi di Kieran incontrarono i miei. «Che Alastir ha ragione: in un modo o nell'altro, il vostro matrimonio provocherà cambiamenti in entrambi i regni.»

In un modo o nell'altro. Ossia, se la nostra unione fosse sufficiente a impedire la guerra o se finisse per provocarla. Rabbrividii.

Rimanemmo entrambi in silenzio finché, dopo quella che mi parve una piccola eternità, mi alzai. «C'è una cosa che voglio fare.»

Kieran si alzò a sua volta. «Ti seguo.»

Uscimmo dalla biblioteca per andare nel salone. Le persone che incontravamo lungo il tragitto si scostavano per lasciarci il passo: mi sentii addosso tutti i loro sguardi, dai più fugaci ai più prolungati, e non ebbi bisogno di aprire i miei sensi per sapere che alcuni contenevano una buona dose di sospetto. La notizia di quello che avevo fatto quel giorno doveva essere già circolata.

Tenni la testa alta mentre passavo tra i gruppetti che bisbigliavano. Nemmeno Kieran, se li udì, mostrò alcuna reazione. Uscimmo all'aperto, sotto un cielo dove le sfumature viola si contendevano lo spazio con quelle blu scuro della notte imminente. Evitai di guardare verso le stalle: non volevo vedere l'Albero di Sangue. Anche il vento era cessato, e l'unico suono che si udiva era quello della neve sotto le nostre suole.

Rimanemmo in silenzio lungo tutto il percorso attraverso il bosco e giù fino alla camera dei nomi. Kieran non disse nulla, nemmeno quando mi vide raccogliere martello e scalpello e mettermi alla ricerca di uno spazio vuoto. Ne trovai uno dopo diversi minuti. A mezza altezza, a sinistra dell'ingresso, erano stati aggiunti nomi nuovi: nelle incisioni recenti c'era ancora la polvere. L'ultimo era Renfern Octis. Percorsi con il dito le parole e le date subito sotto, sentendo male al cuore. Aveva solo undici anni.

Undici.

Posizionai lo scalpello sul muro e incisi un nome, poi altri due, l'ultimo solo dopo averci riflettuto. Non conoscevo le date di nascita, ma scrissi la data di morte.

La signora Tulis. Suo figlio Tobias. E il signor Tulis, che non era stato ucciso dagli Ascesi, ma che per causa loro era comunque morto.

19

Come...?

Mamma!

Balzai a sedere, un grido incastrato in gola, e allungai le mani alla cieca, tastando il comodino, poi le mie dita si strinsero intorno all'elsa del pugnale Wolven.

«Poppy.» La voce arrochita dal sonno di Casteel, accanto a me, mi fece trasalire. Quand'era tornato? Dopo che mi ero addormentata, probabilmente. «Un incubo?»

Deglutii con forza, annuii e chiusi gli occhi. Subito vidi il volto inorridito di mia madre e il dolore nel suo sguardo. C'era tantissimo sangue, le scorreva sul vestito sgorgando dalle ferite sul petto. Non erano morsi. Non...

Il mio petto si strinse con troppa forza, l'aria mi sfuggì sibilando dai polmoni. Spalancai gli occhi, ma avrei potuto giurare di aver sentito le urla. Non strida. Urla, e il profumo... di legno che bruciava.

Il letto ondeggiò quando Casteel si mise a sedere. Con gentilezza, mi tolse il pugnale. «Lo sto solo poggiando lì. È ancora alla tua portata, in caso tu voglia accoltellarmi.»

Lo osservai sporgersi e lasciare l'arma accanto a me, dall'altro lato. «Non voglio accoltellarti» gracchiai.

«Sarebbe la prima volta» mi prese in giro, e io singhiozzai in una risata tremante. «Più tardi, quando di sicuro ti darò motivo di farlo, cerca di ricordarti quello che hai detto.»

Scrollai la testa, portandomi al volto le dita scosse da tremiti. «Mi dispiace.» Mi passai la mano tra i capelli e li scostai. «Non volevo svegliarti. So che dobbiamo partire presto.»

Dopo l'imbarazzante cena nella sala dei banchetti – con la gente che fissava o sussurrava, finché lo sguardo freddo del principe non la zittiva – Delano era tornato. Le strade erano abbastanza libere e Casteel pensava che fosse relativamente sicuro lasciare Nuovo Nido.

«Che cosa ti avevo detto?» domandò Casteel. «Non scusarti. Non è colpa tua. Non ti devi preoccupare.»

Più facile a dirsi che a farsi.

«Pensi di riuscire a riprendere sonno?»

«Sì.» Mi sdraiai, raggomitolandomi sul fianco. Nel camino, le fiamme danzavano piano, e più le fissavo, più i frammenti del mio incubo iniziavano a ricomporsi. La nebbia... era stata densa come fumo. Odorava come di legna bruciata, e di qualcos'altro di pungente. O forse così Ian e io avevamo creduto all'inizio? Era per quello che ero andata a cercare mio padre? Mi sforzai di vedere il suo volto, i suoi occhi, ma per quanto ci provassi non riuscivo. Non vedevo altro che rosso. Così tanto rosso... sulle pareti, nelle pozzanghere sul pavimento, tra i corpi squarciati. Ma niente Craven. Nessun Craven a nutrirsi di quei corpi. Perché? Perché c'era così tanto sangue?

Un fiotto di energia inquieta mi percorse, facendo montare il panico e la paura. Non potevo restarmene lì sdraiata. Non potevo chiudere gli occhi.

Mi misi a sedere e feci per alzarmi, ma Casteel mi cinse il polso con il braccio. «Non posso restare a letto. Non riesco a dormire. Ho solo bisogno...»

«Di dimenticare.» Al bagliore del fuoco, mi toccò la guancia, in modo che lo guardassi. «Lo so. Lo capisco. Davvero.»

Sapevo che, fra tutti, lui era l'unico che capisse sul serio. I miei respiri erano troppo rapidi. Mi coprii il viso con le mani. «Non voglio ripensare a quella notte.» Le lacrime mi bruciavano in gola, e io le odiavo... odiavo quell'evidente debolezza. «Voglio dimenticare.»

«Ma per farlo devi affidarti alle sensazioni. Devi sostituire quella paura con qualcos'altro. Ecco perché avevi l'abitudine di esplorare la città di notte.» Casteel mi scostò le mani dal volto. «Ma qui non c'è una città dove fuggire. Hai solo me.»

Hai solo me.

Il mio cuore si torse in un nodo.

«Lascia che ti aiuti a sostituire la paura e l'impotenza. Posso cancellarle. Te lo prometto» sussurrò, facendomi di nuovo sdraiare. «Lascia che sia io a bastarti, almeno per stanotte.»

«Io...» Mi mancarono le parole. Casteel si spostò per schermare il bagliore del fuoco, lasciandomi nel buio.

«Ci siamo solo noi. Nessun altro.» Le sue labbra mi sfiorarono le guance, facendomi trasalire. «Come prima, in dispensa, possiamo fingere.»

Chiusi gli occhi.

«Adesso, nel buio, sono solo Hawke.» Il suo braccio mi lasciò la vita e la sua mano scivolò lungo il mio fianco e la coscia, fino al punto in cui la camicia da notte era risalita sulle gambe. «Tu sei solo Poppy, e io posso aiutarti.»

Forse fu l'incubo. O forse l'oscurità e l'improvvisa brama pulsante che si risvegliò. O forse fu perché nell'oscurità potevamo essere Hawke e Poppy, senza passato e senza futuro. E fingere... fingere rendeva tutto questo irreale. Forse furono tutte queste ragioni a farmi voltare la testa verso la sua. Le nostre labbra si sfiorarono.

«Fingere» sussurrai, e... lo baciai.

Casteel mi permise di esplorare la sua bocca, rimanendo fermo, tranne che per la mano: lentamente risalì lungo il fianco, lo stomaco, tra i seni, sollevandomi l'orlo della camicia da notte fino al collo. L'aria fresca mi stuzzicò la pelle nuda.

Lo baciai, e quando sentii il suo palmo sul seno tremai. La punta si indurì fin quasi a fare male. Con il pollice lui la sfiorò pigramente, poi passò all'altra, dicendo: «Vorrei che potessi vedere quello che sto per fare».

Mi inumidii le labbra quando lui si scostò, passandomi il pollice sulla pelle rosata e increspata. Poi fece qualcosa con pollice e indice e io sobbalzai, un fiotto di calore umido che si raccoglieva tra le cosce.

«Dei» ansimai.

«Mmm.» La sua bocca mi sfiorò di nuovo lungo il collo. «Ti piace?»

Era inutile rispondere. Lo sapeva, e lo rifece. I miei fianchi si mossero di riflesso, incitati dalla brama che mi montava rapidamente tra le cosce. Non mi toccava in quel modo – non *ci toccavamo* in quel modo – da quella notte nel bosco, dopo che l'avevo pugnalato, ma il mio corpo non se n'era dimenticato. In quel calore stavo sbocciando.

Casteel chiuse la bocca sul mio seno, e la combinazione della sua lingua e del graffiare delle sue zanne affilate mi fece rovesciare la testa all'indietro. Mi sfuggì un gemito simile a un sospiro e spalancai gli occhi. Succhiò con la bocca, spostando la mano lungo la mia pancia e poi più in basso, al centro di me. Era un tocco lievissimo, delicatissimo, mi stuzzicava e mi provocava.

«Sei bagnatissima, Poppy» mormorò contro la punta spasimante del mio seno. «Mi piace. Tanto.»

Incapace di provare imbarazzo o di scandalizzarmi per le sue parole crude, riuscii solo a gemere sotto le carezze lente e pigre del suo dito.

«E mi piace anche la velocità con cui rispondi al mio tocco.» Mordicchiò la pelle dell'altro seno, disegnando cerchi con il pollice dove la carne era sensibile. «Vuoi che vada avanti?»

Ansimai in cerca d'aria. «Sì.»

Casteel rispose esercitando pressione su quel mio fascio di nervi. Con un grido, mi inarcai contro la sua mano, e sentii di essere zuppa, già annegavo. Proprio mentre chiudeva ancora una volta la bocca sul mio seno, inserì un dito dentro di me. Mi sfuggì una sorta di suono strozzato, e non ci fu più spazio per ripensare a una notte assai lontana o alle preoccupazioni del mattino che si avvicinava rapido. Il cuore mi rumoreggiava nel petto.

Mosse il dito dentro e fuori, sollevando la testa, e anche se io ero cieca nel buio, sapevo che lui vedeva. Sapevo che guardava la sua mano tra le mie cosce aperte. Sapevo che era concentrato su quello che stava facendo, sul modo in cui sollevavo i fianchi per andare incontro alle sue spinte. E, mentre guardava, inserì un altro dito nel cuore umido e stretto del mio essere. Richiusi gli occhi, e seppi che era questo ciò che avrebbe voluto fare prima, in dispensa. Mi lasciai andare al calore bagnato e all'oscurità e alla malizia del suo tocco. Quando strusciai i fianchi contro la sua mano, Casteel gemette.

«Così.» Aveva la voce roca. «Cavalca queste dita.»

E io lo feci, oscillando contro le sue mani mentre il tremito dell'orgasmo giungeva al culmine. Poi la tensione, ancora dolorosamente poco familiare, si trasformò in un vortice che crebbe finché parve troppo. «Oh, dei, non posso...» Premetti i fianchi contro il letto.

«Sì che puoi.» Lui continuò a muovere le dita dentro di me. «E lo farai.»

Era tutto troppo, e troppo intenso, e non c'era scampo. Lui piegò le dita dentro di me, in profondità, e il mio sangue si tramutò in lava. E proprio quando pensavo che sarei andata in fiamme...

«Ecco.» La sua voce era roca e rude.

Mi morsi il labbro e nascosi il viso nell'incavo del suo braccio, mentre quella spirale di tensione vorticava più profonda, più serrata. Lui mi sfiorò la guancia con le labbra e premette il pollice sul fascio teso dei miei nervi. I miei fianchi si sollevarono dal letto e tutta la tensione s'infranse. Fu come un fulmine nelle mie vene. L'agonia più dolce, che disperse i miei pensieri, mentre Casteel ritirava le dita e il tremore dello scioglimento si placava. Casteel mi attirò tra le sue braccia, sazia e stordita, esausta e floscia come se non avessi più ossa. Mi abbracciò contro il suo petto e mi coprì. Ci coprì. Sotto la mia guancia, il suo cuore batteva regolare.

Il cuore che non molto tempo prima avevo trafitto.

Casteel mi tenne stretta, vicina, continuando ad accarezzarmi la schiena. Non sapevo se si rendesse conto del conforto che la sua vicinanza o il suo tocco trasmettevano. Forse sì, ed era il motivo per cui rimaneva in quella stanza pur sapendo che in qualsiasi momento della notte avrei potuto svegliarlo. C'erano altre stanze, altri letti di gran lunga più tranquilli e con meno complicazioni, eppure lui era lì. Mi abbracciava, placando i miei nervi a brandelli dopo aver scacciato l'orrore lasciato da una notte che avrei solo voluto dimenticare. Mi aiutava a dimenticare, offrendomi piacere ed estasi con cui sostituire la paura e l'impotenza, e lo faceva senza nulla in cambio.

Mi riaddormentai, nell'oscurità in cui io ero solo Poppy, e lui era semplicemente Hawke.

Stavamo partendo.

Per Atlantia.

Quei momenti privati e oscuri nel cuore della notte sembravano risalire a un'eternità, non solo a poche ore prima.

Trassi un respiro troppo corto e studiai le persone insieme a noi. Naill e Delano erano con Elijah, e non avendo idea se fossero o meno a conoscenza del piano elaborato da Casteel rimasi in silenzio. Avevo passato gran parte della mattina ad agitarmi, chiedendomi quale comportamento avrei dovuto tenere. La preoccupazione che era svanita all'indomani dell'arrivo degli Ascesi – e tutto quello che era seguito – era tornata ad azzannarmi più forte.

«Hai bisogno d'altro, prima che partiamo?» domandò Casteel, poi mi sentii tirare leggermente la treccia. «Poppy?»

Mi resi conto che stava parlando con me e scossi la testa. «No. Sto bene. Grazie.»

Sia Kieran sia Casteel mi fissarono, e il silenzio si protrasse così a lungo che dovetti guardare per vedere se erano ancora lì. Mi voltai e li trovai entrambi a fissarmi con identiche espressioni di perplessità.

«Che c'è?» domandai.

«Nulla.» Casteel sbatté le palpebre. «Sei pronta, allora?»

Annuii.

Scrutandomi come se fossi un serpente raggomitolato pronto a colpire, mi tese la mano. Feci per alzarmi senza accettarla, ma mi interruppi. Una rapida occhiata mi suggerì che gli altri ci aspettavano vicino alla porta. Immaginai che rifiutare un gesto così semplice non sarebbe stato un gran modo per convincere gli altri che stavamo insieme, così posai la mano sulla sua.

Il contatto con la sua pelle mi diede un'altra scossa. Il mio sguardo guizzò sui suoi occhi socchiusi, che però non lasciarono trasparire nulla mentre mi aiutava ad alzarmi.

«È tutto pronto?» domandò Kieran.

«Sì» replicò Casteel. «Elijah crede che arriveremo a Spessa per la fine della settimana, se non facciamo troppe soste.»

«Fattibile» concordò Kieran. «E consigliabile.»

«La gente di qui ha solo pochi giorni per partire prima

che gli Ascesi mandino altri a cercare la Vergine» disse Casteel, allungando la mano e sollevando la mia treccia. «Manderanno esploratori, e probabilmente altri cavalieri.» Mi lasciò ricadere i capelli sulla spalla, poi mi prese la borsa.

Kieran annuì. «Magda è tornata stamattina. Secondo lei, la maggior parte delle persone sarà pronta a partire nel giro di un giorno, più o meno.»

«Bene.» Casteel mi osservò. Incerta su come comportarmi, decisi che il silenzio era la strategia migliore. Dopotutto, ormai lo usavo d'istinto, nonostante fosse stato difficile rimanere zitta quando avevo indossato il velo per la prima volta. Kieran pensava che facessi un sacco di domande, ma se mi avesse conosciuta quand'ero più giovane, pur di fuggire avrebbe lasciato un buco a forma di Wolven nella parete.

Casteel mi indirizzò un'occhiata strana e si avviò per raggiungere gli altri. Naill e Delano mi salutarono con un cenno, senza parlare. Fu Elijah a farlo. «Non ho avuto l'occasione di ringraziarti per quello che hai fatto ieri... l'aiuto che hai prestato a coloro che l'hanno accettato.»

Mi mossi a disagio, schiarendomi la gola. «Spero solo di aver dato una mano.»

«L'hai fatto. Il dolore è l'ostacolo principale durante la guarigione, e farti avanti in quel momento ha contribuito parecchio a evitare di dovercene restare qui, con le mani in mano, più a lungo del necessario.» Nella barba gli si aprì un sorrisone. «E non ho nemmeno avuto la possibilità di congratularmi con voi per le nozze imminenti. A essere sincero, ogni giorno mi aspettavo quasi di trovare il principe fatto a fette lì dove un uomo teme di più.»

Sbattei lentamente le palpebre.

Casteel ridacchiò di gusto. «Non sei il solo. Anch'io mi aspettavo di dover raccattare da terra qualche pezzo di me.» Mi osservò, le labbra appena dischiuse. «Ma una volta mi è stato detto che le relazioni migliori sono quelle in cui le emozioni sono più accese.»

Aggrottai la fronte.

«Mi domando chi sia stato a dirtelo» commentò Kieran.

«Io.» Elijah rise, picchiando la mano sulla spalla di Kieran e facendolo incespicare. Intorno agli occhi bruno-dorati dell'uomo la pelle s'increspò, e, per quanto avrei voluto che l'argomento della conversazione fosse qualsiasi altro, ero felice di vederlo sorridere e ridere, dopo ciò che era successo. Questo, però, mi spinse a chiedermi se ci riuscisse perché era talmente abituato alla morte che gli effetti sul suo umore non duravano a lungo. «Gli ho detto che se una donna lotta con passione e ti fa sudare anche solo per guadagnarti un sorriso, allora è il tipo di donna che vuoi avere al tuo fianco, dentro e fuori dal letto.»

Aprii la bocca, ma in realtà non avevo nulla da dire.

«Ho sempre pensato che tu avessi un antenato Wolven da qualche parte» commentò Kieran.

Elijah sbuffò. «Te l'ho già detto, tra i miei antenati ci sono solo piscio e whisky.»

«Magari è quella la vera stirpe da cui discendi» mormorò Casteel, guidandomi oltre.

Inarcai le sopracciglia, ma non dissi nulla mentre entravamo nell'ampio salone per poi uscire in cortile. La neve era cessata, ma il mio fiato formava nuvolette bianche. Mi sarei pentita amaramente di non avere portato il mantello, perfino insozzato com'era di sangue di Craven puzzolente.

Mentre raggiungevamo le stalle, la vista delle foglie che rilucevano come rubini alla luce del sole mi mise a disagio. Quel mattino non c'era nessuno a fissare l'Albero di Sangue, ma avrei potuto giurare che fosse cresciuto ancora di più rispetto al giorno precedente. Resina cremisi colava sulla neve formando un reticolo di linee sottili che mi ricordavano vene o radici.

Tre cavalli erano già stati portati fuori e, con le orecchie tese, lanciavano occhiate nervose verso l'Albero. Li superammo e raggiungemmo Setti, in attesa nelle stalle. Il gigantesco destriero nero prendeva il nome da quello del Dio della Guerra. In passato, ritenevo che a causa del nome quello splendido animale avesse una sella pesante da portare, ma adesso, conoscendo la verità, immaginavo che Setti riuscisse a reggerla senza problemi di sorta.

Mentre ci avvicinavamo al cavallo, Casteel mi lasciò la mano. E la mia sentì la mancanza del suo calore, anche se non l'avrei mai confidato a nessuno. Andai da Setti, mentre Casteel lo aggirava per agganciare la mia borsa insieme alla sua. Percorsi il fienile con lo sguardo, fermandomi su un palo con una tacca profonda. Sapevo che cosa l'aveva provocata e resistetti all'impulso di distogliere lo sguardo: era lì che Phillips era stato ucciso con un dardo da Casteel. Mi costrinsi a guardare, per ricordare. Phillips aveva intuito la verità, o almeno aveva compreso che Hawke non era in realtà chi diceva di essere. Aveva cercato di farmi fuggire, ma io non gli avevo dato retta. Non sapevo se Phillips conoscesse la verità sugli Ascesi. Forse sì, ma non importava. Ormai, in ogni caso, era morto.

Emisi un lento respiro. Al fianco di Setti era fissato lo stesso arco. Era ricurvo come quelli a cui ero abituata, ma aveva un'impugnatura e una freccia già incoccata. Un'arma diversa da qualsiasi altra avessi mai visto. Doveva essere atlantiana.

Tesi la mano verso il cavallo, permettendogli di annusarmi. «Ti ricordi di me?»

Casteel finì di sistemare le cinghie mentre Setti mi strofinava il muso sulle dita e io gli assestavo dei colpetti gentili sul naso, sorridendo.

«Credo che abbia sentito la tua mancanza.» Casteel mi raggiunse. «E penso che tutte le attenzioni che gli hai riservato lo abbiano viziato.»

Non credevo fosse possibile viziare troppo un animale. Lo grattai dietro l'orecchio. Casteel si era fatto più vicino e, con la coda dell'occhio, lo vidi accarezzare la criniera di Setti. Lanciò un'occhiata al fienile e abbassò la mano. «Torno subito.»

Mordicchiandomi il labbro, lo sbirciai da sopra la spalla. Casteel attraversò a grandi passi il fienile e raggiunse una donna più anziana, che era apparsa reggendo qualcosa di scuro tra le mani. Setti mi diede qualche altro colpetto alle dita, esigendo la mia attenzione.

«Va bene, va bene.» Ripresi a coccolarlo. «Scusa.»

Mentre accarezzavo il suo lungo collo flessuoso, vidi che Delano e Naill erano già in sella. Kieran stava raggiungendo il suo destriero, ma Elijah non sembrava in procinto di partire con noi.

Un attimo dopo, Casteel tornò. «Ecco» disse. «Ne avrai bisogno, finché non arriveremo a Spessa.»

Si riferiva a un mantello, nero e bordato di morbida pelliccia. Feci per prenderlo, ma Casteel si spostò dietro di me e me lo sistemò sulle spalle.

«L'ho fatto fare da una delle sarte, visto che salvare quello vecchio era fuori questione» proseguì, allungando le braccia intorno a me.

Mentre le sue dita si occupavano dei bottoni sotto la mia gola, non osai respirare troppo a fondo. Cercai di non notare quanto fosse vicino o come... Le sue dita sfiorarono i miei seni, e io trattenni un sussulto al ricordo della notte precedente. Non avevo proprio bisogno di ripensarci.

Le sue mani mi lambirono il petto. Ma quanti bottoni c'erano? Abbassai lo sguardo e quasi gemetti. La fila di lucenti dischetti neri terminava appena sotto lo sterno.

«Giusto per tua informazione, ho bruciato il mantello vecchio insieme ai Craven» continuò, e quando il suo mento sfiorò la mia guancia il cuore mi batté forte. «Abbiamo avuto fortuna, la sarta aveva questo già quasi pronto. Ecco fatto. Adesso ci sono meno probabilità di farti passare tutto il viaggio a mendicare il calore del mio corpo. Anche se sarei stato più che felice di ottemperare alla richiesta.»

Certo che lo sarebbe stato. «Grazie» mormorai.

Le sue mani lasciarono i bottoni e scivolarono lungo le mie spalle e poi sulle braccia, provocandomi una scia di brividi. Brividi che poi si diffusero dal petto in giù. Alzando lo sguardo, scorsi Elijah che si stava avvicinando e per il sollievo stavo per salutarlo con la mano quando...

«Un momento» disse Casteel, ed Elijah si fermò. Un attimo dopo, Casteel mi fece voltare verso di sé. «È tutto a posto?»

Alzai lo sguardo, e per un istante mi chiesi come facesse ad avere ciglia così incredibilmente folte. «Sì.»

Lui mi scrutò negli occhi. «Sei molto silenziosa oggi.»

Era vero, ma come facevo a spiegargli il motivo, ovvero che non avevo idea di come dovevo comportarmi? Di sicuro, avrebbe pensato che ero davvero stupida se non sapevo nemmeno come fingere.

«È per quello che hai fatto nella cella?» domandò.

«No» risposi in fretta.

«È per la gente della fortezza?»

Scossi la testa.

La sua espressione si fece tesa. «Allora è per la scorsa notte?»

«No» dissi senza esitare. Anche troppo, probabilmente, dato il lampo improvviso nei suoi occhi. «Sono solo un po' stanca.»

Lui mi fissò intensamente. «Non sono certo sia la verità.»

«È così» gli dissi. «Non si tratta della scorsa notte o altro. Lo sai che non ho dormito molto.»

Il suo sguardo diceva che non sapeva se credermi o meno, ma dopo un momento annuì. Indietreggiò di un passo e fece cenno a Elijah di raggiungerci.

«Penso ancora che vi divertirete» disse Elijah, prendendo le redini di Setti.

Casteel si mise le mani sui fianchi. «Speriamo.»

Mi bloccai.

«Metti il piede nella staffa» mi ricordò con gentilezza. «Poi afferra il pomello della sella. Ti sollevo io.»

Mi sentivo inadeguata da morire. La maggior parte delle persone imparava a cavalcare prima dei dieci anni. Afferrai il pomo.

«Non hai molta familiarità con i cavalli, eh?» domandò Elijah.

Scossi la testa. Mi aspettavo di sentire un guizzo di scherno nel suo tono, o quantomeno dell'incredulità. Non ne trovai.

«Non lo avrei mai detto, considerato quanto sei a tuo agio con quest'asino dal pessimo carattere.»

«Ehi» disse Casteel. «Con te mi comporto come un asino dal pessimo carattere proprio perché dici queste cose.»

Elijah rise, e Setti abbassò le orecchie. «Assicurati che ti insegni a cavalcare» disse, mentre Casteel mi sollevava con facilità. «Hai l'aria di possedere un talento naturale.»

«È nella lista troppo lunga delle cose che intendo insegnarle» replicò Casteel mentre mi sistemavo in sella.

Voleva farlo davvero? Mi sentii emozionata. Una volta libera, se fossi riuscita a cavalcare e a tenere sotto controllo un destriero, avrei potuto viaggiare facilmente. Era un'abilità necessaria, in effetti.

Un attimo.

Quali erano le altre cose che intendeva insegnarmi?

Il sogghigno che Elijah indirizzò a Casteel fu evidente. «Ci scommetto.»

Avvampai, sebbene avessi solo una vaga idea del significato di quell'insinuazione.

«Pensi ancora di riuscire a far partire il primo gruppo entro due giorni?» domandò Casteel, montando dietro di me con incredibile agilità. Ero sicura che se ci avessi provato io avrei dato una panciata alla sella e poi sarei piombata giù.

«Spero di riuscirci entro domattina» rispose Elijah.

«Bene. Li aspetterò a Spessa, prima di proseguire per Atlantia. Almeno così mi sentirò un po' meglio all'idea di attraversare le Skotos» disse. «Ma non voglio aspettare troppo. Adesso le strade occidentali sono libere, ma non sarà così per sempre, lo sai.»

«E tu sai che non partirò finché anche l'ultimo degli abitanti non sarà in viaggio.»

Ripensare a tutte quelle persone costrette ad abbandonare le proprie case mi intristì. Non importava che lo stessero pianificando da molto prima del mio arrivo. Era colpa mia se il progetto era stato anticipato.

«Lo so. Ecco perché ho affidato a te questa gente.» Casteel prese le redini che Elijah gli porgeva. «Confido di rivederti a casa, amico mio.»

«Contaci.» Elijah mi guardò. «Tieni in riga il nostro principe, ma stai in guardia. Mi aspetto di sentire molti racconti su di te che lo strapazzi.»

«Non hai certo bisogno di incoraggiarla.» Casteel mi cinse la vita con un braccio, e un attimo dopo mi ritrovai accoccolata tra le sue cosce, con la schiena premuta contro di lui.

Non avevo dimenticato la mancanza di spazio personale in sella a un cavallo, ma la mia memoria ne aveva affievolito il ricordo. E non ero sicura che mi servisse il mantello, ma sapevo per esperienza che non aveva senso stare seduta dritta come un palo. Non avrei fatto altro che farmi venire mal di schiena o schiacciarmi le vertebre. E poi, non credevo che una... fidanzata felice si sarebbe scostata dal promesso sposo.

A essere sincera, neanche volevo. Non sapevo quanto del mio desiderio dipendesse dal disagio e quanto dalla notte precedente, dal dono di Casteel o da quello che era accaduto nella dispensa, dai segreti che mi aveva confidato e da tutto ciò che c'era stato nel mezzo.

Elijah piegò il braccio e si premette il pugno sul cuore. «Da sangue e cenere.»

«Noi risorgeremo» concluse Casteel, e il mio stomaco sprofondò. Quelle parole erano il marchio dell'Oscuro, la promessa al suo popolo e ai suoi sostenitori sparsi per i vari regni.

Erano state presagio di caos, portatrici di morte e dolore. E adesso, l'Oscuro sedeva dietro di me.

Stavo per sposarlo.

Temporaneamente.

E gli avevo permesso di baciarmi. Di toccarmi.

Perché stavamo fingendo.

Non c'era nulla di reale.

Elijah mi rivolse un inchino. «A presto.»

«Spero che i vostri viaggi siano tranquilli» dissi, sorprendendo me stessa, e forse anche Casteel, perché il suo braccio s'irrigidì. Ero sincera, perché... be', mi piaceva la risata di Elijah.

Perfino quando mi irritava.

E la gente del villaggio non aveva bisogno di altra violenza o dolore.

«Lo spero anch'io.» Con un sogghigno, Elijah si fece da parte. «Dubito che le serva aiuto, ma in ogni caso proteggila, principe.»

«Proteggo sempre ciò che è mio» mormorò Casteel, dando un lieve colpetto a Setti. Io strizzai gli occhi.

Il cavallo partì al trotto. Gli altri tre ci aspettavano, e finimmo in mezzo al gruppo. Attraversammo il cortile e superammo l'inquietante avvertimento lasciato dagli dei. Mi tenni stretta al pomello della sella, il cuore che batteva al ritmo regolare degli zoccoli di Setti.

«Dove sono i tuoi guanti?» domandò Casteel.

Dopo un istante ritrovai la voce. «Nella sacca.»

«Lì non ti serviranno a nulla.» Spostò le redini nella mano che mi cingeva la vita, poi mi passò i guanti. «Spessa è molto più a sud. Farà più caldo lì.»

Accettai i guanti e li infilai lentamente, con il cuore che sobbalzava. Più avanti comparvero i tetti delle case. Mi guardai alle spalle e vidi solo la cima della fortezza di pietra, prima che scomparisse anche quella.

Mi voltai, e il miscuglio di nervosismo e trepidante attesa in tumulto dentro di me divenne una bizzarra compagnia. Nel giro di pochi minuti, una volta lasciata l'Alzata che circondava Nuovo Nido, se avessi voluto scappare non avrei più avuto speranze. Ci saremmo diretti troppo a est. Dovevo impegnarmi per rispettare l'accordo stretto con Casteel... il suo piano. Perché adesso non era più possibile tornare indietro.

«A proposito, io non sono tua» gli dissi. «Non appartengo a nessuno, solo a me stessa. E questo niente lo cambierà.»

«E se io volessi solo un pezzetto di te?» Casteel si passò le redini nell'altra mano. «Un minuscolo pezzetto che mi appartenga? Me ne vengono in mente alcuni che mi piacerebbe proprio un sacco possedere, principessa.»

Mi si infiammarono le guance. «Ne sono sicura.»

Lui scoppiò a ridere. «Dimmi tu quale posso avere. Uno qualsiasi, a tua scelta. Qualunque sia, lo accetterò.» Il suo mento mi sfiorò la guancia. «Sarà il mio bene più prezioso.»

Non offrii a Casteel un pezzo di me. Non ce n'era ragione, perché quello che lui non sapeva era che ne possedeva già troppi.

20

«Sei decisamente troppo silenziosa, oggi» ripeté Casteel più tardi, quando ormai cavalcavamo da ore verso Punta di Spessa.

«Ah sì?» risposi, conscia che non avrebbe avuto senso negarlo. Mi irrigidii. La conversazione andava avanti tranquilla intorno a me, volavano battute e insulti scherzosi a cui nemmeno Casteel sembrava immune nonostante il suo rango principesco. A me, però, rivolsero la parola in pochi, e in generale facevano domande solo sul mio addestramento e su come avevo fatto a tenerlo nascosto. Risposi raccontando brevemente di Vikter, e nient'altro.

Più tacevo, meno occasioni avevo di dire la cosa sbagliata.

«Sì» confermò Casteel. Delano e Naill cavalcavano subito dietro di noi, per cui dissi solo: «Ero... rapita dal paesaggio».

«Il paesaggio? Ti sei persa a rimirare... gli alberi?»

Aggrottai la fronte e annuii. La strada per Punta di Spessa era fiancheggiata da pini altissimi, talmente fitti che i rami si intrecciavano oscurando la vista.

«Non avevo idea di questo tuo interesse per i sempreverdi.»

Piegai la bocca all'ingiù, mi irrigidii e mi allontanai un po' da lui. «Pensavo fossi contento di non sentirmi parlare.»

«E per quale ragione al mondo dovrei essere contento di una cosa del genere?»

Mi voltai per alzare un sopracciglio nella sua direzione. «Sei serio?» chiesi a bassa voce.

Casteel socchiuse gli occhi e, quando io riportai lo sguardo sui pini innevati, spronò Setti, che si spostò prontamente alla testa del gruppo. «Che ti prende?» domandò, anche lui a voce bassa.

«Non so di cosa tu stia parlando.» Un frullio d'ali mi fece alzare la testa: l'uccello più grosso che avessi mai visto in vita mia aveva spiccato il volo dalla sommità di un pino e ora saliva nel cielo con movimenti aggraziati. «Santi numi, che uccello è?»

«Un falco argenteo, credo. Attaccano i piccoli animali, e persino i bambini se hanno abbastanza fame.»

Spalancai gli occhi. «Ho sentito parlare di uccelli che possono portare via un bambino, ma credevo fosse solo una leggenda.»

«Sono piuttosto sicuro che molte delle creature di questi boschi abbiano dato origine a leggende. Però, in questo momento c'è una sola cosa che vorrei sentir raccontare.» Mi circondò la vita con il braccio, mi strinse a sé e mi sussurrò all'orecchio: «Ovvero perché di colpo sei diventata muta come uno spettro».

«E hai bisogno di stringermi in questo modo per farmi una domanda?»

Lui ridacchiò. «Ecco che torna la mia principessa.»

«Sono sempre stata qui. E non sono la tua principessa.»

«Tecnicamente lo sei, e no, non sei sempre stata qui. La Poppy che conosco non è quieta e silenziosa. Almeno non la Poppy senza il velo.»

Fissai davanti a me con aria di sfida, perché non potevo fare altro: la sua osservazione era pericolosamente vicina alla verità.

«Questa nuova Poppy, quella che non parla, è apparsa solo questa mattina» continuò. «Hai detto che non è perché hai scelto di porre fine alla vita di quel bastardo Asceso per mano tua. E io ti conosco abbastanza bene da crederci.»

«Io invece non riesco a spiegarmi perché tu sia convinto di conoscermi così bene» ribattei, sebbene fosse vero che Casteel sapeva più cose di me di quante ne avessero mai sapute Vikter o Tawny, o persino mio fratello.

«So che hai fatto quello che ritenevi giusto, e non serve altro. Non devi arrovellarti sulle tue decisioni» aggiunse, e aveva ragione. «Hai detto anche che non è per via di quel che è successo ieri notte, e sono incline a crederti.»

«Se ora dicessi che mi importa ben poco di quello che credi o non credi, sarebbe sufficiente a farti stare zitto?»

«No.»

Sospirai.

«Sono una persona che ama le scommesse. Dunque sono pronto a scommettere che il tuo umore ha a che fare con il nostro *patto.*»

L'irritazione mi divampò dentro. La sua acutezza era esasperante.

«Dunque, invece di dirmi che va tutto bene, il mio desiderio sarebbe che tu fossi sincera con me.»

«Il mio desiderio invece è che quel falco torni e anziché un povero animale o un bambino indifeso si porti via te.»

Casteel rise, e quel suono mi scosse. Sapevo che, se mi fossi voltata, avrei visto la punta delle zanne e quelle maledettissime fossette. «Temo che il tuo desiderio sia destinato a rimanere inappagato.»

«Come al solito» borbottai in risposta.

Lui mi ignorò. «Non ho intenzione di mollare su questo punto. E tu, più di chiunque altro, dovresti sapere bene quanto so essere tenace quando voglio qualcosa.»

Mi scese un brivido lungo la schiena, e la sua mano, che

non si sa bene in quale momento del viaggio si era insinuata nelle pieghe del mio mantello, si spostò dal fianco al ventre. Deglutii e tentai di costringermi a pensare a qualsiasi cosa che non fosse quella mano.

«Parlami, Poppy» mi sussurrò in un orecchio mentre le sue dita cominciavano a muoversi e ogni singola cellula del mio corpo pareva concentrarsi su quel movimento. «Per favore.»

Per favore.

Quelle parole mi colsero di sorpresa. Era così raro sentirle uscire dalle sue labbra, persino prima che rivelasse la sua vera identità. Scossi la testa. «Io non... non so come devo comportarmi.»

Lui piegò la testa per guardarmi in faccia. «In che senso?»

Le sue dita erano ancora in movimento, salivano e scendevano tracciando cerchi intorno al mio ombelico. Avevo le guance in fiamme, non avrei saputo dire se per l'imbarazzo o per il ritmo lento ma incalzante di quelle dita, che mi ricordavano fin troppo quel mattino presto e tutto ciò che era accaduto nell'oscurità. «Non so come devo comportarmi per essere credibile, perché sembri davvero a tutti che... stiamo insieme.»

La mano si fermò, ma solo per un istante, poi riprese a muoversi. «Devi solo essere te stessa, Poppy.»

Più facile a dirsi che a farsi. «Essere me stessa. Quindi per esempio litigare con te ogni cinque minuti...»

«E minacciare di accoltellarmi.»

«In che modo, esattamente, minacciare di accoltellarti aiuterebbe la gente a convincersi che il nostro fidanzamento è reale?»

«Ammetto che quelle minacce, nel caso specifico, porterebbero in molti a pensare che non ci siano grandi sentimenti d'affetto tra di noi. Ma, d'altronde, nessuno mi crederebbe incline a scegliere una Vergine buona e sottomessa in cambio di mio fratello: si aspettano che io mi innamori di una donna dall'animo fiero e gentile allo stesso tempo, una donna coraggiosa... fin troppo coraggiosa. Una capace di tenermi testa.» A quel punto le sue dita si mossero verso l'alto, ma finalmente le sue parole avevano catturato la mia attenzione più dei gesti. «In pratica, si aspettano una persona come te. Non la Vergine velata. Quella non sei tu.»

Strinsi le dita sul pomello della sella, scossa. «È vero, non sono la Vergine velata. Non più. Eppure...» Alzai gli occhi sulla striscia di cielo grigio sopra di noi. «È quello che ero, quello a cui ero abituata. Non sono abituata a tutto questo.»

«Lo posso ben immaginare, e non mi riferisco solo alla parte del tuo rapimento.»

Feci un sorrisetto sghembo. «Tutto nel mio presente è nuovo. Stare senza velo, poter parlare con chi voglio quando voglio, poter usare le mie capacità senza dovermi nascondere. Non riesco nemmeno a ricordare l'ultima volta in cui, nella vita di prima, mi sono trovata a mangiare a tavola con più di altre due persone. Non sono abituata a frequentare stanze piene di gente, a essere il centro dell'attenzione pur restando in un certo senso invisibile...» Tacqui, sorpresa di come tutti quei pensieri sommersi fossero venuti a galla. Non ero neppure sicura di sapere chi fossi veramente senza il velo sul volto e tutte le limitazioni in cui avevo vissuto. Certo, anche nella mia nuova vita c'erano delle regole, ma era tutto così diverso da quello che avevo sempre conosciuto. «Penso che gli atteggiamenti assunti quando ero la Vergine...»

«Quello che eri costretta a essere» mi corresse Casteel.

Annuii. «Penso che ritornare ai vecchi atteggiamenti sia una reazione automatica, per rendermi le cose più facili ora che non so come comportarmi. Nella mia vita di un tempo, ci si aspettava sempre e comunque che fossi silenziosa e docile.»

«E funzionava? Rendeva le cose più facili?»

Le sue dita, che erano tornate a muoversi verso il basso, mi distrassero di nuovo. Vampate incandescenti mi costringevano a domandarmi se era il caso di stabilire dei limiti all'interno del nostro accordo. D'altronde quello che Casteel stava facendo con la mano non sarebbe servito a convincere nessuno, dato che avveniva sotto il mio mantello.

«Principessa?» sussurrò di nuovo al mio orecchio.

Esalai un sospiro tremante, sperando che i racconti di Kieran sulle capacità di Casteel e dei Wolven di avvertire il desiderio con l'olfatto fosse un'esagerazione. «Spesso... mi veniva voglia di urlare. Di urlare e basta, senza una ragione, nel bel mezzo della Sala Grande, durante le riunioni del Consiglio Cittadino. Vorrei tanto avere urlato dritto in faccia alla Sacerdotessa Analia, almeno una volta.»

Casteel esplose in una risata roca. «Personalmente avrei voluto fare qualcosa di ben più violento a quella stronza. E vorrei far notare che non uso abitualmente questa parola, ma lo faccio con assoluta convinzione se si tratta di lei.»

Sogghignai al ricordo della gioia selvaggia che avevo provato di fronte all'espressione della Sacerdotessa quando Hawke l'aveva rimessa al suo posto. «E... e odiavo dover stare buona a sentire il duca che si alterava perché secondo lui non avevo camminato abbastanza in silenzio...»

«Sul serio ti sgridava per cose del genere?»

«Oh sì.» Risi, anche se non c'era nulla di divertente in quei ricordi. «Mi sgridava per qualunque cosa. Non mancava mai di trovare un motivo per *darmi una lezione*. Magari non avevo tenuto la schiena abbastanza diritta. Non ero stata abbastanza silenziosa. Non avevo risposto abbastanza prontamente a una domanda... quando avevo il permesso di rispondere, il che cambiava in continuazione. Volevo...» Scossi la testa. «Volevo urlare in faccia anche a lui... No, non è vero: volevo prenderlo a pugni. Spesso. Con le nocche.» Tacqui un attimo. «No: con un pugnale.»

Casteel rimase in silenzio per un lungo istante. «Come facevi a sopportarlo? È una cosa che non sono mai riuscito a capire. Non sei una persona debole o dal carattere accomodante, semmai tutto l'opposto. Perché non hai mai reagito?»

Mi irrigidii, colpita da una fitta di vergogna. «Non potevo.»

«Lo so» mi rassicurò subito lui. «Non intendevo dire che avresti potuto. Eri in trappola. So che cosa vuol dire, ci sono passato. E se qualcuno pensa che avresti dovuto comportarti diversamente, significa solo che non si è mai trovato in una situazione in cui è stato costretto a fare qualunque cosa pur di sopravvivere.»

Mi rilassai un po'. «Insomma... dopo un paio di volte ho imparato come distaccarmi da quello che accadeva. Ero lì con il corpo, ma non con la mente: pensavo ad altro... a qualunque altra cosa. A volte fantasticavo su tutti i modi in cui gliel'avrei fatta pagare, un giorno, per le cose orribili che mi diceva e mi faceva. Altre volte ripercorrevo mentalmente gli allenamenti con Vikter. Quando diventava troppo dura, mi limitavo a contare. Andavo avanti a contare finché ne ero capace.»

Avevo l'impressione che Casteel avesse smesso di respirare. «Sono felice di averlo ucciso.»

«Anch'io.» Mi schiarii la gola. «Insomma, non era sempre una vita facile. Però a volte era... più semplice fare come mi veniva detto, essere quello che ci si aspettava da me. So che a dirlo così suona orribile.»

«Forse solo alle orecchie di chi non è mai stato preso a bastonate sulla pelle nuda senza una ragione.» La voce di Casteel si era fatta più dura. «Facciamo tutti quel che dobbiamo per sopravvivere. Io ho fatto una quantità incalcolabile di cose che non avrei mai creduto di dover fare.» Lo ammise fieramente, senza traccia di vergogna, e io...

Io lo invidiai. Ma avevamo vissuto situazioni differenti. Per lui era stata questione di pura sopravvivenza, di vita o di morte. Per me no. «Tuttavia, penso che scegliere la via più facile mi abbia anche portata a ignorare i miei sospetti sugli Ascesi, o almeno abbia contribuito.»

«Non credo che tu sia stata la sola a scegliere quella via. Molti altri a Solis devono avere sospetti di quel genere. Ma è più facile guardare altrove, anche quando può costare dolore e sacrifici.»

Annuii. «Perché l'alternativa sarebbe rinunciare all'unica verità a cui si è sempre creduto. E non finisce qui: significherebbe anche realizzare che si è stati complici. Per me, almeno, è stato così: sono stata esposta in pubblico per ricordare a tutta la popolazione che gli dei possono scegliere chiunque... che anche una persona qualsiasi, un giorno, poteva essere benedetta come me... E ho sempre saputo di non essere la Prescelta.» Dissi l'ultima frase sottovoce, con il cuore pesante. «Ma ho accettato di essere quello che volevano. E, per tutto quel tempo, loro hanno continuato a portare via i bambini per berne il sangue, e a trasformare della brava gente in mostri. Avere scelto così spesso la via più facile mi ha evitato i problemi.»

Casteel non disse nulla, ma le sue dita continuarono a muoversi, benché in maniera più distratta.

«Ma mi ha resa parte del sistema che ha schiavizzato un regno intero con catene di paura e false credenze.» Girai la guancia verso Casteel. «E tu sai che è vero.»

«Sì.» Il suo respiro sfiorò l'angolo della mia bocca. «Lo è.»

Abbassai lo sguardo sul terreno gelato della strada.

«E sai cos'altro è vero? Che in questo momento stai distruggendo una parte intricata del sistema che ha tenuto in schiavitù quel regno per secoli. Non dovresti mai dimenticare che prima eri un accessorio, mentre adesso sei uno strumento.»

Guardai in avanti, verso lo stretto sentiero e gli aghi di pino coperti di neve. «Ma il presente basta davvero a fare ammenda del passato?»

Casteel non rispose subito. «Chi dovrebbe giudicarlo? Gli dei? Quelli dormono. La società? Come potrebbe dare giudizi obiettivi quando è condizionata dalle sue stesse colpe?» Non seppi che cosa rispondere. «Lascia che ti faccia io una domanda: biasimi Vikter?»

Aggrottai le sopracciglia. «Per cosa?»

«È stato come un padre per te. Doveva sapere bene quanto lottavi duramente con il tuo ruolo. Persino se non avesse capito appieno la portata dell'intera faccenda, ne era testimone ogni giorno.»

L'ultima conversazione che avevo avuto con Vikter la sera del Rito, appena prima dell'attacco, era stata proprio su come mi sentissi veramente a essere la Vergine.

«Ed era anche a conoscenza delle azioni malvagie del duca, non è vero?» continuò Casteel a bassa voce. «Ma non ha fatto nulla per fermarlo.»

Piegai la testa di lato. «E che cosa avrebbe potuto fare? Se avesse detto anche solo una parola o se fosse intervenuto, sarebbe stato licenziato e ostracizzato, un destino peggiore di una sentenza di morte. O magari lo avrebbero semplicemente ucciso. E io non avrei ricevuto nessun addestramento, non avrei imparato a difendermi. Vikter ha fatto tutto quel che era in suo potere» lo difesi con forza, «come mia madre e mio padre fecero la notte in cui persero la vita.»

«Si potrebbe obiettare che la cosa giusta da fare sarebbe stata quella di intervenire, fermare il duca quando ti faceva del male. E so benissimo di non essere la persona più qualificata per dire a chicchessia la cosa giusta da fare, ma anche Vikter avrebbe potuto scegliere la via più difficile. In ogni caso, tu non serbi malanimo verso di lui. O, se lo hai fatto in passato, ormai lo hai perdonato, dico bene?»

Rialzai il viso, con il cuore che mi doleva. «Non c'è nulla da perdonare. Lui... Hai sentito anche tu che cosa mi ha detto prima di morire.»

«Si è scusato per averti delusa.»

Sentii le lacrime bruciarmi dietro gli occhi. Le sue ultime parole erano state spietate. Non mi ero pentita di quello che gli avevo detto prima dell'attacco, ma ora? Ora avrei voluto rimangiarmi quelle parole. Non avrei dovuto parlare così liberamente. Avrei dato qualunque cosa per tornare indietro e fare in modo che Vikter morisse consapevole di aver dato il massimo per me, di aver fatto tutto al meglio delle sue capacità. Era solo grazie a lui se sapevo impugnare una spada e scoccare una freccia, combattere con le mani e con la mente.

«Io penso che Vikter fosse consapevole che tu non provavi risentimento per lui» proseguì Casteel con voce meno dura, «ma se pensava o meno di aver fatto tutto il possibile è qualcosa che riguardava solo lui. Come ora spetta a te fare pace con te stessa.»

Riuscivo a capire il suo punto, ma non ero convinta che qualsiasi cosa avessi fatto da quel momento in poi sarebbe riuscita a cancellare la mia parte di responsabilità nell'operato degli Ascesi.

«Nel frattempo, mentre valuti un modo per fare ammenda, ti è di aiuto cercare qualcuno da biasimare. E nel tuo caso – come in quello di Vikter – il biasimo si può condividere.»

«Gli Ascesi?»

«Non sei d'accordo?»

Gli Ascesi avevano creato il sistema di cui io, Vikter e tutti gli altri avevamo fatto parte. Un sistema che avevamo alimentato senza averne l'intenzione e di cui, alla fine, eravamo rimasti tutti vittime, in un modo o nell'altro. Mia madre non era stata in grado di difendere se stessa, o me, a causa delle limitazioni a cui gli Ascesi costringevano le donne. Le famiglie consegnavano i loro figli alla Corte o ai Templi perché gli Ascesi avevano detto loro che quello era il solo modo per compiacere gli dei, usando il terrore dei mostri che loro stessi avevano creato per rafforzare quelle convinzioni. Il signor Tulis mi aveva accoltellata e lo aveva fatto di sua volontà, ma in ultima analisi era stato il regno creato dagli Ascesi a spingerlo a compiere quel gesto. Vikter non avrebbe potuto dire una parola contro il duca senza rischiare di venire prontamente allontanato dalla mia vita o di perdere la sua. E io...

Io mi ero vista privare totalmente della libertà, isolata al punto da non avere nessuno al mondo a cui poter confidare i miei sospetti. Ed era la regina, proprio colei che si era presa cura di me con tanta dolcezza, il fondamento di tutto quel sistema: non c'era modo di negarlo, come non si poteva negare che il sistema avrebbe continuato a crescere e rafforzarsi finché agli Ascesi non fosse stato tolto l'accesso agli Atlantiani. Ma anche senza la capacità di creare nuovi Ascesi, quelli già presenti avrebbero seguitato a esercitare un'autorità enorme se fossero rimasti al potere. Se il padre di Casteel non avesse mosso apertamente guerra contro di loro.

Ma nessuna guerra funzionava in una sola direzione. I cadaveri si sarebbero accumulati da entrambe le parti, soprattutto – come sempre – tra gli innocenti: molti di quelli che sarebbero finalmente stati liberi se Atlantia avesse fatto la guerra a Solis avrebbero perso la vita ancora prima di rendersi conto del meccanismo in cui erano intrappolati.

«Sì» dissi infine, con voce rotta. «Sono loro da biasimare.» Non riuscivo a ricordare come avesse fatto il nostro discorso ad arrivare a quel punto. Mi scostai una ciocca di capelli dalla fronte e mi schiarii la gola. «Ecco la risposta alla tua domanda sul perché sono così silenziosa. Se avessi saputo che insultarti e minacciarti avrebbe aiutato a convincere tutti del nostro accordo, ti avrei pugnalato stamattina a colazione.»

«Magari sarebbe bastato qualcosa di meno spettacolare»

replicò lui dandomi una strizzata. «Ma, se posso avanzare un suggerimento, la pianterei di chiamare il nostro fidanzamento *accordo* o *patto*: così sembra una questione d'affari, come se stessimo trattando l'acquisto di vacche da latte.»

«E non è esattamente questo?»

«Dal mio punto di vista, il nostro è un accordo di carattere piuttosto intimo. Quindi no, direi che non è esattamente questo.»

«È un accordo impersonale, niente di più.»

«Impersonale? È questo che pensi?» La sua mano scivolò verso i bottoni dei miei pantaloni.

Il respiro mi bruciò in gola. «Sì.»

«Sul serio?»

«*Sì*» sibilai.

«Interessante. Non sembrava tanto impersonale ieri notte.» E Casteel mi prese il lobo dell'orecchio tra i denti. Ansimai e sbarrai gli occhi: bastò quel piccolo morso a mandarmi a fuoco il sangue. Lui mi lasciò andare lentamente, ridacchiando, e mi sfiorò con le labbra la pelle dietro l'orecchio, scendendo finché sentii il brivido indecente dei suoi denti che mi sfioravano la gola.

Per un attimo, tutti i miei pensieri schizzarono via in direzioni diverse. Il sangue mi ruggì nelle orecchie, attraversò tutto il corpo e andò a fermarsi sui seni e tra le mie cosce, proprio là dove la sua mano era ormai quasi arrivata. Sempre muovendosi in cerchio, le dita armeggiarono con le cuciture dei miei pantaloni, sfregando contro il punto centrale. Senza rendermene conto inarcai la schiena, e una parte nascosta, selvaggia di me, desiderò che quelle dita potessero scendere ancora più in basso...

«E adesso?» fece Casteel. «Sembra impersonale adesso?»

Senza pensare, reagii sferrandogli una gomitata nello stomaco, a cui lui rispose grugnendo un'imprecazione.

«Per favore, non fate la lotta mentre siete in sella, voi due» disse la voce di Delano alle nostre spalle. «Nessuno qui ci tiene a vedere Setti che vi calpesta sulla strada.»

«Parla per te» rispose la voce di Kieran.

Casteel si raddrizzò dietro di me. «Tranquilli, nessuno di noi due sta per cadere. Era soltanto una pacca affettuosa.»

«Non lo sembrava per niente» commentò Naill.

«Perché era una pacca molto appassionata» replicò Casteel.

«Tu stai per ricevere una pacca dritta in faccia» brontolai io sottovoce.

Casteel rise e strinse più forte il braccio alla mia vita. «La piccola creatura inferocita è tornata, finalmente. Mi mancava.»

«Sì, come no.»

Ancora una volta si chinò su di me e abbassò la voce. «Tornando all'argomento originario. Il nostro *fidanzamento* risulta assai più credibile quando mi prendi a pugni, che quando te ne resti in silenzio.»

Aggrottai le sopracciglia. «Suona come un... fidanzamento parecchio deprimente.»

«Deprimente e divertente fanno rima, no?»

«E dopo questa non so neanche che cosa rispondere.»

«Quello che voglio dire, principessa, è che devi solo essere te stessa. Le coppie bisticciano, discutono, ma in genere non arrivano a usare i pugni o il coltello...»

«Forse perché, di solito, si formano senza menzogne e rapimenti» lo interruppi.

«Vero, e lo so che pugni e coltellate arrivano da lì, ma le persone che si amano al punto da decidere di sposarsi, quelle che sono già una coppia ancora prima di rendersene conto, non sono fatte da una singola persona, un singolo carattere o una singola volontà. È normale che litighino, anche animatamente. Che siano in disaccordo. Che discutano e che finiscano per riappacificarsi. L'unica cosa che non è normale è che sembrino sempre una coppia perfetta.»

«Mi stai dicendo che la nostra soluzione è litigare e fare la pace?» Lo chiesi perché, visto l'atteggiamento che avevamo l'uno verso l'altra, di sicuro la gente che ci guardava tutto poteva pensare tranne che ci amassimo alla follia. Molto probabilmente credevano che non fossimo sani di mente.

«Ti sto dicendo che in una relazione non c'è un modo unico di comportarsi. Non c'è un libro di testo da seguire o un regolamento che stabilisce dove ci si deve fermare prima di arrivare alle pugnalate. Mi rimangio la battuta di prima su deprimente e divertente.»

«Siano ringraziati gli dei.»

«Voglio solo che tu comprenda la situazione. In modo che, quando sarai libera e se deciderai di andartene...»

«*Se*? Intendi *quando*.»

«Perdonami: quando deciderai di andartene, e prima o poi incontrerai un compagno che non ti avrà ingannata...»

«O rapita.»

«... o rapita, allora non serviranno i pugnali: basteranno baci e promesse mantenute fino all'ultimo respiro, e oltre. Questo è ciò che ti meriti dalla persona che avrai scelto di amare.»

Rimasi senza parole. Casteel che parlava di me innamorata di qualcun altro... innamorata per davvero. Un fiotto di acido mi risalì dallo stomaco.

«Il punto è che non c'è nulla di male se ti arrabbi» proseguì lui. «Ogni coppia è diversa dalle altre. Ci sono quelle che passano il tempo a sussurrarsi paroline dolci nelle orecchie, quelle che si stuzzicano a vicenda in continuazione, quelle che giocano al gatto e al topo e in cui entrambi vogliono essere il gatto. Che è poi quello che facciamo noi due, o almeno così appariamo a chi ci vede dall'esterno. Non sarà difficile, vedrai: non con la passione che c'è tra di noi. E prima che tu dica che non ce n'è, sappi che otterresti solo di spingermi a dimostrarti apertamente che hai torto.»

Quella era davvero l'ultima cosa al mondo di cui avevo bisogno. Giusta o sbagliata che fosse, quella passione tra noi esisteva davvero, e in effetti dovevo ammettere che sarebbe stato molto più difficile per noi risultare credibili, se ciascuno dei due avesse sopportato a stento il contatto con la pelle dell'altro.

Quasi tutto il suo discorso aveva un senso, era innegabile. Non certo la parte idiota sul voler essere entrambi il gatto, che di senso non ne aveva proprio. Ma quella in cui non esistevano regolamenti o libri di testo suonava come qualcosa che avrei già dovuto sapere per conto mio.

«Probabilmente mi ritieni una sciocca per non esserci arrivata da sola...»

«Non ti reputo una sciocca e non l'ho mai fatto... No, mi correggo: ho trovato piuttosto sciocco il tuo tentativo di fuga.» Alzai gli occhi al cielo. «Non hai mai avuto una relazione, e tantomeno ne hai viste di normali intorno a te, perciò non è strano che tu abbia dubbi su come comportarti. E c'è da dire che nemmeno questa è una situazione normale.»

Mi rilassai un po'. «Tu, invece, hai già avuto una relazione. Voglio dire, mi hai detto di essere stato innamorato, in passato.»

«Sì.»

Fissai la neve che cadeva dai rami al nostro passaggio pensando alla figlia di Alastir. Shea. Un nome così bello. Casteel si era già confidato con me su altre cose: forse mi avrebbe parlato anche di lei. «Che cosa... che cosa è successo?»

Le sue dita si arrestarono. Rimase in silenzio così a lungo che pensai non avrebbe più risposto, cosa che riuscì solo a rendermi ancora più curiosa.

Ma alla fine rispose. «Lei non c'è più.»

Lo sapevo già, ma sentendo quelle parole provai un tale dolore nel cuore che i miei sensi si aprirono senza che io lo volessi e, nel momento in cui mi collegai a lui, mi investì una tale ondata di angoscia che quasi non notai la minaccia rabbiosa che si celava al di sotto. Avevo ragione: il suo dolore e la sua tristezza non erano solo dovuti a suo fratello. Erano anche per quella donna senza volto.

Ripensai a quello che mi aveva detto sotto il salice la sera del Rito, prima dell'attacco. Aveva raccontato del luogo in cui andava insieme al fratello e al suo migliore amico: una caverna che quei tre avevano trasformato nel loro piccolo mondo privato. E aveva detto di aver perso prima suo fratello e poi l'amico, pochi anni dopo. L'amico di cui aveva parlato poteva essere in realtà Shea, la donna che aveva amato?

Eppure il dolore...

Prima che potessi rendermene conto, lasciai andare la sella e cominciai a sfilarmi un guanto.

«No» disse lui, e io fermai la mano. «Apprezzo il pensiero, ma non serve che tu porti via il mio dolore. Né lo voglio.»

Ancora connessa con lui, non riuscii a immaginare come potesse essere possibile: il dolore nascosto dietro i suoi sorrisetti e i suoi sguardi sardonici, sotto tutte le sue maschere, era talmente insopportabile che minacciava di farmi stramazzare sul terreno gelato. E, a essere sincera, finire calpestata da Setti era quasi preferibile a quello che c'era nascosto dietro quelle orrende ferite dell'anima. «Perché no?»

«Perché il dolore è necessario a ricordare. È un avvertimento, e io non voglio dimenticare mai più.»

Interruppi il collegamento quando la nausea cominciò a risalirmi in gola. «È morta... è morta per colpa degli Ascesi?»

«Tutto il male che è accaduto nella mia vita è legato in qualche modo agli Ascesi» rispose, e la sua mano tornò a posarsi sul mio fianco.

«Io sono legata agli Ascesi» dissi prima di riuscire a fermarmi.

Casteel non rispose. I secondi divennero minuti, e nel silenzio che si prolungava mi sentii come se una morsa mi si stringesse sempre di più intorno al petto.

Tenni lo sguardo dritto davanti a me e passai le ore successive – impossibile dire quante – a domandarmi come lui potesse sopportare la presenza o anche solo la vista di una persona legata agli Ascesi quanto lo ero io. Gli avevano tolto suo fratello. Gli avevano tolto la donna che amava. Gli avevano tolto la libertà. Che cos'altro avrebbero potuto prendergli?

La vita?

Rabbrividii, mi raddrizzai sulla sella e strinsi forte le mani sul pomello. L'idea che Casteel morisse, che non ci fossero più i suoi sorrisetti frustranti, le sue occhiate sornione, le sue risposte pungenti e quelle fossette che mi facevano sempre perdere le staffe... era qualcosa che non potevo proprio contemplare. Casteel era troppo vivido, troppo intenso perché potessi anche solo immaginare una vita in cui non era più accanto a me.

Eppure, un giorno, non ci sarebbe più stato. Quando tutto fosse finito e le nostre strade si fossero divise, Casteel sarebbe scomparso dalla mia vita. Era proprio questo il piano... che io stessa avevo voluto.

Perché, d'improvviso, la sola idea mi faceva venire voglia di scoppiare in lacrime?

Diverse ore dopo il tramonto, ci accampammo sul bordo della strada. Faceva freddo, ma decisamente meno che nella Foresta di Sangue. Casteel non aveva più parlato, a parte chiedermi ogni tanto se avevo fame o bisogno di una pausa, ma quando mi sdraiai sotto il cielo senza stelle venne di nuovo a stendersi al mio fianco. Mi svegliai tra le sue braccia.

I successivi tre giorni trascorsero così.

Casteel quasi non aprì bocca. Qualunque cosa ci fosse dentro di lui – e io non tentai più di percepire di cosa si trattasse – doveva essere un'ombra ancora più gelida delle notti d'inverno. Persi il conto delle volte in cui avrei voluto chiedergli di Shea, dirgli quanto mi dispiaceva per la sua perdita, fare domande su... su loro due. Avrei voluto che Casteel facesse ciò che stando a quel che diceva Alastir si era sempre negato: aprirsi, parlare, perché sentivo che quel silenzio non faceva che alimentare la sua angoscia. Eppure rimasi in silenzio, ripetendomi che non spettava a me e che meno sapevo meglio era. Tuttavia, lui era accanto a me ogni notte. Era lì anche quando sopraggiunse un incubo, e fu lui a svegliarmi prima che potessi liberare il grido che mi era cresciuto dentro, ad abbracciarmi in silenzio, a carezzarmi la schiena con la mano finché non mi riaddormentai.

Gi incubi... erano cambiati. Si erano fatti frammentari, come se saltassi dentro e fuori dagli eventi anziché seguirli in maniera lineare come facevo prima. Sembrava che non avessero più molto senso: non c'erano più le ferite di mia madre o le urla, il fumo soffocante o la voce inquietante che sussurrava qualcosa a proposito dei papaveri sanguinanti. Era come se gli incubi stessi avessero smesso di essere reali.

Riflettevo su questo, il quarto giorno, mentre sellavamo i cavalli e ripartivamo per Punta di Spessa. Non so da quanto tempo fossimo in viaggio, quando qualcosa si mosse tra gli alberi alla mia sinistra. Non riuscii a capire che cosa fosse, e quando ormai pensavo di essermelo immaginato, lo intravidi di nuovo vari alberi più avanti.

Era una corda che pendeva da un ramo di pino privo di aghi e neve, legata in modo da formare un simbolo... un cerchio. Mi spostai sulla sella, ma non riuscii a scorgerlo meglio nella massa di alberi. Il braccio intorno alla mia vita si irrigidì, la prima reazione che Casteel aveva da giorni. Sentii la tensione che emanava da lui, mentre i suoi occhi frugavano il bosco.

Il simbolo smosse qualcosa nella mia memoria: dove lo avevo già visto? Poi ne apparve un altro sulla destra: una corda penzolante da un ramo nudo, che formava una sorta di cappio ma con un bastone o qualcosa di simile al centro.

Ricordai: lo avevo già visto nella Foresta di Sangue, solo che là era fatto con le pietre e mi aveva fatto pensare allo Stemma Reale. Ora, però, lo vidi meglio e mi resi conto che gli *assomigliava soltanto*: l'oggetto al centro non era dritto come una freccia, era inclinato nella direzione opposta rispetto a quello dello stemma... e non era un bastone. La superficie era color cenere, e una delle estremità era bitorzoluta.

Oh, dei.

Era un *osso*.

Setti rallentò e Casteel staccò il braccio da me.

Sollevai lentamente lo sguardo, sentendo crescere la mia agitazione. Ce n'erano a dozzine, tutti diversi, attaccati agli alberi ad altezze impressionanti.

«Casteel» feci, «li vedi anche tu?»

«Sì.»

«Ne ho visto uno uguale nella Foresta di Sangue.»

«Cas.» La voce di Kieran era così bassa che si udiva appena.

«Lo so» rispose lui. Sentii uno schiocco secco, e quando il suo braccio tornò a circondarmi aveva in mano una sorta di strano arco. La freccia di diaspro era più spessa del normale, e, sebbene intuissi che potesse fare molti danni una volta scagliata, mi risultava comunque un oggetto incomprensibile.

«Sono Craven?» Fissai il terreno, ma non vidi traccia di nebbia.

«Non credo che i Craven si siano messi a adornare gli alberi con piccole opere di artigianato, principessa» rispose Casteel, e il mio cuore ebbe un piccolo, stupido sobbalzo: era la prima volta che mi chiamava così da giorni. Mi mise l'arco nella mano. «Queste graziose decorazioni sono opera del Clan delle Ossa.»

Mi voltai verso di lui. «Il *cosa*?»

«Un tempo vivevano in tutta Solis, soprattutto nella zona dove oggi c'è la Foresta di Sangue. Negli ultimi decenni si sono trasferiti su queste colline.»

«Non ne ho mai sentito parlare.»

«Ci sono parecchie cose di cui gli Ascesi non parlano con la gente di Solis. Una è che ci sono esseri umani che sopravvivono fuori dalla protezione delle Alzate.»

«Come fanno?» I villaggi più piccoli, che si potevano difendere solo con Alzate improvvisate, il più delle volte venivano travolti dai Craven.

«Con qualunque mezzo necessario. Questo clan, per esempio, uccide a vista chiunque sembri anche solo vagamente una minaccia. Poi, stando a quello che si dice, lo mangia, usa la sua pelle per farne maschere, e le ossa... be', hai già visto che cosa fanno con quelle. Sai come si dice: chi non spreca guadagna.»

Spalancai la bocca. «Non so che cosa...»

«Infatti, principessa: non c'è molto da dire. Quando passiamo da queste parti tentiamo di evitarli, e in genere non abbiamo problemi. Quando invece ne abbiamo...» Appoggiò la mano sopra la mia. «Senti questa levetta di metallo? È il grilletto. Mira come se fosse un arco normale, ma invece di tirare la corda premi questo, e scoccherai la freccia.»

Avevo la testa piena di domande, ma strinsi le dita sul manico di legno di quella strana arma, sentendone il peso. L'istinto mi disse di prestare la massima attenzione alle istruzioni di Casteel. «Va bene.»

«Il dardo è incoccato come su un arco normale, con la differenza che rimane al suo posto da solo: tu devi solo mirare e premere il grilletto. I dardi di diaspro uccidono anche i comuni mortali. Qualunque problema ti trovi ad avere con questa gente, l'imperativo è uno solo: rimani viva.»

Aprii la bocca per rispondere, ma in quel momento Kieran mandò un grido e meno di un secondo dopo Casteel mi strattonò indietro contro il suo petto. Il manico dell'arco mi affondò nello stomaco e allo stesso tempo qualcosa sibilò a pochi centimetri dal mio volto. Girai di scatto la testa per vedere un ramo sul lato opposto della strada che si spaccava in due, colpito da...

«Tra gli alberi!» urlò Naill. «A sinistra!»

Con un potente movimento Casteel fece voltare Setti verso destra. Il suo corpo si schiacciò sul mio, più piatto che poté...

Poi ci fu un altro sibilo e Casteel fu sbalzato via dalla sella.

21

«Casteel!» gridai, il cuore che mi martellava contro le costole. Mi girai sulla sella e afferrai l'arco, scrutando a terra.

Casteel rotolò lontano dagli zoccoli di Setti e si alzò in ginocchio. Le *frecce* che gli spuntavano dalla schiena mi fecero sprofondare lo stomaco. Una era conficcata nella sua spalla sinistra. Un'altra era quasi al centro, un po' sulla destra. Il sangue gli macchiava già il mantello nero.

«Bastardi di Solis!» gridò qualcuno dagli alberi. «Preparatevi a crepare!»

Un'altra freccia mi passò accanto, mancandomi di pochi centimetri. Setti s'impennò, muovendosi in cerchio, spaventato, e il panico mi invase il petto. *Sta bene*, mi dissi, aggrappandomi al pomello della sella con l'altra mano. Era un Atlantiano. Due frecce non potevano abbatterlo. *Sta bene.* Io lo avevo pugnalato dritto al cuore, e se l'era cavata senza problemi. *Sta bene...*

Setti indietreggiò. Persi la presa sul pomello. Non avevo idea di come si controllasse un cavallo, e se avessi lasciato la sella per afferrare le redini sarei caduta. Non ero neanche lontanamente veloce quanto Casteel. Spostai gli occhi sgranati verso gli alberi fitti, mentre Naill gridava un'imprecazione: una freccia lo aveva colpito alla gamba. Setti scalpitò, facendomi tremare fino alle ossa. Persi la presa e scivolai. Il cielo si fece obliquo...

Un braccio mi afferrò da dietro. Il ricco profumo di spezie e agrumi sulla neve fresca mi avviluppò. Casteel mi tirò giù, mentre Delano compariva all'improvviso dall'altra parte di Setti. Lo prese per le redini, si accovacciò sulla propria sella e da lì saltò sul dorso del destriero di Casteel, tenendo con l'altra mano le redini della propria cavalcatura. Affondò i talloni e condusse Setti e l'altro animale nel bosco, sulla destra.

Una macchia di pelo fulvo ci superò d'un lampo, diretto tra gli alberi. *Kieran*. Diversi istanti dopo sentii uno strillo e un urlo stridulo, mentre Casteel praticamente mi trascinava nella direzione in cui era scomparso Delano.

«Un fottuto Wolven!» urlò un uomo. «È il nostro giorno fortunato, ragazzi! Gli dei sono generosi!»

D'improvviso Casteel ruotò su se stesso, riparandomi con il suo corpo. Sobbalzò e ringhiò un'imprecazione. Capii che un'altra freccia lo aveva colpito.

«Tutto questo sta diventando estremamente irritante» brontolò, spingendomi dietro un albero. Mi lanciò la faretra che aveva preso senza che io me ne accorgessi. «Non farti colpire. Sarebbe ancora più irritante.»

«Che ne dici di provare a non farti colpire *di nuovo* tu?» Adesso una freccia gli spuntava dalle reni, ma lui era ancora in piedi. Dentro di me, sapevo perché. Era Atlantiano. Ma tutto quello a cui riuscivo a pensare guardando le tre frecce che lo trafiggevano era... e se non lo fosse stato?

Sarebbe morto, e io...

«Ma perfino le frecce mi donano, vero?» Casteel scattò bruscamente, alzò una mano, e afferrò la nuova freccia diretta contro di lui.

Lo fissai.

«Non so perché pensiate che sia il vostro giorno fortunato» gridò, voltandosi. Spezzò la freccia che teneva in pugno. «Perché è tutto il contrario. Il mio mantello è rovinato. E mi piaceva davvero tanto. Era caldo, e adesso è bucato, maledizione. Come faccio ora a riscaldarmi?»

Il fatto che fosse più scocciato per il mantello rovinato che per le *numerose* ferite che aveva in corpo ebbe lo strano effetto di calmarmi. Le mani smisero di tremarmi e io mi concentrai sui pini dall'altra parte della strada. Sapevo usare l'arco. Ero molto brava. Vikter diceva che ero una degli arcieri migliori che avesse mai visto. Avevo le mani ferme, l'occhio attento e i riflessi rapidi. Ecco perché Casteel mi aveva passato l'arco. Sapeva che ero in grado di usarlo.

E adesso le mie mani erano ferme.

Si udì un suono, un imponente tramestio simile al rumore prodotto da quei giocattoli di legno pieni di perline che spesso piacevano ai bimbi piccoli. Sembrava provenire da tutte le direzioni, come il grattare di ossa secche. Mi si rizzarono i peli sulla nuca.

Scrutai rapidamente l'altro lato della strada, in cerca di movimenti che non fossero color fulvo, e sollevai l'arco, mentre Naill si univa a Casteel. Posai le dita sul grilletto, continuando a cercare...

Un'ombra bruna e confusa apparve per un attimo tra i pini, e io non esitai. Nemmeno per un secondo. Posizionai l'arco proprio mentre il mio obiettivo sollevava la sua arma e mirava verso Naill. E premetti il grilletto.

Il dardo partì con un sibilo e attraversò la strada. Mentre ne prendevo un altro, più spesso e pesante, sapevo già di aver centrato l'obiettivo.

Colsi un movimento e feci appena in tempo per vedere Casteel lanciarsi in aria: saltò così tanto da superare la sua stessa altezza, che era abbondantemente oltre il metro e ottanta. A bocca aperta lo vidi atterrare su un ramo, da cui piovvero aghi di pino e neve, e sferrare un pugno tra le ombre: l'attimo dopo, ne tirò fuori un mortale e lo gettò giù...

Dalla foresta schizzò fuori Delano. Nella forma da Wolven, non era altro che una striscia di pelo bianco. Afferrò il mortale prima che toccasse terra e scuotendo la grossa testa lo scrollò come un cane con il suo giocattolo preferito. Sentii uno scrocchio, poi Delano lasciò cadere il mortale spezzato. Con il pelo striato di sangue, si lanciò contro la gola di un altro membro del clan, che Casteel aveva gettato al suolo da... santi numi, da un punto ancora più in alto.

Non avrei mai più dimenticato quello spettacolo, ma distolsi lo sguardo, incoccai un nuovo dardo e lo scagliai contro un altro mortale spuntato tra due alberi. Ricaricai, girai il busto e mi sporsi...

«Maledetti succhiasangue! Svelti, ragazzi!» disse di nuovo la prima voce, da qualche parte tra gli alberi. «Non sono solo Wolven! Mirate alla testa!»

D'accordo, il fatto che il Clan delle Ossa sapesse dei Wolven e degli Atlantiani era interessante. E io...

Una freccia mi passò accanto, graffiandomi il braccio con un dolore acuto. Risucchiai tra i denti un respiro brusco e tornai di corsa dietro l'olmo, scuotendo il polso come se potesse far diminuire il bruciore.

Non aiutò granché.

Tra i ringhi in lontananza giungevano anche urla di dolore. Stringendo i denti, guardai da sopra la spalla: non vedevo più Casteel né Delano. Anche Naill era scomparso. Rimasi immobile finché vidi le ombre che cambiavano e colsi un movimento alla mia sinistra. Mirai.

Lasciai partire il dardo, ma in quel momento un rumore di passi spostò la mia attenzione verso destra. Un uomo mi correva incontro... o almeno credevo che quella sagoma alta e massiccia appartenesse a un uomo, ma non potevo averne la certezza. Aveva il volto coperto da una maschera, forse di cuoio, da cui spuntavano grumi di capelli castani. Non aveva un arco, bensì una specie di mazza, e per la sua taglia era veloce.

«Merda» sussurrai, voltandomi verso la faretra. Afferrai un dardo e lo incoccai in fretta.

Prima che potessi mirare, però, l'uomo roteò la mazza; mi chinai, ma non abbastanza in fretta. La mazza colpì l'arco e con forza poderosa me lo sbalzò di mano. Lui rise e mentre saltavo indietro mi chiese: «E tu che cosa sei, cagna?». Riconobbi la voce: era stato lui a gridare, prima, e adesso che era a una spanna o due da me capii perché avevo pensato che la sua maschera fosse fatta di cuoio.

Compresi anche che Casteel non stava scherzando, quando aveva detto che la regola del Clan delle Ossa era di non sprecare niente.

Si trattava di pelle.

Pelle umana tirata fino a coprirgli la testa, cucita in maniera irregolare intorno ai fori per occhi e bocca. Mi si rivoltò lo stomaco, ma non cedetti alla nausea.

«Sei mezza cane, o ti piace succhiare?» L'uomo passò la mazza nella mano sinistra. «Se sarai brava a implorare, qualcosa da succhiare ce l'ho io.» Abbassò la mano, afferrando ciò a cui immaginavo si riferisse. «La tua faccia è un disastro, ma la tua bocca va benissimo.»

Con il cuore che martellava, balzai fuori dalla portata della mazza con cui l'uomo tentò di nuovo di colpirmi. Infilai la mano sotto il mantello, snudai il pugnale e mi fermai, in attesa, aprendo e chiudendo le dita sull'impugnatura. Dovevo essere veloce e furba. Avrei avuto una sola possibilità.

«Scommetto che sei una di quelle cagne Wolven. Ho sentito che a loro piacciono le donne piene di cicatrici.» Emise un suono come quelli che si usano per chiamare i cani, e io strinsi la presa. «Dimmi, ragazza. Che tipo di cagna sei?»

Sollevò di nuovo la mazza, e io feci la mia mossa. Scattai in avanti, gli scivolai sotto il braccio e lo afferrai per la tunica lurida. Poi, con ogni briciolo di forza che possedevo, gli conficcai il pugnale sotto il mento.

«*Ecco* che tipo di cagna sono» ringhiai. Sotto la maschera di carne umana, i muscoli si rilassarono e io liberai la lama.

Ci fu uno schizzo di sangue, e ciò che l'uomo stava per dire si trasformò in un gorgoglio. La mazza gli cadde di mano e lui crollò in avanti, ritto come un albero, trascinandomi con sé.

Colpii il terreno incrostato di neve e aghi di pino ed emisi un grugnito, perdendo tutta l'aria che avevo nei polmoni. L'uomo si afflosciò, e la sua faccia, coperta dalla maschera grottesca, mi finì sulla spalla.

«Maledizione» borbottai, schiacciata dal suo peso. Puzzava di marcio e di altro a cui non volevo pensare. Inclinai la testa contro il terreno. «Ma che meraviglia.»

Un frullio d'ali attirò il mio sguardo verso il cielo. Il grosso falco di prima apparve sopra di me e disegnò un cerchio aggraziato per poi scomparire tra gli alberi. Socchiusi gli occhi. Una delle ali, accarezzata dal sole, luccicava argentea. Sperai davvero che il mio mantello nuovo non finisse inzuppato di sangue.

Con un sospiro, raccolsi le forze e spinsi via l'uomo dal mio petto, almeno in parte. Tirai un respiro profondo...

Di colpo qualcuno sollevò l'uomo e lo gettò via come se non fosse stato altro che un sacchetto di sassolini. Non so dove atterrò. Riuscii solo a fissare Casteel.

Incombeva su di me, il volto cosparso di macchie di sangue. «Stai sanguinando.»

«Hai tre frecce che ti spuntano di dosso.»

«Sei stata ferita. Dove?» Si inginocchiò al mio fianco, ignorando la mia inutile osservazione.

«Sto bene.» Mi alzai a sedere, gli occhi incollati alla freccia che gli usciva dallo stomaco. Rinfoderai il pugnale. «Fanno male?»

«Che cosa?»

«Le *frecce.*» Quando lui mi afferrò il braccio sinistro, scostando il mantello, feci una pausa. «Le frecce che ti escono dal corpo.»

«Niente più di una seccatura.» Mi fece girare il braccio e io trasalii. «Scusa» disse burbero, rivelando lo strappo nella manica della mia tunica.

«Sono conficcate dentro il tuo corpo» ripetei. «Come possono essere solo una seccatura? È perché appartieni a una stirpe elementale?»

«Sì.» La sua espressione si fece più attenta mentre sollevava con cautela i bordi della mia tunica di lana. «Le ferite guariranno non appena estrarrò le frecce.»

«Allora perché non lo hai ancora fatto?»

«Perché non si infetteranno, a differenza della tua se ci finisce della terra.» Alzò lo sguardo e catturò il mio. Le sue pupille sembravano più grandi. «Ti preoccupi per me, principessa?»

Chiusi la bocca.

«È così, vero? Ti ho sentita urlare il mio nome quando sono caduto da cavallo» continuò, e dopo avere cavalcato in silenzio per ore era strano sentire le sue prese in giro... per di più con tre frecce piantate addosso. «La tua preoccupazione riscalda quello stesso cuore che avevi ferito così gravemente.»

Gli rivolsi un'occhiata truce. «Da morto non mi servi a niente.»

Casteel sollevò un angolo della bocca, fissandomi il braccio. «Sembra una ferita superficiale. Sopravvivrai.»

«Te l'avevo detto che sto bene.»

«Bisogna comunque fasciarla.» Si alzò, tirandomi su con lui. Fece un passo indietro e strappò un pezzo del suo mantello. «Non è certo l'opzione più igienica, ma finché non arriviamo a Spessa andrà bene.»

Lo scricchiolio degli aghi di pino attirò il mio sguardo. Delano scivolò tra gli alberi. Ancora in forma di Wolven, aveva il pelo striato di macchie rosse. Spostò gli occhi pallidi da Casteel a me, poi con un balzo possente se ne andò sfrecciando nella vegetazione.

«Dov'è diretto?»

«Probabilmente a recuperare i cavalli.»

Lo osservai. Casteel teneva il mio braccio con una mano e il panno con l'altra, ma non stava facendo nulla per coprire la ferita aperta. Se ne stava semplicemente lì, gli incavi delle guance accentuati dalle ombre.

Il dolore pulsante al braccio perse importanza, sostituito da *effettiva preoccupazione*. «Sicuro di stare bene?» domandai. «Non so, forse faresti meglio a toglierti quelle frecce.»

Lui deglutì, schiudendo le labbra. Apparve un accenno di zanne.

«Casteel» chiamò Kieran dietro di noi.

Il principe sbatté le palpebre e sollevò la testa per guardare oltre la mia spalla. Le sue pupille sembravano addirittura più grandi e divoravano l'ambra nei suoi occhi. D'istinto provai un brivido di avvertimento. «Sto bene.»

«Sicuro?» domandò Kieran.

Osservai attentamente Casteel. Cosa c'era che non andava in lui? «I tuoi occhi» sussurrai. «Le pupille sono molto grandi.»

«A volte lo fanno.» Si schiarì la gola e finalmente si mosse, ripetendo a voce più alta: «Sto bene». Avvolse la striscia di tessuto intorno al mio braccio. «Potrebbe farti male.»

Quando strinse la benda improvvisata e legò i lembi per fissarla, in effetti, non fu esattamente piacevole. Poi mi fece abbassare il braccio e vi avvolse sopra il mantello. Fece un passo indietro e abbassò lo sguardo sul proprio corpo. Io ero... be', ero ancora preoccupata per lui. «Grazie.»

Spostò quegli occhi bizzarri sui miei, e mi parve di scorgere un accenno di sorpresa. Annuì, poi si rivolse a Kieran. «Ne restano altri?»

«I sopravvissuti sono fuggiti ovunque si siano costruiti i loro rifugi» disse Kieran. «Naill sta perlustrando la strada avanti a noi per assicurarsi che non ne incontreremo altri.»

Volevo chiedere come facessero quegli individui a conoscere le origini di Kieran e Casteel, così mi voltai e...

Spalancai la bocca, e ogni mio singolo pensiero volò via. «Sei nudo!»

«Esatto» replicò Kieran.

E lo era davvero. Insomma, completamente nudo. Vedevo decisamente troppa pelle color caffellatte. *Decisamente* troppa. Mi voltai subito e i miei occhi sgranati trovarono quelli di Casteel.

«Dovresti vedere la tua faccia.» Casteel afferrò la freccia nel suo stomaco. «Sembra che tu sia stata troppo sotto il sole.»

«Perché è nudo?» sibilai. «Cioè, è proprio nudo-nudo-nudo.»

«Che cosa credi che succeda quando un Wolven cambia forma?»

«L'ultima volta i pantaloni gli erano rimasti!»

Casteel scrollò le spalle. «E a volte invece non succede.»

«Gli altri pantaloni erano più larghi, immagino» commentò Kieran. «Non c'è bisogno di imbarazzarsi. È solo pelle.»

Quello che vedevo io non era *solo* pelle. Era... be', il suo corpo assomigliava un sacco a quello di Casteel. Muscoli sodi e asciutti e...

Non avrei concluso il pensiero.

Senza trovare parole sensate, buttai fuori in un sussurro: «Sentirà freddo!».

«La temperatura corporea dei Wolven è più alta del normale. Sono solo un po' infreddolito» fece Kieran. «Come di sicuro hai notato.»

Casteel fece un sorrisetto. «Dubito che capisca a che cosa ti stai riferendo.»

Presi un profondo respiro e lo esalai lentamente. «Grazie tante, so esattamente a che cosa si sta riferendo.»

«E come fai a saperlo?» Casteel sollevò le sopracciglia, e io notai che le sue pupille sembravano tornate alle dimensioni normali. «Se lo sai, allora qui una persona si è comportata da vera monella.»

«Lo so perché...» Casteel liberò la freccia e io risucchiai aria dalla bocca. «Oh, dei.»

«Sembra peggiore di quanto non sia.» Gettò da parte la freccia, poi afferrò quella nella spalla sinistra.

Feci per voltarmi, ma mi ricordai di ciò che avevo alle spalle, ed era molto più sconvolgente. «Spero che tu abbia degli altri vestiti» dissi a Kieran.

«Sì. Non appena Delano arriverà con i cavalli, tornerò di nuovo compito e formale.»

Casteel estrasse la seconda freccia, facendomi trasalire. «Non credo che riuscirai mai a essere compito e formale.»

«Vero» disse Kieran. Mi pareva che si fosse avvicinato. «Ti sei occupata tu del chiacchierone?»

Annuii, mentre Casteel imprecava a causa della freccia che si era impigliata in qualcosa di importante. Tipo un organo.

«Con il pugnale?» Kieran sembrava impressionato.

«Con il pugnale e con la mia spumeggiante personalità.»

Il Wolven sbuffò. «Probabilmente, quella è stata il colpo di grazia.»

Casteel strappò via l'ultima freccia, la terza. Mi si torse lo stomaco e deglutii. Sentivo la gola *serrata*. «Tuttavia, credo che abbia spezzato l'arco.»

«Ma non ha spezzato te.» Casteel si lisciò la tunica, e la tensione che gli scavava le rughe ai lati della bocca si allentò. «Ed è l'unica cosa che conta.»

Quando Delano ritornò con i cavalli, e Naill disse che la strada sembrava libera, proseguimmo.

Kieran si era di nuovo vestito, grazie agli dei.

Cavalcammo in silenzio, attenti e con i sensi all'erta per cogliere la presenza del Clan delle Ossa. Quando la strada alla fine si aprì, il cielo si stava oscurando, e le temperature precipitarono ancora di più. E quando gli olmi si furono diradati, immaginai che parlare non fosse più pericoloso. Non ne potevo più di trattenermi. «Ho un sacco di domande sul Clan delle Ossa.»

«Sconvolgente» borbottò Kieran, alla nostra sinistra.

Casteel rise piano, il primo suono che emetteva da quando eravamo montati in sella. Mi chiedevo... o meglio, temevo che soffrisse ancora per le frecce, ma se lo avessi domandato sarei diventata oggetto delle sue esagerate prese in giro.

«Non posso promettere che saremo in grado di rispondere a tutto, ma che cosa vorresti sapere?» chiese, il braccio allentato intorno alla mia vita.

«Perché il clan ci ha attaccato in quel modo?» iniziai. «D'accordo, sopravvivono fuori dalle Alzate, ma era ovvio che noi non fossimo Craven.»

«Il Clan delle Ossa non si oppone solo ai Craven. Si oppone... a tutti» disse Naill alle nostre spalle. «A volte permettono alla gente di passare. Altre volte no. Possiamo solo sperare che Alastir e il suo gruppo ce l'abbiano fatta, ma comunque erano armati. Così come coloro che verranno dopo di noi.»

Dei, non ci avevo pensato. Mi auguravo ce l'avessero fatta. Mi piaceva Alastir, e speravo davvero che gli abitanti di Nuovo Nido non si fossero imbattuti in altri guai.

«Se avessero sconfitto Alastir e l'altro gruppo, probabilmente non avrebbero attaccato noi. Scommetto che hanno fame» disse Kieran, e io feci una smorfia.

«Ho sentito uno di loro giurare che si sarebbe fatto un mantello con la mia pelliccia» disse Delano, alla nostra destra. Aggrottò la fronte. «La mia pelliccia andrebbe usata per qualcosa di molto più lussuoso di un mantello. Si è beccato un morso ancora più forte.»

Le mie labbra fremettero. Casteel disse: «Da quello che so su di loro, quando scoppiò la guerra fuggirono in questi boschi. Non credo che qualcuno abbia memoria della loro propensione per la carne... da mangiare o da indossare».

Non ci volevo pensare, alla loro propensione per la carne. «Sapevano chi eravate» sottolineai.

«Devi ricordarti che sono avanzi di un'epoca in cui Atlantia governava sull'intero regno» disse Casteel. «Immagino che gli anziani abbiano trasmesso alle nuove generazioni ciò che sapevano di noi. Vivendo fuori dal controllo degli Ascesi, non hanno riscritto né perduto le nostre storie.»

«D'accordo, ma hanno comunque cercato di uccidervi.»

«Ucciderc*i*» mi corresse Casteel, e il mio stomaco sprofondò. «Questa strada ha visto passare un sacco di Atlantiani e Wolven, nel corso dei secoli. Dubito che, con la loro mentalità da prima-attacca-poi-fai-domande, abbiano provato grande affetto per noi quando si sono resi conto che frecce o mazze non abbattevano.» Si mosse sulla sella come se cercasse di stare più comodo. «Inoltre, la pelliccia dei Wolven è davvero ottima per fare mantelli.»

Naill rise, mentre i Wolven imprecavano.

«Un tempo abitavano in uno dei villaggi vicino alla Foresta di Sangue. Fino a quando, nel corso degli ultimi sette secoli, sono finiti qui» proseguì Casteel. «Ho viaggiato su questa strada altre volte, in passato, ma fino a oggi non ero mai stato costretto ad avere a che fare con loro.»

Questo spiegava perché avevo visto i loro simboli nella Foresta di Sangue e poi qui. «Come hanno fatto a sfuggire al controllo degli Ascesi?»

«E chi dice che sia così?» ribatté Naill.

«Be', sono ancora vivi» ponderai. «Perciò mi viene da pensare che non sappiano della loro presenza.»

Kieran ci superò. «Visto che il più delle volte il Clan delle Ossa attacca a prima vista, e che devono essere rimasti in pochi, probabilmente gli Ascesi ritengono che non valga la pena sprecare tempo con loro.»

Mi guardai alle spalle, chiedendomi quanti di loro vivessero in questi boschi. Centinaia? Migliaia? Se fossero stati migliaia, gli Ascesi li avrebbero senz'altro considerati degni del loro tempo. Migliaia potevano dare vita a una rivolta. Magari non una ribellione vittoriosa, ma comunque potevano causare diversi problemi. Soprattutto perché il clan sapeva cose che gli Ascesi avrebbero voluto fossero dimenticate.

«Inoltre, gli Ascesi non mandano spesso la loro gente qui» aggiunse Delano. «Quando si renderanno conto che sei sparita le cose potrebbero cambiare, ma solo gli dei sanno quand'è stata l'ultima volta che un loro emissario è giunto fin qui o addirittura oltre.»

Qualcosa nel suo tono mi spinse a guardarlo. Alla luce sempre più scarsa riuscivo a vedere i tratti induriti e rigidi del suo volto. «E perché?»

«Vedrai» rispose Casteel.

E questo fu tutto ciò che disse. Né gli altri aggiunsero parola, mentre la notte calava e la luna sorgeva, gettando la sua luce argentea sulle colline che avevano sostituito la foresta.

Ero immersa nei miei pensieri. Meditavo su quanto era successo e sui discorsi fatti poco prima dell'inizio della battaglia, quando la prima freccia aveva attraversato la nostra strada. Per questo, non avrei mai pensato di ritrovarmi a sonnecchiare. Invece, fu proprio quello che accadde. Mi rilassai tra le braccia di Casteel, e a un certo punto mi ritrovai con la schiena adagiata su di lui. Quando me ne resi conto, mi raddrizzai di colpo.

«Scusa» mormorai, costringendo i miei muscoli stanchi a sorreggermi dritta in sella. Mi accorsi che lo spazio tra i membri del gruppo era di nuovo aumentato: Delano e Naill ci precedevano di alcuni metri, mentre Kieran teneva il passo alle nostre spalle.

«Per che cosa?»

«Sei stato ferito.» Soffocai uno sbadiglio. «Almeno tre volte.»

«Sono già guarito. Tranquilla.» Non mi mossi, così lui mi riportò vicina a sé con il braccio con cui mi cingeva.

Non opposi resistenza. Che gli dei mi aiutassero.

«Rilassati» sussurrò sopra la mia testa. «Tra non molto dovremmo arrivare a Spessa.»

Osservai le stelle lucenti, chiedendomi come potessero essere così tante. Non so perché gli feci questa domanda: «Ti dà fastidio?».

«Che cosa, principessa?»

«Dover stare così vicino a una persona che rappresenta gli Ascesi. Dopo tutto quello che ti hanno portato via.»

Trascorse un momento. «Farei di tutto per mio fratello.»

Sì, me ne ero accorta.

«Inoltre tu sei in parte Atlantiana» proseguì. «E questo aiuta.»

Non riuscivo a capire se stesse scherzando o meno, ma poi Kieran parlò delle nuvole che si stavano addensando. L'argomento cambiò, e io mi lasciai trasportare...

Ci accampammo in un prato, e al mattino la prima cosa di cui mi resi conto fu che una volta sorto il sole i mantelli non ci sarebbero più serviti. Ciò significava che dovevamo essere vicini. Il giorno trascorse in una sequenza di campi aperti e infiniti cieli azzurri, e quando il sole tramontò proseguimmo, senza fermarci.

Poi i cavalli rallentarono. La prima cosa che vidi fu una polla sconfinata color onice intenso. Era come se il cielo avesse baciato il suolo.

«La Baia Stigia» sussurrai.

«Secondo la leggenda, il passaggio che conduce ai Templi dell'Eternità, il Regno di Rhain» aggiunse Casteel.

«E i racconti sono veri?»

«Mi crederesti se ti dicessi di sì, principessa?» Mi strinse in modo che mi appoggiassi ancora una volta a lui. «Sei calda» mi spiegò.

«Credevo che gli Atlantiani non soffrissero il freddo.»

«Non sottolineare le mie incongruenze.»

Forse fu perché ero stanca, o forse per l'immobile bellezza della Baia, non lo so: ma risi. «Adesso non fa nemmeno così freddo.»

Lui emise un lieve brontolio, che avvertii più che sentire. «Non lo fai mai abbastanza. Ridere.»

Qualcosa mi piroettò nel petto, ma lo tenni sotto controllo con il respiro. «La Baia è davvero l'ingresso per i veri Templi di Rhain?» domandai invece.

Il suo respiro era caldo contro la mia guancia. «La Baia Stigia è il luogo in cui Rhain riposa, nelle sue profondità. Costeggia Pompay, e la sua costa meridionale arriva fino a Spessa.»

Sgranai gli occhi per la sorpresa. Davvero il dio dormiva lì?

«Siamo arrivati?»

«No» rispose Kieran. «Manca ancora più o meno un giorno di viaggio. Siamo arrivati a Pompay.»

Pompay. L'ultima roccaforte atlantiana.

Qualunque cosa stessi per dire, mi fu rubata dallo spettacolo che prese forma nell'oscurità notturna.

Prima vidi l'Alzata, o ciò che rimaneva delle mura in rovina. Solo le parti vicine all'ingresso erano ancora in piedi e si innalzavano vertiginosamente verso il cielo, ma non c'era un cancello. Il resto delle mura non superava il metro e mezzo di altezza, e perlopiù si trattava di mucchi di pietre infrante.

Attraversammo una cittadina che non esisteva più. La strada era fiancheggiata da case bruciate, la maggior parte delle quali senza intere pareti o distrutte fino alle fondamenta. Non c'erano persone né luce di candele dietro le finestre delle case che possedevano ancora almeno le quattro mura e il tetto. L'unico rumore che si sentiva era quello degli zoccoli dei cavalli sul selciato. Superammo edifici più grandi, con pilastri caduti a terra... strutture che un tempo dovevano ospitare riunioni o spettacoli, immaginavo. Gli alberi erano solo scheletri inanimati e in disfacimento, e non c'erano segni di vita da nessuna parte. Qualunque cosa fosse successa qui, non risaliva alla guerra, altrimenti la natura avrebbe già rivendicato gli edifici e le strade.

«Che cos'è accaduto qui?» Il suono della mia stessa voce mi fece trasalire. Mi sembrava sbagliato parlare, infrangere il silenzio di quella città fantasma.

«Gli Ascesi temevano che Pompay sarebbe diventata un rifugio per i Caduti, visto che un tempo era una prospera città atlantiana. Ma non c'erano reali motivi per crederlo» disse Casteel in un sussurro. «Qui vivevano dei Caduti, ma solo perché dopo la guerra non c'erano più membri della Famiglia Reale a governare la cittadina. Erano perlopiù mortali, contadini e così via. Visto che nessun Asceso voleva venire a governare un luogo così a oriente, rasero Pompay al suolo.»

«E cosa successe alla gente che viveva qui?» domandai, temendo di conoscere già la risposta.

Casteel non disse nulla, perché la risposta arrivò subito dietro una curva: cumuli di pietra a perdita d'occhio, illuminati solo dall'argentea luce lunare. Erano centinaia, talmente tanti che faticavo a credere ai miei occhi, nonostante la certezza che si trattasse della realtà. Pompay era una città massacrata, un vero e proprio cimitero.

«Arrivarono qui una notte, circa quarant'anni fa» disse Delano. «Un esercito di Ascesi. Colpirono la città come la peste, nutrendosi di ogni uomo, donna e bambino. Coloro che non vennero uccisi divennero Craven e si riversarono fuori dalla città in cerca di sangue.»

Dei.

«I defunti furono lasciati a marcire sotto il calore estivo e a congelare al freddo invernale» disse Kieran. «I corpi rimasero dov'erano caduti. Qualcuno vicino a un albero, dozzine per le strade.» Si schiarì la gola. «Coppie nei loro letti. Intere famiglie in casa, madri e padri che stringevano i figli.»

«Abbiamo dato loro sepoltura» mi disse Casteel. «Ci è voluto del tempo, ma siamo riusciti a tumulare tutti quelli che erano rimasti: seicentocinquantasei.»

Santi numi.

Chiusi gli occhi per ripararmi dalla sconvolgente ondata di dolore che mi sommerse, ma non riuscii a cancellare dalla mia mente le pile e pile di pietre che ricordavano così tante morti senza senso.

Casteel emise un sospiro brusco. «Ebbene, ora sai perché gli Ascesi non viaggiano spesso fin qui.»

Sì, sapevo.

Avevo visto.

«Non... non so perché mi sento così turbata» ammisi. «Dopo tutto quello che ho visto, non capisco come faccia a rifiutarmi di crederci.»

Casteel mi cinse più stretta con il braccio, ma fu Naill a parlare, riecheggiando quello che il principe aveva detto in precedenza. «Non credo che ci si possa mai abituare a cose del genere. O almeno, io non lo vorrei. Voglio che mi lascino sconvolto. Ho bisogno che sia così» mi disse l'Atlantiano dalla pelle scura. «Altrimenti, la linea che ci separa dai Vampry sarebbe troppo sottile.»

22

Cavalcammo in silenzio, superando le innumerevoli montagnole di pietre e le rovine di case e negozi. Ci fermammo appena fuori della città, sulla costa della Baia.

Dormii poco, quella notte, perché ogni volta che chiudevo gli occhi rivedevo il cimitero di pietra. Con mia grande sorpresa, però, quando finalmente riuscii a riposare non feci i soliti incubi. Ripartimmo all'alba del giorno seguente, e io seppi che le inquietanti rovine della città non mi avrebbero mai più abbandonata, per il resto della vita. Mentre proseguivamo lungo la Baia Stigia, ero intimorita da ciò che ci aspettava a Punta di Spessa.

Quando il sole iniziò la sua salita, luccicando sulla Baia oscura, guanti e mantelli divennero superflui. Tuttavia, a ogni edificio incendiato o fattoria distrutta, rabbrividivo di nuovo.

Quando Casteel mi sorprese a guardare alcune colonne di marmo precipitate tra giunchi rossastri, mi chiese: «Non te lo aspettavi, vero?».

Scossi la testa. «Non avevo idea che fosse così. In effetti, non sapevo molto su Pompay o Spessa, ma non avevo mai immaginato niente del genere. Credevo che le due cittadine esistessero ancora. E così credeva Vikter. Diceva che gli sarebbe piaciuto visitare la Baia.»

«I viaggiatori che arrivano fino a qui sono veramente pochi. Il rischio che la gente di Solis possa scoprire quello che è successo ai villaggi o ai loro abitanti è decisamente basso.»

«Ed è altrettanto basso il rischio che si scopra ciò che è stato ricostruito» aggiunse Delano.

Alla fine, il giorno cedette il passo alla notte, che portò con sé aria più fresca. Cavalcavamo lungo i campi, e a un certo punto i terreni abbandonati furono sostituiti da una fitta area boschiva. Iniziavo a nutrire i miei dubbi che Punta di Spessa esistesse davvero e mi domandavo dove ci saremmo fermati, quando raggiungemmo l'altro lato della Baia oscura e sentii il richiamo dolce e melodioso di un uccello.

Dietro di me, Casteel si agitò e sollevò la testa. Imitò il verso e io feci per voltarmi verso di lui, sorpresa, quando il suo richiamo ottenne risposta. Non erano uccelli. Erano segnali. Nell'istante in cui me ne resi conto, vidi finalmente le tracce di una città.

La luce della luna illuminava d'argento le mura di arenaria di un'Alzata. In altezza non erano paragonabili a quelle che circondavano le maggiori città di Solis, ma si estendevano per circa quattro metri di lunghezza, e numerosi parapetti squadrati erano posizionati a diversi metri di distanza l'uno dall'altro.

Massicce porte di ferro tremarono davanti a noi, poi si aprirono lentamente con un gemito. Dalle mura ampie e spesse dell'Alzata spuntavano torce che ne illuminavano il perimetro. Il cortile rimaneva perlopiù al buio, ma più avanti la luce sfarfallava come un mare di stelle basse.

«Questa Alzata non è stata distrutta? Oppure è stata ricostruita?» chiesi mentre entravamo.

«L'Alzata subì alcuni danni, ma in gran parte rimase intatta. Siamo riusciti a ripararla. Vedi quelle luci? È la Fortezza Stigia. Apparteneva ai custodi della Baia ed è stata rinforzata durante la Guerra dei Due Re» spiegò Casteel. «La fortezza rimase sostanzialmente integra, perfino dopo la guerra. Suppongo che gli Ascesi temessero che se l'avessero distrutta sarebbero incorsi nell'ira di Rhain, perciò la lasciarono dov'era.»

Avevo paura di fare domande. «E i suoi custodi?»

«Sono sepolti insieme al resto degli abitanti originari di Spessa, in sepolcri di pietra.»

Avevo la nausea... vera e propria nausea. Due intere cittadine distrutte. E per che cosa? Tutto perché gli Ascesi temevano la verità e non volevano governare terre situate così a oriente? Era di una malvagità insensata, inconcepibile, e sapevo che probabilmente Spessa e Pompay non erano le sole ad avere sofferto un destino simile. Molto probabilmente sarebbe toccato anche a Nuovo Nido, e la sola, piccola fortuna era che Elijah stava portando via gli abitanti prima che finissero anche loro sotto una pila di pietre, unica testimonianza della vita che avevano condotto.

«Ma noi abbiamo rivendicato Spessa e l'abbiamo ricostruita come abbiamo potuto» disse Casteel. «Gli Ascesi non ne hanno idea.»

«Che cosa intendi?»

«Vedrai.» Casteel mi accarezzò il fianco con il pollice. «Ho trovato una soluzione temporanea al nostro problema delle terre.»

Prima che potessi fare altre domande, sulla strada apparve una figura che mi indusse al silenzio. Setti rallentò mentre io mi irrigidivo, portando d'istinto la mano al pugnale agganciato alla mia coscia.

Casteel chiuse la mano sulla mia. «È un amico.»

«Scusa» mormorai.

«Non scusarti» disse a bassa voce. «Preferisco che tu sia pronta, piuttosto che troppo fiduciosa.»

Una torcia si accese, gettando un bagliore rossastro sul volto di un giovane. Non era solo: accanto a lui c'era un Wolven, di taglia più piccola e con il pelo del colore della Baia. Senza preavviso, il Wolven saltellò verso di noi, impennandosi e trotterellando qua e là come... un cucciolo emozionato che ha riconosciuto i visitatori.

«Qualcuno è felice di rivederti» sottolineò Kieran.

Casteel ridacchiò e rafforzò la presa sulle redini. «Attento, Beckett. Non ti conviene avvicinarti troppo a Setti.»

Il giovane Wolven tornò indietro a balzi, agitando freneticamente la coda anche quando si avvicinò a Delano.

«Vostra Altezza» disse il giovane con la torcia, in tono intriso di ammirazione. S'inginocchiò, chinando la testa, e io quasi temetti che avrebbe perso la presa sulla torcia.

«Non serve che ti inginocchi.» Casteel ci fece avvicinare al giovanotto e si spostò sulla sella. «Sei tu, Quentyn?»

Il ragazzo annuì. «Sì, Vostra Altezza... cioè, mio principe. Sono io.»

«Dei, sei cresciuto almeno di una spanna o due da quando ti ho visto l'ultima volta.» Dal tono di Casteel era evidente che stava sorridendo, e io quasi mi voltai per guardarlo. «È stato Alastir a trascinarti qui?»

«Volevo andare con lui» rispose Quentyn. «E anche Beckett.»

«Magari potresti dargli il permesso di alzarsi.» Ancora in sella, Kieran superò il giovanotto. «Più continua a stare in ginocchio, più il tuo ego si gonfierà.»

«Non lo so se è una cosa fattibile» disse Naill sottovoce.

Inarcai un sopracciglio.

Casteel rise. «Puoi alzarti, Quentyn. E puoi chiamarmi Casteel, come tutti.»

Quentyn si alzò così in fretta che non so come fece a non darsi fuoco alla testa. Il suo volto giovanile era colmo di ammirazione. Mi gettò un'occhiata incuriosita, ma era troppo buio perché riuscissi a distinguere gli occhi. «Vi stavamo aspettando e speravamo che sareste riusciti ad arrivare stanotte.»

«Dov'è Alastir?» domandò Casteel, mentre il Wolven trotterellava tra noi e Delano.

«È andato a dormire.»

Casteel sbuffò. «Più facile che abbia perso i sensi. L'ultima volta che l'ho visto diceva che aveva trovato del whisky.»

«Oh... be', credo in effetti che il whisky potrebbe avere avuto un ruolo fondamentale» rispose Quentyn, imbarazzato.

Sogghignai, incapace di trattenermi.

«Comunque ci siamo assicurati che i camini delle stanze fossero accesi, perché qui di notte fa freddo» continuò Quentyn, osservandomi con curiosità.

«Permettimi di presentarti la mia fidanzata.» Casteel aveva notato i suoi sguardi interrogativi. «Questa è Penellaphe.»

Fidanzata.

La mia presa sulla sella si allentò, e io mi domandai se le mie vertigini fossero solo immaginarie. Non mi sarei mai abituata all'uso di quella parola da parte di Casteel.

«Alastir ci aveva avvisato che avreste portato una signora con voi... la vostra fidanzata.» La torcia andava su e giù al ritmo dei suoi movimenti. «Insomma, congratulazioni! A entrambi. Hai sentito, Beckett? È la fidanzata del nostro principe.»

Beckett, il Wolven, attraversò la strada saltellando allegramente e scomparve nella boscaglia.

«Penellaphe, questo è Quentyn Da'Lahr. E quel cucciolo sovraeccitato è Beckett Davenwill, un pronipote di Alastir.»

Sii te stessa. Era il consiglio che mi aveva dato Casteel. Come mi sarei comportata in una situazione normale? Sarei rimasta seduta a fissare quel giovane come se tra le mie orecchie ci fosse solo uno spazio vuoto? No, non era certo un comportamento abituale per me.

Avrei sorriso e salutato. Potevo farcela.

Feci uno sforzo per far apparire sul viso quello che speravo fosse un sorriso naturale, e rivolsi un lieve cenno della mano a Quentyn. «Sono felice di conoscerti.»

Quentyn ricambiò agitando la torcia in un gesto cerimonioso. «E io sono onorato!»

L'entusiasmo nella sua voce e nel suo saluto addolcì il mio sorriso, che non parve più fissato con lo stucco.

Mentre superavamo un boschetto ceduo e giungevamo in vista della fortezza, mi sentii piuttosto orgogliosa di me. Torce e lanterne riscaldavano la pietra color sabbia dell'antica fortificazione, che si innalzava oltre le mura cittadine. Gigantesche colonne sostenevano le passerelle che collegavano il tetto della fortezza all'Alzata.

Arrivati nei pressi delle stalle, Casteel smontò con agilità e mi posò le mani sui fianchi, sollevandomi dalla sella. Quando il mio corpo scivolò contro il suo e i pesanti mantelli dimostrarono di non essere granché come barriera, il mio cuore prese a battere forte. Le sue mani strinsero la presa sui miei fianchi. Alzai lo sguardo e i suoi occhi catturarono i miei. Per un istante rimanemmo immobili a guardarci negli occhi. Le sue labbra rivelavano quali intenzioni avesse, e il mio corpo pareva pronto a riconoscerle e rispondere con naturalezza. Di colpo mi parve che i miei vestiti fossero allo stesso tempo troppo stretti e troppo larghi. Casteel inclinò la testa, e il mio cuore iniziò a correre veloce. Era dolce e repentino quel senso di attesa, e sapevo che avrei dovuto scostarmi. Non dovevamo essere *così tanto* convincenti. Eppure non mi mossi. Non ci riuscii. Ero in trappola come un coniglio.

«Le camere sono qui» annunciò Quentyn, spezzando l'incantesimo. Casteel si voltò e afferrò le nostre borse, mentre il giovane faceva strada sulla sinistra. Diedi la buonanotte a Setti con qualche colpetto, poi li seguii.

«Le stanze ai piani superiori non sono utilizzabili, ma quelle al piano terra sono piuttosto graziose.» Quentyn si fermò di colpo. «Oh... un attimo. Torno subito.»

Con il cuore che mi pulsava ancora forte, lo osservai attraversare di corsa una porta aperta che dava su una stanza illuminata. «Quentyn sembra... ehm, giovane.»

«Ha appena passato la Transizione» spiegò Casteel, e la sua voce mi parve più profonda, più intensa.

«Mi sorprende vederlo qui» disse Kieran, che era riapparso. Accennò con la testa alle nostre spalle. «E soprattutto mi sorprende vedere lui.»

Seguii il suo sguardo e vidi Delano che conduceva i cavalli nelle stalle con il piccolo Wolven che gli trotterellava intorno e lo ascoltava a orecchie dritte, con la coda che si agitava frenetica.

«Sono entrambi di gran lunga troppo giovani.» Naill si unì a noi. «Avevo capito che nessuno dei giovani si era trasferito quaggiù.»

«Anch'io.» Casteel socchiuse gli occhi. «L'ultima volta che ho visto Beckett riusciva a malapena a mantenere stabile l'una o l'altra delle sue forme.»

Sbattei le palpebre. «È una cosa che succede spesso?»

Kieran annuì. «Ci vogliono almeno vent'anni prima che riusciamo ad acquisire il controllo delle nostre due metà. Qualsiasi lieve cambiamento a livello emotivo può spedirci a quattro zampe o su due piedi.»

«Dev'essere una cosa... scomoda.»

Lui rise ironico. «Non te lo immagini neanche.»

«Trasferire degli Atlantiani a Spessa?» domandai. «Era questo che intendevi, quando hai parlato di una soluzione temporanea al problema delle terre?»

Casteel annuì. «Non ha avuto un grande impatto. Non ancora. Ma ha liberato alcune case e terreni. Le persone che si sono trasferite qui sono state perlopiù scelte accuratamente.

È gente abbastanza adulta e addestrata per opporsi agli Ascesi nel caso decidessero di avventurarsi fin qui, anche se non si sono più visti da quando hanno assediato il villaggio.»

«Quante persone ci vivono?» domandai.

«Un centinaio, più o meno.»

Mi sentii pungere dall'irritazione, mentre osservavo la liscia facciata di pietra della fortezza. Perché Casteel me lo stava dicendo solo ora, invece di parlarmene quando mi aveva spiegato per la prima volta il problema delle terre e della sovrappopolazione ad Atlantia? O in qualsiasi altro momento? Ma soprattutto, perché ero arrabbiata che non l'avesse fatto? Era necessario che ricevessi quell'informazione? Probabilmente no, ma era comunque... frustrante.

Il giovane Atlantiano riapparve con un fagotto. «Alastir ha detto che avresti potuto avere bisogno di vestiti, così abbiamo messo insieme qualcosa. Non so se ti potranno essere utili, ma sono puliti, e di sicuro in mattinata riusciremo a procurartene altri.»

Accettai il fagottino. «Sono sicura che saranno utili. Grazie.»

Quentyn si illuminò in viso, poi girò sui tacchi. Kieran rimase un po' indietro, mentre noi seguivamo l'Atlantiano lungo la passerella coperta. Superammo diverse sale buie per poi proseguire lungo un lato della fortezza in cui era evidente che non ci fossero delle stanze, mentre Quentyn chiacchierava, raccontandoci degli animali selvatici che aveva visto. Giurava di avere adocchiato un felino delle caverne, anche se Alastir gli aveva detto che in quella zona non ce n'erano più.

La prima cosa che attirò la mia attenzione fu un portico. Il vento gonfiava le tende trattenute dai fermi, e il tessuto sventolava lentamente. Mentre Quentyn girava la chiave nella serratura, riuscii a scorgere da un lato una chaise longue, e dall'altro diverse poltrone dal sedile basso.

Quentyn porse la chiave a Casteel, poi aprì la porta. «Alastir ha ordinato che la stanza venisse arieggiata e di accendere il fuoco. Le notti diventano piuttosto fredde, qui.»

Si accese una lampada che illuminò un appartamento privato e spazioso, completo di soffici cuscini, e un tavolo da pranzo.

«Accanto al camino ci sono brocche di acqua fresca.» Quentyn aprì una porta a due battenti, e io sentii profumo di limone e vaniglia.

Se il salotto era stato una sorpresa, la camera da letto mi sbalordì del tutto. In un angolo c'era il camino e sul pavimento, davanti alla soglia del focolare, c'erano numerose brocche proprio come aveva detto Quentyn. Al centro della stanza spiccava un letto a baldacchino con diafane tendine bianche. Di fronte, una doppia porta a grata sembrava condurre a un altro portico. Dalla parte opposta, un passaggio conduceva al bagno. Non riuscivo a smettere di osservare ogni cosa.

«Se volete, posso farvi portare altra acqua per il bagno» propose Quentyn.

Casteel mi guardò, e io scossi la testa. Era di gran lunga troppo tardi per tutta quella fatica. «Non è necessario, ma grazie comunque.»

«Se ne siete sicuri.» Annuii, e Quentyn aggiunse: «Non vedo l'ora di avere una doccia dove basta girare una manopola».

«Doccia?»

Casteel mi rivolse un mezzo sogghigno. «Anziché sedersi nella vasca, si rimane in piedi. L'acqua pulita scende dal soffitto. Più o meno come quando si sta sotto la pioggia... ma l'acqua è calda.»

Lo fissai.

Una fossetta gli apparve sulla guancia mentre si rivolgeva all'altro Atlantiano. «Non riesce a credere che ad Atlantia abbiamo l'acqua corrente.»

Gli occhi di Quentyn si fecero grandi come piattini. «Dice il vero. Io l'ho sempre dato per scontato. Non lo farò mai più, però.»

Immaginare un bagno fatto in piedi sotto una pioggia calda continuava a stupirmi, al punto che non mi resi nemmeno conto che Quentyn se n'era andato finché Casteel non parlò.

«Hai fame?» chiese, sistemando le nostre borse ai piedi del letto.

Scossi la testa. Avevo mangiato le barrette cotte al forno e le noci che Casteel aveva portato. «Non riesco a crederci.» Toccai una delle cortine del letto. «Queste stanze sono stupende.»

«Quando si recava a Spessa, mio padre alloggiava in questa stanza oppure in quella che affaccia sulla Baia. Entrambe sono state rimesse a nuovo, per quanto possibile.»

Mi voltai verso di lui. «Mi aspettavo delle camere più essenziali.»

«Abbiamo in mente di sistemare quelle al secondo piano. Daranno modo a più persone di vivere qui, in attesa che le case siano riparate o ricostruite.» Mi scrutò dall'alto in basso. «Voglio controllarti il braccio.»

«Non fa male» gli dissi, posando il fagottino di vestiti su un divano posto nell'angolo vicino al letto.

«Comunque sia, vorrei controllare lo stesso.»

Sapevo che non avrebbe desistito. Mi tolsi il mantello e lo appesi a un gancetto vicino al focolare, poi sollevai la manica della tunica di lana. Iniziai a sciogliere il nodo della benda, chiedendomi se era il caso di usare delle forbici.

«Mi permetti?» Casteel si avvicinò silenzioso come sempre. Le sue dita calde sfiorarono la mia pelle. Sciolse il nodo in un battibaleno. La benda scivolò via e rivelò un taglio sottile che aveva già smesso di sanguinare da tempo. Mi passò il pollice accanto alla ferita. «Sul serio non fa male?»

«Te lo giuro.» Mi morsi la guancia. Non faceva male. Né il suo tocco, né quel punto del braccio. La lieve carezza del suo pollice mi dava... brividi di piacere.

Casteel sollevò il petto in un respiro profondo, poi lasciò andare il braccio e indietreggiò di un passo. «Vado a parlare con Quentyn e gli altri. Mettiti comoda. Di sicuro sarai stanca. Fai solo attenzione a pulire la ferita.»

«Lo farò.»

Il suo sguardo trovò il mio, e io riuscii solo a pensare a quando mi aveva aiutato a smontare da Setti. Mi avrebbe baciata? Glielo avrei permesso? Immaginavo che avremmo dovuto baciarci di fronte agli altri.

«Riposati, Poppy.»

Prima ancora che riuscissi a formulare una risposta, Casteel era sparito. Sapevo che avrei dovuto essere sollevata. Ma...

Non ero sicura che fosse davvero così.

Andai al divano. Nel fagotto di vestiti c'erano una sottile vestaglia lilla e una tunica più spessa, verde bosco, che mi sarebbe tornata senza dubbio utile.

Sganciai il fodero, scostai la cortina e fui accolta da morbide pellicce e da una montagna di cuscini.

«Santi numi» mormorai, posando il fodero sul letto.

Presi una delle brocche d'acqua calda e la portai nella stanza adiacente, che era assai più fredda. Ero preoccupata all'idea che Casteel tornasse e mi trovasse nuda, quindi mi lavai il più velocemente possibile, pulendo per bene la ferita con acqua fresca e una saponetta profumata alla menta. Una volta finito, infilai la morbida vestaglia e mi legai la cinta in vita. Ripescai la spazzola dalla borsa, sciolsi la treccia ed eliminai i nodi nei capelli, fissando la soglia che dava sul salotto.

Più tardi, sotto la coperta, non ripensai al Clan delle Ossa, al matrimonio o a quello che era successo alla fortezza. Non ripensai nemmeno a quello che il sole avrebbe rivelato di Punta di Spessa al mattino, o a quant'era stato strano che Casteel lasciasse la stanza così in fretta. Rimasi lì a riflettere su tutte quelle tombe di pietra, sulle case bruciate e cadenti di Pompay e sui campi tra le due cittadine. Se Tawny fosse stata con me, sicuramente avrebbe pensato che quel posto fosse infestato dai fantasmi.

Rabbrividii e chiusi gli occhi, chiedendomi com'era possibile che agli Ascesi fosse stato concesso di divenire tanto potenti da distruggere intere città, senza pagarne le conseguenze.

E l'unica risposta che mi venne era amara.

Erano pochissimi coloro che mettevano in dubbio le affermazioni degli Ascesi, e io stessa le avevo accettate senza mai approfondire i miei sospetti. Era più che semplice sottomissione, era ignoranza intenzionale.

Mi sentii invadere dalla vergogna, un altro indizio che rivelava come in molti, insulsi modi ero stata parte del problema. Uno dei raggi nella ruota di quell'ingranaggio, di quel sistema che aveva maltrattato centinaia di migliaia di persone, inclusa me.

Nel corso della notte il fuoco doveva essere stato alimentato, perché ero immersa in un piacevole tepore. Non ricordavo di essere mai stata così al caldo nella mia camera a Masadonia. Fu questo il mio pensiero quando lentamente mi destai.

Non volevo svegliarmi e abbandonare il calore del letto, né l'inebriante profumo di ricche spezie scure e pino. Mi rannicchiai sul materasso, duro e caldo, e mi lasciai sfuggire un sospiro soddisfatto.

Un attimo.

Il materasso era *duro*?

Non... non aveva alcun senso. Quel letto era morbido, ci

si poteva affondare dentro. Adesso invece era caldo, duro e liscio contro la mia guancia e la mia mano. E non solo, mi cingeva la vita, il fianco...

Spalancai gli occhi. Minuscoli granelli di pulviscolo danzavano alla luce del mattino che filtrava dal terrazzo di fronte al letto. Qualcuno aveva aperto le tende e le aveva fissate ai lati con un cordino, e io ricordavo che non stavano così quando mi ero addormentata.

E non ero semplicemente sdraiata sul letto, quantomeno non del tutto. Sotto la mia guancia non c'era un cuscino, ma un petto che si alzava e si abbassava a ritmo regolare. Sotto la mia mano non c'era la stoffa lisa della coperta, ma il ventre di qualcuno. Non erano le coperte ad avvolgermi, ma un pesante braccio sopra la mia vita e un palmo calloso sul fianco... il mio fianco *nudo*.

Oh, dei, stavo usando Casteel come cuscino personale.

E visto che ero sdraiata su di lui, ero stata proprio io a cercarlo nel sonno. Ma quand'era tornato? E aveva importanza, in quel momento? No. Piano piano presi nota di tutti i punti di contatto tra i nostri corpi.

Non era la stessa cosa che accoccolarsi insieme accampati per strada. Non avevo scuse per intrecciare le mie membra alle sue.

Rimasi paralizzata, il respiro bloccato in gola. Premevo i seni contro il suo corpo. Una delle sue cosce era infilata tra le mie, la morbida pelle di daino dei suoi calzoni premeva contro un punto molto, molto intimo di me. Nel sonno, la mia vestaglia si era aperta sotto la cintura. Tra il suo palmo e la mia pelle non c'era nulla, la mano mi copriva il fianco, i polpastrelli adagiati sulla curva del mio posteriore.

Una calda dolcezza mi avvolse, e richiusi gli occhi. Sapevo che non avrei dovuto sentirmi così. Era imprudente e stupido e... oh, così pericoloso. Anziché crogiolarmi nella sensazione del suo corpo a contatto con il mio, avrei dovuto provare a spostarmi senza svegliarlo, ma il cervello se ne andò in una direzione del tutto diversa. Era quasi come... fingere di nuovo. Fingere che tutto questo andasse bene. Che *Hawke* mi stesse abbracciando nel sonno, e che questa fosse solo una delle tante mattine in cui ci svegliavamo così. Mi avrebbe baciata e toccata, avremmo unito i nostri corpi, e sarebbe accaduto perché eravamo amanti che stavano per sposarsi per loro volontà, perché ci desideravamo e avevamo bisogno l'uno dell'altra. Mi mancò di nuovo il fiato, e il mio battito accelerò. Un fulmine caldo mi danzò sulla pelle e mi guizzò nelle vene. Riuscivo quasi a immaginare la mano sul mio fianco scivolare sul mio posteriore e poi più in basso ancora. Le sue dita erano capaci di suscitare sensazioni che non avevo mai immaginato esistessero, nemmeno dopo avere letto lo scabroso diario della signorina Willa Colyns. Tutto il mio mondo si concentrava sul ricordo delle sue dita che mi sfioravano la pelle sensibile delle cosce e poi scivolavano dentro di me. Una brama pulsante si risvegliò al centro del mio essere, e una minuscola parte di me avrebbe preferito non avere mai provato tale piacere per mano sua. Se non fosse mai accaduto, adesso non lo avrei desiderato. Ma solo una piccola parte di me la pensava così. Il resto non riusciva a rimpiangere di avere vissuto qualcosa di così potente e stupendo, dopo che per la maggior parte della mia vita mi era stato proibito di sapere che cosa fosse il piacere.

Ma era meglio non indugiare su quello che c'era stato tra noi e su ciò che lui mi faceva provare persino in quel momento. Perché nelle prime ore del mattino, quando solo io ero sveglia, riuscivo ad ammettere che ciò che suscitava in me andava ben oltre il lato fisico. Giusto o sbagliato che fosse. Arricciai le dita dei piedi, ancora in preda ai palpiti.

Casteel si mosse, e il mio cuore parve fermarsi. Sebbene addormentato, era comunque in grado di... percepire il mio desiderio? Il suo braccio strinse la presa, attirandomi più vicino. La sua coscia premette contro la mia, e da lì si diffuse una brama pulsante, sconvolgente, che mi percorse a ondate calde e serrate. D'un tratto, perfino il mio cervello mi tradì, bombardandomi di immagini e sensazioni: il malizioso ricordo della sua bocca che si strofinava contro la mia, denti affilati che scivolavano lievi sulla pelle, e l'esplosione di dolore che si trasformava con tanta rapidità in piacere. Nel mio sangue scorreva un incendio che si stava velocemente concentrando al centro del mio essere. Nei meandri più remoti della mia mente, sapevo che questo era l'insidioso baratro dove temevo mi avrebbe condotto il nostro... accordo. Dividere un letto. Fingere di essere... innamorati. Toccarsi e baciarsi. *Fingere...*

Fingere di non stare già precipitando in quel baratro.

Il braccio di Casteel si rilassò, ma ero ancora premuta contro di lui, e il cuore mi batteva così forte che mi sarei sorpresa se non l'avesse percepito. Stava ancora dormendo? Ogni respiro che facevo mi ustionava i polmoni, e con cautela sollevai la guancia.

La sua testa era lievemente voltata dall'altra parte. Una cascata di onde scure gli ricadeva sulla fronte, che era rilassata, così come il volto. Folte ciglia gli nascondevano gli occhi e aveva le labbra dischiuse, il petto sollevato da respiri profondi e regolari.

Incapace di distogliere lo sguardo, rimasi catturata dall'aria serena che aveva nel sonno, così giovane e vulnerabile. Vedendolo così, non avrei mai immaginato che avesse più di duecento anni o che fosse capace di azioni tanto feroci e letali.

Osservai i suoi lineamenti, soffermandomi sulle labbra piene. Avrei dovuto capire fin dalla prima volta che l'avevo visto che non era un mortale. Nessuno aveva un aspetto del genere. Quantomeno nessun abitante del Regno di Solis, inclusi i più belli tra gli Ascesi. Perché mi desiderava? Perché mi desiderava ancora? Ma la notte in cui mi aveva aiutata a sostituire il panico e la paura dell'incubo con qualcosa di bello, qualcosa di *voluto*, non aveva ricercato il proprio piacere. Significava che non lo voleva più... da me?

Quelle domande non nascevano dal tarlo dell'insicurezza che tentavo in ogni modo di nascondere, ma da pura logica. Ero consapevole di come appariva una metà di me. Sapevo come le persone giudicavano l'altra. Era innegabile che molti non mi avrebbero considerata attraente, anche se avevo sentito alcuni dire che l'attrazione non nasceva sempre dall'aspetto fisico. Ma non sapevo se ciò fosse vero. Non avevo molta esperienza in questo tipo di cose. Una volta, mostrandomi la Stella, un diamante assai bramato nel regno per la sua rarità e la sua argentea luminosità, la Regina Ileana mi aveva detto che la bellezza non era fatta solo di linee diritte e armoniose.

«Spesso le cose più belle, in tutto il regno, sono fatte di linee spezzate e irregolari, cicatrici che ne aumentano la bellezza in modi complessi, che né i nostri occhi né la nostra mente sono in grado di notare o anche solo di comprendere» aveva detto la regina, rigirando il diamante che teneva in mano. Le punte e gli incavi irregolari catturavano la luce. *«Senza di esse, sarebbero solo ordinarie, banali, come tutti gli altri diamanti dal taglio impeccabile che si trovano ovunque. La bellezza, mia dolce bambina, è spesso imperfetta e pungente, e sempre inaspettata.»*

Non sapevo se tutti fossero d'accordo su questo. Non sembrava così, perché Casteel era fatto solo di linee regolari e armoniose, ed era magnifico.

Il motivo per cui mi desiderava, quando c'erano altre persone dai tratti regolari e armoniosi quanto i suoi, non aveva importanza. Quel che contava, invece, era che io lo stessi osservando mentre dormiva, e questo era al limite dell'inquietante.

Distolsi lo sguardo e mi morsi il labbro. Poi, come se avessi dovuto strappare la benda da una ferita, decisi: dovevo muovermi. L'avrei fatto bene e in fretta, sperando che non si svegliasse finché non avessi legato di nuovo la cinta di quella stupida vestaglia, o prima che si rendesse conto che gli avevo dormito addosso. Iniziai a scostarmi...

Senza preavviso, Casteel si mosse. Non ebbi nemmeno il tempo di reagire. Con velocità sbalorditiva, mi fece rotolare sotto di lui, chiudendomi una mano sulla gola. Ansimai, sconvolta.

I suoi occhi erano così dilatati da mostrare solo una sottile linea d'ambra, e le sue labbra si arricciarono rivelando zanne affilate, un po' allungate. Emise un basso, feroce ringhio d'avvertimento che mi vibrò dentro.

«Casteel!» rantolai, con la sua mano ancora intorno alla gola. «Che ti prende?»

La presa sul mio collo si fece più stretta, strappandomi un ansito brusco. L'istinto mi vinse, infrangendo la sorpresa, e gli sferrai un pugno diretto al braccio per liberarmi. Ma non ci riuscii.

Casteel afferrò la mia mano e la inchiodò sul letto. Mi dibattei, ma le sue dita erano acciaio. Sollevai la mano libera, gli afferrai i capelli e tirai forte, strattonandogli indietro la testa. «Lasciami andare!»

Il suono che emise mi fece venire la pelle d'oca. Senza fatica si oppose ai miei sforzi e raddrizzò la testa.

Adesso non v'era più ambra nei suoi occhi, e mi guardava come... come se non sapesse chi fossi. Come se non mi vedesse.

Il mio cuore si fermò. C'era qualcosa che... che non andava. «Casteel?»

L'unica risposta fu un ringhio che mi ricordò una grossa belva in trappola. I suoi occhi, quasi del tutto neri, mi squadrarono. Non parve riconoscere né il suo nome né me.

D'un tratto mi ricordai di quello che Casteel mi aveva detto. Soffriva di incubi, e a volte al risveglio non sapeva dove si trovasse. Doveva essere proprio ciò che stava succedendo.

Mi costrinsi a calmarmi. «Casteel, sono io...»

Di nuovo emise quel brontolio di avvertimento. Inspirò bruscamente, dilatando le narici. Al diavolo la modestia. Non mi importava di essere del tutto esposta dalla vita in giù. A causa di un incubo, o per qualche altro motivo, Casteel era prigioniero. Avevo l'orribile sospetto che nel giro di qualche secondo sarei diventata la sua colazione.

Ricordai di aver nascosto il pugnale sotto il cuscino, allungai la mano dietro di me e afferrai l'impugnatura, mentre Casteel si spostava sopra di me. Mi lasciò la gola e chiuse la mano intorno al mio fianco...

Sconvolta, sentii il suo mento posarsi sul mio basso ventre. Oh, dei, ma che stava facendo? Agguantai l'arma e mi alzai a sedere, per quanto possibile con una mano ancora inchiodata sul letto dalla sua. E gli premetti il pugnale contro il collo.

Ma lui non parve nemmeno accorgersene, e il suo respiro caldo mi sfiorò più giù. Mi sentii stringere il petto per un senso di tensione che, inaspettatamente, si annidò più in basso, in una spirale insensata. Perché Casteel stava...

Oh, dei.

I miei pensieri non avevano importanza. Né contava il pulsare indecente che riecheggiava dentro di me, o il modo in cui tutto il mio corpo pareva contrarsi mentre il suo respiro si posava tra le mie cosce. Dal fondo della gola gli uscì un altro ringhio, ma questa volta diverso, più profondo e roco.

«Non so cos'hai che non va, Casteel, ma devi lasciarmi.» Premetti la lama sulla sua gola. «Altrimenti scopriremo cosa succede a un Atlantiano quando gli si taglia la gola.»

Questo parve catturare la sua attenzione, perché s'immobilizzò e alzò lo sguardo. Quegli occhi completamente neri mi scossero. Mi concentrai per impedire alla mia mano di tremare. Sapevo che se avesse deciso di colpire, avrei potuto fare molto poco per fermarlo. Se ne avessi avuto la possibilità avrei potuto farlo sanguinare, o magari anche peggio. «Levati di dosso» ordinai. «Subito.»

Mi guardava fisso, immobile come un predatore che aveva avvistato la preda e stava per balzarle addosso. Il mio dono si risvegliò, riversandosi fuori da me come capitava quando mi trovavo in mezzo a una folla agitata da forti emozioni. Mi irrigidii. Non avevo modo di fermarlo. La connessione si aprì, e io mi sentii travolgere da un'ondata di... oscurità che *mi rodeva* e fame insaziabile. Quella che avevo provato io stessa in più di un'occasione quando il Duca Teerman era deluso per qualcosa che avevo o non avevo fatto e mi veniva negato il cibo finché non avessi imparato la lezione. Il periodo più lungo era stato tre giorni, quando avevo provato una fame che torceva gli intestini per il dolore del bisogno. Ma non fu quella l'unica cosa che avvertii. Sotto la sensazione di vuoto assoluto vi era una seducente spezia scura che mi foderava la bocca e alimentava le fiamme che tentavo di arginare dentro di me.

Casteel aveva fame.

Una fame da lupi.

Era sete di sangue? Aveva detto che gli Atlantiani avevano bisogno di bere il sangue di altri come loro. Si era... nutrito? Certo che sì. Di Atlantiani qui ce n'erano. Qualche giorno prima aveva morso me. Aveva bevuto il mio sangue, anche se non molto. Non sapevo quanto fosse potente, ma se era in grado di creare Vampry, doveva avere qualche attrattiva per Casteel. Non sapevo nemmeno quanto spesso dovesse nutrirsi un Atlantiano, ma quella sensazione intensa e magnifica, che scorreva attraverso la connessione, mi trasmise una sorta di consapevolezza primordiale: il punto non era soddisfare solo la fame fisica.

Sotto la fame, però, non percepivo altre emozioni. Non c'era la consueta tristezza affilata che lo trafiggeva. Non sapevo se dentro di lui, in quel momento, rimanesse ancora qualcosa di Casteel, o perfino di Hawke.

Con il cuore che martellava, tentai di liberare il braccio sinistro, ancora inchiodato sul letto all'altezza della mia vita. Casteel allentò la presa, poi mi lasciò andare, ma non si mosse. Ero fin troppo consapevole di quanto il suo respiro, la sua bocca, fossero vicini alla parte più sensibile di me, e anche a una delle mie principali arterie. Voltò la testa, di pochissimo, e il suo mento sfiorò la piega della mia coscia. Diversi centimetri più in basso, sulla pelle vicino al ginocchio, c'erano i solchi che sembravano segni di artigli, lasciati invece dai denti di un Craven. Non provavo l'orrore e la paura che avevo avuto allora, né la repulsione e la certezza che sarei morta. Sentivo solo una deliziosa brama.

Un pulsare proibito di eccitazione erotica mi scosse e la mano con cui reggevo il coltello vicino alla sua gola tremò. Era sbagliato, e non avrei dovuto provare quell'umido calore che si stava raccogliendo laggiù. Ma sembrava anche giusto, e perfettamente naturale, sebbene *niente* di tutto ciò che stava accadendo lo fosse.

Casteel emise di nuovo quel suono, il brontolio profondo, e un brivido mi percorse tutto il corpo. Riuscivo a stento a respirare, figuriamoci a pensare. Tutti i miei sensi erano in fiamme, e quando Casteel abbassò la testa, il mio braccio si piegò docile per seguire il suo movimento. Uno spasmo mi fece aprire le dita, e il coltello cadde sul letto accanto a me.

Che stai facendo? Non ti funziona il cervello? Che stai...?

Casteel mi afferrò i fianchi con le mani, mi sollevò e poi la sua bocca fu su di me e cancellò quelle domande frenetiche. La sua lingua passò sul centro assoluto del mio essere e l'aria mi sfuggì dai polmoni. Non fu come l'ultima volta, l'unica volta. Non ci fu la lenta esplorazione con cui mi aveva provocata guidandomi in quell'atto audace. Questa volta mi *divorò*, catturando la mia carne con la bocca, immergendosi nel mio umido calore con colpi decisi e sicuri della lingua. Si nutrì di me come se fossi il più dolce dei nettari, la fonte della forza vitale di cui aveva bisogno. Ne fui consumata.

Rovesciai indietro la testa con un grido, smarrita in quelle sensazioni primordiali. Il mio corpo si muoveva come se avesse avuto una volontà propria, o quantomeno ci provava. Casteel mi teneva saldamente ferma, e mi era impossibile contrastare quell'assalto perverso o sfuggirgli, anche se avessi voluto. Un calore aggressivo mi montò dentro, torcendosi e contraendosi, e tutto di me parve concentrarsi nel punto in cui c'era Casteel. Inarcai la schiena e afferrai la fodera del letto. Casteel muoveva le labbra su di me, la lingua dentro di me, e i suoi denti affilati sfioravano quel fascio di nervi, una sensazione che riecheggiava nel segno ormai guarito lasciatomi sul collo dal suo morso. Era troppo. Nel momento dell'orgasmo, intenso e stordente, che mi percorse in mobili onde, urlai e finii in pezzi, un migliaio di schegge di piacere avvolte nel raso.

Stavo ancora tremando quando lo sentii sollevare la testa. Sbattei le palpebre e aprii gli occhi, frastornata, abbassai il mento e il poco d'aria che mi era arrivato nei polmoni sfuggì di nuovo.

Adesso i suoi occhi erano nerissimi, senza alcun tocco d'ambra, ma non erano vuoti e freddi come quelli degli Ascesi. Erano infiniti e infuocati, ma ugualmente sconcertanti. Dischiuse le labbra umide...

La porta che dava sulla veranda si spalancò, una folata di vento spazzò la stanza e il letto, entrando insieme a Kieran, che impugnava l'elsa della spada.

Si fermò bruscamente, inarcando le sopracciglia. Non sapevo cosa riuscisse a vedere o quanto il corpo di Casteel mi nascondesse, attraverso le cortine aperte. «Ti ho sentita urlare» spiegò Kieran. «Evidentemente ho interpretato male.»

Non c'era tempo per il bruciore della mortificazione. Casteel si girò verso Kieran. Un ringhio aggressivo di avvertimento raffreddò il caldo languore che provavo. Era un suono assai diverso da quelli che gli avevo sentito emettere, perfino quand'era appena sveglio. Questo prometteva una fine sanguinosa.

«Merda» borbottò Kieran, sgranando gli occhi azzurro pallido. «Cas, fratello mio, ti avevo avvertito che sarebbe successo.»

Non sapevo di che cosa Kieran avesse avvisato Casteel, ma lo vidi tendere i muscoli, prepararsi, e il mio dono... oh, dei, il mio dono era ancora dischiuso e connesso a lui. E quello che percepii in Casteel mi spaventò davvero. L'ardore acido della rabbia mescolato a un sapore bruciato che non mi era familiare, ma di qualsiasi cosa si trattasse era abbastanza brutto da farmi temere per la vita di Kieran.

Non sapevo di preciso quando avesse iniziato a importarmi se il Wolven viveva o moriva, ma la sua sarebbe stata... sarebbe stata un'altra morte inutile. E non volevo che accadesse.

«Casteel» tentai, sperando di attirare la sua attenzione, possibilmente non quella di tipo omicida.

Lui non parve sentirmi e abbassò ancora di più il mento, spostando le dita dai miei fianchi. Ringhiando, snudò le zanne.

«Spero che tu mi stia ascoltando, Poppy» disse Kieran, con voce bassa e incredibilmente calma. Lasciò l'elsa della sua spada. «Quando mi balzerà addosso, tu devi scappare. Va' vicino alle stalle. Lì ci sono doppie porte. Trova Naill o Delano. Preparati.»

Prepararmi? Si aspettava che scappassi? A parte il fatto che di rado fuggivo in cerca d'aiuto, dubitavo che sarei arrivata anche solo alla porta.

«Casteel» riprovai, e quando sentii la sua forza contorcersi dentro di lui, feci l'unica cosa che mi venne in mente. Usai il mio dono, allungai la mano e gliela posai sul braccio. Pensai a tutte le sensazioni più belle che avessi mai provato. Camminare sulla spiaggia tenendo per mano da una parte la mamma e dall'altra il papà, con Ian che saltellava davanti a noi scalciando la sabbia. Indirizzai quelle emozioni attraverso il legame e il punto in cui ci toccavamo, usando la stessa tecnica di cui mi servivo per alleviare temporaneamente il dolore. Senza saperne il motivo, forse perché ero io ad averne bisogno, dissi: «Va tutto bene, Hawke».

Tutto il suo corpo sobbalzò come se una mano invisibile lo avesse strattonato per la spalla. Sollevando il petto in brevi, rapidi ansiti, piegò la schiena, posandomi le mani sui fianchi. Non si mosse. Non lo fece per molti, lunghi istanti, ma lentamente smisi di avvertire quel sapore di bruciato in bocca, e percepii qualcosa di diverso al di sotto della fame: un tornado di vergogna e tristezza.

Lentamente, Casteel sollevò la testa e aprì gli occhi. Mi sfuggì un respiro tremante. Erano color ambra, solo le pupille erano nere. Mi guardò negli occhi per un momento abbastanza lungo. Poi chinò lo sguardo e io deglutii con forza, abbassando la mano.

«Sapore di miele» sussurrò Casteel. Prese le due metà della mia vestaglia e me la richiuse su fianchi e cosce. Le sue mani indugiarono lì, tremando appena. Sollevò di nuovo gli occhi sui miei. «Mi dispiace.»

Poi si alzò dal letto e uscì dalla porta del terrazzo, oltrepassando Kieran, senza dire una parola.

23

Attraverso il portico, la luce del sole si riversava nella stanza. Per diversi istanti non potei fare altro che rimanere seduta a fissare la porta aperta. Ero ancora incredula per tutto quello che era successo da dopo che mi ero svegliata – con le membra intrecciate alle sue – fino a quando Casteel aveva lasciato la camera.

Non avevo idea di come interpretare il suo comportamento. Ed ero stordita, confusa dalle mie azioni, da quello che avevo fatto e che avevo permesso.

Casteel aveva perso la testa.

Io avevo perso la testa.

Kieran chiuse la porta e si piazzò di fronte al camino, tagliando fuori la brezza dal dolce profumo e strappandomi ai miei pensieri. Le fiamme si erano calmate, non più agitate dal vento. «Ti ha fatto del male?»

Sbattei le palpebre. «Cosa?» Avevo la voce roca.

«Ti ha fatto del male, Penellaphe?» ripeté Kieran, addolcendo la voce.

«No. Ha...» Mi guardai le gambe nude. Non mi aveva fatto del male. Avrebbe potuto, e non sapevo nemmeno se era stata sua intenzione non farlo, ma aveva fatto quanto di più lontano dal ferirmi. Presi la coperta e me la rimboccai fino alla vita.

Un muscolo si mosse nella guancia di Kieran. «Non ti ha costretta?»

«Dei, no.» Scostai i capelli dal viso e vidi il coltello. Era rimasto sul letto, nel punto in cui l'avevo lasciato cadere. Casteel non mi aveva costretta affatto, e la verità era che avrei potuto fermare quello che stava succedendo in qualsiasi momento, se avessi voluto. Avrei potuto ferirlo e tentare la fuga. Ma non l'avevo fatto perché... io lo avevo *voluto*. Mi ero svegliata in preda a quel desiderio. E non sapevo se Casteel, nello stato in cui si era ritrovato prigioniero, avesse percepito la mia brama. Indipendentemente da quello, però, ero stata io a volerlo.

A volere lui.

Cercai tracce di rimorso o vergogna, qualsiasi cosa che rivelasse un rimpianto per ciò che era accaduto, ma non trovai nulla. Come prima, provavo solo un'immensa confusione ed ero arrabbiata con me stessa perché avrei dovuto essere più saggia... Sapevo che agire in quel modo mi avrebbe spinta sempre di più nel baratro dei miei sentimenti per lui. Non molto tempo prima, gli avevo detto che non sarebbe mai più successo niente del genere, e invece avevo dimostrato che non ero affatto affidabile quando si trattava di prendere le decisioni migliori per la mia vita... non una o due volte, ma ben tre. La dispensa. L'incubo. E adesso questo. Com'era possibile che desiderassi Casteel così tanto da non dare importanza a quello che faceva o a chi era? O a ciò che avrebbe potuto farmi?

«Che cos'è successo?» domandò Kieran.

Mi ci vollero un paio di secondi per raccogliere i pensieri. «Si è svegliato, ed è stato come se non mi riconoscesse. Ringhiava, e aveva gli occhi completamente neri.» Osservai Kieran, omettendo un bel po' di dettagli, ma ero sicura che sapesse già parecchio di quello che era accaduto. «Mi ricordavano gli occhi degli Ascesi. Sta... starà bene?»

Sul volto di Kieran c'era un'espressione eccezionalmente vuota, considerato quello che era appena successo. «È probabile, quando avrà raffreddato i bollenti spiriti.»

«Raffreddato...? Credo che abbia bisogno di ben altro.» Gettai un'occhiata alla porta. «Stava per attaccarti.»

«In quel momento mi vedeva come una sfida.» Fece una pausa. «Una minaccia.»

«Per chi? Per lui?»

«Per te.»

Il mio cuore fece una capriola. «Non ha senso.»

Kieran incrociò le braccia sul petto ampio. «Nelle giuste, o suppongo *estreme* circostanze, i membri della sua specie possono diventare alquanto possessivi.»

«Con che cosa? Con i loro pasti?»

«Ti ha morso?»

«Dopo la prima volta?» Resistetti al bisogno di toccare il marchio quasi scomparso sulla mia gola. «No.»

Qualcosa di simile alla delusione gli attraversò il viso, e senza pensarci dischiusi il mio dono e lo protesi verso di lui. Avrei avuto tempo in seguito per sentirmi in colpa di avere ficcanasato quando non era strettamente necessario. Ma quello che percepii non era per nulla simile alla mia idea della delusione. Era denso e stucchevole, e mi ricordava la panna troppo zuccherata. *Preoccupazione*. Era preoccupato.

Ritirai le mie percezioni.

«Che cosa gli è successo?» domandai, anche se avevo già i miei sospetti.

Lui mi osservò, per un attimo. «Starà bene. Anche se ti suggerisco di approfittare di questo momento per prepararti, prima che ritorni.»

Frustrata, strizzai gli occhi. «Grazie per il consiglio, ma

non hai risposto alla mia domanda. Hai detto che lo avevi messo in guardia. Su che cosa?»

Kieran rimase zitto.

Non ero mai stata capace di starmene seduta quando la rabbia mi faceva ribollire il sangue. Afferrai il pugnale e scostai la coperta, alzandomi.

Lui inarcò un sopracciglio. «Pensi di usarlo?»

«Ma perché tutti sono convinti che li pugnalerò ogni volta che prendo in mano qualcosa di affilato?»

«Be'» replicò Kieran in tono pacato, «hai dimostrato una certa inclinazione.»

Feci per ribattere, ma mi resi conto in fretta che sfortunatamente aveva ragione. «Solo quando è meritato.» Posai il pugnale sul tavolino di legno. «E non è colpa mia se alcuni di voi meritano di venire pugnalati. Anche più volte.»

Kieran inclinò la testa come se fosse d'accordo con me. «Non dovresti preoccuparti per Cas...»

«E tu dovresti rispondermi.» Mi piazzai di fronte a lui. «È evidente che qualcosa in lui non andava. Non aveva il controllo di sé, e ho percepito la sua fame. Tanta fame.»

«Perciò hai usato le tue abilità?» Sul suo volto apparve un lieve sorriso. «Sono felice che tu abbia accettato il mio suggerimento.»

Alzai gli occhi al cielo. «So che gli Atlantiani devono nutrirsi di altri Atlantiani. Mi ha detto che il sangue dei mortali per loro è inutile, serve quello della loro stessa specie. E hanno bisogno di nutrirsi. Ma non mi ha mai detto il perché. Magari non sono esperta di tutto quello che riguarda Atlantia, ma immagino che gli occhi neri e il fatto che fosse pronto a staccarti la testa a morsi siano un paio dei motivi per i quali gli Atlantiani hanno la necessità di alimentarsi.»

«Gli occhi neri, sì. Ma volermi staccare la testa probabilmente ha più a che fare con le attività mattutine a cui vi stavate dedicando.»

Il mio viso andò in fiamme e dovetti fare uno sforzo immenso per ignorarlo. «Ha bisogno di nutrirsi...» Ripensai a quello che era successo dopo l'attacco del Clan delle Ossa. «Ecco perché mi stava fissando il braccio, nella foresta! Quando gli hai chiesto se stava bene, aveva fame. Ecco perché era così... ringhioso, e voleva staccarti la testa a morsi.»

«In parte sì.» Kieran distolse lo sguardo e si mordicchiò il labbro. Trascorse un lungo istante. «Ha bisogno di nutrirsi. Avevo capito che stava giungendo al limite, ma non è sul punto di superarlo. Non ci è così vicino.»

Mi sentii a disagio. «Come fai a dire che non ci è vicino? Non ha riconosciuto né te né me.»

Kieran tornò a guardarmi negli occhi. «Se fosse stato così, a me avrebbe staccato la testa e tu, in questo momento, staresti diventando un'Ascesa, alla faccia delle proibizioni. Oppure saresti morta. Se fosse giunto vicino al limite, una goccia del tuo sangue gliel'avrebbe fatto varcare. Molto probabilmente tu saresti morta, e quando si fosse reso conto di quello che aveva fatto, avrebbe... non voglio nemmeno pensare, a quello che avrebbe fatto.»

Inspirai bruscamente dalla bocca, senza sapere quale delle due cose fosse peggio. Be', staccare via la testa a Kieran sembrava molto più doloroso e... problematico di quello che sarebbe successo a me.

Se Casteel fosse stato troppo vicino al limite, se si fosse nutrito e avesse finito per trasformarmi, sarei diventata... un'Ascesa. Incapace di controllare la sete di sangue. Impossibilitata a stare sotto il sole. Virtualmente immortale. Ma che razza di vita era quella?

Anche se... che razza di vita potevo avere con Casteel? Quando fossi stata anziana e canuta, lui avrebbe avuto ancora lo stesso aspetto. Giovane. Vitale. Avrebbe...

Un attimo. Perché poi stavo pensando a un futuro – il nostro futuro – quando non ce ne sarebbe stato affatto uno? Forse avevo davvero perso la testa.

Avevo bisogno di sedermi. «Se quello non era giungere al limite, allora non credo di volerlo vedere quando ci arriverà.»

«No davvero.» Kieran appoggiò la testa alla parete. «Si è svegliato normalmente, oppure è stato un risveglio brusco?»

Ripensando alle mie fantasie prima che Casteel si destasse, fui felice che Kieran non mi stesse guardando. «Credo di averlo svegliato io. Mi sono mossa, e a quel punto si è più o meno lanciato su di me.»

«Ha senso» mormorò lui, chiudendo gli occhi. «Non mi piace parlare di lui... di questo genere di cose. Se sapesse che lo sto facendo, è certo che mi staccherebbe la testa, *davvero*. E me lo meriterei, perché ci sono cose che solo lui dovrebbe avere il permesso di ripetere. Ma credo che tu debba saperle, anche se non sono sicuro che meriti di esserne messa a parte.»

«Perché non dovrei meritarlo?» chiesi. Non me ne andavo mica in giro a rapire la gente io. Era Casteel a farlo.

«Perché solo gli amici stretti e le persone amate dovrebbero esserne a conoscenza, e tu non lo sei.»

Be', aveva ragione. Ma già immaginavo quello che Kieran non credeva fosse giusto confidarmi. «Casteel mi ha raccontato che soffriva di incubi, e che a volte, al risveglio, non sapeva dove si trovava.»

In qualsiasi altra situazione, vedere Kieran così stupito mi avrebbe fatto ridere. Ma non c'era nulla di divertente. «Te lo ha raccontato?»

Annuii. «Dopo uno dei miei incubi – ne faccio di orribili – e dato che l'avevo svegliato, me ne ha parlato.»

L'espressione di Kieran si distese. «Sì. Soffre di incubi. Sai cosa gli è stato fatto quand'era prigioniero degli Ascesi. A volte si ritrova di nuovo lì, in gabbia e abusato, non più padrone del suo corpo, né del suo sangue.»

Questa volta mi sedetti prima ancora di rendermene conto, anche se non fui sorpresa che accadesse. La pesantezza delle parole di Kieran mi fece crollare, e ricordare l'agonia e l'orrore di ciò che Casteel aveva affrontato mi inchiodò.

«Quando ha gli incubi di cui ti ha parlato, e si sveglia di soprassalto, a volte la sua mente resta prigioniera di quella follia» proseguì Kieran. E se c'era una persona consapevole di quanto gli incubi potessero sembrare veramente reali, quella ero proprio io. «Se non si è nutrito, rischia di scivolare nell'animale in cui loro lo hanno trasformato.»

Un mostro.

Rabbrividii e chiusi gli occhi. Che cos'aveva detto quando lo avevo definito un mostro? *Non sono nato così. Sono stato* reso *quello che sono ora.* Ma Casteel non era un mostro. Il cuore mi doleva con la stessa intensità di quando mi aveva raccontato della sua prigionia.

Emisi un respiro tremante e aprii gli occhi. Kieran mi stava guardando. «Non è un animale.» Non so perché lo dissi, ma ne avevo bisogno. «Non so che cosa sia, ma non è una bestia. Non è un mostro.»

«No, non lo è.» Kieran inclinò la testa da una parte. «Credo che ti sarebbe piaciuto, se lo avessi conosciuto prima di tutto questo.»

Lo avrei preferito anch'io, con tale intensità da sentirmi a disagio. Mi cinsi la vita con un braccio.

Sul volto di Kieran apparve un sorriso triste, pungente, come se potesse leggere i miei pensieri. «Immagino che molte cose sarebbero state diverse.»

Annuii lentamente, strisciando fuori dal pozzo di dolore che mi formava una caverna nel petto. «Perché non si è nutrito? C'erano degli Atlantiani alla fortezza, no? E ce ne sono qui.»

Kieran annuì. «Aveva molte possibilità per nutrirsi, ma non l'ha fatto.»

«Perché? Perché ha lasciato che si arrivasse a questo punto?»

Lui inarcò un sopracciglio. «È una gran bella domanda, vero?»

Non c'era una risposta alla mia domanda, e questo mi tormentò mentre mi lavavo e indossavo i pantaloni larghi e la tunica verde scuro contenuti nel fagotto che Quentyn mi aveva dato. Erano tante le domande senza risposta che mi assillavano. Perché Casteel non si era nutrito? Gli incubi erano responsabili anche della tristezza tagliente che si portava dentro? Se Casteel era così quando ancora non aveva raggiunto il limite, come diventava allora quando ci arrivava? Che cosa sarebbe successo se non si fosse... be', nutrito di me in maniera differente?

E perché mai glielo avevo permesso, quand'era evidente che non era in sé? E *per quale motivo* lo aveva fatto? Era la sete di sangue a indurlo ad azioni del genere? Oppure era successo perché aveva percepito la mia eccitazione? Mi bruciavano le guance, e non ero sicura di voler sapere la risposta a quell'ultima domanda.

Comunque fosse, mi ero sbagliata quando avevo detto che non avevo istinti suicidi. Che cosa sarebbe successo se Casteel fosse stato in bilico su quel limite e avesse usato la bocca per qualcos'altro?

Sentii lo stomaco sprofondare. Mi stavo spazzolando i capelli, e alla morbida luce della lampada le ciocche mi ricordavano più un vino color rubino che un fuoco ardente, come capitava spesso al sole. Piegai la testa di lato. I segni dei morsi non erano più visibili, ma lasciai comunque i capelli sciolti e tornai in camera da letto.

Kieran era vicino all'uscio che dava sul portico e scrutava il panorama. Non ero esattamente sorpresa che fosse ancora lì. «Hai il turno da balia? Ho accettato la proposta di matrimonio» dissi, prendendo il fodero da coscia. La parola *matrimonio* mi sembrava ancora strana sulla lingua. «Non scapperò.»

Lui si voltò verso di me. «Stavo aspettando per sapere se ti andava di fare colazione.»

«Oh.» Infilai il pugnale d'osso di Wolven nel fodero e lisciai l'orlo della tunica. La parte superiore era più aderente di quanto fossi abituata, ma era pulita. Lanciai un'occhiata alla porta. «Non dovremmo... non dovremmo aspettare Casteel?»

Lui si voltò verso di me. «Non sarà necessario. Ci troverà quando sarà pronto.»

Mi morsi il labbro. Non mi sembrava giusto andarmene quando Casteel stava... be', qualunque cosa stesse affrontando. E mi sembrava strano anche preoccuparmi così per lui.

«Hai fame, ora?» domandò Kieran, riportando la mia attenzione su di lui. «O preferisci ammirare la Baia?»

«La Baia» scelsi, sapendo di avere lo stomaco ancora troppo annodato per mangiare, in quel momento.

«Va bene.» Kieran si voltò e aprì la porta.

L'aria che ci accolse fu più calda di quello che mi sarei aspettata. Nel giro di pochi istanti, arrotolai le maniche della tunica di lana. «Non mi aspettavo che fosse così bello qui... il tempo, intendo.»

«Insieme a Carsodonia, siamo il punto più meridionale di Solis. Di notte farà più freddo, soprattutto con il volgere della stagione, ma i giorni rimarranno gradevoli.»

«Proprio come nella capitale.» Piegai indietro la testa, lasciando che il sole mi accarezzasse il viso. Udii il suono distante di voci e risate provenire da oltre la fortezza, o almeno così mi parve. «Sei stato nella capitale insieme a Casteel?»

«Per un certo tempo, sì. Non sono esattamente un amante di quella città.» Lo osservai, inarcando un sopracciglio. Kieran alzò una spalla. «Troppi Ascesi. Troppa gente ammucchiata insieme.»

«Non ci sono forse troppe persone ammucchiate ad Atlantia?» chiesi, mentre oltrepassavamo un muro di pietra in rovina. Le acque nere della Baia Stigia scintillavano come polle d'ossidiana, immobili e vaste. Proseguivano fino a dove giungeva il mio sguardo e scomparivano all'orizzonte.

«Non ancora, ma se continuiamo ad aumentare, le nostre città diventeranno altrettanto affollate.»

Quando raggiungemmo la cima di una piccola collina mi voltai, ma non riuscii a vedere nulla oltre le mura della fortezza. «Ma avete Spessa.»

Kieran annuì, tuttavia io ancora non riuscivo a credere che lì ci fosse qualcosa. Cominciai a discendere la collina, e l'erba cedette il posto alla sabbia. Ci avvicinammo ai pontili in rovina che spuntavano dall'acqua come dita in decomposizione. Non si sentiva odore di umido, ma profumo di lavanda, eppure non c'erano cespugli di quelle piante dai fiori viola. Fissai le acque oscure e senza vita, chiedendomi quando, o se, il dio che dormiva dentro la Baia si sarebbe svegliato. Se fosse successo, il Dio degli Uomini e della Fine che cosa avrebbe pensato del mondo che si era lasciato alle spalle, e di quello che veniva fatto ai mortali di cui lui si prendeva cura nella morte?

Abbassai lo sguardo, colta da un impulso improvviso. «Sono anni che non sento la sabbia sotto i piedi.»

«Non c'è momento migliore per farlo, suppongo.»

La sua risposta asciutta non mi scoraggiò. Mi sfilai stivali e calze e con un sorriso mossi le dita dei piedi nella sabbia calda e ruvida.

Kieran sbuffò. «Malik faceva la stessa cosa non appena raggiungeva la sabbia. Si levava le scarpe per sentirla sotto i piedi.»

Sentii un peso gravarmi addosso mentre proseguivamo verso la Baia, dopo aver lasciato calze e stivali in un mucchietto. «Che tipo era Malik? Voglio dire, che tipo è?»

Kieran mi seguiva a qualche passo di distanza. Rimase in silenzio per un lungo istante. «Era gentile e generoso, ma amava anche fare scherzi tremendi. È sempre stato Casteel quello di gran lunga più serio.» Kieran mi raggiunse. «Tra i due fratelli, era lui quello che sembrava cresciuto per diventare re.»

Casteel, quello serio? Mi sorprese ancor più del fatto che in quella Baia ci dormisse un dio.

I miei pensieri dovevano riflettersi sul mio viso, perché Kieran disse: «Il comportamento che Casteel tiene con te, stuzzicandoti e cercando di strapparti una reazione, non è quello che ha con la maggior parte degli altri».

«Dunque recita?»

«No, semplicemente Casteel è... più vivo, quando è con te» disse Kieran, e io...

Pensai che a breve avrei dovuto raccogliere la mia mandibola da terra.

«Malik era la vita e l'anima della famiglia» continuò Kieran. Raccolsi la mandibola da terra. «E avevi ragione a usare il verbo al passato. Anche se è ancora vivo, non sarà più lo stesso di un tempo.»

«Ma la sua famiglia lo aiuterà a ricordare... i suoi genitori, Casteel, tu» argomentai. «Tutti voi potrete aiutarlo a ricordare chi era.»

Kieran non rispose.

Lo guardai. «Tu... credi che sia ancora vivo?»

«Deve esserlo. Anche se i Vampry stanno catturando da anni altri Atlantiani, purosangue o mezzosangue, non permetterebbero al principe di morire. Con lui occorre meno sangue per completare l'Ascensione. È troppo prezioso per lasciare che si indebolisca e muoia.»

Con lo stomaco in subbuglio, chiusi gli occhi per un istante. Speravo che fosse ancora vivo, ma una piccola parte di me quasi si augurava che non lo fosse. Quella che conduceva sotto il controllo degli Ascesi non era vita.

Mi tornò in mente una domanda che aveva già avuto risposta. Com'era possibile che agli Ascesi fosse permesso di perpetrare le loro azioni?

Non era più accettabile.

Se Casteel e io avessimo realizzato il nostro piano, sarei stata davvero contenta di passare il resto della vita ben nascosta, mentre gli Ascesi continuavano a governare, attraverso la paura, la gente di Solis? Continuando a rapire i loro figli e chissà quante altre persone? Non importava se la regina e il re rimanevano in vita o meno. Gli altri Ascesi non si sarebbero forse limitati a trovare un altro Atlantiano per continuare a creare altri come loro, anche se era proibito?

Casteel voleva evitare una guerra, ma quale certezza aveva sul cambiamento dei regnanti? Come poteva essere sicuro che non avrebbero cercato di riportare tutto com'era in principio?

Kieran si girò a guardare da sopra la spalla. Seguii il suo sguardo e socchiusi gli occhi. Tre o quattro persone, con indosso abiti di una vivace gamma di oro e blu, camminavano vicino alle mura in rovina.

«Chi sono?»

«Non ne sono del tutto sicuro» rispose Kieran, tornando a voltarsi verso di me. «Ma qui gli abitanti sono per la maggior parte Caduti, Atlantiani e Wolven.»

Li osservai, finché non riuscii più a vederli. Il mio stomaco era stretto in piccoli nodi. Come avrebbero reagito alla mia presenza? Sarebbero stati amichevoli ed estroversi come Elijah e Alastir, oppure si sarebbero comportati come gli altri?

«Una volta, quand'eravamo più giovani, io e Casteel siamo venuti qui. Prima che la città fosse rasa al suolo» disse Kieran, catturando la mia attenzione. «Era una delle prime volte che lasciavamo Atlantia. C'era anche Malik, e gli abitanti, i mezzi Atlantiani e i sostenitori, sapevano chi eravamo e si comportarono come se Rhain stesso fosse sorto dalle acque.»

La presenza di non uno, ma di ben due principi doveva averli emozionati parecchio.

«Molte persone affollarono la Baia.» Kieran socchiuse gli occhi, come se stesse cercando di rivedere ciò che era avvenuto lì tempo prima. «Una bambina scivolò sulla banchina e cadde in acqua. Tutti rimasero sulla riva, tra panico e impotenza.»

Mi sedetti, a diverse spanne dall'acqua. «Non si tuffò nessuno per salvarla?»

Lui scosse la testa. «Nessun mortale entra in queste acque e fa ritorno. La gente credeva che le sentinelle di Rhain avrebbero catturato chiunque avesse osato farlo, afferrando loro le caviglie per tirarli sotto.» Sollevò un angolo della bocca in un sogghigno pungente, chinandosi accanto a me. «Ma Cas saltò. Non ci pensò due volte. Si tuffò, anche se la ragazzina era scomparsa sott'acqua senza riapparire.»

Mi voltai verso la Baia. «La trovò?»

«Sì. La riportò verso la riva, dove Malik e...» Inspirò a fondo e allungò una gamba. «Una delle persone che erano con noi riuscì a farle sputare l'acqua che aveva nei polmoni. La ragazzina riprese a respirare. Sopravvisse. E le persone che non sapevano chi fossero Malik e Cas credettero davvero che fossero dei.»

Ero felice di sapere che la ragazzina era sopravvissuta, e speravo che i terribili avvenimenti accaduti nella sua cittadina si fossero verificati solo molto tempo dopo. Ma la mia mente si era soffermata su un dettaglio. Kieran aveva quasi pronunciato il nome della *persona* che era venuta lì con loro, e io ero piuttosto sicura di sapere chi fosse.

«Eravate qui insieme a Shea?»

«Cosa?» Kieran si voltò di scatto verso di me. «Come fai a sapere il suo nome?» Socchiuse gli occhi e, prima che potessi rispondere, mormorò: «Alastir».

Annuii. «Me ne ha parlato lui. Ha detto che Casteel è stato il fidanzato di sua figlia.»

La sua espressione si irrigidì. «Alastir non avrebbe dovuto raccontarti nulla.»

«Perché? Era sua figlia» ribattei. «Anche lui l'ha persa, e prima che ti arrabbi con Alastir, mi ha anche detto che probabilmente non avrebbe dovuto menzionarla. Non ho detto nulla a Casteel.» Be', era più o meno la verità.

«Ma ovviamente hai domande da fare.»

«È così» ammisi.

Kieran osservò la Baia, scuotendo lentamente la testa. «Non mi stai chiedendo un consiglio, nondimeno te lo darò. E questa volta spero sinceramente che mi ascolterai.» I suoi occhi azzurro ghiaccio si puntarono sui miei. «Non menzionare Shea a Cas. È una strada che non ti conviene imboccare con lui. Mai.»

Inarcai le sopracciglia. «Ma lei è una parte di lui, e...»

«E perché a te dovrebbe importare?» mi sfidò. «Il vostro matrimonio sarà solo temporaneo, giusto? Che bisogno hai di saperne di più sulle persone che lo hanno fatto diventare quello che è oggi? Quel tipo di intimità riguarda coloro che progettano un futuro insieme.»

Richiusi la bocca, ribollendo per la frustrazione. Kieran aveva ragione, ma...

Sospirando, guardai da sopra la mia spalla le mura più alte della fortezza. Chissà se Casteel si era calmato. «Sei sicuro che starà bene?»

Kieran mi studiò inclinando il capo. «Vuoi la risposta onesta o quella che ti renderà le cose più facili?»

«Prima hai detto che sarebbe stato bene» gli feci notare, in preda a un germoglio di timore.

«Starà bene.» Fece una pausa. «Per adesso.»

«Che cosa dovrebbe significare?»

«Significa che starà bene per un altro po', ma ha bisogno di nutrirsi. È passato troppo tempo.»

La paura mi scorreva dentro, viva e vegeta. «Quand'è stata l'ultima volta che lo ha fatto?»

«Non lo so con certezza, ma dev'essere stato a Masadonia.» Si passò la mano sopra la testa e la lasciò ricadere, tornando a osservare l'acqua. «Normalmente sarebbe in grado di andare avanti per settimane senza nutrirsi, ma ti ha dato il suo sangue due volte, poi è stato ferito. È questo che lo ha spinto più vicino al limite.»

«Non era necessario che mi desse il suo sangue, l'ultima volta.»

Kieran tornò a guardarmi negli occhi. «Lo so. Gli avevo detto di non farlo, ma lui è andato avanti comunque. Non voleva vederti soffrire.»

Presi un breve respiro con la bocca. «E adesso è lui che soffre. A causa mia?»

«Non è a causa tua, Penellaphe. È stata una sua scelta. Così come ha scelto lui, da solo, di non nutrirsi.»

«Ancora non capisco perché.» Frustrata, raccolsi un pugno di sabbia. «Perché farebbe una cosa simile a se stesso? Ho percepito la sua fame, Kieran. Era intensa, e più andrà avanti così, peggio sarà...»

«E tu correrai un rischio maggiore.»

Mi paralizzai, anche se il cuore mi martellava nel petto. «Credevo che lui fosse l'unica persona con cui ero al sicuro. Non hai detto così?»

«Ed è vero, ma quando un Atlantiano non si nutre, nessuno è al sicuro. Nemmeno coloro a cui tiene o addirittura che ama.»

L'aria mi abbandonò in un unico soffio. Amore? «Lui non tiene a me.»

Kieran mi fissò. «Se crederlo ti aiuta, allora fa' pure. Ma questo non lo rende vero.»

Lo guardai truce. «Solo perché sciorini vaghe affermazioni, questo non rende vero ciò che dici.»

«Ti ha dato il suo sangue, anche se non ne avevi bisogno, solo perché non provassi dolore al tuo risveglio...»

«Perché così non avrei rallentato la partenza da Nuovo Nido!»

«Strano, visto che non stavamo progettando di partire quando ti fossi svegliata» ribatté. «Cosa che ti stai convenientemente dimenticando.»

Chiusi la bocca.

«Anche se quello fosse stato il caso, e non è così, se non gli importasse di te non si sarebbe preoccupato che tu non fossi a tuo agio durante i nostri viaggi, vero? Se non gli importasse, ormai avrebbe usato cento volte la compulsione, per quanto temporanea, per controllarti meglio, rendendo più semplice la vita di tutti.»

Ridussi gli occhi a due fessure.

«E di certo non ti sposerebbe, rischiando non solo le ire di tutto il regno ma anche dei suoi genitori – che, come scoprirai presto, sono persone che *nessuno* vorrebbe fare arrabbiare – solo per darti una possibilità di sopravvivere, libera dagli Ascesi e da lui. Se è quello che sceglierai» aggiunse. «Infine, cosa ancora più importante, si sarebbe attenuto al piano che ha elaborato per anni, e noi saremmo sulla strada per Carsodonia per scambiarti con suo fratello. Invece siamo qui. E l'unico motivo di questo cambiamento è perché, quando ti ha conosciuta, ha iniziato a tenere a te.»

Volevo che Kieran si rimangiasse quelle parole, perché pesavano sul mio cuore e, cosa ancora peggiore, erano pericolose per la mia mente.

«Sei irritante» borbottai.

«Spesso la verità lo è. Ma vuoi sapere una verità ancora più irritante?»

«Non direi.»

«Peccato, perché devi ascoltarla. Tiene a te proprio come *tu* tieni a lui, nonostante le bugie e il tradimento» affermò Kieran. «Ecco perché, perfino quando eri la Vergine, gli confidavi i tuoi segreti e gli permettevi cose che non avresti mai concesso a nessun altro. Ecco perché non lo hai colpito con il pugnale che tieni alla coscia, questa mattina, anche se sapevi come usarlo contro un Atlantiano. Ecco perché vuoi saperne di più su Shea. Ed ecco perché, perfino adesso, sei preoccupata per lui.» I suoi occhi lampeggiarono di un azzurro intenso. «E, giusto perché tu lo sappia, l'unico motivo per cui non ho posto fine alla tua vita, nell'istante in cui ho saputo che l'avevi pugnalato al cuore, è perché lui tiene a te. Sono stato abbastanza preciso per i tuoi gusti, adesso, Penellaphe?»

Dischiusi le labbra e feci un respiro tremante. Non volevo ascoltarlo. Non volevo riconoscere che aveva detto la verità. Farlo era... una strada senza ritorno.

Perché tenere a Casteel significava più che desiderarlo e basta. Significava perdonare o dimenticare le sue bugie e i suoi tradimenti, e non sapevo se fosse giusto o sbagliato. Perché il fatto che lui tenesse a me significava più di un accordo o una finzione, e le implicazioni di tutto questo erano... be', erano spaventose, per una quantità di ragioni. Kieran poteva sbagliarsi. Casteel poteva tenere a me, ma non molto. Mentre io... oh, dei, sapevo già che cosa significava per me tenere a lui... e desideravo disperatamente che non fosse vero.

Avevo iniziato a innamorarmi di lui quando lo avevo incontrato la prima volta, e non avevo mai smesso.

Ma oltre a questo, ero la Vergine... una persona che la sua gente e la sua famiglia avrebbero molto probabilmente disprezzato. Ero solo mezza Atlantiana. Sarei invecchiata e morta, mentre lui sarebbe rimasto uguale così a lungo da sembrare un'eternità.

Fissai la sabbia, sentendomi un pesce fuor d'acqua più di quanto non mi fosse successo dall'inizio di tutta questa storia. «La notte prima di venire a sapere chi era davvero, avevo già deciso che non avrei più potuto essere la Vergine. E non era solo per lui. Forse i miei sentimenti per Hawke sono stati l'inizio del processo per arrivare a capire che non avrei mai potuto vivere nei panni della Vergine, ma che volevo stare con lui» ammisi, la voce roca, a malapena più che un sussurro. «Anche se credevo che appartenesse alla Guardia Reale e sapevo che di fatto avrebbe dovuto vivere in clandestinità con me, volevo stare con lui... in un modo o nell'altro. Perché mi faceva sentire... mi faceva sentire *viva*.» Deglutii a disagio. «Tenevo davvero a lui. Ci tenevo moltissimo.»

«All'epoca era Casteel, proprio come adesso è Hawke» disse Kieran in tono sommesso. Lo guardai. «E tu lo sai. Solo che non sei pronta ad accettarlo.»

Per un attimo chiusi gli occhi. Comunque fosse, tenere a Casteel poteva provocare reazioni a catena che non sarei stata in grado di prevenire. Tenere a lui sembrava un tradimento non solo nei confronti di Vikter e Rylan e tutti coloro che erano morti a causa sua, ma anche nei confronti di me stessa. Avrebbe significato perdonare le sue bugie e i suoi misfatti. Tenere ancora a lui significava...

«Tenere ancora a lui mi farebbe solo soffrire» sussurrai, consapevole in quell'istante della verità. Tenevo a lui. Non avevo mai smesso di farlo. E riconoscerlo mi faceva sentire come se fossi sprofondata in quell'acqua nera.

«Non è detto» disse Kieran. «Ma anche fosse, a volte vale la pena soffrire per amore, anche se amare una persona può significare alla fine dirle addio.»

L'asprezza del suo tono diceva più delle sue parole. «Hai l'aria di averlo sperimentato di persona.»

«È così.» Tra noi calò un lungo istante di silenzio. «Sai che cosa succede quando un Atlantiano vuole bene a qualcuno?»

Scossi la testa. Avrei voluto saperne di più sulla persona che aveva amato, ma a cui aveva dovuto dire addio.

Kieran non me ne diede la possibilità. «Comincia a trovare repellente l'idea di trarre nutrimento da qualcun altro. È una cosa troppo intima perché possano anche solo prenderla in considerazione. Se il compagno è un mortale, di solito è quest'ultimo che deve dimostrare all'altro che accetta di nutrirlo. In alcuni casi, però, l'Atlantiano cede all'oscurità della fame. Ecco perché non si è sfamato.»

Il cuore mi martellava contro le costole mentre dicevo a me stessa che non poteva essere il caso di Casteel. Semplicemente non poteva.

Kieran rimase in silenzio per alcuni istanti. «Una volta, Cas mi ha detto che gli era sembrato di conoscerti già solo dopo poche volte che aveva parlato con te.»

Di nuovo mossi le dita nella sabbia. «Gliel'ho chiesto anch'io.»

«Questa è la mia faccia sorpresa» mormorò Kieran. Quando lo guardai, aveva la stessa espressione di sempre. Annoiata, con un'ombra di divertimento.

Le mie labbra fremettero, nonostante la follia di quella conversazione. Tornai a voltarmi verso l'acqua oscura, scintillante sotto il sole. «Mi ha detto che pensava fosse il suo sangue atlantiano che riconosceva il mio.»

«E tu hai provato la stessa cosa?»

Annuii. «È una possibilità?»

«Forse» disse lui dopo un momento. «Ma non credo sia quello il caso. Credo sia qualcosa di più profondo. Qualcosa di intangibile, assai più raro e forte delle stirpi e perfino degli dei. Una cosa abbastanza potente, che in passato ha portato a grandi cambiamenti.»

Mi irrigidii, con la sensazione di non voler sapere a che cosa stesse pensando. E che di qualunque cosa si trattasse, sarebbe stata ancora più sconvolgente di quello che già mi aveva detto. Le sue parole avrebbero potuto dar vita a qualcosa che non sarei stata capace di controllare.

«Credo che siate cuori gemelli.»

24

Cuori gemelli.

Kieran non spiegò che cosa intendeva, e io non chiesi altre informazioni. Non avevo mai sentito quell'espressione, e non volevo ascoltare.

Era già abbastanza complicato elaborare l'idea che Casteel tenesse a me senza aggiungervi un altro concetto nebuloso.

Ma quello che Kieran aveva detto – tutto quanto – rimase con me durante la colazione, privando il cibo del suo sapore. Continuavo a tornare con lo sguardo agli stendardi bianchi appesi alle pareti della sala dei banchetti, a un paio di metri di distanza l'uno dall'altro. Al centro di ciascuno c'era un emblema ricamato in oro, un sole con i suoi raggi. E al centro del sole c'era una spada posta diagonalmente sopra una freccia.

Sapevo che si trattava dello Stemma Atlantiano.

Mangiammo a un tavolo lungo e stretto nella sala dei banchetti. Un tempo era stata usata dalla gente di Punta di Spessa, ma adesso era vuota, fatta eccezione per Quentyn, che quando eravamo arrivati ci aveva portato uova, pancetta croccante e biscotti. Chiacchierava con Kieran e sembrava possedere la stessa energia della notte prima. Cercai di seguire attentamente la conversazione, consapevole di quanto la situazione fosse diversa rispetto all'ultima volta che Kieran e io avevamo mangiato insieme. Quentyn non mi ignorava, né mi trattava con avversione a stento contenuta. Se sapeva che ero stata la Vergine, non gli importava. Ed era una cosa che... be', avrei festeggiato, se non avessi continuato a guardarmi intorno per vedere apparire Casteel, o se la mia mente non fosse stata così impegnata a rimuginare sulle parole dette da Kieran poco prima.

Non riuscivo a concentrarmi sul fatto che forse Casteel mi voleva bene. Non riuscivo nemmeno a soffermarmi sulla rivelazione che io stessa ero andata oltre il semplice tenere a lui da un bel po'. Nessuna quantità di tempo e spazio sarebbe stata sufficiente per accettare quella verità e ciò che comportava.

Continuava a rigirarmi nella testa il fatto che Casteel avesse bisogno di nutrirsi, e se Kieran aveva detto il vero, dovevo convincerlo a sfamarsi con qualcun altro, oppure... dovevo nutrirlo *io*.

Ma in realtà non avevo scelta. Naill e Delano sapevano che ero mezza Atlantiana, e se le altre persone presenti lì, chiunque fossero, non lo sapevano, l'avrebbero appreso presto. Se Casteel avesse preso nutrimento da qualcun altro, non sarebbe stato esattamente un buon modo per persuadere gli altri che intendevamo sposarci veramente, no?

Dovevo farlo io.

Un boccone di pancetta mi scese a fatica in gola. Avrei fatto bene? Ripensai ai morsi che mi aveva dato, presi il bicchiere d'acqua e quasi lo svuotai. Non sarebbe stata una fatica. Sarebbe stato...

Dei, sarebbe stato intenso.

Niente a che vedere con il morso di Lord Chaney. Niente di simile a quello di un Craven.

«L'unica cosa che non sono felice di fare è viaggiare di nuovo oltre le montagne» disse Quentyn, strappandomi ai miei pensieri. Quando lo avevo visto alla luce vivace delle lampade mi ero accorta che era biondo, non biondo cenere come Delano, ma più... dorato. Era giovane, sottile come un giunco e già più alto di me. I suoi lineamenti erano delicati, attiravano lo sguardo e lo trattenevano, e immaginavo che con gli anni la bellezza dei suoi tratti sarebbe solo aumentata. Aveva occhi di un'intensa sfumatura d'ambra, proprio come Casteel, ma i loro angoli esterni erano incurvati all'insù in maniera tale che sembravano sempre sorridenti.

«Già, nemmeno a me entusiasma quella parte del viaggio» concordò Kieran.

«Parlate delle Montagne di Skotos?» chiesi, lanciando la centesima occhiata alla porta da quando Kieran e io ci eravamo seduti.

Quentyn annuì e mi guardò. Quando mi aveva vista la prima volta, i suoi occhi si erano soffermati sul lato sinistro del mio volto, ma niente di più. Non aveva continuato a fissarmi. Né aveva distolto velocemente lo sguardo, in imbarazzo. Aveva visto le cicatrici ed era parso andare oltre, ed era una cosa che apprezzavo. «La nebbia, accidenti. La *nebbia*. Di giorno si fa un po' più rada, ma di notte si vede a stento qualche spanna avanti.»

Ricordai le parole di Kieran sulla lunga catena montuosa. «E si tratta di... magia atlantiana?»

«Sì. È progettata per tenere lontano i viaggiatori, inducendoli a credere che sui monti vi siano i Craven, ma non c'è nessuno.» Kieran sbirciò il mio piatto. «La finisci, quella pancetta?»

«No.» Sospinsi il piatto verso di lui. «Come funziona la magia atlantiana?»

«Questa è una domanda complicata, con una risposta ancora più contorta.» Kieran prese una fetta di pancetta dal mio piatto. «E so che ti stai preparando a farne un centinaio d'altre.»

Assolutamente sì.

«La risposta più semplice, comunque, è che la magia è legata agli dei.»

Be', questo mi fece solo venire in mente altre domande, spingendomi a pensare all'Albero di Sangue, il segno apparso dal nulla a Nuovo Nido.

«Inoltre, la nebbia non è semplice nebbia» aggiunse Kieran tra un boccone di pancetta e l'altro. «Vero, Quentyn?»

«No.» Il giovane sgranò gli occhi. «È più un... sistema d'allarme.»

«Reagisce ai viaggiatori, perfino agli Atlantiani, e lo fa in maniera diversa per ciascuno. E i gruppi più numerosi sembrano scatenarla.» Quentyn continuava a tamburellare con le dita sul tavolo. «Ecco perché ci dividiamo in gruppi non più grandi di tre.»

Sembrava tutto molto... preoccupante. «E l'unica via è passare attraverso le montagne?»

«Sì, ma non preoccupartene troppo.» Quentyn sorrise. «Non abbiamo avuto troppi problemi quando le abbiamo varcate.»

Troppi problemi?

«Il che mi fa tornare in mente una cosa. Posso prepararvi della pancetta in più per quando partirete.» Balzò in piedi. «Vi va?»

Kieran si fermò, con la seconda fetta per metà in bocca. «Quando si tratta di pancetta, la risposta è sempre sì.»

Il giovane Atlantiano rise e si voltò a guardare dietro di sé. La porta si aprì, e il cuore mi balzò in gola mentre con lo sguardo percorrevo i volti degli uomini e delle donne che stavano entrando. Non ne riconobbi neanche uno. Le mie spalle si abbassarono. Era una mezza dozzina di persone.

«Avete fame, ragazzi?» chiese Quentyn. Venne accolto da

diverse risposte entusiaste. Si voltò di nuovo verso di noi, scrollò le spalle e disse: «Mi piace cucinare».

Poi ci rivolse un cenno e corse in cucina.

Osservai il gruppo dei nuovi arrivati dividersi, distribuendosi intorno ai due tavoli rotondi vicino alla porta. Tutti ci fecero un cenno, ma nessuno si avvicinò. Una donna con i capelli scuri ci gettò un'occhiata da sopra la spalla. Aveva occhi dorati. Un'Atlantiana. Così come l'uomo che ci fissava, seduto di fronte a lei.

Ignorando il frullare nervoso del mio stomaco, rivolsi loro un sorriso.

La donna si girò, e l'uomo si volse verso la persona che aveva accanto.

Sospirando, mi voltai verso Kieran. «Secondo te, quando ci metteremo in viaggio?»

«Se Elijah è riuscito a far muovere il primo gruppo all'indomani della nostra partenza, probabilmente saranno all'incirca a un paio di giorni da qui. Dato che il loro gruppo è più numeroso, non viaggeranno veloci come noi.» Si pulì l'unto dalle dita con un tovagliolo. «Ma siamo a meno di mezza giornata a cavallo dalle montagne, perciò dovremmo arrivarci entro domani pomeriggio, il che ci consentirà di attraversarle in parte prima del buio. E a quel punto saremo ad Atlantia.»

Il mio cuore mancò un battito. Non mi ero resa conto che adesso eravamo così vicini a quella che in pratica era una linea di confine non ufficiale. «È così semplice?»

Lui fece un lieve sorriso, mentre uno degli uomini più giovani, con i capelli castano chiaro, si chinava a sussurrare qualcosa alla donna. «È così semplice.»

Mi appoggiai allo schienale della sedia e sbirciai i presenti. Sembravano terribilmente rigidi. Mi morsi l'interno del labbro e aprii le mie percezioni, lasciando che si espandessero. Non appena le loro emozioni amare e acide mi raggiunsero, desiderai subito non averlo fatto. Sfiducia e avversione erano spesso difficili da separare, ma in certi casi erano collegate. Come in quel momento.

Dovevano sapere chi ero. Ero io l'unica ragione che avessero per sentirsi così.

«Sei più silenziosa di quanto mi sarei aspettato» commentò Kieran.

Ritirai le mie percezioni, alzando le spalle. «Stavo pensando.» Il che non era esattamente una bugia. Durante la colazione avevo pensato un sacco.

«Fantastico.»

Gli rivolsi un'occhiata maliziosa. «Tra l'altro, è colpa tua.»

«Probabilmente avrei dovuto tenere la bocca chiusa.»

«In un certo senso vorrei che lo avessi fatto.»

«E invece non l'ho fatto.»

«No» sospirai, prendendo il tovagliolo. «Dov'è?»

«Chi?»

Piegai da un lato la testa. «Come se non lo sapessi.»

«Conosco un sacco di persone.»

«E sai a chi mi riferisco» borbottai. «Dov'è Casteel? È...?»

«Che cosa?» mormorò Kieran, visto che mi ero interrotta.

«E se non stesse bene?» Lo fissai truce. «Se fosse più vicino al limite di quanto credi, se fosse là fuori a nutrirsi di... gente a caso?»

Kieran scosse la testa, forse per racimolare la sua pazienza. «Non ti conosco da molto tempo, ma a volte le cose che si inventa la tua mente mi preoccupano.»

«Credo sia un timore fondato» brontolai.

«Immagino che si sia calmato, si sia vestito e sia impegnato in qualche colloquio.» Kieran mi osservò con la coda dell'occhio. «Lieto di vedere che hai riconosciuto di tenere a lui e ti preoccupi del suo benessere.»

Feci per dire che non era così, ma sarebbe stata una menzogna evidente. Kieran sapeva. Io sapevo. E odiavo tutti, ma soprattutto Kieran.

In quel momento mi venne in mente una cosa che mi fece sentire molto vicina a inorridire per la vergogna. Non avevo idea di come avrei parlato a Casteel di ciò che era successo quella mattina. O della faccenda del nutrimento. Sapevo quello che dovevo fare per evitare di rivedere quegli occhi da Asceso. Ma *il resto*? Potevo fingere che non fosse accaduto?

Proprio un bel piano.

Curvando le spalle, cambiai argomento. «Posso farti una domanda?»

«Ho la sensazione che se anche dicessi di no, non ti fermeresti.»

Aveva ragione su questo. Parlai a voce bassissima. «Casteel ha detto che se rifiutassi il matrimonio mi lascerebbe andare. E che mi porterebbe dove sarei al sicuro. Diceva la verità?»

Kieran mi osservò inarcando le sopracciglia. «Cioè, in pratica mi stai chiedendo di tradirlo?»

«Non ti sto chiedendo... e va bene. Sì.»

«Non stava mentendo» rispose Kieran dopo un istante. «Se tu avessi rifiutato, ti avrebbe lasciata andare. Ma dubito che ti saresti liberata di lui.»

Gli angoli della mia bocca si piegarono in giù. «Se non mi fossi liberata di lui, allora in che senso mi avrebbe lasciata andare?»

Kieran scrollò una spalla. «Le due cose non sono mutualmente esclusive.»

Aggrottai la fronte, ma poi scossi la testa e guardai verso la porta. Sapere che Casteel non aveva mentito significava qualcosa. Anzi, significava molto, perché Casteel avrebbe fatto *qualunque cosa* per riavere il fratello.

Tuttavia, non mi avrebbe costretto a sposarlo per ottenere ciò che voleva. Non mi avrebbe usata come ostaggio. Per la prima volta dall'inizio di tutta quella storia, compresi che il piano di usarmi era cambiato molto prima di quanto mi fossi resa conto... probabilmente perfino prima che *lui stesso* se ne rendesse conto. Non si trattava solo delle sue affermazioni o delle parole di Kieran. Era tutto questo, più le azioni di Casteel. Solo che non avevo voluto accettarlo... non avevo voluto vedere o capire. Perché Casteel poteva anche non essere un mostro, ma era *davvero* capace di azioni mostruose per ottenere i suoi scopi. Io, però, ne ero esente. Casteel non era il buono della situazione, un salvatore, o un santo. Aveva ucciso, per liberare il fratello. Aveva usato innumerevoli altre persone – mortali e Atlantiani – per liberarlo. E lo avrebbe fatto ancora. Per lui, il fine giustificava i mezzi.

Ma aveva tracciato una linea che non avrebbe varcato.

E quella linea ero io.

Accettare tutto questo era terrificante. Il mio cuore stava già martellando e la sensazione di gonfiore che mi riempiva il petto era tornata. Questo mi spaventava. Ignorare e negare i miei sentimenti per lui era più facile quando potevo convincermi di non essere nulla più di una pedina... un altro mezzo per arrivare al fine.

Adesso, non era più possibile ignorare o negare nulla.

Non conoscevo il significato delle parole di Kieran: Casteel e io eravamo cuori gemelli. Ma qualcosa voleva dire. Né sapevo che cosa ciò cambiasse per me. Per noi.

Inspirai. Ma l'aria mi sfuggì, come se il pavimento si stesse muovendo, e il mondo intero si stesse spostando sotto la mia sedia. «Lo farò.»

«Ho quasi paura di chiederti che cosa.»

Incrociai le braccia al petto e roteai gli occhi. «Mi offrirò a Casteel per cena... in pratica.»

«Per cena?»

«In pratica.» Sbirciai Kieran, che stava evidentemente cercando di non ridere.

«Sono solo in parte sorpreso, ma sono anche sollevato.»

E in effetti le sue spalle parevano meno curve. «Ha bisogno di te.»

Ero rientrata da poco nelle stanze assegnate a me e a Casteel, sperando che lui fosse tornato, quando Alastir bussò alla porta principale.

Lo feci entrare, dicendo a me stessa di non farmi prendere dall'ansia per la prolungata assenza di Casteel. Doveva stare bene... *più o meno*, e comunque era ancora mattina presto.

Alastir indossava abiti più adatti al clima temperato, una semplice camicia bianca e calzoni. Io ero tentata di tagliare via le maniche della tunica di lana, anche se nelle stanze faceva fresco.

«Non ti ruberò troppo tempo.» Si sedette sul bordo del divano, scostandosi dal viso una ciocca di capelli. «Volevo solo controllare come stavi. Ho sentito che il vostro viaggio è stato molto più animato del mio.»

Sedetti di fronte a lui su una delle poltrone dagli spessi cuscini. «È stato abbastanza tranquillo, almeno finché ho scoperto in prima persona l'esistenza del Clan delle Ossa.»

«Quando Casteel mi ha detto che vi avevano attaccato, non volevo crederci» rispose lui, facendomi sentire enormemente sollevata. Casteel doveva avergli parlato in mattinata. «A essere sincero, credevo fossero perlopiù scomparsi ormai.»

«Be', adesso hanno senz'altro qualche membro in meno.» L'immagine di Casteel che scagliava quegli uomini giù dagli alberi mi riempì la mente. «Ancora non riesco a credere che gli Ascesi abbiano permesso loro di vivere, oppure che non sappiano della loro esistenza.» Mi guardai intorno e scossi la testa. «Una parte di me non riesce nemmeno a credere che non sappiano di questo posto. Vederlo è stato sconvolgente.»

«Solis è un regno potente, ma anche arrogante. Non credo abbiano anche solo preso in considerazione che Atlantia possa riprendersi in silenzio una parte delle loro terre.»

«Una volta Casteel ha detto qualcosa del genere... sulla loro arroganza.»

Alastir annuì. «Ti ha parlato di Spessa, e della sua speranza di trasferire qui centinaia di abitanti, prima o poi?»

Mi morsi il labbro, incerta se mentire, ma stabilii che farlo sarebbe stato sciocco. Era chiaro che non ne avevo idea. «Non ancora.»

Le sue labbra assunsero una piega corrucciata. «Sinceramente mi aspettavo che lo facesse. Rivendicare Spessa è incredibilmente importante per lui e per il regno. Inoltre, è stata un'idea tutta sua. Ha convinto lui suo padre e sua madre.»

Mi sentii di nuovo irritata, ma provai anche una sensazione più opprimente. In imbarazzo, visto che una fidanzata avrebbe dovuto sapere una cosa del genere, mi mossi a disagio sulla poltrona. «Sono sicura che volesse dirmelo, ma con tutto quello che sta capitando...»

Alastir annuì, ma colsi nel suo sguardo lo scetticismo. «Sono sicuro di sì, e che sia stata una semplice svista. Non un problema di fiducia o di negligenza.»

Mi irrigidii. Non avevo pensato a un problema di fiducia, ma... ma avrebbe avuto senso, giusto? Per gli Ascesi ogni informazione su ciò che si faceva a Punta di Spessa sarebbe stata preziosa. Se avessero scoperto cosa stava accadendo, avrebbero potuto decidere di calare di nuovo sulla cittadina e distruggere ciò che si stava costruendo qui, qualunque cosa fosse. Non lo sapevo di preciso, dato che ne avevo colto solo qualche cenno. Era per questo che Casteel non mi aveva detto nulla finché non ci eravamo trovati abbastanza lontani dagli Ascesi, quando non avrei più rappresentato un rischio per Punta di Spessa se fossi stata catturata o se avessi...

rinnegato il nostro accordo? Credeva forse che avrei parlato, mettendo in pericolo degli innocenti?

Innocenti che, non molto tempo prima, avevo giudicato colpevoli.

Turbata da quei pensieri, domandai ad Alastir com'era andato il viaggio. Da lì, il Wolven passò a parlare di quello imminente e io mi rilassai, grazie alla sua voce e alla sua risata roca, così familiari e così simili a quelli di Vikter. Mi calmavano, e mi sentii così grata per la sua visita che quando divenne evidente che presto se ne sarebbe andato, avrei voluto trovare una scusa per farlo restare.

«Volevo parlarti anche per un'altra ragione» disse, sporgendosi verso di me. «Quando ho incontrato Casteel, questa mattina, sembrava... be', troppo teso. Poi ho saputo che era stato ferito quando il Clan delle Ossa vi ha teso l'agguato.»

Mantenendo un'espressione neutra, annuii. «Sì, è stato ferito.»

«Non so quanto tu sappia degli Atlantiani e dei loro bisogni, o di usanze come l'Unione, o di cosa succeda quando scelgono di stare con qualcuno, ma Casteel potrebbe avere bisogno di nutrirsi. E dato che i costumi atlantiani non ti sono familiari, volevo assicurarmi che lo sapessi.» Un sorriso gentile gli fece increspare la pelle agli angoli degli occhi.

Sentii un improvviso nodo in gola, e quasi mi lanciai sul pover'uomo, ma chissà come riuscii a frenarmi. «So che ha bisogno di nutrirsi. Lo farà.» Avevo le guance in fiamme. «Ma che cos'è l'Unione?»

Alastir sgranò gli occhi. «Non te l'ha detto?»

Le mie spalle iniziarono a curvarsi. «Avrebbe dovuto?»

«Direi di sì.» Alastir socchiuse leggermente gli occhi. «È quello che ci si potrebbe aspettare, soprattutto visto che non sei del tutto atlantiana, ma... be', non è esattamente la conversazione più facile da fare con qualcuno che non è cresciuto ad Atlantia.» Fece per alzarsi. «E sono stato eternamente grato di non averlo dovuto spiegare a mia figlia.»

«Un attimo.» Sollevai la mano. «Di che cosa si tratta?»

«Dovresti chiederlo a Casteel.»

«Visto che hai sollevato tu l'argomento, forse dovresti spiegarmi» gli feci notare. «Che cosa sarebbe l'Unione?»

Alastir rimase immobile per un momento, poi chiuse gli occhi. «Sarà una conversazione incredibilmente imbarazzante.»

Iniziai a sogghignare. «Adesso sono molto interessata.»

«Ed è probabile che cambierai musica abbastanza in fretta.» Alastir si sfregò il mento. «Dei, evidentemente non te l'ha mai detto per via del tuo passato.»

«Il mio passato?» Inarcai le sopracciglia. «Perché ero la Vergine?»

Lui annuì. «Per usare le tue parole, hai detto che sei stata alquanto protetta, ma quello che stai per sentire sarebbe stato sconvolgente anche se così non fosse stato.»

Bruciavo dalla curiosità. «E dunque...?»

«L'Unione è una tradizione molto antica... non si fa spesso. Grazie agli dei.» Arricciò il labbro superiore per il disgusto. «È alquanto volgare.»

Probabilmente non era un buon momento per ammettere che ero ancora più curiosa.

«Quando un Elementale collegato a un Wolven trova un compagno, quel legame si può estendere alla nuova persona. Richiede uno scambio di sangue tra i tre... o tra i quattro, se il compagno ha a sua volta un legame con un Wolven. E lo scambio di sangue... be', è piuttosto...» Alastir si schiarì la gola, arrossendo. «Può diventare molto *intimo*. In un modo che probabilmente ti metterebbe assai a disagio.»

Nella vita ero rimasta sconvolta molte volte. Nelle ultime settimane c'era stata una sorpresa dopo l'altra, ma questa...

Per quanto fossi stata protetta, avevo un'idea piuttosto

precisa di quello che Alastir stava cercando di dire, grazie al diario della signorina Willa Colyns. «Stai parlando di sesso?»

La sua faccia era rossa quanto lo era la mia. «Sfortunatamente.»

Lo fissai a bocca aperta, del tutto senza parole.

«Ma» aggiunse in fretta, «come ho detto, è una tradizione vecchissima, e anche se alcuni dei miei fratelli e sorelle più giovani sono molto aperti nei confronti delle usanze arcaiche, di questi tempi non lo si fa spesso, per... be', per ovvie ragioni.»

«Io...» Mi sentivo accaldata e gelata allo stesso tempo. «Ma hai detto che potrebbero aspettarselo, dato che non sono del tutto atlantiana. Perché?»

«Perché?» Alastir mi guardò sbattendo le palpebre, poi la sua espressione si distese. «Mia cara Penellaphe, ma tu e Casteel non avete parlato del futuro? Nemmeno un po'?»

La sua espressione mi fece venire l'acidità di stomaco. Era la pazienza del genitore che vede un bambino affannato e bisognoso di un adulto che lo soccorra.

«Invecchierai, e anche se Casteel invecchierà a sua volta, lo farà in maniera diversa. Fra ottant'anni, lui avrà ancora lo stesso aspetto...»

«E io sarò vecchia e grigia, sempre che viva così a lungo» lo interruppi. Poi mentii a denti stretti: «Ne abbiamo parlato».

Alastir mi scrutò negli occhi. «L'Unione non serve solo a garantire che il Wolven abbia il dovere di proteggerti. La tua vita si legherebbe a quella dell'Elementale e del Wolven. Vivresti quanto il Wolven.»

Ancora una volta rimasi del tutto senza parole. Mille pensieri mi si affacciarono alla mente, ma il più evidente fu che conoscevo il motivo per cui Casteel non me ne aveva mai parlato. La tensione s'impadronì dei miei muscoli, e la pesantezza nel mio petto si fece soffocante. Non c'era bisogno che questa cosa... accadesse. Indipendentemente da quello che credeva Kieran, Casteel non progettava che il nostro matrimonio durasse.

25

Quella consapevolezza mi aveva raggelato molto più di quanto avrebbe dovuto, ed era tutta colpa dello stupido discorso di Kieran sui cuori gemelli.

A pensarci meglio, perché diamine Kieran non mi aveva parlato anche dell'Unione?

Poi, il pensiero di affrontare quel discorso con lui mi fece venire voglia di infilarmi un ferro arroventato nel cervello. Per quanto Kieran fosse bellissimo, non... non riuscivo nemmeno a immaginare una cosa del genere con lui.

Con lui e con Casteel.

Mi guardai intorno in cerca di un bicchiere d'acqua, ma non c'era.

«Non devi preoccuparti. Non credo che Casteel si aspetti una cosa del genere. Non è tipo da seguire le vecchie tradizioni» disse Alastir.

«Ma se lo aspetterebbero i Wolven?» domandai, e poi mi sfuggì di bocca la cosa peggiore di tutte. «Shea l'avrebbe fatto?»

Alastir sgranò gli occhi.

Immediatamente desiderai di non averlo detto. «Scusami. Immagino che essendo una Wolven non fosse ciò che ci si aspettava da lei. E non avrei dovuto menzionarla...»

«No. No, va tutto bene.» Alastir si sporse in avanti e posò la mano sulla mia. «Non scusarti. In realtà sono felice che tu sia disposta a parlare di lei.» Sorrise di nuovo, mi strinse la mano e poi si scostò. «Anche se lei era una Wolven, alcuni si sarebbero aspettati che la tradizione venisse onorata, e il giuramento di Kieran si sarebbe esteso anche a lei. Era...» Alastir serrò le labbra. Passò un lungo momento. «Shea non si tirava mai indietro, nemmeno da ciò che gli altri trovavano sgradevole o rozzo. Avrebbe fatto qualunque cosa per Casteel.»

E Casteel avrebbe voluto una cosa del genere?

Dei, non volevo nemmeno pensarci.

Deglutii, sprofondando sulla sedia. La testa cominciò di nuovo a inseguire i pensieri.

«Ti ho rubato abbastanza tempo.» Ancora una volta Alastir fece per alzarsi.

«Aspetta» quasi urlai quando mi venne in mente una cosa. «Se l'Unione può estendere la vita di un mortale, perché Re Malec non l'ha usata per Isbeth... la sua amante, invece che trasformarla in una Vampry? Oppure il re non aveva un legame con un Wolven?»

Alastir mi guardò come se avessi suggerito in piena sincerità di abbracciare lo stile di vita degli Ascesi. «Re Malec aveva un Wolven a cui era legato. In realtà ne aveva avuto più di uno, dato che era sopravvissuto più a lungo di molti di loro. Ma non avrebbe funzionato con un mortale. Il compagno con cui si celebra l'Unione deve avere del sangue atlantiano, e anche se quella donna lo avesse avuto, sarebbe stato un gravissimo insulto nei confronti della regina. Peggiore che avere una tresca. Qualsiasi Wolven con un senso dell'onore si sarebbe rifiutato. Di questo sono sicuro.» Mi fissò negli occhi. «Quanti anni pensi che abbia io?»

La sua domanda mi prese alla sprovvista. «Non... non saprei. Molti di più di quelli che dimostri, immagino.»

«Ho vissuto per ottocento anni.»

Santi numi.

«E il motivo per cui so che il Wolven legato a Re Malec si sarebbe rifiutato, se gli fosse stato chiesto, è perché il suo ultimo Wolven fui io. E fui io ad avvertire la regina di quello che Malec aveva fatto, infrangendo un giuramento indissolubile.»

Qualche tempo dopo che Alastir se n'era andato, la vasca venne riempita di acqua calda. Era stata una richiesta di Casteel, stando a quello che dissero i due mortali – un giovanotto e una donna dagli occhi curiosi – che se ne occuparono. Non mi posero domande né si trattennero più del necessario, informandomi che se avessi messo i miei vestiti e la camicia da notte nel cestino di vimini che avevano sistemato fuori dalla porta sarebbero stati lavati. Avevo sperato di vedere Casteel, ma apprezzai il gesto, e fui anche sollevata che non fosse tornato.

Mi serviva del tempo per digerire... *tutto quanto.*

Perciò sfruttai il bagno che mi era stato preparato, mi lavai i capelli e mi legai la vestaglia in vita. Adesso il sole era alto, ma la stanza era fredda. Sedetti di fronte al fuoco, sciogliendomi a poco a poco i nodi nei capelli e lasciando che la mia mente passasse da un pensiero sconvolgente all'altro.

Alastir era stato il Wolven legato a Malec? E l'Unione? Dei, la gente di Atlantia si sarebbe effettivamente aspettata questo da me... da noi tre? Il calore dell'imbarazzo mi spinse quasi ad allontanarmi dal fuoco. Non provavo disgusto o repulsione: quello che le persone decidevano di fare, con chi o con quanti, erano affari loro. E il modo in cui la signorina Willa aveva raccontato l'esperienza di darsi a più di un amante non mi aveva mai messo a disagio.

Be', questo non era del tutto vero.

Il punto era che non capivo esattamente come funzionasse la faccenda, soprattutto sul piano fisico. La signorina Willa aveva condiviso numerosi dettagli in merito, però sembrava comunque piuttosto complicato. Non riuscivo a venirne a capo, considerando che anche tutto il resto di ciò che riguardava Casteel era già maledettamente contorto.

E perché poi mi stavo preoccupando? Ovviamente, questo non rientrava nei suoi piani. Ma con Shea, invece, aveva pensato di farlo?

«Smettila» sibilai, costringendo i miei pensieri a cambiare direzione. Non fu una sorpresa che tornassero a *lui*.

Com'era Casteel in versione seria? Era un'altra delle sue maschere? Avevo scorto frammenti di quella sua versione quando aveva imposto la propria autorità, ma con me era rapidissimo a stuzzicarmi e alleggerire l'atmosfera.

È semplicemente più vivo quando è con te.

Posai la spazzola sul pavimento, chiusi gli occhi e pensai a Shea. Anche con lei si era comportato così? Dubitavo che avesse indossato maschere con lei. Molto probabilmente, all'epoca era stato una persona completamente diversa.

Che cosa era accaduto a Shea? Sapevo solo che gli Ascesi avevano avuto un ruolo nel suo destino. Come era morta? Per quanto tempo lei e Casteel erano stati insieme? Anche lei lo amava?

Ma certo che sì.

Perfino con poca o nessuna esperienza, sapevo che era meglio non proseguire lungo quella strada. Avevo visto come aveva reagito Casteel in passato, e, anche se non avevo mai avuto una relazione né ero mai stata amata, sapevo che le persone non volevano o non potevano parlare di certe cose. Quelle che si potevano solo confidare ai propri cari, a coloro di cui ci si fidava davvero.

Credo che siate cuori gemelli.

Mi morsi il labbro e sentii uno strappo al petto. Dopo avere appreso dell'Unione, sapevo che Kieran era completamente fuori strada quando parlava di questa storia dei cuori gemelli, eppure volevo ancora affrontare il discorso con Casteel. Volevo sapere chi era prima di perdere Shea, o suo fratello. E volevo saperlo perché... perché *tenevo a lui*. Perché non avevo mai smesso di innamorarmi.

Dei.

Ero in guai grossi.

E c'era una forte probabilità che Alastir si fosse reso conto della stessa cosa, quando avevamo parlato: Casteel non si era fidato a rivelarmi di Punta di Spessa. Peggio ancora, era impossibile che credesse veritiero il nostro fidanzamento.

Quando Casteel entrò nella stanza, mi trovò seduta con la testa inclinata all'indietro e gli occhi chiusi. Pareva impossibile, ma tutti i pensieri nei quali mi ero dibattuta scomparvero, sostituiti da ciò che avevo deciso di fare.

«Che stai facendo?» domandò lui. Sentii la porta richiudersi alle sue spalle.

«Mi spazzolo i capelli.» Mi raddrizzai e aprii gli occhi, ma non mi voltai.

«Non dovresti tenere la spazzola in mano, allora?» Sembrava essersi avvicinato.

«Sì.» Nel petto mi svolazzarono cento falchi d'argento.

L'attimo dopo Casteel era seduto accanto a me, con un ginocchio piegato e l'altro appoggiato al mio. Lentamente, lo guardai. Non appena incrociai i suoi occhi, l'aria mi sfuggì dai polmoni. Non sapevo se la causa fossero le parole di Kieran o tutto il resto.

«Mi dispiace» disse. «Mi dispiace per stamattina... per avere perso il controllo a quel modo. Non succederà mai più.»

Mi venne la pelle d'oca. Non mi aspettavo le sue scuse, non ero sicura di volerle. Quello che era successo era parso fuori dal suo controllo, e quelle scuse... suscitarono il mio rispetto. Annuii.

«Avevo pensato di parlartene prima. Sono tornato dopo... be', sono tornato, e tu non c'eri.»

«Ero con Kieran» gli dissi. «Siamo scesi alla Baia e poi abbiamo fatto colazione.»

Sul suo volto comparve un lieve sorriso. «Ho sentito.»

Inarcai le sopracciglia. «Davvero?»

Lui annuì. «Me l'ha detto la gente di qui.»

Non sottolineai che a me non avevano parlato, durante il nostro breve incontro, ma sentii il bisogno di riferirgli che mi avevano visto.

«Non appena ho potuto, sono venuto a controllare se eri tornata.»

«Va tutto bene.» Deglutii. «Grazie per il bagno.»

«Dovrei essere io a ringraziarti.»

«Per cosa?»

«Per aver capito come arrivare a me, questa mattina.» A quelle parole mi sentii avvampare.

Giocherellai con la cintura, osservandolo. Mi salirono sulla punta della lingua parole che subito morirono. Casteel fissava le fiamme, l'espressione niente affatto rilassata. Allora mi venne in mente una domanda, decisa com'ero a non pensare a quella mattina. «Quando mi presenti, perché insisti così tanto che nessuno mi chiami Vergine?»

«La domanda giunge completamente di punto in bianco.»

Vero. «Sto iniziando a rendermi conto che è una mia abitudine.»

Il mezzo sorriso tornò. «Mi piace. Mi costringe a stare all'erta quando sono con te. Per rispondere alla tua domanda, comunque, meno le persone pensano a te come alla Vergine e più ti vedranno come la mezza Atlantiana che ha conquistato il mio cuore.» Le sue parole suonavano stranamente vuote, e quando mi guardò notai le pallide ombre bluastre che aveva sotto gli occhi. «E sarà meno probabile che vogliano farti del male.»

Annuii, aprendo le mie percezioni e rivolgendole verso di lui. La connessione fu stabilita con sconvolgente rapidità, e nel giro di un istante la sua fame mi colpì... fame e tristezza, la seconda più amara del solito, e pesante... dannatamente pesante. Prima non si sentiva in quel modo. Era dovuto agli eventi della mattinata, o c'era dell'altro?

«Inoltre, non sei più la Vergine» aggiunse, e io ritirai il mio dono. Mi resi conto che farlo era diventato più facile, da quando Casteel mi aveva dato il suo sangue per la seconda volta. «Non lo sei mai stata.»

«È vero.»

«Avevi mai accettato quel ruolo?» Posò la mano sul pavimento accanto a me e si sporse di qualche centimetro. «Hai mai voluto essere ciò che ti avevano resa?»

Non me lo avevano mai chiesto, e mi ci volle un po' per capire come rispondere. «Ci sono stati momenti in cui volevo rendere felice la regina... e soddisfatti di me i Teerman. Perciò cercavo di fare la brava... di essere quello che si aspettavano, ma era come... indossare una maschera. Ci provavo, ma presto la maschera si incrinava.»

«Costringere una guerriera a portare il velo della sottomissione non avrebbe mai potuto funzionare a lungo.»

Sentii le guance in fiamme, così distolsi lo sguardo. «Non so se sono una guerriera...»

«Io sì» insistette lui. «Dal momento in cui sei rimasta in quella stanza della Perla Rossa, invece che andartene, ho capito che avevi la forza e il coraggio di una guerriera. Ecco perché sei andata al funerale di Rylan. Ecco che cosa ti ha indotto a uscire quando i Craven stavano attaccando, e a combattere... anche contro di me. Ecco perché non ti sei piegata di fronte ai commenti di Alastir, quando lo hai conosciuto, e invece hai sfidato le sue convinzioni. Diamine, è quello che ti ha spinto a imparare a combattere.» Sulla sua guancia destra apparve una fossetta. «È la tua stirpe... è ciò che sei.»

Il calore nel mio petto non veniva dal fuoco. «Sono ancora un po' seccata di non appartenere alla stirpe dei Metamorfi e di non poter cambiare aspetto.»

Casteel rise, un suono sincero e solare come ciò che sentivo nel petto. E quando i suoi occhi si soffermarono sui miei, trovai finalmente il coraggio della guerriera che secondo lui ero.

E iniziai con l'argomento forse più imbarazzante di tutti. «Prima ho parlato con Alastir.»

«Aveva detto che sarebbe venuto a trovarti.»

«Lo ha fatto, e... mi ha raccontato dell'Unione.»

Casteel si girò a guardarmi così velocemente da lasciarmi sorpresa che non gli si fosse spezzato il collo. «*Che cosa?*»

«C'è davvero bisogno che lo ripeta?»

«Che cosa ti ha detto?»

«Mi ha detto di che cosa si tratta.» Mi concentrai sulla spazzola. «Uno scambio di sangue che spesso diventa qualcosa di più, ehm... intimo.»

«Santi numi, dimmi che non l'ha detto.»

«Invece sì.»

«Io...» All'improvviso Casteel scoppiò in una fragorosa risata di cuore. Così forte e rumorosa da sembrare dolorosa.

Lo fissai a occhi sgranati.

«Scusa» annaspò. «È solo che avrei pagato moneta sonante per vederlo tentare di spiegarti una cosa del genere.»

Strinsi gli occhi. «L'avresti fatto sul serio?»

«Diamine, certo che sì. Oh, dei.» Si passò la mano tra i capelli e mi guardò. «Fammi indovinare: ha detto che è una cosa oscena e disgustosa?»

«Sì. Più o meno.»

«Dei, che vecchio allarmista.» Una nuova risata gli scosse le spalle. «Vorrei aver visto la tua faccia.»

«Be', considerato che sono venuta a conoscenza della faccenda da lui, vorrei averti potuto tirare un pugno in faccia.»

«Ci credo.»

«Non so che cosa ci trovi di così divertente. Ha detto che la gente potrebbe aspettarsi da noi l'Unione... soprattutto visto che non sono un'Atlantiana purosangue!»

«Prima di tutto» disse, cercando a fatica di respirare, «non credo che qualcuno se lo aspetterà.»

Da te, parve rimanere sottinteso.

«E anche se è un rituale intimo, e spesso non viene più attuato, non ha sempre carattere sessuale. Per alcuni, sono certo che diventi tale *con naturalezza*. D'altronde, a ciascuno il suo. Sono adulti consenzienti, e che ognuno si comporti come si sente, no? Io non giudico.»

«Nemmeno io.»

Lui inarcò un sopracciglio. «No?»

«No» ribadii.

«Allora, saresti interessata?» mormorò lui.

«Non è quello a cui stavo arrivando.»

«M-mh.»

Ignorai il modo in cui lo aveva detto. «È vero che un mortale con sangue atlantiano poi vivrebbe più a lungo?»

Casteel annuì.

«È già stato fatto in passato?»

«Non conosco Elementali legati a un Wolven che abbiano sposato mortali con sangue atlantiano» rispose. «Per quanto ne so, non ce ne sono stati. È un'enorme richiesta da fare a un Wolven. Quel tipo di legame di sangue è reciproco. Se muore il Wolven, anche l'altro subisce lo stesso destino, e se il mortale con sangue atlantiano perisce, lo stesso succede al Wolven.»

«Oh.» Sbattei lentamente le palpebre. «Questo Alastir non me l'ha detto.»

«Aspetta.» Casteel si voltò verso di me. «Sai almeno che cosa potrebbe accadere di così osceno durante quel rituale...»

«Lo so che cosa potrebbe accadere» sbottai.

«Per via di quel diario?»

«Sta' zitto.»

«Ti sei segnata i capitoli che raccontavano in dettaglio i pomeriggi che Willa passava intrattenendo non uno, bensì due corteggiatori, uno davanti e l'altro...?»

«Sembri conoscerlo a menadito, quel libro.»

«Lo adoro quel cazzo di libro» disse lui, e io strinsi così tanto i denti da sentire male. «Allora sei interessata, principessa. Hai un lato davvero selvaggio.»

Mi si infiammarono le guance. «Non è quello che ho detto!»

«Lo so.» Casteel ridacchiò. «Scusa. Sto facendo il cretino.»

«Almeno ne sei consapevole.»

«È solo che... non me lo aspettavo. Ma è vero che hai una personalità molto... *avventurosa*.»

«Ti odio» ringhiai.

«Non *così* avventurosa, eh?» Casteel rise di nuovo. «Senti, lo so che non vuoi che questo matrimonio duri oltre il necessario» proseguì, e quello strano, sciocco dolore mi pulsò nel petto. «Perciò, non devi proprio preoccuparti dell'Unione, che comunque serve a rafforzare un legame già presente, assicurandosi che anche il compagno ne faccia parte. Non lo si compie alla leggera, e ribadisco che non assume sempre connotati sessuali. So che in alcuni casi è stato fatto anche con tutti i partecipanti che hanno tenuto le mani a posto.»

Inarcai le sopracciglia. «Allora perché Alastir l'ha fatta sembrare una...»

«Una cosa sporca?» Casteel sogghignò. «Perché è un vecchio melodrammatico e crede di aiutare.»

«Perché...?» Mi interruppi prima di chiedere perché non aveva mai sollevato l'argomento *lui*. Lo sapevo già, il motivo. Proprio come sapevo perché non mi aveva parlato di Punta di Spessa.

«Che c'è?»

Scossi la testa, cambiando argomento. «Alastir ha detto che era lui il Wolven legato a Malec.»

«È vero. Ti ha detto di aver rivelato a mia madre che Malec aveva fatto ascendere Isbeth?» Annuii, e Casteel lasciò che la sua testa ricadesse all'indietro. «Alastir infranse il suo giuramento, recidendo il legame. Ed è una cosa che... be', è accaduta di rado. A volte Alastir parla troppo, ma è un brav'uomo.»

Annuii lentamente, osservandolo chiudere gli occhi. «Tua madre non lo lasciò, quindi?»

«No.»

«È rimasta con lui perché lo amava?»

«Sai, proprio non lo so. Non parla di lui, ma viene da porsi la domanda, considerato che ha dato al suo primo figlio un nome così simile.» Mi chiesi come questo facesse sentire Casteel. «Quando mia madre affrontò Malec, lo fece in privato, ma ciò che lui aveva compiuto divenne comunque noto. E altri lo imitarono. In un certo senso, accadde tutto molto velocemente.»

«Ed eccoci qui» mormorai.

«Eccoci qui.»

Inspirai a fondo e dissi quello che doveva essere detto. «So che hai bisogno di nutrirti. So che sei quasi al limite, e che non ti sei nutrito da nessun altro.»

«Qualcuno ha chiacchierato» replicò Casteel in tono piatto. «E dubito sia stato Alastir.»

«Qualcuno doveva farlo. Che cosa succede se non ti nutri, a parte gli occhi neri? Se superi il limite?» domandai. «Non me lo hai mai spiegato davvero, a parte dirmi che è una cosa molto brutta.»

Casteel distolse lo sguardo e si prese il labbro tra i denti. «È come essere... morto dentro, peggio che un Asceso. Finiamo preda della sete di sangue, ma è una pazzia violenta, come quella dei Craven. Solo che il nostro corpo non marcisce né deperiamo.» Scosse la testa. «Una volta superato il limite, ogni volta che ci nutriamo aumentiamo la nostra forza, ma è come una malattia mentale, perché non diventiamo altro che animali rabbiosi. Pochissimi tornano come prima.»

Ricordavo quello che mi aveva raccontato di avere subito dagli Ascesi: gli negavano il sangue finché diventava famelico. «Succedeva spesso che gli Ascesi non ti dessero sangue?»

«In certi anni mi mantenevano ben nutrito.» La smorfia sulle sue labbra era la presa in giro di un sorriso. «Poi me ne davano quanto bastava a non lasciarmi morire, e a volte non era sufficiente.»

Anni.

Mi sentii stringere il cuore per il dolore... per lui, per suo fratello e per tutti coloro che subivano lo stesso. Ma soprattutto per Casteel, perché sapeva esattamente che cosa stava affrontando Malik. «Tu però sei tornato.»

«Ci sono state volte in cui ho creduto che non ce l'avrei fatta, Poppy.» Fissò le fiamme, la voce udibile a stento. «Quando dimenticavo quanto tempo era passato. Quando dimenticavo chi ero e cosa era importante per me. Era come se certe zone del mio cervello si fossero spente.» Si passò la mano sui capelli, poi la lasciò ricadere sul ginocchio. «Ma sono tornato. Non sono più lo stesso, non lo sarò mai. Ma ho ritrovato pezzi della persona che ero.»

Deglutii, con un groppo in gola. «Mi...»

«Non dire che ti dispiace.» Casteel mi lanciò un'occhiata tagliente, che un tempo avrebbe ferito i miei sentimenti, ma che ora capivo. Capivo lui. Non sempre si desiderava compassione. «Non hai fatto nulla di cui dovresti scusarti.»

«Hai ragione. Stavo per dire che mi fa piacere che tu abbia ritrovato te stesso.»

Casteel scoppiò in una risata aspra. «Davvero, Poppy? Sul serio?»

«Sì, credo di sì.» Alzai una spalla. «Magari adesso sei uno stronzo, ma è meglio così che finire smarrito nella tua stessa mente. Non lo augurerei a nessuno.»

La risata che gli sfuggì fu più dolce, e mi fece sorridere. «Vero.» Si passò la mano sul viso. «Comunque, so com'è ritrovarsi vicino al limite. L'ho anche superato. Sto bene.»

«Invece no, Casteel.»

Lui mi guardò, sgranando appena gli occhi.

«Che c'è?»

«È raro che tu dica il mio nome.»

«Dovrei chiamarti Vostra Altezza?»

«Dei» fece con voce strozzata. «No.»

Mi venne da sogghignare un poco, e quando lui se ne accorse mi fissò come se avessi appena eseguito un numero straordinario. Non sapevo proprio perché un mio sorriso dovesse sortire quell'effetto.

Tornai a concentrarmi sul mio scopo. «L'ho percepita. La tua fame, questa mattina» gli dissi. «So quanto sia grande, e so come ti fa sentire, almeno in parte. A volte, quando era arrabbiato, il duca mi toglieva il cibo. Devi nutrirti.»

«Prima di tutto, sapere che il duca faceva una cosa del genere mi fa venir voglia di ucciderlo di nuovo. E in secondo luogo, il sangue non era l'unica cosa di cui avessi fame, questa mattina.» I suoi occhi si fecero di miele caldo. «E credo che tu lo sappia.»

Il mio battito divenne irregolare, e quando parlai la mia voce suonò più roca del normale. «Se non vuoi nutrirti – se non puoi – allora devi prendere il mio sangue.»

Casteel si scostò come se l'avessi colpito. L'attimo dopo era in piedi. «Poppy...»

«Non puoi continuare così.» Mi alzai, neanche lontanamente con la grazia che aveva dimostrato lui. «E se venissi ferito di nuovo?»

«Starò bene.» Indietreggiò di un passo. «Te l'ho detto. Non perderò di nuovo il controllo.»

«Non credo che sia una tua scelta, vero? È solo una parte di chi sei. Hai bisogno di sangue atlantiano. Non ti sei nutrito di nessun altro, perciò forse ti nutrirai del mio. Non sarebbe la prima volta.»

Il suo volto appariva spigoloso. «Non me lo sono dimenticato.»

«Allora non dovrebbe essere un grosso problema. Hai bisogno di sangue. Facciamola finita.»

Casteel fece una risata senza divertimento. «Farla finita? Come se fosse un altro accordo d'affari?»

Sollevai il mento. «Se deve essere così, che lo sia.»

«Allora ti sta bene assumere quel ruolo? Diventare la fonte della mia forza, considerato tutto quello che ti ho fatto? Aggiungerlo a una lunga lista di cose che non vuoi, ma senti di dover fare?»

«Be', se la metti così...» Alzai le mani per la frustrazione. «Forse preferisco essere la fonte della tua sanità mentale, per non dovermi preoccupare che mi squarci il collo prima della fine di tutta questa storia.»

Un profondo respiro tremante gli sollevò il petto e le spalle, che si fecero tese.

«Sei davvero sicuro che non succederà di nuovo? Guardami in faccia e dimmi che credi davvero di riuscire a controllarti la prossima volta» pretesi. Lui non disse nulla, le sue narici si dilatarono, e io seppi la verità. E sapevo che dovevo ammetterne una anch'io, una verità che non avrei più potuto rimangiarmi. «Ho sentito la tua fame, Casteel, e non ho *bisogno* di farlo. Ho smesso di fare cose che non volevo fare nel momento in cui mi sono tolta quel maledetto velo. Voglio aiutarti. Perché per quanto questo possa farmi sembrare stupida, e solo gli dei sanno perché, io tengo a te! Perciò, sì, non voglio che tu mi squarci la gola, e non voglio nemmeno sapere che soffri senza motivo.»

Tremando, con lo stomaco che mi si torceva, mi sentii come se mi fossi spogliata. «Probabilmente c'è qualcosa che non va in me... anzi, c'è di sicuro. È evidente. Ma se tu...» Mi costrinsi a pronunciare quelle parole prima che mi strangolassero. «Se tieni a me anche solo un poco, non vorrai mettermi in pericolo. Accetterai la mia offerta con un grazie e la pianterai di comportarti da idiota!»

Casteel mi fissò a sopracciglia inarcate, poi, dopo quella che mi parve un'eternità, le sue spalle si abbassarono. «Sono assolutamente indegno di te» sussurrò, e io rabbrividii, ricordando l'unica altra volta che me lo aveva detto. Era stata la notte in cui avevo condiviso con lui il mio corpo, il mio cuore e la mia anima. Sollevò la testa e parve inspirare di nuovo. «D'accordo.»

Io esalai un lento respiro. «D'accordo.»

«A una condizione» disse. «Non lo farò da solo. Non dopo... non dopo essere rimasto così a lungo senza nutrirmi. Non voglio rischiare di... di prendere troppo. Accetti?»

All'inizio, l'idea che qualcun altro fosse presente mi fece sentire a disagio, ma poi mi ricordai come mi aveva fatto sentire il suo morso in passato. Forse la presenza di un'altra persona avrebbe ridotto quella possibilità.

Perciò, annuii. «Accetto.»

26

Arricciai le dita dei piedi nudi sul pavimento di legno mentre Kieran spostava lo sguardo tra Casteel e me, e desiderai con tutto il cuore di non essere venuta a conoscenza dell'Unione e di come potesse a volte diventare... *intima*.

La presenza di Kieran mentre Casteel si nutriva sembrava estremamente intima.

Casteel era stato via solo pochi minuti, e io ero ancora dove mi aveva lasciato, come se mi avessero incollata al pavimento. Non avevo dubbi. Solo non riuscivo a credere di essermi veramente offerta di fare quello che stavo per fare... e non solo volevo farlo, ma avevo anche ammesso di tenere a lui. Ancora una volta, avevo la sensazione che la mia vita fosse cambiata irrevocabilmente nel giro di pochi minuti.

«Non ho bisogno di prenderne molto» disse Casteel rivolto a Kieran, che aveva l'aria di essere in procinto di partire per una guerra. In effetti, stavano litigando da una decina di minuti. Casteel esitava, e Kieran era sul punto di prenderlo e gettarmelo addosso.

Il Wolven rimase a braccia incrociate, un luccichio negli occhi. «Hai bisogno di più che un sorso o due. Devi nutrirti come faresti normalmente.»

Casteel mi guardò e nella sua guancia pulsò un muscolo. Sentii il bisogno di dire qualcosa, di rassicurarlo, perché sembrava davvero sull'orlo della fuga. «Prendi quanto ti serve» gli dissi, imponendomi di parlare con voce salda.

Casteel mi fissò, e per un istante scorsi un lampo d'incredulità nel suo sguardo, poi abbassò le ciglia.

Quando riaprì gli occhi, il cuore mi martellò dolorosamente nel petto.

Fece un passo e si fermò. Il suo petto si sollevò e si riabbassò bruscamente. «È la tua ultima occasione per cambiare idea. Sei sicura di quello che vuoi fare?»

Deglutii a fatica. «Sì».

Casteel chiuse di nuovo gli occhi, e quando li riaprì, questa volta solo una sottilissima linea ambrata era ancora visibile. Abbassò il mento, e la ferocia della sua fame si rifletté in profondità nei suoi lineamenti. Si rivolse a Kieran in attesa. «Sai che cosa fare.» La sua voce era più roca, a stento riconoscibile. «Se non mi fermo.»

Ma Kieran sarebbe davvero intervenuto? Il mio cuore perse un battito. Un laccio di paura si attorcigliò intorno all'aspettativa – proibita e maliziosa – che si gonfiava dentro di me.

Kieran si mosse alle mie spalle, poi sentii le sue dita sul lato destro del collo. Sobbalzai un poco, ripetendomi di non pensare all'Unione. Di non procedere in quella direzione. Perché se l'avessi fatto, sarei stata io a schizzare via dalla stanza. «Controllerò il tuo battito, nient'altro» mormorò lui. «Per stare tranquilli.»

Puntai lo sguardo su Casteel. Mi ricordava un animale in gabbia la cui cella stava per venire aperta. «È una cosa che fai di solito, quando... quando si nutre?»

«No.» Le dita di Kieran erano fredde sul mio collo. «Ma adesso è troppo vicino al limite.»

Troppo vicino al limite...

Allora era troppo tardi per i dubbi.

D'improvviso Casteel fu di fronte a me, il profumo di ricche spezie e pino quasi soverchiante. Mi passò le dita tra i capelli, ma non mi afferrò, anche se riuscivo a percepire il suo corpo che vibrava per il bisogno.

Non seppi mai se fosse stata consapevole la scelta di stabilire una connessione con lui in quel momento, o se il mio dono assunse da solo il controllo. Subito mi raggiunse la sua fame, che prese posto nel mio petto e nel mio stomaco, rodendomi di un dolore che pareva senza fondo. E sotto di esso, una grave preoccupazione.

La sua guancia sfiorò la mia quando mi fece inclinare la testa da un lato. «Sentirai dolore solo per un istante.» Il suo respiro sulla mia gola, la sua voce roca. «Te lo giuro.»

Poi colpì.

Un dolore intenso mi tolse il fiato e il mio corpo sobbalzò, interrompendo la connessione che avevo stabilito con lui. L'istinto mi spinse a indietreggiare di un passo, ma finii addosso a Kieran, che mi posò la mano sulla spalla, trattenendomi lì. Poi Casteel mi passò il braccio intorno alla vita. Il dolore divampò più luminoso, stordendomi, e poi...

L'istante venne e passò.

La bocca di Casteel sulla mia pelle succhiò, e io mi sentii tirare in ogni parte del corpo in maniera sconcertante. Il dolore svanì in un lampo, così come mi aveva travolto. Rimase solo, nell'intero mondo, la sensazione della sua bocca sulla mia gola, i profondi, lunghi sorsi del mio sangue che passavano da me a lui, riempiendolo. Con gli occhi aperti fissai il banale intonaco bianco del soffitto, poi li chiusi e aprii le labbra. Casteel bevve da me, stringendo i miei capelli tra le dita. Sollevò la bocca...

«Non è sufficiente» disse Kieran. «Neanche lontanamente, Cas.»

La fronte di Casteel mi premette sulla spalla, la mano sulla mia schiena strinse la stoffa della mia vestaglia.

La connessione pulsava con forza, e io continuavo a percepire la sua fame. Si era fatta un po' più lieve, ma era ancora acuta. Kieran aveva ragione. Non ne aveva preso abbastanza.

Esitando, sollevai le mani e gli toccai le braccia. Non la pelle nuda. Non sapevo se alleviare il suo dolore lo avrebbe fatto fermare o meno. «Sto bene.» Quando parlai sembrò mancarmi il fiato come se avessi corso tutto intorno alla fortezza. «Te ne serve di più. Prendilo.»

«Ha ragione.» Kieran posò la mano al di sopra della mia e strinse il braccio di Casteel. «Nutriti.»

Casteel tremò, poi sollevò un poco la testa. Le sue labbra mi sfiorarono la mandibola, poi la linea del collo, facendomi scorrere un brivido lungo la schiena. Mi morsi la guancia. La sua bocca si posò poco più in alto del morso, il sussurro di un bacio che mi fece trasalire, poi si chiuse ancora una volta sulla pelle che mi formicolava.

Ogni parte del mio corpo parve concentrarsi su quel punto. I miei pensieri si dispersero, e nel basso ventre e tra le cosce fiorì un dolore pulsante. Cercai di ricordare che c'era Kieran, che mi stava controllando il battito, e che quello che stavamo facendo era quasi come... come una procedura salvavita, ma non riuscivo a trattenere quei pensieri. Ogni risucchio che sentivo sulla pelle, ogni lieve strattone che pareva arrivarmi giù fino alle dita dei piedi, faceva pulsare quella brama, che cresceva e cresceva, riscaldandomi il sangue e la pelle.

Avevo bisogno di pensare ad altro, non alla sensazione di Casteel che mi mordeva il collo, alle sue labbra che si muovevano, ai muscoli delle sue braccia che si tendevano sotto i miei palmi. Ma era inutile, e – oh, dei – la connessione con lui era ancora aperta. C'era fame, sì, ma c'era anche di più. Un sapore piccante, affumicato, che mi riempiva la gola. Quel sapore, quella sensazione, era inebriante e travolgeva i miei sensi. Il mio corpo sobbalzò per l'ondata di desiderio martellante che mi tolse forza alle gambe. Non sapevo se ero ancora in piedi o se Casteel oppure Kieran mi stessero sorreggendo. Ogni respiro mi sembrava troppo corto, la brama stava risalendo verso i miei seni. Dentro di me una spirale di tensione giunse quasi al tormento, un piacere affilato come un rasoio che lasciò cicatrici proprie.

Da Casteel emerse un suono, un brontolio roco. Poi lui si mosse di colpo, succhiando con forza dalla mia gola e premendomi addosso... schiacciandomi contro Kieran con forza inaspettata. Con un grugnito, il Wolven urtò la parete alle nostre spalle. Casteel ci aveva intrappolati entrambi. La sua bocca si mosse sul mio collo e i suoi fianchi si spostarono con uno scatto contro il mio ventre...

Oh, dei.

Lo sentivo contro di me. Lo sentivo dentro di me, il suo desiderio e il mio che si torcevano e mulinavano insieme. Un sordo brontolio mi riempì le orecchie e di colpo mi trovai ad annegare in un torrente di sensazioni che mi travolsero in infinite ondate. Trepidazione e preoccupazione per quello che stava succedendo, anche se non eravamo soli e c'era Kieran, incastrato dietro di noi e pienamente consapevole di tutto. Vergogna per il fiotto di umidità vischioso a cui Casteel rispose strusciando i fianchi e portando le mani sulla mia vita. Desiderio che chissà come si mescolava con qualcosa di più profondo, di irrevocabile. Incredulità per il braccio con cui gli cingevo il collo e lo trattenevo per la brama di affondare in quel fuoco. Finché mi resi conto che stava già succedendo.

Non sapevo quando avessimo perso il controllo. Quando il modo in cui mi teneva, il modo in cui premeva su di me, avesse smesso di riguardare la sete che doveva essere placata e avesse cominciato a coinvolgere una diversa fame da saziare. Non sapevo di preciso quando avessi perso la battaglia contro il mio corpo. Non sapevo quando avessi smesso di pensare che non era solo il corpo di Casteel a toccarmi, e non era suo il petto su cui la mia testa ricadeva.

Era il morso. Erano il bisogno e il desiderio accesi la notte alla Perla Rossa e mai andati via a diventare il fuoco che sobbolliva nel mio sangue ogni volta che ero vicino a Casteel? Era qualcosa di avventato e malizioso dentro di me, al centro del mio essere, a permettermi di lasciarmi andare e dimenticare... *tutto*? Oppure erano tutte quelle cose insieme? Non lo sapevo... non sapevo niente mentre le mani di Casteel mi risalivano tremanti lungo le cosce, sopra la vestaglia. Mi sollevò in punta di piedi, poi ancora più su, portandosi intorno alla vita una delle mie gambe. La metà inferiore della vestaglia si aprì e quella superiore mi scivolò dalla spalla sinistra. Quando la parte dura di lui premette contro quella più morbida di me, seppi solo che ero diventata le fiamme nel mio sangue, una cosa che mi era del tutto sconosciuta, audace e senza vergogna. Io ero il fuoco, e Casteel l'aria che lo alimentava.

I fianchi di Casteel affondarono nei miei, e il mio corpo rispose senza pensieri coscienti, strofinandosi contro di lui che si nutriva ancora e ancora. La tensione si fece sempre più forte. Nel profondo, non sapevo se fosse il morso o la sensazione di Casteel tra le mie cosce a condurmi rapidamente e precariamente vicino al limite.

«Basta» disse Kieran. La sua voce avrebbe dovuto giungere come una sorpresa, ma fu solo una fonte di frustrazione. «È sufficiente, Casteel.»

Con il corpo che pulsava, aprii gli occhi, stordita, mentre il petto di Casteel si sollevava rapidamente, accostato al mio. Passò un istante, poi tutta l'aria che avevo mi abbandonò quando sentii la sua lingua leccarmi umida e peccaminosa sotto e poi sul morso. La tensione riprese a pulsare, poi la sua bocca si sollevò dal mio collo. Per alcuni istanti lui non si spostò oltre, poi fece un passo indietro, portandomi con sé, mentre il mio cuore e il mio sangue continuavano a martellare e io non smettevo di *bramare*. Con un braccio mi cinse la vita, l'altra mano tornò tra i miei capelli e mi fece abbassare la testa. Nascosi il viso sul suo collo, inspirando il suo profumo, *respirando* e nulla più. Gli cingevo la vita con entrambe le gambe, senza nemmeno sapere quando fosse successo, ma Casteel mi tenne così, senza spazio a separare i nostri corpi. Da sopra la mia spalla, guardò Kieran.

«Grazie» disse roco.

«Stai bene?» domandò Kieran, e io sentii Casteel annuire. «Penellaphe?»

Sentivo la lingua pesante, ma riuscii a buttare fuori un borbottio: «Sì».

«Bene.» L'aria si mosse quando Kieran ci oltrepassò. La porta si aprì con un cigolio e una fresca brezza mi stuzzicò la pelle nuda, ma non smorzò minimamente il calore.

«Grazie» ripeté Casteel a Kieran, poi la porta si richiuse. Lui si voltò verso di me. «Grazie *a te*» sussurrò.

Non dissi nulla, continuai a tenerlo stretto, prigioniera di una tempesta di... desiderio. Casteel si mosse, si chinò e mi adagiò sul letto. Poggiai la nuca sul cuscino e le mani che mi teneva dietro la schiena scivolarono via. Sentii il letto curvarsi sotto il suo peso quando sedette accanto a me, e aprii gli occhi.

Casteel era vicino, sopra di me, e teneva le mani ai lati della mia testa. Vedevo che la vestaglia si era scostata ancora di più, rivelando il primo gonfiore del mio petto. Le punte dei miei seni tendevano la stoffa sottile e morbida. E più in basso tutta una gamba era nuda fino alla piega della coscia e al fianco. Avrei dovuto sistemare la vestaglia, coprirmi. Avrei dovuto provare imbarazzo. Eppure non mossi le mani. Non che non potessi. Non lo feci e basta, e guardai Casteel negli occhi.

Fiammeggiavano come miele caldo, bellissimi e intensi.

Non parlammo, il suo petto si sollevava e ricadeva con respiri rapidi quanto i miei. Aveva i muscoli rigidi e io sapevo che si stava trattenendo, perché ero ancora connessa a lui, mi ero aperta a lui più a lungo di quanto avessi mai fatto con chiunque altro, e non sentivo più quella fame assillante. Quello che percepivo era un odore ricco e affumicato, e quasi altrettanto intenso. Avevo il respiro irregolare, i miei fianchi fremevano.

Casteel chiuse gli occhi e prese un respiro tremante. «Poppy...» In quell'unica parola, nel mio nome, c'era un bisogno enorme. Tremai. Poi lui riaprì gli occhi quasi luminosi. «Mi hai già dato così tanto di te, hai già fatto così tanto per me» disse, e io credetti che si riferisse a qualcosa di più che al semplice sangue. Abbassò la bocca, e la trepidazione mi gonfiò il petto. Casteel si fermò a pochi centimetri dalle mie labbra e mi posò la mano sul fianco. «Lascia che faccia io qualcosa per te. Lascia che porti via quella brama.»

Mi irrigidii, ma il mio cuore strepitò. Dovevo dire di no. Per cento motivi diversi. Ma non fu quello che mi uscì di bocca, in una voce roca che non mi apparteneva. «E la tua, di brama?»

Un lieve tremito lo percorse. «Non si tratta di me.» Mi passò la mano sullo stomaco, dove la mia pelle era nuda, sul fianco sinistro. «Lascia che ti ringrazi nell'unico modo in cui posso farlo ora. Lascia che ti mostri la mia gratitudine.»

Riuscivo a malapena a respirare o a pensare. Ritirai le mie percezioni, credendo che mi avrebbe aiutato a schiarirmi le idee, ma il mio desiderio pulsava ancora dentro di me in sintonia con il mio cuore incerto. E io mi resi conto che ero ancora il fuoco. Lo volevo ancora, che fosse giusto o sbagliato, proprio come lo avevo voluto quella mattina, anche se sembrava fosse passata un'eternità.

Fui vagamente consapevole di annuire, poi Casteel chinò il mento e mi sfiorò le labbra con le sue. Mi fece voltare su un fianco, dandogli la schiena, e si distese alle mie spalle. Confusa, mi girai a guardarlo. Appoggiato su un gomito, incrociò i miei occhi.

«Sei davvero coraggiosa» mormorò, attirandomi contro i suoi fianchi. La vestaglia era scivolata via, e tra la curva del mio posteriore e la parte dura di lui non c'erano che le sue brache. Mi morsi il labbro mentre lui mi carezzava la coscia e mi faceva sollevare la gamba quanto bastava a infilare una delle sue tra le mie.

Risalì con la mano sul mio fianco, sul braccio, poi di nuovo giù. «E forte.»

La vestaglia scivolò ancora un po', seguendo la sua mano. Il tessuto si era aperto ancora di più, esponendo un seno. Il calore mi soffuse le guance quando la punta turgida mi mostrò la prova del mio desiderio. Casteel mi chiuse una mano sul seno e passò il pollice sulla cima, strappandomi un ansito. A quel tocco inarcai la schiena contro di lui.

«Così generosa» disse roco, facendo scorrere la mano in basso, sotto l'ombelico e sul fianco nudo, poi ancora più in basso. Le sue dita trovarono la mia parte umida e si chiusero lì. Il suo tocco fu come un ferro rovente quando passò pigramente un dito sul centro assoluto del mio essere, con tocchi leggeri, giocosi, che mi fecero fremere tutta. Casteel continuò con quei tocchi lievi come piume finché credetti di schizzar via dalla mia stessa pelle, e che senza dubbio sarei andata in fiamme, e a quel punto mi infilò dentro un dito. Rovesciai la testa contro il suo petto e un ansito mi sfuggì. «Così bella, cazzo» disse Casteel tra i denti. Ritirò il dito quasi del tutto, poi lo infilò di nuovo.

Piegò la mano in modo da muovere il pollice sul centro sensibile dei miei nervi e continuò ad accarezzarmi con quel suo lungo dito abile, muovendolo lentamente dentro e fuori, e a ogni colpo mi toglieva il fiato sempre di più. Mi cinse con l'altro braccio, piegandomelo sul petto, e posò il palmo sul mio seno troppo teso mentre infilava un secondo dito, allargandomi e alimentando ancora di più il fuoco.

Gridai, premendo contro la sua mano, contro di lui. Il suo respiro usciva in rochi ansiti. Mi voltai e lo vidi guardarsi le mani, guardare me che mi sollevavo e mi strofinavo contro di esse. Caddi preda di quella sensazione folle, cedendo senza freni. La realtà scivolò via. Non ero stata la prigioniera. Lui non era stato il mio carceriere. Non eravamo soci che avevano stretto un accordo per usarsi a vicenda. Eravamo solo noi, le sue dita e le sue mani abili, il calore delle sue braccia, la magnifica tensione dentro di me, e Casteel tremò con un'imprecazione mentre oscillavo cavalcando la sua mano, contro quella parte dura che mi premeva addosso da dietro. C'era tutto questo insieme e l'improvviso brivido del potere e del controllo.

Lui fece per muoversi e mettere dello spazio tra noi, ma io avevo ceduto al fuoco. Allungai la mano dietro di me, gli presi il fianco e affondai le unghie in una richiesta muta.

Casteel obbedì.

Con un'altra imprecazione e posando rapidamente le labbra calde sulle mie, cedette e affondò le dita più a fondo, con più forza. Dondolai contro di lui, e senza un ritmo ci muovemmo, tendendo i nostri corpi. La spirale nel mio stomaco vorticava e vorticava...

«Poppy...» La sua voce si spezzò e io posai l'altra mano sulla sua, trattenendolo mentre *io* mi davo da fare con lui.

E successe: quel vorticare, quella tensione si sciolsero, diffondendosi in tutte le membra. Raggiunsi l'orgasmo con un gemito, e tremai sulle sue dita, *lui* tremò contro di me, mentre continuava a muoverle suscitando sferzanti ondate di intenso piacere, finché non lo lasciai andare e mi afflosciai. Finché il suo respiro contro la mia guancia si fece più stabile. Poi, lentamente, uscì dal mio corpo.

La sua mano non andò lontano, tuttavia: risalì, fermandosi appena sotto l'ombelico. Richiuse la mia vestaglia con l'altra mano, trattenendola appena sotto i miei seni. Un gesto che parve... gentile.

Lentamente mi accorsi dell'umidità contro le mie reni e la curva del mio posteriore. Piegai la testa per guardare dietro di me.

Casteel aveva la testa posata sul cuscino dietro il mio, i lineamenti rilassati come li avevo visti solo quando dormiva. Quando mi guardò, le sue palpebre erano semiabbassate e pesanti.

E poi accadde la cosa più strana di tutte. Arrossì, scostando i fianchi. «Scusa» disse con voce roca e un sogghigno malizioso sulle labbra. «Non avrebbe dovuto succedere.»

Abbassai gli occhi. Sui suoi pantaloni c'era una macchia di un nero più scuro. Umida. Arrossii, riportando lo sguardo sul suo.

«Non mi succedeva da...» Il suo sorriso si fece imbarazzato, e tra quello e il lieve rossore che gli colorava le guance sembrò una persona completamente diversa. «Be', non mi era mai successo.»

«Davvero?» domandai, stupita di quanto la mia voce fosse roca.

«Davvero.» Mi scrutò negli occhi. «Non volevo... cioè, certo che volevo. Volevo di più. Voglio sempre di più, con te.» I suoi occhi si fecero ancora una volta più luminosi, e io arricciai le dita dei piedi. «Ma volevo concentrarmi su di te.»

Dei, il modo in cui lo disse era tenerissimo. «Lo hai fatto. Hai cercato di mettere dello spazio tra noi.» Mi voltai, posando lo sguardo sulle sue mani. «Sono io che non te l'ho permesso.»

«E mi è piaciuto.» Fece una pausa. «Tantissimo. Ovviamente.»

Le mie labbra fremettero.

«E chi se lo aspettava che fossi così esigente» continuò, e

io alzai gli occhi al cielo. «Anche quello mi è piaciuto. Ovviamente.»

Sogghignai.

I suoi respiri erano lievi e mi solleticavano dietro il collo. «So che quello che hai fatto per me... offrire te stessa per nutrirmi... dev'essere stato spaventoso.»

No. Non proprio.

«E volevo solo che sapessi che...» Si schiarì la gola. «Non ci sono parole, davvero, a parte grazie.»

Fissai le sue dita e i tendini delle sue mani, cercando un'ombra di rimorso o vergogna. Ero sicura che più tardi sarebbe arrivato l'imbarazzo, quando avessi rivisto Kieran, ma non rimpiansi di avere offerto il mio sangue a Casteel. E, come prima, non desiderai di cancellare quello che era successo dopo. Non pareva sbagliato, né mi faceva vergognare. Era sembrato naturale, come se dentro di me un istinto innato mi avesse fatto sapere che era consueto che dall'atto di nutrirsi di Casteel derivasse quel livello di intimità. Era normale che lasciasse il posto a qualcosa *di più*. E che se fossi cresciuta ad Atlantia, e io e lui fossimo stati persone diverse, quello che avevamo condiviso dopo sarebbe stato naturale. Ancora una volta, mi parve che... che il terreno su cui posavamo i piedi fosse cambiato, spostandosi sotto di noi.

«Non c'è bisogno che mi ringrazi.» Chiusi gli occhi. «È stata una mia scelta.»

Casteel spostò il braccio che teneva sotto di me e il letto si mosse quando lui si alzò. Un calore languido si impossessò di me mentre lo guardavo raggiungere la sua borsa ai piedi del letto. Ne estrasse qualcosa, poi scomparve nella stanza da bagno e si chiuse la porta alle spalle. Sentii il debole suono dell'acqua fresca versata dalle brocche al bacile. Udii gli spruzzi d'acqua e mi chiesi come riuscisse a sopportarla, fredda com'era.

Mossi le dita dei piedi contro la coperta ammucchiata in fondo al letto, pensando che avrei dovuto alzarmi o almeno tirarmela addosso, ma stavo troppo comoda per prendermene la briga. Chiusi gli occhi, ma sollevai di nuovo le palpebre quando sentii la porta che si apriva. Casteel uscì, con indosso solo i larghi pantaloni di cotone vergognosamente bassi sui fianchi. Non avrei dovuto guardare, e senza dubbio non avrei dovuto fissare, ma mi godetti la vista dei muscoli asciutti che si tendevano sul suo addome e delle linee definite del petto e delle spalle. Il suo fisico era la prova di anni passati a maneggiare una spada e usare il proprio corpo come arma, ma guardarlo...

Avrebbe dovuto essere proibito.

Casteel notò il mio sguardo e piegò le labbra piene in un sorriso. Apparve la fossetta sulla guancia destra.

E poi su quella sinistra.

«Mi piace» disse Casteel.

«Che cosa?»

«Che mi guardi.»

Lo osservai gettare le brache arrotolate nella borsa. «Non ti sto guardando.»

«Errore mio, allora» mormorò, ma la fossetta sulla guancia destra rimase. Si raddrizzò, e i muscoli sulla sua schiena compirono movimenti interessanti, ammalianti.

Attesi che mi prendesse in giro per quello che avevamo fatto, e che facesse notare che ancora una volta, la seconda in un giorno solo, mi ero sbagliata su di lui.

Non ci fu nessuna presa in giro.

Casteel scomparve dalla mia vista, e chissà come riuscii a non voltarmi a guardarlo. Trascorse una manciata di secondi, poi il letto si piegò ancora una volta sotto il suo peso. Fui sorpresa. Avrei dovuto sapere, non appena lo avevo visto con quei pantaloni, che non avrebbe lasciato la stanza, ma immagino che non mi fossi aspettata che restasse. Era molto presto, non era ancora nemmeno mezzogiorno.

Casteel allungò la mano, prese la coperta e la rimboccò intorno a me – intorno a noi – poi si accoccolò dietro di me come prima.

Il silenzio riempì la stanza, finché lui chiese: «Posso... posso abbracciarti?». Non lo avevo mai sentito con una voce così incerta. «Dovrei occuparmi di certe faccende, e so che non siamo in pubblico, e so che quello che abbiamo condiviso non cambia nulla, ma... posso... possiamo solo fingere?»

Il cuore mi batteva di nuovo forte, e non sapevo se fosse l'effetto di averlo nutrito o di ciò che avevamo fatto dopo. O se fosse per la dolcezza, per la vulnerabilità della sua richiesta, e la sensazione che le cose tra noi fossero di nuovo cambiate. Forse fu per tutto questo insieme che dissi: «Sì».

Casteel fece un sospiro tremante, ma non si mosse. Quando lo guardai da sopra la spalla aveva le palpebre abbassate, le labbra dischiuse. Mi chiesi se stesse bene. «Casteel?»

Lui sollevò le folte ciglia, rivelando occhi di un'ambra straordinariamente luminosa. «Non... non credevo che me lo avresti permesso.»

Poggiai di nuovo la testa sul cuscino, inumidendomi le labbra. «Non avrei dovuto?»

«Sì? No? Non lo so.» Allora Casteel si mosse, infilò un braccio sotto di me e con l'altro mi cinse. Mi attirò a sé, finché la mia schiena fu contro il suo petto. «Adesso però non puoi rimangiartelo.»

Mi concessi un piccolo sorriso, affondando nel suo caldo abbraccio. E mi concessi anche un'altra cosa.

Mi concessi di godermelo.

27

Infilai una delle tuniche pulite di Casteel, abbassai lo sguardo e sospirai. Tra le brache troppo larghe e la camicia troppo grande, che quasi mi arrivava al ginocchio, ero un po' ridicola. Ma quella semplice camicia nera era molto meglio della tunica di lana troppo pesante.

Non avevamo sonnecchiato molto, forse poco più di un'ora prima di svegliarmi e trovarlo sollevato su un gomito a guardarmi. Quando gli avevo chiesto che cosa stesse facendo, aveva risposto semplicemente: *Mi godo il panorama.*

Il mio volto aveva assunto mille sfumature di rosso, e lui aveva sorriso, poi si era chinato e mi aveva posato un bacio sulla fronte. Quindi aveva detto di avere un'idea, e così ero finita con indosso quelle brache enormi e una delle sue camicie.

Osservandomi nello specchio ovale prima di uscire dalla stanza da bagno, notai il punto in cui la pelle del collo, su un lato, era di un pallido rosa, tutto intorno alle due punture rosse. Toccai la pelle, che era sensibile, ma non dolorante. Quando mi ero alzata dal letto avevo notato che le occhiaie di Casteel erano scomparse, così come la tensione nei suoi lineamenti. Era straordinario con quanta velocità il sangue avesse avuto effetto.

Era anche straordinario l'effetto che il suo morso aveva avuto su di *me*.

Non appena la sua bocca si era chiusa sulla mia pelle e il dolore iniziale del morso era scomparso, era stato come precipitare in un mondo in cui l'unica cosa importante era lui e sentirlo risucchiare nel profondo di sé un pezzo di me. Non importava quello che Kieran mi aveva spiegato sui cuori gemelli. Rendermi conto che Casteel, forse, mi aveva nascosto la verità su Punta di Spessa perché temeva che avrei rivelato quello che sapevo se fossi stata catturata – oppure perché non si era fidato a darmi quelle informazioni finché non fossi stata abbastanza lontana dalle grinfie degli Ascesi – non era più stata una preoccupazione. Né lo era stata l'Unione e quanto mi avesse sconvolta apprendere che cos'era. Non mi ero vergognata di essere rimasta intrappolata tra Kieran e Casteel, poiché Kieran si era ritrovato praticamente inchiodato al muro dall'urgenza di Casteel. Ero diventata una fiamma, e niente di tutto ciò aveva avuto importanza.

Ma adesso?

Adesso, pensare a Kieran mi faceva sentire in imbarazzo: il Wolven doveva essere stato a conoscenza della tradizione. Una cosa di cui Casteel non mi aveva mai parlato perché non era rilevante. Il matrimonio era temporaneo, ma non ero sicura fosse un atto innocente come Casteel lo faceva sembrare... almeno non per la maggior parte del tempo. Ma non mi vergognavo di ciò a cui Kieran aveva assistito. Forse avrei dovuto, ma non mi era parso qualcosa per cui sentirmi in imbarazzo. La reazione che Casteel aveva suscitato in me era stata naturale, e anche se quello che era venuto dopo, quando lui aveva espresso la propria gratitudine, era stupidamente avventato dal punto di vista del mio cuore, era anche stato *giusto*.

Arrossii pensando all'apparente mancanza di controllo di Casteel. Estrassi i capelli dal colletto della tunica e li lasciai ricadere. Mi aveva detto che non gli era mai successo, e non riuscivo a immaginare perché dovesse mentire su una cosa del genere. Che fosse capitato con me era inconcepibile, ma mi faceva anche provare una bizzarra sensazione di potere, vecchia quanto il mondo. Il tipo di potere che immaginavo padroneggiassero la signorina Willa e le donne della Perla Rossa, quelle che lavoravano lì e quelle che lo frequentavano.

Sentendo i passi di Casteel in camera da letto, distolsi lo sguardo dallo specchio e aprii la porta a scomparsa.

Casteel era riuscito a cambiarsi. In un certo senso. Aveva infilato brache e stivali, ma la tunica bianca gli pendeva ancora dalle dita. C'era qualcosa di incredibilmente affascinante nelle linee decise del suo petto e del suo stomaco, ma l'audacia che avevo sfoggiato prima mi aveva abbandonato.

«Dunque, tornando alla mia idea» disse, sollevando la tunica sopra la testa.

«Ho paura di chiederti di che cosa si tratta.» Andai all'ingresso del portico. Casteel aveva aperto la porta quando ci eravamo svegliati e sul pavimento di piastrelle si riversava la luce del sole.

La tunica che si stava infilando smorzò la sua risatina. «Mi hai ferito.»

Mentre mi dava la schiena, sogghignai. «Ne sono sicura.»

«Assolutamente.» Si voltò verso di me, lasciando sbottonata la tunica. «Visto che è presto, mi è venuto in mente che potremmo fare una piccola gita.»

Tirai su una delle lunghe maniche, emozionata. «Dove?»

«Ho pensato che potrebbe farti piacere vedere la vera Spessa.»

Aprii la bocca per chiedere se davvero si fidasse a mostrarmela, ma riuscii a fermarmi.

Lui mi guardò. «Che c'è?»

«Mi piacerebbe» dissi invece.

Casteel mi studiò per un momento, inclinando la testa,

quasi come se non mi credesse. «Ne sono felice.» Avanzò, fermandosi di fronte a me. «Ma c'è una condizione.»

«Ovvero?» domandai, mentre lui mi sollevava il braccio.

Ripiegò i bordi delle maniche, formando dei risvolti. «Continuiamo a *fingere*.»

Il mio cuore mancò un battito. «Che tu sia solo Hawke?»

«E che tu sia solo Poppy.» Casteel arrotolò le maniche, fermandosi appena sotto il gomito. «Le vuoi più su?»

Conscia che me lo stava chiedendo per via delle cicatrici pallide che avevo sulla parte alta dei gomiti, annuii.

Nei suoi occhi ci fu un luccichio di approvazione. Finì di rimboccarmi la manica fin sopra il gomito. «Non passiamo il resto del pomeriggio a rimuginare sul passato.»

«O a preoccuparci del futuro?»

Lui annuì e mi fece cenno di sollevare l'altro braccio. «Saremo solo Hawke e Poppy. Tutto qui.»

Lo osservai arrotolare l'altra manica. «Nessuno ti tratterà come Hawke. E nessuno vedrà me come Poppy.»

Lui alzò gli occhi sui miei. «Nessun altro conta. Solo tu e io.»

Un altro battito perduto. Non potevo negare che fosse incredibilmente sciocco da parte mia fingere ancora. Rendeva tutto confuso, e... be', quando lo facevo, a me non sembrava una finzione. Ma non potevo nemmeno negare di volere esattamente quello che Casteel stava offrendo.

E quando mai la stoltezza di un'impresa mi aveva fermato?

Inoltre, volevo vedere Punta di Spessa.

Dissi a me stessa che la reale motivazione era quella, e annuii. «Accetto le tue condizioni.»

Sulla sua guancia destra apparve la fossetta. «Allora, abbiamo un accordo?»

«Sì.»

«Dunque dobbiamo suggellarlo» mi disse. «E sai come lo fanno gli Atlantiani? Con un bacio.»

«Davvero?» chiesi, scettica. «A me sembra un modo abbastanza problematico.»

«Forse.»

«E mi sembra anche una balla.»

Casteel annuì. «Lo è.»

Fu impossibile trattenermi: scoppiai a ridere. E Casteel... si mosse a velocità incredibile. Abbassò la testa, e prima ancora che la risata svanisse la sua bocca fu sulla mia. Sentire le sue labbra provocò in me una scossa sconvolgente. Il suo bacio era... inebriante quanto il suo morso, quanto ogni cosa in lui. E quando mi passò le dita tra i capelli, facendomi inclinare la testa, non trovai il modo di protestare. Il bacio si fece più profondo, e il tocco delle sue zanne, la sua lingua sulla mia, suscitò un caldo brivido.

«Scusa» sussurrò contro le mie labbra. «So che avrei prima dovuto chiederlo, ma la tua risata... mi distrugge, Poppy.» Mi posò le mani sulle guance, senza esitazioni quando le sue dita mi toccarono le cicatrici. «Sei più che autorizzata a darmi un pugno.»

Non volevo dargli un pugno. Volevo che mi baciasse di nuovo. Mi sfuggì un lieve respiro. «Immagino che adesso l'accordo sia suggellato, giusto?»

Lui deglutì visibilmente. «Sì.» Si tirò indietro e mi prese per mano. «Vieni. Se passiamo qui un altro secondo, non credo che riusciremo a lasciare la stanza.»

Sgranai gli occhi. La serietà delle sue parole non lasciava spazio a fraintendimenti, e un altro brivido mi danzò lungo la pelle.

Casteel mi condusse sul portico e in cortile, sempre tenendomi saldamente per mano. Guardai verso la muraglia inondata dal sole e socchiusi gli occhi. «Ci sono delle persone sull'Alzata.»

«Vero, c'erano anche la notte scorsa. Solo che non potevi vederle.»

«Gli occhi mortali vedono da schifo» borbottai, e lui sogghignò. «Però credevo che così a est gli Ascesi non fossero una minaccia.»

«Finora no, ma meglio prevenire che curare.»

I nostri passi risuonarono lievi sulle chiazze di erba e sabbia. «Alastir ha detto che la ricostruzione di Spessa è stata una tua idea» dissi, mentre ci avvicinavamo alle stalle.

«In gran parte» rispose Casteel, senza aggiungere altro. E io sentii una fitta di delusione, ma poi mi ricordai che quella giornata non riguardava i problemi del futuro. «Ti va di cavalcare? Non è una camminata troppo lunga, ma oggi mi sento pigro.»

«Per me fa lo stesso.»

«Perfetto. Perché ho un'altra idea.» Un attimo dopo, un uomo anziano uscì dalle porte aperte della selleria. «Come va, Coulton?»

L'uomo si fece avanti, passandosi un fazzoletto sulla testa pelata. Mentre si avvicinava, mi resi conto che era un Wolven: aveva gli occhi azzurri come una mattinata d'inverno. «Bene.» Chinò la testa in segno di saluto. «E tu?»

«Mai stato meglio.»

Coulton spostò lo sguardo su di me e sogghignò. D'un tratto, il suo sorriso si interruppe e lui fece un passo indietro. Mi fissò, e io tesi i muscoli, stringendo di riflesso le mani e strizzando quella di Casteel. Subito mi costrinsi a rilassare la presa. Forse era stato per le cicatrici, oppure il Wolven si era reso conto di chi ero... di chi *ero stata*. La Vergine. Ricordai a me stessa che non potevo fargli una colpa per la sua reazione.

«Tutto a posto, Coulton?» chiese Casteel in tono piatto.

Il Wolven sbatté le palpebre, poi il suo sorriso riapparve. «Sì. Sì. Scusa. È solo che ho avuto una sensazione stranissima.» Guardò il suo principe e la sua pelle olivastra si fece rossastra. «Come di elettricità statica.» Ricacciò il fazzoletto nel taschino della tunica senza maniche che indossava. «È lei? La tua fidanzata?»

Volevo credere che il Wolven avesse detto la verità, ma non ero così ingenua. Aprii le mie percezioni e le protesi verso di lui. Stabilita l'invisibile connessione, mi aspettavo un sapore amaro, la pesantezza soffocante della sfiducia e dell'avversione. Ma non fu ciò che percepii. Un fresco spruzzo giunse con sorpresa in fondo alla mia gola, seguito dal sapore aspro della confusione. Mi pareva che fosse sincero.

«Questa è Penellaphe» disse Casteel. «La mia fidanzata.»

Di fronte a quel tono così freddo mi feci avanti, tesi la mano e sorrisi. «È un piacere conoscerti, Coulton.»

Il viso del Wolven si aprì in un sorriso. «È un onore per me.» Mi prese la mano e sgranò gli occhi. Ancora una volta, la connessione mi rivelò la sua sorpresa. «Eccola di nuovo. La sensazione di elettricità statica.» Rise, scuotendo la testa senza lasciarmi la mano. «Forse sei tu, Penellaphe.»

Io non avevo sentito nulla, però. «Non saprei.»

«Neanch'io. È come se fossi... piena di energia. Ho sentito che hai ascendenze atlantiane.» Coulton mi diede una stretta alla mano e la lasciò, guardando Casteel. «Immagino tu provenga da una stirpe potente.»

Casteel inclinò la testa, mentre io aggrottavo la fronte. «Credo che sia così.»

«Sei qui per Setti?» chiese Coulton. «In tal caso, è fuori al pascolo.»

«No. Ha bisogno di riposare. Mi servono solo due cavalli.»

«Due?» domandai.

«Ecco la mia seconda idea.» L'espressione di Casteel si sciolse in un sogghigno. «Insegnarti a cavalcare.»

«Cosa?» sussurrai.

«Ah. Ho il cavallo perfetto per quello.» Coulton girò sui tacchi e andò verso le stalle camminando sul lato destro.

«Qui ci sono due vecchie giumente. Ottimo carattere. Improbabile che se ne partano di corsa.»

«Credi che sia una buona idea?» chiesi io.

«Mi sembra il momento migliore» rispose Casteel. «E dopo aver montato Setti, te la caverai alla grande.»

Io non ne ero così sicura. Coulton condusse da noi una cavalla tarchiata, bianca e marrone, insieme a una dal pelo fulvo. Non erano grandi quanto Setti, ma avrebbero comunque potuto calpestarmi a morte.

«Secondo te, qual è la più adatta?» domandò Casteel.

«Molly, qui, è una brava ragazza.» Coulton diede qualche colpetto al fianco della cavalla pezzata. «Sarà educata.»

Una volta sellate, Casteel mi diede una spintarella verso Molly. «Non avrai problemi» mormorò, mentre Coulton reggeva le redini di entrambi gli animali. «Terrò io le sue redini finché non sarai pronta.»

Ero nervosa e un po' spaventata, ma respinsi quelle sensazioni. Avevo sempre voluto imparare a cavalcare, un'abilità necessaria che mi mancava. E quello era il momento migliore.

Accarezzai il muso di Molly, deglutii e mi spostai accanto alla sella. Casteel mi seguì e io capii che voleva aiutarmi a montare. «Se cado, cerca di prendermi.»

«Questo posso farlo.»

«Ti prego, non uccidermi» mormorai, aggrappandomi alla sella. «Sarebbe imbarazzante essere uccisa da un cavallo di nome Molly.»

Entrambi gli uomini risero, ma quando piazzai il piede sulla staffa, Casteel disse al Wolven: «Stai reggendo le redini?».

«Molly non andrà da nessuna parte.»

Mi issai, ricordandomi all'ultimo secondo di passare la gamba dall'altra parte. Un attimo dopo mi ritrovai in sella, e avevo fatto tutto da sola. Guardai Casteel.

Lui sorrise, e io mi sentii stringere il petto. Sul suo volto comparvero entrambe le fossette. «Adesso non avrò più scuse per toccarti in maniera inappropriata in un contesto appropriato.»

«Sono sicuro che troverai un'altra maniera per farlo» sottolineò Coulton.

«Vero.» Casteel si morse il labbro. «Ho molta fantasia.»

Alzai gli occhi al cielo, anche se ero così gonfia d'orgoglio da scoppiare. Per molti, quello che avevo fatto non era una grande impresa, ma per me sì.

Casteel mi tenne gli occhi addosso mentre montava sull'altra cavalla, che si chiamava Teddy. Sentendo quel nome, Casteel aggrottò la fronte e io quasi scoppiai a ridere.

«Pronta?» domandò, una volta afferrate le redini di entrambi.

Strinsi il pomello della sella e annuii. «Spero che Setti non si ingelosisca.»

«Se ti vede, sì che diventerà geloso.»

Casteel salutò Coulton e ci guidò fuori dalle stalle. I primi passi mi fecero battere forte il cuore, perché mi pareva di poter cadere da un momento all'altro. Ma lui mi rassicurò, ricordandomi che non era tanto diverso da quando lui sedeva dietro di me.

Mentre passavamo intorno al fianco della fortezza e lungo il muro in rovina, mi spiegò le regole fondamentali per tenere sotto controllo un cavallo.

«Per farlo fermare, devi chiudere le dita intorno alle redini, stringere e tirare leggermente indietro. Il cavallo sentirà lo strattone e saprà che deve arrestarsi.» Mi mostrò la tecnica. «Puoi anche usare le gambe» aggiunse, mostrandomi ciò che intendeva. Annuii, e lui proseguì: «Per farlo muovere, stringi di nuovo le gambe, ma in questo punto». Indicò il fianco della cavalla. «Oppure spingi con la sella, sporgendoti in avanti. Quando vuoi che il cavallo obbedisca a un tuo ordine, solleva le redini. Per loro vuol dire che sta per arrivare un comando. Vuoi provare?»

Annuii. Tenendomi alla sella, attesi che Casteel sollevasse le redini, tirando lievemente la cavezza di Molly, poi premetti le ginocchia dove lui mi aveva indicato. Molly avanzò con passo pesante.

Sorridendo, mi voltai verso Casteel. «Ce l'ho fatta.»

Lui mi fissò. «Adesso vorrei baciarti, ma non posso perché sei su un altro cavallo.» Fece il broncio. «È stata una pessima idea.»

Risi.

«Un'idea davvero pessima.»

Mentre cavalcavamo lungo il fianco della fortezza, Casteel mi insegnò qualche altro comando fondamentale, e mi fece fermare Molly per poi ordinarle di ripartire. A ogni tentativo la mia sicurezza aumentava. Ero così concentrata sulla cavalla che non mi accorsi nemmeno che avevamo superato la fortezza, finché, alzando lo sguardo, scorsi davanti a noi degli alberi. Entrammo lentamente nel boschetto e Casteel guidò entrambi gli animali sul sentiero.

Il fitto fogliame schermava il sole. «Coulton ha avuto una reazione strana con te» osservò Casteel.

«Sì, ma credo che fosse sincero. Non è stata una reazione negativa. Lo so perché ho usato il mio dono.»

«Me ne sono accorto quando ti sei avvicinata. Una mossa molto intelligente da parte tua.»

«È che... valutare le intenzioni di qualcuno leggendo le sue emozioni non è un processo infallibile.» Cominciavo ad abituarmi a stare in sella da sola. «Ma la maggior parte delle persone non sa celare le proprie emozioni a se stessa.»

«Ti offre un vantaggio. Lo stesso di cui beneficiavano gli Empati.»

Lo sbirciai. «Non temi che legga anche le tue, di emozioni?»

«Preferisco che usi tutte le armi a tua disposizione piuttosto che preoccuparmi di quello che percepisci con me.»

«La maggior parte delle persone preferirebbe che non lo facessi, credo.»

«Io non sono la maggior parte delle persone.»

No, non lo era.

«Prima mi hai chiesto se Spessa è stata una mia idea. È stata un'idea mia e di Kieran insieme» disse dopo qualche istante. Mi sorprendeva che adesso fosse così disposto a parlarne. «Da giovani venivamo qui spesso, insieme a mio fratello.»

Sapevo già che quei viaggi includevano anche Shea, ma lo tenni per me.

«È solo a un giorno a cavallo, passate le montagne, e poi un'altra metà da lì fino ad Approdo di Saion, una città di Atlantia» proseguì. «Venivamo molto spesso qui, Malik e io. Più di quanto i nostri genitori si rendessero conto. Esploravamo ogni centimetro di questa terra, scoprendone tutti i segreti, mentre i nostri genitori ci credevano ad Approdo di Saion. Se avessero saputo quante volte attraversavamo le montagne fino a Solis ci avrebbero fatto la pelle.»

«Ma non era pericoloso?»

«Era quello a renderlo così allettante.» Sul suo volto apparve un fugace sogghigno. «Ma perfino quando Spessa era abitata, gli Ascesi percorrevano di rado la strada orientale. Non erano in molti a sapere chi eravamo, e quando ci trovavamo qui potevamo essere solo fratelli.»

Anziché principi di un regno caduto.

«Comunque, sia io sia Kieran ci siamo resi conto del potenziale di questo posto, che aveva una fortezza e un'Alzata rimaste in buona parte intatte.» Casteel si spostò sulla sella, reggendo con delicatezza le redini. «Una cosa importante, visto che questa terra è così vicina ad Atlantia.»

Non credevo che fosse l'unico motivo per cui era importante per lui.

«Mi ci volle un po' per convincere mio padre e mia madre. Non credevano che ne avremmo ricavato abbastanza da sopportare il rischio, ma alla fine cedettero. Poi mio padre ha iniziato a sostenere sempre di più il piano di riprenderci tutti i territori, mentre mia madre è rimasta la voce della prudenza. Non vuole un'altra guerra, ma sa che non possiamo continuare così. Abbiamo bisogno di questa terra. Ce ne serve anche di più, ma per ora spero che otterremo quanto basta a giustificare il pericolo, se un giorno si presentasse alla nostra porta.»

Riflettendo, mi venne in mente una cosa. «Allora Spessa è parte di Atlantia.»

«Tutta Solis un tempo faceva parte di Atlantia, ma io ho rivendicato questa terra. Questo è suolo atlantiano.»

Lo guardai, con il cuore in tumulto. «Quindi potremmo... potremmo sposarci qui?»

«Sì.» Casteel mi guardò negli occhi per un istante, poi spostò lo sguardo di fronte a sé. «Ma questo pomeriggio non riguarda il matrimonio, Poppy.»

«Lo so.» Il mio cuore però batteva ancora forte, adesso che sapevo che questa era terra atlantiana. E che le nozze avrebbero potuto tenersi prima di quanto avessi pensato.

Davanti a noi si udì un grido che mi fece sobbalzare, e per questo Molly scattò in avanti. Casteel trattenne le redini.

«Stai bene?» domandò.

Annuii. «Che cos'è stato?»

«L'addestramento, immagino.»

«L'addestramento?»

Lui piegò la testa verso di me. «Anche se il rischio è basso, teniamo d'occhio la zona dall'Alzata, e addestriamo coloro che, se dovesse essere necessario, potranno difendere la città.»

Ero più che incuriosita. Cavalcammo lungo i margini di un campo dove l'erba era stata tagliata corta. Sull'altro lato dello spazio vuoto, vicino al fitto boschetto, c'era un grande padiglione di pietra. Tende bianche e dorate fremevano nella brezza, gonfiandosi e sollevandosi aggraziate a rivelare una manciata di persone sedute all'interno.

Ma fu quello che vidi al centro della vallata a lasciarmi senza parole.

Nella piana c'era almeno una dozzina di donne, vestite come nessun'altra donna avrebbe mai osato fare a Solis. Portavano pantaloni neri e tuniche senza maniche, e il sole strappava bagliori agli anelli d'oro che cingevano le loro braccia.

«Chi sono?» domandai.

«Quelle?» Casteel piegò la testa verso il gruppo. «Ricordi le donne di cui ti ho parlato la notte in cui ti ho trovato sui bastioni dell'Alzata?»

Sì che ricordavo. «Quelle in grado di tagliare in due un uomo senza battere ciglio.»

«Non hai citato il resto.» Mi guardò, sollevando le labbra in un sorriso malizioso. «La parte sui seni molto meno graziosi...»

«Non l'avevo dimenticata» lo interruppi. «Ho solo scelto di non menzionarla.»

Lui ridacchiò, ma prima che potesse spiegare di più, un gruppo di uomini in movimento attirò la mia attenzione. Erano vestiti come le donne ed emergevano dalle ombre degli alberi circostanti, attraversando di corsa il campo. Le donne erano in grande inferiorità numerica. Gli uomini dovevano essere tre o quattro volte di più.

Tutte loro si voltarono, tranne una che rimase in disparte. Era la più vicina agli uomini in arrivo. Una bionda alta, con i capelli raccolti in una spessa treccia. Ci guardava, apparentemente ignara del colosso, più grosso perfino di Elijah, che sfrecciava verso di lei, alzando una spada dorata...

La donna si voltò all'ultimo secondo e afferrò l'uomo

per la gola. Spalancai la bocca. La guerriera emise un lungo grido vibrante, cui le altre donne fecero eco, e scaraventò a terra l'uomo, che sollevò schizzi di terriccio nell'impatto. La bionda gli strinse il braccio, torcendolo finché non lasciò cadere la spada che finì nella mano di lei, in attesa. Un istante dopo, l'uomo si ritrovò la spada puntata alla gola.

Osservai la radura, dove solo le donne erano rimaste in piedi. All'inizio dell'addestramento erano disarmate, ma poi avevano sottratto agli uomini le lance e le spade ora puntate contro le loro gole, o su aree ancora più interessanti.

«Sono le guerriere d'élite del regno, una più abile e letale dell'altra» disse Casteel, e io avvertii il suo sguardo su di me. «Sono l'esercito delle Guardiane di Atlantia.»

Incapace di distogliere gli occhi da quelle donne, le osservai porgere la mano agli uomini e aiutarli a rialzarsi.

«Sono le ultime della loro stirpe, nate da una lunga tradizione di guerriere che difenderanno Atlantia fino all'ultimo respiro.»

«E sono tutte donne?»

«Sì.»

Le Guardiane e gli uomini si accorsero della nostra presenza. La bionda alta si fece avanti e posò il pugno chiuso sul cuore. Le altre la imitarono, mentre gli uomini si inchinavano piegando il busto. Casteel rispose portando a sua volta il pugno al petto.

Con un colpetto, Casteel fece muovere le cavalle, e mentre percorrevamo i margini del campo io ero ancora assolutamente sbalordita, oltre che grata che fosse sempre lui a gestire Molly. Il mio sguardo era rimasto incollato alle donne, che stavano restituendo le armi agli uomini. Era come... se non potessi credere ai miei occhi. Ero cresciuta in una società in cui l'oggetto più pericoloso che una donna poteva maneggiare era un ferro da calza, ed ero stupefatta. Affascinata, osservai una di loro mostrare a un uomo una presa migliore sulla spada.

«Li stanno addestrando, vero?» chiesi.

«Sì» rispose Casteel. «Le Guardiane si occupano sempre dell'addestramento dei nostri guerrieri, qui e oltre le Skotos.»

«Dunque ce ne sono altre?» Osservai un Wolven dal pelo bianco e nero uscire dal padiglione e avvicinarsi alla bionda. Le arrivava quasi al petto.

«Ne rimangono circa duecento» rispose Casteel, mentre la Guardiana rivolgeva un sorriso al Wolven. «Ma una di loro equivale a venti guerrieri addestrati.»

Finalmente smisi di fissarle in soggezione. «Possiedono... capacità uniche, dovute alla stirpe a cui appartengono?»

«Solo le femmine. Sono come Elementali, dal punto di vista della forza e della mortalità, e anche loro hanno bisogno di sangue.»

«Vi sono altre stirpi guerriere che non si sono estinte?» chiesi, mentre raggiungevamo l'altro lato del bosco.

Casteel scosse la testa. «Loro rappresentano l'unica.» Fece una pausa. «A parte te.»

A parte me.

Era strano sentirlo, sapendo che discendevo da una stirpe di guerrieri. «Forse non sono l'unica» dissi, e Casteel guardò dritto davanti a sé. «So che è improbabile che Ian sia mio fratello da parte di entrambi i genitori, ma questo non significa che là fuori non possano esserci altri di cui nessuno sa nulla, compresi gli Ascesi.»

«Questo è vero, ma credo che ormai sia altamente improbabile che sia rimasto ancora qualcuno nascosto.» Con gli occhi, seguì il volo di un passero che attraversò il sentiero. «Mi viene da pensare alla prima Vergine – sempre che sia esistita davvero – e a chissà quanti altri che potrebbero essere stati scoperti, ma di cui ignoreremo per sempre l'esistenza. E mi fa anche ricordare quando ero prigioniero degli Ascesi. Usavano sempre dei mortali con sangue atlantiano per nutrirmi.»

Resistetti all'impulso di rivolgere le mie percezioni su di lui. Sapevo già che cosa avrei trovato.

«Alcuni erano giovani, avevano appena passato la soglia della maturità. Altri erano più anziani, i capelli grigi e i corpi già corrotti dall'età» disse dopo alcuni secondi. «Ho cercato di tenere il conto di quanti venivano portati nella mia gabbia, ma non... non ci sono riuscito. Anche così, tra Malik e me, non so come potrebbero essercene altri là fuori.»

Ian era stato l'ultimo ad ascendere, ed era stato il solo. Prima di lui, erano trascorsi diversi anni dall'ultima Ascensione. Mi sentii raggelare. Per molti anni si era tenuta un'Ascensione all'anno, ma poi erano state interrotte completamente quand'ero bambina. Le implicazioni risvegliarono la preoccupazione che già avevo nutrito. E se Malik non fosse stato più in vita?

Kieran e Casteel credevano che fosse vivo, ma non ne avevano le prove. E io volevo sapere se Casteel l'aveva davvero preso in considerazione. Mi morsi il labbro.

«Hai l'aria di voler dire qualcosa» osservò lui.

Era vero, ma come facevo a porre la domanda che desideravo? Non avrei dovuto, pensai. Perciò dissi un'altra cosa che ritenevo ci fosse bisogno di ribadire. «Hai fatto quello che dovevi per sopravvivere. Spero che tu lo creda davvero.»

Casteel non rispose, e quando sbirciai e vidi l'immenso vuoto della sua espressione, mi fece male il cuore. Perché sapevo.

Sapevo che non lo credeva.

E in quel momento volevo solo ridargli calore. «Comunque ho ancora voglia di pugnalarti.»

Casteel si voltò verso di me.

«Solo non più così spesso» mi corressi.

Lui sollevò un angolo della bocca, poi rise. Fu un suono ruvido e un po' roco, ma fu reale. «Se non fosse così sarei deluso.»

Spostai lo sguardo di fronte a me, sorridendo. «Che affermazione bizzarra.»

«Che posso dire? Ho un debole per le donne con tendenze violente.»

«Questo non suona meglio.» Tuttavia mi chiesi se anche Shea corrispondesse alla descrizione. Anche lei aveva la tendenza a pugnalarlo quando era arrabbiata? Non ne ero così sicura, considerato quello che Casteel aveva detto che mi sarei meritata quando tutto questo fosse finito: una relazione senza coltellate o pugni. O rapimenti.

Misi da parte quei pensieri prima che potessero gravarmi addosso. Stavamo fingendo, e questo significava che non c'era futuro per noi, anche se non potevamo sfuggire al passato.

Fortunatamente, pochi secondi dopo qualcosa ci distrasse. Quando uscimmo dalla zona boschiva, vidi finalmente quello che Casteel aveva costruito.

Strinsi la presa sulla sella e contemplai un pezzo di Atlantia nascosto all'interno di Solis.

Alla nostra destra, la Baia Stigia luccicava come l'ora più cupa della notte. Davanti a noi c'era una cittadina grossa quanto Nuovo Nido. Tuttavia, rimasi senza parole mentre percorrevamo a cavallo la strada polverosa. Notai a malapena le persone che si erano accorte del nostro arrivo e si inchinavano, oppure ci rivolgevano un saluto.

Case a un piano, costruite in argilla e arenaria, punteggiavano il paesaggio dolcemente ondulato. Dovevano essercene centinaia, tutte abbastanza distanti l'una dall'altra da avere portici privati protetti da tende e piccoli giardini. Mentre ci avvicinavamo, notai che gli orticelli erano pieni di pomodori maturi e alti steli di mais, cavoli e altre verdure piantate in file ordinate. Le uniche case di Solis provviste di un tratto di terreno più grande di quello che serviva a piantarci un albero erano quelle dei quartieri come Perledoro.

«Dei...» sussurrai, guardandomi intorno.

«Spero che sia un'esclamazione d'approvazione» fece Casteel mentre ci avvicinavamo alla cresta di una piccola collina.

«Sì. Quelle case... e i giardini! Non ho mai visto nulla del genere.»

«I rifornimenti di cibo sono molto più facili da gestire quando ogni famiglia coltiva più di quel che può.» Molly sembrò distratta da una farfalla di un giallo vivace e Casteel fece avvicinare la cavalla a sé. «Contadini esperti hanno seminato gli orti. Chi acconsente a stabilirsi a Spessa deve fare un apprendistato con loro, per imparare a mantenere i terreni in salute e accorgersi delle malattie delle piante. Di notte le temperature scendono di rado sotto lo zero, perciò riusciamo a ottenere alcuni dei raccolti per un periodo più lungo rispetto ai luoghi più settentrionali.»

A Solis, il cibo andava acquistato o coltivato, ma erano pochissimi a possedere terreni per farlo, il che significava che molti spendevano il grosso dei loro guadagni per comprare gli alimenti. Se non c'erano soldi, semplicemente non c'era nulla da mangiare.

Non appena raggiungemmo la cima della collina, il profumo della carne grigliata sostituì la dolce brezza. Fu allora che mi resi conto che in realtà non avevo ancora visto niente. Il centro del villaggio si trovava nella vallata. C'erano altri edifici. Numerosi padiglioni completi di colonne, più grandi delle abitazioni e adorni di tettoie o tendoni vivaci, che ospitavano diversi mercati. C'erano macellai, sarte, fabbri e fornai, e nel cuore di tutto, più alte di ogni altro edificio, c'erano le rovine di quello che sembrava un grande stadio. Rimaneva solo metà della struttura.

«Una volta vi si tenevano concerti e giochi» disse Casteel, seguendo il mio sguardo. «Ricordo quando mi sedevo là a guardare spettacoli teatrali.»

Ripensare a tutte le anime che un tempo avevano riempito quell'enorme anfiteatro mi fece stringere il cuore. «Verrà ristrutturato?»

«Ancora non lo so» ammise lui mentre scendevamo lungo la collina. «Non ho mai voluto farlo abbattere. In un certo senso è diventato un monumento, un ricordo di ciò che un tempo si ergeva qui. Forse un giorno lo sistemeremo.»

Nel centro cittadino c'erano altre persone che si muovevano tra i padiglioni e le bancarelle. La gente si affollava a salutare Casteel oppure rimaneva in attesa finché gli altri passavano, e questo pose fine alla finzione che lui fosse solo Hawke e io fossi solo Poppy.

Tra i Caduti c'erano Wolven e Atlantiani, e nella confusione dei loro volti mi resi conto che sembravano tutti sinceramente felici di vedere Casteel. Molti lo chiamavano per nome e non utilizzavano il suo titolo, una cosa che a Solis non era tollerata. Tutti i reali venivano chiamati lord o lady, e non farlo era considerato un'enorme mancanza di rispetto o, peggio ancora, un indizio che poteva rivelare un Caduto.

Osservai Casteel sorridere o ridere in risposta a qualcuno, chiedere notizie su familiari o amici, apparentemente affascinato da quelle persone quanto le Guardiane avevano affascinato me. Sorrisi quando mi presentò. *La mia fidanzata. La mia fidanzata. La mia fidanzata.* Lo ascoltai parlare, rivolgersi a loro per nome, attento e accogliente mentre proseguivamo il cammino. Se questa non era un'altra maschera – se Casteel era davvero così nei confronti della sua gente – era un principe accanto a cui qualunque donna sarebbe stata onorata di regnare.

Qualcosa di sconosciuto, che non aveva un nome, *si ammorbidì* dentro di me e poi si dischiuse, perfino mentre i sensi mi vibravano sotto la pelle, tendendosi e pulsando in risposta al ciclone di emozioni contrastanti che si riversavano nell'aria dalla folla.

Notai che, il più delle volte, la reazione della gente nei miei confronti era molto più controllata. I sorrisi potevano essere caldi e genuini, così come freddi e tesi. Sguardi di benvenuto diventavano occhiate curiose o si facevano neutri. Alcuni indugiarono sulle cicatrici per rapidissimi istanti, mentre altri le fissavano apertamente. Ci furono sguardi in tralice e saluti borbottati.

Anche se stavo lottando per tenere sotto controllo i sensi – e sapevo che per molti degli abitanti di Atlantia non ero la benvenuta – iniziai di nuovo a *fingere*.

Ma questa volta lui era Casteel e io ero Poppy, e lui era davvero il mio principe.

28

«C'è una persona che vorrei farti conoscere» disse Casteel mentre lasciavamo a cavallo il centro del villaggio.

Mentre la folla si disperdeva, la stretta che avvertivo al petto si sciolse, ma nello stomaco mi si formarono grumi di energia nervosa. Quella persona sarebbe stata amichevole? Mi avrebbe osservata?

«Stai bene?» mi chiese Casteel, facendo fermare le cavalle fuori da una delle casette. Rampicanti con piccoli fiorellini rosa risalivano lungo i graticci del portico.

Annuii, mentre il clangore di un martello attirava il mio sguardo sulla strada. Altre case erano in costruzione: c'erano uomini sui tetti, la pelle umida di sudore, e donne che manovravano attrezzi lungo le pareti esterne per lisciare la creta.

Un giovane Wolven balzò fuori dall'abitazione e si mise a saltellare intorno alle gambe delle donne, scodinzolando. Ricordai che la notte prima avevo sentito dire che non c'erano molti ragazzi laggiù, e immaginai fosse Beckett. Sogghignando, lo guardai sospingere verso le donne una vanga con il naso.

Casteel smontò da cavallo, mentre la porta della casa si

apriva ancora di più. Ne uscì Kieran, che vedendomi in sella a un cavallo tutto mio inarcò le sopracciglia.

Prima ancora che potessi sentirmi in imbarazzo per quello che era successo quella mattina, Kieran parlò. «Santi numi, le hai dato un cavallo? Presto invece di accoltellarci ci calpesterà con quello.»

Socchiusi gli occhi. «Era lui che volevi farmi conoscere?» domandai. «Non so se te ne sei accorto, ma so bene chi è.»

Casteel rise e si avvicinò. «Non si tratta di lui.» Tenne ferma Molly. «Vuoi smontare da sola?»

Annuii, sollevai una gamba e la portai oltre la sella. Scesi a terra senza alcuna grazia, ma ci riuscii.

Kieran applaudì. «Ben fatto.»

«Sta' zitto.»

Il Wolven rise, mentre uno degli operai chiamava Casteel.

Lui si voltò in direzione della voce e socchiuse gli occhi. Poi mi sfiorò la schiena. «Torno subito.»

Annuii e mi voltai a grattare Molly dietro le orecchie, osservando Casteel affrettarsi verso la casa.

«A proposito.» Kieran si avvicinò. «Spero che tu non sia imbarazzata per stamattina.»

«Non sono imbarazzata» mormorai.

«No?» Suonava scettico. «Non mi guardi.»

«Ti stavo guardando poco fa.»

«Solo perché volevi farmi cose terribili e violente.»

Sorrisi, perché era vero.

«Anche adesso hai la stessa aria.»

Inarcai le sopracciglia e lo guardai. «Contento adesso? Ti sto guardando.»

Sul suo volto comparve un mezzo sogghigno. «Sì, ma hai la faccia rossa come un pomodoro.»

«Come ti pare» borbottai.

«E sembri ancora decisa ad ammazzarmi.»

Sospirai.

Kieran sistemò la cavezza di Molly. «Lo sai che quello che hai provato mentre si nutriva e quello che senza dubbio è successo dopo è solo naturale?»

«Grazie, ma non mi serve che tu me lo dica.»

«Allora forse ti andrebbe un consiglio?»

«In realtà no.»

«Te lo darò comunque.»

«Ovviamente.»

«Se vuoi che in futuro, quando si nutrirà – perché di sicuro ti rendi conto che capiterà di nuovo – le cose siano meno intime, puoi offrirgli il polso.»

Mi girai verso Kieran. «Be', è un'informazione proprio utile, adesso.»

Kieran rise, senza nemmeno prendersi la briga di spostarsi quando gli sferrai un pugno al braccio.

«Ahia» mormorò. «Hai colpito forte.»

«Hai colpito Kieran... Voglio davvero sapere: perché?» chiese Casteel tornando da noi.

Gli occhi del Wolven si accesero mentre apriva la bocca...

«No» mi intromisi, lanciando a Kieran un'occhiata che prometteva morte se avesse parlato. Casteel si mise al mio fianco. «Non vuoi.»

Sogghignando, Kieran rincarò la dose. «E quando mai ha avuto bisogno di un motivo per essere violenta?»

«Giusta osservazione.» Casteel abbassò lo sguardo su di me, sollevando un angolo delle labbra. E quella sua maledetta fossetta fece capolino. «Immagino di dovermi sentire grato che non ti abbia pugnalato.»

«C'è sempre tempo» borbottai.

Una risata di gola, femminile, mi fece voltare di scatto. «Hai ragione, Kieran. Mi piace, lei.»

A piedi nudi sulla soglia del portico c'era una donna di straordinaria bellezza. Indossava una calzamaglia nera e una tunica senza maniche di un giallo acceso che disegnava le curve di fianchi e seno; ai polsi e intorno alla parte superiore delle braccia portava cerchietti d'oro. I suoi capelli corvini erano acconciati in strette file di trecce che dalla testa le scendevano quasi fino alla vita. I pallidi occhi azzurri come l'inverno creavano un contrasto stupefacente con la pelle bellissima quanto il nero intenso delle rose notturne. La linea delle sue guance e la forma della fronte mi erano vagamente familiari, ma sapevo di non avere mai incontrato prima quella Wolven.

«Perché ha lasciato intendere che potrei finire accoltellato più tardi?» borbottò Kieran. «Capirai che sorpresa.»

Oh, dei, dovevo davvero smetterla di minacciare di pugnalare la gente.

La donna rise. «Naturalmente.» Lasciò la soglia, spostando lo sguardo su Casteel. «Perché te ne stai lì, così zitto?»

«Non ho intenzione di interromperti.» Casteel sollevò le mani. «L'ultima volta che l'ho fatto mi hai spedito sedere a terra con un pugno.»

Sbattei le palpebre.

«Non era quello il motivo» ribatté lei. «Non ricordo di preciso quale fosse, ma di sicuro te lo eri meritato.»

La mia bocca si piegò in un sorriso.

«Dato che nessuno dei due conosce le buone maniere, mi presenterò da sola. Mi chiamo Vonetta, ma tutti mi chiamano Netta. Sono la sorella di Kieran.»

Sbalordita, ripetei: «Hai una sorella».

Vonetta lanciò al fratello un'occhiataccia. «Accidenti, Kieran.»

«Ehi, neanche Casteel ha detto che ne avevo una.»

«Non trascinarmi in questa faccenda» commentò lui.

«Hai ferito i miei sentimenti, e io sono la piccola della famiglia. Non dovreste mai ferire i miei sentimenti» disse Vonetta. «Mi aspetto di ricevere un pacco di frutta candita extra.»

«Non appena avrò un'ora libera per prepararla lo farò.»

«Ne hai già parecchie, di ore.» Rivolgendosi a me, Vonetta mi tese la mano. Aveva le unghie dipinte di un giallo brillante quanto la sua tunica.

«Mi chiamo Penellaphe.» Le strinsi la mano, e nel momento in cui la nostra pelle entrò in contatto lei sgranò gli occhi. «Qualcosa non va?»

«Sì. Ho sentito una scarica elettrica» rispose lei, lasciandomi la mano. Casteel si avvicinò. «Bizzarro.»

«Coulton ha avuto la stessa sensazione» disse Casteel.

«E io ho avuto un'esperienza simile a Nuovo Nido» mi ricordò Kieran.

«Giusto.» Giunsi le mani. «Me ne ero dimenticata.»

«Be', adesso sono offeso io» borbottò il Wolven.

«Tu senti qualcosa?» domandai a Casteel, ricordando di avere provato una sensazione simile alcune delle volte in cui ci eravamo toccati.

«Sì.» Casteel mi esaminò attentamente, inclinando la testa, come se appartenessi a una strana, nuova specie. «Credevo che fosse la mia immaginazione.»

«Io l'ho sentita quando ho toccato te.» Mi voltai verso i due fratelli. «Ma non ho avvertito nulla adesso, né quando è successo a Coulton o a Kieran.»

«A quanto pare noi non siamo speciali quanto Casteel» commentò Vonetta.

«Avresti già dovuto saperlo» ribatté lui.

Lei gli rivolse un'occhiataccia. «Probabilmente è per qualche frase del genere che ti avevo fatto finire con il sedere a terra.»

Io risi. «Mi piace, lei.»

«Naturalmente.» Casteel sospirò, posandomi la mano sulla schiena. Ma quando alzai lo sguardo su di lui, aveva di nuovo quell'espressione. Come se gli mancasse il fiato. Deglutì e guardò la sorella di Kieran. «Hai intenzione di invitarci a entrare?»

«Hai intenzione di essere meno irritante?»

«Probabilmente no, ma dato che sono il tuo *principe*...»

«E va bene, come vuoi.» Poi Vonetta sorrise. «Entrate. Avevo appena finito di preparare dei panini.»

Il soggiorno era circolare, confortevole e colorato. Sul pavimento, spessi cuscini azzurro cielo circondavano un basso tavolino bianco. Cuscini decorativi di un arancione vivace e di un viola intenso ricoprivano un divano nero. Le finestre aperte e le porte che davano sul portico lasciavano entrare una brezza che faceva roteare pigramente le pale di un ventilatore da soffitto. Su un altro tavolino accanto al divano, una pila di libri catturò la mia attenzione mentre Casteel mi faceva sedere su uno dei cuscini poggiati a terra e Vonetta e Kieran scomparivano oltre un passaggio ad arco.

«La limonata va bene?» giunse la voce di Vonetta dall'altra stanza. «L'ha fatta Kieran, perciò è più dolce che aspra.»

Casteel mi lanciò un'occhiata, e quando annuii rispose: «Perfetto».

Pochi istanti dopo, Kieran tornò con quattro bicchieri, che posò sul tavolo prima di lasciarsi cadere sul cuscino di fianco a Casteel.

«Grazie.» Sollevai il bicchiere, che era fresco, e alcuni cubetti di ghiaccio tintinnarono. Mi resi conto che doveva esserci una ghiacciaia sottoterra, perché la corrente elettrica non sembrava ancora attiva a Punta di Spessa.

«Non essere così educata» commentò Kieran. «Mi inquieta.»

Con un sogghigno, bevvi un sorso. La mescolanza di dolce e aspro era perfetta. «È davvero buona.»

«Kieran è un maestro nel preparare bevande.» Casteel si appoggiò con una mano dietro di sé, sfiorandomi la spalla. «Soprattutto quelle alcoliche.»

«Un uomo deve avere delle doti.»

«Anche se le suddette doti in genere sono inutili» commentò Vonetta entrando con un vassoio d'argento carico di panini tagliati a strisce sottili e una grande ciotola di fragole spolverate di zucchero.

«Me lo ricorderò, la prossima volta che mi chiederai di prepararti da bere» replicò Kieran.

Con uno sbuffo, Vonetta si accomodò accanto a me. «Spero che ti piacciano i panini al cetriolo. A parte quelli con gli affettati, sono gli unici che so fare.»

«Sono tra quelli che preferisco. Grazie.» Ne presi uno. «Ed è l'unico panino che anche io abbia mai preparato, in effetti.»

Casteel mi porse uno dei tovagliolini sul vassoio. «Davvero?»

Annuii. «Non avevo il permesso di cucinare o di imparare a farlo, ma a volte mi intrufolavo nelle cucine e guardavo» ammisi, sentendomi sciocca non appena quelle parole mi uscirono di bocca. Non avevo idea di quanto Vonetta conoscesse del mio passato. Sentii calore in gola e mi feci un po' indietro, allontanandomi da Casteel. In fretta mi cacciai in bocca mezzo panino.

«Kieran mi ha raccontato un po' quello che hai passato» disse Vonetta in tono dolce. «Onestamente, però, non avere il permesso di imparare a cucinare mi sembra una cosa fantastica.»

La guardai, confusa, mentre Casteel tornava ad avvicinarsi. Allungò la mano per prendere un panino, premette il braccio contro il mio, e lì rimase.

«Non intendo il fatto di non poter scegliere. Quello sembra una cosa orribile. *È* orribile.» Bevve un sorso di limonata. «Ma se non avessi potuto imparare, avrei una scusa per giustificare quanto faccio schifo in cucina. La nostra povera mamma ha passato molte lune a tentare di insegnarmi a fare il pane. Io preferivo affilare una spada piuttosto che impastare. Ovviamente, la mamma è eccezionale in entrambe le cose.»

«Come me.» Kieran sogghignò, e sua sorella alzò gli occhi al cielo.

«Sembra che tu e Poppy abbiate una cosa in comune» disse Casteel, pulendosi le dita sul tovagliolo. Il fatto che mi avesse chiamata in quel modo di fronte alla sorella di Kieran diceva molto sui loro rapporti. «Anche lei ha un debole per gli oggetti affilati e letali.»

«È vero» confermai.

Vonetta sogghignò. «Un'altra ragione per apprezzarti» disse. «Allora, che te ne pare di Spessa finora?»

Mentre finivo il panino, le raccontai che prima di giungere lì non sapevo che cosa fosse accaduto a Pompay e Punta di Spessa. «Sono sbalordita da quello che avete fatto qui... le case sono molto più belle di quelle della maggior parte degli abitanti di Solis. E i giardini! Là non c'è niente del genere. Dopo aver visto Pompay, non mi aspettavo altro che rovine.»

«Solis sembra davvero un posto orribile» disse lei.

Casteel sbuffò. «Per usare un eufemismo, Netta.»

«Ci sono delle parti graziose, ma pochissimi possono accedervi.» Raccolsi una fragola paffuta. «E c'è della brava gente. Persone spaventate che non conoscono altri modi di vivere a parte quello in cui si sono trovate prigioniere fin dalla nascita.»

Vonetta annuì, sistemandosi diverse treccine oltre la spalla. «Se tutto va bene, le cose cambieranno presto.»

Concordai, e da lì la conversazione passò ad altro. Casteel chiese dei genitori di Kieran e Vonetta. Appresi che la madre si chiamava Kirha e che Vonetta progettava di andare a trovarla presto, perché il suo compleanno era vicino. Discussero di quante case secondo loro sarebbero state completate nel giro di un paio di mesi, e lei menzionò un po' di gente interessata a stabilirsi lì. Domandò che possibilità ci fosse di avere l'elettricità, e la chiacchierata si spostò su reti e cavi elettrici, un linguaggio che mi era incomprensibile. Appresi che a Punta di Spessa, Vonetta ricopriva un ruolo simile a quello delle guardie dell'Alzata, e il modo in cui lei e Casteel si scambiavano insulti rendeva evidente che i tre erano cresciuti insieme. La loro amicizia era così sincera che mi fece desiderare ardentemente di avere qualcosa di simile... mi fece pensare a Tawny. Lei avrebbe adorato la sorella di Kieran.

Poi Vonetta mi chiese come avessi imparato a combattere, e i minuti scivolarono via, i panini scomparvero, e per tutto il pomeriggio il corpo di Casteel rimase quasi sempre a contatto con il mio. Appoggiava contro di me il braccio o il ginocchio, o giocherellava con i miei capelli portandomeli dietro l'orecchio, oppure mi sistemava le maniche della tunica che mi aveva prestato. Il contatto costante, i piccoli tocchi qua e là, resero fin troppo facile dimenticare che stavamo *fingendo*.

E fu difficile non notare, almeno per me, che l'atteggiamento di Vonetta nei miei confronti era diverso rispetto a quello degli altri. Forse perché era la sorella di Kieran e un'amica di Casteel, ma i Wolven, in generale, avevano avuto reazioni totalmente diverse verso di me. Non erano diffidenti, e, anche se rivolsi brevemente le mie percezioni su Vonetta, quando notai che mi stava fissando in maniera strana, da lei non avvertii che curiosità.

«Allora, tornando all'elettricità statica» disse Vonetta dopo che Kieran ebbe sparecchiato. «Voglio vedere se succede di nuovo.»

Inarcai le sopracciglia, ma anch'io ero curiosa. Tesi la mano, e un attimo dopo Vonetta posò il palmo sul mio. Aggrottò lievemente la fronte. «Senti nulla?»

«No.» Era parsa delusa.

«Io l'ho sentito una volta sola» fece notare Kieran, con un braccio appoggiato al ginocchio piegato. «In effetti, ora che ci penso... che odore ha lei, secondo te?»

Ritirai la mano, voltandomi verso di lui. «Giusto. Hai detto che ho l'odore di un morto.»

«Non ho detto così» ribatté lui. «Ho detto che odori di *morte.*»

«C'è differenza?» domandai.

«Buona domanda.» Casteel si voltò, inarcando le sopracciglia. «Senti il suo odore, vero, Netta?»

Mi girai e la trovai con la testa vicino alla mia. «Ti prego, non dire che odoro di morte.»

«No.» Vonetta si scostò. «Ma hai un profumo unico.» Aggrottò la fronte. «Odori di... *vecchio.*»

«Uhm.» Cambiai posizione, a disagio. «Non so se sia meglio.»

Casteel abbassò la testa, e io sentii il suo naso sfiorarmi il collo. «Per me non hai quell'odore» mormorò, e un brivido mi scivolò lungo la schiena. «Profumi di miele.»

Oh, dei...

«Non intendo dire che odori di naftalina e caramelle alla menta rafferme» disse Vonetta, e Kieran rise. «È solo che... non so come spiegarmi.»

Casteel si mise più comodo. «Io credo di capire.»

«Davvero?» domandai.

Lui annuì. «Per me il tuo sangue ha un sapore antico... in una maniera che lo rende ricco. Potente, per qualcuno che non è Atlantiano purosangue. Probabilmente per via della tua stirpe.»

Vonetta inclinò la testa. «E che tipo di...?»

All'improvviso, un forte schianto all'esterno ci interruppe. Si udirono grida d'allarme, e nel giro di pochi secondi Casteel e i due Wolven furono in piedi.

«Sembrava venire dalla strada delle case in costruzione» disse Vonetta, mentre mi alzavo. Casteel era già fuori nel portico e Kieran lo raggiunse in fretta.

Li seguii sotto il sole del tardo pomeriggio. Non ci fu bisogno di andare lontano. Alastir stava giungendo di corsa sulla strada in terra battuta. In braccio trasportava la sagoma accasciata di un piccolo Wolven.

Beckett.

Sapevo già che stava soffrendo. Sentivo il suo dolore rimbalzarmi contro la pelle, caldo e affilato. Deglutii con forza.

«Che è successo?» domandò Casteel.

«Beckett stava... be', si stava comportando come suo solito.» Pallido in volto, Alastir posò con delicatezza il nipote sull'erba. Il brontolio del Wolven si spense in un uggiolio. «Una parte del tetto è crollata, e lui non è riuscito a levarsi di mezzo abbastanza in fretta.»

«Merda» borbottò Casteel, inginocchiandosi accanto a lui.

Dietro Alastir comparve Emil. «Dov'è la Guaritrice?»

«Talia sta curando qualcun altro che si è fatto male al campo d'addestramento» disse una donna mortale.

«Andate a chiamarla. Ditele di venire il prima possibile» ordinò Casteel a uno dei Wolven. L'uomo partì veloce, passando alla forma da Wolven. «Va tutto bene, Beckett. Abbiamo chiamato i soccorsi.»

Beckett respirava rapido, a bocca aperta. Il bianco degli occhi contrastava nettamente con il pelo scuro. I miei sensi si protesero, premendomi contro la pelle, e io tesi i muscoli, cercando di prepararmi ad aprirmi. Attraverso la connessione avvertii un dolore acuto e bruciante che mi tolse il fiato. Pulsava senza fine, tingendo l'erba soffice di sfumature rosse e inzuppando di braci il cielo. Senza dubbio non si trattava di una ferita da poco.

«Credo abbia le zampe posteriori rotte.» Alastir posò le mani tremanti a terra. «Deve cambiare forma. E subito.»

«Oh, no» sussurrò Vonetta.

«Se non lo farà, le ossa inizieranno a rinsaldarsi prima che possiamo raddrizzarle.»

«Lo so» disse Casteel, mentre io interrompevo la connessione prima che il dolore fisico mi travolgesse. «Beckett, devi mutare. Lo so che fa male, ma devi cambiare forma.»

Tremante, il giovane Wolven mugolò.

«Soffre troppo.» Aggirai Vonetta.

«È troppo giovane» mormorò Kieran, rivolto a nessuno in particolare. «Non riuscirà a cambiare.»

Il mio dono vibrava, guidandomi verso il Wolven e pretendendo di essere usato. Le dita mi formicolavano per l'urgenza. Vonetta mi prese per il braccio. «Non avvicinarti troppo, Penellaphe.» I suoi occhi pallidi erano offuscati dalla preoccupazione. «Un Wolven ferito è pericoloso, anche quando è molto giovane.»

«Non c'è problema. Io posso aiutarlo.» Mi scostai di un passo, liberandomi dalla sua stretta, e scrutai Casteel negli occhi. «Posso aiutarlo.»

Lui rimase immobile per mezzo secondo, poi annuì. «Vieni alle sue spalle. Accanto a me, e lontano dalle zanne.»

Consapevole che Kieran mi seguiva come un'ombra, e che si stava radunando un po' di pubblico, mi inginocchiai. Le zampe posteriori di Beckett erano orribilmente contorte in angoli innaturali. Lui ringhiava, sollevando la testa e scalciando con la zampa anteriore, deboli tentativi di tenerci lontano, ma sapevo che avrebbe potuto colpire con rapidità assai maggiore.

«Puoi farlo?» sussurrò Alastir. «Puoi fare quello che hai fatto a Nuovo Nido?»

Annuii.

«Se riuscirai ad aiutarlo affinché lui possa cambiare forma» disse Casteel, parlando rapidamente in tono sommesso, «faciliterai molto il lavoro di Talia.»

«D'accordo.» Casteel si spostò in modo che se il Wolven si fosse agitato, avrebbe trovato prima lui sulla sua strada. «Non ti farò del male, Beckett. Te lo prometto.»

Il Wolven sollevò le labbra, rivelando canini abbastanza

affilati da trapassare la carne e abbastanza forti da spezzare le ossa. Cercai di non pensarci e gli posai la mano sulla schiena. Mi aprii di nuovo in modo da poter controllare il suo dolore e deglutii per ricacciare giù la bile che mi era risalita in gola. La sua sofferenza... mi faceva venire voglia di vomitare. Iniziai a rievocare ricordi felici e dolci...

E nell'istante in cui affondai le dita nel morbido pelo di Beckett, qualcosa... qualcosa fu diverso.

Il formicolio dei miei palmi si intensificò, la mia pelle fu percorsa da energia statica e le mie mani si scaldarono. Il Wolven fremette, uggiolando piano, mentre un bagliore soffuso compariva tra le mie dita, filtrando tra i ciuffi di pelo per poi ricoprirmi le mani.

Dischiusi le labbra. «Oh...»

«Non è normale» osservò Casteel, inarcando un sopracciglio. «Vero?»

Con la coda dell'occhio vidi Emil spalancare la bocca. La stessa reazione della maggior parte degli astanti. Alastir si scostò e mi fissò, impallidendo ancora di più. Tutto intorno si rincorsero sussurri e ansiti.

«Be'» disse Vonetta. «Credo che ci sia qualcosa che ti sei scordato di dirmi, Kieran.»

Non so che cosa rispose suo fratello. Sentii Casteel sussurrare il mio nome, ma scossi la testa, mentre Beckett poggiava il capo sull'erba. Percepii la sua sofferenza diminuire. «Sta funzionando, ma non ho mai visto una cosa del genere.»

«Vuoi dire che le tue mani non hanno mai brillato?» domandò lui. «Come stelle gemelle?»

«Non brillano così tanto» protestai.

«Be', in realtà sì» mormorò Kieran, e quando alzai lo sguardo Emil annuì.

«Va bene. Come vi pare» borbottai. Adesso le mie mani brillavano intensamente. «Mi lascerò prendere dal panico più tardi.»

Il respiro di Beckett si fece regolare, e il bianco dei suoi occhi meno visibile.

«Dei misericordiosi...» mormorò qualcuno.

«Principessa?»

«Mmm?» Mi concentrai su Beckett. Il dolore emotivo era più difficile da penetrare e la liberazione che potevo offrire da esso era incredibilmente breve, ma per far passare quello fisico ci voleva più tempo. Ritenevo che ciò fosse dovuto ai nervi e alle vene principali, inoltre il dolore fisico portava quasi sempre con sé anche dell'afflizione emotiva, soprattutto se era intenso come quello di Beckett. Alleviarlo era un processo duplice, ma il suo pulsare si stava smorzando per diventare poco più che un fastidio. Beckett aveva solo bisogno di qualche altro momento.

«Poppy» disse Casteel, e questa volta lo guardai. Il sole luccicava sulla curva della sua guancia mentre mi scrutava da capo a piedi. «Stai brillando. Non solo le tue mani. Stai brillando *tu*.»

29

Santi numi, *era vero*.

Da sotto le maniche della mia tunica si irradiava un bagliore argenteo.

«Sembri fatta di luce lunare» sussurrò Casteel. Non era la luce del sole a riflettersi sulla sua guancia. Ero io.

Sotto le mie dita il pelo si diradò, sostituito dalla pelle sudata della forma mortale che Beckett stava assumendo. Alzai le mani e mi sedetti per terra, mentre Vonetta scattava in avanti e copriva la vita del ragazzo con una coperta che doveva essere andata a prendere prima. Le gambe di Beckett... erano chiazzate di rosso e viola accesi, ma erano diritte, non più contorte.

Aiutato da Alastir, Beckett si mise a sedere. Il suo volto pallido e sudato stava riprendendo rapidamente colore. Qualcuno parlava. Forse era Casteel che gli chiedeva se sentisse dolore? Beckett mi fissò senza rispondere, con occhi grandi come piattini.

«Sto ancora brillando?» Le mie mani avevano smesso, ma forse la faccia no, perché mi sentivo addosso gli occhi di tutti.

Casteel scosse la testa, poi abbassò lo sguardo su Beckett. «Credo... credo che tu gli abbia guarito le gambe.»

«No.» Abbassai lo sguardo sulle mani... sui miei palmi, normali e del solito colore. «Non sono in grado di fare una cosa simile.»

«Eppure l'hai fatto» insistette Casteel.

Beckett mi stava ancora fissando. E così Alastir. Ed Emil. E tutti quanti.

«Non ne sono in grado» ribadii.

«Riesci a muovere le gambe?» domandò Kieran, e, visto che Beckett continuava a restare impalato a fissarmi, l'altro Wolven si sporse davanti a me e schioccò le dita. «Beckett. Concentrati. Riesci a muovere le gambe?»

Il giovane Wolven sbatté le palpebre come se si stesse svegliando da un incantesimo. Sollevò la gamba sinistra con una smorfia, ma poi la distese senza troppa difficoltà. Quindi fece lo stesso con la destra. «Sì... riesco a muoverle. Fa male, ma molto meno di prima. Grazie.» Mi guardò con occhi sbalorditi. «Non so come ripagarti. Grazie.» Prima che potessi rispondergli che non c'era bisogno di ripagarmi, il giovane voltò il busto verso il principe. «Mi dispiace. Non volevo che succedesse una cosa simile. Non è colpa di nessuno. Non stavo prestando attenzione...»

«Va tutto bene.» Casteel posò la mano sull'esile spalla del ragazzo. «Non c'è bisogno che ti scusi. Stai bene, ed è l'unica cosa che conta.»

«Lo so.» I suoi occhi luccicarono mentre lottava per trattenere l'emozione. «Avrei dovuto...»

«Non hai niente di cui scusarti» ribadì Casteel.

Beckett esalò un respiro incerto, stringendo nel pugno la coperta stesa su di lui. Piegò ancora una volta la gamba sinistra, prendendosi il labbro tra i denti. Forse le ferite alle gambe non erano gravi come avevamo creduto.

Casteel spostò lo sguardo da me ad Alastir. «Credi di poterlo portare al campo d'addestramento? Puoi prendere uno dei nostri cavalli. Voglio che Talia gli dia un'occhiata.»

Alastir sbatté le palpebre e distolse lo sguardo che mi teneva puntato addosso. «Certo.»

Emil passò un braccio sotto le spalle di Beckett e lo aiutò ad alzarsi. Trattenendo la stoffa all'altezza della vita, il giovane fece un passo incerto, e quando vide che le gambe reggevano il suo peso sorrise per il sollievo.

«Grazie» mi disse Alastir.

Potei solo annuire. «Non credo che fosse ferito in modo così grave come avevamo creduto.»

«Sì» disse Alastir, ma il suo tono era scettico.

Allora Casteel si alzò e si voltò verso gli altri. «Beckett starà bene. La Guaritrice gli darà un'occhiata.»

Gli astanti, un misto di Wolven, Atlantiani e mortali, annuirono, ma l'aria sembrava densa e mi si posava sulla pelle come una coperta ruvida. Non osai levare lo sguardo mentre Casteel faceva disperdere il gruppo. Erano *palpabili*. Le emozioni della gente. Libere da filtri e restrizioni. Chiusi gli occhi, tremando per lo sforzo di tenere prigioniere le mie percezioni, ma non servì a nulla. Mi aprii, e il turbinio di quelle emozioni si riversò in me. Sbalordimento. Confusione. Soggezione. Ancora sbalordimento. Qualcosa di incredibilmente amaro. *Paura*. Perché avrebbero dovuto avere paura di me?

«Poppy.» Casteel mi toccò la spalla, facendomi sobbalzare. «Stai bene?»

Aprii gli occhi, ed esalai un tremante sospiro di sollievo quando notai che era rimasto solo lui, insieme a Kieran e Vonetta. Non osai guardare più lontano. Se l'avessi fatto, non sarei riuscita a riprendere il controllo.

«Hai tralasciato un bel po' di dettagli importanti, quando mi hai parlato di lei» disse Vonetta, e io quasi scoppiai a ridere nel sentirla così irritata.

«Non... non so come sia successo... Come abbia fatto a guarirlo o come mai abbia cominciato a brillare.» Alzai la testa per rivolgermi a Vonetta. «Sono capace di alleviare il dolore delle persone toccandole, ma solo temporaneamente.»

«E sai leggere le emozioni.» Era chiaro che Vonetta conosceva la mia stirpe. «Sei un'Empate.»

Annuii e guardai Casteel, inginocchiato accanto a me. Si era girato a guardare la gente che era tornata al cantiere. «Ma non avevo mai fatto una cosa simile.» Casteel si voltò verso di me. «Credo davvero che non fosse ferito gravemente come temevamo.»

«Aveva le gambe spezzate» disse Vonetta. «Praticamente maciullate.»

«Ma è...» Scossi la testa. «È impossibile.»

«Direi proprio di no. Gli Empati erano in grado di guarire.»

«E brillavano?»

«Non che io sappia» disse Vonetta. «Ma si estinsero prima che io nascessi.»

«Potrebbe essere la Transizione.» Casteel posò una mano sull'erba, aggrottando la fronte. «Inoltre, ti trovi su una terra rivendicata da Atlantia. Questo è suolo atlantiano. Potrebbe influire sulle tue abilità.» Mi guardò negli occhi. «E potrebbe essere il mio sangue. Quello che ti ho dato scorre dentro di te.»

Mi sporsi, tenendo bassa la voce. «Il tuo sangue mi sta facendo brillare?»

Le sue labbra fremettero. «Non credo che il mio sangue sia l'unica ragione per cui hai cominciato a brillare come la luna.»

«Non è divertente» sbottai.

«Non sto ridendo.»

«Stai cercando di non ridere» lo accusai. «Non provare a negarlo.»

Allora Casteel rise apertamente, alzando le mani. «È solo che hai un'aria... adorabilmente confusa, e adesso è diventata adorabilmente violenta.»

Scossi la testa. «C'è davvero qualcosa di sbagliato in te.»

Lui inarcò un sopracciglio, poi guardò Kieran e Vonetta. «Uno di voi potrebbe controllare come sta Beckett?»

«Naturalmente» rispose Kieran, mentre io mi alzavo.

«Vengo con te» disse sua sorella, salutandomi con un breve gesto della mano. «Più tardi dovrò farti un sacco di domande.»

Di domande ne avevo tante anch'io.

Li osservai avviarsi lungo la strada, poi mi voltai verso Casteel. Più in là vidi che gli altri si erano rimessi al lavoro per riparare la porzione di tetto crollata. «Avevano paura di me. Non tutti, ma alcuni sì. L'ho sentito.»

Casteel mi osservò con le palpebre semichiuse.

«Ricordi che Alastir era preoccupato per quello che gli Atlantiani più anziani avrebbero pensato, se si fossero resi conto di qual è la stirpe da cui discendo?»

«Sì.» Casteel mi prese per mano, guidandomi verso il suo cavallo.

«Credi che io sia una... com'è che ha detto che venivano soprannominati gli Empati?»

«Divoratori di Anime.»

Quel nome mi fece rabbrividire. Liberai la mano dalla sua. «Credono che io sia quello? Che mi nutra di dolore?» Oppure la loro paura nasceva dal fatto che avevo letteralmente cominciato a *brillare*. Anch'io mi sarei preoccupata se avessi visto una cosa simile. «Quando hai scoperto che sono in grado di alleviare il dolore altrui, hai pensato che fossi... che fossi una Divoratrice di Anime?»

«Mai.» Casteel tornò a voltarsi verso di me. «Ormai i Divoratori di Anime sono sullo stesso piano della Lamaea. All'epoca non pensavo nemmeno che tu fossi mezza Atlantiana, rammenti?»

Lo scrutai, ma la sua espressione o il suo sguardo imperturbabile non nascondevano nulla. «Non so nemmeno come sia accaduto» ammisi, girandomi ad accarezzare il fianco di Teddy. «Di solito, devo pensare a qualcosa di felice per canalizzare quella sensazione negli altri. Questa volta però mi è bastato posare le mani su Beckett. La pelle mi formicolava più del normale, e le mani si sono scaldate, ma sono state le uniche differenze.»

«Quand'è stata l'ultima volta che hai usato il tuo dono in quel modo?» Casteel mi prese una ciocca di capelli e la scostò indietro.

«È stato... quando ho guarito i feriti a Nuovo Nido. È stata quella l'ultima volta.»

«E adesso, tecnicamente, sei su suolo atlantiano.» Accanto a me, Casteel si appoggiò con le braccia alla sella. Si arrotolò le maniche della camicia, e la spolverata di peli neri sugli avambracci abbronzati mi sembrò quasi indecente. «Non so se sia per quello o per la Transizione, ma potrebbero verificarsi ulteriori cambiamenti.»

Speravo davvero che quei cambiamenti non includessero brillare di colori diversi. «Forse le ossa delle gambe di Beckett non erano nemmeno rotte...»

«Erano assolutamente rotte. Le hai viste.»

Mi scostai di un passo dal cavallo e mi cinsi la vita con le braccia, fissando le tende azzurre che sventolavano dal portico dall'altra parte della strada. «Già alla tua gente non piaccio perché ero la Vergine. E adesso penseranno che sono una Divoratrice di Anime. Non credo proprio che sposarmi farà differenza.»

«È solo che non hanno mai visto niente del genere prima d'ora. Hanno bisogno di tempo per abituarsi, poi ti accetteranno» disse Casteel. «Credo però che dovresti trattenerti dall'usare le tue capacità...»

«Non mi nasconderò.» Gli restituii uno sguardo ugualmente duro. «Non ignorerò le persone che soffrono... le persone che posso aiutare. Mi rifiuto di farlo.»

«Non ti sto chiedendo di nascondere le tue abilità.» Casteel spostò le braccia dalla sella. «Ti chiedo solo di astenerti dall'usarle finché non ci capiremo qualcosa di più. Cerca di usarle quando non è presente una folla intera di testimoni. In quel modo, saremo noi a controllare le voci che circolano.»

Il mio stomaco precipitò. «Ci sono voci da controllare?»

«Ci sono sempre voci.» Con le dita, Casteel si scostò i capelli dal volto. Le onde ribelli gli ricaddero subito sulla fronte. «Quello che hai fatto per Beckett è stato semplicemente straordinario» sbottò, cambiando argomento. «Spero che tu ne sia consapevole.»

Inarcai le sopracciglia. «Non sembri meravigliato. Sembri arrabbiato.»

«Perché la maledetta storia dei Divoratori di Anime sta mettendo in secondo piano il fatto che tu abbia guarito delle ossa rotte *con il tocco delle mani.*» Si fece più vicino, la determinazione di un rapace nello sguardo. «Non credo che tu capisca quello che hai fatto per quel ragazzo.»

«Lo so quello che ho fatto.» Riaprii le braccia. «L'ho... l'ho guarito.»

«Non solo.» Casteel si avvicinò di un altro passo, gli occhi come schegge d'ambra.

Con il cuore che martellava, indietreggiai contro l'argilla e la pietra calde della casa di Vonetta. «Ah no?»

Casteel posò le mani ai lati della mia testa e si chinò su di me. «Quando un Wolven si rompe un osso, deve subito cambiare forma per evitare un danno permanente all'osso stesso, ai nervi e ai tessuti molli. Hanno solo pochi minuti per farlo, e Beckett era già arrivato a quel punto, o ci era dannatamente vicino.»

«Sì...?» sussurrai, chiedendomi perché sembrasse così frustrato.

«Avrebbe perso le gambe, Poppy. E tu lo hai impedito.»

«Allora perché sembri arrabbiato con me?» domandai.
«Non lo sono» ringhiò.
«Sicuro?»
«Al cento per cento.»
I suoi occhi erano rimasti normali, e sapevo che non aveva già bisogno di altro sangue, ma gli chiesi: «Hai di nuovo... fame?».
«Non di sangue.» Allora Casteel chinò la testa, e tutta l'aria mi sfuggì dai polmoni. La sua bocca era a pochi centimetri dalla mia.
Intendeva baciarmi?
La gente avrebbe potuto vederci. Forse ci stavano già osservando. Ma l'intensità del suo sguardo mi disse che non era quello il punto. Qualunque cosa stesse provando, non era finzione.
Posai i palmi contro la pietra e l'argilla calde. «Non credo che tu conosca i tuoi stessi sentimenti.»
«Se rivolgerai su di me le tue percezioni in questo momento, saprai esattamente quali sono. Fallo.»
«Non voglio.»
«Perché?» Il suo respiro caldo mi danzò tra le labbra dischiuse.
Nel petto avvertii uno sfarfallio. «Perché non voglio.»
«Oppure è perché non vuoi sapere che devo sforzarmi al massimo per non rovinare un altro paio dei tuoi pantaloni strappandoteli di dosso, e scopandoti con tale foga che per giorni interi sentiresti quant'è grande la mia gratitudine.»
Non avevo mai spalancato così tanto gli occhi. Quel vortice rapido e intenso nel mio basso ventre non mi era mai parso così violento, così esigente, così *vivo*.
Deglutii... deglutii a fatica. «È un modo bizzarro di ringraziarmi.»
Casteel chinò la fronte sulla mia. «È il solo modo che conosco.»

«Un semplice grazie basterebbe.»

«No. Non basterebbe.»

Non sapevo come replicare, anche se c'erano parecchie cose che avrei dovuto dire. Rimanemmo lì per diversi istanti, e in qualunque momento, se uno di noi avesse voltato la testa di pochissimo, le nostre labbra si sarebbero incontrate. E io...

Io sarei stata perduta.

O forse ritrovata.

Casteel rabbrividì e si lasciò sfuggire un brontolio che ero certa fosse simile a quello di un Wolven. Ogni muscolo del mio corpo si tese piacevolmente, ma dopo avermi preso la mano Casteel fece un passo indietro. Senza un'altra parola, mi condusse al cavallo e mi issò in sella.

Quando si fu sistemato dietro di me, mi cinse la vita con un braccio. «Per quanto mi piacerebbe poter passare il resto della giornata a fingere» disse, sfiorandomi la guancia con le labbra, «c'è una cosa di cui dobbiamo discutere.»

Inspirai a fondo per calmarmi e annuii. «Il nostro futuro?»

«Ho il permesso di sottolineare quanto mi piace il modo in cui dici *il nostro futuro*?»

«Preferirei che non lo facessi, ma visto che lo hai già fatto, suppongo che il tuo fosse un sì.»

«Lo è.» Casteel guidò la vecchia giumenta sulla strada. «Dobbiamo parlare del nostro matrimonio.»

«In che senso?»

«Credo che tu già lo sappia, principessa.»

Socchiusi gli occhi nel sole del tramonto. Da quando avevo saputo che Punta di Spessa era stata rivendicata, avevo capito che questa conversazione non sarebbe stata più rimandata.

«Quello che sto per dire sarà probabilmente motivo di preoccupazione, per te. Ma non voglio che sia così.»

I miei muscoli si tesero. «Se cominci in questo modo, è inevitabile che mi preoccupi.»

«Comprensibile, ma sappi che a guidare le mie azioni sono abbondante cautela e prevenzione di potenziali problemi» disse lui.

«Giusto perché tu lo sappia, è la conversazione meno romantica che abbia mai sentito riguardo a un matrimonio.»

«Su questo non posso darti torto» replicò lui, e il suo tono serio mi fece venire la pelle d'oca. «All'inizio pensavo che ci saremmo potuti sposare appena arrivati ad Approdo di Saion, per poi viaggiare verso Evaemon, il cuore di Atlantia.»

«È lì che vivono i tuoi genitori?»

«Sì.»

«Pensavi di far celebrare il matrimonio prima del mio incontro con loro?»

«Renderebbe le cose molto meno complicate» argomentò lui.

Forse avevo vissuto sotto una campana di vetro per tutta la vita, ma non ero una sciocca. «Vuoi sposarmi prima che abbiano la possibilità di impedircelo.»

«Non possono fermarci» mi ricordò, passandomi le redini di Teddy. «Non mi serve il loro permesso.»

Chiusi le dita sulle redini. «Ma vorresti la loro approvazione?»

«Certo. Chi non vorrebbe l'approvazione dei propri genitori?»

Tuttavia, per noi non era necessaria, dato che si trattava di un matrimonio temporaneo.

«Come ho detto prima, credo che nutriranno sospetti sulle mie intenzioni, soprattutto mia madre. Sa che non ho rinunciato a liberare mio fratello.» Casteel mi mostrò come indirizzare Teddy in modo da non fargli attraversare il centro cittadino, passando invece dalla periferia. «Sia lei sia mio padre cercheranno di trovare numerose ragioni per farci ritardare le nozze.»

Se non eravamo riusciti a convincere Alastir, non avevo proprio idea di come avremmo convinto i suoi genitori. «Una volta sposati, non ci sarà più niente da ritardare.»

«Esattamente.» Casteel mi posò la mano sul fianco. «Non voglio che rimugini troppo su questo, anche se so che probabilmente lo farai.»

«E probabilmente avrò una buona ragione per farlo.»

«Questo è opinabile, ma comunque sia sento che sarebbe nel nostro migliore interesse se ci sposassimo qui, a Spessa.»

Anche se l'avevo sospettato, il mio cuore mancò comunque diversi battiti. «Nel tuo migliore interesse?»

«Nel *nostro* migliore interesse» ripeté lui. «Presto o tardi, la gente avrebbe comunque scoperto che sei in grado di alleviare il dolore. Se non quando fossero arrivati gli abitanti di Nuovo Nido, quando qualcun altro fosse rimasto ferito. Solo non mi aspettavo succedesse oggi, con Beckett. E anche se non credo che molti ti guarderanno con paura a lungo, o crederanno che tu sia una Divoratrice di Anime, sarebbe saggio che ci sposassimo prima che a qualcuno venga in mente di fare qualcosa di incredibilmente stupido.»

Ovvero, tentare di uccidermi.

«Inoltre, qui abbiamo tutto quello che ci serve per sposarci» disse Casteel, mentre risalivamo il fianco ripido della collina. «O lo avremo a breve.»

«Di che abbiamo bisogno?»

«Be', degli anelli, naturalmente.»

Alzai gli occhi al cielo. «Non dicevo sul serio riguardo all'anello.»

«Lo so, ma voglio comunque regalarti il diamante più grosso che tu abbia mai visto» disse lui, e io sentii il sorriso nella sua voce. «Ma per adesso dovrà bastare una normale fede atlantiana.»

Ed ecco altri battiti di cuore perduti.

«La cerimonia può essere semplice. Ma ci serve qualcuno che la offici» proseguì lui. «Qualsiasi capo di stirpe può celebrare un matrimonio.»

«Alastir?»

«No. Non è lui a rappresentare i Wolven, anche se è tra i più anziani» spiegò Casteel. «A farlo è un Wolven di nome Jasper. E fortunatamente arriverà a Spessa domani. Potremo sposarci entro sera.»

Mi si strinse il petto. In poco più di ventiquattr'ore avremmo potuto sposarci. Mi travolse un fiotto di emozioni confuse, contrastanti quanto quelle provate dalla gente che mi aveva visto guarire Beckett.

Era essenziale che mi concentrassi sul piano, non sul resto. Con la bocca asciutta, chiesi: «E poi proseguiremo per Atlantia?».

«Sì.»

Aggrottai lievemente la fronte. «Ma che senso ha? Se ci sposiamo prima ancora di varcare le Montagne di Skotos, non potremmo a quel punto inviare la notizia a Carsodonia?»

«A parte il fatto che mia madre potrebbe legittimamente uccidermi se non portassi a casa la mia nuova sposa per fargliela conoscere, il nostro matrimonio dovrà essere riconosciuto dal re e dalla regina. Dovrai essere incoronata.»

Mi voltai di scatto. «Incoronata?»

Lui inarcò un sopracciglio. «Diventerai una principessa, Poppy. È necessario che tu sia incoronata. A quel punto avrai la stessa autorità che ho io. E la tua posizione ad Atlantia non potrà venire messa in dubbio dal Re o dalla Regina di Solis.»

«Sembra... una questione di semantica.»

«Più di politica. E dato che Re Jalara era vivo quando Atlantia deteneva il potere, saprà che un principe o una principessa che non sono stati riconosciuti dalla Corona non hanno potere né autorità ad Atlantia.»

Scossi la testa e guardai avanti. La politica era un'assurdità per me. Avevamo superato la collina ed eravamo arrivati al bosco. Al tramonto, solo le più deboli tracce di luce filtravano tra gli alberi. «E tu credi che i tuoi genitori acconsentiranno al nostro matrimonio?»

«Sì.»

«Ti rendi conto che Alastir non è del tutto convinto che il nostro fidanzamento sia genuino?» gli feci notare. «Se i tuoi genitori non ci crederanno, come puoi pensare che mi incoroneranno?»

«Perché li convinceremo.» Casteel lo disse come se la possibilità che andasse diversamente fosse ben scarsa.

Ma io non ne ero così sicura.

«A che cosa stai pensando?» domandò Casteel dopo diversi attimi di silenzio.

«A molte cose» ammisi. «Ma so che stai mentendo.»

Dietro di me, Casteel si irrigidì. «Non sto...»

«Non intendevo che stai mentendo per ingannarmi» aggiunsi in fretta. «Ma lo stai facendo per proteggermi. Sei più preoccupato per la faccenda della Divoratrice di Anime di quanto tu voglia ammettere. E sei più preoccupato per la reazione dei tuoi genitori di quanto tu sia disposto ad ammettere. Ecco perché vuoi che ci sposiamo subito.»

Casteel rimase teso. «Stai leggendo le mie emozioni?»

Feci un lieve sorriso. «Non ho bisogno di leggerti nel pensiero per sapere certe cose.»

Lui rimase in silenzio, poi disse: «Poppy...».

«Non che tu me l'abbia chiesto, e *presumo* che ci stessi arrivando, comunque sì» lo interruppi. «Ti sposerò a Spessa.»

30

«Non credo che sia una decisione saggia» disse Alastir, sedendosi sulla sedia di fronte a Casteel e me, il giorno seguente.

Casteel allungò le gambe, incrociandole all'altezza delle caviglie. Sembrava assolutamente a suo agio, ma io sapevo la verità. Non avevo aperto i miei sensi. Una parte di me quasi temeva che se l'avessi fatto avrei iniziato a brillare di luce argentea, anche se quando avevo provato con Casteel, la notte precedente al ritorno nelle nostre stanze, non era successo.

Comunque, *sapevo*.

Era come se mi fossi aperta a lui. Non sentivo sapori in fondo alla gola, ma sapevo che era irritato con Alastir e lottava per mantenere la pazienza. Sapevo anche che nel giro di cinque secondi quella conversazione l'aveva già annoiato. Non erano mie speculazioni. *Sapevo* che era la verità, perché quando mi ero davvero aperta a lui, avevo percepito quelle stesse emozioni.

Proprio come era successo quella mattina. Al mio risveglio, avevo trovato Casteel che mi guardava, sdraiato accanto a me, e avevo capito che aveva fame. E non di sangue. Era affamato come fuori dalla casa di Vonetta. Ciò che avevo percepito provenire da lui aveva suscitato una reazione inebriante nel mio corpo, e quando aveva lasciato il letto senza toccarmi avevo avvertito la sua confusione.

Poi Vonetta era arrivata portando dei vestiti che dovevo ancora esaminare e un cestino di ciambelle cosparse di zucchero, e guardandola non avevo sentito emozioni negative nei miei confronti. C'erano curiosità e un ronzio basso e cauto, ma non provava sfiducia o avversione per me. Infatti, quando aprii i miei sensi verso di lei, ciò che provai ne fu la conferma.

Adesso potevo avvertire lo sgomento di Alastir semplicemente guardandolo. Era denso come latte rancido.

Le percezioni non erano dovute alla mia immaginazione, almeno di questo ero consapevole. Erano le mie abilità che stavano cambiando ancora una volta, diventando forse perfino più forti.

«Non credo che dovresti sposarti senza il permesso del re e della regina» disse Alastir.

«Sai che non ho bisogno del loro permesso.»

«Ciò non significa, però, che non dovresti chiederlo. Se rifiutassero questo matrimonio, potresti comunque procedere, ma almeno loro ne sarebbero informati» argomentò Alastir. «Sposarti qui o ad Approdo di Saion senza il loro consenso o senza che lo sappiano darà scandalo, Casteel.»

«Darà scandalo solo se la gente si renderà conto che i miei genitori sono ignari di tutto.» Casteel incrociò le braccia. «Il che sarebbe impossibile da intuire, poiché potrei aver inviato loro un messaggio.»

Alastir si sporse verso di noi. «Casteel, davvero non credo che...»

«Non gli farai cambiare idea» intervenni, stufa della conversazione quasi quanto Casteel.

«E qual è la tua opinione in merito?» domandò Alastir. «Preferiresti incontrare i tuoi futuri suoceri prima o dopo avere sposato loro figlio? La tua volontà ha qualche valore?»

Il pulsare della rabbia che proveniva da Casteel era un avvertimento, ma fu la mia irritazione per quella domanda a spingermi a dire: «Se non fossi stata d'accordo con Casteel, non saremmo nemmeno qui a parlare con te».

«Penellaphe, fidati di me quando dico che né tu né lui dovreste buttarvi a capofitto in questa faccenda» disse Alastir, addolcendo la voce, ma io percepii un filo di... rabbia che non apparteneva né a me né a Casteel. «Avete tempo. Tutto il tempo del mondo.»

Invece no. «In un mondo perfetto, per me sarebbe stato meraviglioso non essere corteggiata fra rapimenti e fughe dagli Ascesi.»

«O coltellate» borbottò Casteel sottovoce.

Mi voltai verso di lui.

Lui mi fece l'occhiolino.

Mi fece proprio l'occhiolino.

Inspirai a fondo e mi concentrai su Alastir. «Ma quello non è il mondo reale. La realtà è che preferisco sposarmi prima di scoprire tutte le probabili obiezioni dei suoi genitori» gli dissi, e quella era la verità di fronte agli dei. Matrimonio temporaneo o meno, quale persona sana di mente avrebbe voluto andare incontro a una cosa del genere?

L'espressione di Alastir si addolcì. «Non puoi sapere per certo che si opporranno.»

«Sì, invece. Lo so» affermai, consapevole dello sguardo di Casteel e che quel momento fin troppo rapido di divertimento era svanito. Mi sporsi in avanti sulla sedia. «Le uniche persone a essermi state anche solo vagamente amichevoli qui sono i Wolven e alcuni degli uomini che hanno viaggiato con te. Nessuno degli abitanti di Spessa lo ha fatto, e *conosco* precisamente le emozioni che nutrono nei miei confronti.»

Ogni diniego morì sulla lingua di Alastir.

«Non ho motivo di credere che i suoi genitori non nutriranno gli stessi timori del popolo» proseguii. «Preferisco sposarmi senza passare la cerimonia a rigirarmi nella testa tutte le loro preoccupazioni.»

Alastir si appoggiò allo schienale, massaggiandosi la fronte con le dita. «Lo capisco. Dico sul serio. Ma i nostri sovrani...»

«Saranno sconvolti e probabilmente assai irritati che io abbia sposato una persona che non hanno mai visto, per non parlare del fatto che è solo mezza Atlantiana e un tempo era la Vergine» lo interruppe Casteel. «Ma non appena la conosceranno, nulla di tutto questo avrà più importanza. Impareranno ad amarla con la stessa intensità con cui l'amo io.»

Il mio cuore tremò e si strinse mentre guardavo Casteel, e seppi... *seppi* che non aveva programmato quelle ultime parole, o almeno non aveva avuto intenzione di dirle così. La sua sorpresa era tagliente e fredda, e quando Casteel incrociò il mio sguardo, io mi voltai.

E ricacciai indietro il respiro tremante che volevo esalare. «Come sta Beckett?» domandai. Vonetta aveva detto che il giovane Wolven zoppicava a malapena, ma era ora di cambiare argomento.

«È come se non si fosse mai infortunato» replicò Alastir. «Quello che hai fatto per lui...»

«Stavo solo cercando di alleviare il suo dolore» ripetei. «Non so nemmeno se sarò in grado di rifare una cosa simile.»

Alastir annuì, ma non sembrava molto convinto di... be', di niente. Poi se ne andò. Una volta soli, mi voltai verso Casteel.

«È stato divertente, vero?» domandò lui.

Non so se fu per il modo in cui lo disse, ma scoppiai a ridere. «Quasi oltre il limite di ogni sopportazione.» Lui sorrise, rilassando finalmente il corpo come la sua postura suggeriva. «L'avevo capito.»

Lo scrutai attentamente e... e seppi che rabbia e frustrazione erano svanite. La tristezza era lì, e aleggiava sotto tutto il resto, ma c'era anche uno strano senso di soddisfazione.

«Stai leggendo le mie emozioni?»

«No.» Feci una pausa. «Più o meno?»

«Che vuoi dire?»

«Non ne sono sicura.» Abbassai lo sguardo sulle mie mani. «Da quando mi sono svegliata questa mattina, riesco a leggere le emozioni senza aprirmi... senza dovermi impegnare. Mi concentro, e se voglio sapere... so.»

«E se non vuoi sapere?»

Aggrottai la fronte. «Allora non ne vengo a conoscenza. Ma non so se in mezzo alla folla sarà diverso.»

«Perché a volte ti travolgono.»

Ricordava bene. Annuii.

«È...» La sua voce si spense, e io lo guardai. «Adesso che cosa sto provando?»

«Sei... incuriosito. Non preoccupato.»

Lui inclinò la testa. «Perché dovrei essere preoccupato?»

«Non temi che io sviluppi altri tratti da Empate?»

«Stai sprecando energie se credi che io abbia paura di vederti diventare una Divoratrice di Anime che si nutre delle mie emozioni.»

Lo guardai accigliata. «Spero proprio che tu non lo pensi, sul serio.»

«Quello che penso è che è tutto fantastico» disse. «Tu sei fantastica.»

Alzai gli occhi al cielo.

«Specialmente quando hai zittito Alastir. È un talento che nemmeno io so padroneggiare.» Si sporse verso di me in modo da trovarsi con gli occhi quasi alla stessa altezza dei miei. «Probabilmente i miei genitori saranno contrariati, ma ti accoglieranno. Non lo sto dicendo per farti stare meglio. Dico sul serio. La loro rabbia e la loro delusione non saranno rivolte a te.»

In effetti ci credevo.

E quasi credevo a quello che aveva detto ad Alastir, che i suoi genitori mi avrebbero amata con la stessa intensità con cui lui amava me. Cuori gemelli.

Casteel mi prese il mento tra le dita, riportando il mio sguardo su di lui. «Che c'è?» Mi scrutò negli occhi. «A che cosa stai pensando? So che lo stai facendo. Hai sempre quell'espressione quando pensi a qualcosa che non vuoi confidare.»

«Che tipo di espressione?»

«Arricci il naso.»

«Cosa? Non è vero.»

«Invece sì.»

Non capivo se stesse dicendo sul serio. «Non stavo pensando a nulla.»

«Bugie.» Casteel mi passò il pollice sul labbro inferiore. «Dimmi.»

Mi guardò incatenando i miei occhi ai suoi, e il cuore iniziò a martellarmi nel petto. Sprofondai in quegli abissi color ambra, e sentii la mia maschera incrinarsi. «Stavo pensando... Stavo pensando che sai essere molto convincente quando parli agli altri dei tuoi sentimenti per me.»

«Davvero?»

«Sì» sussurrai.

Lui si prese il labbro inferiore tra i denti e socchiuse le palpebre. «Ma non abbastanza.»

Sapevo che parlava di Alastir, ma pensai che se fosse stato ancora più convincente, avrei cominciato a credergli *io*.

Casteel spalancò di nuovo gli occhi. «Voglio mostrarti una cosa.»

Ancora una volta in sella a Setti, Casteel reggeva le redini mentre ci inoltravamo nel bosco in un silenzio tranquillo, che avevo condiviso solo con poche persone in passato. Non aveva seguito la strada che portava dritta in città, ma aveva deviato a sinistra, dove le chiome degli alberi erano alquanto fitte, così come lo era tutto il bosco, per quanto riuscivo a vedere.

Casteel accennò con il capo verso destra. «Guarda.»

Mi voltai e non riuscii a trattenere un sorriso che mi sollevò gli angoli della bocca e mi illuminò il viso. Davanti a noi c'era un campo di fiori stupendo, con vistosi petali rossi e stami neri che ondeggiavano lievemente nella brezza.

«*Papaveri*.» A quella vista inaspettata mi sfuggì una risata serena. «Non ne avevo mai visti così tanti, tutti insieme.» Li guardai attentamente. «È bellissimo.»

«Sì» concordò lui, dopo un momento. Si schiarì la gola, sistemandosi meglio alle mie spalle. «Lo è.» Il cavallo iniziò a percorrere il margine del bosco e del campo di papaveri. «Vengono coltivati a scopo medicinale.»

Inarcai un sopracciglio. «Non hai paura che la gente possa usarli per altri scopi?»

«Ti sembra che questi campi siano deserti?» Annuii, e Casteel mi picchiettò leggermente con le dita sul fianco. «Ci sono delle sentinelle, invece, camuffate in modo da restare nascoste. I campi sono costantemente sotto sorveglianza, in modo che nessuno in grado di coltivare papaveri possa sfruttarli per guadagni illeciti.»

«Santi numi» mormorai, quasi aspettandomi che dai filari saltasse fuori qualcuno. «È una mossa intelligente. Ho sentito che in alcune città sta diventando un problema.»

«Quando mi trovavo a Carsodonia stava dilagando, e l'ho visto prendere piede anche a Masadonia. Ma si possono davvero biasimare le persone che vivono in simili condizioni e desiderano una via di fuga, per quanto temporanea? Molti di coloro che trascorrono ore o giorni nelle fumerie d'oppio hanno consegnato i propri figli alla Corte o ai Templi» disse. «Non sarà giusto, ma posso comprenderne la motivazione.»

«Anch'io. Voglio dire, cercano pace, anche se non è duratura.» La tristezza offuscò la bellezza del campo.

«Questa è solo una parte di quello che volevo mostrarti.» Casteel incitò Setti, strappandomi ai miei pensieri. «Penso che ti piacerà anche il resto.»

«Mi sono piaciuti i papaveri» ammisi, arrossendo lievemente.

«Sono felice di sentirlo.» Con il mento mi sfiorò un lato della testa, stringendomi per un istante la vita con il braccio e attirandomi più vicina al suo petto.

Quel movimento mi lasciò un po' senza fiato. Era sempre così, ed era una cosa che Casteel faceva spesso. Mentre ci addentravamo nella foresta, mi chiesi se ne fosse consapevole. Era un gesto intenzionale oppure inconscio? Mi ricordava quello che avevo visto fare a mio padre. Sembrava sempre attirare mia madre a sé, come se non riuscisse a sopportare che vi fosse spazio tra loro due. Non credevo che fosse quella la motivazione di Casteel. Forse per lui era solo un modo per comunicare.

Ancora una volta mi trovai a desiderare che Tawny fosse con me. Avrei potuto domandarlo a lei. Tawny avrebbe avuto una risposta.

Sospirando, mi concessi di godere della luce che filtrava a chiazze nella foresta, del cinguettio degli uccellini, e del profumo intenso di terra e di... qualcosa di dolce?

Raddrizzai la schiena e notai boccioli di lillà, viola tenue e azzurri come gli occhi di un Wolven. Era uno spettacolo magnifico: ricoprivano una collina rocciosa e ricadevano in spesse spirali di colore. Solo quando fummo più vicini, mi resi conto che nella collina c'era un'apertura, un passaggio scuro, dietro quella cortina azzurra e viola.

Il cuore iniziò a battermi forte mentre Casteel fermava

il cavallo. Smontammo e lasciammo Setti a brucare. Quando mi prese per mano e mi condusse all'ingresso seminascosto, ebbi l'impressione di sapere che cosa stava per mostrarmi. Molto probabilmente, nessuno lo avrebbe trovato a meno di cercarlo apposta.

«Sarà un po' buio per qualche istante» mi avvisò, scostando la pesante cortina di fiori. «Ma non per molto.»

Un po' buio era un eufemismo. Appena entrata non riuscii a vedere nulla. L'aria era fresca e io strinsi più forte la mano di Casteel. «Ci vedi davvero, tu?»

«Sì.»

«Non ti credo.»

Davanti a me risuonò una risatina. «In questo momento stai arricciando il naso.»

Era vero. «E va bene.»

«Ricordi le caverne di cui ti ho parlato?» domandò. «Quelle in cui venivo insieme a mio fratello?»

E anche con la ragazza che amava un tempo. Sì, me le ricordavo, ed era proprio ciò che avevo sospettato quando avevo visto l'ingresso. Nell'oscurità, mi sentii comunque incredula. Mi stava davvero portando in un luogo che aveva condiviso con il fratello... e con Shea, quando cercava di sfuggire alla confusione provocata dalle conversazioni dei suoi genitori? Quasi non riuscivo a crederci.

«Sì» risposi, ritrovando la voce. Davanti a noi intravidi una debole luce fendere l'oscurità. «Credevo che fossero ad Atlantia.»

«Sì. E anche qui. Quello che non riesci a vedere è che da questo tunnel ne dipartono molti altri. Alcuni si estendono per chilometri fino alle Montagne di Skotos e ancora oltre, fino alle scogliere sul mare» spiegò. «Malik e io abbiamo passato un'infinità di tempo a cercare di mapparle, ma non abbiamo mai trovato le gallerie che attraversano i monti.»

Riuscivo a immaginare facilmente i due ragazzini che

trascorrevano un'intera infanzia a scorrazzare nelle gallerie. Mio fratello avrebbe fatto lo stesso.

«Questa è solo una parte dei tunnel» disse Casteel, quando la luce del sole iniziò a filtrare attraverso le fessure nel soffitto della caverna. «La parte migliore, secondo me.»

Casteel svoltò alla nostra sinistra, dove raggi di luce inondavano pareti di pietra grigio scuro e l'aria umida aveva un profumo dolce. Mi lasciò la mano e si abbassò di una spanna o poco più. «Qui c'è un piccolo dislivello.» Voltandosi verso di me, mi sollevò per i fianchi e mi fece scendere.

Quando i miei piedi furono stabili sul pavimento di pietra, Casteel non mi lasciò andare. Rimase lì, il petto a pochi centimetri dal mio. Alzai lo sguardo, e subito i suoi occhi incatenarono i miei. Tra noi passò un brivido di consapevolezza, impossibile da ignorare. Nei suoi occhi e intorno alla sua bocca vi erano ombre che mi fecero di nuovo battere veloce il cuore.

E non rallentò, nemmeno quando lui indietreggiò e le sue mani scivolarono via dai miei fianchi. Si voltò e proseguì, e a me sfuggì un respiro tremante. Mi sforzai di camminare, ma mi sentivo come la corda di un arco troppo tesa.

I lillà avevano trovato modo di insinuarsi all'interno della caverna, si inerpicavano lungo le pareti e piovevano dal soffitto. Sbuffi di vapore danzavano nelle lame di luce. Casteel si fermò di fronte a una specie di stagno di pietra.

«Sorgenti termali» disse, inginocchiandosi per immergere le dita nell'acqua, che gorgogliò di bollicine. «Questa non è l'unica del sistema di caverne, ma è la più grande.»

Mi fermai accanto a lui, fissando la sorgente. Era grande più o meno quanto la Sala Grande del Castello di Teerman, con i bordi irregolari. In più punti, dall'acqua schiumosa emergevano formazioni rocciose. «Quant'è profonda?»

«Probabilmente l'acqua ti arriverebbe alle spalle.» Casteel si alzò con eleganza. «Diventa un po' più profonda più avanti, vicino all'entrata di un'altra caverna. È una zona buia, perciò stai lontana da lì, se non sai nuotare.»

«Una volta ero capace» gli dissi, chinandomi. L'acqua calda mi ribollì intorno alle dita. «Ma non so se mi ricordo come si fa.»

«Potrò aiutarti a ricordare quando avremo più tempo» si offrì Casteel, e io alzai la testa per guardarlo. «Ci aspettano a cena, stasera, ma per un altro po' possiamo ancora... essere noi e basta.»

Noi.

Come se fossimo una cosa sola, una serratura con la sua chiave.

La notte prima avevo mangiato in camera, mentre Casteel era fuori a fare... be', qualcosa da principe. Non sapevo nemmeno se avesse mangiato, quand'era ritornato dopo il tramonto e mi aveva raggiunto sul terrazzo. Non avevamo parlato molto, ed era stato... confortante.

Tornai a voltarmi verso la polla d'acqua. «Quanto tempo abbiamo?»

«Circa un'ora.»

Un'ora sembrava una vita intera.

«Non sprecare neanche un momento» disse Casteel, quasi come se mi avesse letto nel pensiero. «Vado a controllare il cavallo. Sarò di ritorno fra un paio di minuti.»

Mi voltai e lo vidi sparire nel tunnel, lasciandomi qualche momento da sola per spogliarmi.

Casteel era sempre così... imprevedibile, e le sue azioni e parole una contraddizione costante. Premuroso e poi esigente. Scherzava senza sosta e poi si faceva freddo come la morte incombente. Violento in maniera inimmaginabile e poi incredibilmente gentile. Avrei potuto passare una dozzina di anni accanto a lui senza mai vedere pienamente ogni sua sfaccettatura... ogni maschera che indossava.

Inspirai l'aria dolcemente profumata, distolsi lo sguardo da Casteel e mi svestii in fretta, ammucchiando disordinatamente vestiti e stivali. Mentre camminavo, l'erba era fresca sotto i miei piedi e la brezza tiepida sulla mia pelle. L'acqua giocò con le mie dita, calda e spumosa. Discesi con attenzione i gradini di pietra, felice, e mi raggiunse rapidamente i fianchi, sciabordando intorno al corpo mentre mi allontanavo dalla riva. Un calore piacevole, inebriante, mi colmò, filtrando nei muscoli dolenti dopo le ore di cavalcata. Il ricco profumo di quell'acqua, che schiumava intorno ai miei seni, coprendoli appena, mi calmò i nervi. Mi fermai al centro della polla, alzai la testa ed emisi un lieve sospiro.

Capii all'istante perché questo era il posto preferito di Casteel. Con appena la quantità giusta di luce che filtrava dalle crepe sul soffitto, il canto riposante come una nenia degli uccellini e la fragranza inebriante dei lillà che si inerpicavano sulle pareti, era un nascondiglio privato e mistico che sembrava creato dalla fantasia... un luogo in cui si poteva pensare di trascorrere la vita.

O almeno io sentivo che avrei potuto rimanere lì per sempre, a godermi le bollicine che mi solleticavano la pelle nuda mentre l'acqua crestata di bianca spuma lavava via la polvere della strada e molto di più: scacciò la paura della magia sulle montagne e le domande che ancora mi ponevo su me stessa, su quello che era accaduto quando avevo toccato Beckett, sul mio futuro, e su di *lui*.

Mi voltai, smuovendo l'acqua che ribolliva dolcemente.

Sul bordo della polla c'era Casteel. Era tornato senza fare rumore, perciò non sapevo da quanto fosse lì o che cosa avesse visto. La linea della sua mandibola aveva un che di duro mentre mi fissava, e quando parlò nella sua voce c'era una ruvidezza nuova. Riconobbi la fame che avevo confuso con la rabbia fuori dalla casa di Vonetta. «Ti piace la sorgente termale?»

«Sì.» Feci scivolare le braccia sull'acqua, guardando le

bolle che si agitarono in risposta. «Non avevo mai visto nulla di simile.» Riportai lo sguardo su di lui, prendendo tra le mani la mia treccia ormai zuppa all'estremità. Iniziai a scioglierla, mentre lui sfilava uno stivale. «A Masadonia ci sono delle sorgenti e una volta o due Tawny e io ci siamo andate di nascosto, ma l'acqua era fredda e non siamo potute restare molto. Questo posto le...» Sospirai, una fitta di malinconia a minacciare la mia pace. «Le piacerebbe moltissimo.»

«Sei triste. Lo capisco dalla tua voce. Mi spiace che tu senta la sua mancanza» disse Casteel, togliendosi l'altro stivale. Le calze lo seguirono. «So quant'è difficile trovarsi separati da coloro a cui si vuole bene.»

«È vero, lo sai.» Molto più di quanto lo sapessi io. Lasciai che i capelli sciolti mi ricadessero sulla spalla. «Ma per adesso Tawny è al sicuro.»

«Per adesso sì» concordò, portando le mani dietro la testa. Prese il colletto della tunica e la sfilò dal capo e dalle braccia, rivelando le spalle larghe e poi le linee ben definite del petto e il ventre duro e liscio.

Un nervosismo diverso fiorì in me, per poi placarsi quando gettò via il capo di vestiario. Si stava spogliando, e io avrei dovuto guardare altrove. Avrei dovuto sentirmi in imbarazzo per la sfacciata nudità che presto avrebbe sfoggiato. Ma non distolsi gli occhi quando le sue mani scesero sulla fila di bottoni delle brache. Il calore mi salì alle guance quando se le sfilò dai fianchi. Il modo in cui aveva piegato il corpo mi concesse solo uno scorcio tentatore di muscoli slanciati. I pantaloni seguirono la tunica, poi Casteel mi guardò.

I nostri sguardi si incontrarono e non si mossero più. E io non so che cosa mi prese. Se fu per l'acqua calda che ribolliva, la serena bellezza del lago e la sensazione surreale di vivere in un sogno provocata dal fatto che mi trovavo ad Atlantia. O forse fu per la fame di cui Casteel aveva parlato. Comunque fosse, abbassai gli occhi e mi concessi di guardare. Il mio sguardo scivolò di nuovo sul suo petto, poi giù lungo i muscoli tesi del suo stomaco e i pallidi solchi e graffi. Mi soffermai un po' sulle rientranze in corrispondenza dei due fianchi, poi il mio respiro accelerò.

Casteel mi voleva, senza vergogna. Non capivo come o perché. *Teneva a me*, ma io ero bella solo in parte. Non ero una seduttrice, e avevo poca esperienza, inoltre all'inizio era stato attratto da me solo perché aveva bisogno di usarmi per liberare suo fratello. Eppure mi desiderava. Perfino io ne ero consapevole.

Mi costrinsi ad abbassare lo sguardo sullo Stemma Reale impresso a fuoco sulla sua pelle, appena sotto il fianco. La sua mano scivolò sul marchio, fermandosi come se per un istante avesse voluto nasconderlo, poi passò sui numerosi tagli sul ventre. Il mio sguardo la seguì.

La rabbia mi invase. Una crudeltà così premeditata era disturbante. «Mi...» Iniziai a scusarmi per ciò che gli era stato fatto, ma mi interruppi. I miei occhi trovarono ancora una volta i suoi. «Vorrei che potessero provare lo stesso dolore che ti hanno inflitto.»

Una lieve sorpresa balenò sul suo volto. «Anche la tua regina, che si è occupata così teneramente di te?»

Il mio cuore si fece pesante. «Non credo che riuscirò mai a conciliare l'immagine della regina che hai conosciuto tu e quella che si è presa cura di me. Ma sì, anche lei.»

Casteel inclinò la testa. «Stai dicendo sul serio.»

Annuii, perché era vero.

Sul suo volto comparve un mezzo sogghigno. «Sei così incredibilmente violenta.»

Questa volta non mi presi nemmeno la briga di correggerlo. «Forse un pochino.»

La sua risata profonda e sincera riecheggiò nella caverna, sfidandomi a dimenticare gli eventi passati e ciò che ci attendeva, sfidandomi a prendere quello che volevo.

Mi lasciai scivolare sott'acqua e chiusi gli occhi. Liquido ribollente mi danzò sul viso e tra i capelli. Che cosa volevo? *Lui*. Volevo che le sue mani su di me cancellassero tutte le ragioni per le quali non avrei dovuto desiderarlo. Volevo che la sensazione della sua pelle contro la mia tenesse lontano il resto del mondo. Volevo che il tocco delle sue labbra scacciasse ogni protesta logica, prima che nascesse. Volevo che la sua bocca sulla mia mi facesse dimenticare, a forza di baci, le bugie che aveva pronunciato un tempo. Volevo che il tocco delle sue mani placasse la fitta del senso di colpa e la sensazione di tradire me stessa. Volevo sentirlo dentro di me, per non poter sentire nient'altro che lui. Volevo che mi divorasse completamente, tanto da non lasciare spazio alla paura che diventasse una cicatrice sul mio cuore, destinato a spezzarsi. Perché... cosa sarebbe successo se Kieran si fosse sbagliato? Se dopo aver ottenuto ciò che voleva e aver portato a termine la sua parte dell'accordo, Casteel mi avesse lasciato soltanto un pugno di bugie e tradimenti?

Volevo credere che fossimo cuori gemelli a dispetto di tutto ciò che lo faceva sembrare impossibile.

Rimasi sott'acqua, cercando disperatamente forza e buon senso. Rimasi lì finché i miei polmoni bruciarono. Quando riemersi, c'erano ancora solo desiderio e bisogno di lui. Con le mani tremanti, mi scostai i capelli dal viso, sbattendo le palpebre per scacciare l'acqua rimasta sulle ciglia, e persi il fiato, persi un altro po' di me stessa.

Casteel era entrato in acqua.

Era a qualche metro di distanza e si era già immerso a sua volta. I suoi capelli scuri erano bagnati e scostati dal viso, e gocce gli scorrevano lungo il petto. Era molto più alto di me, perciò l'acqua schiumosa gli arrivava appena sopra l'ombelico. Assomigliava molto a come immaginavo gli dei, e i raggi frammentati del sole rilucevano sulla sua pelle bagnata.

Il suo sguardo intenso catturò il mio, e la sensazione di

consapevolezza tornò a scorrere tra noi. Era come un fulmine che rendeva più densa l'aria già balsamica.

«Stavo pensando» disse Casteel, scivolando nell'acqua verso di me.

«Sul serio?» Il cuore sembrava battermi in tutto il corpo.

Lui annuì. «Sì.»

Si fermò a una decina di centimetri da me e io dovetti alzare la testa. «Quello che stavi pensando... voglio sapere: di che si tratta?»

«Probabilmente dirai di no.» Casteel avanzò con movimenti aggraziati e decisi, e io arretrai. «Ma sarà una bugia.»

«Come fai a saperlo?»

«So riconoscere le bugie» replicò, facendomi arretrare contro la liscia parete rocciosa. «E cosa ancora più importante, so quando menti tu.»

Mi mancò il fiato quando posò le mani sulla pietra, come aveva già fatto prima. Percepiva il mio desiderio? Perfino con tutta quest'acqua e l'intenso profumo di lillà? Mi schiacciai contro la pietra calda, pensando che il cuore non avrebbe mai potuto battermi più veloce di così. «E a che cosa stai pensando?»

«A un'idea.» Il suo respiro mi accarezzò la guancia. «Potresti trovarla interessante.»

«Ne dubito» mormorai.

«Non hai ancora sentito di che cosa si tratta, principessa.» Con le labbra mi sfiorò la curva della mandibola, e i suoi capelli bagnati mi toccarono la guancia, facendomi trasalire. «Sì, sono certo che la troverai interessante.»

Invasa dal nervosismo e senza pensare, alzai la testa contro la roccia. «Perché non mi dici di che cosa si tratta, così io ti farò sapere se sono interessata?»

Casteel spostò una delle mani, con una risatina roca. Le sue dita trovarono la pelle nuda della mia vita e io sentii un vuoto allo stomaco. «Solo se prometti di non mentire.»

«Se riesci a capire quando lo faccio...» Casteel si fece più vicino, sfiorandomi il petto con il suo a ogni respiro che faceva, e io emisi un sospiro tremante. Quel contatto scatenò un'ondata di brividi e fece indurire la punta dei miei seni in maniera quasi dolorosa.

«Che cosa stavi dicendo, principessa?» domandò lui, e io avvertii il suo sorriso contro la guancia.

Che cosa stavo dicendo? Mi ci volle un momento per ricordarmelo. «Se sai quando sto mentendo, cosa importa se ti dico la verità?»

«Perché sai che la verità è importante.» La sua mano si spostò dalla vita lungo il mio fianco, agitando l'acqua. Bollicine mi danzarono sulle gambe e tra di esse. Una sensazione maliziosa si raccolse al centro del mio essere. «La verità è un permesso.»

Il mio sguardo distratto scivolò sui grappoli di boccioli azzurri e viola. «Davvero?»

«Davvero.» Casteel fece una pausa. «Sapevi che il morso, finché non è completamente guarito, diventa una zona erogena? Un punto di piacere? Può trasmettere le stesse sensazioni di quando è stato fatto. O quasi. Lo sapevi?»

Forse sì. «No.»

«Vuoi che te lo faccia vedere?» si offrì. «So che sei un tipo curioso.»

«Sì» sussurrai, stordita dal desiderio.

«Ricordati, principessa. Questo è solo per saziare la tua curiosità. Nient'altro.»

«Lo so.» Strinsi le dita sulla pietra.

«Bene.» Poi la sua bocca si chiuse sul segno del morso. Succhiò la pelle, attirandola tra i denti. E io inarcai la schiena, premendogli le punte indurite dei seni contro il petto. Rabbrividii e mi sentii sciogliere.

Santi numi...

Casteel mi leccava in quel punto sensibile.

«Ti ho mai detto che sapore hai?»

«Miele?» sussurrai, chiudendo gli occhi e voltando la testa verso la sua in cerca di ciò che, lo sapevo, non avrei dovuto desiderare.

«Sporcacciona. Non stavo parlando di quello.» Mi mordicchiò all'altezza della mandibola, strappandomi un altro ansito. «Stavo parlando del tuo sangue, ma adesso mi hai costretto a pensare a cose sconvenienti.»

«Tu pensi sempre a cose sconvenienti.»

Lui rise di cuore. «Non posso negarlo.» Il suo naso sfiorò il mio e la sua bocca si avvicinò alle mie labbra. «Il tuo sangue per me ha un sapore antico, potente ma leggero. Come la luce della luna. E adesso so il perché.»

«Come si fa ad avere il sapore della luce lunare?»

«È magia, immagino. Adesso smettila di distrarmi mentre sto cercando di suggerirti la mia idea.»

«Non ti sto...» La sua mano scivolò lungo la mia coscia e io mi morsi il labbro. «Non ti sto distraendo.»

«Oh, sì, invece. Tu sei una tremenda distrazione continua» mi rimproverò con dolcezza.

«A me sembra un problema tuo.»

«È un problema di entrambi.»

«Per che cosa stai chiedendo il permesso?» Mi sembrava di non avere fiato, come se fossi sull'orlo di un precipizio. «Che idea ti è venuta?»

«Se vuoi» disse Casteel, il petto che si sollevava e si abbassava contro il mio, scagliando dardi di piacere in tutto il mio corpo, «possiamo fingere ancora.» La sua mano scivolò sulla mia coscia, spostandosi verso l'alto, e poi più su...

La punta delle sue dita raggiunse la prova di ciò che lui, lo sapevo, aveva già percepito. I miei fianchi fremettero per quel brivido illecito mentre un gemito simile a un sospiro mi schiudeva le labbra.

Casteel posò la bocca sulla mia. Non fu un bacio, solo

uno sfiorarsi. «Puoi fingere.» Sollevò la testa e l'aria fresca colmò il vuoto che aveva lasciato. «Puoi fingere che questo non stia succedendo perché hai bisogno di me.»

Aprii gli occhi, il cuore simile a una farfalla intrappolata. I suoi erano miele caldo e lucente. «Non è vero.»

La curva delle sue labbra era crudelmente sensuale. «Puoi fingere che questo...» Infilò appena un dito dentro di me, ma io mi sollevai in punta di piedi. I suoi occhi si illuminarono mentre scrutava il mio viso, poi scesero dove i miei seni spuntavano dall'acqua ribollente. Casteel riportò gli occhi sui miei, infilando il dito un po' di più, e io sentii i muscoli interni del mio corpo stringersi su di lui. «Fingere che questo non c'entri con il fatto che mi vuoi.»

«Non è vero» gli dissi, anche se staccai i fianchi dalla pietra, premendomi contro la sua mano, contro di lui.

Il mio stomaco sfiorò quella sua parte lunga e dura, e Casteel sibilò. Mi risospinse contro la roccia, intrappolando la mano tra noi e premendo il petto contro i miei seni. Il contatto della nostra pelle, il modo in cui muoveva lentamente il dito, mandarono in cortocircuito i miei sensi. «Puoi fingere che sia solo per quel sensibile morso sul collo che ti stai dimenando contro la mia mano.»

Mi dimenavo meglio che potevo.

«Puoi fingere che sia per questo che vorresti che fosse il mio cazzo quello che stai stringendo così.» Casteel chinò di nuovo la testa. «Possiamo fingere entrambi, ed entrambi possiamo...»

«Che cosa?» ansimai. «Essere Hawke e Poppy?»

Per un momento, la durezza della sua espressione vacillò e s'infranse, rivelando il bisogno quasi disperato che celava. Bisogno di *me*. Di noi.

E se Kieran avesse avuto ragione?

Riuscivo a malapena a respirare, figurarsi a pensare, ma sapevo che cosa intendeva. Dei, se lo sapevo. E in quel momento lo volevo anch'io. Forse avevamo bisogno della stessa cosa... di vivere quei sentimenti e lasciare che tutto il resto finisse ai margini. Essere lì, in quei secondi e minuti, e non altrove. Potevamo riuscirci? Forse lui poteva. Forse per Casteel si trattava solo di saziare il bisogno fisico, per quanto inesplicabile potesse essere per me. Perché io non ci riuscivo? Volevo quello che lui poteva darmi. Piacere. Una fuga momentanea. Esperienza. Una sensazione di libertà. Perché era ciò che mi faceva provare quando giungevo all'apice del piacere. Come poteva essere un tradimento, compreso un tradimento di me stessa? Non era forse peggio negarlo? Oppure stavo mentendo a me stessa anche adesso? E se era così, importava, forse?

Casteel smise di toccarmi, scrutando il mio volto in cerca di una risposta. E in quel momento mi resi conto che quella era la mia vita. Ciò che c'era tra Casteel e me non era né giusto né sbagliato. Era confuso e complicato, e forse più tardi me ne sarei pentita, quando gli avessi dato sempre più parti di me, ma io lo volevo.

Ed ero davvero stufa di *negarmi qualsiasi cosa.*

Ero stufa di mentire a lui e a me stessa.

«Solo a una condizione» dissi.

«Hai una condizione, adesso?»

Annuii, il cuore che rumoreggiava come un tuono. «Non voglio fingere» sussurrai. «Io sono Poppy e tu sei Casteel, e questo è reale.»

31

«Puoi accettare questa condizione?» domandai.

I suoi occhi si chiusero per un istante, tutti gli splendidi lineamenti del suo viso carichi di tensione. «Sempre» sussurrò. «Sì.»

Reagii staccandomi dalla pietra, colmai la distanza tra le nostre bocche e lo baciai. E seppi, nell'istante in cui le mie labbra sfiorarono quelle di Casteel, nel momento stesso in cui lui dischiuse le sue, che tutto questo era *reale*.

Sollevai le mani dalla pietra, gli cinsi il collo e presi quello che desideravo, assaporandolo sulla punta della lingua, godendo del brivido peccaminoso dei suoi denti affilati. Non sapevo che cosa stavo facendo, solo che mi guidava l'istinto. Muovevo le labbra contro le sue, mordicchiando ed esplorando e imparando.

E Casteel non sembrava per nulla infastidito dalla mia ingenua inesperienza. Anzi, pareva eccitarlo. Mi diede quello che volevo. Mi baciò con un abbandono selvaggio che sfiorava la follia.

Quando pose fine al bacio, ansimava quanto me. «Non stiamo fingendo, Poppy? Non fingiamo più? Tu mi vuoi. Pur sapendo *tutto*, tu mi vuoi.»

Mi mossi contro la sua mano, esigente. «Tu che cosa credi?»

L'altra mano mi calò sul fianco, fermandomi. «Ho bisogno che tu lo dica, principessa.»

Ma certo che ne aveva bisogno.

«Sì» quasi imprecai. «Ti voglio.»

«Bene.» Sfilò la mano che teneva tra le mie gambe. «Perché questo è reale.»

Prima che potessi avvertire la perdita di quella sua mano perfida, mi afferrò per le cosce e mi sollevò. Trasalii e le mie mani scivolarono oltre le sue spalle, mentre quasi metà del mio corpo usciva dall'acqua.

«Aggancia le gambe intorno alla mia vita» ordinò con dolcezza. «Fallo.»

Obbedii alla sua richiesta senza lamentarmi. Succedeva di rado. Sperai che se ne fosse reso conto.

Casteel riportò le mani sui miei fianchi e abbassò lo sguardo sui seni che gli premevo contro il petto. «Vorrei tanto prendermela comoda, perché ci sono moltissimi modi in cui adorerei essere *reale* con te. Farti sdraiare sulle pietre e leccare ogni centimetro del tuo corpo. Farti venire così. E poi ti vorrei in ginocchio, con il mio cazzo in bocca.»

Le immagini depravate che quelle parole evocarono mi fecero rabbrividire. La signorina Willa aveva descritto quell'atto nel suo diario, e quando l'avevo letto mi era parso ripugnante. Adesso, però, sembrava... *intrigante*.

«Non... non so come si fa.»

«Non credo che potresti sbagliare» mi disse, gli occhi che mi fissavano ardenti. «Ma te lo mostrerei io. Ti mostrerei come usare la bocca e la lingua. Se avessimo tempo, giocheremmo.» Le sue mani mi strinsero per la vita. «Ma non abbiamo tempo, principessa.»

«No.» Il cuore mi martellava nel petto. «Non abbiamo tempo.»

Mi fissò negli occhi. «Mi fa piacere che siamo in sintonia.» I muscoli sotto le mie mani si gonfiarono quando disse: «Principessa?».

«Vostra Altezza?»

Le sue iridi divennero ambra fusa. «Ho bisogno che ti aggrappi a me senza lasciarmi, perché sto per scoparti come ti ho promesso.»

Quelle parole così deliziosamente lascive mi strapparono un ansito. «Sì. Ti prego.»

Casteel non rispose a parole. Rispose con le azioni, facendomi scivolare giù finché lo percepii premere contro quel punto di me. Mi morsi il labbro.

«Abbassa le gambe» chiese. «Solo un poco... ecco. Così è perfetto.» Le sue labbra tornarono sulle mie. «Tu sei perfetta.»

«Io...» Le mie parole terminarono in un grido che Casteel catturò con un bacio. Mi colmò, tendendomi finché non fui più sicura che quella posizione avrebbe funzionato. O che avrei funzionato *io*. Lo avevamo fatto solo due volte. Io lo avevo fatto solo due volte. Ma rimasi aggrappata, scavandogli nella pelle con le unghie mentre lui continuava ad affondare sempre più in profondità dentro di me, finché non ci fu più spazio tra noi, e Casteel tremò.

Mi accarezzò la schiena, cingendomi con il braccio. E poi... poi mi tenne così, contro il suo petto, e rimase a fondo dentro di me. «Stai bene?» chiese con voce roca, sfiorandomi le labbra con le sue. «Poppy?»

Annuii, allentando la presa sulle sue spalle.

«Sicura?»

«Sì» sussurrai, a occhi chiusi. Non faceva male. Non era esattamente comodo, ma sapevo che c'era di più. Mi mossi, ondeggiando i fianchi.

Lui pronunciò il mio nome in un gemito. «Poppy...»

Ignorai la maniera in cui il mio cuore si strinse in risposta alla sua voce. Non era quello che volevo. Volevo quella durezza tra le mie gambe e dentro di me, avevo bisogno delle sensazioni che mi faceva provare. Non volevo che il mio cuore fosse coinvolto.

Mi dimenai, e quando avvertii una scintilla di piacere trasalii.

«Dei, Poppy. Sto tentando di...» Emise un brontolio che vibrò nel mio corpo. «Sto tentando di assicurarmi che tu sia pronta.»

«Sono pronta» gli dissi. *Lo sono da tempo.*

Lui imprecò, ma poi si mosse, muovendo in su i fianchi mentre la mano che mi teneva mi attirava giù. Spalancai gli occhi per l'intensa sensazione che mi faceva provare muovendosi dentro di me, lento e in profondità. Sospirai, e muscoli che non mi ero neppure resa conto fossero tesi si rilassarono.

«Ecco.» Le sue parole erano a malapena un sussurro. «Dei, sembri...» La mano che mi guidava ebbe uno spasmo, poi allentò la presa quando sollevai il corpo. «Sembri tutto quello che ho sempre desiderato.»

Non avevo mai desiderato così tanto di credere a qualcosa, e rendermene conto minacciò tutto quanto.

«Siamo reali ora» gli ricordai, cercando la sua bocca. «Non mentirmi in questo momento.»

Lui si irrigidì per una manciata di secondi, poi scoppiò in una risata aspra. «Hai ragione.» La sua mano mi strinse i capelli, tirandomi indietro la testa. «Non abbiamo bisogno di mentire in questo momento.»

La sua bocca coprì la mia, e una delle sue zanne mi graffiò il labbro, strappandomi un gemito roco. Un istante più tardi eravamo di nuovo contro la pietra, una delle sue braccia intorno al mio corpo e l'altra mano nei miei capelli, le sole cose che si frapponevano tra quella dura superficie e la mia pelle mentre Casteel mi inchiodava per i fianchi.

E poi fece quello che aveva promesso.

Casteel mi *scopò*.

Le sue anche colpirono le mie, e per come mi teneva non avevo scelta se non fare tutto ciò che lui esigeva. Rimasi aggrappata mentre l'acqua schiumava e ribolliva con violenza intorno a noi. Ogni spinta dei suoi fianchi aveva l'avidità con cui la mia lingua accarezzava la sua. Ogni affondo era più possessivo del precedente. La testa mi ricadde indietro, ma senza mai urtare la pietra grazie alla sua mano, e il mondo divenne un caleidoscopio di luce frammentata, pareti color ardesia e petali vivaci. Strinsi i muscoli... Tutto in me si tese quando la sua testa ricadde sulla mia spalla, mentre il suo corpo si dimenava contro il mio. Mi raggomitolai contro di lui, premendogli il volto sul collo, assaporando acqua dolce insieme al sale della sua pelle. Il cuore mi martellava dentro con la forza con cui il suo mi batteva contro la guancia. I nostri corpi si mossero in preda alla frenesia, e a me parve che lui fosse ovunque e mi rubasse il fiato. Non ci fu esitazione. Non ci furono rallentamenti o pause per respirare. Eravamo entrambi travolti da quella follia, smarriti nella tensione che vorticava sempre più intensa. Credetti che mi avrebbe infranta, che avrebbe infranto entrambi, invece mi diede ciò che volevo così ardentemente.

La sensazione della sua pelle sulla mia allontanò il resto del mondo finché non rimanemmo che noi due. Il tocco delle sue labbra sul mio collo, sulla mia guancia, aveva già scacciato ogni protesta. La sua bocca trovò ancora una volta la mia, mentre le sue mani mi tenevano così stretta a lui, con tanta cura, da prevenire la fitta del senso di colpa prima ancora che si formasse. Si mosse così in profondità dentro di me che non riuscii a sentire nient'altro che lui, e quando raggiunsi l'apice del piacere lo raggiunse anche lui, divorandoci entrambi, senza lasciare spazio alla paura di ciò che ci aspettava. E ciò che era parso impossibile fu possibile.

Tra le braccia di Casteel, con la guancia sulla sua spalla e i piedi che galleggiavano a diversi centimetri dal fondo della polla, mi sentii senza peso. Avevo tentato di scostarmi, dopo che gli ultimi residui di piacere si erano placati e la realtà aveva iniziato a filtrare insieme alla luce sempre più debole. Non ero andata lontano, però. Casteel non me lo aveva permesso. Aveva continuato a stringermi tra le sue braccia.

«Non ancora» disse, guidando la mia guancia di nuovo sulla sua spalla.

Sembrò quasi un'autorizzazione. Non protestai. Avevo un sacco di cose a cui dare la colpa, anche se in quel momento non desideravo lottare contro di lui. Il calore della polla e la sua pelle, tanto per cominciare. Il modo in cui mi accarezzava la schiena, decisamente troppo rilassante. Era colpa anche del languore del mio corpo, nonché del fatto che era delizioso essere tenuta in braccio, soprattutto in quel modo, senza barriere tra noi.

Dopo che il tocco umano mi era stato proibito così a lungo, la nudità di Casteel mi faceva sentire come se mi venisse offerto un vassoio di dolci e cioccolatini tra i più goduriosi. Disegnai piccoli cerchi sull'altra sua spalla. Avrei voluto possedere il coraggio di esplorare quella parte dura di lui, le ammaccature e le cicatrici. Invece, soddisfeci la mia curiosità con la sensazione della sua pelle sotto le mie dita e del suo corpo che sembrava acciaio avvolto nel raso.

E io... dei, io mi godetti ogni istante, fissando il suo collo, i suoi riccioli bagnati. Nelle stanze segrete del mio cuore, adoravo quei momenti.

Non sapevo per quanto tempo fossimo rimasti così, senza altro suono che quello dell'acqua e i richiami degli uccelli intorno a noi. Casteel parve accorgersi con esattezza quando qualcuno si avvicinò alla caverna.

«È Kieran. È l'unico che saprebbe di trovarmi qui.» Con gentilezza sciolse l'intreccio dei nostri corpi, e io credetti di sentire le sue labbra sfiorarmi in cima alla testa. «Torno subito.»

Abbassai le spalle, mentre lui fendeva l'acqua e ne usciva. Sbirciai qualcosa che non avrebbe dovuto farmi avvampare così tanto, considerato quello che avevamo fatto. Casteel si fermò a raccogliere i pantaloni, ma non se li infilò.

Uscì dalla caverna nudo come quando era nato, e se non si fosse fermato a infilarsi i calzoni, anche Kieran avrebbe avuto l'occasione di dargli una gran bella sbirciata.

«D'accordo, allora» sussurrai, poi risi, e il suono riecheggiò nell'ambiente.

La testa mi ricadde indietro e rimasi a osservare le lame di luce, cercando dentro me stessa rimorso o vergogna. Come prima, trovai solo incertezza. Non per quello che avevamo condiviso, ma per il suo significato. Non avevamo fatto finta.

Quello che avevamo vissuto era stato reale. Niente giochi. Niente finzioni. Niente mezze verità.

Mi presi il labbro inferiore tra i denti. Lo sentivo gonfio per i baci di Casteel. Lo sfiorai con le dita, rabbrividendo al pensiero di come aveva rivendicato a fondo la mia bocca, così come aveva fatto con tutto il resto del mio corpo.

I passi di Casteel mi fecero voltare. Grazie a tutti gli dei, era mezzo vestito. I pantaloni erano sbottonati, però, e non sapevo come potessero rimanergli sui fianchi. Tra le mani reggeva un fagotto bianco, che posò a terra con cura.

«Kieran aveva capito che eravamo diretti qui. Ha portato abiti puliti per entrambi e un asciugamano.»

Non riuscivo a immaginare come avesse fatto Kieran a essere così intuitivo, ma probabilmente non volevo saperlo.

Casteel mi porse uno spesso asciugamano bianco. «Non c'è bisogno di dire che ti preferisco in versione nuda e bagnata. Ma è ora di asciugarsi e rendersi presentabili.»

Lo raggiunsi, scuotendo la testa, ma quando il livello

dell'acqua ribollente scese sotto il mio petto rallentai. Perché stavo esitando? Casteel aveva già visto i miei seni, le cicatrici e tutto il resto. Mi stava aspettando, mi osservava, ma io non avevo fatto la stessa cosa, prima? Lo avevo sfacciatamente guardato spogliarsi. Racimolando il coraggio, continuai, e accadde una cosa stranissima. Ogni passo divenne più facile, perfino quando l'acqua scese fino alle costole e poi all'ombelico. Perfino mentre gli occhi di Casteel si abbassavano insieme all'acqua. Dischiuse appena le labbra, e io fui certa che se anche fosse comparso Nyktos in persona, lui non avrebbe distolto lo sguardo da me. Mi resi conto che essere una fonte di distrazione per lui mi dava potere. Si passò la punta delle zanne sul labbro inferiore, mentre l'acqua sciabordava intorno alla parte interna delle mie cosce e poi più in basso. Finzione o meno, a Casteel piaceva quello che vedeva mentre salivo i gradini di pietra.

«Ti aiuto.» Allargò l'asciugamano. «So che non ne hai bisogno, ma voglio farlo.»

Non dissi nulla, nuda come lui era stato prima. Si spostò dietro di me, sfregandomi con l'asciugamano i capelli bagnati.

«Bisogna asciugare prima questi» spiegò, e io ero pienamente consapevole che mentre liberava la mia chioma dall'acqua in eccesso mi stava fissando. Sapevo che vedeva le punte dei miei seni raggrinzirsi e il rossore che sentivo formicolare sulla pelle.

«Non vorrei che ti prendessi un raffreddore» disse, con la voce roca. «Ho sentito che succede, con i capelli bagnati.»

«A-ah.» Un sorriso mi spuntò sulle labbra.

«Sono solo scrupoloso.» Mi passò l'asciugamano lungo le braccia, giù fino alla punta delle dita e poi sulla schiena. «Mi ringrazierai più tardi.»

«Perché sei scrupoloso?»

«Tra le altre cose.» Mi passò il panno sul ventre e poi risalì, catturando l'acqua tra i miei seni. Lì le sue mani indugiarono, poi mi fece voltare verso di lui.

Si inginocchiò di fronte a me, facendomi piroettare lo stomaco mentre mi passava l'asciugamano lungo la gamba sinistra, poi la destra, e infine in mezzo. Risucchiai un respiro brusco e barcollai lievemente.

«Sono solo scrupoloso» mi ricordò, le palpebre leggermente socchiuse. «Non voglio che tu sia bagnata per niente, principessa.»

Avevo la sensazione che alludesse a qualcos'altro.

Mi passò l'asciugamano sulle natiche. «Credo che adesso tu sia tutta asciutta.» Il suo guardo si fece lentamente strada fino al mio. «Perlopiù.»

Sì.

Perlopiù.

Sogghignando, abbassò la testa e mi baciò la cicatrice sbiadita e irregolare nella parte interna della coscia. Quel gesto mi fece trasalire, liberandomi dalla mia piacevole confusione. Lo guardai alzarsi e avvolgermi nell'asciugamano, con mille pensieri diversi a sfrecciarmi nella testa.

Afferrai i bordi del telo. «Casteel...»

«Lo so.» Mi posò un dito sulle labbra. «Quello che abbiamo fatto, rimane qui.»

Sbattei le palpebre, ferita d'un tratto da parole che non ero nemmeno sicura di capire. Non era quello che stavo per dire. Sinceramente, neanche sapevo che cosa stavo per dire.

Casteel si voltò, raccolse la camicia bianca, che contrastava nettamente con la sua pelle abbronzata. Quando chinò la testa per abbottonarsi i pantaloni, una ciocca di capelli scuri gli scese sulla fronte, addolcendo i suoi lineamenti. Nelle profondità del mio stomaco qualcosa vorticò. Come riusciva a far sembrare così sensuale un'azione talmente ordinaria come vestirsi?

Onestamente, non avevo bisogno di restarmene lì a guardarlo mentre lo faceva. Abbassai l'asciugamano e indossai in fretta i miei vestiti.

«Ecco.» Casteel sistemò di nuovo le mie maniche.

Non sapevo esattamente cosa di quel momento mi fece pensare alle conseguenze di ciò che avevamo appena fatto. Che io non mi fossi posta il problema fino ad allora dimostrava che dovevo compiere scelte migliori nella vita.

«Hai detto che prendevi precauzioni per evitare gravidanze» dissi. Ricordavo che assumeva un'erba capace di annullare temporaneamente la fertilità sia negli uomini sia nelle donne. «Sei ancora coperto?»

«Sì. Ci sto attento, Poppy» disse senza esitare, raccogliendo i nostri vestiti e i miei stivali. «Non voglio rischiare di mettere al mondo un figlio.»

Un figlio nostro.

Non lo aveva detto, ma le parole erano comunque nell'aria. E ci fu un altro strano, irrazionale morso. Era insensato, perché l'idea di avere un bambino con chiunque mi spaventava più di trovare sotto il letto una creatura dotata davvero di pinne per gambe e code per braccia.

C'era evidentemente qualcosa di sbagliato in me, perché faceva comunque male.

Perché quello che era reale per lui, non lo era per me.

La notizia di quello che avevo fatto a Beckett si era diffusa. Lo sapevo perché, mentre prendevo una cucchiaiata di densa zuppa d'erbe, tutti mi fissavano.

Be', non tutti.

Due Atlantiani avevano calamitato l'attenzione di Casteel. Lo stesso valeva per Kieran. Non sapevo dove fossero spariti Delano e Naill: potevano essere letteralmente ovunque, visto che ci trovavamo in uno degli edifici più grandi del centro cittadino. Gli altri, però, o mi sbirciavano di sottecchi oppure mi fissavano senza preoccuparsi di nasconderlo.

I mortali e gli Atlantiani che sedevano al tavolo di fronte a noi. I Wolven sparsi tra gli altri tavoli. Mi fissavano tutti. Non li biasimavo. Tutto a un tratto avevo cominciato a *brillare* di luce argentea, e avevo guarito una persona solo toccandola. Anch'io avrei fatto lo stesso, se avessi visto fare una cosa simile o se me lo avessero raccontato. A innervosirmi, però, era ciò che si celava dietro quegli sguardi. L'aria vibrava non poco di emozioni, e come già era successo non avevo bisogno di concentrarmi, di aprire me stessa per percepire la sensazione quasi ostile che molti emanavano intorno a me.

Mandai giù la zuppa, che era gustosa e saporita, e sollevai gli occhi sugli stendardi appesi ai lati della porta. Ondeggiavano dolcemente nella brezza che entrava dalle finestre aperte e che smuoveva le pale di diversi ventilatori, mantenendo fresca la stanza nonostante fosse così affollata.

Un lieve tocco al braccio mi fece girare verso Alastir, seduto alla mia destra. «Preferiresti cenare nelle tue stanze?» domandò a bassa voce. «In tal caso, posso accompagnarti alla fortezza.»

Abbassai lo sguardo e lanciai un'occhiata a Casteel, seduto a capotavola. Stava ascoltando un Atlantiano mentre sceglieva dei formaggi da un piatto: li ispezionava un pezzo dopo l'altro, come se stesse cercando quello perfetto o ne stesse esaminando le pecche. Tornai a concentrarmi su Alastir. «Ti sembro a disagio?»

Lui mi rivolse un sorriso teso e preoccupato. «Hai toccato a malapena cibo.»

Era difficile mangiare quando la gente ti fissava. Rivolsi un'occhiata alla stanza affollata. Una parte di me voleva che mi scusassi e tornassi in camera, ma questa era solo una delle molte cene o dei tanti eventi durante i quali sarei stata oggetto di interesse. Inoltre, anche se nascondermi nelle mie stanze sarebbe stata la scelta più facile, era anche la più codarda. E poi, nessuno stava proiettando le proprie emozioni. Tra di loro non c'erano urlatori, perciò potevo ignorarli. Perlopiù.

«Sto bene» stabilii.

Il sorriso non raggiunse i suoi occhi. «So che dev'essere difficile trovarsi in mezzo a tante persone non amichevoli, e so come ti senti. Non avrei una brutta opinione di te, se non volessi rimanere esposta a questa situazione. E sappi che chiunque abbia passato anche solo pochi minuti con te non prova quelle emozioni. Gli altri arriveranno a conoscerti, ne sono sicuro. Ma fino ad allora, mi scuso per il loro comportamento.»

Mi strinse con gentilezza il braccio. «Sapevi che una volta questa era una stazione commerciale molto trafficata?»

Deglutii per ricacciare giù il groppo che mi si era formato in gola a quelle parole.

«Quando Atlantia governava l'intero regno, questa era la prima e l'ultima grande città prima di attraversare le Montagne di Skotos. C'erano... migliaia di viaggiatori che passavano di qui.» Alastir sospirò, percorrendo con lo sguardo le pareti nude. «È stato un vero peccato vedere cos'è successo a questo posto, ma Casteel e questa gente lo stanno a poco a poco ricostruendo, dandogli nuova vita.»

Quentyn uscì a grandi passi dall'area in cui si cucinava, portando una grossa brocca. Lo seguiva un altro ragazzo, più basso e giovane, con una lieve zoppia. Mi ci volle un attimo per riconoscere chi era quell'adolescente dai capelli neri e dalla pelle abbronzata. Lo avevo visto quasi esclusivamente nella forma Wolven, e solo per pochissimo in quella mortale, ma allora era pallido e sudato.

Beckett.

Lo osservai riempire di nuovo i bicchieri all'estremità della tavolata e avvicinarsi a noi. Mentre si occupava del bicchiere del suo prozio, finalmente mi guardò.

«Ci siamo già incontrati» sussurrò. «Più o meno.»
«Beckett» dissi io. «Come ti senti?»
«Quasi al massimo.» Mi versò dell'acqua, lanciando un'occhiata ad Alastir, poi abbassò il mento. «Grazie. Non te lo ripeterò mai abbastanza.»
«È già abbastanza.»
Sul suo volto comparve un ampio sorriso tutto denti, ma sparì in fretta, e io sentii una fitta acuminata di... di *paura*, prima che si spostasse sull'altro lato del tavolo.
Aveva paura di me, adesso?
Mi appoggiai allo schienale, mentre il nodo che mi stringeva il petto si espandeva. Non riuscivo a capire perché mi temesse. Lo avevo guarito – come, non ne avevo idea – ma Beckett doveva sapere che non ero una persona da temere.
«Penellaphe? Stai bene?»
Esalai un respiro tremante e guardai Alastir. «Sì. Sì.» Sorrisi e rivolsi di nuovo la mia attenzione verso di lui. «Si rendono molto utili, Beckett e Quentyn.»
«Il rispetto per gli anziani viene instillato nei giovani fin da quando sono molto piccoli. Ad Atlantia troverai spesso dei ragazzi aiutare a servire cibo e bevande durante la cena» spiegò Casteel, che mi aveva sentito.
Alastir sbuffò. «Tranne te. Tu avevi sempre il naso infilato in un libro, a cena.»
La sorpresa mi distrasse dalla reazione di Beckett. «Che cosa leggevi?»
«Di solito libri di storia o quelli che dovevo studiare» rispose sollevando un angolo della bocca. «Per la maggior parte del tempo, ero un bambino assolutamente noioso.»
Per un attimo incrociai lo sguardo di Kieran. Ricordavo quando mi aveva raccontato che Casteel era quello serio tra i due principi.
«Be', tuo fratello rimediava» disse Alastir, scuotendo la testa. «Non volevi che Malik ti servisse nulla, a cena.»

Riportai lo sguardo su Casteel, e vidi il suo sorriso allargarsi. Non sapevo che cosa mi aspettassi, ma era rarissimo che qualcuno parlasse di suo fratello.

«Malik faceva spesso... esperimenti con il cibo e le bevande» disse Casteel, cogliendo il mio sguardo. «E non conveniva esserne i destinatari.»

«Ho quasi paura di fare domande» dissi.

«Ma le farai lo stesso» mormorò Kieran.

Lo ignorai.

E così fece Casteel. «Aggiungeva limone e pepe ai succhi, sale ai piatti dolci, e in generale rovinava qualsiasi cosa io non vedessi l'ora di mangiare.»

«È una cosa terribile» dissi, ridendo.

Lui si sporse in avanti, abbassando le ciglia. «Eppure, hai riso.»

«Sì.»

Casteel alzò lo sguardo, e il calore che vi era in esso mi fece rabbrividire. «Probabilmente perché sembra il tipo di cosa che faresti tu.»

«Forse.»

Casteel ridacchiò, raddrizzando la schiena, e si voltò verso l'altro tavolo, tornando a scegliere formaggi.

«Quanti...?» mi interruppi quando la mano di Casteel sfiorò la mia. Posò un pezzo di formaggio tagliato a fettine sottili nel mio piatto. Adesso stava ascoltando un altro mortale seduto al tavolo dietro al nostro. «Grazie.»

Lui annuì.

Presi un pezzo di formaggio e accennai un sorriso prima di mangiarlo. Un improvviso scoppio di risa attirò la mia attenzione. Kieran si era alzato e aveva raggiunto alcuni uomini all'altra estremità del tavolo. La risata proveniva dal punto in cui Beckett e Quentyn sedevano con Emil e altri uomini che avevano viaggiato insieme ad Alastir. Mi chiesi che cosa avesse fatto ridere così forte Emil e distolsi la mia attenzione.

Incrociai allora lo sguardo di due mortali. Erano più anziani. Maschi. Uno parlò all'orecchio dell'altro, che aveva capelli biondi tagliati con cura. Il secondo arricciò il labbro. Il suo disgusto inacidì il formaggio che stavo mangiando.

Bevvi un sorso per lavare via quel sapore. Non era il primo sguardo o il primo atteggiamento ostile di cui ero oggetto, ma avveniva sempre quando Casteel era distratto... come in quel momento, visto che si era alzato a parlare con una donna tutta ossa e pelle rugosa. Strinsi la presa sul bicchiere. Ogni volta che coglievo una di quelle espressioni o di quegli sguardi, avevo voglia di chiedere se avessero bisogno di qualcosa. Volevo sostenere le loro occhiate fino a farli sentire a disagio quanto me, ma non dissi nulla. Proprio come quando la Sacerdotessa mi sgridava, o il duca mi impartiva le sue lezioni.

«Non badarci» mormorò piano Alastir.

Posai il bicchiere sul tavolo.

«È solo che non ti conoscono» ripeté. Il suo sorriso era falso quanto quello che spesso sfoggiavo quand'ero la Vergine. «Devi abituarti al fatto che non si fidano di te, o addirittura che tu non gli piaccia come loro principessa e futura regina.»

Regina.

Mi irrigidii tutta. Non sarebbe successo, ricordai a me stessa. Anche se era accaduto l'impossibile e Casteel e io... be', non riuscivo nemmeno a concludere quel pensiero. Casteel non voleva diventare re.

«Se non vuoi tirarti indietro e sottrarti a questa situazione, allora non puoi permetterti di mostrare che i loro sentimenti ti turbano. Non puoi permetterti di farlo sapere a Casteel, altrimenti avremo tra le mani un altro episodio come quello di Landell» proseguì Alastir. «Non so bene che cosa lui provi per te, ma una cosa è evidente. Non lascerà correre alcun insulto che ritenga lanciato al tuo onore. Hai potere, Penellaphe. Sei il collo che fa ruotare il capo del regno.»

Lo scrutai.

«Perdonami. Probabilmente non comprendi queste cose. Non eri preparata a questa situazione. Non è colpa tua» disse, eppure in un certo senso sembrava che lo fosse. «Niente di tutto questo è colpa tua. Il suo fidanzamento con te è solo giunto totalmente inaspettato.»

«Sono sicura che la loro avversione nei miei confronti abbia più a che fare con chi rappresento, che non con il fatto che sto per sposare il loro principe» riflettei. «Oppure è una combinazione delle due cose.»

«È così, e hanno tutti sentito dire che in origine Casteel pensava di usarti come ostaggio. Non capiscono come da ciò possa essere nato l'amore. E nemmeno io, anche dopo le sue dichiarazioni.»

«Sono successe cose anche più strane» borbottai, mentre Casteel andava all'ingresso proprio nel momento in cui la porta si apriva. Entrò un uomo alto, con entrambe le braccia dalla carnagione scura adorne di segni in inchiostro nero, su fino alle spalle. Aveva i capelli scarmigliati, di una sfumatura d'argento che non aveva nulla a che fare con l'età. Quando vide Casteel sorrise, e agli angoli dei suoi occhi comparvero lievi rughe.

«Ne sono sicuro» disse Alastir, abbassando la voce mentre Casteel stringeva la mano dell'uomo dai capelli d'argento. Era Jasper? Era troppo lontano perché riuscissi a vederne bene gli occhi. «Ma io lo conosco da tutta la vita. E, cosa ancora più importante, l'ho visto innamorato, Penellaphe.»

Per pura forza di volontà mantenni un'espressione neutra mentre guardavo Alastir. Non... riuscivo a credere che avesse detto una cosa simile. Ma da lui non percepivo altro che preoccupazione.

«E in egual misura, principessa, loro si aspettavano una persona diversa» proseguì lui. «Non si tratta solo di te.»

«Una persona che non fosse la Vergine?» riassunsi.

«Be', certo. Ma come sai, avrebbe dovuto sposarsi al suo ritorno...» Chiuse di scatto la bocca, aggrottando le sopracciglia. «Non te l'ha detto?»

Nel mio corpo iniziò uno strano martellare. «Non mi ha detto che cosa?» Alastir fece per distogliere lo sguardo, ma io lo afferrai per il braccio. «Non mi ha detto che cosa?»

«Santi numi, quello sciocco ragazzo.» Alastir si strinse il ponte del naso, e io sentii una vampata di irritazione in lui. «Uno di questi giorni imparerò a tenere la bocca chiusa.»

Speravo proprio di no, visto che chiaramente c'erano un sacco di cose che non sarei venuta a sapere se non fosse stato per lui.

«Perché ho la sensazione di essere io il ragazzo sciocco di cui stai parlando?» domandò Casteel, tornando a sedere. Quando vide l'espressione sul mio volto e su quello di Alastir, il suo sorriso svanì. «Cosa stavate confabulando, voi due?»

«Non penso che questo sia il momento giusto per...» cominciò Alastir.

«Io penso che questo sia il momento perfetto» lo interruppi, pienamente consapevole che le persone intorno a noi stavano iniziando a prestare attenzione.

«Anch'io.» Casteel guardò Alastir. «Parla.»

Quel singolo ordine esigeva risposta. Alastir scosse la testa e a denti stretti disse: «Non le hai detto che eri già promesso a un'altra».

32

Un rombo improvviso nelle orecchie mi fece credere di non avere sentito bene le parole di Alastir. O forse avevo capito male per via del cuore che martellava con tanta forza.

E invece avevo sentito, vero? Perché, di colpo, ricordai tutto quello che Alastir aveva detto la mattina in cui l'avevo conosciuto. Aveva parlato degli obblighi di Casteel al suo ritorno. Il matrimonio era senza dubbio un obbligo.

Una fitta di dolore tagliente mi trafisse il petto con una sorta di *crack*, che risuonò come un tuono nelle mie orecchie. Non riuscii a credere che nessun altro lo avesse udito.

Lentamente, come se mi trovassi in uno stato a metà tra il sonno e la veglia, mi voltai verso Casteel. Stava parlando, ma non riuscivo a sentirlo, e non riuscivo a credere a quello che avevo appena udito.

Quello che avevo appena saputo.

Promesso a un'altra quando lo avevo incontrato alla Perla Rossa ed era stato il mio primo bacio; quando lo conoscevo con il nome di Hawke e avevo imparato a fidarmi, a desiderarlo e a tenere a lui. *Promesso a un'altra* quando mi aveva portato sotto il salice e mi aveva detto che non gli importava che cosa fossi, ma *chi* fossi. Quando mi aveva mostrato che tipo di piacere potevamo provare insieme, prima nella Foresta di Sangue e poi ancora a Nuovo Nido. *Promesso a un'altra* quando avevo scoperto la verità su chi era e quando avevamo preso l'uno dall'altra nei boschi fuori dalla fortezza, quando lo avevo nutrito, e dopo mi aveva *ringraziata*.

Promesso a un'altra quando mi aveva proposto il matrimonio come unica via per ottenere entrambi ciò che volevamo. *Promesso a un'altra* quando aveva detto che potevamo fingere. *Promesso a un'altra* quando Kieran aveva sostenuto che eravamo cuori gemelli, e io avevo deciso di donargli il mio sangue.

Promesso a un'altra quando nella caverna gli avevo detto che doveva essere *reale*.

Anche se sapevo che il nostro accordo non era certo sorretto dall'amore, e non ero sicura che Kieran sapesse di cosa parlava quando aveva menzionato i cuori gemelli, questo tradimento di Casteel mi aveva colpito più a fondo di tutti gli altri.

E se quello non era un campanello d'allarme – a indicare che ero già andata troppo oltre – non sapevo cosa potesse esserlo.

Un dolore che non volevo sopportare mi lacerò così ferocemente che credetti mi sarei ritrovata spaccata in due, ma alle sue calcagna c'era una rabbia così intensa da farmi vibrare tutto il corpo.

Trascorsero solo alcuni secondi dopo che Alastir aveva parlato, e una rabbia bruciante, acida e amara si riversò in me come una pioggia torrenziale.

«Promesso a un'altra?» domandai, la voce sorprendentemente salda ma maledettamente feroce. Non mi importava che fossimo in una stanza piena di persone a cui non piacevo.

«Non è come pensi, Penellaphe.»

Inarcai le sopracciglia. «Ah, no? Perché immagino che *promesso a un'altra* significhi la stessa cosa ad Atlantia così come a Solis.»

«Quello che significa non conta.» Gli occhi di Casteel erano oro freddo mentre mi fissava con un'espressione che non avrei mai creduto di vedere. *Lui* sembrava sconvolto. *Lui* sembrava arrabbiato con me. E io non riuscivo a credere a quello che stavo sentendo, vedendo e vivendo.

E in Casteel percepivo rabbia. Perfino immersa nelle mie infuocate emozioni, avvertivo in lui il tocco fresco della sorpresa e il bruciore della collera sottostante.

«Come hai potuto...?» cominciò, con un guizzo della mandibola. Sollevò il petto in un pesante respiro. «Quella promessa era un giuramento che non ho mai fatto. Vero, Alastir?» Spostò lo sguardo da me a lui. «Puoi affermare il contrario?»

«Era praticamente concordata» rispose Alastir. La sua rabbia ardeva attraverso i miei sensi, ustionandomi la pelle. «Sai bene ciò che tuo padre ha pianificato per decenni, Casteel.»

Decenni.

Una parte di me si rese conto che Casteel aveva negato l'affermazione di Alastir, e che Alastir aveva confermato quella di Casteel. Perciò la mia furia si placò un poco, la crepa che continuava ad allargarsi nel mio petto si fermò, ma il dolore e la rabbia rimasero lì. Se ne era discusso per *decenni*? Più tempo di quanto avessi vissuto io? E a Casteel non era venuto in mente di parlarmene? Di avvertirmi? Ritirai i miei sensi, chiudendo le mie percezioni.

Mi resi vagamente conto che Kieran e l'uomo dai capelli d'argento si stavano avvicinando. Erano abbastanza vicini da udire ogni cosa, e da permettermi di vedere che il nuovo arrivato era un Wolven, e che la curva della sua mandibola e le linee della sua guancia mi sembravano familiari.

«Quello che vuoi dire è che, per decenni, mio padre ha dato per scontato che alla fine avrei accettato; mentre io non ho mai fatto intendere una cosa simile, né a lui né ad altri» ribatté Casteel. «E tu lo sai. Per quale accidenti di motivo è saltata fuori questa storia?»

«E come accidenti hai fatto tu a non pensare di dirglielo?» domandò Alastir.

Dalla tavolata dei Caduti provenne un lieve ansito e l'uomo dai capelli argentei mormorò: «Ho un tempismo perfetto».

Incrociai il suo sguardo e non lo lasciai. I suoi occhi azzurro pallido rilucevano intensamente, quasi luminosi, mentre schiudeva le labbra. Le mosse, ma senza suono. La sua sorpresa era come pioggia gelata, improvvisa e logorante. Sobbalzò e fece un passo indietro. Era per via delle mie cicatrici? Oppure aveva percepito quella bizzarra scarica di elettricità, anche se non ci eravamo toccati?

«Credi che io non sappia perché hai tirato fuori l'argomento?» domandò Casteel con voce fin troppo gentile, riportando la mia attenzione su di lui. «È indegno di te.»

Accanto a me, Alastir si irrigidì. «Hai detto che sono indegno?»

Un sorrisetto piegò le labbra di Casteel. «Quello che hai fatto è indegno di te. Se credi che ciò equivalga a indegnità di mente o corpo, sei tu ad affermarlo. Non io.»

Il Wolven intanto si era ricomposto dopo la reazione che aveva avuto con me. Posò le mani sul tavolo, e quando parlò lo fece a bassa voce. «Dovreste calmarvi entrambi, adesso.»

«Io sono perfettamente calmo, Jasper» replicò Casteel.

Allora *era* Jasper. Il Wolven che avrebbe dovuto sposarci. Fantastico.

«Dato che siete fermamente decisi a discuterne adesso, mentre avreste dovuto farlo in privato un sacco di tempo fa, allora lasciamo che tutti ne siano testimoni, visto che qui tutti stanno pensando la stessa cosa fin da quando hanno saputo del tuo fidanzamento» ringhiò Alastir. «Tu puoi anche non aver accettato, ma un regno intero, compresa Gianna, credeva che al tuo ritorno ti saresti sposato.»

Chi diavolo era Gianna? Era quello il nome della donna che il re e la regina si aspettavano che Casteel sposasse quando fosse tornato?

«Tutto questo non ha nulla a che vedere con Gianna» rispose secco Casteel.

«Su questo in effetti potrei essere d'accordo» replicò Alastir. «Ha tutto a che vedere con il regno... la tua terra e il tuo popolo, e il tuo dovere nei confronti di entrambi. Sposare Gianna avrebbe rafforzato i rapporti tra Wolven e Atlantiani.»

Jasper si voltò di scatto verso di lui. «Stai passando il segno, Alastir. Non puoi parlare in rappresentanza della nostra gente.»

Accanto a me, il Wolven più anziano bruciava di rabbia, ma qualcosa mi fece tornare in mente Landell e ciò che aveva detto quando Casteel aveva affermato di volermi rendere la sua principessa. Aveva detto che quell'onore avrebbe dovuto riunire le loro genti.

«So quali sono i miei obblighi.» Le parole di Casteel erano schegge di ghiaccio. «E so esattamente quello che mio padre si aspetta da me. Non sono due cose mutualmente esclusive, né sposare una Wolven potrebbe cancellare in un colpo solo la morte di oltre metà del loro popolo. Chiunque lo creda è uno sciocco.»

Alastir sollevò il suo bicchiere. «Non ho detto che ero d'accordo.»

«Forse bisognerebbe rimandare la conversazione a un altro momento» sottolineò Emil, che si era spostato di fianco ad Alastir. Guardò Jasper come a dire: *Fa' qualcosa*.

Jasper sedette sulla sedia di Kieran e fissò Alastir come se francamente sperasse di vederlo continuare.

«Intendi quando non ci sarà una di *loro* seduta proprio lì?» disse un uomo, un Atlantiano che mi pareva di avere visto nella casa in cui Beckett era rimasto ferito. «Allevata in un nido di vipere e molto probabilmente altrettanto velenosa? Quando siamo *a tanto così* dal farla pagare a tutti loro?»

Casteel aprì la bocca, ma dentro di me qualcosa si liberò e alzò la testa. Ed era una creatura che sputava fiamme. Gli anni in cui mi avevano istruita a rimanere in silenzio e contegnosa, a permettere agli altri di farmi e dirmi qualsiasi cosa volessero, presero fuoco e si ridussero in cenere. Fui semplicemente più veloce a rispondere. «Io non sono una di *loro*» dissi, e l'intera stanza spostò l'attenzione su di me. Tutti tranne Casteel. Lui stava ancora guardando l'Atlantiano, e io ebbi il terribile sospetto che nel giro di pochi secondi avremmo visto ripetersi quello che era successo a Landell. «Ero la loro Vergine, e anche se sospettavo che dietro l'Ascensione si celassero dei segreti, ammetto senza problemi di non avere aperto gli occhi sulla loro reale natura finché non ho incontrato Casteel. Ma non sono mai stata una di loro.» Incrociai lo sguardo dell'Atlantiano e sentii il sapore della sua rabbia e della sua diffidenza. Si gonfiarono dentro di me, alimentando la mia furia bruciante come un fiammifero acceso. «E la prossima volta che vuoi chiamarmi vipera velenosa, abbi almeno il coraggio di farlo guardandomi negli occhi.»

Silenzio.

Ian avrebbe detto che c'era un silenzio tale da poter sentire lo starnuto di un grillo.

Poi Jasper fece un basso fischio.

L'Atlantiano si riscosse dal suo stupore. «Tu eri la loro Vergine. La Prescelta. La favorita della regina. Non è quello che si dice?»

«Dante» disse Emil in tono d'avvertimento, lanciando un'occhiata tagliente all'Atlantiano biondo. «Nessuno ha chiesto la tua opinione.»

«Ma sono felice che l'abbia espressa, visto che sono perfettamente consapevole che non è il solo a pensarla così» dissi, percorrendo con lo sguardo la stanza. «Sì. Ero la favorita della regina, e sono stata allevata in una gabbia così graziosa che ci è voluto moltissimo tempo prima che la vedessi per ciò che era. Gli Ascesi volevano usare il mio sangue per creare altri Vampry. Ecco perché ero la loro Vergine. Voi provereste lealtà nei confronti dei vostri carcerieri? Ebbene, io no.»

Allora Casteel mi guardò. I suoi occhi erano ancora gelidi, ma in quelle profondità qualcosa si mosse. Non ebbi il tempo di capire che cosa. E, in quel momento, francamente non mi importava.

«Se questa è la verità, allora ti rendo onore.» Dante sollevò un bicchiere. «Ti rendiamo onore tutti, e dico sul serio. È davvero raro oggigiorno che un abitante di Solis apra gli occhi. Senza offesa ai presenti che l'hanno fatto.»

Ci furono diversi mormorii prima che Dante continuasse. «Apprendere che hai ascendenza atlantiana spiega in effetti perché tu sia importante per loro, ma...»

«Ma vi sarei forse più utile da morta?» lo interruppi mentre Quentyn e Beckett uscivano dalle cucine portando del pane appena sfornato. Si fermarono sgranando gli occhi.

Dante abbassò il bicchiere e mi fissò.

«So che molti di voi preferirebbero rispedirmi dalla Regina Ileana a pezzi, così come di sicuro preferirebbe il re.» Sollevai il mento, nonostante un lieve tremore mi scuotesse le mani. «Una parte di me non può biasimarvi per questo, soprattutto dopo aver appreso la verità sugli Ascesi.»

Un muscolo si contrasse sulla guancia dell'Atlantiano, ma fu Alastir a parlare. «Te l'avevo detto, Casteel. Te l'avevo detto che avresti trovato opposizione, se fossi andato avanti con questa storia.»

Glielo aveva detto anche Landell.

«E che cosa ti ho risposto, in quell'occasione?» domandò Casteel.

«Che questo è ciò che vuoi. Che lei è ciò che vuoi» disse Alastir, e il cuore mi si contorse nel petto. «E tu sai che voglio crederci. Tutti i presenti vogliono crederci.»

Su questo avevo i miei dubbi.

«E vorranno crederlo anche il re e la regina» disse Alastir. «Soprattutto Eloana. Ma tu hai passato decenni cercando di liberare tuo fratello, invece di accettare ciò con cui noialtri siamo venuti a patti. Hai negato i tuoi doveri al tuo popolo perché non eri pronto a lasciarlo andare, e potevo capirlo, anche se mi addolorava. L'ultima volta che sei partito, dovevi sapere che non c'era più speranza che ritornasse da noi, eppure sei andato via, per anni... per così tanto tempo che tua madre ha cominciato a temere che anche tu avessi subito lo stesso destino di Malik.» A quelle parole, il mio cuore si strinse per un motivo del tutto diverso, mentre Casteel non mostrò alcuna reazione. «Ma sei ritornato a casa con il gioiello più protetto degli Ascesi. Pochi credono veramente che questo non abbia niente a che fare con tuo fratello.»

«Se non avessi accettato il destino di mio fratello, non avrei lasciato Solis» disse Casteel, e solo Kieran e io sapevamo quanto gli costasse pronunciare quelle parole. «Non è un segreto che avessi pianificato di usare Penellaphe come riscatto. Ho passato gli anni lontano da casa a darmi da fare per avvicinarmi a lei.» Non si rivolse solo ad Alastir, ma all'intera stanza. «Ho avuto successo, e quando è arrivato il momento giusto ho agito. L'ho rapita.»

Casteel pronunciò una verità che era ancora difficile ascoltare. «L'ho rapita, e l'ho trattenuta, ma non per usarla. A un certo punto ho smesso di vederla come una pedina di scambio o un mezzo per ottenere vendetta. L'ho vista per la persona che era. E che è... questa donna bellissima, forte, intelligente, gentile e dalla curiosità infinita, vittima degli

Ascesi quanto qualsiasi Atlantiano. Mi sono innamorato di lei, probabilmente molto prima di rendermene conto.» Rise, un suono ruvido. E, dei, così reale che un nodo mi strinse la gola. «I miei piani sono cambiati. Quello che credevo di Malik è cambiato. E questo è successo prima di scoprire ciò che lei è. In parte Atlantiana. È lei la ragione per cui sono tornato a casa.»

Incrociai lo sguardo di Kieran, che annuì come per confermare quello che Casteel aveva detto.

Ma come poteva essere, quando da decenni ci si aspettava che sposasse un'altra? Un'altra che lui non aveva mai menzionato, nemmeno una volta? D'altronde, non aveva ancora mai parlato veramente di Shea.

Stringendo le labbra, distolsi lo sguardo. Se solo tutto quello che aveva detto fosse stato vero. Il futuro sarebbe stato diverso. Tutto sarebbe stato diverso. Desiderai che non avesse pronunciato affatto quelle parole.

La donna anziana con cui Casteel aveva parlato in precedenza si fece sentire: «E tu lo sapevi, che all'inizio aveva pensato di usarti?».

«All'inizio no, non prima che si fosse guadagnato la fiducia mia e degli Ascesi a cui ero affidata. Quando l'ho scoperto...» Non conclusi, pensando che fosse meglio non rendere nota la mia reazione.

«Mi ha pugnalato al cuore, con un pugnale di diaspro sanguigno» concluse invece Casteel.

L'anziana donna sbatté le palpebre, mentre Jasper scoppiò in una risata improvvisa. «Scusate» disse. «Ma, accidenti... dite sul serio?»

«È tutto vero» confermò Kieran. «Lei era convinta che lo avrebbe ucciso.»

Emil fece per sogghignare, ma un'occhiata di Casteel lo fermò.

Mi mossi sulla sedia, divenuta improvvisamente scomoda, chiedendomi in quale modo quell'informazione potesse aiutare. «Ero un po' arrabbiata.»

Casteel mi guardò inarcando un sopracciglio. «Un po'?»

Strizzai gli occhi. «D'accordo. Ero molto arrabbiata.»

«Questo non lo sapevo» disse Alastir dietro al bordo della sua coppa.

«Ovviamente, Casteel è uguale a suo padre, quando si tratta di donne e oggetti affilati» commentò Jasper con uno sbuffo. «Ho l'impressione che mi manchino delle informazioni fondamentali, che Delano ha convenientemente omesso quando ci siamo incontrati a metà strada.»

Mi accigliai, ma almeno sapevo dov'era andato Delano.

«Hai pugnalato Casteel?» ripeté Jasper. «Al cuore? Con del diaspro. E credevi che lo avrebbe ucciso?»

«In mia difesa, dopo ci sono stata malissimo.»

«Ha pianto» sottolineò Casteel.

L'avrei pugnalato di nuovo.

«Ma mi fidavo di lui, e mi aveva tradita» proseguii. «Ero la Vergine, allevata per quasi tutta la mia vita perché rimanessi pura e mi concentrassi solo sulla mia Ascensione. Ero stata prescelta per essere consegnata agli dei, anche se non avevo mai scelto quella vita. E non so che cosa sappiate di me, ma non avevo la libertà di decidere dove poter andare, a chi rivolgermi o con chi parlare. Ero velata, incapace perfino di guardare qualcuno negli occhi, se anche avesse avuto il permesso di parlare con me. Non potevo scegliere che cosa mangiare, quando lasciare le mie stanze o chi aveva il permesso di toccarmi. Ma Casteel è stato la prima cosa che ho veramente scelto per me stessa.»

La mia voce si incrinò lievemente, mentre il groppo in gola cresceva. Feci un breve respiro, sentendomi addosso gli occhi di Casteel, ma mi rifiutai di ricambiarlo. Non potevo, perché non volevo sapere che cosa stesse provando.

«L'ho scelto quando lo conoscevo come Hawke» mi costrinsi a continuare, a dire ciò che andava detto in modo che tutti i presenti potessero sentirmi, anche se mi sembrava di grattarmi una ferita al petto con un chiodo arrugginito. «Non sapevo che cosa significasse, allora, a parte avere qualcosa che desideravo davvero per me stessa. Avevo già iniziato a dubitare... degli Ascesi e di poter davvero essere o fare ciò che mi chiedevano. Avevo già iniziato a rendermi conto che non potevo vivere in quel modo. Che io non ero la Vergine, ero migliore e più forte e destinata ad altro. Ma Casteel... è stato il catalizzatore, in un certo senso. E io l'ho scelto. L'ho scelto perché mi faceva sentire di essere qualcosa di diverso dalla Vergine, e vedeva *me* quando nessun altro l'aveva mai fatto. Mi faceva sentire viva. Mi apprezzava per chi ero e non cercava di controllarmi. Poi, quando mi sono resa conto della sua vera identità, e del motivo per cui era entrato a far parte della mia vita, mi è sembrato tutto una menzogna.»

Né Alastir né Jasper parlarono. Sentivo che Casteel mi stava ancora fissando.

Deglutii, ma il groppo era ancora lì. «Perciò, sì. Ero molto arrabbiata, ma quello che provavo per lui è rimasto, e dopo aver appreso tutta la verità sugli Ascesi e su quello che era successo a lui e a suo fratello, sono riuscita a comprendere perché avesse pensato di usarmi. Questo non significa che andasse bene, ma potevo capire. All'inizio ho rifiutato la sua proposta di matrimonio, giusto perché lo sappiate. Accettare Casteel e... e permettere a me stessa di provare i sentimenti che nutrivo per lui era un tradimento nei confronti di coloro che avevano perso la vita in tutta questa storia, e mi sembrava di tradire anche me stessa. Ma, nonostante tutto, ho comunque scelto lui.»

Chiusi gli occhi. Fino a quel momento avevo detto la verità, in parte nuova anche per me, e lo avevo fatto per la prima volta davanti a Casteel. Le parole successive furono più semplici, perché erano la bugia. «Ci siamo lasciati alle spalle il modo in cui ci siamo conosciuti. Io, almeno, l'ho fatto. Casteel mi ama, e io non sarei qui in una stanza piena di gente che ha passato l'intera maledetta cena a fissarmi disgustata o diffidente...» Aprii gli occhi, spostando lentamente lo sguardo sui due mortali dall'altra parte del tavolo. «... Se quello che proviamo l'uno per l'altra non fosse reale. E di sicuro non sarei diretta in un regno dove tutti probabilmente si scambieranno sussurri al mio passaggio, diffidando di ciò che sono e guardandomi come se non meritassi il minimo rispetto.»

I due uomini distolsero lo sguardo, arrossendo.

«Non...» Dante si mise a sedere. «Non so che cosa dire.»

«Non...» Casteel si schiarì la gola. «Non devi dire niente. E voi, tutti voi, dovete solo accettare che tutto questo è reale.»

Reale.

Alastir si appoggiò allo schienale della sedia, lo sguardo grave e cupo.

Fu Jasper a parlare, curvando lievemente le labbra. «Se tu l'hai scelta, come potremmo noi non fare lo stesso?»

Odio.

Fu quello che percepii in fondo alla gola, e che inalai con ogni respiro mentre sedevo alla tavolata. Giungeva da direzioni diverse in momenti differenti, rimbalzando per la stanza anche se la maggior parte della tensione se n'era andata quando si era capito che Casteel non avrebbe strappato il cuore ad Alastir né a Dante. La maggior parte dei presenti tornò alla propria cena e alle rispettive conversazioni. Tutti tranne Casteel, che mi guardava, e il Wolven dai capelli d'argento, che pure mi studiava come se fossi una specie di rompicapo.

Diversi altri, però, non mi fissavano e rimanevano in silenzio. Persone che non avevano proiettato prima le loro emozioni, adesso lo facevano.

La loro rabbia di un sapore amaro ammantava ogni sorso che bevevo e ogni boccone che ingoiavo. Non serviva un grande sforzo logico per rendersi conto che non erano felici delle parole di Casteel o di Jasper. Né le mie li avevano indotti a cambiare la loro opinione su di me. Non era così per tutti, grazie agli dei, ma abbastanza da sapere che non ero ancora la benvenuta lì.

Mentre tentavo, invano, di chiudere fuori le emozioni altrui, l'irrequietezza mi vibrava dentro, un'energia quasi nervosa. Non sapevo perché non ci riuscissi, dato che leggere le emozioni, se solo lo volevo, era diventato via via più facile nel corso della giornata. Era a causa della stanchezza? Forse era legato a quello che era successo a Beckett o forse perfino a quello che avevo fatto nella caverna con Casteel.

O forse era perché avevo scoperto che Casteel mi aveva nascosto dell'altro?

Probabilmente, tutto questo influiva sul mio improvviso fallimento nel bloccare le mie abilità.

Guardai il piatto di cibo rimasto quasi intatto davanti a me, e... semplicemente non desiderai più restarmene seduta lì.

Ed ero stufa di fare cose che non volevo.

«Scusatemi» dissi rivolta a nessuno in particolare, alzandomi.

Jasper mi osservò senza dire nulla, mentre giravo intorno alla sedia. Superai le tavolate, consapevole che al mio passaggio le conversazioni si interrompevano. Tenni la testa alta, con il rimpianto di non aver avuto la previdenza di passare in rassegna gli abiti che Vonetta aveva portato. Niente toglieva dignità all'uscita di una persona quanto indossare abiti di diverse taglie più grandi.

Dubitavo comunque che indossare tuniche graziose, o anche il più lussuoso degli abiti, avrebbe fatto la minima differenza.

Aprii una delle porte e uscii, prendendo boccate d'aria profonde e libere dalle emozioni altrui. Nel cielo, sempre più scuro, avevano già iniziato a brillare le stelle. Alzai lo sguardo. Finalmente potevo chiudere me stessa al mondo.

Quando mi voltai scorsi Delano e Naill seduti sul muro in rovina che portava alla Baia. Non cercai di leggere le loro emozioni, e funzionò. Non me le ritrovai sbattute addosso a forza.

«Hai l'aria di avere bisogno di qualcosa da bere.» Delano mi offrì la bottiglia di liquido bruno che teneva in mano. «È whisky.»

Andai da lui e presi la bottiglia per il collo. «Grazie» dissi, sollevandola. Emanava un intenso aroma di legno.

«Sa di piscio di cavallo» disse Naill. «Io ti ho avvertito.»

Annuii, portando la bottiglia alla bocca e ingollando un lungo sorso. Il liquore mi bruciò la gola e gli occhi. Tossendo, mi premetti il dorso della mano sulle labbra e restituii la bottiglia a Delano. «Non so che sapore abbia il piscio di cavallo, ma sono sicura che sia un paragone appropriato.»

Naill ridacchiò.

«Ci stavamo preparando a entrare là dentro.» Delano distese le gambe, incrociando le caviglie. «Ma abbiamo pensato di aspettare che l'aria si alleggerisse un po'.»

«Buona scelta» borbottai.

«Sembra che si sia effettivamente un po' alleggerita adesso.» Lo sguardo di Naill si spostò oltre la mia spalla.

I muscoli dietro al mio collo si irrigidirono. «Ti prego, dimmi che non è lui.»

«Be', suppongo dipenda da chi è *lui*» disse Delano in tono strascicato.

Mi voltai e vidi Casteel scendere i gradini e percorrere il breve tratto che ci separava, gli occhi puntati sui miei.

«Ho la sensazione che l'aria adesso diventerà un po' più

pesante qui.» Naill saltò giù dal muro. «Credo sia ora di entrare.»

«Saggia scelta» sottolineò Casteel, senza che il suo sguardo, quasi feroce, lasciasse il mio.

Delano si staccò dal muro. «Per favore, niente pugnalate. Mi rendono nervoso.»

Incrociai le braccia. «Non faccio promesse.»

Casteel fece un sorrisetto, ma non disse nulla mentre Naill e Delano rientravano nella fortezza. Mi fissava.

Io lo fissai di rimando. «Ti serve qualcosa?»

«È una domanda insidiosa.»

«Speravo fosse retorica, e che la risposta fosse *ovviamente no*» dissi io.

«Mi dispiace deluderti» replicò lui. «Perché te ne sei andata?»

«Volevo qualche momento per me stessa, ma a quanto pare è impossibile.»

Un muscolo guizzò sulla sua guancia. «Mi dispiace, Poppy.»

Inarcai le sopracciglia e mi concentrai su di lui. Dentro c'era ancora un intenso cordone di rabbia, e io non volevo scavare più a fondo negli strati delle sue emozioni. «Per che cosa, esattamente?»

«Per più di una cosa, a quanto sembra» replicò, e io socchiusi gli occhi. «Ma vorrei cominciare dal modo in cui la mia gente si è comportata nei tuoi confronti. Detesto che ti abbiano fatto sentire così male accetta, e detesto che tu sappia quello che provano. Posso prometterti che questo cambierà.»

«Credi... credi davvero di poterlo cambiare? Non puoi» gli dissi prima che rispondesse. «Non mi importa se mi accettano oppure no. In ogni caso io me lo aspettavo, ed è impossibile che non te lo aspettassi anche tu. Speravi solo che non lo percepissi.»

«*Avrei voluto* che non lo sapessi» mi corresse. «Come potrei non desiderarlo? E credo davvero che quello che provano nei tuoi confronti cambierà.»

Serrai le labbra e distolsi lo sguardo. Non credevo fosse impossibile che cambiassero idea. I sentimenti non erano una cosa stagnante. Così come non lo erano le opinioni e le convinzioni. E se avessimo smesso di credere che le persone potevano cambiare, allora tanto valeva lasciare che il mondo bruciasse.

«Dobbiamo parlare, e non della gente in quella stanza» disse lui.

Mi voltai verso il riflesso della luna che tremolava sulla Baia. «Adesso è l'ultima cosa che voglio fare.»

«Hai idee migliori?» Casteel si avvicinò di un passo, e il suo calore e il suo profumo mi raggiunsero. «Io so di averne.»

Gli lanciai un'occhiataccia. «Se stai suggerendo quello che credo, ti pugnalerò di nuovo al cuore.»

Gli occhi di Casteel balenarono di un caldo color miele. «Non tentarmi con vuote promesse.»

«Sei davvero perverso.»

«Alastir aveva ragione. Sono davvero uguale a mio padre, quando si tratta di donne armate con oggetti affilati» disse lui.

«Non mi interessa.»

Casteel ignorò le mie parole. «Mia madre ha pugnalato mio padre un bel po' di volte nel corso degli anni. Lui sostiene di esserselo meritato ogni volta, e sinceramente non è mai sembrato così arrabbiato per quelle coltellate. Probabilmente perché dopo ogni battibecco se ne rimanevano chiusi nelle loro stanze private per vari giorni.»

«Felice di sapere che la mela squilibrata non cade troppo lontano dall'albero pazzo.»

Lui ridacchiò.

Alle nostre spalle la porta si aprì e ne uscì a passo lento Kieran. «Non urlatemi addosso» disse mentre la porta si richiudeva dietro di lui, «ma mio padre vuole parlarti.»

«Tuo padre?» Aggrottai la fronte, poi compresi. «Jasper?»

Kieran annuì, e così seppi perché avevo trovato familiari alcuni dei lineamenti di Jasper.

Ancora una volta un muscolo guizzò sulla guancia di Casteel. «Dovrà...»

«Va' da Jasper» lo interruppi. «Perché, come ho già detto, io in questo momento non ho molta voglia di parlarti.»

«Continua a ripetertelo, e magari diventerà vero.» Casteel si voltò verso Kieran e io fui *a tanto così* dal mollargli un pugno. «Spero davvero che tuo padre abbia una buona ragione per volermi parlare proprio adesso.»

«Conoscendolo, probabilmente vuole solo riderti in faccia» replicò Kieran. «Perciò, buon divertimento.»

Casteel mostrò il medio a Kieran e raggiunse la porta a grandi passi.

«Davvero regale» gli disse Kieran, poi si voltò verso di me. «Vieni, Penellaphe. Ti accompagno nella tua stanza. Poi dovrò assicurarmi che Casteel non finisca davvero per sbudellare qualcuno, perché di sicuro mio padre lo farà impazzire.»

«Non ho...» Esalai un pesante sospiro, troppo irritata perfino per litigare. «Come vuoi.»

Kieran allargò un braccio e attese. Ricacciando giù una sfilza di imprecazioni, lo superai.

«È stata una cena spettacolare» disse mentre percorrevamo il perimetro della fortezza.

«Vero, eh?»

Lui sbuffò.

Non parlammo durante il tragitto fino alla mia stanza. Solo quando andò a chiudere la porta gli chiesi: «Che ruolo ha tuo padre? È il capo dei Wolven?».

«Parla a loro nome, sì. Porta problemi o idee all'attenzione del re e della regina.»

Mi venne in mente che Vonetta voleva tornare a trovare sua madre, a casa, così domandai: «Tuo padre viene di frequente a Spessa?».

«Viene con una certa regolarità per vedere come stanno i Wolven della cittadina. A volte, nostra madre viaggia con lui, ma ora è vicina al parto.»

Per un momento non compresi quello che aveva detto. Poi capii. «Tua madre è incinta?»

Sul suo volto comparve un lieve sogghigno. «Sembri molto sorpresa.»

«Scusami. È solo che... tu hai più o meno l'età di Casteel, giusto?»

«Siamo coetanei. Vonetta – che non sarà la piccola della famiglia ancora per molto – è nata sessant'anni dopo di me» rispose Kieran. «Mio padre ha quasi seicento anni... mia madre quattrocento. Insieme ad Alastir, è uno dei Wolven più vecchi ancora in vita.»

«Accidenti, è proprio... una bella differenza di età tra fratelli» mormorai.

«Non se rifletti su quanto tempo occorre a un Wolven per crescere. Beckett può dimostrare non più di tredici anni, ma nella realtà ne ha parecchi più di te. E così Quentyn.»

Aveva senso. Casteel aveva detto che quando un Atlantiano giungeva alla Transizione, il suo processo di invecchiamento rallentava. Quentyn dimostrava la mia età o poco meno, ma molto probabilmente era nato parecchi anni prima rispetto a me. «Come ha fatto tuo padre ad assumere quel ruolo?»

«Non molti Wolven sopravvissero alla guerra, perciò, semplicemente, non ce n'erano tanti tra cui scegliere» spiegò. Era una cosa triste, a pensarci. «Sei sicura che sia questa la domanda che volevi farmi?»

Sì.

Ma in realtà no.

Un'altra domanda mi bruciava dentro, ma non l'avrei posta.

Kieran esitò, poi annuì. «Allora buonanotte, Penellaphe.»

«Buonanotte» mormorai, e lì rimasi finché la porta si chiuse. Poi mi ritrovai da sola. Sola con i miei sentimenti, e i miei pensieri.

Promesso a un'altra.

Mi spostai lentamente nella camera da letto, sentendomi avvolgere dalla stanchezza. Andai a guardare i vestiti portati da Vonetta, sollevata che non ce ne fosse nemmeno uno bianco. Raccolsi una tunica blu scuro, con sottili ricami dorati lungo l'orlo e le bordature. Era lunga e senza maniche, con spacchi sui lati. Ce n'era un'altra dorata, quasi del colore degli occhi di un Elementale. Ne lisciai il cotone morbido. Un'altra era verde smeraldo, con maniche decorate e una scollatura elegante. Spostai da parte le tuniche e trovai due paia di calzamaglie nere, spesse quanto brache. Entrambe sembravano potermi andare. Un mantello con cappuccio in cotone era ripiegato sopra diversi indumenti intimi nuovi. Vonetta mi aveva menzionato il mantello, e adesso che lo vedevo sapevo che aveva ragione quando aveva detto che era molto più adatto di quelli pesanti e invernali.

Ma a confondermi erano gli indumenti che stavano sotto il mantello.

C'era un tocco di colore azzurro pallido quasi quanto gli occhi di un Wolven. Sollevai l'indumento, di seta scivolosa, e le minuscole spalline e la lunghezza ridottissima mi fecero sgranare gli occhi.

Era una cosa indecente.

Ma la camicia da notte che mi era stata data a Nuovo Nido era di gran lunga troppo pesante per le notti in cui la temperatura non scendeva sotto zero, e non c'era bisogno di una cintura per tenere chiusa questa... questa *camicia da notte*. Era già qualcosa.

La lasciai cadere sul letto, mi voltai e dopo un tempo che non seppi definire, scattai per tornare di corsa nella zona giorno. Andai alla porta e vi posai sopra le mani. Esitando, presi la maniglia e la abbassai.

La porta si aprì.

La chiusi in fretta e arretrai lentamente, in attesa che Kieran tornasse dopo essersi reso conto di non aver chiuso a chiave. Quando non lo fece – quando non venne nessuno – mi tremarono le mani. E quando realizzai che nessuno aveva mai chiuso a chiave la porta quel giorno, e nemmeno la notte in cui io e Casteel eravamo arrivati, iniziarono a tremarmi le braccia.

Non ero più in gabbia. Ero una prigioniera volontaria. Semplicemente, non mi ero resa conto che nessuna di quelle porte era stata chiusa a chiave dall'esterno.

Dei.

Capirlo sortì un certo effetto su di me. Scatenò in me un'emozione intensissima, e fu un grosso colpo. Scivolai sul pavimento e mi coprii il volto con le mani, con le lacrime che mi scorrevano sul viso. Le porte *non erano chiuse a chiave.* Non c'erano guardie, non c'era nessuno a controllarmi. Se volevo, potevo semplicemente uscire e andare... be', ovunque mi paresse. Non dovevo svignarmela di nascosto o scassinare la serratura. Le lacrime... nascevano dal sollievo, ed erano intinte nelle sofferenze passate, quelle recenti e quelle più lontane, con le cicatrici che mi avevano lasciato molti anni prima.. Erano appesantite dal presagio del dolore futuro, e sgorgavano dalla consapevolezza che quella sera, seduta a quel tavolo, difendendo me stessa mi ero finalmente tolta il velo della Vergine. Non che non lo avessi già fatto prima. Mi ero battuta per me stessa con Casteel e Kieran, e perfino con Alastir. Ma quella sera era stato diverso. Perché ora non era più possibile tornare al silenzio, a quella sottomissione. Non importava se ero il collo che faceva ruotare il capo di un regno o una forestiera in una stanza piena di gente che aveva tutto il diritto di diffidare di me. Restare in silenzio era stato solo temporaneamente più facile; infrangerlo, e rendersene conto, era doloroso. Gettava luce su tutte le volte che avrei potuto farmi sentire... e rischiare di affrontarne le conseguenze. Tutto questo alimentava le mie lacrime.

Piansi. Piansi finché mi venne mal di testa. Piansi finché non rimase nulla in me e io fui solo un recipiente vuoto, e poi... mi ricomposi.

Perché non ero più una prigioniera.

Non ero più la Vergine.

Dovevo gestire quello che provavo per Casteel, e che stavo solo iniziando ad accettare.

Ciò che avevo detto quella sera, a cena, era vero. Tutto quanto. Perfino quell'ultima parte era vera, no? Anche se non lo avevo perdonato del tutto per le sue bugie o i lutti che aveva provocato, li avevo accettati perché erano una parte del suo passato – del nostro passato – e non cambiavano i sentimenti che provavo. Giusto o sbagliato che fosse. Ecco che cosa avevo negato così a lungo.

Lo amavo.

Ero innamorata di lui, anche se quell'amore era stato costruito su fondamenta di menzogne. Lo amavo anche se c'era così tanto che non sapevo di lui. Lo amavo, nonostante per lui fossi una pedina volontaria.

E non era successo da un giorno all'altro. Non avrebbe dovuto sconvolgermi, perché ero già innamorata di lui nel momento in cui il mio cuore si era spezzato, quando avevo appreso la sua vera identità. Mi ero innamorata di lui quand'era Hawke, e avevo continuato a innamorarmi una volta appreso che era Casteel. E sapevo che il motivo non risiedeva nel fatto che lui fosse il mio primo *tutto*. Sapevo che le cause non erano la mia ingenuità o la mia mancanza di esperienza.

Era perché mi faceva sentire *riconosciuta*, e mi faceva sentire *viva*, perfino quando volevo davvero fargli del male fisico. Avevo continuato a innamorarmi quando mi aveva dato una spada o un arco, senza mai, nemmeno una volta, dirmi di non prendere un'arma. Mi ero innamorata sempre di più quando mi ero resa conto che Casteel indossava molte maschere per diverse ragioni. Quello che provavo era solo cresciuto, quando avevo compreso che avrebbe in effetti ucciso chiunque mi avesse insultata, indipendentemente da quanto fosse sbagliato. E quell'amore... si era radicato nel profondo quando avevo capito quale forza e quale volontà possedesse per sopravvivere a ciò che gli era successo, ritrovando *comunque* pezzi della persona che era stato un tempo.

E il fiato che mi mancava, i brividi e la brama che sentivo ogni volta che mi guardava, quando i suoi occhi erano come fiamme d'oro gemelle, ogni volta che mi toccava, andavano oltre la lussuria. Non mi serviva l'esperienza per riconoscere la differenza. Casteel non possedeva pezzi di me. Possedeva tutto il mio cuore, ed era così fin da quando mi aveva permesso di difendere me stessa, e si era messo al mio fianco anziché di fronte a me.

Rendersene conto era terrificante. Mi spaventava più di quanto avrebbe mai fatto un'orda di Craven o di Ascesi sanguinari. Perché dovevo affrontare i veri sentimenti di Casteel.

Il motivo per cui non mi aveva parlato di quella Gianna era lo stesso per cui non mi aveva parlato dell'Unione o di Punta di Spessa. Kieran poteva avere ragione, o torto. Casteel poteva tenere a me – abbastanza da non volere che mi venisse inflitto del male non necessario – e poteva desiderarmi fisicamente, ma questo non significava che fossimo cuori gemelli. Non voleva dire che mi amasse. E nessuna finzione avrebbe cambiato questo, o ciò che provavo io.

Dovevo affrontare quella realtà.

E lo avrei fatto.

Perché il mio accordo con Casteel era valido. Non me ne sarei tirata fuori per quello che provavo o per i miei sentimenti feriti. Mio fratello era più importante.

Sollevai la testa, puntando gli occhi arrossati sulle antiche pareti di pietra. La gente di Solis era più importante di come mi sentivo io, così come tutti coloro che consideravano Atlantia la loro casa. Il fratello di Casteel era più importante, così come tutti quei nomi sulle pareti delle stanze sotterranee.

Casteel e io potevamo cambiare le cose. Potevamo fermare gli Ascesi, e questo era ciò che contava.

Mi rialzai, e con passo malfermo andai nella piccola stanza da bagno, grata che Casteel non fosse tornato durante il mio crollo totale e quel momento di epifania. Mi lavai il viso dalle lacrime e mi spogliai, infilando quella camicia da notte che potevo a malapena considerare un capo d'abbigliamento. Il tessuto fresco mi sfiorava i seni e i fianchi e mi arrivava appena sotto il fondoschiena. L'indomani mi sarei domandata se le donne dormivano effettivamente con addosso... ritagli di seta del genere, ma quella notte ero troppo stanca anche solo per preoccuparmene. Dopo avere chiuso a chiave le porte, nascosi il pugnale sotto il cuscino. Mi coprii e cercai di non pensare all'odore di Casteel che impregnava ogni cosa. Chiusi gli occhi doloranti, e sfinita com'ero per *tutto quanto* caddi immediatamente nell'oblio del nulla.

Fu il letto che si piegava sotto un peso inaspettato a svegliarmi, tempo dopo. Rotolai su un fianco e sfilai il pugnale da sotto il cuscino.

Nell'ombra della stanza, una mano mi prese per il polso e una voce sussurrò: «Mi pugnalerai al cuore? Di nuovo?».

33

Al suono della voce si aggiunse il profumo di ricche spezie e pino.

Casteel.

Il mio cuore impazzito non voleva saperne di rallentare. «Perché non mi lasci il polso, così lo scoprirai?»

«Mi sembra decisamente un sì» replicò. I miei occhi si stavano abituando al buio e il bagliore della lampada oltre il baldacchino lasciava Casteel perlopiù in ombra, ma riuscii comunque a scorgere il sopracciglio inarcato e la piega divertita delle labbra.

Promesso a un'altra.

La rabbia mi investì come un'ondata di calore, scacciando via i residui di sonno. «Lasciami andare.»

«Non so se mi conviene.» E mentre il suo pollice si muoveva in un cerchio pigro all'interno del mio polso aggiunse: «Probabilmente qualcuno si arrabbierebbe parecchio se tu mi accoltellassi e il mio sangue si spargesse su tutto il letto».

«Potresti sempre ripulirlo.»

«L'idea di essere pugnalato e poi dover anche ripulire il mio sangue mi sembra totalmente folle.»

Feci forza per liberarmi dalla sua presa, ma la mia mano

rimase inchiodata al letto. «La cosa veramente folle è la tua presenza qui! Come hai fatto a entrare? Avevo chiuso le porte a chiave.»

«Davvero?»

«Sì...» Sospirai. «La chiave. Hai la chiave.»

«Forse.» Casteel inclinò la testa. «Hai pianto?»

«Ma che dici? No» mentii.

«Allora perché hai gli occhi gonfi?»

«Probabilmente è perché sono stanca. Stavo dormendo, ma tu mi hai svegliata.»

«Sarei voluto tornare prima... e mi sembra di avere sempre questo desiderio.» Pareva convinto della mia risposta. «Soprattutto quando indossi qualcosa di così interessante.»

La coperta mi era scivolata fin giù alla vita durante il sonno e la profonda scollatura della camicia da notte era visibilmente esposta. Sentii un calore al collo e tra il rigonfiamento dei seni. «Non avevo altro da indossare, a parte la vestaglia.»

«Mi piace.» Casteel si spostò per mettersi comodo, allungando l'altra mano e infilando un dito sotto una delle spalline. «Queste spalline sono così minuscole. Mi piacciono.»

Gli schiaffeggiai la mano. «Puoi lasciarmi il polso. Non ti pugnalerò.»

«Lo trovo stranamente deludente.»

«E io lo trovo estremamente disturbante.»

Casteel emise una risata profonda e mi lasciò il polso. Provai a muovermi, ma lui fu molto più veloce e si spostò quel tanto che bastava per ritrovarsi sopra di me. Il suo corpo caldo premeva contro il mio petto e una delle sue lunghe gambe finì tra le mie, mandando in cortocircuito i miei sensi. Una vampata si diffuse lungo il mio corpo, che divenne fin troppo consapevole di quanto Casteel fosse vicino.

«Che stai facendo?» domandai.

«Mi assicuro che tu stia comoda.»

«E in che modo pensi di riuscirci se stai sdraiato su di me?»

«In nessuno.» Sul suo volto fece capolino un sogghigno enigmatico. «Sto così solo perché mi piace stare sdraiato sopra di te, semplice.»

«Be', a me non piace» sbottai, con il cuore in tumulto.

Il petto di Casteel che strusciava contro il mio mi dava i brividi. «Bugia.»

«Invece no.» Gli puntai il pugnale contro il collo. «Sul serio.»

«Ti ricordi quello che è successo l'ultima volta che mi hai puntato un pugnale alla gola?» I suoi polpastrelli mi toccarono la guancia e scivolarono lungo la mascella. «Io sì.»

Il piacere mi lambiva seguendo le sue dita. «Era solo una temporanea perdita di sanità mentale.»

«È quella che preferisco.» Casteel mi passò le dita lungo la gola e la scapola. «Quelle spalline mi piacciono proprio.»

«E a me proprio non interessa.»

Le sue dita scivolarono sotto la spallina mentre la sua mano circondava la mia spalla. «Menti con tale dolcezza.»

Lo ignorai. «Casteel...»

«Ma ancora più dolce è il modo in cui pronunci il mio nome.»

Mi sfuggì un piccolo ringhio. «Sei...»

«Meraviglioso? Affascinante? Impossibile da rifiutare?»

«Sempre più irritante.»

«Eppure, ancora non hai usato il pugnale che mi punti al collo.»

«Penso alle persone che dovranno ripulire il macello.»

«Davvero premuroso da parte tua.» Casteel giocherellò con la spallina. «Ti ho detto che sei bellissima?»

«Che?» Il cambio d'argomento mi disorientò.

«Forse sì, ma non ricordo di averlo fatto» proseguì lui, strattonando con delicatezza la spallina. «E poi ho pensato che non fosse quel tipo di complimento da dire troppo spesso. Sei bellissima, Poppy.»

Il mio stupido, stupido cuore mancò un battito. «È per questo che hai deciso di svegliarmi nel cuore della notte?»

«Sei bellissima.» Casteel inclinò la testa, io trasalii al tocco delle sue labbra. Un bacio sulla mia cicatrice più lunga, quella sulla guancia, e poi un altro su quella più corta, sopra l'occhio. «Entrambe le tue metà, e non dovresti mai domandarti perché la gente pensa che tu sia bella, nel modo più assoluto, indiscutibile e incredibile.»

Un altro battito perso, ma lo ignorai. «Usi un sacco di aggettivi.»

«Posso trovarne altri.»

«Non sarà necessario» consigliai. «Quindi, ora che mi hai detto tutto ciò, puoi levarti di dosso.»

Lui sorrise contro la mia guancia. «Ma sei così comoda, principessa, e mi provochi... be', mi provochi e basta.»

Cosa gli provocavo? Lussuria? Divertimento? Svago? L'impulso a indagare le sue emozioni era difficile da ignorare. «Non è una ragione valida.»

«È l'unica ragione.»

La pelle mi formicolava per l'irritazione, nonostante il suo respiro danzasse sulle mie labbra mentre le sue dita mi sfioravano un lato del seno. «Be', buon per te, ma non serve che tu stia qui.»

«Capisci, è quello il problema.» La voce si abbassò in un sussurro mentre la sua mano scivolava sulla seta della camicia da notte. Un tessuto così sottile che non mi riparava dal tocco ardente del suo palmo. «Non hai bisogno di me.»

«Non mi sembra un problema.»

«Ma...» Le sue labbra si allontanarono dalle mie, facendomi mancare il fiato, e la sua mano si insinuò sotto la coperta, sul mio fianco. Le sue dita raggiunsero la pelle nuda, e io avvertii un fiotto di calore bagnato. «Ma tu mi vuoi.»

I muscoli si contrassero con forza nel mio stomaco e poi più in basso, mentre premevo il filo tagliente della lama contro la sua gola, graffiandogli la pelle. «Non adesso» gli dissi.

Imperterrito, nonostante il coltello, lui riavvicinò la bocca. Le sue labbra giocavano sopra le mie mentre parlava. «Riesco a sentire che sei eccitata, principessa.»

Impossibile negarlo. Potevo mentire quanto volevo, ma dovevo comunque sforzarmi perché le mie labbra non andassero incontro alle sue, o per allontanare la sensazione di Casteel, gonfio e duro dentro di me, provata quel giorno. Tuttavia, la ferita inferta dalla mia presa di coscienza e il ricordo sconvolgente del dolore avvertito al pensiero di Casteel già promesso a un'altra erano stati un avvertimento a cui dovevo dare retta prima di perdere di vista ciò che era importante.

«Anche se il mio corpo ti vuole, questo non significa che altre parti di me abbiano lo stesso desiderio.»

«Allora, forse, dovremmo fingere di più?» propose, facendo scivolare le dita vicino a dove spasimavo. Se avesse raggiunto quell'area, sapevo che sarei stata perduta.

Non era lui ad avere il potere, ma il desiderio che *io* provavo per lui.

«O magari la smettiamo di fingere» disse. «A essere sincero, lo preferisco.»

Anche io, ma quello che per me era reale era talmente diverso da ciò che lo era per lui.

Con il cuore che martellava, alzai la testa. Le mie labbra sfiorarono le sue mentre dicevo: «Dato che presto sarai a casa, sono certa che potrai far visita ad altri letti che non ti chiederanno di *fingere*. E sono sicura che saranno numerosi. A cominciare da quello di Gianna».

Casteel restò immobile, così come la sua mano nella parte interna della mia coscia. Poi alzò la testa. «Non puoi dire sul serio.»

«Ti sembra forse che stia scherzando?»

Casteel rotolò via. Io mi trattenni prima di dire qualcosa di irrazionale per fermarlo e, stringendo il pugnale, mi misi a sedere. Poi, lui si alzò velocemente dal letto, lasciando un vuoto.

Qualcosa di amaro invase le mie vene, e io chiusi gli occhi. Avevo raggiunto il mio scopo: lui non era più a letto. E allora perché non mi sentivo sollevata?

«Non riesco a credere che tu l'abbia detto davvero.»

Spalancai gli occhi, incredula. «Ah, no?»

Casteel era un'ombra oltre il baldacchino. «No, dannazione.»

Annaspai spostandomi sulla coperta, spalancai la cortina e quasi ruzzolai giù dal letto. Un sottile rivolo di sangue gli scendeva lungo il collo, anche se la ferita che gli avevo procurato di fatto era già guarita.

Mi alzai in piedi e gettai il pugnale sul comodino. Con buona probabilità l'avrei usato, soprattutto dopo essermi voltata e aver notato il lento esame di cui ero oggetto: dalla punta dei piedi in su, lungo le gambe nude, fino all'orlo ondeggiante della camicia da notte e alla profonda scollatura. Gli occhi d'ambra infuocata si fissarono sui miei.

Strinsi i denti. «Eri promesso a un'altra, Casteel.»

«Non hai sentito quando ho detto chiaramente di non aver mai fatto quella promessa?»

«Ascoltavo con molta attenzione.»

«A quanto pare, non abbastanza.» Casteel socchiuse gli occhi. «Sai, sono felice che tu abbia tirato fuori il discorso. Per un attimo avevo dimenticato che dovevamo parlarne. Davvero hai creduto che fossi già fidanzato con un'altra?»

«Dici sul serio?» dissi con voce strozzata, serrando i pugni. «Davvero?»

Lui incrociò le braccia. «Direi proprio di sì.»

«Perché diavolo ti sorprendi che ci abbia creduto? Considerando la tua meravigliosa storia fatta di bugie e mezze verità.»

Il suo sguardo aveva perso il furore: ora vi leggevo la sorpresa. Poi socchiuse di nuovo gli occhi. «Ecco la verità, Poppy: sì, in molti si aspettavano che mi sposassi. Ne sono certo. Mio padre ne ha discusso per decenni, senza chiedermi se fosse quello che volevo. Questo dovrebbe suonarti familiare.»

Tanto familiare che trasalii. «Pensavo fossero rari i matrimoni tra Atlantiani per motivi diversi dall'amore.»

«È così. Ma come di sicuro ricorderai, i miei genitori avrebbero già dovuto smettere di regnare decenni fa. Mio padre credeva che forse, se mi fossi sposato, avrei smesso di cercare Malik e avrei fatto quello che lui riteneva giusto. Sapeva che volevo bene a Gianna e che eravamo cari amici, quindi pensava che, per me, sarebbe stata una buona scelta.»

Gianna. Un nome raro e ricercato. L'idea che effettivamente ne parlassero da decenni, e che quindi probabilmente tra loro due dovessero esserci dei trascorsi, mi fece provare un improvviso bruciore alla gola, il sapore di un'emozione di cui non avevo il diritto. «Una buona principessa, intendi?»

«Immagino di sì, ma, per rispondere alla tua domanda, non ho mai discusso la questione perché non volevo ferire Gianna, né volevo che lei si sentisse rifiutata da me» disse Casteel. «Non se lo merita, dato che non è stata una sua iniziativa quella di corteggiarmi.»

Ma Gianna *lo aveva corteggiato* o no? Riuscii a resistere e a non fare quella domanda. «Però non mi hai mai parlato di lei... di ciò che ci si aspettava da te.»

«Giuro davanti agli dei che fino a quando Alastir non se n'è uscito con i miei obblighi lo avevo dimenticato, Poppy. Avevo per la testa cose molto più importanti. E immaginavo che mio padre avesse abbandonato l'idea» disse. «Non pensavo che Alastir potesse tirare fuori il discorso. Ma Alastir è...» Scosse la testa. «Puoi decidere di non credermi, ma questa è la verità. E anche se mi fossi ricordato, perché mai avrei dovuto rivelare alla donna che cercavo di convincere a sposarmi una promessa *mai fatta* a un'altra?»

«Forse perché così sarei stata preparata, quando ne avessi sentito parlare?» quasi urlai. «E non sarei stata qui impalata a pensare che eri fidanzato con un'altra mentre tu e io...» mi interruppi.

«Mentre tu e io che cosa, Poppy? Ci baciavamo. Ci davamo piacere? Facevamo sesso? Scopavamo? Facevamo l'amore?»

Risucchiai un respiro stridulo. «Facevamo l'amore?» sussurrai.

«So che non è quello che stavamo facendo» disse lui con gli occhi che balenavano di oro freddo. «Se avessimo fatto l'amore, non perderesti nemmeno un secondo a supporre che io sia fidanzato con un'altra.»

«Non capisco dove vuoi arrivare» ammisi. «E non capisco nemmeno perché sei arrabbiato.»

«Perché *io* non riesco a concepire come tu abbia potuto, effettivamente, credere che io potessi essere fidanzato con un'altra e fare le cose che ho fatto con te.»

«Parli come se io sapessi tutto di te!» Alzai le braccia per la frustrazione. «Per tua informazione, essere in grado di percepire le emozioni non mi fa conoscere una persona così a fondo. Tu ti comporti come se per me fosse così, invece, considerato che fai un'accurata selezione delle cose che mi dici, ti conosco a malapena. Mi riveli solo quello che ritieni opportuno, e per farmi delle opinioni io devo mettere insieme frammenti sparsi delle tue confidenze e poi devo decidere se stai mentendo o no!»

Casteel avanzò di un passo. «Da quando hai saputo chi sono veramente sono sempre stato sincero con te, tranne che sul mio bisogno di nutrirmi.»

«Anche se fosse così, non ti conosco ancora abbastanza bene da sapere cosa saresti disposto o meno a fare.»

«Ci hai provato davvero a conoscermi?» domandò lui.

«Sì!»

Lui inarcò le sopracciglia. «Sul serio? È questo che fai quando sembri sul punto di fare una domanda, ma poi ti costringi a stare zitta?»

«Reagisco così perché quando ti faccio una domanda tu non rispondi oppure svicoli!» Feci per voltarmi, ma poi ci ripensai. «Raccontami dei discorsi da cui tu e tuo fratello fuggivate per andare nelle caverne. Dimmi perché ti rifiuti di salire al trono pur sapendo che tuo fratello, quando riuscirai a liberarlo, non sarà in grado di regnare» pretesi. «Dimmi perché, cazzo, hai pensato fosse giusto rapirmi e usarmi come pedina di scambio, ancor prima di conoscermi!» La frustrazione mi riempì la gola. «Dimmi perché non ti è mai venuto in mente di parlarmi dell'Unione. Raccontami di Gianna, Casteel. Lei tiene a te? Desidera questo fidanzamento? Tu tieni a lei?»

Lui esalò un respiro brusco e scosse la testa, ma io non avevo ancora finito.

«Perché, prima di arrivare qui, non mi hai mai detto la verità su Spessa? Perché non ti sei fidato a condividere quell'informazione? Parlami di *lei*. Della persona che hai amato e perduto a causa degli Ascesi. Raccontami cosa le è successo. Pronuncerai mai il suo nome?» Il mio petto si alzava e si abbassava ansimando, la rabbia ottenebrava i miei sensi, tanto da schermare completamente le sue emozioni. «Dimmi come puoi sopportare di stare vicino a me che rappresento quella gente che ti ha tolto tutto, o quasi. Qual è il vero motivo per cui stanotte sei venuto nella mia stanza? Dimmi qualcosa che abbia una vaga importanza! Ma che sia vera.»

Casteel fece un respiro pesante. «Vuoi sapere una cosa vera?»

«*Sì.*»

«Stanotte, sono venuto nella tua stanza per capire se quello che hai detto a cena era vero. Che sono stato il primo a vederti per quello che sei veramente. Che sono stato la prima cosa che hai potuto scegliere per te stessa, dapprima come Hawke, poi confermando la tua scelta, nonostante la verità» ringhiò con gli occhi luminosi. «Sono venuto qui, stanotte, per sapere se davvero sei convinta di aver tradito non solo Vikter e Rylan, ma anche tutti gli altri e, soprattutto, te stessa. Sono venuto qui per capire se qualcosa è cambiato. Se quello che hai detto era *reale*, o se stavi solo *fingendo*.»

Feci un passo indietro. Mi sentivo così esposta, e quella ridicola camicia da notte non c'entrava nulla. Non mi aspettavo che tirasse fuori questi discorsi. Non sapevo perché, ma non lo avevo previsto.

Lui scosse la testa e scoppiò in una breve risata priva di allegria. «Già. Silenzio. Come al solito. Ecco perché non ho mai pensato di doverti confidare quello che mi hai chiesto.»

Lo fissai, con le braccia e le mani tremanti. «Non capisco che cosa vuoi da me.»

«Tutto» sputò a denti stretti. «Io voglio *tutto*.»

Un brivido mi percorse la pelle. «Non... non capisco che cosa intendi» sussurrai. La gola che bruciava senza un motivo apparente. In realtà, era perché non avevo ancora pianto tutte le mie lacrime. Lacrime che adesso minacciavano di nuovo di sgorgare. «Non capisco niente di tutto questo. Non capisco te. Né me stessa. Quello che dovrei provare. Come fare a dimenticare ogni cosa. Non...» Strinsi le labbra e mi passai le dita sul viso, sulle cicatrici che aveva baciato. Abbassai le mani. «Non capisco.»

I tratti duri del suo volto si addolcirono, e fu come guardare una maschera scivolare via davanti ai miei occhi. Avanzò di un passo, poi si fermò. «E tu credi che io ci capisca qualcosa, Poppy? Nulla di tutto questo doveva succedere.

Avevo fatto dei piani. Prenderti prigioniera e usarti per i miei scopi: liberare mio fratello e, forse, con il favore degli dei, impedire una guerra... o almeno ridurre lo spargimento di sangue.»

Casteel distolse lo sguardo e si passò una mano fra i capelli. «Il piano era quello. Ma è andato a farsi fottere non appena sei entrata in quella maledetta Perla Rossa.» Chiuse gli occhi. «E ogni volta – ogni maledetta, singola volta – che ho parlato con te o che ti ho vista sorridere o che ho ascoltato la tua risata, ho imparato a conoscerti, sempre di più, e quei progetti hanno iniziato ad avere sempre meno senso. E credimi se ti dico, Poppy, che quei piani erano molto più sensati... di tutto questo.»

Ero paralizzata, il mio respiro si era bloccato.

«Sono un principe. Ho un intero regno che conta su di me perché risolva i problemi, perfino quelli di cui il popolo non è consapevole, ma io... non potevo. Non potevo consegnarti, nemmeno per riavere mio fratello.» Si voltò verso di me, con gli occhi quasi illuminati. «Perché quando sono con te, i miei pensieri non sono rivolti a quel regno che conta su di me. E di giorno, quando c'è troppo silenzio, io non mi ritrovo di nuovo in quelle fottute gabbie. E non penso al male che stanno facendo a mio fratello. I colpi. La fame. Gli stupri. Lo stanno trasformando in un mostro, un mostro peggiore di quel che perfino loro possono immaginare. Ma quando sono con te, non penso a nulla di tutto questo.»

Mi portai le mani al petto... il mio cuore martellava mentre i lineamenti di Casteel si facevano confusi. Poi finalmente lo sentii. Il suo dolore. La sua confusione. La sua *meraviglia*.

«Mi dimentico.» Tacque, scuotendo la testa confuso. «Mi dimentico di lui, della mia gente, e non capisco come sia possibile. Ma dimentico. Dimentico. E tu vuoi che io ti parli di *lei*? Di Shea?»

Sentire quel nome sulle sue labbra mi fece trasalire.

«Mai, nemmeno una volta, mi sono scordato degli obblighi che avevo nei suoi confronti. Mai, nemmeno una volta, ho smesso di pensare a Malik» disse, lasciandomi sbalordita. «E tu... tu non hai capito niente. Esiste un motivo se non pronuncio il suo nome, ma non ha nulla a che fare con gli Ascesi. E sicuramente c'entrano i sentimenti che provo quando si tratta di lei, ma non per il motivo che pensi tu.»

Casteel fece un altro passo verso di me, con gli occhi ancora più sgranati. «A essere sincero, non ho idea di come *tu* possa anche solo sopportare il mio tocco dopo tutte le mie bugie, dopo quello che ho fatto e di cui sono stato causa. Quello che posso dirti è che all'inizio non avevo programmato niente di tutto questo, Poppy. Non avevo programmato di essere attratto da te. Non avevo programmato di desiderarti. Non avevo programmato di rischiare ogni cosa pur di tenerti con me. Non avevo programmato...»

Un pugno colpì la porta, facendomi sobbalzare.

«Se tieni alla tua vita» disse Casteel alzando la voce, «te ne andrai facendo finta di non essere mai stato qui.»

«Vorrei poterlo fare, fidati» era la voce di Emil. «Ma è importante.»

«Ne dubito» borbottò Casteel, e la sua espressione esasperata mi fece quasi ridere.

Ma poi Emil disse: «Il cielo è in fiamme».

34

Erano veramente poche le cose che importavano più della discussione che stavo avendo con Casteel, di tutto quello che aveva ammesso... e di quello che era rimasto non detto.

Una di quelle era il cielo in fiamme.

Casteel mi osservò con un'intensità quasi snervante mentre infilavo una calzamaglia e il mantello sopra la ridicola camicia da notte. Infilai i piedi negli stivali e mi affrettai a raggiungerlo tra le due stanze, dove mi stava aspettando. Arrivati alla porta principale, Casteel si fermò prima di aprirla.

Si voltò e mi guardò negli occhi. «Questa conversazione non è finita.»

«Lo so» gli dissi, ed era vero. «Ho un sacco di domande.»

La sua risata fu breve, ma per nulla simile a quella di prima. Fu reale, e la sua espressione si fece meno dura. «Ovviamente.»

Emil ci aspettava oltre il portico, e quando uscimmo in cortile rimasi a bocca aperta.

Un bagliore caliginoso, color rosso-arancio bruciato, illuminava il cielo oltre l'Alzata.

«Ma che diamine...?» disse Casteel.

«Il cielo è davvero in fiamme» sussurrai. «È un altro segno degli dei?»

«Spero proprio di no» rispose Emil. «Perché se così fosse, non è certo nulla di buono. Delano è già partito per scoprire di che cosa si tratta.»

Casteel annuì. «Non credo sia un presagio.» Si mosse per superare l'angolo della fortezza, ma poi si fermò. Si voltò verso di me e mi tese la mano.

La afferrai senza esitare. La sua presa era calda, forte, e di nuovo sentii quella scossa risalire lungo il mio braccio.

Non ho idea di come tu possa anche solo sopportare il mio tocco.

Volevo dirgli che riuscivo a sopportarlo perché lo amavo.

Ma non sembrava una buona idea, mentre il cielo era in fiamme.

Casteel avanzò con circospezione. «Quando ve ne siete accorti?»

«Dieci minuti fa, forse. State andando sull'Alzata?» chiese Emil mentre attraversavamo il cortile, diretti verso uno degli accessi alle mura.

«Da lì si dovrebbe avere una vista migliore.» Casteel mi condusse su una scala illuminata da lampade a olio. «Qualcuno ha accompagnato Delano?»

Emil ci seguì su per la scala a chiocciola. «Credo che ci sia Dante con lui. Probabilmente ha pensato fosse più sicuro.»

«Forse» mormorò Casteel.

Raggiunta la cima dell'Alzata, per un attimo i miei passi vacillarono. L'intero cielo a ovest sembrava illuminato.

«Santi numi» borbottò Emil, fermandosi.

Casteel e io attraversammo il tetto dell'Alzata. L'aria fredda mi gelava la pelle. Sui parapetti o nei loro pressi, erano presenti diverse persone, con i corpi dipinti di rosso.

Una di loro si voltò. Era Kieran. Accanto a lui c'era suo padre, con gli occhi rivolti al cielo illuminato. Sul ballatoio c'era una Guardiana, e la luna riluceva sulle spade dorate agganciate ai suoi fianchi. La donna si voltò a guardarci, portandosi il pugno all'altezza del cuore.

Casteel la salutò con lo stesso gesto, mentre una folata di vento sollevava i ciuffetti sfuggiti all'acconciatura che le tirava indietro i capelli. Anche i miei furono scossi dal vento, mentre lasciavo la mano di Casteel e raggiungevo un picco vuoto. Il vento... portava con sé un odore acre, che mi ricordava...

Posai la mano sulla pietra. «Non credo che sia il cielo a essere in fiamme.»

La Guardiana mi lanciò un'occhiata senza proferire parola, mentre Casteel raggiungeva il parapetto. «Nemmeno io.»

«Per quanto mi dia sollievo l'idea che non sia il cielo a bruciare» disse Jasper, «qualcosa che sta andando a fuoco c'è.»

Ed era sicuramente qualcosa di grosso, ma cosa? In quella direzione non c'erano altro che campi e città in rovina.

«Secondo voi, quanto dista l'incendio?» domandò la Guardiana.

«Difficile a dirsi.» Casteel posò le mani accanto alla mia. «All'incirca un giorno di viaggio a cavallo, direi. Forse anche di più, dipende da quanto è vasto.»

«Un giorno di viaggio?» Aggrottai la fronte. «Questo vorrebbe dire... Pompay? Cosa potrebbe esserci lì da bruciare, in grado di provocare tutto questo?»

«Se fosse più lontano, per essere visibile da qui dovrebbe trattarsi di un incendio gigantesco» disse Casteel, scuotendo la testa. «Delano è veloce. Usando la forma Wolven, raggiungerà Pompay in men che non si dica. Presto scopriremo la causa di tutto.»

«E fino ad allora, Vostra Altezza?» domandò la Guardiana.

«Fino ad allora, assicuriamoci che non si crei il panico. I presenti alla cena avranno probabilmente visto tutto e si staranno dirigendo verso casa per raccontare che il cielo è in fiamme. Vai, Nova, e accertati che la gente non sia troppo spaventata.»

La Guardiana annuì e scese dal ballatoio. Attraversò il tetto e scomparve nel pozzo di una delle scale.

«E noi cosa facciamo?» domandò Kieran, fissando quel cielo innaturale.

«Aspettiamo» disse Casteel. «Per adesso, non possiamo fare altro.»

L'alba era sorta su Punta di Spessa con toni di viola e di rosa, ma a occidente sembrava che il sole fosse precipitato sulla terra. L'odore di fumo e legna bruciata aumentava con il passaggio delle ore.

Tenendo chiusi i lembi del mantello che mi avvolgeva, fissai la strada sterrata, verso il basso, cercando segnali del ritorno di Delano o Dante, ma non vidi nulla. Non riuscivo nemmeno a scorgere le Guardiane, che sapevo essere fuori dalle mura, nascoste tra l'erba alta. Era trascorsa un'infinità di ore da quando eravamo saliti sull'Alzata, e sebbene non fosse necessaria la mia presenza, volevo essere lì quando avessimo scoperto che cosa stava bruciando... e, speravo, anche la causa dell'incendio.

Appoggiata al muro del ballatoio, mi voltai a guardare da sopra la spalla. Casteel era a diversi metri di distanza e stava parlando con Kieran e Alastir. Percepivo... preoccupazione in tutti e tre, e mi chiesi se provassero quello stesso timore che nemmeno *io* ero disposta a esprimere ad alta voce.

Tornai a osservare il cielo verso occidente, turbata dal bagliore arancio-rossastro. Qualsiasi cosa stesse bruciando, non era un incendio normale.

«Il cielo risveglia vecchi ricordi.»

La voce di Jasper mi fece trasalire. Era salito sul ballatoio senza che me ne rendessi conto. Il Wolven dai capelli d'argento era alto, più di suo figlio e di Casteel. Si appoggiò con un fianco al muro e fissò il cielo in fiamme.

«Intere città vennero bruciate» proseguì. «Alcune per errore. Altre di proposito. C'erano settimane in cui, verso qualsiasi direzione guardassi, il cielo sembrava in fiamme. Speravo di non dover essere mai più spettatore di una cosa simile.» Jasper mi guardò. «Non credo che ci abbiano ufficialmente presentati.»

«No, è vero.» Non percepii altro che preoccupazione e curiosità intorno a lui. «Penellaphe Balfour.»

«Jasper Contou» mi disse, e io mi resi conto che di fatto non avevo mai saputo il cognome di Kieran. «Balfour? Un vecchio nome di Solis.»

«Alastir ha detto la stessa cosa.»

«Lui di certo lo sa.» Jasper lanciò un'occhiata agli altri. «Allora, avevo inteso di dover officiare un matrimonio.»

Mi morsi il labbro, chiedendomi se Casteel progettava ancora di sposarmi a Punta di Spessa. Avevamo pensato di fermarci lì solo fino all'arrivo del primo gruppo da Nuovo Nido. Che, tra l'altro, sarebbe dovuto giungere proprio quel giorno. Ma che cosa sarebbe accaduto ora, con quell'incendio?

«Un matrimonio tanto atteso quanto inaspettato, potrei aggiungere.» Poi Jasper sorrise, e io percepii un rivolo di divertimento.

Forse il giorno prima avrei risposto qualcosa di vagamente appropriato, parlando in modo consono alla Vergine, ma quella parte di me non esisteva più. «Non ho idea se Casteel intenda ancora sposarmi qui a Spessa» risposi, guardandolo negli occhi pallidi. «Tu parli per conto dei Wolven?»

Lui annuì.

«Immagino, quindi, che ritenessi più probabile che sposasse un'altra.»

Il suo divertimento aumentò. «Considerato che Casteel

non ha mai fatto intendere di essere interessato a sistemarsi, non mi aspettavo proprio niente da lui.»

Ebbi un tuffo al cuore. Non che non gli avessi creduto quando aveva detto di non aver mai accettato di sposare Gianna, ma era... be', era un sollievo sapere che il Wolven portavoce di quel popolo non aveva aspettative sul matrimonio. «Ma tu ti aspettavi che sposasse una Wolven? Da quello che ho potuto sentire, tra la tua gente c'è malcontento, e immagino che alcuni nutrissero la speranza che un matrimonio tra Casteel e una Wolven avrebbe placato gli animi.»

Il volto di Jasper si indurì lievemente, e io avvertii una rovente impennata di rabbia. «Sono della stessa opinione di Casteel. Un matrimonio tra i nostri due popoli non avrebbe eliminato le preoccupazioni né posto fine al desiderio di vendetta contro gli Ascesi. Anche Valyn è abbastanza intelligente da saperlo» disse, usando il nome del re. «Ma quando si ascoltano troppi sussurri, si comincia a dare peso a quello che dicono.»

Accigliata, guardai Casteel... e le persone che erano con lui. Jasper stava forse insinuando che qualcuno avesse suggerito al re l'idea dell'unione tra il principe e una Wolven? Alastir era un consigliere della Corona, ma sebbene dubitasse della genuinità della nostra relazione, non sembrava contrario. Ma che cosa aveva detto Casteel ad Alastir, durante la cena della sera precedente? Che conosceva il motivo per cui aveva tirato in ballo le aspettative. Forse era stata un'idea di Alastir, nella speranza che contribuisse a calmare lo scontento. Non potevo fargliene una colpa.

«Immagino che officerò comunque un matrimonio» rifletté Jasper.

Inarcai le sopracciglia, riportando la mia attenzione su di lui. «Tu non dubiti delle nostre intenzioni?»

«Non dopo averti conosciuta.»

«Non so se prenderlo come un complimento» ammisi, anche se da lui non percepivo nessun indizio che stesse scherzando.

Il suo sogghigno si allargò ancora di più. «Nonostante tu sia stata educata per diventare la Vergine, non mi sembra che ti tiri mai indietro nell'esprimere le tue opinioni.»

«Non sempre» confessai, rabbrividendo quando una folata di vento intriso di fumo spazzò il tetto. «Mi sembra che tu non abbia problemi a parlare con me, nonostante fossi la Vergine.»

«E nonostante il fatto che, a quanto pare, sei in grado di guarire le ossa rotte con un mero tocco delle mani.»

Lo guardai sorpresa.

«Ho saputo quello che hai fatto per Beckett. Ho detto ad Alastir che quel piccolo idiota non dovrebbe stare qui.» Il suo tono era intriso di affetto. «I giovani Wolven possono essere particolarmente inclini agli incidenti a causa della loro innata curiosità, che comporta un livello quasi catastrofico di disattenzione.»

Sogghignai. «Ma starà bene.»

«Grazie a te.»

Spostai di nuovo lo sguardo verso il cielo, esalando un lieve respiro. «Non avevo mai fatto una cosa simile, prima d'ora.»

«Ho sentito dire anche questo. Da mia figlia e mio figlio. Hanno anche detto che sembravi... *vecchia*.»

Santi numi, tra tutto quello che era successo dopo quella conversazione, me ne ero dimenticata. «Anche per te odoro di morte?»

Lui rise. «Non odori di morte, ma in effetti hai un profumo... diverso. Non riesco a identificarlo con precisione, ma sembra familiare.» Jasper rimase in silenzio per un istante, e d'un tratto io mi ricordai del Wolven a Nuovo Nido... quello che aveva menzionato Jasper, dicendo che sarebbe stato interessato a incontrarmi. «Quando Delano ha detto che molto probabilmente discendi da una stirpe di Empati e Kieran lo ha confermato, non ci volevo credere. E adesso meno ancora.»

Lo guardai. «Perché no?»

Il Wolven inclinò la testa. «Perché pochissimi Empati erano effettivamente in grado di guarire attraverso il tocco, e non ho mai sentito raccontare di uno di loro che risplendesse come la luna. Questo non vuol dire che non sia mai successo, ma di sicuro non è capitato a quelli che conoscevo io.»

Mi sentii a disagio. «Vuoi dire quindi che non discendo da quella stirpe?»

«Non lo so.» Sentii la sincerità nelle parole di quel Wolven dai capelli d'argento, che mi stava studiando. «Sei un mistero sotto molti aspetti, Penellaphe.»

L'arrivo di Casteel mise a tacere ogni mia possibile replica. «Spero proprio che tu non le stia riempiendo la testa di storie su di me.»

«Ci sono storie che dovrei conoscere?» domandai.

«Dipende.» Casteel osservò il padre di Kieran. «Se riguardano cose successe tra quando ero un neonato e la mia Transizione, la risposta è no.»

Inarcai le sopracciglia. «Be', adesso sono di sicuro interessata.»

Jasper si staccò dalla parete, ridacchiando. «Non ho raccontato proprio niente.» Fece una pausa. «Finora.»

Casteel si mise al mio fianco e socchiuse gli occhi. «Che ne dici di mantenere al minimo i racconti?»

«Ma a me le storie interessano tanto» sottolineai.

Jasper sogghignò di nuovo, e, in quel momento, alla luce del sole, fu impossibile non notare la somiglianza tra lui e Kieran. «Mi assicurerò di averne il tempo.» Mi fece l'occhiolino, poi diede una pacca sulla spalla di Casteel e lasciò il ballatoio.

«È così bizzarro che Alastir sappia tenere la bocca chiusa sugli aneddoti imbarazzanti della mia infanzia e adolescenza, eppure parli liberamente quando dovrebbe pensarci due volte» disse Casteel, osservando Jasper che raggiungeva suo figlio e lo stesso Alastir. Era arrivato anche Beckett, e quando il ragazzo sorrise a Jasper non riuscii a fare a meno di pensare alla scarica di paura che avevo percepito in lui. «E invece Jasper, nel frattempo, fa esattamente l'opposto.»

«Mi interessano molto gli anni della tua infanzia e adolescenza.»

«Ne sono sicuro.» Casteel si voltò verso di me, e per la prima volta da quando Emil aveva bussato alla porta ci ritrovammo più o meno da soli.

I nostri sguardi si incontrarono. C'era ancora tanto di cui parlare. Tante domande e parole non espresse. Ma nessuno dei due aprì bocca. Casteel mi sistemò i bordi del mantello, avvolgendomi meglio nel tessuto sottile. Indugiò con le mani sulla stoffa, facendo scorrere il suo sguardo sul mio viso.

«Non c'è bisogno che tu rimanga qui fuori, Poppy» disse dopo un momento.

«Lo so, ma voglio essere presente quando tornerà Delano.» Abbassai lo sguardo sulle sue mani. «E poi, dubito che riuscirei a dormire.»

«Potresti provare.»

«Potresti provare anche tu.»

«Anche se non fossi il principe, rimarrei qui» replicò.

Sollevai lo sguardo. «Anche se non stessi per diventare una principessa, rimarrei qui.»

Casteel restò tanto immobile da farmi dubitare che stesse respirando. Percepii un fiotto acuto di emozioni scorrere attraverso di lui, così rapide e improvvise che non riuscii a capire che cosa fossero. Ma forse era a causa della sorpresa, perché era la prima volta che avvertivo qualcosa del genere in lui.

Poi si mosse e alzò una mano. Esitò, come per vedere se mi sarei scostata. Non lo feci, e lui mi posò la mano sulla guancia. Le dita si allargarono sulle mie cicatrici. «Non credo di averti mai sentito usare la parola *principessa* per definirti.»

Ah, no?

Casteel mi scrutò negli occhi in un lungo attimo di tensione. «Dobbiamo ancora parlare di moltissime cose.»

«Lo so» sussurrai. «Ma dovremo aspettare. So anche questo.»

«Ma fino ad allora...» Casteel si avvicinò di un passo, facendomi mancare il fiato «sono onorato che in questo momento tu sia al mio fianco.»

Non sapevo che cosa dire, e mi resi conto che a volte non c'era bisogno di dire nulla.

«Hai fame?» chiese. «Sete?»

Scossi la testa, mentre lui sollevava lo sguardo verso il cielo a occidente.

«Ma hai freddo.»

«Solo un po'.»

«Un po' è già abbastanza.» Casteel mi posò la mano sulla spalla e mi fece ruotare verso ovest. Io glielo permisi.

E quando mi circondò con le braccia, attirandomi contro il suo corpo, mi irrigidii solo per pochi istanti. Permisi anche questo e mi rilassai nel suo caldo abbraccio, appoggiando la testa sul suo petto. Casteel parve esalare un sospiro di sollievo, e per diversi minuti rimanemmo lì. Insieme.

In quegli istanti ripensai alle parole del Wolven. «Jasper mi ha fatto intendere di non credere che io discenda dalla stirpe degli Empati.»

«Davvero?»

«Ha detto che non ha mai conosciuto o sentito parlare di Empati che risplendessero di luce argentea.»

«Nemmeno io» disse Casteel. «Ma nessun'altra stirpe

avrebbe senso. E tantomeno l'unica altra soluzione che mi viene in mente.»

«Di che cosa si tratta?»

«Che nessuno dei tuoi genitori fosse un mortale puro. Ma se è questo il caso, e tu fossi un miscuglio di due stirpi, sarebbe difficile credere che gli Ascesi non si siano accorti né di tua madre né di tuo padre.»

«E questo vorrebbe dire che anche Ian sarebbe in parte Atlantiano.»

«Forse.»

Il mio cuore ebbe un tuffo. Casteel aveva ragione. Non aveva senso. Se fosse stato veramente così, perché Ian sarebbe asceso?»

Sempre ammesso che l'avesse fatto davvero.

«È possibile che tu discenda da una stirpe empate ancor più rara e antica» disse Casteel. «Il fatto di non averne mai sentito parlare o di non aver visto alcun loro rappresentante non significa che non sia esistita.»

Aveva ragione.

E mentre guardavo il cielo a occidente, mi venne in mente una cosa. «Jasper è stato scelto come portavoce della sua gente perché Alastir era già un consigliere dei tuoi genitori?»

«Alastir avrebbe potuto assolvere entrambi i ruoli, ma Jasper... be', ha un sesto senso. Non come te. È semplicemente più in sintonia con la gente e perfino con gli animali.»

Ci riflettei sopra. «Anche Kieran è così, vero?»

Il mento di Casteel sfiorò la cima della mia testa. «Una volta, Jasper ha detto che nella sua stirpe c'era un Veggente – un Metamorfo – e lui aveva ereditato una versione annacquata delle sue caratteristiche. Quand'ero giovane, credevo che le sue fossero solo storie, ma sembrava avere delle premonizioni, per esempio su quando stava per arrivare una tempesta, o su cosa puntare nelle scommesse. A volte sapeva già quello che avrei fatto ancor prima che iniziassi.»

Proprio come Kieran.

«E Vonetta non è così?»

«Lei ha preso più da sua madre... be', a eccezione del talento in cucina. Ma senza dubbio per quanto riguarda la capacità di prendere a calci la gente» rispose lui.

Mi scappò un sorriso. «Ho chiesto a Jasper se si aspettava che ti sposassi.»

Senza irrigidirsi o mostrare tensione, Casteel disse: «E che cos'ha detto?».

«Ha detto di no» risposi, chiudendo gli occhi. «Ecco che cosa non capisco.»

«Poppy...»

«Voglio dire, non capisco come mai il portavoce dei Wolven non avesse aspettative sul tuo matrimonio con una di loro, mentre tanti altri, tra la tua gente, erano convinti che lo avresti fatto. O anche tra gli stessi Wolven.» Per esempio, Landell. «E, a quanto pare, anche tuo padre. E immagino, a un certo punto, anche Alastir.»

«Be', sì, Alastir sì. Questo lo so per certo. Come sono quasi certo che l'idea sia stata sua» disse Casteel, confermando i miei sospetti. «Dopotutto, Gianna è una sua pronipote... la cugina più grande di Beckett.»

«*Cosa?*»

Aprii gli occhi proprio mentre udivo il lontano richiamo di un uccello canoro. Il segnale ottenne risposta prima da un richiamo più vicino, poi da una delle Guardiane che si trovava all'altra estremità dell'Alzata.

«Stanno tornando» disse Casteel.

Mi voltai, ancora chiusa nel suo abbraccio, e per un brevissimo istante i nostri sguardi si incontrarono, poi ci muovemmo entrambi. Non eravamo i soli ad affrettarci a raggiungere il cortile. Alastir e Jasper scesero appena dietro di noi, insieme a Kieran.

Emil e Vonetta sollevarono la sbarra e le pesanti porte

di ferro si aprirono, mentre Casteel si avvicinava al centro. Aguzzai la vista, ma non scorsi nulla...

Finché, sulla strada sterrata, colsi una macchia bianca avvicinarsi rapida: pelo candido chiazzato di marrone-rossastro.

«Merda» grugnì Casteel, correndo fuori. Qualcun altro imprecò, gridandogli di rimanere indietro, ma lui aveva già coperto metà della distanza che lo separava da Delano.

Che era ferito.

Ed era anche solo.

Partii di corsa, con il mantello che si gonfiava alle mie spalle.

«Maledizione.» Quella era senz'altro la voce di Kieran.

Non rallentai e raggiunsi Casteel e Delano proprio mentre il Wolven crollava a terra, sollevando della polvere. Percepire l'intensa agonia che provava mi gelò il cuore. Il dolore fisico spalancò i miei sensi come era successo il giorno precedente, prima di svegliarmi. Il collegamento con lui si stabilì in un attimo, e il dolore mi fece vacillare.

Kieran mi prese per un braccio, raddrizzandomi. Feci per ringraziarlo, ma lui era già andato oltre, mentre Casteel si era inginocchiato.

Li raggiunsi insieme a Jasper. «Perché non sono sorpreso di vedere il principe e la nostra futura principessa fuori dalle mura di protezione?» disse.

«Benvenuto nel mio mondo» borbottò Kieran.

«Sta soffrendo» dissi, raggiungendo Casteel. Allora vidi la ferita al fianco di Delano, sotto la zampa anteriore, che corrispondeva al braccio destro. Il sangue era più fresco, in quel punto, e colava da una lesione da taglio.

«Ha perso i sensi.» Casteel guardò la strada vuota, poi me. «Puoi...?»

Ero già in ginocchio, dall'altro lato di Delano, e le mie mani formicolavano per il calore. «Non so che cosa succederà» dissi, guardando Casteel. «Non so se riuscirò ad alleviare solo il suo dolore, o a fare qualcosa di più.»

Occhi come schegge d'ambra incontrarono i miei. «Fa' quello che puoi.»

Consapevole delle Guardiane intorno a noi, affondai le mani nel soffice pelo del Wolven mentre Alastir si inginocchiava alle spalle di Casteel. Come era stato con Beckett, prima ancora di poter attingere dal pozzo, ben poco profondo, dei miei ricordi belli e felici, il calore aumentò di intensità. Un debole bagliore mi circondò le mani e io sentii il dolore di Delano aumentare di colpo e poi placarsi.

«Dei» mormorò Jasper con voce roca.

«Sto brillando di nuovo, vero?» domandai.

«Sì» rispose Casteel. «Come la luna. Bellissima.»

Delano rabbrividì, mentre io sentivo gli ultimi sgoccioli della sofferenza che aveva provato scivolare via. Le sue orecchie ebbero un fremito, poi si drizzarono. Un attimo dopo tirò su la testa, allungandosi per restituirmi lo sguardo, mentre io sollevavo le mani.

«Ciao» dissi, e giuro che il Wolven sorrise.

«Delano?» Casteel si chinò su di lui. «Riesci a cambiare forma?»

Il Wolven si voltò verso Casteel e rabbrividì di nuovo. Il pelo iniziò ad assottigliarsi. Kieran si tolse la camicia e la avvolse intorno alla vita di Delano, mentre le sue zampe si allungavano, gli artigli si ritraevano e la cute pallida sostituiva il pelo. Un attimo dopo, Delano assunse la sua forma umana.

Spostai il corpo indietro. Vedere i Wolven cambiare aspetto non smetteva mai di suscitare in me un sentimento di meraviglia.

Delano sollevò quindi il braccio destro e si alzò a sedere, ripulendosi dal sangue: sotto non c'era più alcuna ferita, solo un tratto di pelle più rosa e frastagliata. Abbassò il braccio e mi guardò negli occhi.

«Delano» disse Casteel. «Che diamine è successo?»

Delano distolse lo sguardo da me e si voltò verso Casteel, sollevando il petto in respiri regolari. «Stanno arrivando. Gli Ascesi.»

35

«Stanno bruciando tutto» disse Delano tra un boccone di arrosto e un sorso d'acqua, mentre sedevamo in una stanza della fortezza separata dalla sala dei banchetti. «Tutto quello che rimaneva di Pompay. Tutti i boschi, da Pompay a... Dei, forse addirittura fino a Nuovo Nido. Il Clan delle Ossa?» Allungò la mano verso l'acqua, con le spalle tese. «Non vedo come abbiano potuto fuggire da una situazione del genere. Devono essere morti tutti.»

Il mio stomaco vuoto si torse per la nausea. Non ero una sostenitrice dell'abitudine del clan di mangiare la gente e vestirne la pelle, ma questo non significava che li volessi tutti morti. Soprattutto dopo avere appreso che, nascondendosi in quei boschi, erano sopravvissuti alla guerra e agli Ascesi.

«Appena abbiamo visto Pompay, abbiamo capito che non era una situazione normale. Là non ce n'erano così tanti. Un paio di dozzine di guardie, forse. Ma per appiccare un incendio di quel genere, tale che l'aria era quasi nera di fumo, sapevamo che dovevano essercene molti di più.» Stringeva così tanto il bicchiere che le sue nocche diventarono bianche.

Sapevamo.

Aveva parlato al plurale, ma era tornato da solo, e io sapevo che cosa significava.

Guardai Casteel, seduto all'altro lato del tavolo.

La sua espressione era completamente svuotata delle emozioni, ma percepivo la gelida, enorme rabbia che cresceva dentro di lui. «Hai visto altro?»

«Li abbiamo aggirati, proseguendo verso ovest. È stato allora che li abbiamo avvistati... che abbiamo visto tutti gli altri. Ci siamo avvicinati quanto potevamo. Per capire quanti fossero.» Ingollò mezzo bicchiere d'acqua. «Hanno degli accampamenti, Cas. Cavalli. Carri di provviste.»

Alastir, che era rimasto in piedi da quando eravamo entrati nella stanza, si sedette, pallido in viso, mentre Delano sollevava dal bicchiere un dito dopo l'altro. «Devono essere centinaia, ottocento o giù di lì, immagino. Un maledetto esercito.»

Mi appoggiai allo schienale della sedia. Da quando mi ero accorta che il cielo non stava veramente bruciando, avevo sospettato che dietro l'incendio ci fossero gli Ascesi. Avevo passato le ore sull'Alzata a prepararmi per quello che già supponevo. A scuotermi non fu la conferma che gli Ascesi stavano arrivando. Fu semplicemente sapere *quanto erano numerosi.*

«Diamine» mormorò Jasper.

«Uno di loro ci ha visti mentre ci allontanavamo dal loro accampamento. Frecce. È così che mi hanno ferito. E anche Dante.»

«È morto?» domandò Casteel.

Delano annuì, fissando il piatto. «L'hanno colpito alla testa.»

Alastir imprecò, rialzandosi. «Dante non sapeva mai quando stare zitto.» Si voltò, afferrando lo schienale della sua sedia. «Ma era un brav'uomo. Un uomo d'onore.»

Un muscolo guizzò sulla guancia di Casteel. «Lo so.»

«Non potevo fermarmi per guarire» disse Delano. «Quando la freccia mi ha colpito e ho visto che Dante era morto, sono fuggito. Sarei tornato prima, ma stavo perdendo le forze.»

«Va tutto bene. Sei tornato.» Casteel sciolse le braccia che teneva incrociate e posò una mano sulla spalla del Wolven. «Questo è ciò che conta.»

Delano annuì, ma sapevo che non era convinto. Percepivo la sua rabbia... diretta contro gli Ascesi, e contro se stesso.

«Quanti chilometri hai corso?» domandai. «Con quella ferita, che molto probabilmente ti aveva perforato un polmone, hai fatto più di quanto la maggior parte di noi avrebbe potuto solo immaginare.»

Delano mi guardò negli occhi. «E tu mi hai guarito con il tocco delle tue dita.»

«Una cosa per nulla difficile o impressionante quanto la tua impresa.»

Delano arrossì, mentre Casteel aggiungeva: «Dice la verità. E tu sei la prima persona a fare colpo su di lei. Sono geloso».

Alzai gli occhi al cielo.

Casteel strinse di nuovo la spalla di Delano, poi chiese: «Hai visto qualche traccia di Elijah? O degli abitanti di Nuovo Nido?».

Delano scosse la testa, e una cappa funerea calò greve sulla stanza.

«Avrebbero potuto seguire altre strade... tragitti decisamente più lunghi. Ma questo non significa che non abbiano lasciato la cittadina» disse Kieran, aprendo bocca per la prima volta. «Avrebbero potuto dirigersi a nord e poi scendere attraverso le colline ai piedi delle Skotos, per evitare gli Ascesi.»

«Lo so.» Casteel incrociò le braccia. «Avete visto Ascesi? Cavalieri?»

«No, ma c'erano carrozze e carri senza finestre, molto alti, completamente riparati. È possibile che ve ne siano alcuni con loro.»

«Almeno questa è una buona notizia, dunque» commentò Casteel.

«Come fa a essere una buona notizia?» Alastir si voltò verso di lui. «Ci sono centinaia di soldati diretti qui. Un esercito.»

«È una buona notizia perché se si tratta di centinaia di mortali, Spessa ha una possibilità» rispose Casteel.

«Una possibilità scarsa. Sarai pure ottimista, e questo io lo rispetto, ma anche con le Guardiane che abbiamo qui non possiamo respingere centinaia di soldati.»

Mi sentii gelare le ossa. Osservai la tavolata, la stanza e le pareti di pietra che avevano già assistito alla rovina di una città. «Non possiamo permettere che Spessa cada.»

Gli occhi dei presenti si voltarono verso di me, ma io ricambiai solo lo sguardo di Casteel. «E non lo permetteremo» disse lui. «Nova?»

La Guardiana, alta e con i capelli biondi intrecciati, si fece avanti. Era quella che ci aveva visti il giorno in cui avevo assistito al loro addestramento. «Sì, mio principe?»

«Quante persone in grado di difendere la città abbiamo?»

«Addestrati e capaci di affrontare uno scontro fisico, meno di cento» rispose, e a Emil sfuggì un mormorio d'imprecazione. «Gli abitanti più anziani, però, sanno usare l'arco. I nostri arcieri sarebbero circa venti.»

Venti arcieri erano meglio che niente, ma non erano sufficienti. Tutti ne erano consapevoli.

«Ne abbiamo altri ventitré provenienti dal gruppo di Alastir e dal mio.» Un muscolo guizzò sulla guancia di Casteel. «Secondo te, quando arriveranno a Spessa?»

«Sono divisi in due gruppi» rispose Delano. «Quello più piccolo è il più vicino, a circa un giorno a cavallo da qui. Immagino che potrebbero arrivare all'imbrunire.» La tensione nella stanza aumentò. «Il gruppo più grande avrà bisogno di più tempo. Probabilmente due giorni, ma dipende dalla decisione del primo gruppo di aspettare o meno il secondo.»

«Da quanti soldati è composto il primo gruppo?» chiese Jasper.

«Due, forse trecento.»

E quello era il gruppo più piccolo? Santi numi... «Se hanno mandato quasi mille o più soldati, è impossibile che non sappiano che cosa sta succedendo qui» dissi. «Stanno venendo per combattere.»

«Qualcuno deve aver parlato» disse Emil, staccandosi dalla parete. «Devono aver strappato informazioni. Magari a un Caduto che era stato qui o sapeva che cosa stavamo facendo.»

«Oppure un abitante di Nuovo Nido» disse Alastir, e l'orrore mi strinse il petto.

«Probabilmente non sanno di preciso cosa abbiamo ricostruito, ma sanno che siamo molto vicini alle Skotos e non stanno arrivando impreparati. Le grandi dimensioni dell'esercito potrebbero essere più per sfoggio che per una reale forza. Forse sperano di spaventarci per costringerci a consegnare loro ciò che vogliono.» Seduto a qualche posto di distanza da me, Jasper si voltò a guardarmi. «Ovvero te, presumo.»

Questo lo sapevo già. Che fossero o meno consapevoli di ciò che Punta di Spessa stava diventando, gli Ascesi stavano venendo a riprendersi la Vergine. La loro scorta di sangue. Il futuro delle loro Ascensioni, in qualsivoglia forma, e per ottenere quello che volevano avevano portato un esercito, pronti a usare la forza.

Ci sarebbero... state vittime. Forse anche tra i presenti in quella stanza. Erano tutti vicini all'immortalità, per quanto fosse possibile, ma non erano dei. E anche se tutti fossero stati disposti a combattere e in grado di farlo, eravamo in grande inferiorità numerica. Ci sarebbero state vittime solo perché mi stavano dando asilo, proprio come gli abitanti di Nuovo Nido.

Come Renfern.

Sentii una morsa allo stomaco e al petto. Non lo avrei potuto sopportare un'altra volta.

«Non potranno avere quello che vogliono» ringhiò Casteel, guardandomi negli occhi. «*Mai.*»

Continuò a sostenere il mio sguardo, e io mi immobilizzai. Nelle sue parole c'era una promessa che diceva tantissimo... e mi faceva capire che lui intuiva quello che stavo pensando.

«Sono qui per me.» Sostenni il suo sguardo, affinché sentisse ciò che non potevo dire di fronte agli altri. «Non possiamo rischiare...»

«Sì, invece» mi interruppe, gli occhi che ardevano di un giallo intenso. «E correrò questo rischio. Non possono averti.» Si sporse in avanti, posando le mani sul tavolo. «Qualsiasi cosa tu stia pensando, ti sbagli. Se ti prenderanno, non si limiteranno a girare sui tacchi e andarsene. E tu lo sai, Poppy. L'hai visto in prima persona con Lord Chaney. Otterranno quello che vogliono e devasteranno *comunque* tutto ciò che hanno di fronte, perché ne hanno facoltà. Questo è ciò che fanno. E quando sarai loro prigioniera, ti useranno per provocare altro caos e portare nuova distruzione. Consegnandoti a loro, non salverai delle vite. Ne annienterai ancora di più.»

Casteel aveva ragione, e odiavo che fosse così. Mi faceva sentire inerme. Non potevo fare nulla per fermare quanto stava avvenendo... e reagire.

Ma era un errore.

Potevo *fare* qualcosa. Potevo combattere.

Casteel distolse lo sguardo dal mio. «Abbiamo bisogno di rinforzi, e in fretta. Alastir, devi varcare le Skotos. Avverti di quello che sta succedendo tutti coloro che trovi ai Pilastri e ad Approdo di Saion. Poi mandate qui tutti i soldati in grado di raggiungere Spessa entro due giorni» ordinò Casteel. Il Wolven si stava già alzando dalla sedia per obbedire. Ma Casteel non aveva ancora finito. Si voltò verso Kieran. «Voglio che tu vada con lui, nel caso succeda qualcosa.»

«Come?» esclamò Kieran, evidentemente sbalordito quanto me nel sentire quell'ordine. «C'è un maledetto esercito di Solis diretto qui, e tu vuoi mandarmi ad Atlantia?»

«Sì. Sei veloce. Sei forte. E non cederai alla debolezza o all'esitazione di fronte a qualunque cosa dovesse succedere ad Alastir.» Casteel guardò dritto negli occhi colmi di sorpresa del Wolven. «Non ci deluderai.»

Avevo il cuore in subbuglio, perché sapevo. Dentro di me sapevo il motivo per cui Casteel stava mandando via Kieran.

«Mio principe» parlò Nova. «So che pensate di rimanere qui perché lo sentite un vostro dovere, ma siete voi che dovreste attraversare le Skotos. Dovreste partire immediatamente e mettervi in salvo.»

«Devo concordare con lei» intervenne Alastir. «Forse gli Ascesi immaginano che tu sia l'Oscuro, ma potrebbero anche essere a conoscenza della tua vera identità... l'erede vivente al trono di Atlantia. Sei l'ultima persona che dovrebbe stare qui.»

Le parole di Alastir mi fecero irrigidire, ma Casteel non mostrò alcuna reazione quando si sentì definire l'erede vivente del regno. «Considero preziose le vostre opinioni, ma sapete che non abbandonerò Spessa, lasciandola sola a difendersi. Non dopo avere convinto chi vi abita a venire qui e farne la propria casa.»

«Tutti coloro che hanno accettato di venire qui conoscevano i rischi» ribatté Alastir. «Non possiamo mettere a repentaglio la tua vita per Spessa.»

Casteel inclinò il capo. «Se io stesso non sono disposto a mettere a repentaglio la mia vita per Spessa, con quale coraggio potrei chiedere ai suoi abitanti di farlo? Non è così che si comporta un principe... o almeno uno di valore.»

Dentro di me sentii germogliare un rispetto per Casteel così forte da levarmi il fiato e difficile da nascondere. Non era disposto a chiedere ad altri di correre i rischi che non avrebbe affrontato lui stesso, e questo nessuno poteva contestarlo. Nemmeno Alastir.

Il Wolven esalò un pesante respiro, poi annuì.

«Dovrei rimanere qui con te.» Kieran si avvicinò a Casteel. «Il mio dovere è proteggere la tua vita con la mia. Questo è il giuramento che mi lega a te. Come posso prestarvi fede, fuggendo dalla battaglia?» Abbassò la voce. «Non farlo, Cas.»

Li guardavo e mi si stringeva il cuore. Casteel stava allontanando il Wolven con cui aveva un legame. Uno sguardo a Kieran mi fece capire che anche lui sapeva. Casteel voleva impedire che Kieran rischiasse la sua vita, per salvare lui.

Proprio come aveva fatto quand'era partito per uccidere la Regina e il Re di Solis.

E questo significava che Casteel era consapevole di quante probabilità avesse Punta di Spessa di resistere fino all'arrivo dei rinforzi.

«Hai giurato di proteggermi, e lo farai» disse Casteel. «Non stai fuggendo dalla battaglia. Terrai al sicuro la cosa più importante per me, ovvero Poppy.»

Sobbalzai. «Un attimo, che hai detto?»

«Partirai con loro. Sarà dura» disse, ancora fissando Kieran negli occhi. «Non farete soste, e dovrai ascoltare tutto quello che Kieran ti dirà, soprattutto sulle montagne di notte, ma...»

«Io non me ne vado» lo interruppi.

«Non puoi restare» replicò Casteel. «Non possono trovarti qui, quando arriveranno. E questo non è oggetto di discussione.»

Balzai in piedi. «Lascia che ti chiarisca una cosa. Non so se te ne rendi conto, Casteel, ma non sono legata al dovere di obbedirti.»

Casteel si irrigidì.

«E magari dovresti guardarmi in faccia, quando cerchi di darmi ordini» proseguii.

Lui si voltò verso di me, inclinando la testa. «Adesso ti sto guardando.»

«E mi stai anche ascoltando?»

«Accidenti» mormorò Delano sottovoce, mentre sulla stanza calava un silenzio di tomba. «Qualcuno sta per farsi pugnalare di nuovo.»

Qualcuno, credo Jasper, sbuffò.

«Oh, sto ascoltando» replicò Casteel. «Magari dovresti provarci anche tu. E aggiungici anche un po' di quella cosa chiamata buon senso.»

«Pugnalata in arrivo, senza dubbio» confermò Kieran.

Aggirai il tavolo, consapevole che Delano sembrava quasi voler rimpicciolire sulla sedia. «Stai scherzando?»

«Sei armata?» chiese Casteel con un sorrisetto. «Sì, vero?»

«Sono piuttosto confusa» sussurrò Nova, accigliandosi lievemente.

«A quanto pare, lo ha già pugnalato una volta» la informò Jasper. «Al cuore.»

La Guardiana mi fissò.

«E stanotte mi ha ferito con un taglio. Un'altra volta mi ha lanciato un coltello in faccia.» Casteel contò sulle dita. «Poi quell'altra, nei boschi...»

«Nessuno vuole sentire l'elenco di tutte le volte in cui ti ho fatto sanguinare» sbottai.

«Io sì» intervenne Jasper.

Emil alzò la mano. «Pure io.»

«Senti, non solo non è saggio che l'unica cosa che vogliono se ne stia qui a portata delle loro grinfie, tantomeno voglio preoccuparmi che ti venga in mente di consegnarti» affermò Casteel. «Sai... com'è già successo.»

«Quello è un errore che non ripeterò» dichiarai.

«Ma ci stavi pensando, vero?» Casteel si spostò, in modo che Delano non si trovasse più tra noi.

«Sì» ammisi. «Per qualche minuto. Ma avevi ragione.»

Casteel inarcò le sopracciglia. «Siano benedetti gli dei, qualcuno prenda nota di giorno e ora. Ha appena ammesso che avevo ragione.»

«Oh, sta' zitto.»

«Bene, la conversazione è finita. Partirai immediatamente insieme ad Alastir e Kieran.» Casteel fece per voltarsi.

«Non me ne vado.» Casteel si girò di nuovo verso di me e io sollevai il mento. «Dovrai costringermi. Dovrai trascinarmi fino ad Atlantia di persona.»

Casteel abbassò il mento e la rabbia che pulsava in lui mi arrivò addosso. «Oppure potrei usare la compulsione.»

Sentii il gelo dentro di me. «Non oseresti.»

Lui serrò la mandibola, poi sbottò in un'imprecazione. Il gelo se ne andò. Non avrebbe mai fatto una cosa simile. «Poppy, la situazione è diversa rispetto all'Alzata o ai Craven o al Clan delle Ossa.»

«Dovresti partire» disse la Guardiana. «Ho visto quello che sai fare... con Delano, là fuori. Ma quando sarà ora di combattere non servirà. Sarai solo una distrazione per il principe. Un peso.»

Lentamente, mi voltai verso la donna. «Come, scusa?»

Nova mi restituì lo sguardo. «Senza offesa. Sto solo dicendo come stanno i fatti.»

«I tuoi fatti sono decisamente errati» replicai. «Solo per citare la più ovvia delle tue imprecisioni, quello che ho fatto per Delano tornerebbe molto utile quando e se ci saranno dei feriti. *Questo*» gettai un'occhiataccia a Casteel, «è buon senso.»

Lui strizzò gli occhi.

«E per quanto riguarda il peso di cui parli, sono abile con la spada quanto con l'arco, e sono dannatamente brava a scagliare le frecce. Probabilmente meglio della maggior parte della gente di qui. Posso essere una risorsa» dissi. «E riguardo all'essere una distrazione per Casteel, è una debolezza sua, non mia.»

Nova sollevò il mento, e io percepii... una sorta di rispetto provenire dalla Guardiana. Sepolto sotto strati di diffidenza, ma c'era.

«Non sta mentendo» disse Casteel, guardandomi. «Penellaphe sa combattere, e la sua abilità con la spada e la mira con l'arco sono di gran lunga superiori a quelle di un soldato addestrato. Non sarà mai un peso.»

Spostai lo sguardo su di lui. «Allora è deciso?»

Casteel serrò le labbra e scosse la testa.

«Avete bisogno del mio aiuto» gli dissi dopo un breve respiro. «E io *ho bisogno* di stare qui. Stanno venendo a prendere me, e devo poter fare qualcosa. Devo combattere, non starmene da una parte con le mani in mano.»

Casteel mi guardò negli occhi e rimase a fissarmi, e io pensai che forse aveva capito perché non me ne potevo andare. Perché stare lontana mi avrebbe fatto sentire impotente. Ma mi preparai comunque ad altre obiezioni. Perché la situazione era veramente diversa. Era una battaglia, e riuscivo a percepire il caos di emozioni dentro di lui. Il suo conflitto.

Ma poi Casteel annuì. «D'accordo. Rimani» disse, e io emisi un sospiro di sollievo. «Discuteremo più tardi di che cosa significa esattamente.»

Socchiusi gli occhi.

«E io?» domandò Kieran. «Se Penellaphe resta...»

«C'è comunque bisogno che partiate in due» lo interruppe Casteel, e io sentii quant'era esausto, fin nel profondo.

«Delano non può affrontare il viaggio, e tu sei più veloce di Naill e della maggior parte degli Atlantiani che abbiamo qui.»

Kieran si irrigidì, mentre suo padre osservava in silenzio. «È un ordine?»

Casteel guardò Kieran negli occhi e annuì. «Sì.»

Il Wolven digrignò le mascelle a tal punto che fui sorpresa di non sentire i denti che si spezzavano. Scosse la testa, emanando rabbia e incredulità, ma percepii anche qualcos'altro, qualcosa di più profondo, caldo e intenso della collera. «So perché lo stai facendo» mormorò Kieran.

Casteel tacque per un lungo istante, poi disse: «Non è l'unica ragione».

Senza proferire altre parole, i due si intesero. Qualunque cosa fosse, convinse Kieran ad accettare l'ordine. Poi il Wolven si fece avanti e posò la mano sulla nuca di Casteel. «Se ti fai ammazzare, mi incazzerò di brutto.»

Casteel sollevò un angolo della bocca. «Non morirò, fratello mio.» Poi, con un forte abbraccio, lo attirò a sé. «Questo te lo posso promettere.»

Con un respiro incerto, Kieran restituì l'abbraccio. Forse ero solo stanca, ma a guardare quei due mi venne da piangere, anche se non avrei mai preso in considerazione la possibilità che non si rivedessero più. Che il loro legame potesse essere reciso. Kieran indietreggiò di un passo e guardò suo padre.

Jasper si era già alzato per andare verso di lui. «Sono sempre stato orgoglioso di te.» Gli posò la mano sulla nuca. «Ho sempre avuto fiducia in te. So che ci rivedremo.»

Kieran annuì, e quando si allontanò dal padre, io feci un passo esitante. «Kieran?»

Mi guardò.

«Ti prego... ti prego, cerca di essere prudente» dissi.

Lui inarcò le sopracciglia. «Sei preoccupata per me?»

Incrociai le braccia e annuii.
«Non essere gentile con me» replicò, e io percepii il suo divertimento. «Mi imbarazza.»
«Scusa.»
Si avvicinò con un sorriso. «Non mi sembri affatto dispiaciuta.»
Risposi con un sogghigno.
«Fammi un favore» disse Kieran, guardandomi. «Proteggi il tuo principe, *Poppy.*»

Non vidi Casteel per il resto della giornata.
Tornai in camera, dopo avere salutato Alastir che andava a parlare con gli abitanti di Punta di Spessa. Feci per chiedere di andare con lui, però mi resi conto che sarei stata solo una distrazione viste le reazioni della gente del luogo, la sera precedente. Una distrazione che sarebbe potuta essere fatale per gli abitanti impegnati a fissare me invece che ad ascoltare il loro principe.
Aspettavo il ritorno di Casteel, non tanto per concludere la nostra conversazione, dato che c'erano cose ben più importanti in ballo, ma perché aveva bisogno di dormire.
Tuttavia, il mattino cedette il passo al pomeriggio, e Casteel non si fece vivo. Io decisi di non restare in camera e mi preparai.
Quando uscii in cortile, fortunatamente trovai Vonetta disposta a condividere con me una sessione di addestramento. L'uso della spada o dell'arco non si dimentica, ma trascurare l'allenamento poteva far arrugginire l'abilità.
Inoltre, Vonetta era una Wolven, veloce e forte più di un mortale, quindi battermi con lei sarebbe stato molto simile a combattere contro un qualsiasi cavaliere. Avevo bisogno di fare pratica.
Il nostro addestramento attirò l'attenzione di una piccola folla, ma Casteel era ancora con gli abitanti. Secondo Vo-

netta, stava aiutando a selezionare quelli in grado di combattere.

Non rividi Casteel fino a quando Delano mi accompagnò in una stanzetta accanto alla sala dei banchetti, dove cenammo discutendo di tattica. E il fatto che il principe mi avesse inclusa nella riunione non passò inosservato, né a me né agli altri.

Quando fu notte, tornai in camera da letto ma Casteel non c'era. Passai quindi diverse ore a camminare nervosamente avanti e indietro e a pensare... a tutto quello che era successo prima che Casteel entrasse nella mia vita, e a tutto quello che era accaduto dopo. Pensai al mio futuro, a come stesse cambiando, alla scoperta della luce lunare che emanavo. E pensai a tutte le parole dette da Casteel, e a quello che, invece, era rimasto taciuto.

Pensai a quanto ero maledettamente stanca di fingere.

Finché, esausta a furia di camminare, mi addormentai; vestita, nel caso in cui arrivassero gli Ascesi. Quando aprii gli occhi, non riuscii a capire che cosa mi avesse svegliata, ma la stanza era debolmente illuminata dalla luce cinerea dell'alba e Casteel era a letto, accanto a me, appoggiato a una montagna di cuscini. Le lunghe gambe erano distese, incrociate all'altezza delle caviglie, e i piedi nudi. Le mani erano abbandonate in grembo. Era sveglio, e mi guardava.

«Mi stai osservando mentre dormo?»

«Non ora. Qualche momento fa, sì» ammise, sollevando un angolo della bocca. «Adesso ti sto parlando.»

«Inquietante» mormorai. «Intendo la parte in cui mi osservi mentre dormo.»

«Forse.»

Rotolai sulla schiena. «Sei senza vergogna.»

Quelle parole provocarono un lieve sorriso, che però non raggiunse i suoi occhi stanchi.

«Hai dormito almeno un po'?»

«Non proprio.»
Mi alzai a sedere, con i capelli arruffati che mi ricadevano sulle spalle. «So che sei un Elementale dalla forza pazzesca, ma hai comunque bisogno di riposare.»
Il solito sogghigno fece la sua comparsa, e la fossetta sulla guancia destra fece capolino. «Ti preoccupi per me, principessa?»
Stavo per rispondere con il solito no. Del resto, negare era ciò che avevo sempre fatto. Era la risposta più semplice – la più sicura – ma ero stanca.
Di mentire.
Di fingere.
Quella era un'altra delle riflessioni fatte durante la notte, sull'Alzata, dopo essermi preparata all'inevitabile. Avevo ragionato sul *mio* futuro. Su chi ero stata prima di allora, su chi sarei diventata dopo e su chi avrei voluto essere. Stranamente, quelle rivelazioni sembravano arrivare all'improvviso quando in realtà richiedevano una serie di brevi, quasi indistinguibili momenti, distribuiti nel corso di settimane, mesi, se non addirittura anni. Il succo era questo: non volevo più nascondermi, né sotto un velo, né dietro agli altri, né tantomeno a me stessa.
Come avevo affermato durante la cena, non ero cambiata a causa di Casteel. Il processo era iniziato molto tempo prima che lui entrasse nella mia vita. Casteel, però, ne *era* stato il catalizzatore. Così come lo erano state tutte le volte in cui ero sgattaiolata fuori in esplorazione, tutti i libri che avevo letto nonostante fossero proibiti, o le volte in cui sorridevo al duca, consapevole della punizione che sarebbe seguita. Anche la morte di Vikter era stata un punto chiave nella svolta.
«Sì» risposi. «Sono preoccupata per te.»
Casteel mi guardava fisso, e non era necessario scrutare le sue emozioni per capire che la mia risposta lo aveva scioccato.

«Gli Ascesi stanno per arrivare. Entro stanotte saranno qui. E tu hai bisogno di dormire. Di essere riposato.» Feci una pausa. «E magari, potresti anche smetterla di fissarmi.»

«Io...» Casteel sbatté le palpebre e il suo corpo tornò a rilassarsi. «Riposerò. Riposeremo entrambi. Ma ho bisogno... abbiamo bisogno di finire la nostra conversazione. Non può aspettare.» Tornò a guardarmi. «Non più.»

Mi appoggiai ai cuscini, il cuore che si agitava nel petto. «Da... da dove cominciamo?»

Lui fece una lieve risata. «Dei, credo di saperlo. Mi hai chiesto se provo vergogna? Sì, certo.» Mi guardò. «Quasi ogni briciolo di vergogna che io abbia mai provato ha a che fare con te. Ho odiato mentirti, Poppy. Ho odiato aver progettato il tuo rapimento, e averti usata, senza nemmeno conoscerti. Ho odiato anche solo essere stato in grado di fare una cosa simile. Me ne vergogno, ma se mi venisse data un'altra possibilità, ripeterei tutto esattamente allo stesso modo.»

Casteel mi squadrò. «Non ho mentito, prima, quando ho detto che non c'era nulla di pianificato. Certo, per guadagnare la tua fiducia ero disposto a sfruttare qualunque cosa avessi a disposizione. Paroline dolci, baci, il mio corpo, sarei ricorso a tutto. Avrei fatto qualsiasi cosa per liberare Malik.»

Invece no, non lo avrebbe fatto.

Non lo *aveva* fatto.

«È questo che è accaduto quella notte alla Perla Rossa. Quando mi hai domandato perché volessi baciarti e perché rimanessi in quella stanza con te. Ecco, l'ho fatto perché sapevo che avrei potuto sfruttare la situazione a mio vantaggio. Me ne vergogno, ma non rifarei nulla di diverso.» Appoggiò la testa sui cuscini, senza distogliere lo sguardo. «Ma non... non avevo messo in conto che avrei trovato tanto piacevole la tua compagnia. Non avevo progettato di attendere con impazienza il momento in cui avrei parlato con te. E non ero preparato a provare senso di colpa per le mie azioni. Non avevo progettato... be', non avevo progettato che mi saresti stata tanto cara.»

Tremavo e mi mancava il fiato.

«Il mio piano era di rapirti durante la notte del Rito. Quando ti ho portata fuori in giardino, nei pressi del salice. Kieran e gli altri erano in attesa. Quello era il momento esatto in cui avrei dovuto rapirti, quando tutti erano impegnati in altro, e prima ancora che tu realizzassi che cosa stava succedendo.»

«Ma non lo hai fatto.»

«Se avessi agito diversamente, non avresti mai assistito alla morte di Vikter. Non avresti visto nulla di quello che è successo. Giuro sugli dei, Poppy, non lo sapevo che ci sarebbe stato un attacco...»

«Lo so. Ti credo.» Ed ero sincera. Le spalle di Casteel si rilassarono. «Perché non mi hai rapita?»

«Non lo so.» Casteel aggrottò la fronte. «No. Non è vero. Non ti ho portata via, perché ero cosciente che nel momento in cui lo avessi fatto, non mi avresti più visto come... semplicemente come Hawke. Non ti saresti più confidata con me. Avresti smesso di parlarmi, di vedermi com'ero. Mi avresti odiato. E io non ero pronto.»

Io, invece, non ero pronta ad ascoltarlo mentre lo ammetteva.

Casteel deglutì, spostando lo sguardo sul baldacchino. «Quando ti ho toccata, nella Foresta di Sangue, sapevo che non avrei dovuto farlo, ma... volevo essere io il primo, per te. Dovevo essere il tuo primo in tutto. Baciarti. Toccarti. Farti provare piacere.»

Oh, dei...

Casteel strinse la mandibola, scuotendo lentamente la testa. «E Kieran... quando si è reso conto di quello che avevo fatto, cazzo, pensavo sul serio che mi avrebbe mollato un pugno. Ma lui sapeva, e...» Casteel si schiarì la gola. «Quella notte, a Nuovo Nido, quando sono entrato nella tua stanza, non avevo pianificato quello che è successo. Lo volevo. Dei, se lo volevo. Non riuscivo a pensare ad altro e sicuramente questo ha fatto la differenza, ma non credevo di farlo con te senza che tu avessi idea di chi fossi veramente.»

Il petto mi si strinse. «Ecco perché quella notte non hai voluto che ti chiamassi Hawke. Pensavo fosse perché, tecnicamente, quello non era il tuo nome.»

«Non volevo che lo usassi perché non sapevi chi si celava dietro di esso.» Casteel strinse i denti sul labbro. «Avrei dovuto lasciare la stanza. Se fossi stato un uomo migliore, lo avrei fatto. Me ne vergogno, ma dei, non me ne pento. Non è terribile?»

«Io...» La gola mi si strinse, e mi servì del tempo per sbloccarla. «In quel momento ho provato tanto odio, perché non eri stato onesto con me. Ma non mi pento. Non l'ho mai fatto.»

Casteel mi guardò dritto negli occhi. «Non dire certe cose.»

«Perché?»

«Perché mi fa venire una tale voglia di spogliarti e di affondare dentro di te che non sapremo più dove iniziano e finiscono i nostri corpi.» I suoi occhi lampeggiarono di un oro intenso. «E questa conversazione non avrà mai fine.»

«Oh» sussurrai, sopraffatta dall'ondata di calore provocata da quelle parole. «D'accordo, allora.»

Il sorriso di Casteel fece di nuovo capolino, ma sparì in fretta. «Ciò che ti ho detto quella notte è ancora vero. Non sono degno di te. Lo sapevo allora. Lo so adesso. Ma questo non ha represso il mio desiderio di te. Non ha impedito che preparassi il piano necessario per tenerti con me, anche solo fino a quando tutto questo non avrà fine. Non mi ha impedito di volere tutto di te. Di fingere di poter avere tutto, Poppy.»

Non ero sicura di essere ancora in grado di respirare.

«E so che, probabilmente, sei ancora arrabbiata con me perché volevo che partissi con Kieran, ma...» Casteel chiuse gli occhi. «Dopo quello che mi è stato fatto e che ho vissuto in seguito, non pensavo che sarei stato in grado di provare ancora un desiderio come quello che provo per te, o di averne un sincero bisogno. Non credevo fosse possibile. E molte, *troppe* volte, ho voluto che tutto questo fosse reale.»

«Quale parte volevi che fosse reale?»

«Tutto quanto. Aver accettato il destino di mio fratello. Portare a casa mia moglie, e che... che fosse possibile per me realizzare quel futuro in cui avevo smesso di credere. Non riuscivo a pensare ad altro, prima. All'idea che tu fossi qui quando sarebbero arrivati, ero già spaventato. Quando quel bastardo di un Asceso ti ha portata via da Nuovo Nido, credevo di averti persa.» Casteel deglutì di nuovo. «E so che sono successe troppe cose perché nella nostra situazione ci sia qualcosa di reale. So che ti ho ferita. So che non stavi mentendo, quando hai detto che ti sentivi in colpa per le mie azioni. E dei, Poppy, mi... mi dispiace. Non ti meriti questo. Non meriti quello che ti ho fatto vivere, e di sicuro non meriti che io stia ancora cercando di tenerti stretta a me. Perché quando te ne andrai, io ti vorrò ancora con me. Inevitabilmente.»

Ti avrebbe lasciata andare, ma dubito che ti saresti liberata di lui.

Non erano state queste le parole di Kieran?

«Non so se tutto questo ha un significato. Da tempo ho smesso di cercarne uno.» Casteel abbassò le ciglia, nascondendo i suoi occhi. «Puoi dirmelo tu? Puoi leggere dentro di me?»

In quel momento non avrei avuto abbastanza concentrazione per leggere un libro, ma sapevo cosa era necessario adesso. «Parlami di lei.»

Casteel mi guardò negli occhi... e quando distolse lo sguardo, spostandolo verso le mani, parve spezzato. Rimase in silenzio così a lungo che pensai non avrebbe più parlato. Infine, però, mi rispose.

«Siamo... cresciuti insieme, Shea e io. Le nostre famiglie erano amiche, ovviamente, e all'inizio anche noi fummo solo quello, amici. Ma poi, non so bene come, diventammo qualcosa di più. Non so come o quando, ma mi innamorai di lei. O almeno credo fosse ciò che provavo. Lei era coraggiosa e intelligente. Selvaggia. Ero convinto che avrei passato tutta la vita con lei, ma poi fui fatto prigioniero, e lei venne a cercarmi.»

Il mio cuore sprofondò, precipitando ancora di più quando Casteel si alzò all'improvviso dal letto.

«Non so quante volte lei e Malik vennero a cercarmi. Dozzine, forse, senza mai perdere la speranza, capisci. Erano certi che fossi ancora vivo. Continuarono a cercarmi, in tutti quegli anni.» Si passò la mano tra i capelli. «E infine mi trovarono. Li riconobbi a stento quando si presentarono di fronte alla mia cella. Pensavo a un'allucinazione, al frutto della mia immaginazione: mio fratello e Shea che mi stavano realmente trasportando fuori dalla segreta, lungo le gallerie. Ero messo veramente male. Non mi nutrivo da tempo. Ero debole e disorientato. Poi, non so quando di preciso, spuntarono fuori due Ascesi. All'improvviso, come se ci stessero aspettando. E infatti era così.»

Mi spostai sull'orlo del letto, mentre lui si avvicinava alle porte del patio. «Che cosa vuoi dire?»

«Voglio dire, che sapevano che sarei stato liberato proprio quel giorno. Sapevano che mio fratello – il vero erede – stava per arrivare. Un Atlantiano più vecchio e più forte di me, a portata delle loro grinfie.»

Iniziai a capire, ma non volevo crederci. Oh, dei, no.

«Ci fu un combattimento, e ricordo solo Shea che mi trascinava via, allontanandomi da Malik lungo un labirinto di tunnel.» Casteel espirò brusco. «Non faceva altro che ripetere quanto le dispiaceva. Che non aveva scelta.»

Mi portai le mani alla bocca, e quasi desiderai che non continuasse.

«Uno degli Ascesi ci inseguì, ci costrinse in un angolo e... per prendersi gioco di me mi raccontò ogni cosa: Shea era stata catturata durante la mia ricerca, in un momento in cui lei e Malik si erano separati. Sapeva che gli Ascesi l'avrebbero uccisa, quindi rivelò chi c'era con lei. Barattò mio fratello in cambio della sua vita.»

«Oh, dei» sussurrai, con il cuore spezzato a causa del dolore di Casteel che si fondeva con il mio.

«Erano certi che Shea mi avrebbe abbandonato lì. Era parte del loro accordo. Un'offerta speciale: due in cambio di uno.» Casteel rise, ma la sua risata era aspra. «Non erano preparati alla resistenza che oppose Malik. Per quello Shea era riuscita a portarmi via. Io non volevo credere agli Ascesi. Cercai di proteggerla. E lei allora propose una nuova trattativa: la mia vita in cambio della sua. E io... tra la confusione e la fame persi il controllo, avevo capito che era lei la ragione per cui mio fratello era stato fatto prigioniero al posto mio, e che mi avrebbe riconsegnato ai miei carcerieri. Uccisi gli Ascesi. E uccisi lei. A mani nude. Non so nemmeno se avesse agito spinta dal panico. Ma doveva essere così. Shea non era una cattiva persona, ma di certo quello non poteva essere amore.»

«No, certo» dissi. «So di avere poca esperienza, ma sarebbe impossibile fare una cosa del genere alla persona che si ama veramente. E mi dispiace dirlo. Non la conoscevo, ma so per certo che non si può trattare in quel modo chi si ama.»

«Lo so.» Casteel chinò la testa. «Sono convinto che per un po' mi abbia amato davvero. Altrimenti perché avrebbe continuato a cercarmi? O forse sentiva che era quello che tutti si aspettavano da lei. Non lo so. Ma io avrei scelto la morte, pur di salvare la persona amata.» Mi dava ancora le spalle e si passò la mano sul volto. «Dopo... dopo quegli eventi, andai alla ricerca di Malik, ma non riuscivo a orientarmi in quelle cazzo di gallerie. Finché mi ritrovai fuori, sulla spiaggia, e grazie agli dei un uomo mi vide.»

Casteel abbassò la mano. «Ecco, dunque, perché non parlo di lei. Ecco perché non pronuncio mai il suo nome. Perché per quanto un tempo la amassi, adesso la odio. E odio quello che ho fatto.»

Rabbrividii, incapace di trovare le parole... perché non ce n'erano.

«Alastir non conosce la verità.» A quel punto Casteel si voltò verso di me. «Solo Kieran e mio fratello la sanno. Alastir non dovrà mai sapere che sua figlia ha tradito Malik... il nostro regno. Non sto cercando di proteggere me stesso: posso sopportare che Alastir sappia che lei è morta per mano mia. Ma sapere quello che Shea ha fatto lo ucciderebbe.»

«Non dirò mai nulla» promisi. «Non so come tu abbia fatto a tenerlo per te. Ti sta...» esitai ed emisi un respiro incerto. «Ti sta divorando.»

«Preferisco così, piuttosto che permettere alla verità di distruggere un uomo da sempre leale al nostro regno e al nostro popolo.» Casteel si appoggiò alla parete, chiudendo di nuovo gli occhi. «E per quanto riguarda Shea... non so se è giusto o sbagliato che la gente presti fede al fatto che è morta da eroina. E se anche fosse sbagliato, non mi importa.»

Lo guardai fisso e vidi ciò che non avrei mai pensato potesse esistere sotto le varie maschere che indossava. Il suo corpo era torturato quanto la sua anima. «Vorrei trovare le parole. Vorrei che tu non avessi mai dovuto compiere un'azione simile, dopo tutto quello che avevi già passato. Detesto sapere che provi questo senso di colpa, perché so che è così che ti senti. Lei ti ha tradito. Ha tradito se stessa. E mi dispiace.»

Casteel aprì la bocca.

«So che non vuoi la mia compassione, ma ce l'hai lo stesso. Questo non significa che provo pietà per te. Solo che...» Chiusi il collegamento con le sue emozioni. «Ora capisco perché non hai mai voluto parlare di lei.»

E capivo perché Kieran mi avesse avvisata di non tirare mai fuori quell'argomento.

Casteel annuì, tornando a voltarsi verso le porte che davano sulla veranda.

C'era ancora qualcosa che non capivo. «Gianna è la pronipote di Alastir, ed è stato lui ad avere l'idea del vostro matrimonio?» Quando Casteel annuì, dissi: «E gli stava bene che tu sposassi sua nipote, dopo essere stato insieme a sua figlia?».

«Sì.»

Arricciai il naso. «Forse sono strana, ma io proverei disagio. Certo, non ho una vita lunga secoli alle spalle, o...»

«Era una delle ragioni per cui non avrei mai potuto acconsentire a quell'unione» disse lui. «E non è colpa di Gianna. Lei è una brava persona. Ti piacerebbe.»

Di questo non ero sicura.

«Ma... assomiglia a Shea. Non come una goccia d'acqua, ma la somiglianza c'è, e anche io ero a disagio. Ma anche se non le somigliasse affatto, non ho mai pensato a lei in quel modo.»

Non sapevo cosa provare sapendo che l'aspetto di quella Gianna era effettivamente simile a quello di Shea, la donna che Casteel aveva amato e da cui era stato tradito. Ci rimuginai un po', ma pochi secondi dopo mi resi conto che Gianna e Alastir non avevano importanza. Erano solo... rumori di fondo. Quello che veramente contava eravamo noi due.

«So perché hai mandato Kieran ad Atlantia» gli dissi.

«Volevi essere certo che non rischiasse la sua vita per salvare la tua.»

Per un istante, Casteel rimase in silenzio. «Non è l'unica ragione. Alastir chiamerà a raccolta le nostre armate e poi andrà di filato da mio padre e mia madre, a cui rivelerà che intendo sposarmi e sciorinerà i suoi dubbi. Ed è l'ultima cosa di cui abbiamo bisogno.»

Ecco che cosa aveva inteso Casteel, quando aveva parlato con Kieran, ed ecco perché il Wolven aveva ceduto.

Sapevo quanto gli era costato parlare di Shea, e qual era il peso che Casteel doveva portare, quindi pronunciare quelle parole fu più facile di quanto mi sarei aspettata. «Ho detto la verità, ieri sera, a cena.»

36

Lentamente, Casteel si girò verso di me.

«Era la verità, quando ho detto che sei la prima scelta che ho fatto per me stessa, anche quando eri semplicemente Hawke, e non solo perché sei stato la prima persona che mi ha vista per come sono. Questo ha influito, ovviamente, ma se avessi voluto delle paroline dolci o del mero piacere avrei potuto indossare di nuovo la maschera e tornare alla Perla Rossa. Io... volevo te.» Le mie guance erano in fiamme, ma proseguii: «Era vero che avevo già i miei sospetti sugli Ascesi, e sul mio ruolo di Vergine. E ho scelto te perché mi hai fatto scoprire che sono *qualcuno*, una persona e non un oggetto vago. Mi hai vista e hai deciso di accettarmi nonostante tutto. Quello che, però, non sai è che quella notte, quando ti ho chiesto di stare con me, mi ero già lasciata il velo alle spalle. Avevo compiuto la mia scelta. Dovevo trovare il modo di restare con te, anche se non ero sicura che tu lo desiderassi. E se tu non mi avessi voluta, mi avrebbe... fatto male, ma almeno non sarei stata più la Vergine. Mi sono innamorata di te quando eri Hawke, e ancor di più quando sei diventato Casteel».

Lui sgranò gli occhi.

«E non riuscivo a capire come fosse possibile continuare ad amarti. Ero così arrabbiata con te, e con me stessa, per non aver visto la verità. E mi sembrava di tradire Vikter, Rylan, gli altri. E me stessa.»

Casteel sollevò il petto con un pesante sospiro. «Ed è ancora così? Continuare a innamorarti di me è un tradimento?» Un passo avanti, poi un altro, prima di fermarsi. «Se è così, lo capisco, Poppy. Certe cose non si possono...»

«Certe cose non si possono dimenticare o perdonare» dissi, sfregandomi le mani sudate sulle ginocchia. «Ma credo di aver capito, o comunque di essere giunta ad accettare, che certe cose non si possono cambiare né fermare. Sono importanti e allo stesso tempo non lo sono. Sono emozioni potenti, ma non forti quanto altre. E quello che provavo per te non aveva nulla a che fare con quello che avevi o non avevi fatto. Tantomeno con Vikter o chiunque altro. E riconoscerlo è stato come ricevere il permesso di... di provare quei sentimenti. E mi sono spaventata.»

Posai la mano sul mio petto. «Sono ancora terrorizzata, perché non mi sono mai sentita così, con nessuno, e so... che non è per il fatto che tu sei stato il mio primo amore, o per le mie, be', opzioni limitate nella vita. Sei tu. Sono io. Siamo noi. Come mi sento? Come se volessi spazzare via il tuo dolore, ma strangolarti nello stesso istante. E quelle tue stupide fossette mi fanno infuriare, ma ogni volta che fai un sorriso le guardo perché so che sei sincero. E poi non vedo l'ora di litigare con te, non so perché, ma è così. Sei intelligente, e anche più gentile di quanto credi... anche se il titolo di Oscuro so che te lo sei guadagnato. Sei un enigma che voglio e non voglio risolvere allo stesso tempo. E quando ho capito che avevi così tante maschere... così tanti strati, ho perseverato nel desiderio di esplorarli tutti, sebbene temessi che alla fine mi avrebbe solo fatto più male.»

Scossi la testa, infilando le dita nel colletto della tunica. «Sono confusa. Come faccio a volerti pugnalare e baciare allo stesso tempo? E so che hai detto che merito di stare con uno che non mi abbia rapita, o che io non voglia accoltellare...»

«Dimentica quello che ho detto.» Alzai lo sguardo, e lui era più vicino. «Non sapevo di cosa stavo parlando. Forse neanche le ho dette, quelle parole.»

Un fremito sulle mie labbra. «Le hai dette, eccome.»

«Hai ragione. L'ho fatto. Dimenticale.» Mi scrutò negli occhi. «Dimmi perché sei terrorizzata. Ti prego.»

Il respiro mi mancò. «Perché... potresti spezzarmi il cuore un'altra volta. E quello che stiamo facendo è più grande di noi, perfino di tuo fratello. Devi esserne consapevole. Potremmo effettivamente causare un cambiamento. Non solo per la tua gente, ma anche per il popolo di Solis.»

«Questo lo so» sussurrò lui, con il respiro accelerato e gli occhi luminosi.

«E le cose sono già abbastanza complicate e confuse. Per questo ammettere quello che voglio – quello che provo – rende tutto solo più complicato e spaventoso. Perché questa volta...» Le lacrime mi bruciarono nel fondo della gola. «Questa volta, non so come potrò superarlo. So che probabilmente sembro debole o immatura, ma è quello che sento.»

«Non sei debole.» Casteel avanzò ancora, ma non rimase in piedi. Né mi sedette accanto. Si inginocchiò di fronte a me. «Il tuo cuore, Poppy, è un dono che io non merito.» Mi posò le mani sulle ginocchia e alzò gli occhi sui miei. «Ma è un dono che proteggerò fino al mio ultimo respiro. Non so cosa significa.» Si fermò, stringendo le dita sulla mia calzamaglia, sulle mie gambe. «D'accordo. Cazzo. Sì che lo so, cosa significa. È il motivo per cui mi sento in soggezione di fronte a tutto quello che dici o che fai. È il motivo per cui sei la prima cosa a cui penso quando mi sveglio e l'ultima quando mi addormento, il pensiero che sostituisce ogni altro. È il motivo per cui, quando sono con te, posso essere tranquillo, *essere* e basta. Tu sai questo cosa significa.»

Mi prese una mano e se la portò al petto... al cuore. «Dimmelo. Ti prego.»

Ti prego.

Aveva detto quelle parole due volte nel corso di tutta la conversazione, parole che non gli uscivano così spesso dalle labbra. Come potevo rifiutare?

Decisi di non concentrarmi su di lui solo per una veloce lettura delle sue emozioni, ma aprii me stessa, formando il legame invisibile con Casteel e con ciò che provava. Fui investita da un'ondata, e fu sconvolgente.

La sensazione che mi turbò non fu la preoccupazione, pesante e densa come panna. Casteel era preoccupato per le sorti di suo fratello, del suo regno, le mie. E neanche fu il fresco fiotto di sorpresa che suscitò in me il pensiero di quanto lui non credesse completamente a quello che ci eravamo detti. Il sapore aspro, quasi amaro della tristezza era ridotto al minimo, e l'unica volta in cui la sua sofferenza non era stata intensa e quasi travolgente era stata quando avevo scacciato il suo dolore. Tutto questo mi stupì, ma a lasciarmi veramente sconvolta fu la dolcezza che provai sulla punta della mia lingua.

«Lo senti?» domandò. «Com'è?»

«Come... mi ricorda cioccolato e frutti di bosco.» Dovetti sbattere le palpebre, per trattenere le lacrime. «Fragole, per la precisione. Lo sentivo in Vikter... in Ian e nei miei genitori. Ma non è mai stato così... come se fosse peccaminoso.»

Sapevo cos'era. Era l'emozione nascosta dietro agli sguardi intensi e al bisogno di toccarsi. Quella sensazione celata dietro al modo in cui il suo braccio mi cingeva quando cavalcavamo insieme e all'abitudine di giocherellare con i miei capelli. Era l'emozione che lo spingeva a tracciare fra noi quella linea che non avrebbe mai varcato. Era il motivo per cui non avrebbe mai usato la compulsione, e ciò che gli permetteva di volermi proteggere e al tempo stesso di lasciare che mi proteggessi da sola. Era il motivo per cui, quando era con me, non pensava al regno, a suo fratello o al periodo della sua prigionia.

Ed era una delle molte cose proibite per me quando ero la Vergine.

Era *amore*.

«Non piangere.» Casteel si portò la mia mano alla bocca e la baciò al centro del palmo.

«Non sto piangendo. Non sono triste» gli dissi, e lui sogghignò. Quella stupida fossetta sulla guancia destra fece la sua comparsa. «Odio quella stupida fossetta.»

«Sai che cosa credo io?» Mi baciò la punta del dito.

«Non mi interessa.»

Comparve anche la fossetta sulla guancia sinistra. «Credo che sulle mie stupide fossette pensi esattamente il contrario.»

Aveva ragione, e io rabbrividii.

Casteel lasciò andare le mie mani, si tirò su e mi prese le guance. Si sporse, posando la fronte sulla mia, e io avrei giurato di sentire le sue mani tremare. «*Sempre*» sussurrò in un respiro condiviso. «Il tuo cuore è *sempre* stato al sicuro con me. E sempre lo sarà. Non c'è *niente* che proteggerò con più fervore o con più dedizione, Poppy. Fidati di questo... di ciò che senti fluire da me. Dentro di me.»

Fiducia.

Da quando si era rivelato come Casteel, non mi aveva mai chiesto di avere fiducia in lui. Sapeva che sarebbe stata una fiducia fragile. Una crepa avrebbe fatto crollare tutto.

Io, però, sapevo che cosa percepivo.

Annuii. «Non voglio più fingere.»

«Nemmeno io.»

«Non... non so che cosa significhi per noi» sussurrai. «Il

tuo popolo e i tuoi genitori... non si fidano di me. In pratica sei la cosa più vicina a un immortale che esista, e io... la mia vita durerà un battito di ciglia. Che facciamo adesso?»

«Non ci preoccupiamo del mio popolo, dei miei genitori o della durata delle nostre vite. Non ora. E neanche in seguito. Viviamo giorno per giorno. Per te è una novità, e in un certo senso lo è anche per me. Stringiamo un patto.»

«Tu e i tuoi patti.»

Le sue labbra, poggiate sulle mie, si piegarono in un sorriso. «Stabiliamo di non pensare oggi ai problemi di domani.»

Il domani arrivava sempre troppo presto, ma annuii. Perché, finché eravamo uniti nello stesso respiro, il domani non sarebbe stato un problema di oggi. «Lo posso accettare.»

«Bene.» Casteel si scostò, e a me parve che avesse gli occhi lucidi. «Se lo faremo sul serio, allora sento il bisogno di chiedere perdono. E so che la lista di cose per cui dovrei scusarmi è lunga, ma penso che dovrei iniziare da qui.» Si appoggiò su un ginocchio, di fronte a me.

Da quando avevamo iniziato a parlare sinceramente, il mio cuore non aveva smesso di battere rapido e gonfiarsi. Ma adesso era così veloce, che non sapevo come facessi a non svenire. Casteel mi prese la mano, e io mi chiesi se riuscisse a sentire che tremava.

Sì, la sentiva.

Avvolse la mia mano tra le sue, placando il tremore. «Penellaphe Balfour?» Mi guardò, senza scintille provocatorie negli occhi, senza nemmeno un sorrisetto sulle labbra. Niente maschere. Soltanto lui. Casteel Hawkethrone Da'Neer. «Mi concedi l'onore di diventare, un giorno, degno di te? Mi sposerai? Oggi?»

«Sì. Ti concedo l'onore di diventare mio marito, perché sei già degno di me.»

Casteel chiuse gli occhi e fu scosso da un tremito.

«Ti sposerò.» Mi chinai e gli baciai la fronte. «Oggi.»

Dopo aver accettato la proposta di Casteel, fu come se tutto e niente fosse cambiato.

Ero nella stanza da bagno, con la pelle perlopiù asciutta, e mi stavo annodando la cintura della vestaglia. Avevo le guance tinte di rosa, e nei miei occhi c'era una luce quasi febbrile.

Era strano, il nervosismo che mi sfarfallava nel petto e nello stomaco. Sposare Casteel non era una novità, ma adesso era reale, e questo cambiava tutto.

Era strana anche quell'inaspettata sensazione di leggerezza, come se un peso tremendo e soffocante mi fosse stato tolto dalle spalle. Non me lo aspettavo. Pensavo che, dopo avere ammesso i miei sentimenti con Casteel, sarei stata nuovamente assalita dai sensi di colpa. Invece, la colpa e la sensazione che stessi tradendo gli altri e me stessa mi avevano abbandonato.

Mentre mi passavo la spazzola tra i capelli che si stavano asciugando, mi resi conto che il senso di colpa, in effetti, mi aveva abbandonata già nella caverna. Solo che non me ne ero resa conto.

Dovevamo affrontare ancora molto di ignoto: gli Ascesi in arrivo e il primo atto di una guerra che non era stata ancora decretata. La reazione dei genitori di Casteel alla notizia del suo matrimonio, e se il suo popolo mi avrebbe mai accettata. Suo fratello e il mio, e le differenze biologiche tra noi, che sarebbero diventate un problema quando, se gli dei avessero voluto, io sarei invecchiata e lui avrebbe a malapena mostrato i segni dei decenni trascorsi. Nonostante tutto questo, però, avrei fatto esattamente quello che aveva detto Casteel.

Non avremmo anticipato a oggi i problemi di domani. E

nemmeno i problemi che avremmo probabilmente affrontato nel giro di poche ore. Perché stavo per sposare l'uomo di cui mi ero innamorata.

L'uomo che, lo *sapevo*, provava i miei stessi sentimenti, anche se non aveva pronunciato quelle parole.

Ero felice.

Ero spaventata.

Ero colma di speranza.

Ero emozionata.

E tutte quelle emozioni erano reali.

Qualcuno bussò alla porta principale, perciò uscii dal bagno. Quando aprii trovai Vonetta in attesa, con qualcosa di rosso drappeggiato su un braccio e una borsetta sull'altro.

«Ho sentito che oggi si celebrerà un matrimonio» annunciò Vonetta, entrando a grandi passi nella stanza. «E Kieran sarà arrabbiatissimo di esserselo perso.»

«In un certo senso, ecco, pure io vorrei che fosse qui. Anche se con lui non lo ammetterò mai» dissi, facendola ridere. Chiusi la porta e la seguii in camera da letto. «Non è giusto che non sia qui per il matrimonio di Casteel.»

«È strano davvero, ma sono sollevata. Non che si stia perdendo il matrimonio.» Mi guardò da sopra la spalla, mentre posava sulla chaise longue quello che si rivelò essere un abito. «Ma perché non sarà qui *dopo*.»

«Lo so.»

«Casteel è... ha un buon cuore. Lui e Kieran sono legati, e... non so se un altro lo avrebbe mandato via.»

«Ha davvero un buon cuore» concordai, arrossendo. Esprimere ad alta voce complimenti a Casteel non era una cosa che facevo spesso.

Vonetta sorrise, voltandosi a lisciare la gonna del vestito. «Comunque, probabilmente Kieran è felice di non essere qui per la vera e propria cerimonia.»

Il mio cuore perse un battito. Sapevo pochissimo delle

cerimonie di nozze atlantiane. Quelle di Solis a volte duravano giorni. La sposa si tagliava i capelli, poi c'era un bagno in acqua consacrata dalle Sacerdotesse e dai Sacerdoti. Non c'erano voti, ma molti banchetti. Quando pensavo agli Atlantiani, mi veniva sempre in mente una certa usanza. «Posso farti una domanda?»

«Chiedi pure.» Vonetta si girò verso di me.

«Qualche giorno fa sono venuta a sapere dell'Unione.» Giocherellai con la cinta della mia vestaglia. «Casteel ha detto che non si usa spesso, ma è una cosa che i Wolven potrebbero aspettarsi? O magari gli Atlantiani?»

«In realtà dipende dalle parti coinvolte. Talvolta lo scambio di sangue avviene, altre volte no. Ma se si sceglie di metterlo in pratica, si dà l'impressione che ci sia un... be', in mancanza di una parola migliore, diciamo un *legame* più forte.» Vonetta scrollò le spalle, e io non potei fare a meno di notare che non sembrava a disagio, tantomeno ne parlava come se avesse a che fare necessariamente con il sesso, o fosse una cosa di cui vergognarsi. «Non sempre il rito si tiene durante il matrimonio. So che può succedere prima, o dopo.»

Annuii.

«Non credo, però, che qualcuno se lo aspetti da te» aggiunse in fretta.

Aggrottai la fronte. «Perché?»

Lei mi studiò per un momento, poi disse: «Non sei Atlantiana purosangue. Non ci sono mai state Unioni con qualcuno di sangue mortale».

«Perché prolunga la vita del mortale?» domandai.

«Immagino che abbia a che fare anche con quello. E non succede spesso che un Atlantiano di stirpe elementale e legato a un Wolven sposi un mortale. Non è proibito come l'Ascensione» disse, riferendosi alla creazione dei Vampry. «Semplicemente, non è mai stato fatto.»

Non sapevo che cosa pensare. Se l'Unione avesse prolungato la durata della mia vita, avrebbe potuto risolvere almeno uno dei problemi di domani, ma non sapevo cosa provare all'idea di legare la mia vita a quella di un altro, o anche solo all'idea di vivere così a lungo.

«Comunque, mentre stava cercando mio padre, Casteel è passato a chiedere se avessi qualcosa di degno di una principessa che sta per sposarsi. Gli ho detto di no. E che tutto quello che possiedo è degno di una regina» disse Vonetta, facendomi sorridere. «Le spose di Atlantia in genere portano un velo rosso, o giallo, per tenere lontani gli spiriti cattivi e le maledizioni, ma lui ha detto assolutamente niente velo.»

Dei...

Che pensiero dolce.

«Perciò ho pensato che l'abito rosso sarebbe stato perfetto. E dovrebbe andarti bene, anche se è un po' lungo, perciò non metterti a correre quando lo avrai indossato.»

«Ci proverò.»

Vonetta sollevò l'abito e me lo porse. «Ha una sottoveste rossa. Molto semplice. Ma è meglio che vai a cambiarti, ho la sensazione che presto saranno qui.»

Lo sfarfallio nel mio petto aumentò, tanto da assomigliare al volo di una dozzina di uccelli che lasciavano il nido. Vonetta andò in salotto e io mi spogliai in fretta, indossai la sottoveste di seta che mi arrivava appena alle cosce e poi infilai il fluente abito di seta e chiffon. Era arricciato in vita e con il corpetto aderente, e mi ricordava quello che avevo indossato la notte del Rito. La gonna era trasparente fino alla coscia e formava due lembi leggeri. L'intero vestito era adorno di un raffinato ricamo dorato che disegnava un delicato motivo di rampicanti. La scollatura era più morbida del resto del corpetto e le spalline erano realizzate in modo da rimanere in posizione, appena sotto le spalle. Con un abito del genere non c'era modo di nascondere le cicatrici, ma... ero stufa di nasconderle, comunque.

«L'abito è bellissimo» dissi a Vonetta, che arrivò un attimo dopo.

Mi guardò e sorrise. «Però, sul serio, evita di correre.»

Abbassai gli occhi: l'abito formava una pozza cremisi sulle piastrelle. «Assolutamente.»

«Vieni. Siediti. Lasciami vedere come posso acconciarti i capelli.» Vonetta mi lanciò la borsetta. «Tieni qua.»

La afferrai al volo e la trovai inaspettatamente pesante. Seduta sulla chaise longue, mi chiesi che cosa contenesse, mentre Vonetta andava in bagno a prendere una spazzola e un esercito di forcine.

«Io credevo di avere un sacco di capelli» disse, raccogliendomeli ai lati. «Ma accidenti, tu quasi mi batti.»

Passando le dita sulla borsetta di velluto, pensai a Tawny. «A volte una mia amica mi aiutava a intrecciarli. Non trecce come le tue, ma un paio che poi arrotolava in un nodo, in modo che i miei capelli non fossero visibili sotto il velo.»

«Una tua amica? A Solis?» chiese Vonetta dopo qualche secondo.

«Sì. Si chiama Tawny. Ti piacerebbe, e lei ti adorerebbe. È una secondogenita... cioè, è destinata ad ascendere» spiegai, mentre Vonetta torceva e intrecciava i miei capelli, ormai perlopiù asciutti. «Non conosce la vera natura degli Ascesi, e adesso che me ne sono andata non so se ascenderà davvero.»

«Una volta, Kieran e Casteel mi hanno detto che molte persone sono innocenti, a Solis... ignare della verità sugli Ascesi. Un tempo mi sembrava difficile crederlo» ammise, unendo le trecce realizzate ai lati della testa e iniziando ad avvolgermele in una crocchia. «Ma più Caduti incontravo, più imparavo che gli Ascesi sono maestri nel nascondere la verità.»

«È così.» Mandai giù un groppo in gola, mentre fissavo le cortine assicurate alle colonnine. La brezza che entrava dalle porte aperte le faceva ondeggiare lievemente. La mente mi tradiva. Pensai alla notte successiva, e alla possibilità che il primo gruppo di Ascesi raggiungesse Punta di Spessa. «Detesto quello che sta per succedere» mi sfuggì.

Le sue dita si immobilizzarono. «Il matrimonio?»

«No. Dei. Per quello non vedo l'ora.» Mi sfuggì una breve risata.

«Sembri sorpresa.»

«In effetti sì» ammisi in un mormorio. «Stavo pensando agli Ascesi. A quello che potrebbero fare quando arriveranno. Detesto... mettere in pericolo quello che tutti voi avete costruito qui.»

«Siamo sempre stati in pericolo» disse Vonetta. «Presto o tardi ci avrebbero scoperti, e ci sarebbe stata battaglia. Lo sapevamo tutti, quando abbiamo accettato di venire qui.»

Ma come a Nuovo Nido, io ero la catalizzatrice che accelerava gli eventi, facendoli accadere prima che gli altri fossero pronti.

«Immagino che la maggior parte delle spose non stia lì a pensare agli assedi, la notte delle nozze.»

«Ma tu non sei la maggior parte delle spose, vero?»

Dei, non aveva idea di quanto fosse vero.

«Stai per sposare uno splendido, anche se irritante, Principe di Atlantia, Penellaphe.» Le sue mani calde mi sfiorarono le spalle mentre raccoglieva il resto dei miei capelli, lasciando che mi scendessero sulla schiena. «E da quello che ho appreso su di te da mio fratello e da Casteel, gli Ascesi ti hanno già sottratto moltissime gioie. Non permettere che ti portino via anche questa.»

Feci un respiro profondo e annuii. «No, non lo farò.»

«Bene. Puoi aprire la borsetta?» domandò lei. «E passami quello che ci trovi dentro.»

Abbassai lo sguardo, slacciai il nastrino e infilai la mano dentro. A bocca aperta, ne estrassi diversi fili di diamanti.

«Carina, eh? Non è la collana più bella che ci sia, ma mi piace per la sua semplicità.»

«E questa sarebbe semplice?» Fissai i diamanti che scintillavano, fissati a tre strati di catenelle. Ciascuna doveva reggere almeno mezza dozzina di pietre preziose.

«Per gli standard di Atlantia, sì.»

Pensai al diamante che Casteel mi aveva promesso, e sgranai gli occhi.

«Inoltre, i diamanti sono una tradizione qui.» Vonetta mi tolse la collana di mano, e io sollevai i capelli. «Sono le lacrime di gioia degli dei che hanno preso forma» spiegò, fissando il gancetto. «Indossarli significa che gli dei sono con te, anche se stanno dormendo. Esiste una tradizione simile, a Solis?»

Scossi la testa e fissai i fili della collana. «A Solis i diamanti rappresentano solo la ricchezza. Chi ne ha i mezzi, organizza feste che durano giorni. Io non vi ho mai preso parte, ma da quanto ne so erano gli Ascesi a stare al centro dell'attenzione, durante i matrimoni. Non gli dei. Non riesco nemmeno a immaginare un matrimonio che richieda giorni. Sono così ad Atlantia?»

«Possono durare qualche ora, ed ecco perché Kieran sarà felice di perdersi quella parte.» Vonetta girò intorno alla chaise longue. «Però, visto che a officiare il matrimonio è mio padre, dubito che durerà più di qualche minuto.»

«Oh, grazie agli dei» esclamai, alzandomi. «Mi dispiace. Giorni, ore... sarebbe troppo.»

Vonetta rise mentre io andavo nella stanza da bagno. «Sarai fortunata con la cerimonia, ma immagino che quando arriverai a Evaemon, il re e la regina pretenderanno di organizzare dei festeggiamenti in tuo onore e di presentarti ai sudditi. Quello sì che andrà avanti per giorni.»

I miei sudditi. Festeggiamenti che duravano giorni.

Nel frattempo mi rimiravo allo specchio e quei pensieri di colpo scomparvero. I tre giri di diamanti scintillavano sotto la luce morbida delle lampade. Il vestito, i miei capelli... era tutto stupendo, più di quanto mi sarei aspettata o avessi mai sperato... persino più di quanto credevo mi fosse veramente necessario.

Mi girai verso di lei. «Grazie... per tutto questo. Significa tanto per me, Vonetta.»

«Non è niente di eccezionale, ma prego.»

Invece era tutto così eccezionale, e reale. Avere l'aspetto di una vera sposa e sentirsi come tale. «Tu sarai presente al matrimonio?» chiesi, e mi scappò una risata. «Non so nemmeno dove si terrà la cerimonia.»

«Posso venire, se ti fa piacere. E se mi chiamerai Netta. È così che mi chiamano gli amici, e dato che parteciperò al tuo matrimonio, immagino che siamo amiche.»

Sorrisi e annuii. «Se tu mi chiamerai Poppy. È così che i *miei* amici chiamano *me*.»

«Certo che lo farò. A proposito, le nozze si terranno qui. All'esterno, cioè. I matrimoni sono sempre all'aperto, indipendentemente dal clima, e dovrete essere scalzi.»

«Perché gli sposi devono posare i piedi sul suolo atlantiano?»

«Corretto.» Vonetta si sistemò le treccine sulla spalla. «Ed è ora. Sono arrivati.»

Il mio cuore iniziò a martellare ancora una volta. «I sensi dei Wolven devono essere straordinari.»

Lei sogghignò. «Sì, ma in questo caso ho soltanto visto mio padre che passava davanti alla finestra.»

«Oh.» Risi. «Bene, allora.»

«Sei pronta?»

Annuendo, iniziai a seguirla, ma poi mi fermai. «Un secondo.»

Mi avvicinai di corsa al letto per prendere il pugnale Wolven e lo agganciai alla coscia.

«Stai pensando di pugnalarlo durante la cerimonia?» chiese Vonetta.

«Perché tutti si comportano come se io fossi sempre sul punto di pugnalare Casteel?» domandai.

«A quanto pare, è una tua abitudine.»

«L'ho pugnalato solo... qualche volta.» Mi voltai, aggiustando la gonna del vestito. «Quel pugnale mi è stato regalato da una persona a cui voglio bene. Per me era come un padre, e in un certo senso sarà accanto a me quando farò quello che lui non si sarebbe mai immaginato.»

E sapevo che Vikter sarebbe stato felice di assistere alla cerimonia, anche se stavo per sposare un Principe di Atlantia. In fondo al cuore, sapevo che gli sarebbe importato solo che facessi ciò che volevo e che fossi amata.

Entrambe le cose erano vere. E lo erano da molto più tempo di quanto mi fossi resa conto.

37

Il sole era alto sopra le nostre teste, la brezza piacevole, e il terreno sabbioso e l'erba scivolavano caldi sotto i miei piedi nudi, mentre camminavo di mia spontanea volontà verso di lui.

Hawke.

L'Oscuro.

Il Principe Casteel Da' Neer.

Gli altri erano in attesa fuori, nel cortile. C'era Jasper. Naill e Delano erano in piedi alle spalle di Casteel, alla sua sinistra. Le Guardiane erano sull'Alzata a fare da sentinella, e Vonetta era dietro di me. Ma io vedevo solo Casteel.

Era splendido, tutto vestito di nero, con quella bellezza selvaggia e primordiale che mi aveva sempre ricordato il felino delle caverne che avevo visto una volta. Stava a piedi nudi sul suolo rivendicato da Atlantia. E non aveva occhi che per me, mentre avanzavo. Mi fissava con quel suo sguardo luminosissimo, perfino alla luce del sole, e sul suo volto si disegnò un'espressione quasi sorpresa, come se fosse stato colto alla sprovvista. Avevo già visto quello sguardo, soprattutto quando sorridevo o ridevo. Nemmeno lui sembrava consapevole della presenza di altri, perfino quando Vonetta mi superò e andò a parlargli. Casteel continuò a fissarmi anche mentre infilava le mani in tasca e passava qualcosa alla sorella di Kieran. E quando permisi alle mie percezioni di raggiungerlo, avvertii quella sensazione che gli avevo sempre sentito emanare, solo che l'aspro del conflitto non c'era più, e il sapore di cioccolato e frutti di bosco era molto più forte.

Non riuscivo a togliergli gli occhi di dosso, finché Vonetta tornò al mio fianco e mi posò qualcosa di caldo e metallico sul palmo.

«L'anello. Per Casteel» sussurrò. «Li ha fatti realizzare dal fabbro.»

Abbassai lo sguardo sulla fede d'oro scintillante. All'interno c'era una sorta di iscrizione, ma non riuscivo a capire che cosa dicesse.

Chiusi le dita sulla fede, quasi non ricordavo come fossi arrivata lì, ma di colpo mi trovai di fronte a Casteel. Aveva lo sguardo fisso su di me e mi guardava come avrebbe potuto contemplare un dio sceso in terra.

«Sei...» Casteel si schiarì la gola, mentre le ombre gettate dalle nuvole scivolavano sul cortile. «Sei bellissima, Poppy. Assolutamente...» Mi percorse con lo sguardo, dalle trecce nei capelli ai diamanti che portavo al collo, poi giù lungo il corpetto e fino ai veli della gonna mossi dal vento. Un lento sogghigno gli distese le labbra. Apparve la fossetta sulla sua guancia destra, poi quella sulla sinistra. Chinò il capo, sfiorandomi l'orecchio con le labbra. «Ho le traveggole, o alla coscia porti il tuo pugnale Wolven?»

Sogghignai anche io. «Non hai le traveggole.»

«Sei una creaturina assolutamente stupenda, e letale» mormorò.

«Avrete tempo dopo per sussurrarvi smancerie» disse Jasper, e quando Casteel si ritrasse, nei suoi occhi ardeva un fuoco. «Hai un aspetto davvero delizioso, Penellaphe.»

«Grazie» risposi.

«E io?» chiese Casteel, e dietro di lui Naill sospirò.

«Tu sei passabile.»

«Quanto sei scortese» ribatté lui.

«Vuoi andarti a sedere in un angolo e cullare i tuoi sentimenti feriti? Come quando eri un ragazzino e finivi inevitabilmente per farti male facendo qualcosa di incredibilmente stupido?»

Casteel aggrottò la fronte, guardando Jasper. «Questa cerimonia sta iniziando in maniera davvero bizzarra.»

«Vero.» Il Wolven ridacchiò. «Cominciamo, allora, perché sono sicuro che sei più ansioso di concludere la cerimonia che di iniziarla.»

Casteel gli lanciò un'occhiataccia, e io mi chiesi che cosa significasse esattamente.

«Ho bisogno che vi voltiate entrambi verso di me» ci istruì Jasper. Quando lo facemmo, mi sorrise, e anche se le mie emozioni erano troppo in subbuglio per leggere le sue, vidi l'affetto nel suo sguardo. «Non so quanto conosci dei matrimoni atlantiani o se sai quanto siano diversi da quelli di Solis, ma ti guiderò io, d'accordo?»

«D'accordo» sussurrai.

«Bene. È piuttosto semplice. Non ci sono voti. O almeno non pronunciati» proseguì, mentre le nuvole gettavano ombre su di noi. Jasper lanciò una rapida occhiata al cielo, inarcando un sopracciglio. «Tenete gli anelli nella mano sinistra e unite le mani destre.»

Casteel mi porse la sua con il palmo alzato. Non sorrideva, in quel momento: le sue labbra e il suo sguardo rivelavano una certa determinazione. Con il polso che martellava, posai la mano destra sulla sua. Una scossa mi percorse il braccio, e a giudicare da come Casteel sgranò lievemente gli occhi, capii che l'aveva sentita anche lui.

«Inginocchiatevi. Casteel per primo» disse Jasper, e lui eseguì. «Adesso tu, Penellaphe.»

Casteel mi strinse la mano mentre mi inginocchiavo, e i nostri sguardi rimasero avvinti l'uno all'altro.

«Posate gli anelli sul terreno tra di voi, in modo che si sovrappongano» disse Jasper, e Casteel mise la fede d'oro, più piccola di quella che avevo in mano io, sul terreno sabbioso. Io poggiai la mia sopra la sua, secondo le istruzioni.

Casteel sapeva che cosa veniva dopo. Senza distogliere lo sguardo da me, prese un po' di terra e la sparse sugli anelli. Annuì, e io ripetei il suo gesto, sentendo il terreno granuloso scivolarmi tra le dita.

Grossi nuvoloni si radunarono sopra di noi, mentre Casteel sussurrava: «La prossima parte potrebbe fare male, ma solo per pochi istanti».

Mi fidavo di lui, e annuii.

«Sollevate la mano sinistra, con il palmo verso l'alto.» Jasper si inginocchiò davanti a noi, e con un rapido sguardo vidi che aveva in mano un pugnale che non avevo mai visto. Come le spade delle Guardiane, la lama era d'oro. «Inciderò un taglietto sui vostri palmi. Farà male per un attimo, e voi userete il vostro sangue come avete usato il terriccio. La ferità guarirà subito, ma entrambi ne porterete il segno finché alla vostra unione porrà fine la morte o una sentenza.»

Non sapevo in che modo la mia ferita potesse guarire immediatamente. «E questo è tutto?»

«Di solito, la si tira un po' più per le lunghe, ma questo è tutto. Almeno per quanto riguarda me.» Un luccichio malizioso brillò nei pallidi occhi di Jasper. «Casteel dovrà colmare le tue lacune sul resto.»

«Lo farò.» Casteel mi rivolse un rapido sogghigno. «Con gioia.»

Sollevai il palmo sinistro, con un brivido sulla pelle. Lui fece lo stesso e si sporse in avanti, colmando la distanza tra noi. Le sue labbra sfiorarono le mie e disse: «Solo un istante di dolore».

«Lo so» sussurrai. «Mi fido di te.»

Sentii il respiro che fece allora Casteel, e seppi cosa significava che io avessi pronunciato quelle parole, e che lui le avesse sentite.

«Indegno» sussurrò, poi mi baciò nello stesso momento in cui sentii l'acuta trafittura del pugnale di Jasper sul mio palmo. Il bacio fu fugace quanto il dolore, ma assai più dolce.

Casteel si ritrasse e premette le nostre mani una sull'altra, palmo contro palmo. Intrecciò le sue dita alle mie e abbassò le nostre mani giunte sugli anelli. Mi si bloccò il respiro quando vidi il mio sangue – il *nostro* sangue – scivolare lungo i palmi e i polsi. Una goccia o due caddero, schizzando sulle fedi.

Jasper rimase in silenzio, e Casteel mi lasciò la mano sinistra, mentre le destre erano ancora unite. Prese l'anello più piccolo. «Io metto questo a te, poi tu metti l'altro a me.»

Annuii.

«Solleva il palmo verso il cielo» mormorò. Quando voltai la mano, sgranai gli occhi.

Il taglio si era richiuso, ma al centro c'era un sottile vortice d'oro acceso, che brillava nonostante le nuvole che avevano oscurato il sole. «Ma come...?»

Casteel mi rivolse un sogghigno. «Magia.»

Ma certo.

Avevo la mano sorprendentemente ferma mentre Casteel faceva scivolare l'anello striato di sangue e terra sul mio dito indice. Era un po' largo, ma sapevo che non lo avrei perso.

«Tocca a te.»

Raccolsi da terra il suo e, trattenendo il fiato, glielo infilai.

E poi guardai in un silenzio sbalordito gli anelli che assorbivano la terra e il sangue. Le fedi sfavillarono d'oro intenso, e infine tornarono normali e immacolate.

«Fatto.» Jasper si alzò. «Siete marito e moglie.»
E il giorno si fece notte.
Alzai lo sguardo e schiusi le labbra. Le nuvole avevano reso il cielo nero come la mezzanotte, da est a ovest, da sud a nord. Non si vedeva un singolo raggio di sole, anche se non poteva essere più tardi dell'una o le due del pomeriggio.
«Dei» sussurrò Vonetta.
Casteel si alzò rapido e mi trascinò su con lui. Mi attirò al suo fianco, fissando il cielo nero.
«È un segno?» domandai.
«Sì» confermò Jasper, con voce roca. «Non vedevo una cosa simile da... dei, da quando si sono sposati tua madre e tuo padre. E anche allora, Casteel, non è stato *così*.»
Casteel abbassò lo sguardo sul Wolven.
«Questo è un segno. Un segno potente.» Jasper scosse il capo, stupito. «Un buon segno dal re degli dei.» Le nuvole innaturali iniziarono a disperdersi, e il sole riapparve. Jasper sorrise. «Seppure addormentato, Nyktos approva questa unione.»

La fede d'oro luccicava alla luce del sole che si riversava dalle finestre in camera da letto. Lentamente, voltai la mano. Il vortice d'oro scintillante seguiva le linee più vicine alle dita. Passai il pollice su quella curva. La patina d'oro non scomparve, e io... non riuscivo a credere di essere sposata. Da Penellaphe Balfour ero diventata la Vergine e, adesso, ero Penellaphe Da'Neer.
«Spero che tu non ci stia già ripensando. Nel caso, però, sfregarlo non basterà.»
Alzai di scatto la testa. Casteel stava uscendo dalla stanza da bagno. «Non sto cercando di toglierlo.» Lo osservai girare intorno al letto, con il cuore che già mi sobbalzava nel petto. «E non ci sto ripensando. Solo non capisco come sia possibile... l'oro sulla mia mano. Il sangue e la ter-

ra che semplicemente... sono penetrati e scomparsi dentro gli anelli.»

«Quando ho detto che si trattava di magia, stavo scherzando solo a metà.» Casteel sedette accanto a me e mi prese la mano. Il contatto mi provocò una scarica di consapevolezza. «Si tratta degli dei. Della loro magia.» Fece scorrere le dita lungo il segno. «È come un tatuaggio, ma più profondo dell'inchiostro. Tutti gli Atlantiani sposati hanno questa impronta, finché il loro matrimonio non finisce.»

«Per morte o per sentenza?»

Casteel annuì, e onde di capelli scuri gli scivolarono sulla fronte. «A quel punto il marchio scompare.»

Era un modo terribile di scoprire che qualcuno era morto. Un brivido mi percorse.

Casteel mi guardò. «Non credi agli dei?»

Stavo per dire che sì, ci credevo, ma la risposta era più complicata. «Credevo in quello che gli Ascesi mi avevano insegnato sugli dei. L'unica magia era la Benedizione. A parte quello, erano come... sentinelle silenziose che vegliavano su di noi, e che avevamo il dovere di servire attraverso il Rito.» Risi... di me stessa. «A dirlo adesso, mi rendo conto di quanto suoni ridicolo. E di quanto sia stata cieca.»

«Solo per chi ha ricevuto insegnamenti diversi fin dalla nascita.»

«Pensavamo che la loro magia fosse l'Ascensione. Che gli Ascesi fossero la prova di quel potere» dissi, mentre Casteel faceva scorrere le dita sull'anello che portavo. E mi resi conto di una cosa. «Sono rimasta sorpresa quando hai infilato l'anello sul dito indice. A Solis, l'anello si porta sul quarto dito, ma la linea su cui si trova l'impronta è più vicina all'indice.»

«Ragazza sveglia» mormorò lui, scostandomi i capelli che mi erano ricaduti sulla spalla. «Secondo la tradizione, quella è la linea connessa direttamente con il cuore. Ecco perché l'impronta si fa lì.»

«È piuttosto bello» ammisi.

«Vero.» Avvertii il suo sguardo su di me. E mi mancò il fiato. «Non so tu, ma io mi sento davvero speciale» aggiunse, sfiorandomi con le dita il collo e poi le delicate catenelle della collana. «Sono passati molti secoli da quando Nyktos ha fatto sapere che approvava un'unione.»

Il mio cuore perse un battito. «Dall'unione dei tuoi genitori.»

«Così ho sentito. Mio padre se ne vanta. Racconta a chiunque lo ascolti che quel giorno calò la notte, quando la cerimonia fu completata. Né Malik né io ci credevamo, e invece non stava mentendo.»

«E Nyktos non lo ha più fatto per altri da allora?»

«A quanto pare no. È una bella notizia, Poppy.»

«A differenza dell'Albero di Sangue apparso a Nuovo Nido?»

«Non sappiamo se quello fosse un buon segno o no» replicò lui. «Sappiamo solo che è stato assai bizzarro.»

Risi, incapace di trattenermi, e ciò mi trasmise una bella sensazione. Smettere di lottare contro risate o sorrisi, ed essere felice.

Sul volto di Casteel comparve di nuovo quell'espressione. Quella che aveva avuto mentre mi avvicinavo a lui, durante la cerimonia. Quella che faceva ogni volta che mi vedeva sorridere o ridere. «Perché?» domandai, colma di curiosità. «Perché fai quella faccia quando rido? O sorrido?»

«Perché è un suono bellissimo, un sorriso bellissimo, e non lo fai mai abbastanza.» Arrossì lievemente, guardandomi la mano. «E ogni volta che succede, mi sembra un suono già sentito... e intendo prima ancora di averti incontrata. Come un *déjà-vu*, però diverso.»

Le sue parole mi fecero venire in mente quelle di Kieran. «Che cosa significa *cuori gemelli*?» domandai d'un tratto.

Casteel mi guardò negli occhi. «Come mai hai sentito

parlare dei cuori gemelli, e non dell'impronta matrimoniale?»

«Be'...» esitai. «Vedi, sei legato a un certo Wolven che spesso dice cose molto vaghe e perlopiù inutili.»

Casteel rise. «Ha quella tendenza, vero? E ti ha parlato dei cuori gemelli? Quando?»

«Qualche giorno fa.» Sembrava un'eternità. «Ha detto che era convinto che noi fossimo cuori gemelli, e io ho pensato che fosse pazzo. Non mi ha detto che cosa significa, solo che era qualcosa di più potente delle stirpi di sangue e degli dei.»

«Davvero molto vago.» Casteel sorrise. Era un'espressione stanca, ma reale. Colsi un accenno di entrambe le fossette. «I cuori gemelli sono... quasi più leggendari di Nyktos che approva un'unione. Non sono una favola, ma sono così rari da essere diventati un mito.» Abbassò le palpebre, giocherellando con un diamante a goccia. «Tutto cominciò all'inizio dei tempi di cui abbiamo traccia, quando una delle antiche divinità si innamorò così perdutamente di un mortale da supplicare gli dei affinché concedessero il dono di una lunga vita alla persona che aveva prescelto. Gli dei rifiutarono, anche se la divinità era uno dei loro figli prediletti. E rifiutarono ogni anno, mentre la persona che la divinità amava invecchiava, ma lei rimaneva sempre uguale. Poi, quando quella persona fu vecchia e grigia e il suo corpo non poté più sostenere la vita, se ne andò a raggiungere Rhain, dove nemmeno la divinità poteva andare. Con il cuore spezzato, smise di mangiare e bere, per quanto gli dei la implorassero. Perfino Nyktos in persona venne su questa terra e la supplicò di vivere. Ma lei disse che non poteva, non quando un pezzo della sua anima l'aveva abbandonata e la persona che amava era morta. Non avrebbe mai avuto indietro quel frammento di anima, e senza di esso non aveva più volontà. Alla fine, divenne polvere.»

«È... una storia molto triste.»

«Certa gente dice che tutte le grandi storie d'amore lo sono.»

«Certa gente è stupida.»

Lui rise di nuovo. «Però non ho finito. Gli dei si resero conto del loro errore: avevano sottovalutato la capacità di amare che avevano due anime e due cuori destinati a rimanere uniti. Quelli erano cuori gemelli. Gli dei sapevano di non poter riportare indietro né il loro figlio né la persona che aveva amato, ma quando capitò di nuovo, a un altro dei loro figli, un'antica figlia che negli anni aveva avuto molti amanti, cedettero. Quando lei andò da loro a chiedere il dono della vita per il suo amante mortale, gli dei acconsentirono, ma a due condizioni. Entrambi avrebbero dovuto affrontare prove quasi impossibili, studiate affinché dimostrassero il loro amore. Se avessero avuto successo, la divinità doveva accettare di essere la fonte della vita del suo amato, che avrebbe dovuto bere da lei per rimanere al suo fianco. Naturalmente lei accettò, e i due completarono le prove. Avrebbero fatto qualsiasi cosa per l'altra metà della loro anima e del loro cuore.»

Quando compresi, sgranai gli occhi. «Il suo amato fu il primo Atlantiano.»

Casteel annuì. «Sì, la linea elementale. Nel corso dei secoli accadde molte altre volte. Un'antica divinità trovava il suo cuore gemello in un Wolven, e insieme superavano le prove per dimostrare il loro amore. Alcuni credono che fu così che ebbero origine la stirpe dei Metamorfi e altre. Oppure, un Atlantiano trovava il suo cuore gemello in un mortale, e una volta che gli dei avevano concesso a quest'ultimo il dono della vita, i due creavano un'altra stirpe. Era un tipo d'amore raro... e lo è ancora. Quando entrambi lo riconoscono, quell'amore, significa che faranno qualsiasi cosa l'uno per l'altro, perfino morire. E i cuori gemelli sono sempre stati collegati a coloro che hanno creato qualcosa di nuovo o che hanno portato un grande cambiamento. Si disse che anche Re Malec e Isbeth fossero cuori gemelli.»

«Ma se lo erano, allora perché gli dei non hanno proposto loro di superare le prove per poi concedere a lei lo stesso dono della vita dato agli altri cuori gemelli?»

«Se lo avessero fatto, il primo Vampry non sarebbe stato creato, e il mondo... sarebbe un posto assai diverso.» Casteel seguì la direzione presa dai miei pensieri. «Ma la creazione della vita è complessa e piena di incognite, perfino per gli dei. Non riuscirono a prevedere che Malec fosse così ingegnoso da prosciugare Isbeth del suo sangue e sostituirlo con il proprio, nel disperato tentativo di salvarla. Ma il problema era che gli dei erano già andati a dormire, ormai, e il loro sonno era troppo profondo perché potessero sentire le suppliche di Malec.»

«Dei» sussurrai. «È piuttosto tragico. Insomma, le sue azioni hanno dato origine a... tutto questo. E sì, era già sposato, ma è comunque tragico.»

«Vero.»

«E gli dei dormono ancora, incapaci di proporre nuove prove e concedere quei doni, adesso.»

«Ma non così profondamente da non essere consapevoli di quello che sta succedendo» disse lui. «Non pensi più che quello che ti ha detto Kieran sia così folle?»

Il mio cuore ebbe un tuffo. «Non... non lo so. Tu che cosa ne pensi?»

Sul suo volto apparve un sorriso colmo di segreti. «Non lo so nemmeno io.»

Feci per socchiudere gli occhi, ma poi mi venne in mente una cosa. «Un momento. Non capisco una cosa. Malec discendeva dalle antiche divinità, giusto?»

«Giusto.»

«Allora come ha fatto a trasformare Isbeth in una Vampry? Le altre divinità... davano il sangue ai loro cuori gemelli, ma questi non diventavano Vampry.»

«Perché gli altri non venivano prosciugati del loro sangue. Ricevevano il dono della vita dagli dei» spiegò. «La trasformazione non è la stessa cosa.»

«Insomma, una era approvata dagli dei e l'altra no?»

«Più o meno.» Casteel si avvicinò e posò la mano sul letto, accanto a me. Abbassò lievemente la testa, e io mi permisi di leggerlo.

Provava molte cose, tra cui una che raramente percepivo in lui. Mi ricordava ciò che provavo quando me la svignavo per andare nell'Ateneo della città in cerca di un libro interessante, o quando osservavo schiudersi le rose notturne. Momenti in cui mi sentivo appagata. Casteel era appagato. Era anche circospetto, probabilmente per quello che sarebbe potuto succedere quella notte. Ed era... esausto.

«Non hai ancora dormito. Dovresti farlo.» Allungai la mano, ma mi fermai, incerta. Adesso eravamo sposati. E cosa ancora più importante... tutto questo era reale, così come ciò che provavamo l'uno per l'altra. «Gli Ascesi potrebbero arrivare stanotte.»

«Lo so.» Casteel sollevò la testa. «Riposerò, ma c'è qualcos'altro che voglio fare.»

Il petto mi si strinse all'improvviso, mentre la mia mente partiva in una direzione del tutto inappropriata.

«Siamo sposati. È ufficiale, salvo che per l'incoronazione, ma c'è un'altra tradizione.»

Mi si seccò la gola. «L'Unione?»

Lui sbatté le palpebre una, due volte. «Mi sto sforzando tantissimo di non ridere.»

«Che c'è? È la tradizione, no? Ho chiesto a Vonetta...»

«Oh, dei.» Casteel si passò la mano sul volto.

«... e lei ha detto che...»

«Non si tratta di quello» mi interruppe lui. «Si tratta di

noi. Solo tu e io, e la tradizione di condividere l'uno con l'altra...»

«Oh» sussurrai, e la mia mente fu improvvisamente felice di piroettare intorno a pensieri decisamente inappropriati. «Intendi... il sesso?»

Lui mi fissò. «Mi piace un sacco come ragioni, ma non è esattamente ciò di cui stavo parlando.»

«Be'...» Il volto mi andò in fiamme. «Sta diventando imbarazzante.»

Casteel rise, posandomi la mano sulla guancia. «Non sentirti in imbarazzo. Dicevo sul serio, quando ho detto che adoro come ragioni. Ma la tradizione vuole che le coppie condividano il sangue, dopo la cerimonia.. Non è un obbligo. Come ho detto, è una semplice tradizione, intesa per rafforzare il vincolo del matrimonio. Non farlo non cambia nulla...»

«E che cosa cambia farlo?»

«È... un atto di fiducia.» Casteel abbassò la mano che teneva sulla mia guancia. «È un impegno a condividere tutto. È soprattutto simbolico.»

Il cuore mi martellava di nuovo, e di colpo il corpetto del vestito mi sembrò troppo stretto. Era chiaro che Casteel voleva che lo facessimo, anche se era un mero gesto simbolico. Forse addirittura una cosa che si era immaginato di fare con Shea prima di... be', *prima*. Sentii un moto di rabbia e pietà per lei: era morta da più anni di quanti io ne avessi vissuti, ma dovetti comunque fare un grande sforzo per tenere a bada quei sentimenti.

«E so che l'idea di bere sangue non è esattamente allettante, per te. Perciò, lo capisco se non vuoi...»

«Ma io voglio.»

Lui si scostò e gli occhi gli si illuminarono. «Vuoi davvero, oppure lo dici solo perché te lo sto chiedendo io?»

«Quante volte ho fatto qualcosa che tu volevi e io no?»

Casteel rise. «Giusta osservazione.» Nei suoi occhi, il divertimento lasciò il posto a una sorta di intensità divorante. «Se ne sei sicura. Al cento per cento?»

«Sì.»

«Meno male, cazzo.» Casteel allungò le mani, ma si fermò. «Prima dobbiamo togliere quel vestito. Netta mi farà il culo se glielo riporto sgualcito.» Mi guardò negli occhi. «E ho la sensazione che si stropiccerà moltissimo.»

Anche io.

Con il cuore che martellava, mi alzai e portai la mano a una spallina. Casteel mi imitò, prendendo tra le dita l'altra. «Ci sono bottoni?»

Scossi la testa.

«Ancora una volta, grazie agli dei» mormorò, abbassando la spallina. «Perché probabilmente mi sarei arreso e avrei strappato tutto.»

«Di solito sei più paziente di così.» Il vestito scese sui miei fianchi.

«Di solito.» Guardando la sottoveste, mi aiutò a fare un passo di lato per liberarmi dell'abito. «Ma non quando si tratta di te.»

«Non credo che questo sia vero.» Casteel fece per gettare via l'abito, ma io lo fermai. «Ci penso io.»

Lo posai sulla chaise longue, mentre lui mi aspettava vicino all'angolo del letto, serrando le labbra. «Ho proprio un debole per te con assurde spalline minuscole.» Mi posò le mani all'altezza delle costole e tirò il tessuto in modo che aderisse al mio corpo. «E per i tuoi seni, che però non sono né assurdi né minuscoli. Comunque sia, ho un debole anche per loro.»

«Grazie?» dissi, mentre lui mi girava intorno, facendo scivolare la mano sul mio ventre. Rise, e quel suono fu in parte un sollievo, in parte un bisogno. Non mi servivano le mie capacità per saperlo. Portai le mani al gancetto della collana.

«Tienila.» Casteel abbassò lo sguardo. «Anche il pugnale.»

Inarcai le sopracciglia. «Dici sul serio?»

«Quando ti renderai conto che sono sincero?» Piegò le labbra in un sogghigno malizioso. «Mi eccita vederti armata di qualcosa di affilato.»

«Qualcosa decisamente non va in te.»

Lui tornò di fronte a me. «Ma quello che c'è di sbagliato ti piace.»

«C'è qualcosa di sbagliato anche in me.» Alzai lo sguardo su di lui. «Perché è vero.»

«Lo so.» Casteel mi toccò la guancia. «Ho sempre saputo che apprezzi il fatto che mi piaccia quando mi fai sanguinare.»

Casteel mi baciò e io mi sentii come la prima volta che le nostre labbra si erano toccate. In un certo senso, era come un primo bacio, e Casteel e io avevamo avuto più di una sola prima volta. A ogni verità, a ogni cambiamento, era stato come ricominciare da capo, ma conservando tutti i ricordi e le esperienze. E baciare Casteel era come osare baciare il sole. Gli posai le mani sul petto, sentendo il calore della sua pelle attraverso la camicia, e fu di nuovo una prima volta, perché lo avevo baciato senza preoccuparmi nemmeno per un istante che fosse giusto, senza chiedermi se me ne sarei pentita. Lo baciai con abbandono, e in quel gesto c'era quella libertà che non avevo mai conosciuto prima.

Casteel mi attirò a sé e mi strinse un braccio intorno alla vita mentre mi sfiorava con la bocca lungo la guancia e la gola. L'aspettativa maliziosa che provavo mi fece irrigidire.

«Ci sono altri punti, sai, da cui potrei bere.»

«Per esempio?»

«Punti assai più sensibili del collo.» Mi fece scivolare la mano lungo la spalla e la chiuse sul seno, attraverso la sottoveste. Il suo pollice ne trovò l'apice dolorante. «Qui, per esempio. Ti piacerebbe? Non rispondere subito. Ci sono altri punti ancora più sensibili. Più interessanti.» Spostò la mano lungo la curva del mio fianco e ancora più in basso. Iniziò a sollevare l'indumento di seta. «Alza le braccia.»

Obbedii, portandole sopra la testa, e quando i suoi vestiti sfiorarono la mia pelle, ora nuda, rabbrividii.

La sottoveste scivolò a terra, e la mano di Casteel si posò di nuovo sul mio fianco. La coscia. Chiusi gli occhi e sentii le sue labbra sul collo.

Le sue dita mi scivolarono lungo la coscia, l'anello che portava era fresco contro la mia pelle. «C'è una vena, qui, proprio sulla gamba, con tante altre piccole venuzze che si dipartono da lì. Credo che ti piacerebbe molto.»

Rabbrividii ancora. «Lo farai?»

«Lo farei, ma in questo momento mi sento incredibilmente arcaico, e voglio che il mondo veda il nuovo marchio del mio morso sulla tua gola» disse. «E se il mondo intero lo vedesse tra le tue graziose cosce, allora dovrei uccidere tutti quanti.»

«Sei eccessivo.»

«Mi sento eccessivo, principessa. C'è un altro punto, che non mi fornirebbe molto sangue, ma credo che sarà il tuo preferito.» La sua mano si chiuse tra le mie gambe, e il pollice premette sul mio fascio di nervi, facendomi sollevare in punta di piedi. «Proprio lì. Potrei assaggiarti e nutrirmi di te nello stesso momento.»

Dentro di me si agitò un limpido vortice di piacere. «Che indecenza.»

«Un'indecenza terribile» concordò lui. «Non devi scegliere ora. In un altro momento, perché ci saranno altri momenti» promise, e io mi sentii stringere il petto, «proveremo ognuno di questi punti, e tu potrai dirmi qual è il tuo preferito. Che ne dici?»

«Credo che...» Il suo dito scivolò dentro di me, strappandomi un gemito simile a un ansito. «Mi piacerà essere terribilmente indecente.»

«Lo avevo capito.» Casteel ridacchiò contro la mia pelle, facendomi indietreggiare e muovendo lentamente il dito, senza andare troppo in profondità. Mi fece scivolare sulla schiena, poi ritrasse la mano. «Piacerà a entrambi.»

Casteel si scostò, rallentando per baciarmi le cicatrici sul ventre, poi quelle sulle gambe. Quindi fece un passo indietro, guardandomi dall'alto. Ero completamente esposta, senza altro addosso che la collana e il pugnale. Ero intimidita, ma non cercai di nascondere nulla. Lasciai che guardasse finché voleva.

«Bellissima. Voglio che tu lo sappia. Sei bellissima. In ogni tuo centimetro.»

Non potevo fare a meno di sentirmi così, quando mi guardava in quel modo.

Casteel portò le dita ai bottoni delle sue brache. «Guardami.»

Come avevo fatto nella caverna, lo osservai spogliarsi. Se lui pensava che ogni centimetro di me fosse bellissimo, allora non si era mai guardato allo specchio. Tutta quella pelle baciata dal sole e quei muscoli asciutti. Le sue cicatrici non erano pecche. E tantomeno il marchio. Erano la mappa della sua forza, di quello che aveva superato, ed erano lì a ricordare che aveva ritrovato pezzi di se stesso.

Allora capii come potesse trovare la mia pelle così perfetta. Vedeva in me ciò che io vedevo in lui.

E lo aveva fatto fin dalla prima volta che mi aveva vista senza il velo.

Mi sentii stringere la gola dall'emozione, e quasi temetti di mettermi a piangere, ma poi lui si avvicinò. Il suo corpo saldo sopra il mio. Mi sentii quasi travolta dalla sensazione dei peli ruvidi delle sue gambe sulla mia pelle, dal peso e dal calore del suo corpo mentre si posizionava tra le mie cosce, dal suo petto che sfiorava il mio, e dalla durezza di lui che premeva contro la parte più morbida di me.

Casteel mi afferrò per i capelli, facendomi alzare la testa. «Non hai idea di quanto ho aspettato questo momento. Entrarti dentro, mentre prendo in me una parte di te. Sentirti venire intorno al mio cazzo mentre assaporo il tuo sangue sulla lingua. Mi sembra di avere atteso per un'eternità.»

Fui scossa da un tremito mentre alzavo le gambe portandole sopra le sue e avvicinandolo a me. Casteel trasalì, e io gli avvolsi le gambe intorno ai fianchi, sollevando i miei. Casteel entrò in me quanto bastava a provocarmi un'ondata di brividi lungo la schiena, e a entrambi sfuggì un gemito. Lui abbassò la testa sulla mia gola e mi strinse i capelli.

«Allora perché aspettare ancora?» domandai.

Non aspettò.

Le sue zanne mi perforarono la pelle nello stesso momento in cui dava una spinta con i fianchi. Gridai, presa tra acuto dolore e assoluto piacere. Non riuscivo a respirare o muovermi, nemmeno quando lui cominciò a succhiare con forza, strusciando i fianchi contro i miei.

E poi non vi fu più dolore. Solo un desiderio pulsante e senza sosta, che prorompeva dalle mie profondità, e Casteel ottenne ciò che aveva desiderato fin dall'inizio. Il piacere mi inondò mentre lo afferravo per le spalle, pronunciando il suo nome in un ansito, e lui beveva da me e si muoveva dentro di me, e poi...

La sua mano fu sulla mia coscia. Sollevò la bocca dal collo, con le labbra lucide e rosse. Aveva in mano il pugnale, e stordita lo guardai passarsi la lama sul petto, solo per due o tre centimetri. Il suo sangue sgorgò.

«Bevi» ansimò, sollevando la mia testa verso il suo petto. «Bevi da me, Poppy.»

Fu probabilmente per il suo morso e la sensazione di Casteel dentro di me, e del mio corpo che si stringeva intorno a lui: non esitai. Baciai il taglio, e quando il suo sangue mi finì sulle labbra e sulla lingua sentii formicolare la bocca. La rivestì, caldo e denso, e io deglutii quell'assaggio peccaminoso e seducente di lui.

«Dei.» Casteel rabbrividì, e piegando l'altro braccio sotto la mia spalla mi tenne lì.

Ci fu un'esplosione di colori vividi... sfumature azzurre e viola. Lilla. Era quello il dolce sapore del suo sangue? O era di più? Nelle mie orecchie risuonò all'improvviso lo sgocciolio dell'acqua...

Casteel prese di nuovo a muoversi. Il suo sangue... era peccato puro, dava dipendenza come immaginavo facesse il fiore da cui prendevo il soprannome, il papavero. Potevo annegarci dentro, nella sensazione che suscitava in me. Quando Casteel mi fece scostare la testa feci per protestare, ma poi la sua bocca fu sulla mia, ed entrambi fummo perduti.

Non c'era un ritmo. Eravamo in preda alla frenesia. Gli effetti del morso, del suo sangue e del mio divennero follia. La tensione montò di nuovo, vorticando in profondità, una carezza sempre più serrata a ogni spinta dei suoi fianchi. Infine lui si liberò, scuotendomi nuovamente fino al mio nucleo più profondo, e fu lì insieme a me, a precipitare oltre il limite e sempre più giù.

E non si fermò.

Continuò a muoversi su di me, dentro di me, la bocca che scivolava sulla mia. Mi prese, e io lo afferrai. Eravamo un groviglio di gambe e braccia, di carne e fuoco, ma questa volta tutto crebbe più lentamente. Ce la prendemmo comoda, come se avessimo tutto il tempo del mondo, anche se non era così. E quando alla fine esaurimmo le forze, non sciogliemmo il nostro abbraccio. Nemmeno quando finalmente Casteel si addormentò, ancora con le braccia strette intorno a me. Nemmeno quando mi unii a lui, posando la guancia sul punto dove una volta avevo conficcato un pugnale.

E fu così che ci risvegliammo ore dopo, quando il sole era ormai tramontato e si udiva il lungo trillo di un uccello canoro. Un richiamo che ottenne risposta.

Un segnale.

Mi alzai a sedere, fissando l'oscurità oltre le porte della veranda.

Sentii il petto di Casteel contro la schiena, e un attimo dopo il suo bacio sulla spalla. «Sono qui.»

38

I raggi di luna rilucevano sulle spade dorate fissate ai fianchi di Casteel mentre attraversavamo l'Alzata. Gliele aveva date Delano, che ci era venuto incontro sulla porta.

Il leggero mantello a maniche corte che indossavo sopra la tunica blu scuro e la calzamaglia era stata un'idea di Casteel. Se tra i nemici che si avvicinavano a Punta di Spessa c'erano degli Ascesi, avrebbero potuto essere in grado di scorgermi grazie alla loro vista, più acuta del normale. Era stata l'unica condizione che mi aveva imposto quando mi ero alzata dal letto.

«Appena arrivano tira su il cappuccio, e tienilo così finché è possibile» aveva detto. «Non fare di te stessa un obiettivo.»

«Ho buone notizie, notizie potenzialmente cattive, e notizie che speriamo siano buone» disse Emil, quando ci raggiunse appena fuori da uno dei bastioni. «I nostri ricognitori hanno riferito che quello che sta arrivando è il gruppo più piccolo.»

«Quanti?» domandò Casteel.

«Circa duecento.»

«Credo di riuscire a immaginare qual è la notizia potenzialmente cattiva» disse Casteel. «Visto che non avrebbero dovuto metterci così tanto ad arrivare, significa che si sono fermati ad aspettare l'armata più numerosa e il calare della notte.»

Ovvero, molto probabilmente tra loro c'erano dei Vampry, e non molto più indietro diverse centinaia di altri soldati.

«Sì, e inoltre sembra che abbiano portato delle catapulte» disse Emil. «Non sappiamo cosa intendano scagliare contro le mura e potrebbero danneggiarle, ma dubito che possano riuscire ad abbatterle, se sono rimaste in piedi per tutta la Guerra dei Due Re.»

«Queste mura non cadranno» giurò Casteel.

«Qual è la notizia che sperate sia buona?» chiesi io.

«Visto che hanno aspettato che l'armata più numerosa li raggiungesse, la speranza è che i nostri rinforzi abbiano il tempo di arrivare» rispose Naill, attraversando l'Alzata.

«*Speranza* è la parola chiave» aggiunse Emil. «Ci sono troppi *se*. Alastir e Kieran devono aver viaggiato senza fare soste. E vicino ad Approdo di Saion devono aver trovato un gruppo considerevole di nostri soldati pronti a mettersi in marcia.»

La paura mi scivolò sulla pelle, ma non le diedi corda... e non le permisi di crescere. La paura non era una debolezza. Solo gli sciocchi e i bugiardi sostenevano di non provarla, ma era un'emozione che poteva diffondersi come una pestilenza se le si dava troppo peso. Non riuscivo a immaginare che cosa sarebbe accaduto... se non fossimo riusciti a respingere gli Ascesi. Se Kieran e Alastir non fossero stati in grado di mandare in tempo i rinforzi.

«Tutto questo senza prendere in considerazione la nebbia sulle Skotos e come potrebbe reagire alla loro presenza.» Emil fece una pausa. «*Vostra Altezza*.»

Quel titolo mi fece sobbalzare. «Come, scusa?»

Casteel mi guardò con un lieve sogghigno sotto la luce della luna. «In caso tu te lo sia scordato, sono un principe.»

Strinsi gli occhi. «Non me lo sono scordato.»

«E siamo sposati» continuò. «Il che fa di te una principessa.»

«Lo so, ma non lo sono ancora in maniera ufficiale. Non sono stata... incoronata o che so io.»

«È consuetudine riferirsi a te come Vostra Altezza, o mia principessa, anche prima dell'incoronazione» spiegò Naill.

«Potremmo evitare?» domandai.

«Sarebbe considerato un grande disonore.» Naill fece una pausa. «*Vostra Altezza*.»

Lo guardai, e l'Atlantiano mi indirizzò un sorriso innocente.

Casteel sbuffò.

«A proposito, congratulazioni per il matrimonio» disse Emil, attirando il mio sguardo. I miei sensi mi dissero che era sincero. «Ho l'impressione che sarai una regina decisamente interessante.»

Regina?

Oh, dei, come diamine avevo fatto a dimenticarlo, presa dalla frenesia del matrimonio-che-adesso-era-una-cosa-reale? Era impossibile che Malik fosse in grado di guidare il regno, se pure lo avessimo liberato. Casteel sarebbe salito al trono. Prima o poi. E io sarei stata...

Bene.

Non era il momento di pensarci.

«Allora ti chiameremo... Vostra Maestà» disse Emil, facendomi l'occhiolino. «Giusto, Cas?»

«Giusto» replicò lui in tono piatto, posandomi la mano sul fianco. «Dovreste andare entrambi al vostro posto.»

Emil e Naill si premurarono di sfoggiare un grande inchino, poi se ne andarono. «Ma insomma!» esclamai. «Li mandi via così?»

«È ufficiale» disse Casteel, guardando Emil che si fermava a parlare con una delle Guardiane. «Dovrò ucciderlo.»

Mi voltai di scatto verso di lui. «Cosa? Ma perché?»

«Non mi piace come ti guarda.»

Confusa, osservai Emil che si dirigeva verso una delle scale. «E come mi guarda?»

La mano di Casteel era un ferro incandescente sul mio fianco, perfino attraverso i vestiti. «Ti guarda come ti guardo io.»

Inarcai le sopracciglia. «Non è vero. Tu mi guardi come...»

I suoi ardenti occhi d'ambra si puntarono sui miei. «Come ti guardo, principessa?»

«Mi guardi come...» Mi schiarii la gola. «Come se volessi mangiarmi.»

Casteel socchiuse gli occhi fino a farli diventare sottili fessure, riportandoli poi su Emil. «Esattamente» ringhiò.

Lo fissai, poi risi. Casteel riportò di scatto lo sguardo su di me, gli occhi luminosi e sgranati come sempre quando ridevo. «Sei geloso.»

«Certo che lo sono. Almeno io so riconoscerlo.»

Ed era geloso sul serio. Riuscivo a percepirlo, un velo di cenere che mi ricopriva il fondo della gola. «Sei...»

«Dannatamente bello? Perfidamente astuto?» Casteel si voltò verso il cielo a occidente, dove ancora aleggiava la bruma dell'incendio. «Sorprendentemente carismatico?»

«Non era proprio quello che stavo per dire» ribattei. «Opterei per ridicolo.»

«Simpaticamente ridicolo» corresse lui.

Alzai gli occhi al cielo. «Sai, da quando ti ho incontrato, non ho mai preso in considerazione l'idea di cercare l'affetto di qualcun altro.»

«Lo so.» Casteel chinò la testa, sfiorandomi la fronte con le labbra. «La mia gelosia non c'entra niente con le tue azioni.»

«O con la logica.»

«Su questo non siamo d'accordo. So come ti guarda.»

«Credo che tu abbia le traveggole.»

«So quello che vedo.» Casteel si fece indietro, fissandomi

negli occhi. «Ogni volta che ti guardo, vedo un dono di cui non sono degno.»

Mi mancò il fiato, e il mio cuore si gonfiò. Non era una novità che dicesse cose del genere. La novità era che io *gli credevo*. «Ne sei degno» gli dissi. «Per la maggior parte del tempo.»

Lui sogghignò. «Credo che sia la cosa più carina che tu mi abbia mai detto.»

Mentre raggiungevamo un parapetto, mi chiesi se fosse vero. Contro la parete erano posizionati archi e faretre. Guardai la strada buia e i campi, ma non vidi nulla.

«I Wolven sono laggiù?» chiesi, ripensando a quello che avevo appreso mentre discutevamo le nostre strategie.

«Sono nei campi, ben nascosti, perfino agli occhi dei Vampry.» Casteel posò la mano sul davanzale di pietra, e l'anello al suo dito catturò il mio sguardo. «Le Guardiane sono in posizione, in attesa del mio comando. Chi sa usare la spada è in cortile, mentre gli altri, quelli bravi con l'arco, staranno qui.»

Distolsi lo sguardo dall'anello e mi voltai. Stavano già arrivando: mortali troppo vecchi per sollevare qualcosa di più pesante di un arco. Le Guardiane li scortarono ai diversi parapetti. Il brivido della paura tornò. Mi voltai verso Casteel. «Quanti soldati abbiamo, secondo il conteggio finale?»

Casteel strinse la mascella. «Centoventisei.»

Serrai le labbra e chiusi gli occhi, costringendomi a fare respiri profondi e regolari.

«Vorrei che fossi partita con Alastir e Kieran» mormorò lui. «Che fossi lontana da qui. Al sicuro.»

Aprii gli occhi.

Casteel fissava l'oscurità. «Ma sono felice che tu ci sia. Spessa ha bisogno di te. Io ho bisogno di te.» Poi voltò lo sguardo verso di me. «Ma vorrei comunque che non fossi qui.»

Questo potevo accettarlo. «Io vorrei che *tu* non fossi qui» sussurrai. «Vorrei che non stessero arrivando.» Lasciai che un po' della paura filtrasse. «Il nostro piano è ancora quello di liberare tuo fratello e trovare il mio, giusto? E di riuscire a impedire una guerra?»

Lui annuì.

«Ma dopo stanotte...» Deglutii, osservando il cielo a occidente. «Potrebbe essere troppo tardi. La guerra è arrivata da noi.»

«Non è mai troppo tardi. Nemmeno dopo che il sangue è stato sparso e molte vite sono andate perdute» disse lui. «Le cose si possono *sempre* fermare.»

Lo speravo. Lo speravo davvero.

Casteel si voltò verso di me e mi toccò una guancia. «Siamo in tremenda inferiorità numerica, è vero, ma tutti coloro che imbracciano l'arco o impugnano la spada per combattere in difesa di Spessa, e di Atlantia, lo fanno perché vogliono. Non per denaro. Non perché unirsi all'esercito è la loro unica opzione. Non per paura. Noi combattiamo per vivere. Combattiamo per proteggere ciò che abbiamo costruito qui. Combattiamo per proteggerci l'un l'altro. Nessuno di loro – gli Ascesi, i cavalieri, i soldati di Solis – combatterà con il cuore, e questo fa la differenza.»

Esalai un respiro più saldo. «È vero.»

Casteel rimase in silenzio per un momento, poi sentii le sue labbra sulla guancia, sulle cicatrici. «Ti chiederò un'altra cosa, Poppy. Rimani quassù. Qualunque cosa accada. Rimani quassù e usa l'arco. E se dovesse succedermi qualcosa, scappa. Vai alla caverna. Kieran sa di doverti cercare lì...»

«Sono due le cose che mi stai chiedendo.» Mi sentii stringere il petto.

«Sei tu quella che vogliono» disse. «Se avranno te, riusciranno a fare ancora più male sia ad Atlantia sia a Solis, rispetto a quello che farebbero se accadesse qualcosa a me.»

«Se dovesse succederti qualcosa...» Mi interruppi, incapace di seguire il filo di quei pensieri. Adesso che tutto tra noi era ancora così nuovo, proseguire avrebbe alimentato la paura che già provavo. «Questa gente ha bisogno di te, più che di me.»

«Poppy...»

«Non chiedermi una cosa del genere.» Lo guardai. «Non chiedermi di scappare a nascondermi quando una persona a cui voglio bene è ferita o peggio. Non lo farò un'altra volta.»

Lui chiuse gli occhi. «La situazione è diversa.»

Stavo per chiedere in che modo fosse diversa, quando sentii il basso richiamo d'avvertimento provenire dai campi. Ci voltammo, mentre un fuoco si accendeva e una torcia divampava in lontananza, e poi una dopo l'altra, finché la luce si riversò sulla strada vuota.

Casteel rispose al segnale, prese il cappuccio del mio mantello e lo tirò su. Abbottonò la fila di bottoni all'altezza della mia gola, mentre gli arcieri avanzavano in fretta e si chinavano dietro le mura dei bastioni.

Il cuore prese a battermi più forte e il mio respiro accelerò. Raccolsi un arco e sfilai da una faretra una freccia – era del tipo che mi era familiare – poi feci un passo indietro per non essere vista oltre le mura di pietra. Casteel rimase dov'era, l'unica persona visibile al reggimento che si stava avvicinando. Anziché guardare ciò che marciava verso di noi, fissai lui, concentrandomi sulla linea diritta della sua schiena e sul mento sollevato con orgoglio. E mentre il silenzio cedeva il posto al rumore di dozzine di stivali e zoccoli che colpivano la terra battuta e allo scricchiolio di ruote di legno, protesi i miei sensi. Avvertii il sapore amaro della paura, perché non era uno sciocco, ma ve n'era pochissima, perché non era un codardo.

«Tutto questo mi ricorda un po' la notte sull'Alzata di Masadonia» osservò. «Solo che tu non indossi babbucce e una camicia da notte alquanto indecente. Non so se esserne sollevato o deluso.»

Il mio cuore rallentò, e i miei respiri si fecero meno rapidi. Raddrizzai la schiena e sollevai il mento. «Dovresti esserne grato. Stanotte non verrai distratto.»

Lui fece una lieve risata. «Sono comunque un po' deluso.»

Sorrisi, stringendo la presa sull'arco.

Poi non parlammo più, mentre guardavamo i soldati di Solis avvicinarsi, conficcando torce sulla strada e nei terrapieni. Le prime linee erano formate da mortali, che portavano pesanti spadoni e indossavano cotte di cuoio. I cavalli trainavano tre catapulte, e dietro di loro c'erano gli arcieri e i soldati a cavallo, con armature di metallo e mantelli neri. Cavalieri. Ce n'erano forse un paio di dozzine o giù di lì. Non molti, ma abbastanza da essere un problema.

I cavalieri si scostarono, mentre una carrozza cremisi e senza finestrini avanzava tra due catapulte di legno, dentro le quali c'era qualcosa di indefinito. Strizzai gli occhi. Sacchi? Non era polvere da sparo, né altri proiettili. Anziché provare sollievo, mi sentii a disagio.

I soldati si spostarono, lasciando libero il passaggio per la carrozza, che aveva lo Stemma Reale. Diversi cavalieri avanzarono, circondandola per proteggere chiunque vi fosse all'interno mentre le ruote si fermavano.

Doveva trattarsi di uno dei reali.

Lo sportello si aprì, e qualcuno uscì dal veicolo: una persona così avviluppata nelle sue vesti che quando superò lo sportello non riuscii a capire se si trattasse di un uomo o di una donna. La figura avanzò, fiancheggiata da cavalieri. Chiunque fosse, se la prese comoda, fermandosi una volta giunta di fronte ai soldati. Poi sollevò le mani guantate e abbassò il cappuccio.

«Dev'essere uno scherzo» mormorai sottovoce.

Di fronte all'Alzata c'era la Duchessa Teerman, il volto

pallido e grazioso così come lo ricordavo, ma senza ornamenti tra i capelli bruni. Li teneva scostati dal viso in una semplice crocchia e fissava l'Alzata.

E fu allora che ebbi davvero paura di quello che avrei scoperto quando avessi visto Ian con i miei occhi. La Duchessa Teerman era stata gentile... o almeno, non era mai stata particolarmente crudele con me. Era stata fredda e distante come la maggior parte degli Ascesi, ma quando avevo ucciso Lord Mazeen mi aveva detto di non sprecare un altro istante a pensare a lui. Avevo creduto che potesse essere stata anche lei vittima delle perversioni del duca, e forse era così, ma il fatto che fosse qui poteva significare solo una cosa.

Era il nemico.

Anche Ian lo sarebbe stato?

Le sue labbra rosso fragola si curvarono in un sorrisetto privo di allegria. «Hawke Flynn» disse con voce fin troppo familiare, mentre io incoccavo in silenzio una freccia. «O preferisci un altro nome?»

«Non importa come mi chiami» rispose lui, in tono annoiato quanto quello di Kieran quando... be', sempre.

«Sarebbe scortese usare un nome falso» replicò lei, giungendo le mani. I soldati e i cavalieri rimasero in silenzio e immobili alle sue spalle. «E io non voglio essere scortese.»

«Ho molti nomi. L'Oscuro. Bastardo. Cas. Principe Casteel Da'Neer» disse, e non mi sfuggì che la duchessa sgranasse lievemente gli occhi. Non era consapevole di chi fosse davvero. «Chiamami come ti pare, a me basta che tu sappia che la mia voce sarà l'ultimo suono che sentirai.»

«Principe Casteel» disse la duchessa, con il tono che avrebbe usato se le fosse stata messa davanti un'intera torta al cioccolato... o un Atlantiano elementale. Rise. «Oh, la *nostra* regina e il re mi hanno raccontato tutto di te. Si sono chiesti spesso dove fossi sparito e che cosa ti fosse successo. Adesso potrò riferire che il loro animaletto preferito è vivo e vegeto.»

Animaletto? L'impugnatura dell'arco mi scavò nel palmo.

«Sai, potrei lasciarti vivere, duchessa. Così potresti tornare dai tuoi sovrani e riferire che il loro *animaletto* preferito non vede l'ora di rivederli.»

La Duchessa Teerman sorrise ancora di più. «Provvederò. Se mi lascerai in vita, naturalmente.» La timidezza nel suo tono mi diede sui nervi. Stava flirtando con lui? «Prima che cominci a uccidere, però, sono venuta qui proprio per impedire che vi siano vittime.»

«Ma davvero?» chiese Casteel.

Lei annuì. «Devi sapere che il nostro esercito è più numeroso di quello che vedi alle mie spalle.» La duchessa alzò la mano con l'eleganza di una ballerina. «Uno dei tuoi cani è riuscito a tornare indietro, vero? L'altro, be'... diciamo che i nostri cavalli sono stati ben nutriti.»

Mi venne la nausea. Non poteva dire sul serio. Volevo vomitare.

«Sai che superiamo in numero qualsiasi armata tu abbia oltre quelle mura. Non possono essere in molti a vivere fra le rovine» disse, rivelando quanto poco sapesse di Punta di Spessa. Un po' del terrore che si agitava in me si dissipò. «Se anche vi fossero centinaia di Caduti con un po' di cagnoni bastardi – uno in meno di prima – non uscireste vivi da qui. Perciò, sono venuta a impedire una tale fine.»

«E io sono qui per dirti che se userai un'altra volta la parola *cane* per riferirti ai Wolven, ti ucciderò prima ancora che i tuoi cavalieri battano ciglio.»

«Le mie scuse.» La duchessa abbassò il capo. «Non intendevo arrecare offesa.»

Davvero? Alzai gli occhi al cielo a tal punto che mi stupii non rimanessero bloccati in alto.

«Spero davvero che riusciremo a raggiungere un accordo. Che tu ci creda o meno, il sangue versato mi fa orrore» disse lei. «È un tale... spreco. Perciò, la maggior parte delle mie armate è rimasta indietro, come dimostrazione di buona fede. E nella speranza che mi presterai ascolto.»

«Non mi pare di avere la possibilità di *non* ascoltare. Dunque, per favore, parla.»

La duchessa colse l'insolenza del suo tono. Lo si capiva dalla tensione nella sua guancia. «Hai qualcosa che appartiene a noi. La rivogliamo. Consegnaci la Vergine.»

Qualcosa che apparteneva a loro? Io? Attinsi a ogni grammo di autocontrollo che possedevo per non sollevare l'arco e tirarle una freccia di diaspro sanguigno dritta in bocca.

«Consegnaci la Vergine, e noi lasceremo intatto questo buco pieno d'ossa, così che tu possa varcare le montagne e tornare a quello che resta del tuo regno, un tempo così glorioso.»

Se le sue parole rappresentavano gli Ascesi al completo, davvero non sapevano contro che cosa stavano combattendo. E quale tempesta si sarebbe abbattuta su di loro se fosse successo qualcosa al Principe di Atlantia.

«E se lo facessi, voi ve ne andreste? Lascereste in pace me e la mia gente?»

«Per adesso? Sì. Sei fin troppo prezioso per ucciderti quando invece potremmo farti prigioniero, ma adesso la priorità è la Vergine.» I suoi occhi nero pece non riflettevano la luce. «E avremo altre possibilità di catturarti in futuro. Tornerai. Per tuo fratello, corretto? Non è quello il motivo per cui hai rapito la nostra Vergine? Per usarla come pedina di scambio per lui?»

Casteel si irrigidì, e il fatto che rimanesse in silenzio testimoniò la sua forza di volontà.

«Detesto essere latrice di cattive notizie, ma non vi saranno scambi. O ce la consegni, oppure...»

Casteel non disse nulla, così la duchessa inclinò la testa, scrutando i bastioni. «Penellaphe? È lassù? Ho sentito che siete diventati piuttosto... intimi.»

Casteel continuò a tacere mentre io fissavo la duchessa,

sforzandomi con tutta me stessa di non domandarmi come facesse a saperlo.

«Se sei lassù, Penellaphe, ti prego, di' qualcosa. Mostrati» esortò la duchessa. «So che adesso devi avere un'opinione terribile di noi, della nostra regina e del nostro re. Ma posso spiegarti tutto. Siamo disposti a proteggerti, come abbiamo sempre fatto.» Tornò a guardare Casteel. «So che ti manca tuo fratello. Ha saputo del tuo rapimento, ed è preoccupato da morire. Posso portarti da lui.»

Quasi feci un passo avanti, *quasi* parlai. La duchessa sapeva come colpirmi, ma doveva anche credermi una totale imbecille, se pensava che il trucco funzionasse.

«Sai che cos'è successo all'ultimo Asceso che è venuto a cercare la Vergine?» domandò Casteel.

«Sì» rispose la duchessa. «Qui non accadrà.»

«Ne sei sicura?» ribatté lui. «Perché ciò che cerchi non vi è mai appartenuto.»

«È qui che ti sbagli» replicò la Duchessa Teerman. «Lei appartiene alla regina.»

Il mio autocontrollo si infranse, e io avanzai prima di riuscire a trattenermi. Raggiunsi il bastione e dissi: «Io non appartengo a nessuno, e soprattutto non a lei».

Casteel si voltò lentamente verso di me. «Questo non è rimanere nascosta» disse a bassa voce. «Se per caso te lo stavi chiedendo.»

«Scusa» borbottai.

Il sorrisetto sottile che non mostrava i denti tornò ad affiorare sul volto della duchessa. «Eccoti. Sei stata lassù per tutto il tempo. Perché non hai parlato prima?» Alzò la mano. «Non serve che tu risponda. Di sicuro è per ciò che ti è stato detto... una versione della storia molto faziosa.»

«Ho sentito abbastanza da conoscere la verità» le dissi. «E coloro che si trovano alle tue spalle la conoscono? I soldati sanno chi sei veramente? Chi sono davvero il re e la regina?»

«Non hai idea di cosa sia la Regina Ileana, e neanche il falso principe al tuo fianco lo sa» replicò lei. «E ti sbagli, Penellaphe. Tu appartieni alla regina. Proprio come la prima Vergine.»

«La prima Vergine? Quella che si suppone io abbia ucciso, anche se non l'ho mai incontrata?» domandò Casteel. «Quella che probabilmente non è mai esistita?»

«Forse ho insinuato che tu fossi il diretto responsabile del suo destino» replicò la duchessa. «Ma la prima Vergine è esistita davvero, e anche lei apparteneva alla regina. Proprio come te, Penellaphe. E come tua madre.»

«Mia madre?» Tenni tra le dita la corda tesa dell'arco, continuando a puntare la freccia. «Mia madre era una sua amica. O almeno è ciò che mi è stato detto.»

«Tua madre era molto di più» replicò la duchessa. «Ti racconterò tutto di lei... e di te.»

«Non sa un bel niente» disse Casteel. «Gli Ascesi sono maestri della manipolazione.»

«Lo so.» E lo sapevo davvero. «Non crederò a niente. So del Rito. So che cosa succede ai terzogeniti. So come funziona l'Ascensione. So perché avete bisogno di me.»

«E sai anche che tua madre era la figlia della Regina Ileana? E che tu sei la nipote della regina? Ecco perché sei la Vergine. La Prescelta.»

Aprii la bocca, lasciandomi sfuggire un ansito brusco.

«Non sei nemmeno brava a dire le bugie» ringhiò Casteel. «Ciò che stai insinuando è impossibile. Gli Ascesi non possono avere figli.»

La duchessa inclinò la testa. «E chi ha detto che la Regina Ileana è un'Ascesa?»

«Ogni Asceso di Solis lo sostiene. Lo affermano i vostri libri di storia» esclamai. «La regina stessa si è definita un'Ascesa. Vuoi davvero confutare ciò che la tua sovrana dice di essere? Anche se non invecchia? Anche se non si mostra sotto il sole?»

«Bugie, ideate per proteggere la verità... per proteggere tua madre e te» replicò lei.

«Proteggere me?» Risi, un suono aspro alle mie stesse orecchie. «Tenermi chiusa a chiave nelle mie stanze lo chiami protezione? Costringermi a indossare il velo e proibirmi di parlare, mangiare o camminare senza permesso? Mi stava forse proteggendo il duca, quando mi colpiva la schiena con una verga solo perché avevo respirato troppo rumorosamente o avevo risposto in maniera secondo lui inappropriata? Quando mi metteva le mani addosso? E permetteva agli altri di fare lo stesso?» domandai, mentre Casteel si irrigidiva sempre di più. La rabbia mi inondava, e quasi sollevai l'arco, quasi lasciai partire la freccia. «È così che voi e la regina mi *proteggevate*? Non dirmi che non sapevi. Sapevi, e hai lasciato che accadesse.»

I lineamenti di porcellana della Duchessa Teerman si irrigidirono. «Ho fatto quello che potevo, quando potevo. Se il duca non avesse incontrato il suo destino per mano della persona che ti sta accanto, di sicuro sarebbe morto una volta che la regina avesse saputo.»

«Intendi mia nonna? Chi mi ha messo alle calcagna Lord Chaney, che oltretutto mi ha morsa?» domandai. «E molto probabilmente mi avrebbe uccisa?»

«Questo non lo sapevo» sostenne lei. «Ma posso spiegare...»

«Sta' zitta» dissi, stufa di lei e delle sue bugie. «Sta' zitta e basta. Niente di ciò che potrai dire o fare mi spingerà a crederti. Perciò, porta a termine quello che ritieni di dover fare qui, *Jacinda*.»

Quando la duchessa sentì che avevo usato il suo nome, come a volte mi aveva chiesto di fare, i suoi lineamenti si indurirono.

«Che grinta» mormorò Casteel. «Mi piace.»

«Sono a tanto così dal tirarle una freccia in faccia» lo avvisai.

«Mi piace anche questa idea» replicò lui.

La duchessa avanzò. «Vedo che nulla di ciò che dirò in questo momento aiuterà ad appianare le cose. Forse i doni che ho portato faranno cambiare idea a entrambi.»

Casteel raddrizzò la schiena, mentre lei inclinava il capo verso i soldati alle sue spalle. Diversi di loro si spostarono vicino alle catapulte, agguantarono i sacchi, li svuotarono e si inginocchiarono mentre i bracci del marchingegno venivano liberati. Il gemito del metallo mi fece tendere i muscoli e le catapulte scattarono, una dopo l'altra, lanciando i *doni* mentre Casteel mi afferrava, facendomi scudo con il proprio corpo.

I proiettili passarono alti sopra le nostre teste, fendendo l'aria e superando i bastioni. Ci voltammo e li vedemmo colpire le mura di pietra alle nostre spalle: il rumore che produssero e la macchia che si lasciarono alle spalle sulle pareti e sul pavimento quando rimbalzarono giù, visibile anche alla luce della luna, mi fecero rivoltare lo stomaco. L'arco si rilassò tra le mie mani. La freccia incoccata tremò.

Uno aveva lunghi capelli neri.

Un altro argentei.

Uno scorcio di pelle un tempo di un magnifico color onice.

Un'espressione di paura congelata per l'eternità.

Teste. Erano *teste*.

Tantissime.

Magda.

La madre della donna che era morta.

Keev, il Wolven.

L'Atlantiano che aveva rifiutato il mio tocco.

Una testa rotolò ai piedi di Casteel. Appena vidi la barba macchiata di sangue, mi si chiuse la gola.

Elijah.

39

Barcollai e spostai lo sguardo su Casteel, poi sul punto in cui la Duchessa Teerman si era trovata. Non era più lì. Mi voltai di nuovo verso Casteel.

Il suo petto si sollevò, ma non rilasciò il fiato. Fissava il *dono*.

«Casteel» sussurrai.

Lentamente, distolse il volto da quello spettacolo grottesco e mi guardò con occhi quasi neri quanto quelli degli Ascesi.

Capii che il tempo delle parole era finito.

Bloccai le mie percezioni e spensi le mie emozioni, l'orrore e la furia, esalando un respiro brusco.

«Uccidete tutti quelli che potete.» Casteel snudò le spade dorate che aveva ai fianchi, si girò verso il bordo e saltò.

Saltò dalla cima dell'Alzata, alta quattro metri o più.

Corsi sul ciglio delle mura, il suo nome un urlo senza suono. Casteel atterrò accovacciandosi, e tenendo le spade ai lati si alzò di fronte a *centinaia* di soldati.

«Gentile da parte tua unirti a noi» disse un cavaliere. «L'Oscuro tutto solo? Le probabilità non sono a tuo vantaggio.»

«Io non sono mai solo» ringhiò Casteel.

Urla assordanti risuonarono da ogni parte, levandosi in un acuto, per poi divenire un grido di battaglia tale da incutere timore al guerriero più esperto.

Le Guardiane.

Si mossero silenziose come spettri e apparvero in cima ai bastioni. Sollevarono le spade sopra la testa, unendole come in un applauso fragoroso. Dalle spade schizzarono scintille, e fiamme dorate si accesero risalendo tutto intorno alle lame di pietra, che vennero racchiuse dal fuoco. Risucchiai un respiro tra i denti, e le fiamme si accesero per tutta l'Alzata, poi anche le Guardiane balzarono oltre il bordo e scesero una dopo l'altra come stelle d'oro. Quando giunsero a terra, Casteel non era altro che una macchia confusa tra cuoio e armature e si apriva la strada in linea retta prima ancora che i soldati si accorgessero che era lì. Puntò dritto sulla carrozza. Avrebbe ucciso la duchessa.

E per una volta non mi importava nulla della dignità nella morte.

Inspirai a fondo per calmarmi, sollevai l'arco e incoccai ancora una volta la freccia mentre il primo Wolven balzava fuori dalle ombre e buttava giù da cavallo una guardia. A sinistra e a destra rispetto a me, i più anziani tra gli abitanti di Punta di Spessa alzarono gli archi. Io scrutai il campo di battaglia in cerca di lampi di nero – mantelli che indicavano un cavaliere anziché una guardia – e presi la mira, mentre altri ancora si riversavano dagli alberi che crescevano fitti lungo la parte destra dell'Alzata.

Scorsi un cavaliere in sella, alla carica contro un uomo che aveva conficcato una spada nel petto di un soldato, e presi la mira. La mano del cavaliere compì un movimento a frusta, rivelando una catena con barbigli di metallo, che roteò a velocità vertiginosa mentre mi concentravo sull'unico punto debole non protetto dall'armatura.

Lasciai la corda. La freccia colmò la distanza dal cavaliere e lo colpì all'occhio. L'impatto lo buttò giù da cavallo, e mentre cadeva a terra il suo corpo si disintegrò.

Quentyn si fermò slittando nello spazio accanto a me e piazzò uno scudo contro le pareti di pietra. Si alzò a sbirciare oltre il muro e a denti stretti sollevò l'arco.

«Dov'è Beckett?» chiesi, perché non lo avevo visto.

«È insieme a quelli che non possono combattere.»

Annuii. «Quelli con i mantelli neri sono cavalieri. Vampry. Mira alla testa.»

Lui strizzò gli occhi. «Capito.»

Incoccando un'altra freccia, cercai con gli occhi Casteel e lo scorsi nel bel mezzo dell'Esercito Reale. Infilzò al collo un avversario, poi allo stomaco un altro. Percorsi con lo sguardo le spade infuocate. Un cavaliere puntava una delle Guardiane. Rilasciai la freccia e lo colpii alla bocca.

«Arcieri!» urlò un cavaliere. «Sui bastioni!»

Mirai a una guardia che stava correndo verso un Wolven, vidi la freccia perforare il cuoio e il mortale che ruotava su se stesso e finiva a terra. Un attimo dopo una raffica di frecce fendette l'aria.

«Arrivano!» gridò qualcuno.

«Giù!» urlò Quentyn sollevando uno scudo che doveva pesare quasi quanto lui. Ci accovacciammo mentre le frecce piovevano sibilando, rimbalzando sulla pietra e sul metallo dello scudo. Grida di dolore strattonarono i miei sensi e mi rivelarono che alcuni dei dardi avevano centrato l'obiettivo.

Quentyn abbassò lo sguardo, io mi rialzai e sistemai una freccia sull'arco.

«Lo vedi?» domandò Quentyn, scoccando una freccia. «Il principe?»

Scossi la testa, osservando il caos sotto di noi. Stavano succedendo troppe cose insieme... i combattenti erano troppi. Vedevo a malapena le spade fiammeggianti delle Guardiane, in mezzo allo scontro di armi normali e corpi. «Starà bene» dissi a Quentyn – e a me stessa – mentre tendevo la corda, dimenticando i cavalieri. Mi concentrai sui soldati e svuotai una faretra prima che diversi di loro si aprissero un varco tra i Wolven e le Guardiane. Una dozzina o più raggiunsero la porta. Le grida che provenivano dal basso fecero espandere il dono dentro di me. Sapevo che sarebbero riusciti a entrare.

Un'altra ondata di frecce salì in cielo, e mentre ci chinavamo protetti dallo scudo imprecai. Diversi dardi rimbalzarono via rumorosamente, colpendo il pavimento alle nostre spalle. Urla squarciarono l'aria. Il mio sguardo volò sulle scale. Non c'erano abbastanza guerrieri lì per trattenere i nemici. Avrebbero continuato ad attaccare, proprio come i Craven. Sarebbero sciamati su di noi prima ancora che arrivasse l'esercito più grande.

E io ero lassù, nascosta dietro uno scudo.

Guardai Quentyn negli occhi. «Sei bravo con l'arco?»

Lui annuì. «Credo di sì.»

«Bene. Coprimi.»

Quentyn sgranò gli occhi d'oro. «Cosa?»

«Quando mi vedrai là sotto, coprimi.» Lasciai cadere l'arco.

«Non puoi andare là! Casteel... cioè, il principe...»

«Non si aspetta qualcosa di diverso, da me» gli dissi. «Coprimi.»

Senza aspettare, corsi verso le scale, snudando il pugnale mentre superavo i macabri doni della duchessa. Mi affrettai giù per la scala a chiocciola, rallentando quando sentii il clangore della pietra sulla pietra.

Erano riusciti a superare l'Alzata.

Scesi il resto dei gradini lentamente, tenendomi rasente al muro.

Un corpo ruzzolò attraverso l'imboccatura delle scale e cadde a terra. Apparve una guardia reale. Ma io vidi solo un volto giovane cosparso di schizzi di sangue. Un volto troppo giovane. Occhi azzurri. Sapeva per che cosa combatteva? Doveva saperlo. Era là fuori, mentre la duchessa parlava. In ogni caso non aveva importanza.

Con la spada che gocciolava sangue, la guardia si fermò per una frazione di secondo. Non mi serviva altro. Balzai avanti e gli piantai il pugnale sotto il mento. Lui stramazzò al suolo con un gorgoglio, e la sua spada piombò sul terreno con un rumore fragoroso.

Uscii dal pozzo delle scale, passai il pugnale nella mano sinistra e raccolsi l'arma. La soppesai, scrutando il cortile illuminato dalle torce, i corpi in piedi e quelli che stavano cadendo. Poi feci quello che le ore di addestramento impartito da Vikter mi avevano insegnato.

Chiusi fuori ogni cosa.

Spensi tutto.

L'orrore. Ciò che i miei occhi volevano che il mio cervello e il mio cuore riconoscessero. La paura, soprattutto la paura, di venire ferita, di inciampare, di mancare il bersaglio, di morire... di perdere coloro a cui tenevo. Una volta Vikter mi aveva detto che quando si combatteva, bisognava lottare come se ogni respiro potesse essere l'ultimo.

Avanzai a grandi passi, e il vento che odorava di sangue mi gonfiò il mantello alle spalle. E tutto ciò che vidi, quando un soldato si girò verso di me, furono i volti dei loro *doni*.

Il soldato sollevò la spada, la faccia una maschera di violenza. Esistevano tipi diversi di sete di sangue. Quella che i Vampry e gli Ascesi provavano, e quella che i mortali sperimentavano quando la violenza riempiva l'aria. Mi abbassai sotto il suo braccio e gli conficcai la spada nella schiena. Liberai la lama con uno strattone, mi voltai e piantai il pugnale in profondità nel petto di un altro soldato. Il diaspro sanguigno trafisse cuoio e osso.

Ruotai su me stessa e trapassai il collo di un soldato che stava per piantare la spada su un uomo caduto a terra. Un umido calore mi colpì le guance mentre mi voltavo, sferrando una gomitata alla gola a un altro. Ossa frantumate e respiri sibilanti alle mie spalle, e il dolore di chi mi circondava graffiò ancora più forte i miei sensi.

Alzai la mano e aprii con uno strattone i bottoni all'altezza del collo. Il cappuccio cadde giù, e io mi scrollai di dosso il mantello. Cadde dietro di me quando partii di corsa e uscii dall'Alzata, andando incontro a una battaglia che eravamo sicuri di perdere.

Era... pura follia.

Spade contro spade. Grida di dolore e urla furenti. Scorci di pelliccia e spessi artigli, e spade fiammeggianti mentre le Guardiane si aprivano varchi tra i mortali e i Vampry allo stesso modo.

Un uomo gemette, afferrandosi lo stomaco insanguinato. Era un Caduto, e io feci per fermarmi, per alleviare il suo dolore o per guarirlo...

Una freccia passò sibilando alla mia destra, colpendo una guardia che correva verso di me. Quentyn era *molto* bravo con l'arco.

Mi ritrassi dalla vittima, consapevole che non era il momento di utilizzare quelle mie abilità. Per quanto mi facesse male, per quanto mi sembrasse sbagliato, mi voltai dall'altra parte.

E a quel punto... piombai nella follia, conficcando la spada nello stomaco di un soldato che non poteva essere molto più vecchio di me. Mi lasciai possedere dalla sete di vendetta, mentre la mia lama ne trafiggeva un altro al collo. Non esitai né mi ritrassi quando vidi nei loro occhi che mi avevano riconosciuta, non appena avevano scorto le cicatrici sul mio volto. Bastarono solo pochi istanti sul campo per capire che avevano ricevuto ordine di non farmi del male. Era chiaro che non si aspettavano che fossi laggiù, che combattessi, e questo era un vantaggio per me. E lo sfruttai. Perché non erano stati gli ordini degli Ascesi a mandarmi là fuori. Lo avevo scelto io. Con un calcio colpii un cavaliere alle ginocchia prima che potesse sollevare la sfera irta di punte che impugnava. Ricadde sulla schiena, e io calai la spada.

Splendenti fiamme gemelle mi passarono a poche spanne dal viso quando una Guardiana dai capelli scuri fece un balzo usando come appoggio la schiena di un soldato che stava cadendo. La guerriera si girò a mezz'aria, colpendone altri due al petto. Le lame ardenti penetrarono cuoio e ossa. La Guardiana atterrò accovacciandosi, poi si alzò con la grazia fluida di una dea, guardandomi per un istante negli occhi. Annuì, poi scomparve tra la massa dei soldati.

Il guaito improvviso di un Wolven mi fece girare. Aveva il pelo di un colore fulvo che mi ricordava Kieran, ma in versione più piccola, e indietreggiò zoppicando per allontanarsi da un cavaliere. Dalla zampa posteriore perdeva sangue. Vonetta? Non ne ero sicura. Passai la spada nella mano sinistra e impugnai la lama Wolven. Il cavaliere sollevò la spada mentre la Wolven snudava i denti, accucciandosi sulla zampa ferita. Ruotai il pugnale in modo da tenerlo per la lama, tirai indietro il braccio e lo lanciai. Il diaspro trafisse il cavaliere sulla fronte, abbattendolo prima ancora che capisse da cosa era stato colpito, mentre io conficcavo la spada nel ventre di un altro soldato che aveva allungato la mano verso di me. La Wolven si voltò di scatto dalla mia parte e d'improvviso saltò: trattenni il fiato e lei finì addosso a un soldato alle mie spalle, azzannandolo al collo mentre cadevano insieme. La Wolven scosse il capo, scrollando il soldato come una bambola di pezza. Udii lo schiocco delle ossa spezzate mentre mi voltavo e scrutai la massa dei corpi in piedi o a terra. Tra i caduti c'erano Wolven. Volti che riconoscevo. Raccolsi il pugnale dal terreno polveroso mentre un Wolven color della neve mi sfrecciava accanto. *Delano*. Mi girai e dietro le catapulte scorsi Casteel.

Faceva roteare le spade, il viso rigato di sangue. Colpì due soldati al petto, liberò le armi con uno strattone, muovendo il collo per distendere i muscoli, e il mio cuore perse un battito. Era ferito a collo e spalla, un taglio irregolare e sanguinante. Circondato, ruggì, snudando le zanne, e afferrò un soldato per la gola, squarciando la carne mentre Delano abbatteva un cavaliere dal suo destriero e gli azzannava l'armatura, lacerandola come se non fosse stata altro che morbido terriccio. Un altro Wolven sfrecciò per il campo: era argenteo e incredibilmente grosso. Jasper? Afferrò il braccio del cavaliere che stava calando la lama verso Delano e... santi numi, gli strappò via l'arto, la spada e tutto il resto.

Più tardi forse avrei vomitato per quello che avevo visto.

Un altro cavaliere balzò da cavallo, atterrando come una montagna alle spalle di Casteel. Per arrivare a lui, gettò da parte un soldato mortale, scagliandolo contro il fianco di una catapulta. Lo scricchiolio delle ossa mi disse che quel soldato non si sarebbe rialzato.

Aumentai il passo, superai con un salto un corpo e coprii la distanza che mi separava da loro proprio mentre il cavaliere attaccava Casteel. Lo afferrai per i capelli e gli strattonai la testa indietro, conficcando il pugnale d'osso di Wolven nel punto debole alla base del collo, dal basso verso l'alto. Lo lasciai andare e il cavaliere tremò, il corpo che si disfaceva.

Allora Casteel si girò, zanne snudate e bocca striata di cremisi. La spada che roteò verso di me si fermò ad appena un paio di centimetri dal mio collo. Aveva il fiato corto.

«Non c'è di che» ansimai. «Ti ho solo salvato la vita.»

Casteel allontanò la spada e mi rivolse un ampio sorriso insanguinato. «È il momento sbagliato per dirti che in questo momento sono incredibilmente eccitato?»

«Sì.» Spostai gli occhi sulla guardia che annaspava per rimettersi in piedi, alle sue spalle. «Decisamente sbagliato.»

«Be', peccato.» Casteel ruotò su se stesso, e la testa della guardia finì lontana dal corpo. «Ti trovo estremamente eccitante.»

Sorrisi e mi voltai verso la carrozza. «È la dentro, la duchessa?»

«Credo di sì.» Si girò a guardarmi da sopra la spalla. «Vuoi ucciderla?»

Annuii.

«Dovrai essere più veloce di me.»

Conficcando il pugnale nella gola di un soldato, dissi: «Fattibile».

Con una risata di cuore, Casteel afferrò il braccio di un cavaliere e lo fece ruotare mentre calava la spada sul suo collo. Avanzai, e in quel momento, nell'oscurità, in attesa lungo la strada a ovest, si accese un fuoco. Mi fermai di colpo, il respiro ansimante, e il barlume si moltiplicò più e più volte. Le scintille volarono in aria...

Frecce.

Casteel mi finì addosso, mi afferrò per la vita e spinse entrambi al riparo sotto la catapulta. Il suo corpo si sdraiò sopra il mio, schiacciandomi sulla terra battuta intrisa di sangue e polvere.

Le frecce ricaddero, colpendo sia i soldati di Solis sia i difensori di Atlantia. Il suono dei dardi che trafiggevano la carne, l'improvvisa, intensa vampata di luce tutto intorno a noi mentre il fuoco si diffondeva e incendiava la catapulta accanto alla nostra, mi fecero trasalire contro il corpo di Casteel. Il mondo precipitò nel caos e nella morte.

40

Avvertii brividi di orrore, dita gelide dietro il collo e lungo la schiena, mentre Casteel sollevava la testa e il suo petto si gonfiava contro il mio dorso a ogni respiro pesante. Deglutii a fatica e seguii il suo sguardo. Era arrivata la divisione più grande e noi... stavamo per essere travolti.

Un'armata di soldati di Solis corse avanti, superando la carrozza e snudando spade ancora linde. Sciamarono sulla strada e sui campi fuori dall'Alzata, poi nell'Alzata stessa.

Il brivido di orrore mi affondò nella pelle e nelle ossa. Chiusi gli occhi. Kieran e Alastir non avevano fatto in tempo.

Casteel si spostò accanto a me. Mi toccò la guancia, e io aprii gli occhi. Era ancora l'uomo più bello che avessi mai visto, anche coperto di sangue, e d'un tratto desiderai che avessimo accettato il nostro passato e ci fossimo aperti prima l'uno con l'altra. Così avremmo avuto il tempo di conoscerci davvero. Forse, appena qualche giorno o settimana in più, e avrei potuto scoprire se avevo letto il suo libro preferito, e Casteel avrebbe potuto scoprire che le fragole erano una mia debolezza quanto lo era il formaggio per lui. Mi avrebbe potuto raccontare le conversazioni che avevano spinto lui e Malik ad andare nelle caverne, e io avrei potuto confidargli i sogni che avevo da bambina, prima di ricevere il velo della Vergine. Avremmo potuto esplorarci l'un l'altra, e lui avrebbe avuto modo di mostrarmi quant'erano sensibili quei punti che aveva menzionato.

Perché adesso c'era l'alta probabilità che avessimo esaurito il nostro tempo, prima ancora di averlo vissuto.

Lui mi sorrise, ma senza fossette, e l'espressione non raggiunse i suoi occhi. Nei miei avvertii le lacrime. «Andrà tutto bene.»

«Lo so» dissi, anche se sapevo che non sarebbe stato così.

«Ti porto via da qui.»

Mi si formò un groppo in gola. «Posso fermare tutto quanto. Non mi faranno del male. Posso andare...»

«Non devono averti, Poppy. Sai che cosa ti faranno.» Distese sulla mia guancia le dita macchiate di sangue. «Non riesco a respirare se ci penso. Ti porto via da qui.»

Mi si strinse la gola. «E gli altri? Naill? Delano? Von...?»

«Baderanno a loro stessi» promise. «Devo portarti via da qui. È l'unica cosa che conta adesso.»

Ma non era vero.

Punta di Spessa contava. La sua gente contava. «E gli abitanti di Spessa? Quelli che non sono in grado di combattere?»

«Verranno avvertiti. Avevamo dei piani da attuare nel caso andasse così. Verranno avvisati e avranno il tempo di uscire. Sono in una posizione migliore di noi per riuscirci. Noi dovremo aprirci la strada combattendo.» Mi fissò negli occhi. «Hai capito?»

Annuii, il nodo alla gola sempre più grande. «Mi dispiace... per Spessa.» La mia voce s'incrinò. «Per Elijah. Per tutti loro...»

«Sei tu quella che conta adesso.» Casteel mi baciò, con forza e fame. Uno scontro di denti e zanne che sapevano di sangue e disperazione. «Sei importante tu. Lo siamo noi. Ed è importante che riusciamo a uscire vivi da qui. È questo che conta.»

Feci un respiro profondo, schiarendomi la mente da panico e dolore, e annuii.

«Sei pronta, Poppy?»

«Sì.»

Lui sorrise di nuovo, ma questa volta le fossette apparvero. «Spacchiamo qualche culo.»

«Facciamolo» sussurrai.

Casteel rotolò fuori dalla catapulta e balzò in piedi, conficcando la spada nel primo soldato che gli capitò a tiro. Lo seguii e mi alzai. Avevo avuto torto, prima. Non avevo conosciuto la vera follia fino a quel momento... finché i nemici non giunsero da ogni parte, cercando di afferrarmi quando si resero conto di chi ero, balzando su Casteel e affondando le lame.

Sangue e sudore mi rendevano viscida la pelle, malsicura la presa sulla spada e sul pugnale. Sentii il profumo e il sapore della morte, la vidi. Per ogni metro che guadagnavamo, ci ritrovavamo di nuovo circondati. Il terreno era coperto di viscere riversate. Affondai con un urlo il pugnale nel petto di un nemico, e scivolai. I miei muscoli gridarono per protesta mentre roteavo la spada, affettando colli, stomaci e braccia di chiunque si avvicinasse troppo a me.

Un colpo alla guancia mi fece incespicare addosso a Casteel. Ritrovai l'equilibrio e sferrai un calcio che fece cadere il mio aggressore in ginocchio. Non ci pensai due volte, prima di affondargli la spada nel cranio, e poi non riuscii più a controllare i miei sensi. Si aprirono, togliendomi il fiato quando si protesero a formare connessioni con coloro che ci circondavano, e... oh, dei, c'era una tale quantità di paura. Il sapore amaro mescolato a quello del sangue mi soffocò mentre, urtando Casteel con il braccio, pugnalavo un uomo...

Un uomo *spaventato.*

Avevano paura di morire, paura di non riuscire a combattere, o semplicemente... *paura*. Rabbrividii e mi guardai intorno: volti giovani e anziani, bianchi e marroni e neri. Le loro emozioni si riversarono in me. Non riuscii a impedirlo. Non avevo il tempo di concentrarmi, mentre mi spostavo a intercettare un colpo diretto a Casteel. Un colpo che venne trattenuto solo all'ultimo secondo, e a quel punto uccisi chi l'aveva sferrato. Un uomo che proiettava fuori di sé il terrore.

E dentro di me stava... stava succedendo qualcosa. Qualcosa si stava svegliando, allungandosi ed espandendosi, riempiendomi le vene e facendomi vibrare la pelle mentre compivo un balzo e affondavo il pugnale Wolven in un petto, inghiottendo la paura del soldato e annegando nella sua agonia... nella loro paura e agonia.

Una mano mi afferrò per la treccia e mi strattonò. I miei piedi persero il contatto con il terreno, e Casteel si girò. Un altro spruzzo di sangue caldo nell'aria, sui nostri volti. I nostri sguardi si incrociarono mentre mi sosteneva, poi ci voltammo, i cuori che battevano forte mentre inciampavamo sui corpi e i soldati caricavano urlando ordini: «Prendetela! Uccidetela! Catturateli entrambi!». Qualcosa esplose in profondità dentro di me, e tutta quella paura e agonia, e quelle emozioni primordiali, s'impennarono nel mio essere. Quella massa vorticante di emozioni mi graffiò le interiora e la gola. Dovevo placarla. Dovevo farla cessare...

Lasciai cadere la spada e puntai il pugnale contro la mia stessa gola. «Fermi!» gridai. «Fermatevi, o mi uccido.»

Casteel si girò verso di me. «Poppy...»

«Lo farò» avvisai, quando uno dei soldati fece un passo verso Casteel. «Mi squarcerò la gola se uno qualsiasi di voi farà un altro passo. Dubito che, se dovesse succedere, verrete risparmiati. Lui vi abbatterà uno per uno.»

«Sto per abbattere *te*» ringhiò Casteel.

Lo ignorai. «E se non sarà lui a uccidervi, che cosa credete che farà la duchessa? O la regina? Esattamente ciò che voi avete fatto ai vostri uomini. Morirete. Tutti, fino all'ultimo. E questa è una promessa.»

I loro volti impallidirono, scambiandosi occhiate. Molti indietreggiarono...

All'improvviso e senza punti di riferimento, dai boschi giunsero urla profonde, ringhi e ululati assordanti che squarciarono il cielo. Fu un crescendo, un richiamo che continuò a salire e salire, a cui risposero altri uggiolati che sembravano provenire dagli alberi, dalla boscaglia che costeggiava il lato sinistro dell'Alzata, e dalla strada occidentale.

I soldati di fronte a noi fecero per voltarsi...

E i Wolven sfrecciarono fuori dalla foresta, tra corse e balzi. Un mare di pelliccia e artigli che abbatté i soldati, squarciando armature e carne. Vidi tra loro Jasper e Delano, e anche Vonetta, ma ce n'erano... dovevano essercene dozzine e dozzine, e il loro tempismo...

Il loro tempismo era stato impeccabile.

Un grosso Wolven marrone sollevò la testa, le orecchie dritte. Un altro e poi un altro ancora fecero lo stesso, luminosi occhi pallidi fissarono i miei.

Lentamente, allontanai il pugnale dalla mia gola.

Tutto a un tratto si udì un suono e parve che l'Alzata stesse crollando, come se un migliaio di massi ruzzolassero e cadessero dal cielo. Ma l'Alzata si ergeva ancora, e niente, nemmeno le stelle erano cadute. Mi girai verso Casteel.

Lui fece un sorrisetto, gli occhi che brillavano di una luce interiore mentre indietreggiava di un passo esalando un respiro profondo.

Il rumore, che mi ricordava quello di un tuono, divenne più forte, e voltandomi mi resi conto che ciò che avevo sentito erano zoccoli.

Cavalli pallidi si riversarono fuori dagli alberi e riempirono la strada occidentale, le zampe che percuotevano terriccio ed erba striandosi di fango e sangue. La luce della luna scintillava su armature dorate e spade alzate. Quelle lame – quei cavalli – falciarono le file di soldati mentre stendardi bianchi si allungavano e sventolavano dietro le pallide cavalcature, stendardi con il simbolo della spada e della freccia dorate sul sole. Lo stemma di Atlantia.

Atlantia era accorsa, e gli Atlantiani erano *centinaia*.

La carica ci superò, rimescolando l'aria intrisa di sangue e sollevando le ciocche di capelli sfuggite alla mia treccia. I muscoli esausti delle mie braccia si rilassarono. I guerrieri incendiarono le catapulte rimanenti e i carri, sciamando contro l'esercito di Solis. Avevo la certezza che nessuno sarebbe stato risparmiato.

Mentre i Wolven seguivano l'esercito, un naso caldo e umido mi diede un colpetto alla mano sinistra. Abbassai lo sguardo e incontrai gli occhi azzurro pallido di un grosso Wolven dal pelo fulvo.

Kieran mi diede un altro colpetto alla mano, così la aprii, rivelando il segno dorato e l'anello che portavo al dito.

«Sì» dissi con voce roca. «Te lo sei perso.»

Kieran drizzò le orecchie e guardò Casteel.

«Ti sei perso parecchio» disse il principe.

Kieran trottò da lui, mentre io mi voltai e vidi la carrozza cremisi rimasta intatta.

Era ancora là, la duchessa? Oppure era fuggita?

Prima ancora di rendermene conto, stavo camminando e poi correndo verso la carrozza, a malapena consapevole che Casteel stava urlando il mio nome. Spalancai lo sportello del veicolo, e dall'interno fiocamente illuminato la duchessa sibilò. Si slanciò in avanti, ma si fermò bruscamente quando mi vide.

Sgranò gli occhi per la sorpresa. «Penellaphe...»

Le sferrai un pugno in faccia.

La duchessa cadde all'indietro tra i sedili, portandosi la mano al naso. Il sangue le scorreva tra le dita. «Mi hai fatto male» disse fremente di rabbia, alzando lo sguardo su di me. Montai nella carrozza.

«Soffrirai molto più di così» promisi.

Lei abbassò le mani. «Quando sei diventata così violenta, Vergine?»

«Sono sempre stata violenta.» Lei allungò la mano, ma io le afferrai il braccio, chiudendo le dita sulla sua pelle fredda. «E non sono mai stata la Vergine.»

«Ma lo eri. Lo sei sempre stata.»

«Dov'è mio fratello?» domandai.

«Vieni con me e te lo mostrerò.»

Scossi la testa. «Dov'è il fratello di Casteel?»

«Insieme al tuo» disse lei, ma io non le credetti.

«È vivo?»

«Quale dei due?»

«Il Principe Malik.»

«Come potremmo far ascendere Tawny, se non lo fosse?»

Le lasciai andare il polso, sentendomi sprofondare lo stomaco. «Menti.»

«Perché mentire su una cosa del genere?»

«Perché gli Ascesi non fanno altro che mentire!»

«Sai che Tawny non vedeva l'ora di ascendere.» La duchessa si sollevò in ginocchio. «Era estasiata quando le ho detto che la regina aveva chiesto agli dei un'eccezione, e che sarebbe ascesa. L'ho mandata alla capitale. La regina l'ha fatto per te. Le ho raccontato quanto siete amiche tu e Tawny.»

«Sta' zitta.»

«Vuole che tu ti senta a tuo agio quando tornerai a casa, essendo la sua nipote di sangue...» La duchessa vide la mia mano e sgranò gli occhi. «Che cos'è quello?» Scattò in avanti e mi afferrò il polso. «L'impronta.» Fissò il vortice dorato sul mio palmo. «Ti sei sposata.»

Liberai la mano e lei ricadde indietro, ridendo.

«Ti sei sposata? Con il Principe di Atlantia?» La duchessa puntò i suoi occhi nero pece nei miei e un ampio sorriso apparve sul volto, rivelando le zanne che spuntavano sia dalla mandibola che dalla mascella. «Se l'avessi saputo, non ci sarebbe stato bisogno di tutto questo. Tu. Nata di carne e fuoco. La regina sarà contentissima di sapere che sei arrivata a ciò che lei non è mai riuscita a ottenere. Hai conquistato Atlantia proprio sotto il loro naso, sotto il *suo*. La nostra regina sarà così orgogliosa di...»

«Sta' zitta» ringhiai, conficcandole in profondità nel petto la lama di diaspro.

Per la sorpresa, la Duchessa Teerman sgranò gli occhi. La guardai mentre tenevo il pugnale dov'era, finché sulla pelle le comparvero delle crepe, la luce lasciò i suoi occhi e il corpo crollò su se stesso, intorno alla lama del pugnale d'osso di Wolven e diaspro sanguigno.

E proprio come gli Ascesi, mentre guardavo la Duchessa Teerman mutarsi in cenere, non provai altro che un gelo improvviso.

Mi voltai.

Casteel era fuori dallo sportello, le linee e gli angoli del suo volto affilati alla luce della luna. «Sei arrivata prima di me.»

«Sì.»

Trascorse un lungo momento. «Ti ha detto qualcosa?»

«No.» Deglutii a fatica. «Non ha detto nulla.»

«Stai bene?»

Annuii. «E tu?»

Lui tacque, mentre i rumori della battaglia si affievolivano ed esitando aprivo i miei sensi. Le sue emozioni erano una tempesta che vorticava, così tante che perfino io non riuscivo a districarle.

«Nessuno si avvicini a questa carrozza» disse rivolto a chiunque si trovasse oltre l'apertura.

Montò sul veicolo. Il soffitto era alto appena quanto bastava a consentirgli di stare in piedi. «In questo momento sono molto combattuto.»

«Ah, sì?»

Lui annuì, mentre la porta si chiudeva dietro di lui. «Sono furioso con te per avere messo in pericolo la tua vita. Per avere anche solo pensato che fosse un'opzione valida.»

«Che altro potevo fare?» domandai, abbassando il pugnale. «Stavano...»

«Non ho ancora finito, principessa.»

Inarcai le sopracciglia. «Ti sembra che mi importi?»

Nella luce fioca balenò l'ombra di un sorriso. «Sono *livido di rabbia* per quello che hai fatto.»

«Be', e io sono *irritata* perché, a quanto pare, non ti rendi conto che in quel momento avevamo esaurito le opzioni» sbottai.

«Non ho ancora finito» disse lui.

«Indovina un po'? Non mi importa.»

I suoi occhi si fecero più scuri, color miele caldo. «Sono furioso, eppure, allo stesso tempo, sono ammirato. Perché so che l'avresti fatto. Ti saresti uccisa per salvare le vite dei sopravvissuti. L'avresti fatto, per salvare me.»

Avanzò, e io indietreggiai, calpestando il mantello e le altre vesti della duchessa. «A giudicare dal tuo tono, non sembri ammirato.»

«Perché non voglio ammirare una cosa così incredibilmente avventata.» Abbassò il mento, e la sua voce si fece più profonda. «E perché *ho bisogno* di te.»

Un'improvvisa vampata di calore scacciò il freddo che si agitava in me.

«Ho bisogno di sentire le tue labbra sulle mie.» Posò le mani sulla parete della carrozza, intrappolandomi. «Ho bisogno di sentire il tuo respiro nei miei polmoni. Ho bisogno di sentire la tua vita dentro di me. Ho bisogno di *te* e basta. È doloroso, questo bisogno. Posso averti? Averti tutta?»

Non so chi si mosse per primo. Se fu lui o io, o entrambi. Non importava. Ci abbracciammo, e un bacio selvaggio quanto quello sotto la catapulta disse tutto quello che le parole in quel momento non potevano comunicare. Ci baciammo spinti dal timore che non avremmo più avuto il lusso di poterlo fare ancora. E sapevo che, per un istante infinito, entrambi ne eravamo stati convinti.

Eravamo giunti a un passo dal ritrovarci separati, oppure uccisi, e quel bacio... e ciò che avvenne dopo, tra le ombre della carrozza, furono la prova di quanto entrambi fossimo terrorizzati dalla consapevolezza di poterci perdere nel momento stesso in cui ci eravamo trovati.

Ma più di questo, a farmene infischiare del luogo in cui eravamo, di quello che avevo fatto lì dentro e di ciò che stava accadendo oltre quelle pareti sottili, fu il gesto con cui lui mi tolse il pugnale di mano e lo rimise nel fodero che portavo alla coscia. E quando si voltò e mi sollevò, sistemandomi in ginocchio sul sedile morbido, e abbassandomi la calzamaglia e la biancheria. Non mi importava più nulla di quello che la duchessa aveva detto prima che la uccidessi, del vuoto e del gelo assoluti che avevo provato osservando la sua morte, e neanche del presentimento inquietante che nelle sue parole ci fosse del vero.

Casteel appoggiò le mani alla parete e mi sfiorò con il bordo affilato di una zanna lungo un lato della gola, risvegliando in me un'ondata di calore e umidità lascivi.

«Molto inappropriato» ansimai.

«Non me ne frega un cazzo.» Mi mordicchiò di nuovo la pelle, e io inarcai il corpo. «Tieniti forte.»

Lo feci, ma nulla avrebbe potuto prepararmi a quello che successe. Colpì rapido come una vipera, affondando le zanne nella mia gola nello stesso momento in cui entrava dentro di me con una spinta. La scossa provocata dal miscuglio di dolore e piacere mi tolse il fiato e mi fece sgranare gli occhi. Fissai il soffitto, il cerchio con la freccia che lo trafiggeva al centro, goffrati in nero e cremisi. Infinito. Potere.

Lo Stemma Reale degli Ascesi.

E poi... poi divenni di nuovo quel fuoco, la fiamma.

Non ci fu altro che un eccesso di piacere ed estasi, intensificati dai profondi brontolii che Casteel emetteva, la sua mano che mi scivolava tra le cosce e quelle dita perfidamente abili.

Una nuova follia ci pervase, non troppo diversa da quello che avevo provato uscendo in cortile. E forse anche tutta la morte che avevamo visto e inflitto ci aveva condotto a quel momento, alla fame con cui la sua bocca si muoveva sul mio collo e all'avidità con cui i miei fianchi spingevano contro i suoi. La sensazione che ci davano i corpi l'uno dell'altra ci ricordava che eravamo vivi. Che ci sarebbe stato tempo per fare tutto ciò a cui avevo pensato mentre eravamo inchiodato a terra sotto la catapulta. Che, per quanto incerto fosse il nostro futuro, *ne avevamo uno*. E quando la tempesta dentro di noi giunse al culmine e ci spinse entrambi oltre il limite, seppi che era stata anche l'intensità di ciò che provavamo l'una per l'altro, di ciò che entrambi avevamo combattuto, a guidarci.

A spingere Casteel ad abbandonare il suo popolo per salvare me.

A spingere me a puntarmi un pugnale alla gola, pronta a tagliarla per salvare lui.

L'intensità di quell'emozione, d'improvviso divorante, era insensata. La mia testa ricadde contro il suo petto, e lui mi baciò l'angolo della bocca, la cicatrice più lunga, e poi quella più piccola.

«Sono tua» sussurrai.

41

Le brandine su cui giacevano morti e feriti occupavano tutto il campo, quello in cui avevo assistito all'addestramento delle Guardiane. Perlopiù si trattava di mortali. Ma tra coloro che avevano perso la vita figuravano anche una ventina di Caduti e di discendenti Atlantiani che si erano stabiliti a Punta di Spessa. Almeno altri cinquanta di questi ultimi, giunti insieme all'esercito, erano morti, e il doppio ne occupava le brandine. Più o meno una dozzina di Wolven erano feriti a tal punto da non riuscire a guarirsi da soli. Gli Atlantiani elementali che avevano composto il nucleo principale dell'esercito, invece, erano guariti. E non vi erano vittime tra le Guardiane, si contavano solo poche guerriere ferite.

Nonostante le perdite, l'esercito atlantiano aveva trionfato. Quando Casteel e io uscimmo dalla carrozza, le nostre armate avevano assunto il controllo e Kieran e diversi guerrieri atlantiani montavano la guardia.

Pur consapevole che alcuni si erano resi conto di quello che era successo all'interno del veicolo, non provai un briciolo di imbarazzo.

Dell'intero esercito di Solis, un unico soldato era stato lasciato sopravvivere, un ragazzo a malapena sul punto di diventare uomo. Casteel era partito insieme a pochi altri per scortarlo fino alla landa bruciata di Pompay con l'incarico di consegnare un avvertimento.

E un messaggio.

Atlantia aveva rivendicato Punta di Spessa, e chiunque fosse venuto ad attaccare la cittadina avrebbe incontrato lo stesso destino di coloro che lo avevano preceduto. Il messaggio era anche un'opportunità. Casteel aveva dato inizio a una parte del suo piano originario. La battaglia di Punta di Spessa non doveva per forza essere la prima di molte. Il Principe *e la Principessa* di Atlantia erano disposti a incontrare il Re e la Regina di Solis per discutere del futuro dei due regni.

Non invidiavo il ragazzino che aveva ricevuto il compito di consegnare quel messaggio.

E non invidiavo i parenti e gli amici di coloro che avevano perso i loro cari. Ogni volta che scoprivo che qualcuno stava bene, venivo travolta dal sollievo.

«Grazie» disse una voce roca, attirando la mia attenzione. Un Wolven più anziano aveva subito un brutto colpo che gli aveva quasi mozzato il braccio. Era l'ultimo di coloro che avevano avuto bisogno di essere visitati. Lo avevo guarito. Come avevo guarito tutti quelli che mi avevano permesso di tentare.

Alcuni avevano rifiutato il mio tocco, come era successo a Nuovo Nido. L'immagine di Elijah si formò nella mia mente e io mi sentii stringere dolorosamente il petto.

Mi schiarii la gola. «Prego.» Con la schiena e le braccia doloranti, feci per alzarmi. «Non so se il tuo braccio sia completamente risanato, perciò è meglio che tu ti faccia controllare da un Guaritore il prima possibile.»

Prima che potessi spostarmi, il Wolven mi afferrò per il braccio sinistro. A quel contatto sgranò lievemente gli occhi, e io mi chiesi se avesse avvertito quella strana corrente simile a elettricità che avevano sentito gli altri quando mi avevano toccata. Lentamente, il Wolven mi fece girare la mano. «Allora è vero?» domandò, guardando il ricciolo dorato sul mio palmo. «Hai sposato il nostro principe?»

Annuii, con il cuore che perdeva un battito. Quel Wolven di mezza età, con i capelli divisi in ciocche spesse e ruvide color nero e argento, era stato il primo a chiedermelo.

«Altri dicono che hai combattuto al suo fianco per tutta la battaglia.»

«All'inizio ero sull'Alzata, ma poi sono scesa.»

«Eppure sei qui. Sei stata qui per tutto questo tempo, a guarire gli altri» disse, gli occhi pallidi che mi fissavano acuti. «Toccandoli.»

«Come potrei non farlo, se sono in grado di aiutare?» E avevo aiutato davvero. La Guaritrice Talia, che avevo scorto brevemente, era impegnatissima con i feriti che avevano rifiutato il mio aiuto. Perciò, dopo la battaglia, mi ero presa giusto il tempo di lavarmi la faccia e le mani dal sangue, anche se era ancora incrostato sui miei vestiti e mi si era seccato sotto le unghie.

Il Wolven annuì, lasciandomi andare il polso, e riappoggiò la testa alla brandina. «Kieran ha detto che discendi dalla stirpe degli Empati.»

Annuii di nuovo.

«Non avevo mai visto un Empate brillare di luce argentea» disse. «E io me li ricordo. Ero un ragazzino, all'epoca, e ne rimanevano pochi in vita, ma una cosa del genere la rammenterei.»

Mi chiesi quanti anni avesse il Wolven. «Jasper ha detto la stessa cosa.»

«Non mi sorprende. Sa molte cose» commentò il Wolven. «Tranne quando tenere la bocca chiusa.»

Feci un sorriso stanco. «Così ho sentito dire.»

«Devi discendere da una stirpe di Empati antica.»

«Quale altra potrebbe essere?» domandai, senza davvero aspettarmi una risposta.

«Già» mormorò lui. «Quale altra?»

Guardando dietro di me, scorsi Quentyn e Beckett che si aggiravano tra i feriti e tra i guerrieri in via di guarigione. «Ti porteranno acqua e cibo. Hai bisogno di altro?»

«No.» Mentre mi alzavo, il Wolven continuò a osservarmi. «Ma dovresti stare attenta, principessa.»

Mi immobilizzai.

«Ho visto come ti guardavano gli altri. Il nostro principe ti ha scelta. E tu hai combattuto al suo fianco per loro. Hai guarito molti di noi» disse con una voce che sembrava di ghiaia. «Ma loro non hanno scelto te, e molti non sono abbastanza vecchi da ricordarsi delle stirpi degli Empati. Chi lo è, inoltre, si ricorda quello che sapevano fare... di come venivano chiamati.»

«Divoratori di Anime? Io non sono in grado di fare una cosa del genere» dissi, anche se il cuore iniziò a battermi forte. «Non sono capace di svuotare le persone delle loro emozioni.»

«Ma loro non lo sanno.» Il Wolven spostò lo sguardo sulle brandine. «C'è qualcuno che ti protegge, qui?» Fece per alzarsi. «Non dovresti startene qui da sola quando il principe...»

«Sono a posto.» Con delicatezza, lo spinsi giù. «Sono armata e in grado di badare a me stessa.»

«Non ne dubito, ma...» I suoi lineamenti si irrigidirono, sembrava una fitta di dolore, ma io sapevo che non era per quello. «Non dovrei dirtelo. È quasi un tradimento, dannazione, ma tu mi hai guarito. Sono in debito con te.»

«Non mi devi nulla.»

«Ci avrei messo giorni, forse anche di più, per guarire da quella ferita, sempre se non avessi perso il braccio. Sono un Wolven, principessa, ma questo non vuol dire che sappia farmi ricrescere gli arti.»

Lanciai un'occhiata al pallido segno rosa che correva quasi per intero intorno al suo bicipite. Gli dei dovevano avergli sorriso, se aveva potuto conservare l'arto dopo una ferita del genere.

«Tra i soldati è piuttosto noto che il re, quando ha saputo i piani del principe per rapirti, ha iniziato a elaborare i propri. Dubito che sappia quanto quelli del figlio siano cambiati, ma i suoi sono rimasti gli stessi.»

Mi sentii calare un peso sulle spalle. «Progetta di usarmi per mandare un messaggio. Dubito che quel messaggio preveda che io sia viva» dissi. «Lo so.»

«Allora dovresti anche sapere che Casteel è il nostro principe» disse il Wolven a bassa voce. «Ma Valyn, suo padre, è il nostro re.»

«Lo so» ripetei, stampandomi un sorriso sul volto.

«Davvero?»

Annuii di nuovo, il peso che gravava sempre più su di me. «Dovresti riposare. Almeno finché Talia non confermerà che sei guarito.»

Il Wolven cedette, controvoglia, ma con un ultimo saluto mi spostai lungo i margini dell'infermeria improvvisata, scrutando il campo e gli stendardi con lo Stemma atlantiano.

Mi sentivo osservata.

Avevo avvertito quegli sguardi su di me per tutto il tempo, mentre mi muovevo per il campo.

Ma con tutto il dolore che echeggiava intorno a me, non mi ero concessa di percepire altro che non fosse la sofferenza.

Ma loro non hanno scelto te.

Trasalii, e le parole del Wolven risuonarono ancora e ancora nella mia mente mentre davo le spalle al campo.

Quello che aveva detto sul re, e il velato avvertimento su chi godesse della lealtà del popolo atlantiano, non erano stati una sorpresa.

Dentro di me, erano cose che avevo già capito. Anche prima di sentire le ridicole affermazioni della Duchessa Teerman sul fatto di essere la nipote della Regina Ileana. La regina era un'Ascesa. Non avevamo lo stesso sangue né ero nata di carne e fuoco... qualunque cosa ciò significasse.

Ma non ero come gli altri Empati, e anche così quella stirpe pareva più temuta che rispettata. Sapevo che non avrei trovato molti sostenitori ad Atlantia. Ne avevo a malapena qui.

Casteel era il Principe di Atlantia, amato e rispettato. Questo era evidente. Ma nessuno parlava male di suo padre o di sua madre, e io sapevo che erano amati quanto lui. Casteel era il principe, ma suo padre era il re, e se il sovrano mi avesse voluta morta per mandare un messaggio, la sua gente avrebbe obbedito. Non sapevo se un anello o un'impronta matrimoniale sarebbero stati sufficienti a cambiare le cose, visto che non era successo dopo che avevo combattuto e ucciso per proteggere Atlantia.

E Casteel... doveva saperlo. Doveva averlo sempre saputo.

Seduta nella vasca di acqua calda e profumata, mi cinsi le gambe con le braccia, tenendo le ginocchia contro il petto e gli occhi chiusi. Rievocai la sabbia calda sotto i piedi e il peso delle mani di mia madre e di mio padre nelle mie. Ricordavo com'era spontaneo il sorriso di Ian che correva, e il suono della risata di mia madre, e il modo in cui mio padre la fissava come...

Come se fosse il suono più bello che avesse mai sentito.

Sollevai gli angoli della bocca. Ripensare a quei momenti aveva lenito il gelo tornato quand'ero rientrata alla fortezza. Le parole della duchessa e il pensiero di Tawny mi perseguitavano, proprio come sapevo che sarebbe accaduto. Insieme alla preoccupazione per i piani del re e per la lealtà del popolo di Atlantia.

Lo scatto sommesso della porta della stanza da bagno mi fece aprire gli occhi. Il profumo di ricche spezie che sapevano di terra e di pino fresco avviluppò il profumo di limone del sapone quando Casteel si inginocchiò accanto a me. Aveva i capelli umidi e indossava vestiti puliti, senza macchie di sangue. Quando e dove si fosse lavato, non lo sapevo. Non lo vedevo da quando se n'era andato con il giovane soldato di Solis.

«Ehi» disse piano, scrutandomi in viso e soffermandosi sul livido che mi ero procurata durante la battaglia.

«Ciao» mormorai.

Casteel sollevò un angolo della bocca, e io mi sentii avvampare le guance. Mi schiarii la gola. «Tutto a posto, con il soldato?»

Lui annuì. «È in viaggio per Pontebianco.» Allungò la mano, sollevò diverse ciocche dei miei capelli bagnati e me le adagiò sulla spalla. Lasciò scoperto il segno del morso sulla mia gola, e avrei potuto giurare che il suo sogghigno si fosse ampliato. «Mi hanno detto che ti devo dei ringraziamenti.»

Mi strinsi più forte le gambe. «Per cosa?»

«Hai passato l'intera giornata a guarire tutti quelli che potevi, e ad alleviare il dolore di coloro che non avevano speranza di guarire.» Quei suoi due gioielli d'ambra identici fissarono i miei occhi. «Grazie.»

Deglutii. «Ho fatto solo quello che potevo... quello che avrebbe fatto chiunque fosse in possesso delle mie capacità.» O almeno, questa era la mia speranza. «Alcuni non me l'hanno permesso.»

Casteel mi passò un dito sulla schiena bagnata. «Idioti.»

«Sono la tua gente.»

«La *nostra* gente» mi corresse con dolcezza.

Trattenni il fiato, e dentro di me fiorì una scintilla di panico e disagio quando mi resi conto che sì, erano la mia gente, che mi piacesse o no. «Mi... mi dispiace per Elijah e gli altri. Mi piaceva Elijah, e Magda era gentile. Ma per te erano... erano amici.»

Casteel abbassò le palpebre con un sospiro incerto. «Conoscevo Elijah fin da quando era un ragazzino, e so che pare pazzesco, visto che sembro più giovane di lui. Era consapevole dei rischi, e io so che ha combattuto. So che tutti l'hanno fatto. Ma non si meritavano quella fine. Né lui né gli altri.»

«No, non se la meritavano» mormorai.

«Avrei dovuto farli partire tutti. Anche rischiando di attirare l'attenzione. Avrei dovuto...»

«Hai fatto quello che potevi. Alcuni non erano in grado di viaggiare perché feriti, e nessuno era pronto a partire immediatamente» obiettai. «Non hai colpa di quello che è successo.»

Casteel non disse nulla.

«Lo sai, vero? Sono stati gli Ascesi. Sono loro i responsabili. Non tu.»

Lui annuì lentamente. «Lo so.»

«Davvero?»

Annuì. Non ero certa che lo sapesse sul serio. «Quando sono tornato a Spessa, prima, mi hanno detto una cosa strana.»

«Ho un po' paura di chiederti che cosa.»

Lui fece un sogghigno fugace. «Ricordi l'arrivo dei Wolven, durante la battaglia?»

«Come potrei dimenticarmelo?»

«Ne sono stato molto felice, perché è successo quando ti stavi puntando un pugnale alla gola...»

«Stavo cercando di salvare te e gli altri» gli ricordai. «Ne abbiamo già parlato.»

«Sì, ma Kieran mi ha detto che ti ha sentito chiamarlo. Ha detto che anche altri Wolven lo hanno sentito, e che tutti si sono mossi nella nostra direzione. Jasper lo ha confermato» fece Casteel. «Ha detto la stessa cosa.»

«Non li ho chiamati. Voglio dire, come avrei fatto?» Deglutii. «In quel momento avevo percezioni molto intense, naturalmente. Mi sentivo come... non lo so, come se stessi per perdere il controllo. Ma come è possibile una cosa del genere?»

«Non lo so, Poppy. Non ho mai visto nulla di simile. Non so come possano avere percepito un tuo richiamo.» Prese un'altra ciocca dei miei capelli bagnati e me la posò sulla spalla nuda. «E non lo sanno neanche loro. Gliel'ho chiesto quando sono passati, proprio adesso. Entrambi hanno detto di avere percepito che li chiamavi... che chiedevi aiuto.»

Mi venne la pelle d'oca. «Delano. Oh, dei...»

«Che cosa?»

«Quando eravamo a Nuovo Nido ed ero prigioniera nella mia stanza, a un certo punto ha fatto irruzione, giurando di aver sentito che lo chiamavo. Ma non lo avevo fatto.»

Casteel aggrottò la fronte. «Ma era successo qualcosa, quella volta? Perché se la risposta è sì e non ne sono stato informato...»

«Non era successo nulla. Ero arrabbiata... arrabbiata con te, perché mi tenevi rinchiusa» spiegai. «Delano ha detto che doveva essere stato il vento, che effettivamente c'era, perciò me ne sono dimenticata.»

Casteel sollevò un'altra ciocca di capelli. «Bizzarro.»

Lo fissai. «Loro hanno *percepito* il mio richiamo, e questo è tutto quello che hai da dire? Che è bizzarro?»

«Be', la definizione di *bizzarro* è *strano e insolito*...»

«Lo so che cosa significa *bizzarro*» lo interruppi. «È un altro tratto da Empate che si sta manifestando?»

Lui mi guardò negli occhi. «Non ho mai sentito di Empati capaci di una cosa simile.»

Mi sentii sprofondare lo stomaco. «Proprio come brillare di luce argentea...»

«Potresti appartenere a due stirpi» disse Casteel. «Ne abbiamo già parlato. È verosimile.»

Più verosimile che essere la nipote della Regina Ileana. Non sapevo che cosa pensare della storia del richiamo, ma se fosse stata un'abilità da Empate? Le persone proiettavano dolore e paura. Forse lo stavo facendo anche io, e per qualche motivo i Wolven lo avvertivano. Aveva una sua logica.

«Che cosa facciamo adesso?» domandai.

«Adesso? In questo preciso istante?» Mi scrutò la pelle nuda esposta alla sua vista, con un sorriso smagliante. «Ho un sacco di idee.»

«Non è quello che intendevo» dissi, anche se fui felice di vedere le ombre cupe lasciare i suoi occhi.

«Lo so, ma sono distratto. Non è colpa mia. Sei nuda.»

«Non si vede nulla.»

«Si vede abbastanza.» Si inginocchiò e posò le braccia sul bordo della vasca. «Perciò sono assolutamente distratto.»

«Sembra un problema tuo, non mio» replicai.

Lui ridacchiò e chinò la testa per baciarmi il ginocchio, nel punto che le mie braccia lasciavano scoperto. «Domani partiremo per Atlantia. Le armate atlantiane che sono giunte qui rimarranno indietro, in caso gli Ascesi intendano prendere una pessima decisione. Spessa sarà protetta.»

Qualcosa mi frullò nel petto. «Così presto?»

«Se le cose fossero andate come previsto, saremmo già lì.» Casteel si scostò. «Siamo sposati, ma non sei stata ancora incoronata. È necessario che avvenga.»

Mi morsi il labbro. «Capisco che l'incoronazione renda le cose ufficiali, ma che cosa cambierà davvero? Il tuo...» Chiusi per un istante gli occhi. «Il nostro popolo ancora non si fida di me né mi apprezza. Pazienza. Ma tuo padre ha ancora dei piani, giusto? Piani che mi riguardano.»

Lui abbassò le palpebre. «I piani di mio padre sono cambiati.»

«E se non fosse così?»

Lui mi osservò per un momento. «Per caso qualcuno ti ha detto qualcosa?»

Non volevo rischiare di mettere nei guai l'anziano Wolven, così scossi lievemente il capo. «È solo che... so che in molti non mi accettano, perfino dopo il matrimonio e la notte scorsa. Tu sei il principe e così via. Ma lui è il re...»

«E tu stai cominciando a parlare come Alastir» mi interruppe Casteel. «Se non fosse rimasto ad Atlantia, mi verrebbe da pensare che ti abbia di nuovo messa in agitazione.»

«Non si tratta di Alastir» dissi. «Anche se è una cosa che lui ha detto, e con ragione. So che volevi sposarmi in parte perché mi dava una certa protezione...»

«All'inizio, Poppy. E solo perché mi ero convinto che fosse quello il motivo» disse. «Non era l'unico. Né lo era liberare mio fratello o impedire una guerra. Volevo te, e volevo trovare un modo per cercare di tenerti.»

In reazione a quelle parole, sentii qualcosa di diverso agitarsi nel mio petto. «Sono tua» sussurrai, ripetendo le parole che gli avevo detto nella carrozza.

«Lo so.» Sostenne il mio sguardo. «E nessuno, nemmeno mio padre o mia madre, lo cambieranno.»

Gli credevo.

Davvero.

«Nessuno ti farà del male» giurò. «Non lo permetterò.»

«Nemmeno io.»

Allora lui sorrise, ed entrambe le fossette fecero la loro apparizione. «Lo so. Vieni.» Si alzò e prese un asciugamano. «Se resti lì dentro ancora un po', inizieranno a crescerti le pinne.»

«Come una Ceeren?»

Lui sogghignò. «Come una Ceeren.»

Tuttavia non mi mossi. «Ti ho mentito.»

Casteel inarcò un sopracciglio. «Su che cosa?»

«Mi hai chiesto se la duchessa avesse detto qualcosa prima che la uccidessi, e io ho risposto di no. Era una bugia.»

Trascorse un solo istante. «Che cosa ha detto?»

«Le ho... le ho chiesto di mio fratello, e del tuo. Ha detto che erano insieme, ma non ha aggiunto altro.» Casteel tornò a inginocchiarsi accanto a me. «Mi ha detto che Tawny sarebbe ascesa senza attendere... che poteva già essere successo. Ha detto che la regina sapeva quanto io volessi bene a Tawny e desiderassi la sua presenza, così quando fossi tornata a casa sarei stata a mio agio.»

«Dei.» Casteel si sporse in avanti e mi prese la testa tra le mani. «Non sai se ci sia qualcosa di vero in tutto questo, Poppy. Tuo fratello. Il mio. Tawny. La...»

«La duchessa ha detto che la regina sarà contentissima quando saprà che ci siamo sposati. E che se lo avesse saputo, tutto quello che è successo la notte scorsa non sarebbe stato necessario» gli dissi, e lui si immobilizzò. «Ha detto che ero arrivata all'unica cosa che la regina non era mai stata in grado di ottenere. Avevo conquistato Atlantia.»

«Non ha senso, Poppy.»

«Lo so» dissi. «Come non ha senso quello che ha detto sulla regina che dovrebbe essere mia nonna. Non ha alcun senso. È così folle, così incredibile che... non riesco a smettere di chiedermi se non ci sia qualcosa di vero.»

42

Cavalcammo verso est, in direzione di Atlantia, sotto un cielo dipinto di sfumature blu.

Gli uomini che avevano viaggiato con Alastir vennero con noi, anche se i Wolven non avevano fatto ritorno a Punta di Spessa. Ne mancavano alcuni, non solo Dante, eppure il nostro gruppo era diventato tre volte più numeroso, se non di più. Avevamo guadagnato Jasper e diversi altri Wolven, che stavano tornando ad Atlantia. Vonetta era rimasta a Punta di Spessa, ma aveva promesso che sarebbe venuta a trovarmi presto, dato che voleva essere lì per il compleanno di sua madre e l'imminente nascita del suo fratellino o sorellina.

Le nude pianure ai lati dell'area fittamente ricoperta di alberi cedettero il posto a campi di alti giunchi, dove spuntavano minuscoli fiorellini bianchi. Beckett correva accanto a noi, nella forma Wolven, apparentemente in grado di attingere a riserve di energia infinita che trovavo invidiabili. Correva avanti, scomparendo tra le piante a ciuffetti, solo per spuntare fuori pochi secondi dopo e tornare al nostro fianco. Non si allontanava mai troppo da noi – o meglio, da Casteel. Immaginavo che Beckett rimanesse così vicino per via del principe, ed ero contenta di non percepire paura in lui, e in nessuno di coloro che viaggiavano con noi.

Ma il gruppo era silenzioso, perfino Casteel, e il silenzio era dovuto a diverse ragioni. Non c'era nessuno, lì, che non avesse subito una perdita in battaglia o a Nuovo Nido.

Non riuscivo a non pensare a Elijah, a Magda e al suo bimbo mai nato. Non riuscivo a non pensare a chi avrebbe aggiunto i loro nomi sulle pareti sotterranee.

Ma ero conscia che quei pensieri li aveva anche Casteel. Sapevo che era quello il motivo dei suoi lunghi silenzi, la notte precedente, e immaginavo che avesse molto poco a che fare con ciò di cui avevamo discusso. Gli mancava Elijah. Era in lutto per lui e per tutti gli altri, e sapevo che era convinto di averli delusi.

I pensieri mi gravavano pesantemente addosso, sfinendomi. La mancanza di sonno non aiutava. Gli incubi sulla notte dell'attacco dei Craven erano tornati a tormentarmi. Quando mi ero svegliata, ansimando in cerca d'aria e con un grido che mi bruciava nella gola, Casteel era stato al mio fianco, ma nonostante ciò quegli orrori mi avevano aggredita di nuovo appena ero tornata a dormire.

Non aspettavo con particolare gioia l'arrivo di una nuova notte.

Il sole era alto sopra di noi quando mi resi conto che l'orizzonte che stavo fissando non era là dove le nubi incontravano la terra. Mi raddrizzai sulla sella, aggrappandomi al pomello mentre chiazze verde scuro iniziavano a comparire in mezzo al grigio di fronte a noi. La nebbia. Era la nebbia che oscurava le montagne, così fitta che lungo tutti i chilometri che avevamo percorso avevo creduto si trattasse del cielo.

«Le vedi, adesso?» domandò Casteel. «Le Skotos?»

Con il cuore che martellava, annuii. «La nebbia è densissima. Se è così di giorno, quanto sarà peggio di notte?»

«Arrivati alle colline ai piedi dei monti, si dissiperà un pochino.» Mi sporsi in avanti, ma il braccio di Casteel continuò a cingermi. «Di notte, però... be', la nebbia ti circonda.»

Provai un brivido. Altre montagne iniziarono a fare capolino tra la nebbia. Uno spuntone di roccia qui, un gruppetto di alberi là. «Come hanno fatto gli eserciti ad attraversarla, allora?» Guardai Kieran. «Come avete fatto ad arrivare così in fretta?»

«L'hanno concesso gli dei» replicò, e io inarcai le sopracciglia. «Per noi, la nebbia non è salita. Di notte si è dissipata quanto bastava a farci proseguire.»

Appoggiai la schiena contro Casteel, sperando che gli dei ci garantissero la stessa concessione.

Un attimo dopo, Casteel distrusse le mie speranze. «Lasciando Atlantia, la nebbia non è mai fitta come quando ci si arriva.»

«Fantastico» mormorai.

«Siamo fortunati che le Montagne di Skotos non siano nemmeno lontanamente alte quanto la catena successiva» disse Naill, che cavalcava accanto a Jasper, dall'altro lato rispetto a noi.

«Ce ne sono di più imponenti?» Le Montagne di Skotos erano la catena più grande di Solis, almeno che io sapessi.

L'Atlantiano annuì. «Il punto dove attraverseremo la catena richiede meno di un giorno di viaggio. In altri valichi impiegheremmo giorni.» Si mosse sulla sella. «Ma ad Atlantia ci sono montagne così alte che non si vede altro. Picchi così alti che ci vogliono settimane solo per arrivare in cima. E una volta là, perfino un Atlantiano farebbe fatica a respirare.»

Filamenti di nebbia iniziarono a insinuarsi tra i fitti giunchi, formando nuvolette sopra le piante.

Beckett sfrecciò avanti, e nel giro di un istante fu inghiottito dalla nebbia. Risucchiai un respiro brusco, mi sporsi e cercai con la mano il pugnale...

«Sta bene.» Casteel chiuse la mano sulla mia e mi diede una stretta gentile. «Vedi? Eccolo.»

Il mio cuore non rallentò i battiti quando la testa coperta di pelliccia scura apparve al di sopra della nebbia, ansimante per l'emozione, la lingua che oscillava. «Sei sicuro che non ci siano Craven, qui?»

Emil, che cavalcava poco più avanti, disse: «Non si vedono Craven così a est fin dai tempi della guerra».

Rimasi comunque all'erta mentre ci avvicinavamo a una coltre di nebbia oltre la quale si scorgevano solo ombre. Tesi i muscoli, e avrei voluto afferrare le redini e fermare Setti. Non potevamo passare di lì. Chissà che cosa ci attendeva dall'altra parte. E se si stessero sbagliando, a proposito dei Craven? Mi venne la pelle d'oca quando Jasper ed Emil scomparvero attraverso la muraglia di nebbia. Un grido mi montò in gola, e rimase conficcato lì quando Delano scomparve nella spessa foschia bianco-grigiastra. Premetti la schiena contro Casteel...

Lui fece rallentare Setti. «La prima volta che ho visto il muro di nebbia dall'altra parte, mi sono rifiutato di attraversarlo. Non per via dei Craven. Non sapevo ancora che si spostavano nella nebbia. Avevo paura che avremmo raggiunto la fine del regno, e non ci sarebbe stato nulla al di là» mi raccontò Casteel. Il suo braccio era come una fascia d'acciaio che mi cingeva. «So che suona sciocco, ma ero giovane, a meno di un anno dalla Transizione, e anche Kieran aveva paura di passare.»

Guardai a destra, dove Kieran teneva il nostro passo. Anche dopo tutto quello che avevo appreso, trovavo ancora difficile immaginare l'uno o l'altro spaventati.

«Fu Malik a passare per primo» continuò Casteel, disegnandomi intorno alla vita lenti cerchi con la mano per confortarmi. Abbassai lo sguardo e mi soffermai sull'anello d'oro che indossava. «Per un istante, credetti che non avrei mai più visto mio fratello, ma poi lui tornò. Ci disse che dall'altra parte non c'erano altro che sterpaglie e cielo.»

«All'inizio ci disse altro» intervenne Kieran. «Malik sostenne che ci fossero giganti con tre teste.»

«Cosa?»

Casteel rise. «È vero. Gli credemmo finché non iniziò a sghignazzare. Si piegò in due dalle risate, quel bastardo.» Il suo tono era intriso di affetto. Era così raro sentirlo parlare di suo fratello senza rabbia o tristezza. «Ci vorranno solo pochi secondi. Te lo prometto.»

Mentre Naill entrava nella nebbia, io annuii bruscamente. «Se dall'altra parte ci saranno giganti a tre teste, mi arrabbierò moltissimo con entrambi.»

«Se ci stanno aspettando dei giganti a tre teste, la tua rabbia sarà l'ultima delle mie preoccupazioni» replicò Casteel divertito. «Pronta?»

Non proprio, ma annuii. «Sì.»

Lottando contro l'impulso di chiudere gli occhi, sobbalzai quando i sottili vapori si allungarono dalla massa di nebbia che si faceva rapidamente sempre più vicina e mi sfiorarono le guance in una fredda carezza. Setti emise un lieve nitrito quando i filamenti si arricciarono intorno alle sue zampe, poi la nebbia ci avviluppò. Non vedevo niente. Niente, a parte l'aria densa, soffocante e lattiginosa. Sentivo il panico montare dentro...

Dietro di me, Casteel si mosse, premette le labbra vicino al mio orecchio, e sussurrò: «Pensa a tutte le cose che potrei farti». La mano che teneva sul mio fianco scivolò sulla coscia per salire sempre più su e poi spostarsi, con grazia da predatore, verso il centro di me. «Nessuno vedrebbe. Nemmeno tu.»

Le sue dita danzarono su di me, facendomi trattenere il fiato per motivi del tutto diversi da prima. Irrigidita, voltai di scatto la testa, e per reazione i muscoli del mio basso ventre si contrassero. Aprii la bocca, ma qualunque cosa stessi per dire fu dimenticata quando Casteel prese tra i denti il mio labbro inferiore.

Lo lasciò andare lentamente, ma la sua bocca rimase lì, calda e solida contro la mia. «Ho *tantissime* idee.»

Il mio cuore sussultò e un'ondata di brividi mi esplose sulla pelle. Potevo immaginare alcune di quelle idee, e per un fugace istante non pensai a *nulla*. Mi sfuggì un ansito, che si perse nella nebbia...

«Adesso puoi aprire gli occhi» mormorò Casteel sulle mie labbra.

Non mi ero nemmeno resa conto di averli chiusi finché non l'aveva detto lui, ma in quel momento capii perché si fosse comportato così. Aveva cercato di distrarmi, e aveva funzionato, placando rapidamente il panico che stava montando.

«Grazie» sussurrai, e la sua mano, che era tornata sul mio fianco, mi diede una stretta. Aprii gli occhi mentre Casteel si raddrizzava dietro di me, e vidi...

Vidi che la nebbia si era ridotta a riccioli fumosi intorno alle rocce ammantate dal muschio e alle zampe dei cavalli in attesa. Sbattei le palpebre e vidi Beckett seduto di fronte a noi, la coda che ondeggiava spazzando il terreno e agitando la nebbia. Allungava il collo verso l'alto, e io seguii il suo sguardo. Quando vidi che cosa stava contemplando, dischiusi le labbra in un respiro brusco.

Oro.

Foglie d'oro che brillavano, scintillanti sotto i raggi del sole a fendere la nebbia.

«Stupende, vero?» chiese Delano, alzando gli occhi.

«Sì.» Ammirata, osservai gli alberi dorati. «Non ho mai visto niente di simile.» Perfino quando le foglie cambiavano colore al passaggio delle stagioni, a Masadonia, i gialli erano opachi e torbidi. Queste foglie erano di puro oro filato. «Che alberi sono?»

«Alberi di Aios» rispose Casteel. Era un riferimento alla

Dea dell'Amore, della Fertilità e della Bellezza. Non sarei riuscita a pensare a un nome migliore. «Crescono sulle colline pedemontane e sulla catena delle Skotos da quando la dea è venuta a addormentarsi qui, nel sottosuolo, in profondità.»

Guardai Casteel. «Dorme qui?»

I suoi occhi, appena più scuri delle foglie, trovarono i miei. «Sì.»

«Alcuni credono che si trovi sotto il picco più alto» disse Jasper. A occhi sgranati, spostai lo sguardo su di lui. «Dove gli alberi di Aios fioriscono con tanta abbondanza che si riesce a scorgerli dalle Camere di Nyktos.»

«Camere... di Nyktos?»

«È un tempio appena oltre i Pilastri» spiegò Emil. «Una meraviglia. Devi visitarlo.»

«Nyktos dorme là?» domandai.

Lui sorrise e scosse la testa. «Nessuno sa dove Nyktos riposi.»

«Oh» mormorai.

«Dovremmo proseguire dividendoci in gruppi più piccoli» intervenne Casteel. «Kieran verrà con noi. Beckett, assumi forma umana e vai con Delano e Naill.»

Il Wolven balzò nella nebbia, facendo impennare nervosamente il cavallo di Naill. L'Atlantiano alzò gli occhi al cielo, rivolto a Casteel.

«È un buon modo di fare pratica per quando deciderai di sistemarti e avere figli» disse quest'ultimo. Percepii il sorriso nelle sue parole.

Naill aveva l'aria di poter cadere da cavallo.

Jasper fece spostare il suo in modo da guardarci e sogghignò. «Temo che basterà una notte passata a tenere d'occhio Beckett e giurerà di non diventare mai padre.»

«Dei» borbottò Naill quando Beckett si lanciò d'improvviso contro una... foglia d'oro caduta sotto i suoi occhi.

Quentyn guardò l'amico scuotendo la testa. «Dovreste vederlo con le farfalle.»

«Preferisco decisamente evitare.» Naill sospirò.

«Ci troviamo alla Roccia d'Oro» disse Casteel al gruppo. «Ricordate, nessuno si sposta da solo. Rimanete in gruppi non più grandi di tre persone.» Si voltò verso Beckett, finalmente seduto. «Niente giri d'esplorazione. Non rispondere ad alcun richiamo.»

Ebbi un tuffo allo stomaco. Casteel si stava forse riferendo a quello che i Wolven credevano di avere sentito, che li stessi chiamando io?

«Mi aspetto di vedere ognuno di voi alla Roccia d'Oro, tutti interi e sani di mente» proseguì Casteel, e un brivido mi percorse la spina dorsale. «Siate prudenti.»

Diversi annuirono, e il gruppo si divise. Beckett si unì a Naill e Delano, che disse: «Mi assicurerò che muti forma».

Quentyn rimase con Jasper ed Emil, ma prima che si dirigessero verso destra, Jasper cavalcò fino a noi e prese la mano di Casteel. «Sii prudente, Cas. Manchi da molto tempo e sei troppo vicino a casa per non arrivare.»

La voce di Casteel si addolcì: «Non hai nulla da temere».

Jasper annuì, poi spostò l'attenzione su di me. «Rimani vicino a loro, Penellaphe. La magia di queste montagne ha un modo tutto suo di entrarti dentro. Fidati di loro, ma sii cauta prima di fidarti dei tuoi occhi e delle tue orecchie.»

E con quel saluto, cavalcò via, seguito da Quentyn, ora pallido e silenzioso.

Mi voltai verso Casteel. «Che diamine farà la montagna?»

«Nulla» replicò lui, incitando Setti ad avanzare. «Se non le diamo noi il permesso.»

Silenzio.

Casteel e Kieran non parlavano. Il rumore degli zoccoli era attutito dal folto tappeto di muschio che ricopriva il sentiero. Non si sentivano uccelli o altri animali, né l'eco del vento tra le chiome degli alberi sopra di noi. A ogni ora che passava risalendo la montagna, la temperatura pareva scendere di un altro paio di gradi. Indossavo il mantello pesante che a Punta di Spessa mi ero praticamente dimenticata. Ben presto le mie guance formicolarono insensibili. Non molto tempo dopo, Casteel mi tirò il cappuccio del mantello sopra la testa e usò i due lembi del suo per avvolgermi. Proseguimmo nel silenzio inquietante di quella montagna dalla bellezza innaturale. Le foglie dorate scintillavano sopra di noi e sul terreno scaglie d'oro punteggiavano il muschio e luccicavano sulla corteccia, ricordandomi la Foresta di Sangue.

Fin troppo presto, i raggi di sole che filtravano tra le foglie scomparvero, e le striature di nebbia si fecero più spesse, ricoprendo il muschio mentre continuavamo la salita. La nebbia aumentò, turbinandoci intorno alle gambe e alla vita. L'ultimo sole ci raggiunse, e noi andammo avanti. Diverse ore dopo ci fermammo, quando la nebbia si allargava sopra di noi.

Casteel fece fermare Setti e si guardò intorno. Non avevo idea di che cosa stesse cercando, dato che io non vedevo altro che nebbia bianca. «Sembra un posto buono come un altro.» Casteel si voltò verso Kieran, il fiato che formava nuvolette fumose. «Che cosa ne pensi?»

Il Wolven era una sagoma pallida nella nebbia. «Abbiamo senz'altro raggiunto la cima, perciò dovrebbe andare bene.»

Dovrebbe? «Come fai a dire che abbiamo raggiunto il picco?»

«Se non fosse così, non riusciremmo a vedere che a pochi centimetri dal viso» rispose Kieran mentre smontava da cavallo, smuovendo la nebbia.

Aggrottai la fronte. Loro riuscivano a vedere più in là di qualche centimetro?

Casteel mi mise le redini in mano. «Tieni queste. Adesso scendo e accompagno te e Setti verso quell'albero.»

Prendendo le redini, mi chiesi di quale albero stesse parlando di preciso. Casteel smontò da Setti, e per un momento l'oscurità parve muoversi intorno a lui e inghiottirlo. Il cuore mi martellò contro le costole. Lui si spostò di fronte a Setti e lo prese per la cavezza, poi ci fece avanzare nell'aria che vorticava gelida e si fermò. Mi tolse le redini, mormorando con dolcezza al cavallo. Sentii qualcosa su carote ed erba di frutteti, poi Casteel tornò da me.

Mi posò le mani sui fianchi, e io gli afferrai gli avambracci, poi piegai indietro la schiena e sollevai una gamba sopra la sella. Lui mi aiutò a scendere, prendendomi la mano, e tirò giù di sella una delle borse più grandi e le coperte arrotolate.

«Sarà così per tutta la notte?» chiesi, lasciando che guidasse i miei passi. Odiavo muovermi alla cieca.

«Sì, ma ti abituerai.»

«Non credo sia possibile.»

«Che ne dici di qui?» chiese Kieran, chissà dove. «Il terreno è abbastanza piano.»

«Perfetto.» Casteel sembrava sapere esattamente dove fosse Kieran, perché dopo qualche momento il Wolven apparve tra la nebbia.

Casteel mi lasciò la mano, e mentre mi guardavo alle spalle senza riuscire a vedere nulla allungai la mia per prenderla di nuovo. «Credi che Setti starà bene?»

«Starà benone.» Casteel si inginocchiò e una fiammella prese vita: aveva acceso una lampada a olio, che scacciò un po' della nebbia. «Gli darò da mangiare e poi una coperta. Probabilmente si addormenterà prima di noi.»

Non sapevo come avrei fatto a dormire io, quella notte. In confronto a quello che ci circondava, la Foresta di Sangue sembrava uno sfarzoso luogo di riposo.

Si accese un'altra lanterna, in mano a Kieran. «Vado a raccogliere dei rami.»

Casteel alzò lo sguardo. «Non allontanarti troppo.»

«Sissignore» rispose Kieran con entusiasmo davvero eccessivo.

Osservai il bagliore giallo della lanterna finché non scomparve. «Perché su queste montagne non ci sono animali?»

«Percepiscono la magia e se ne stanno lontani.» Casteel svolse uno spesso telone che doveva isolarci dal freddo e dall'umidità del terreno. Distese una delle coperte, e la nebbia si disperse un po'.

«Ecco.» Visto che rimanevo immobile, Casteel prese la mia mano guantata e mi fece sedere a terra di fronte a lui. «Vado a occuparmi di Setti. Torno subito, d'accordo?»

Annuii. Quando si alzò, notai che aveva lasciato a terra la nostra unica fonte di luce. «Non ti serve la lanterna?»

«No.» Fece per voltarsi, ma si fermò. «Non farti vincere dalla curiosità. Rimani qui. Ti prego.»

«Non ti preoccupare, non me ne andrò in giro.» Non mi sarei spostata di più di una spanna. Casteel tornò da Setti per dargli da mangiare e controllare che fosse a suo agio, e io rimasi dov'ero.

Però sollevai una mano, muovendola tra i filamenti di nebbia che si stavano radunando intorno a me. La nebbia si disperse per poi tornare a danzare e piroettare intorno al dito a cui portavo l'anello. Sembrava quasi viva, come se stesse interagendo con i miei movimenti, anziché subirli soltanto. Uno sbuffo di nebbia si avvolse il mantello, in corrispondenza del braccio sinistro, e io socchiusi gli occhi: ritirai di scatto il braccio, e la nebbia si ritrasse. Ma rimase lì, a poca distanza da me, in attesa...

Mi morsi il labbro e mi sporsi in avanti, allungando le dita. La nebbia pulsò, poi lentamente prese a espandersi, formando un fascio da cui parvero emergere dita spettrali. La mano si appiattì contro il mio palmo sinistro.

Mi ritrassi sorpresa. La nebbia rispose imitando i miei gesti.

«Che ci fai là?» La voce di Casteel ruppe il silenzio. Più ancora che far sobbalzare me, parve sorprendere la nebbia, che si disperse.

Poi capii. «Non è una nebbia normale, vero? La nebbia è la *magia*.»

«Sì» fu la sua risposta. «E tu stai combinando senz'altro qualcosa, vero?»

Scossi la testa, sorpresa. «No...» Strascicai quella parola, mentre la magia si voltava verso il suono della voce di Casteel. Mi alzai in ginocchio e mi sporsi, infilando appena la punta delle dita in quei vapori. *Vibravano.* Inarcai le sopracciglia. «Kieran ha detto che qui la magia è legata agli dei. Com'è possibile, se dormono?»

«La versione breve e molto riassuntiva è che anche se gli dei dormono, a un certo livello sono ancora consapevoli. Già lo sai.»

Vero.

«Hanno creato la nebbia per proteggere i Pilastri di Atlantia» spiegò, e la nebbia parve voltarsi verso di lui come se stesse ascoltando. «Ma in pratica è una loro estensione, o quantomeno un'estensione della loro volontà.»

C'era qualcosa di incredibilmente bizzarro nel trovarsi circondati da una parte della coscienza degli dei. «Che aspetto hanno i Pilastri di Atlantia?»

«Lo vedrai domani.»

«Ma...»

«Alcuni dicono che la pazienza è una virtù» mi giunse la sua voce.

«Alcuni si meritano un pugno in faccia» borbottai, ma poi tacqui. Per quanto mi turbasse ammetterlo, Casteel aveva ragione. Alla fine mi abituai alla nebbia, o meglio, alla magia. Tuttavia mi chiesi... se era un'estensione della volontà degli dei, allora perché gli Atlantiani la scatenavano? D'altro canto, aveva permesso alle armate di passare.

Però stavano lasciando Atlantia, non vi stavano entrando.

Casteel tornò, e così Kieran. Accesero un focherello, che tenne lontana la parte più fitta della magia. Mi occupai dei miei bisogni personali poco lontano da Casteel. Una cosa che avrei preferito non ripetere, e nessun livello di intimità o apertura mentale lo avrebbe mai cambiato. Poi mangiammo accanto al fuoco. Solo dopo, quando Kieran si sdraiò sul telo che Casteel aveva disteso per terra prima, osservai meglio come ci saremmo sistemati per la notte.

C'erano tre coperte, una accanto all'altra e sovrapposte. A occhi sgranati, fissai i due posti accanto a Kieran.

«Dormiamo qui?» domandai. «Tutti e tre?»

«Mi stavo domandando quando lo avrebbe notato» commentò Kieran.

Socchiusi gli occhi. La nebbia scivolò sul petto di Kieran. «È proprio necessario che noi tre dormiamo... così vicini?»

«È proprio necessario che tu ne parli come se stessimo per fare qualcosa di diverso dal dormire?» domandò Casteel, e quando lo fissai lui sogghignò. «Insomma, stiamo solo per dormire fianco a fianco.» Si appoggiò con una mano a terra e la fossetta gli apparve sulla guancia. «A meno che tu non abbia altre idee. Se è così, sono molto curioso di saperne di più, *moglie*.»

Lo fissai, mentre la nebbia parve immobilizzarsi tutto intorno a noi.

«Che c'è? Sono solo un tipo molto curioso.»

«Ti sei scordato che sono armata?» chiesi con dolcezza.

«Stai pensando di usare la tua arma contro di me?» Al bagliore del fuoco, entrambe le fossette apparvero. «Se è così, la sistemazione potrebbe diventare assai scomoda per Kieran.»

Subito mi venne in mente l'Unione, e il divertimento che illuminava il volto di Casteel fu la prova che sapeva bene quale direzione avevano preso i miei pensieri.

«Oppure... interessante» fu la risposta del Wolven.

«Vi farò davvero male, a tutti e due» brontolai mentre la nebbia si allontanava.

«E adesso sono molto... *intrigato*» replicò Casteel, poi rise e diede un colpetto allo spazio accanto a lui. «Durante la notte farà molto più freddo, ancor più che nella Foresta di Sangue. Nel giro di un'ora o giù di lì, sarai grata per il calore dei nostri corpi.»

Altamente improbabile.

«Che, tra parentesi, è l'unica cosa che io o lui ti offriremo, stanotte» proseguì Casteel, lo sguardo privo di malizia adesso.

Kieran sbuffò, e io avvertii sapore di zucchero sulla lingua... divertimento. «Sì, non mi va di farmi staccare la testa, stanotte.»

«Ne dubito fortemente» mugugnai.

Allora Casteel si mosse e mi prese la mano. Mi fece sdraiare accanto a sé, e io non mi opposi. La sistemazione era imbarazzante, ma Casteel era... era mio marito.

E in fondo, Kieran si era già trovato in situazioni assai più imbarazzanti insieme a noi.

Come quando mi aveva vista nuda nella vasca, all'epoca in cui ci conoscevamo a malapena.

O quando mi aveva sentita urlare ed era entrato trovando me e Casteel insieme, e scoprendo che non si trattava di grida di paura o dolore.

O quando Casteel aveva avuto bisogno di nutrirsi.

Dissi a me stessa di smetterla di pensare a quelle cose, mentre Casteel tirava la coperta su di noi e si sistemava al mio fianco. Tra noi tre vi era spazio. Non molto. Un paio di centimetri più o meno. Speravo davvero che sarei rimasta immobile, durante la notte.

E ancor di più, speravo che non fosse vero quello che Casteel aveva detto di Kieran: che quando dormiva tirava calci.

Avrei voluto girarmi verso Casteel. Mi piaceva... usarlo

come un cuscino. Insomma, mi piaceva stargli vicino. Ma era sdraiato sulla schiena e si stava effettivamente comportando bene, perciò rimasi dov'ero, a guardare la nebbia che si muoveva a lente ondate sopra di noi. Dopo un paio di minuti, piegai la testa da un lato, e la nebbia parve fare lo stesso, inclinandosi da quella stessa parte.

Osservai Casteel. Mi pareva che avesse gli occhi chiusi. Quando guardai Kieran, ebbi la stessa impressione. Potevano davvero essersi già addormentati? Tirai fuori la mano da sotto la coperta e la sollevai di qualche centimetro. La nebbia scese e si protese come prima, formando dita di fumo.

«Che stai facendo?» chiese Casteel.

La nebbia si dissipò.

«L'hai spaventata» brontolai.

«Spaventato cosa?»

«La nebbia... la magia. Quello che è.»

Casteel si girò sul fianco. «Non puoi spaventarla» disse. «È solo magia. Non è viva.»

«A me sembra viva eccome» replicai.

«Non ha senso» commentò Kieran con voce stanca.

«Interagisce» dissi loro.

Il Wolven si girò e mi sfiorò la gamba con il ginocchio. «È la tua immaginazione.»

«Non è la mia immaginazione.»

«La magia può ingannare» disse Casteel, prendendomi la mano e riportandola sotto la coperta. «E farti vedere cose che non ci sono.»

Aggrottai la fronte.

«Dovresti dormire» disse. «Il mattino arriverà fin troppo presto.»

Non abbastanza presto, per me.

Nel silenzio, la mia mente si mise a vagare. Pensai a Renfern: a quanto avrei voluto poter fare di più o agire diversamente per cambiare quello che era successo a lui, a Elijah e agli altri. Mi chiesi se Phillips e Luddie, la guardia e i Cacciatori che avevano lasciato Masadonia con noi, fossero stati a conoscenza della verità sugli Ascesi. O se fossero caduti vittime di una guerra del silenzio. Proprio come Rylan e... Vikter. Con il cuore dolente, osservai la nebbia muoversi lentamente sopra di me. Mi mancava Tawny, e pregavo che non fosse andata avanti con l'Ascensione. Poi ripensai a come i Wolven ci avevano circondato. Poteva essere stato per causa mia? Avevo proiettato qualcosa, e loro avevano semplicemente risposto?

Guardai di nuovo Kieran. Aveva gli occhi chiusi. Credeva davvero che fossi stata io a chiamarli?

Odiavo quei momenti, quando il sonno mi sfuggiva e restavano solo ragionamenti su cui era meglio non soffermarsi. Mi costrinsi a pensare ad altro, e mi venne in mente una cosa: «È possibile che ci siano dei che dormono sotto la Foresta di Sangue?».

«Che?» mormorò Casteel, la voce impastata dal sonno.

Mi resi conto di averlo svegliato, ma non mi sentivo minimamente in colpa. Quindi ripetei la domanda.

«Forse è la roba più assurda che ti sia mai uscita di bocca» brontolò Kieran. «E te ne ho sentite dire di cose parecchio assurde.»

«Non ci sono dei sotto la Foresta di Sangue... per quanto ne so» rispose Casteel a occhi chiusi.

«Gli alberi che crescono qui mi hanno ricordato quelli della Foresta di Sangue. Però sono dorati anziché rossi.»

«Mmm. Ha senso» mormorò Casteel.

«Per te, forse» brontolò Kieran.

«Sapete dove dorme Penellaphe?» chiesi, riferendomi alla dea di cui portavo il nome.

Kieran sospirò. «Non qui, questo è certo.»

Sulle labbra di Casteel affiorò un sorriso. «Suppongo sotto il Grande Ateneo di Carsodonia.»

«Davvero?» Casteel annuì, e io stabilii che non mi piaceva l'idea che la Dea della Saggezza, della Lealtà e del Dovere dormisse là, nel cuore del regno degli Ascesi. «E Theon?»

«Il Dio degli Accordi e della Guerra e la sua gemella Lailah riposano sotto i Pilastri di Atlantia» rispose Casteel.

Aprii la bocca...

«Ti prego, no» mi interruppe Kieran.

«No cosa?»

«Non cominciare a chiedere dove dorme ogni singolo dio o dea, perché di sicuro ne verranno fuori altre domande. So che andrà così» disse, e io roteai gli occhi. «Dovresti dormire come loro, *Vostra Altezza*.»

«Non chiamarmi così» sbottai.

«Allora mettiti a dormire» ordinò Kieran.

«Non ci riesco» borbottai. «Non sono come voi due.»

«Posso sempre leggere per te» propose Casteel. «Ho ancora un certo diario con me. C'è un capitolo che di sicuro ti interesserà, in cui la signorina Willa si sdraia per dormire come noi e...»

«No. Proprio no.» Chiusi gli occhi. «Non è necessario.»

Casteel sembrava essersi avvicinato. Sentivo la sua gamba premere contro la mia. «Sicura?»

«Sì.»

Lui fece una risata sommessa, ma io non osai aprire bocca. Di sicuro sarebbe stato capace di andare a prendere quel maledetto diario e mettersi a leggere con la sua supervista atlantiana. Perciò, rimasi sdraiata lì. Non so quanto tempo passò prima che mi addormentassi, ma a un certo punto dovette accadere, perché di colpo mi accorsi di provare molto caldo. Ogni parte del mio corpo era riuscita non so come a sfuggire al freddo della montagna. Ogni parte...

Lentamente, compresi perché avessi così caldo. Mi ero voltata verso Casteel nel sonno. Lui era sdraiato sulla schiena, ma io mi ero praticamente arrampicata su di lui. Avevo la testa posata nell'incavo tra la sua spalla e il petto. Una delle gambe abbandonata sopra le sue. La parte anteriore del corpo incollata al suo fianco. Intorno alla spalla, avevo una delle sue mani.

Ma non era solo per quello che mi sentivo così. Qualcosa di caldo mi premeva anche contro la schiena. Un braccio pesante era posato sulla mia vita e una gamba si era infilata tra le mie.

Mi ero voltata verso Casteel nel sonno, ma anche Kieran lo aveva fatto, come se Casteel fosse un magnete che attirava entrambi.

Rimasi lì, con il cuore che batteva forte, senza sapere che cosa fare. Dovevo destarli? Scrollarmi Kieran di dosso? Avevo la sensazione che se lo avessi fatto li avrei svegliati, e l'ultima cosa che volevo era che Kieran scoprisse che... che noi tre ci eravamo accoccolati insieme.

Erano entrambi caldissimi, e in questo non c'era nulla di licenzioso. Be', il modo in cui ero mezza stesa su Casteel non era precisamente innocente, ma Kieran aveva fatto quello che molto probabilmente avrebbe fatto chiunque. Nel sonno, aveva cercato calore, e non potevo proprio fargliene una colpa.

Non era innocente nemmeno il punto in cui avevo posato la mano, vergognosamente in basso sullo stomaco di Casteel. Lo sapevo perché sentivo i bottoni dei suoi pantaloni contro il palmo. Dubitavo che sarebbe rimasto addormentato se avessi mosso le dita qualche centimetro più in basso. Quella consapevolezza mi riempì la testa di un sacco di cose a cui proprio non avrei dovuto pensare in quel momento, per esempio quello che avevamo fatto nella carrozza... in camera da letto, nella caverna.

Mi diedi mentalmente un pugno e allontanai la mano da quell'affascinante parte di Casteel, cercando di non concentrarmi su quanto fosse scolpito il suo basso ventre o su come la sua pelle sembrasse bruciare attraverso i vestiti...

Casteel piegò il braccio, stringendomi la spalla e attirandomi più vicina. Il suo movimento indusse anche Kieran a spostarsi, e mi mancò il fiato quando il Wolven si mosse. Il cuore mi batteva come quello di un uccellino in trappola. Una coscia muscolosa e slanciata si insinuò tra le mie, premendomi contro. Non sapevo se fosse quella di Casteel o di Kieran.

Cento diversi pensieri ed emozioni mi esplosero dentro, così tanti, così rapidi, che non riuscii a trarne un senso.

Nessuno dei due tuttavia si svegliò, perciò rimasi là e la mia mente riprese a vagare, senza inseguire pensieri tristi o che avrebbero reso ancora più imbarazzante quella sistemazione per la notte.

Finsi.

Ma non come avevo fatto con Casteel. Finsi che mio fratello fosse ancora un mortale, così come Tawny. Che il fratello di Casteel fosse libero, e che gli Ascesi non esistessero. Finsi che il giorno dopo sarei arrivata in un regno in cui ero la benvenuta, presso un re e una regina che mi avrebbero accolta a braccia aperte. Finsi che Casteel e io fossimo all'inizio di una vita insieme, una vita lunga e felice e non una che mi sembrava potesse concludersi da un momento all'altro. Finsi che fossimo entrambi anziani, e io fossi ancora abbastanza avventata, abbastanza coraggiosa da permettermi di provare sentimenti, di fare esperienze e di vivere senza che il passato gettasse un'ombra su ogni mia scelta. O senza che il futuro incombesse su ogni decisione.

Finsi che fossimo sempre esistiti nel momento presente e... *avessimo vissuto.*

Alla fine, il calore che entrambi irradiavano, l'alzarsi e l'abbassarsi profondo e regolare dei loro petti, mi cullarono fino a farmi addormentare. A un certo punto oscillai di nuovo ai margini del sonno, attirata da un sussurro. Un richiamo. Un nome.

«*Poppy...*»

43

Riconoscere quella voce mi lasciò paralizzata. Era una voce che non potevo rievocare dagli abissi della mia immaginazione, per quanto mi sforzassi.

Eppure era lui... a chiamarmi era la voce di mio padre.

Aprii gli occhi nell'oscurità densa di nebbia e vidi... la luce dorata di una lampada. Mi resi conto di non essere sveglia.

Ero di nuovo là, scagliata in quella notte che terminava in urla intrise di sangue.

«*Fiorellino, Poppy, lo so che sei qui. Vieni*» chiamava. «*Devi venire da me, fiorellino.*»

Con il petto in tumulto, seguii il suono della sua voce, muovendo le labbra. Ma la mia voce sembrava molto più giovane. «*Papà? Ti stavo cercando.*»

«*Mi hai trovato, come sempre.*» Le ombre pulsavano e si addensavano di fronte a me, diventando una forma. Era alto, la persona più alta che conoscevo. «*Non dovresti stare quaggiù, piccola.*»

Alzai lo sguardo, come per fissarlo, ma per quanto lo desiderassi non riuscivo a vedere chiaramente il suo viso. «*Volevo venire con te, papà. Non sono spaventata.*» Ma invece lo ero. Tremavo, e mi faceva male il pancino.

«Sei proprio coraggiosa, ma non dovresti stare quaggiù.» Si inginocchiò, e occhi uguali ai miei occuparono tutto il mio mondo. *«Dov'è tuo fratello?»*

«Con quella donna che aveva i biscotti, ma io volevo stare con te e...»

«Non puoi venire con me.» Mani fredde mi si posarono sulle spalle, e il suo volto si fece più definito. La mascella squadrata non veniva rasata da diversi giorni: mia madre aveva l'abitudine di lamentarsi di quella barba, ma l'avevo vista carezzarla con le dita quando pensava che io e Ian non stessimo guardando. Sopra la mascella, un naso dritto, sopracciglia castane e occhi del colore dei pini. *«Devi restare qui e tenere al sicuro tua madre e tuo fratello.»*

«È lei?» chiese un'altra voce dall'oscurità. Una voce sconosciuta, eppure vagamente familiare.

«È mia figlia» rispose mio padre lanciando un'occhiata sopra la sua spalla. Poi mi sorrise, ma era un sorriso strano. Troppo tirato. *«Lei non sa.»*

«Comprendo.»

L'altra voce continuava a sembrarmi familiare, ma non capivo di che cosa stessero parlando: tutto quello che sapevo era che mio padre stava per andarsene e io non volevo che lo facesse.

«Grazioso fiorellino.» Le mani fredde mi toccarono le guance. *«Grazioso, piccolo papavero.»* Mio padre si chinò per baciarmi sulla sommità del cranio. *«Sei più preziosa di tutte le stelle del cielo.»*

Mi mancò il respiro. *«E tu di tutti i pesci del mare.»*

«Ecco la mia bambina.» Da fuori arrivarono urla e lui si voltò per chiamare mia madre: *«Cora?»*. Nessun altro la chiamava con quel nome.

La vidi scivolare fuori dalle ombre, con un'espressione addolorata sul volto. Mi prese la mano tra le dita gelide. *«Avresti dovuto sapere che lei ci avrebbe trovati anche qui.*» I suoi occhi guardarono in lontananza, dove io non riuscivo a vedere. «*Ti fidi di lui?*»

«*Sì. Ci porterà in salvo.*»

Mio padre tornò a voltarsi verso di me. «*Resta con tua madre, piccola.*» Mi toccò di nuovo il viso. Le sue mani erano così fredde. «*Resta con lei e trova tuo fratello. Tornerò presto a prendervi.*»

La nebbia avanzò per inghiottirlo e i suoi contorni si fecero sfocati. Udivo ancora la sua voce, ma non riuscivo più a decifrarla. Feci per andargli dietro. Perché sapevo che non sarebbe più tornato...

«*Non guardare, Poppy. Non guardare lì*» sussurrò mia madre strattonandomi per la mano. «*Dobbiamo nasconderci. Svelta.*»

Cercai di guardarmi intorno, confusa, mentre lei mi guidava in quel vuoto in movimento. «*Voglio papà...*»

«*Shhh. Non dobbiamo fare rumore. Dobbiamo fare silenzio, così papà potrà ritrovarci.*» Le arrancai dietro, e quando lei si fermò persi l'equilibrio. «*Entra, Poppy. Devi entrare qui e stare zitta zitta, d'accordo? Devi essere silenziosa come un topolino, qualunque cosa succeda. Hai capito?*»

Scossi la testa. «*Voglio rimanere con te.*»

«*Sarò proprio qui.*» Le sue mani umide e fredde toccarono le mie. «*Ma ora ho bisogno che tu faccia la bambina grande e mi ascolti: devi nasconderti...*» Giunse un suono, un grido che fece... scomparire mia madre per un attimo. «*Devi lasciarmi, piccola. Devi nasconderti, Poppy...*» Mia madre restò immobile, e il tempo sembrò fare la stessa cosa mentre ci fissavamo negli occhi. La sua pelle si assottigliò, rivelando la delicata struttura ossea che c'era sotto. Arretrai.

«*Mi dispiace...*» sussurrò una voce.

Qualcosa strattonò mia madre via da me. Tentai di seguirla, ma era troppo tardi: non c'era nient'altro che nebbia, e tutto quel che restava di lei era la sua voce. «*Come hai potuto?*»

«*Mamma?*» sussurrai. Cercai ancora di avanzare. Non riuscivo a capire che cosa stesse dicendo.

Che grazioso papavero
è la piccola Poppy.
Ma se lo cogli sanguinerà
e la piccola Poppy
graziosa più non sarà.

Una mano si chiuse sul mio braccio, una mano dalla pelle più pallida della mia e macchiata di rosso. Le foglie mandarono un rumore simile a ossa che sbattevano e l'aria si riempì di un rombo sordo. La figura che mi strattonava era avvolta da ombre e i suoi contorni tenebrosi sembravano riversarmisi addosso... Incespicai, e l'orlo del suo mantello nero mi avviluppò. Anche lui era alto, ma la sua faccia non era altro che una voce avvolta dalla stoffa.

Dovevo vederlo in volto. Dovevo... Fui spinta indietro, verso le urla e gli ululati. E la nebbia... la nebbia era tutto intorno a me, e dentro di me. Cominciai a dissolvermi, il rombo che saliva dal terreno sotto di me crebbe e una voce... una voce che suonava come oro liquido e campane a vento sussurrò più volte: «*Fermati, fermati, fermati...*».

Ma io non potevo fermarmi: dovevo vederlo in volto. L'uomo dal mantello nero scivolò via, come un ricordo che mi sfuggiva dalle dita, e io lo seguii, perché era importante. Quel ricordo era importante. Perché c'era qualcuno lì insieme a mia madre, qualcuno che non voleva essere visto. Barcollai in avanti...

«Poppy!» La voce esplose come lo schianto di un fulmine, e io mi destai di colpo.

Di fronte a me la nebbia si era addensata in una parete che turbinava senza sosta. Al suo interno scintillavano frammenti d'oro.

«Non avanzare oltre» sussurrò la voce, un suono così puro che il solo udirlo era quasi intollerabile. «Quello che cerchi, qui non lo troverai.»

«Fermati.» La nebbia si solidificò, prese forma e divenne ancor più dorata. E alta. Ed era una *donna*. Onde di capelli del colore del fuoco si intrecciavano le une alle altre. Intravidi un volto sfocato, ma occhi che sembravano argento fuso mi bruciarono attraverso la nebbia, trapassandomi. «Torna a casa. Prendi quello che ti appartiene, e là troverai quello che cerchi. La verità. *Torna a casa.*»

«Chi sei?» chiesi in un sussurro. «Chi...»

Senza preavviso un braccio mi circondò la vita e mi tirò indietro, contro un petto solido e caldo. Sentii un profumo di pino e spezie, i miei piedi si staccarono da terra finché io e la persona dietro di me piombammo entrambi al suolo.

«Poppy. Oh dei, Poppy.» Mi ritrovai in braccio a Casteel, che mi fece girare e mi toccò una guancia. Aveva il respiro affannoso, il suo petto si alzava e si abbassava rapido e riccioli di nebbia aleggiavano davanti al suo viso, fin troppo pallido. «Santi numi, Poppy, che cosa stavi facendo?»

«Io non...» Mi guardai intorno, ma non vidi altro che nebbia fitta e Kieran che ci osservava da sopra, affannato non meno di Casteel. La confusione mi fece rabbrividire.

Casteel iniziò a scuotermi. «Che diavolo stavi facendo?» chiese di nuovo. Il suo respiro formava nuvolette fugaci nell'aria fredda. «Avresti potuto... Potevi finire in pezzi, Poppy. E io non sarei mai riuscito a rimetterti insieme.»

Non riuscivo a capire di che cosa stesse parlando, ma sembrava... qualcosa che non avevo mai visto prima di allora: *terrorizzato*. Aveva gli occhi così sbarrati e scintillanti che erano visibili anche nella nebbia, e tutte le superfici piane e gli angoli del suo viso erano tesissimi.

Mi circondò le guance con le mani guantate. «Ti avevo detto di non allontanarti.»

«Io non... non mi sono allontanata. Dormivo... Stavo sognando. Ho sentito... mio padre che mi chiamava per nome...»

«Dannata nebbia» ringhiò Kieran agitando rabbiosamente una mano nell'aria biancastra.

«No. *No.* Era un sogno, ma sembrava così reale. Voglio dire... erano frammenti della notte in cui ci attaccarono i Craven. Ma alla fine c'era... c'era qualcun altro.» Cercai di alzarmi ma Casteel mi trattenne. «Portava un mantello nero, ed era là quella notte.» Mi divincolai nella sua stretta. «Ho tentato di vederlo in volto. Se lo avessi visto, so che lo avrei riconosciuto. Ho solo...»

Rimasi a labbra aperte a fissare il vuoto. Un vuoto che non era semplice assenza di luce: era una *fine*. Un vasto nulla che aspettava oltre l'orlo di un... dirupo.

«Oh dei.» Rabbrividii, rendendomi conto di quanto ero arrivata vicina al gettarmi letteralmente nel *nulla*.

«È stata la nebbia» disse Casteel con voce gentile, facendomi riportare lo sguardo su di lui.

«Lei mi ha fermata» sussurrai.

«Che cosa?»

«Non l'hai vista? Mi ha fermata. Oh dei.»

Casteel passò il pollice sulla mia guancia, lungo la linea della cicatrice. «Non c'era nessun altro qui. Solo tu e la nebbia.»

«No. C'era qualcun altro.» Scrutai dietro di me, verso il vuoto. «Ho sentito la sua voce. Continuava a dirmi di fermarmi. E poi mi è apparsa davanti.» Guardai di nuovo Casteel. «Era proprio *lì*, dove non c'è... dove non c'è niente. Mi ha detto di non avanzare oltre. Che la verità non era qui. Mi ha detto di andare a casa e di...» Cominciai a tremare incontrollabilmente. «Di prendere quello che mi appartiene. E che se lo avessi fatto avrei saputo la verità.»

«È tutto a posto» mi rassicurò Casteel, ma l'occhiata che gli vidi scambiare con Kieran diceva il contrario. «Torniamo all'accampamento.»

«Non l'avete vista?»

«No, principessa.» Casteel mi baciò la fronte. «Ho visto solo te sul punto di...» Si interruppe. «C'eri solo tu qui.»

Mentre mi aiutava ad alzarmi, mi resi conto che quel sogno aveva fatto scostare le coltri del tempo, per rivelare frammenti di memoria rimasti sepolti sotto il trauma. C'era stato qualcuno lì con me, ne ero certa. Qualcuno o *qualcosa* mi aveva impedito di precipitare dalla montagna.

Ci avviammo verso l'accampamento...

E il rombo che avevo sentito poco prima risuonò di nuovo, questa volta più forte. Kieran imprecò, Casteel scattò verso di me e prima che potessi pronunciare una sola parola mi sollevò e partì di corsa. Non si fermò finché non perse l'equilibrio: in quel momento la nebbia si aprì e al mio cuore mancò un battito. La stretta di Casteel si serrò più forte su di me mentre barcollavamo addosso a Kieran, che mi afferrò – anzi ci afferrò entrambi – e tutti e tre ci stringemmo contro un albero che vibrava come un sonaglio per bambini. Una cascata di foglie dorate ci piovve addosso e coprì il terreno che gemeva e sobbalzava.

«Che sta succedendo?» ansimai, aggrappata con una mano al mantello di Casteel e con l'altra a quello di Kieran. Casteel si voltò per rispondermi, ma il rombo coprì la sua voce. Sembrava quasi che la montagna stesse per spalancarsi da un momento all'altro e inghiottirci interi. Fissai Casteel negli occhi e il cuore parve esplodermi in gola.

E poi il rombo terminò. Le foglie smisero di cadere, gli alberi si calmarono e il terreno cessò di agitarsi.

«È finita?» chiesi in un sussurro dopo alcuni secondi di silenzio.

«Credo di sì.» Casteel deglutì, spostò lo sguardo su Kieran che si stava rimettendo in piedi alle mie spalle, poi lo riportò su di me. «Chi hai detto di avere visto? La persona che ti ha fermata.»

«Non so chi fosse. Sembrava una donna. Perché?»

«Quella che hai visto era una divinità» ripose Kieran con voce arrochita. «Che tornava al luogo di riposo degli dei.»

La magia della nebbia si dissolse quando ci eravamo messi in viaggio da neanche un'ora per uscire dalle Montagne di Skotos. Scendemmo sotto un baldacchino dorato, formato dalle chiome degli alberi di Aios. A un certo punto mi tolsi i guanti, e dopo un paio d'ore presi in considerazione l'idea di togliere anche il mantello. La temperatura che si faceva sempre più mite avrebbe dovuto avere un effetto positivo anche sul mio umore, ma non riuscivo a smettere di pensare al dirupo avvolto nella nebbia.

Non avevo idea di chi fosse l'uomo con il mantello nero nel mio sogno, né se le sue parole fossero un ricordo vero o solo un'allucinazione. Più tempo passava, più la seconda mi sembrava la spiegazione più logica: non avevo mai avuto episodi di sonnambulismo in passato, e non ricordavo di essermi alzata. La magia della montagna doveva avere agito su di me. Eppure era altrettanto vero che qualcuno, o qualcosa, mi aveva impedito di precipitare. E secondo Kieran si era trattato di Aios in persona.

Lanciai un'occhiata agli alberi dorati. Poteva essere vero? Una dea? Sembrava letteralmente impossibile da credere.

«Hai fame?» mi chiese Kieran, distogliendomi dai miei pensieri.

Me lo aveva chiesto anche Casteel non più di una mezz'ora prima, ma nello stomaco avevo così tanti nodi che l'idea di mangiare qualcos'altro, oltre alle poche fette di pancetta che mi avevano offerto quella mattina, mi pareva inconcepibile.

«Se vuoi qualcosa da bere, devi solo dirmelo» aggiunse Casteel, e io annuii.

Era tutta la mattina che tentavano entrambi di farmi fare conversazione o di somministrarmi cibo o bevande... ma la mia mente era troppo lontana, persa contemporaneamente nel passato e nel futuro.

«Stavo pensando» annunciò Casteel poco dopo, «che quando arriveremo ad Atlantia dovremo riprendere le tue lezioni di equitazione. Te ne servirà più di una se progetti di entrare a cavallo nella capitale di Solis.»

Ebbi un brivido di emozione. «Sì, mi piacerebbe molto.»

«Sono sicuro piacerebbe anche a Setti.» Casteel guidò il cavallo lungo una curva stretta. «Probabilmente si aspetta di continuare a vederti ogni settimana. Semmai sarò io quello poco contento, dato che mi piace averti dove sei ora.»

«Spero dal profondo del cuore che voi due non vi trasformerete in una di quelle coppiette che passano il tempo a scambiarsi sottovoce frasi senza senso» bofonchiò Kieran.

Alzai le sopracciglia.

«Da quando siamo sposati mi ha detto di chiudere il becco già... quante volte? E credo mi abbia anche minacciato di prendermi a pugni, o a coltellate.»

Non ricordavo nulla di tutto ciò.

«Bene» commentò Kieran. «Queste almeno sono buone notizie.»

«Ma mi sentirai comunque dire cose sottovoce.» Casteel mi sfiorò con le labbra il segno del morso in via di guarigione. «Cose assolutamente irripetibili.»

«Piantala» feci.

Casteel rise e mi strinse più forte, ma notai lo sguardo di Kieran che passava da me a lui e sentii dietro di me il principe che annuiva. Kieran accelerò, andando avanti, finché fu così lontano che riuscivo appena a distinguere tra gli alberi la sua sagoma e quella del suo cavallo. Mi irrigidii. Non poteva esserci altro motivo per quel gesto se non l'intenzione di lasciarci soli.

Continuammo in silenzio per un paio di minuti, poi Casteel disse: «Quello che è accaduto ieri notte non è colpa tua. È stata la nebbia. Qualcosa ha innescato la sua reazione, e si è scatenata su di te. Non avrei dovuto sgridarti, dopo. Mi dispiace».

La sincerità della sua voce mi sorprese al punto da farmi voltare per guardarlo in faccia. «Non mi hai sgridata. Eri solo...»

«Ero cosa?»

«Spaventato. Eri solo spaventato.»

«Spaventato? Proprio no. Ero letteralmente terrorizzato» ammise. «Quando ci siamo accorti che non c'eri più, abbiamo capito subito che cercarti nella nebbia non sarebbe stata una passeggiata. E non lo so nemmeno io come abbiamo fatto a ritrovarti tanto in fretta, ma grazie agli dei è andata così.» Rise, con voce secca. «Forse gli dei hanno veramente qualcosa a che fare con quello che è successo.»

«Secondo te ho visto veramente Aios?»

«Sinceramente?» Il suo respiro mi sfiorò la guancia. «Ci siamo accorti tutti che la terra tremava, e Nyktos ci ha mostrato la sua approvazione. A quanto pare a loro piaci, principessa.»

Sporsi il labbro inferiore. «So che non credi che il mio sogno fosse reale...»

«Non ho affatto detto questo. Credo che la nebbia si sia insinuata nella tua mente, ma ciò non significa che quel che hai visto non possa essere un ricordo autentico. Forse era vero, forse era provocato dalla nebbia. Forse un misto delle due cose. In ogni caso, quello che è successo non è stata colpa tua.»

«Sì, ma né tu né Kieran siete andati vicini a lanciarvi in un baratro.»

«Questo non vuol dire che la nebbia non abbia influenzato anche noi.»

«Lo ha fatto?»

Casteel rimase in silenzio per un po'. «Ho fatto strani sogni ieri notte» disse infine.

«Strani come?»

Questa volta il silenzio si prolungò. «Ho sognato... te nella gabbia in cui avevano tenuto prigioniero me.»

Mi sprofondò lo stomaco. «Oh.»

«E io... non riuscivo a liberarti.» Si spostò dietro di me come se fosse scomodo, e d'improvviso desiderai che fossimo faccia a faccia.

Provai la sensazione che il cuore mi si torcesse nel petto. «Non accadrà nulla di simile.»

«Lo so. Ma la nebbia ha comunque fatto leva sulle mie paure.» Mi strinse il fianco con la mano. «E mi ha convinto del contrario. È per questo che mi sono svegliato senza fiato, incapace di crederci, e ho visto che tu non c'eri più.»

Il pensiero che la nebbia potesse indurgli un sogno del genere mi lasciava perplessa e inquieta.

«Kieran si è svegliato più o meno nello stesso momento, come se fosse anche lui inseguito dai suoi fantasmi personali. Quello che credo è che la nebbia abbia agito su di noi nei nostri sogni, ed è per questo che non ci siamo accorti che te ne eri andata.»

Era per quella stessa ragione che nessuno dei due sembrava consapevole che avessimo dormito stretti gli uni agli altri all'inizio della notte?

«Insomma, l'effetto della nebbia non era mirato solo su di te, e la tua suscettibilità al suo potere non è colpa tua. Sono io, semmai, che avrei dovuto essere più cauto. Avrei dovuto prevedere che potesse accadere una cosa del genere.»

«A me sembra che avessi già abbastanza di cui doverti occupare.»

«Non è una buona scusa. Dovevo avere un maggior controllo della situazione.»

Gli lanciai un'occhiata da sopra la spalla e colsi il contorno duro della sua mascella. «A parte le tue pulsioni, non puoi avere il controllo di tutto.»

«E chi lo dice?»

«Lo dico io.»

Lui fece un ghigno. «Be', su questo devo darti ragione. Per esempio, non posso controllare *te*. E sospetto che, se potessi, la vita sarebbe molto più facile. A essere sincero, però, non voglio nemmeno fare la prova. Tu fa' in modo che le cose siano sempre... intriganti.»

Lui e quella maledetta parola. Gli diedi le spalle e incurvai le labbra.

«Principessa?»

«Che c'è?»

«L'ho visto, sai? Quel sorrisetto.» Casteel si chinò in avanti e affondò il mento contro il mio collo. «Perché mi nascondi ancora i tuoi sorrisi, ogni tanto?» Tornò a sedere e sentii il suo petto gonfiarsi in un lungo respiro. «Hai un bellissimo sorriso. E una bellissima risata. E anche se non ti ho mai sentita ridere spesso, quando lo fai...»

Chiusi gli occhi.

«Quando lo fai è come il momento in cui quella maledetta nebbia si è diradata. Come quando i primi raggi di sole bucano le nubi dopo una pioggia pesante.» Casteel stava parlando senza la minima traccia di imbarazzo. «La tua risata è bella quanto il tuo sorriso. E ricordi quando ti ho detto che sentirne il suono mi dava un senso di familiarità? Non mentivo.»

Emisi un respiro tremante e riaprii gli occhi. Adesso le foglie color oro sembravano scintillare ancora più di prima. «Io... non so perché ogni tanto lo faccio ancora. E non so dire se lo facessi anche prima di incontrare te. Il duca diceva sempre che né ridere né sorridere sono cose che si addicono alla Vergine.»

«Se potessi, mi piacerebbe ucciderlo di nuovo.»

«Anche a me.»

Proseguimmo il viaggio per un po'. Kieran era sempre avanti, troppo lontano per vederlo bene.

Continuai a riflettere su quello che avevo visto durante la notte e su quello che riuscivo effettivamente a rammentare. «Ti ricordi la notte in cui mi hai sentita recitare quella poesiola inquietante nel sonno?»

«Non è una cosa che si dimentica facilmente» fu la sua risposta secca.

«Me la recitava sempre mio padre.»

Lo sentii irrigidirsi dietro di me. «Come, scusa?»

«No, non la parte finale... la parte sul cogliere il fiore e guardarlo sanguinare. Continuo a non ricordare chi l'abbia detto. Forse il duca, o forse qualche parte perversa di me stessa. Non lo so. Ma la prima parte, quella sul grazioso papavero... non me la ricordavo più: era una cosa che mi diceva lui. Come avevo fatto a dimenticarmene?»

La sua stretta si intensificò. «Non lo so, ma i brutti ricordi sembrano sempre restare nella nostra mente con molta più forza di quelli belli.»

Era quella la verità?

«Sognavi tuo padre?»

«Sì. Ho ricordato di averlo trovato, quella notte. O almeno credo di averlo trovato.» Corrugai la fronte. «No, sono certa che sia successo davvero. Lo stavo cercando: è così che mia madre ha trovato me. Lui la chiamava sempre Cora.» Ecco un'altra cosa che avevo dimenticato.

«Non si chiamava così?»

«Si chiamava Coralena.»

«È un bel nome» disse Casteel, ed era vero. «E tuo padre? Qual era il suo nome?»

«Non lo sai?»

«No. All'inizio sapevo solo che tu ti chiamavi Penellaphe, e scoprire che avevi un fratello è stato difficilissimo. Solo a quel punto ho scoperto anche il tuo cognome. A essere sinceri, non ho fatto particolari ricerche sui tuoi genitori: non mi è sembrato necessario.»

«Anche se lo avessi fatto, dubito che ne avresti cavato l'informazione che... sono mezza Atlantiana.» Continuava a suonare strano dirlo. «Mio padre si chiamava Leopold, ma mia madre lo chiamava Leo o... Leone.»

«Leone» ripeté Casteel. «Mi piace. E in effetti ha avuto per figlia una leonessa.»

Sorrisi, e seppi che lui se n'era accorto perché mi posò un bacio sull'angolo della bocca. Mi fece l'effetto di un *grazie*.

Mi strinse ancora una volta. «Tornando agli dei che sembrano avere particolare simpatia per te: Nyktos ci ha praticamente dato la sua benedizione, e se quella che hai visto era Aios – e potrebbe esserlo sul serio – significa che si è svegliata al preciso scopo di aiutarti.» C'era sincera meraviglia nella sua voce. «Voglio dirlo ancora una volta, principessa: una dea si è destata da un sonno durato centinaia di anni per proteggere te. Da che ho memoria, non era mai accaduta una cosa del genere.»

Il mio battito accelerò. «Perché ora, dunque? Perché gli dei dovrebbero scomodarsi per me?» Non appena fatta quella domanda, mi tornarono in mente le parole della duchessa: *Tu sei la Prescelta.* Ma la duchessa aveva sempre e solo mentito. «Io non sono nulla di speciale.»

«Su questo punto permettimi di dissentire» replicò Casteel. «Sei speciale per me, e lo sei per i Regni di Atlantia e Solis. Tu e io insieme possiamo cambiare tanto il presente quanto il futuro. Non è questa la sola ragione che ti rende speciale, ma potrebbe essere quella che ha catturato l'attenzione degli dei dormienti.» Prese la mia mano sinistra nella sua. I nostri palmi marchiati si unirono, e ci fu quella strana scarica di energia. «Gli dei ti favoriscono. E questa, comunque la si voglia guardare, è una buona notizia, Poppy.»

Intrecciai le dita alle sue. «Se gli dei mi hanno accolta, come potranno non farlo i tuoi genitori? Come potrà non...» Faticai a continuare. «Come potrà non farlo la nostra gente?»

«Esatto» rispose lui, baciandomi la guancia.

E, per la prima volta da quando tutto era iniziato, vidi un barlume di speranza. La speranza concreta di poter essere accolta dalla sua famiglia e dal suo popolo. La speranza che sarebbero stati al nostro fianco, quando saremmo tornati a Solis per riconquistare terre e liberare il fratello di Casteel. La speranza che sarebbero rimasti dalla nostra parte anche dopo il nostro ritorno. E che un giorno io sarei stata qualcosa di più di una principessa.

Mi sentivo leggera, pervasa da un senso di calore che nessun gelo del passato avrebbe più potuto sconfiggere.

Accelerammo fino a raggiungere Kieran, e di lì a poco le foglie dorate bagnate di sole lasciarono il posto a chiome di un verde lussureggiante. In quel momento capii che avevamo superato le montagne e ora stavamo raggiungendo il vero confine del Regno di Atlantia.

Roccia d'Oro era esattamente come me l'ero immaginata: un enorme macigno rotondo che scintillava di luce dorata.

Jasper e altri due gruppi erano già lì: Quentyn ci salutò da lontano appena ci vide.

«Felice di vedere che ce l'hai fatta.» Emil fece un inchino dalla sella. «E anche tu.» L'ultima frase era rivolta a me, e ripensai subito alla gelosia di Casteel. Trattenni un sorrisetto.

«E per me, nemmeno una parola?» fece Kieran smontando da cavallo.

«Dovrei mentire e dire che sono emozionato di averti qui

davanti a me?» fu la risposta dell'Atlantiano, che comunque aveva un ghigno sulla faccia.

«Ti dirò, Emil: renderebbe completa la mia vita.»

«Naill e Delano non sono ancora arrivati?» chiese Casteel, smontando a sua volta e aiutandomi a fare lo stesso. «Mi aspettavo che sarebbero arrivati tutti prima di noi.»

«Non li abbiamo ancora visti» rispose Jasper. Era appoggiato alla Roccia e aveva l'aria stanca. «Io, invece, pensavo che sareste stati voi ad arrivare qui prima di noi.»

«Ah sì?»

Jasper annuì e nascose uno sbadiglio con la mano. «Non vedo l'ora di rifare amicizia con il mio letto» sospirò, mentre io cominciavo a slacciarmi il mantello. «In ogni caso, spero che almeno la vostra sia stata una notte tranquilla.»

«Non è successo nulla di interessante» rispose Casteel incontrando il mio sguardo. Mi scostò le mani e prese ad armeggiare con i minuscoli bottoni. Provai un gran senso di gratitudine, non perché mi stesse aiutando a togliermi il mantello, ma perché non aveva fatto parola degli avvenimenti della notte. «E voi?»

«Strani sogni» borbottò Jasper squadrandoci a uno a uno... e fermandosi su di me.

«Magari fosse stato solo quello» commentò Emil arrotolandosi le maniche della tunica. «Immagino che lo abbiate sentito anche voi... la montagna intera che si scuoteva ieri notte.»

Casteel annuì, ma non aggiunse altro. Mi sentivo addosso lo sguardo di Jasper – quello di tutti i Wolven presenti, a dire il vero – mentre lui ripiegava il mio mantello e lo riponeva in una delle sacche da sella. Poi arrivò anche il resto del gruppo: nessuno sembrava avere dormito granché bene, ed era strano vedere Beckett nella sua forma umana e con un'aria così provata. Riprendemmo il viaggio.

Le radure sparse lasciarono il posto a morbide colline di

un verde vibrante, e dopo un po' mi dispiacque davvero di non essermi potuta cambiare con qualcosa di più adatto al clima, come la mia tunica senza maniche.

Mi spazzai via dalla fronte un velo sottile di sudore con la mano. «Ma fa sempre così caldo? Non che mi dispiaccia, beninteso.»

«Qui, vicino al mare, fa caldo» rispose Casteel, e io mi guardai intorno alla ricerca dell'acqua. «Ma nell'entroterra, vicino alle Montagne di Nyktos, il clima è più temperato e le stagioni più definite.»

Stavo per chiedere dove fosse il mare, quando le vidi.

Slanciate, candide colonne di pietra scintillante, così alte nel cielo che, se in quel momento ci fossero state nuvole, le avrebbero superate. Provai nel petto una sensazione che mi tolse il respiro.

«Sono i Pilastri di Atlantia?» chiesi.

«Sì» rispose Casteel sottovoce, nel mio orecchio.

A mano a mano che ci avvicinavamo mi sentii invadere da una meraviglia così grande che superava persino la curiosità. Sui Pilastri si scorgevano segni evanescenti, caratteri di una scrittura che non avevo mai visto prima. Le colonne non erano lì solo a marcare un confine o il luogo di sepoltura di Theon e Lailah: erano collegate a una muraglia fatta della stessa pietra bianca, forse marmo o pietra calcarea. Sembrava alta quanto un'Alzata, e si estendeva al di là dei limiti della mia vista. Varcammo la collina, e finalmente vidi quello che ci attendeva nello spazio tra i due Pilastri. Mi venne la pelle d'oca e una sorta di vibrazione percorse le mie vene, come l'eco di un antico inno.

Il mento di Casteel mi sfiorò il collo, seguito dalle sue labbra. «Bentornata a casa, principessa.»

44

Casa.

Era questo che la voce aveva voluto dire, la notte prima? Era davvero casa?

Non mi ero mai resa conto di volere così tanto che lo fosse.

Passammo attraverso i Pilastri, e io osservai ciò che avevo davanti con sguardo incredulo e cuore in tumulto.

La prima cosa che notai furono le persone che stavano di fianco alle mura, appena oltre i Pilastri. Come avrei potuto non vederle? Erano almeno un centinaio, vestite di nero, con pantaloni e tuniche senza maniche. Ai fianchi portavano spade dalle impugnature dorate. Sulla schiena, balestre come quella rimasta danneggiata durante lo scontro con il Clan delle Ossa. Non appena videro Casteel, lo riconobbero e si inchinarono una dopo l'altra in un'onda, ma furono quelle sui ballatoi soprastanti ad attirare la mia attenzione.

Donne.

Altre Guardiane. Si inginocchiarono in sequenza, portando il pugno sul cuore.

Sapevo di avere gli occhi sgranati. Sapevo che le stavo fissando, ma anche loro – gli uomini sotto e le donne sopra – avevano lo sguardo fisso su di noi. D'un tratto, desiderai di indossare ancora il mantello, anche se l'aria era calda. O di avere i capelli sciolti. Forse allora non mi sarei sentita così esposta, le cicatrici chiaramente visibili per quegli estranei.

Stranieri da... da cui volevo essere accolta.

Guardai di fronte a me, e a quel punto non pensai più alle cicatrici o alla loro accoglienza.

Alberi dalle rigogliose fronde verdi fiancheggiavano l'ampia strada, la cui superficie era più regolare di qualunque via avessi visto a Solis. Il lastricato era fatto di una sorta di pietra scura, che sembrava fusa insieme. Gli alberi componevano folte macchie di foresta lussureggiante, e più avanti...

Più avanti si stendeva la città, che assecondava l'andamento di valli e colline ed era grande il doppio di Carsodonia. Edifici bianchi e color sabbia scintillavano al sole, seguendo con grazia le curve del paesaggio, alcuni a pianta quadrata, altri circolare. Ce n'erano di alti e lucenti come torri, e di questi alcuni erano altrettanto larghi. Altri ancora, invece, non si sollevavano molto dal terreno. Mi ricordavano i Templi di Solis, ma non erano costruiti in modo da rispecchiare la notte, bensì per riflettere il sole... per adorarlo. Il tetto di ogni edificio che riuscivo a scorgere era verde. Sopra vi spuntavano alberi, dai lati spiovevano rampicanti, e da ogni parte si vedevano macchie di colore.

A differenza della capitale di Solis, dove la città era fatta di pietra e terra, gli edifici erano circondati da lampi di verde. Proprio come a Punta di Spessa, non c'erano edifici che sembravano ammassati gli uni sugli altri, affollati al punto da starci dentro a malapena. Almeno non per quanto potevo vedere da lontano.

Oltre la città, dove scaglie di bianco punteggiavano pascoli aperti, e superato il fitto bosco subito dopo, c'era una montagna che scompariva tra le nuvole. E sul fianco della montagna c'erano undici statue che dovevano essere alte quanto l'Ateneo di Masadonia. Ognuna reggeva con il braccio teso una torcia accesa e le fiamme bruciavano vivide sotto il sole del tramonto.

Erano gli dei – tutti insieme – che sorvegliavano e proteggevano la città.

Non riuscivo proprio a immaginare come fosse stato possibile costruire statue così grandi, in rilievo sulla montagna. O come avessero fatto ad accendere quelle torce, e come rimanessero accese.

«Approdo di Saion è splendida, vero?» Non c'era bisogno che Casteel me lo chiedesse. Era la città più bella che avessi mai visto, al punto che non riuscivo a figurarmi come dovesse essere la capitale. «Da qui il mare non si vede, ma si trova oltre gli alberi, alla nostra destra.»

Il mio cuore rievocò immagini di sabbia calda e aria salmastra, e io seguii lo sguardo di Casteel. Attraverso gli alberi vidi la cima di alcune colonne. «Lì che cosa c'è?»

«Le Camere di Nyktos» rispose. «Da là si vedono i Mari di Saion e le Isole di Bele» aggiunse. «E, sì, la Dea della Caccia riposa laggiù.»

«Ho un sacco di domande.»

«Questo non sorprende nessuno» commentò Kieran.

Delano rise e sollevò il viso, crogiolandosi al sole.

Il suono di una campana mi fece sobbalzare. Uno stormo di uccelli dalle vivaci piume verdi e azzurre si alzò in volo dagli alberi vicini, facendo frusciare le foglie. La campana rintoccò altre cinque volte.

Mi irrigidii. «Sta succedendo qualcosa?» Mi guardai intorno, ma nessuno pareva preoccupato. Io avevo sempre e solo sentito suonare le campane quando c'era un attacco o stava per accadere qualcosa.

Jasper mi sorrise. «Sta solo indicando l'ora. Sono le sei di sera» spiegò. «Suonerà a ogni ora fino a mezzanotte e poi riprenderà alle otto di domani mattina.»

«Oh.» Era una trovata intelligente. Guardai avanti e notai un cavaliere che si avvicinava.

Casteel rallentò il cavallo e Jasper disse: «Ecco il nostro comitato d'accoglienza».

«Chi è?» domandai.

«Alastir» mi rispose. «Probabilmente ci stava aspettando.»

Il consigliere del re e della regina arrivò nel giro di pochi minuti. Il sorriso addolciva la profonda cicatrice sulla sua fronte.

«Non immaginate quanto sia sollevato di vedervi. Tutti quanti» disse Alastir. Poi accadde una cosa molto strana.

Mi parve di sentire dita gelide sfiorarmi dietro il collo, facendomi rabbrividire. Dei, parlava proprio come Vikter, ma...

«Ditemi che ne è stato di Spessa.» Alastir condusse il cavallo di fianco al nostro e prese la mano di Casteel. «Ma devo avvisarti.» Abbassò la voce. «Tuo padre e tua madre sono qui, e il tuo arrivo è stato notato. Sanno che sei tornato a casa.»

Lo stomaco mi sprofondò molto più in basso dei piedi. Non avevo pensato di incontrare i suoi genitori così presto. Avrebbero dovuto trovarsi nella capitale.

Casteel era della mia stessa idea. «Che ci fanno qui?»

«Sono venuti appena hanno saputo che Spessa era in pericolo. Tuo padre stava per varcare la montagna, dannazione. L'ho rassicurato che le nostre armate ce l'avrebbero fatta...» La sua voce si spense quando scorse l'anello che Casteel portava alla mano sinistra. Alastir prese la mano del principe e la girò con il palmo rivolto verso l'alto. «L'avete fatto.» Si mosse sulla sella, e ispezionò anche la mia mano sinistra. Mi guardò negli occhi. «L'avete fatto davvero.»

«Sì» disse Casteel. «Proprio come ti avevamo detto.»

«Te lo sei perso» intervenne Jasper, e io colsi l'incredulità e la preoccupazione che irradiavano da Alastir. Il che non era una sorpresa. Avrebbe voluto che aspettassimo finché Casteel non avesse parlato con i suoi genitori. «Alla fine della cerimonia il giorno si è fatto notte. Nyktos ha dato la sua approvazione.»

Alastir batté le palpebre, incredulo. «Be', è... una buona notizia. Forse sarà d'aiuto, quando il re e la regina lo sapranno, ma ho bisogno di parlare con te, Casteel, in privato.»

«Qualsiasi cosa tu debba dirmi, puoi dirla di fronte a mia *moglie*» replicò Casteel, e il mio stomaco già instabile si ribaltò.

Moglie.

Perché era così sconvolgente sentire quella parola? La sorpresa, però, era piacevole.

«È una conversazione che riguarda il regno e, senza offesa, lei non è ancora parte della Corona» replicò Alastir. «Perciò non ha diritto a simili informazioni.»

Dietro di me Casteel si irrigidì. Capii che stava per controbattere, e l'ultima cosa che volevo era che i suoi genitori arrivassero e lo trovassero lì a litigare con Alastir su ciò che mi si poteva rivelare o meno.

«Va tutto bene. Nessuna offesa» dissi, dandogli un colpetto al braccio. «Vorrei comunque sgranchirmi un po' le gambe.»

Casteel non fu affatto contento, ma Beckett propose: «Potrei mostrarle le Camere di Nyktos. Non sono molto lontane da qui. Se sei interessata, naturalmente».

«Mi piacerebbe» acconsentii subito, aggrappandomi a quell'offerta come se fosse stata una cima di salvataggio. «Mi piacerebbe davvero.»

«Allora, è quello che farai» replicò Casteel.

Mentre Casteel smontava e mi aiutava a scendere, il cuore mi batteva così forte che non mi sarei sorpresa se fossi svenuta. Quanto sarebbe stato imbarazzante? Svenire per la prima volta... di fronte ai miei suoceri, uno dei quali era il re, colui che aveva ancora in mente di usarmi per mandare il suo messaggio.

Ma tutto questo sarebbe cambiato. Doveva cambiare. Non solo perché godevo del favore degli dei, ma perché quello che Casteel e io condividevamo era *reale*.

«Un secondo.» Casteel fece cenno a Beckett, mentre Quentyn si spostava accanto al giovane Wolven, poi mi fece allontanare un poco dagli altri, all'ombra di uno degli alberi vicini. «Mi dispiace» disse. «Non avevo idea che sarebbero stati qui. Speravo che avremmo avuto un po' di tempo, prima di presentarti. I miei piani erano questi.»

«Lo so, e sinceramente sono contenta che Alastir fosse qui ad avvisarci e che voglia parlarti. Mi darà del tempo per... non lo so.» Sentii avvampare le guance. «Prepararmi.»

«Non devi essere nervosa.»

«Davvero?» replicai ironica.

«Sto cercando di essere d'aiuto.» Sul suo volto apparve un mezzo sogghigno, che poi svanì. «Abbiamo affrontato cose ben più spaventose dei miei genitori, e affronteremo assai di peggio in futuro. Ricordati solo che questo» disse sollevando la mia mano sinistra e voltandola «è reale.» E aggiunse, facendo eco ai miei pensieri: «Quello che c'è tra noi due è reale. Sempre e comunque».

Fissai la spirale lucente sul mio palmo. «Sempre e comunque.»

Casteel piegò un dito e me lo posò sotto il mento, mi sollevò il viso e le sue labbra trovarono le mie. Mi baciò, e non fu un breve incontro di labbra. La gente guardava, ma Casteel se la prese comoda e quando alzò la testa sentii che stavo per svenire per una ragione del tutto diversa.

«Sempre e comunque» ripeté.

Annuii, mi allontanai e mi voltai verso Beckett, che mi aspettava spostando il peso da un piede all'altro.

«Poppy?»

Mi voltai verso Casteel e mi sentii il fiato bloccato in gola. Il modo in cui mi stava guardando, l'intensità di quegli ardenti occhi d'oro, mi inchiodarono sul posto. Quello che provavo per lui... aveva il sapore del cioccolato migliore e dei frutti di bosco più dolci.

Casteel sollevò il petto in un respiro irregolare. «Verrò a cercarti.»

Ti amo.

Era ciò che immaginavo Casteel avrebbe detto. Ciò che avevo percepito da lui, ma quelle parole non uscirono dalle sue labbra.

E nemmeno dalle mie.

Tuttavia, la mia delusione si trasformò presto in meraviglia mentre Beckett mi guidava tra gli alberi. Il Wolven non era stato il solito chiacchierone, ma comprendevo che fosse ancora cauto con me. Coglievo in lui una debole traccia di paura, e immaginavo che la sua offerta di portarmi alle Camere fosse stata una sfida da superare con se stesso.

Gli alberi erano animati dai richiami e dai cinguettii degli uccelli, ma, come aveva detto Beckett, le Camere non erano molto lontane. Lasciammo il bosco abbastanza in fretta.

L'edificio si stagliava contro l'azzurro intenso del cielo, marmo e pietra calcarea di un bianco splendente sotto il sole.

Attraversammo un praticello cosparso di fiorellini blu e gialli. Più mi avvicinavo, più mi rendevo conto di quanto fosse grande il Tempio. Era lungo quasi quanto il Castello di Teerman.

«Santi numi» dissi, guardando Beckett. «È enorme.»

Lui annuì, lanciandomi una rapida occhiata. «È uno dei templi più grandi che abbiamo qui.»

«Perché lo chiamate le Camere?» domandai mentre salivamo i ripidi gradini, grata per la distrazione. Gli ampi scalini erano coperti di rampicanti, che salivano su fino alla cima, per poi avvolgere le colonne.

«Perché sotto ci sono delle tombe.»

Quasi in cima, mi fermai e lo guardai. «Veramente?»

Lui fece una risatina nervosa. «Già. L'ingresso è su un lato. È lì che sono stati sepolti alcuni degli antichi... le divinità, voglio dire.»

«Scusami. Cimiteri e tombe mi mettono a disagio» ammisi, riprendendo la salita.

«Anche a me.» Mi rivolse un fugace sorriso. «Soprattutto queste. Si percepisce... non so, è come se coloro che vi sono sepolti ti osservassero.»

Quando giungemmo in cima, una brezza calda e salmastra ci sfiorò. Non sapevo da che parte guardare. Sui pavimenti di pietra era inciso lo Stemma Atlantiano, su cui erano sparpagliati sassolini e ciottoli assai più grandi.

Le statue degli dei, ciascuna con un braccio teso, erano situate tra le colonne. Nyktos era il più alto di tutti ed era posto al centro del tempio; le dita dei piedi sfioravano lo stemma. Tutti gli dei erano scolpiti in modo che il sole sorgesse alle loro spalle, e nelle mani di pietra reggevano torce, prive di fiamme e di vita.

Distolsi lo sguardo dalle statue e mi spostai su un lato dell'edificio. La bellezza di ciò che avevo di fronte agli occhi era stupefacente. Non avevo mai visto acqua così limpida. Lasciava intravedere con chiarezza l'azzurro vivace, il verde e perfino il corallo rosso sul fondo. Più lontano, dove l'acqua si faceva più profonda, era blu come il cielo. Sapevo che c'erano altre cose da ammirare, come gli alberi di Aios visibili dalle Camere, ma non riuscivo a staccare lo sguardo dal mare. Il mio respiro si fece calmo e regolare, e mi sembrò di non respirare così a fondo da... be', da sempre. Sbattei le palpebre e mi resi conto di avere le lacrime agli occhi. Normalmente non mi sarei commossa nel vedere uno specchio d'acqua, ma... questo mi faceva sentire a casa.

«Grazie per avermi guarito le gambe» disse Beckett, facendomi trasalire. Era terribile, ma mi ero scordata di lui. «So che l'ho già detto, ma ecco, volevo dirlo di nuovo. Non hai idea di quello che hai fatto per me.»

Aspettai un istante prima di fidarmi a parlare. Quel povero ragazzo era già a disagio con me. Di certo non aveva bisogno che cominciassi a singhiozzargli addosso. «Non era necessario che mi ringraziassi prima, e tantomeno che tu lo faccia ora.» Toccai la pietra calda di una colonna. «Sono felice di essere stata d'aiuto.»

In lontananza riuscivo a scorgere le Isole di Bele. Sembravano grandi, quel tanto da contenere due o tre cittadine come Punta di Spessa. Sul picco più alto dell'isola centrale notai qualcosa. Un tempio? Feci per domandarlo a Beckett, quando mi resi conto che non mi aveva risposto.

Distolsi lo sguardo dalle acque scintillanti, mi voltai e subito ogni muscolo del mio corpo si irrigidì. Beckett era sparito.

Ma non ero sola.

Accanto alla statua di Nyktos c'erano diverse persone. Uomini, perlopiù, ma anche alcune donne. Erano almeno una dozzina, tra Atlantiani e mortali. Nemmeno un singolo Wolven tra loro. Ma erano tutti vestiti allo stesso modo: pantaloni bianchi e larghi e tuniche più aderenti, senza maniche. Avevano le braccia adorne di bracciali d'oro simili a quelli che avevo visto indossare alle Guardiane a Punta di Spessa. Il loro abbigliamento, il modo in cui mi scrutavano, mi ricordarono i Sacerdoti e le Sacerdotesse di Solis.

Solo che i Sacerdoti e le Sacerdotesse non portavano armi. Invece tutti loro avevano una lunga daga sottile e dorata fissata con una cinghia che attraversava loro il petto.

Mi venne la pelle d'oca. Non riconobbi nessuno di loro, ma sapevo che cosa provavano. Emanavano rabbia, che rendeva l'aria densa, mescolandosi all'incredulità pungente che avvertii quando iniziai a capire che cosa stava succedendo. Il mio istinto si risvegliò.

«Non dovresti essere qui» disse un Atlantiano, avanzando di un passo. «Non avresti mai dovuto attraversare le Montagne di Skotos. La tua sola presenza è una contaminazione, *Vergine.*»

Quella gente sapeva esattamente chi ero.

Lanciai una rapida occhiata verso l'uscita, l'unica uscita. L'avevano bloccata, e la loro rabbia – il loro odio – continuava a protendersi verso di me, ricoprendomi la pelle come una coperta troppo ruvida e riempiendomi il fondo della gola di acido caldo. Recisi la connessione, visualizzando ogni filo che veniva tagliato finché dentro di me non ci fu nient'altro che il mio cuore in tumulto. Poi esaminai di nuovo il tempio con lo sguardo, questa volta in cerca del giovane Wolven. Non ne trovai traccia, e dentro di me fui pienamente consapevole di quello che aveva fatto, anche se non ne capivo il motivo. Quando lo avevo incontrato la prima volta era stato così allegro. Lo avevo guarito. Nessun altro Wolven era stato scortese con me.

Ma lui... lui mi aveva condotta lì. Si era offerto di accompagnarmi, e poi mi aveva abbandonata.

Abbandonata a quelle persone che non avevo mai visto o incontrato, e che tuttavia mi odiavano.

Ma loro non hanno scelto te.

La mia pelle avvampò, poi raggelò. Era una trappola. L'opportunità del momento oppure un piano studiato, non lo sapevo. E tantomeno sapevo in che modo fosse stato orchestrato... se quelle persone erano in attesa, e da quanto. Ma la realtà dei fatti non cambiava. Il tradimento, la delusione e il dolore che mi feriva fino alle ossa affondarono gli artigli affilati dentro di me. Fissai quei volti senza nome, con la sensazione che il mio petto si fosse spaccato.

Ero stata così sciocca a desiderare che questa gente mi accettasse. E così incredibilmente ingenua da cogliere quel barlume di speranza e aggrapparmici. Volevo urlare. Volevo... dei, volevo piangere. E volevo infuriarmi.

Ma non potevo.

Dovevo mantenere la calma. Era una trappola, ma loro sapevano chi ero, e questo significava che dovevano anche rendersi conto che ero la moglie di Casteel. Non potevano pensare sul serio di farmi del male. Dovevo placare gli animi. I mortali non sarebbero stati un problema. Gli Atlantiani in piedi davanti a loro avrebbero potuto diventarlo, però.

Portai comunque la mano destra nel punto in cui la tunica di lana nascondeva il pugnale Wolven. «Scusatemi. Non sapevo che quest'area fosse proibita, e non so che cosa abbiate sentito raccontare di me, ma io non sono un'Ascesa, e non ho mai scelto di essere la Vergine. Ho combattuto contro di loro a...»

«Tu sei peggio» mi interruppe una donna, e io mi resi conto che teneva qualcosa nel pugno chiuso. «Sappiamo chi sei veramente. Sappiamo come sei riuscita a guadagnarti la fiducia del principe, *Empate*. Divoratrice di Anime.»

Un'ondata di terrore mi formicolò sulla pelle. Queste persone non venivano da Punta di Spessa o da Nuovo Nido. Era stato Alastir a parlarne? Dubitavo che lo avesse fatto Kieran durante il suo breve ritorno. Al momento, però, non aveva importanza. Contava solo che Alastir aveva ragione. E anche Casteel, sebbene non lo avesse voluto dire. E io già lo sospettavo: non importava chi fossi, non mi avrebbero accolta, e mi avrebbero temuta.

E quella paura alimentava il loro odio. Il pericolo maggiore. «Non sono neanche quello» dissi, osservando la mano della donna... le mani di tutti. C'era anche un altro uomo che reggeva qualcosa. «Non sono in grado di nutrirmi di energia emotiva o di aumentare la paura. Non sapevo nemmeno che cosa fossi finché...»

«Sta' zitta, puttana» sibilò l'Atlantiano.

Sbattei le palpebre, ammutolita da quell'ingiuria.

«Sei un'ipocrita» proseguì lui. «Le tue menzogne hanno funzionato con gli altri, ma con noi non finirà così.»

«Non troverai qui quello che cerchi» disse una donna, e io ripensai subito alla voce che avevo sentito la notte precedente. «Non distruggerai Atlantia dall'interno. Potrai aver annebbiato la mente del principe, ma non ci riuscirai con la nostra.»

«Io non gli ho fatto nulla.» Chiusi le dita sotto l'orlo della tunica.

«A parte tentare di ucciderlo?» chiese un altro, mentre le nuvole si addensavano sopra di noi.

Be', era difficile difendermi da quell'accusa, e anche quella era una cosa che nessuno di loro avrebbe dovuto sapere.

«O portare un esercito di Ascesi sotto le mura di Punta di Spessa?» disse un altro, e anche da questo era difficile difendermi. «Ci sono state vittime, vero?»

Era vero.

«Gli Ascesi ti hanno fatto passare per una Vergine. Ti hanno inviata nel cuore di Atlantia» disse l'Atlantiano che aveva parlato per primo. «Noi non ti permetteremo di distruggere il nostro regno. Non ti permetteremo di distruggerci tutti, puttana degli Ascesi.»

«Non avete idea di che cosa state dicendo.» Stavo lottando contro la mia rabbia e stavo perdendo. Ero maledettamente... *ferita*, e mi rifiutavo di restare lì ad ascoltarli mentre mi accusavano di essere in combutta con gli Ascesi. Avevo *ucciso* tantissime persone per difendere Punta di Spessa. Ero stata pronta a porre fine alla mia stessa vita per proteggere quella città. «Non affermo altro che la verità, quando dico che mi dispiace per tutto quello che avete sofferto a causa degli Ascesi. Posso anche capire la vostra avversione e sfiducia nei miei confronti, ma se mi chiamerete puttana un'altra volta ve ne pentirete.»

«Per via del principe?» disse l'Atlantiano in tono derisorio. «Credi che non siamo disposti a morire per proteggere il nostro regno perfino da lui? Il principe è già perduto per noi, proprio come Malik.»

«Non avete perso il vostro principe.» Le mie dita sfiorarono il fodero del pugnale, mentre il sole si nascondeva dietro una nuvola scura. «E non è di *mio marito* che dovete preoccuparvi. Ma di me.»

La mia attenzione era concentrata sull'Atlantiano, ma mi ero dimenticata della donna, e di ciò che teneva in mano. Non la vidi nemmeno sollevare il braccio. Fu una vera stupidaggine da parte mia. Vikter ne sarebbe stato molto deluso.

Il dolore esplose, stordendomi. Annaspai, mi afferrai la spalla che pulsava e abbassai lo sguardo.

Una pietra.

Mi aveva lanciato addosso una *pietra*.

Quasi mi venne da ridere, perché avrebbe potuto lanciarmi di peggio. Per esempio, il pugnale fissato al suo petto. Qualsiasi altra cosa sarebbe stata ben più pericolosa di una pietra.

«Ahia» mi sfuggì, mentre le nuvole si facevano più scure, gonfie e pesanti. Il profumo della pioggia riempì l'aria, e in lontananza giunse il brontolio d'avvertimento dei tuoni. «Accidenti, una pietra?»

«Credi forse che abbiamo paura di te?» disse l'Atlantiano, snudando il pugnale. «Non sei una minaccia quando non ci tocchi. Sappiamo come si nutrivano i Divoratori di Anime. Sappiamo come percepivano le emozioni. Devi entrare in contatto con la carne.»

Non funzionava così. «Non mi sembra che abbiate capito proprio tutto.» Sfoderai il pugnale. Peggiorare la situazione?

Al diavolo. «Non sono io il vostro nemico, ma voi state rapidamente diventando il mio.»

«Tu non sei altro che la puttana sfregiata degli Ascesi» replicò la donna in tono calmo, mentre il tuono rimbombava più vicino, adesso.

Prima ancora che riuscissi a domandare come potevo essere, allo stesso tempo, la Vergine e una puttana, una nuova fitta mi colpì su un lato della testa, così improvvisa e stordente che barcollai indietro, lasciando cadere il pugnale. Mi resi conto in fretta che quel lancio di pietre era pensato solo per mettermi fuori combattimento e avvicinarsi. Un'altra pietra mi colpì allo stomaco, poi toccò alla gamba, alle braccia...

Un fulmine illuminò il cielo sopra il mare. Il tuono rimbombò, echeggiando tra le colonne del tempio mentre un'agonia improvvisa mi trafiggeva la fronte, colpita da una pietra che mi sfregiò la pelle, un dolore così acuto e spaventoso da farmi cadere in ginocchio. Il controllo che avevo sulle mie percezioni vacillò, poi si dissolse. Un calore umido gocciolava lungo la mia tempia, e fu come se in me si fosse aperta una grossa crepa.

Feccia degli Ascesi. Divoratrice di Anime. Puttana. Le parole mi assalivano insieme ai sassi, ma fu ciò che percepivo a infliggermi i colpi più forti.

«Basta» sussurrai.

La loro rabbia e il loro odio continuavano a colpirmi, il mio sangue cadeva sulla pietra. Non riuscivo a respirare. Le loro emozioni feroci erano una marea infinita sotto la quale sibilava un ronzio, un brusio che giungeva dal centro profondo del mio essere. La mia pelle vibrava. Esattamente come era avvenuto prima dell'arrivo dei Wolven, quando i soldati avevano circondato Casteel e me.

Qualcosa di rosso schizzò a terra, macchiando la pietra

perlacea. Altro sangue. Seguì un'altra goccia, che colò nelle crepe. Il marmo tremò sotto i miei piedi mentre nella pietra comparivano radici sottili come fragili vene, che uscirono strisciando dalla fenditura. Sbattei le palpebre per scacciare il bruciore dagli occhi, e le radici scomparvero. Un altro spruzzo cremisi precipitò giù, poi un altro, più lontano da dove mi trovavo.

Era sangue.

Ma non il mio.

Cadeva dall'alto.

Il cielo sanguinava.

45

Stordita, sollevai la testa e vidi il sangue cadere come pioggia dalla nuvola sfumata di cremisi che incombeva sopra il tempio e la baia.

Le gocce rosse schizzavano sul bianco immacolato del pavimento, inzuppandomi i vestiti e arrossando gli abiti candidi dei miei aggressori, che guardavano il cielo sbalorditi.

«Le lacrime di un dio irato» sussurrò qualcuno.

Guardai quella folla confusa di visi sconosciuti.

«È un segno» proclamò l'Atlantiano che aveva snudato il pugnale. «Vogliono mostrarci che sanno ciò che va fatto, e ciò che affronteremo.»

«Basta» ripetei.

«Per Atlantia» disse una donna. Era vicina. Una mortale con sangue atlantiano e striature cremisi sul viso. Un Atlantiano accanto a lei aveva ritratto le labbra, esponendo le zanne. Ringhiò con un astio che mi ricordò i Craven. O gli Ascesi.

«Da sangue e cenere.» L'Atlantiano sollevò la daga. «Noi risorgeremo, fratelli e sorelle miei.»

Il brusio nel mio sangue crebbe, il ronzio nella pelle si intensificò, diventando più forte di quanto avessi mai provato in passato, e un'antica sensazione di conoscenza scaturì dal profondo del mio dolore. Riuscivo a vedere con estrema chiarezza i filamenti sgorgare da me e collegarmi a ciascuno di loro. Tutto quell'odio bruciante e il disprezzo che mi ustionava, il rancore acido e la sete di vendetta dopo anni, decenni, secoli di sofferenza subito si riunirono insieme. E io li accolsi.

Li accolsi tutti dentro di me, lasciando che si riversassero in ogni vena, in ogni cellula, finché mi soffocarono, finché sentii sapore di sangue, finché vi annegai. Finché sentii sapore di *morte*, e fu dolce.

«Basta!» urlai mentre la connessione con loro – con tutti loro – crepitava di energia. I fili che erano sempre stati invisibili si fecero di luce argentea e divennero visibili non solo a me, ma anche a loro.

«I tuoi occhi» alitò l'Atlantiano con il pugnale, barcollando indietro.

Mi rialzai, mentre una luce lunare si riversava fuori da me, bagnando la pietra e tremolando nell'aria carica di energia. I tuoni risuonavano senza sosta, scuotendo il tempio e gli alberi circostanti.

«Oh, dei» sussurrò l'Atlantiano. Il pugnale gli scivolò dalle dita e cadde senza un suono. «Perdonateci.»

Troppo tardi.

Spalancai le braccia e i filamenti si contrassero. Tutto l'odio, il disprezzo, il rancore e la vendetta si intensificarono, triplicarono e poi proruppero da me, scorrendo lungo ciascun legame e tornando da dove erano venuti.

I fulmini striavano il cielo come migliaia di grida, mentre le emozioni irrancidite li strozzavano.

I capelli si scostarono dai visi come fossero stati soffiati via. I vestiti aderirono ai loro corpi. I piedi scivolarono sulla pietra, e uno dopo l'altro caddero come se non fossero stati altro che fragili alberelli spazzati da una tempesta.

E io rimasi a guardare, mentre tutta la loro meschinità e nefandezza continuava a riversarsi su di loro.

Rimasi a guardarli mentre si afferravano la testa, contorcendosi tra gli spasmi, urlando e *stridendo* finché le ossa delle loro gole cedettero sotto il loro stesso disprezzo.

E poi... nulla.

Silenzio, dentro e fuori di me. Ero di nuovo vuota: niente odio, niente rabbia, niente dolore. Vuota e fredda.

Respirai con la bocca, barcollando, mentre i filamenti argentei si dissolvevano tra le ultime scintille. La pioggia perse intensità e si interruppe, formando pozzanghere rosate sul pavimento.

Le persone rimaste sul lastricato di pietra non si muovevano, non si agitavano né si contorcevano. Rosso. C'era così tanto rosso intorno a loro che formava rivoletti fino alle pozzanghere, rendendole più scure. Giacevano immobili, i corpi contorti come se fossero stati scaraventati lì dagli dei in persona. Occhi sgranati e bocche spalancate, mani che stringevano con forza pietre o gole distrutte.

Da loro non percepivo *nulla*.

Le campane risuonarono ancora, questa volta rapidamente e senza pause tra i rintocchi, e il tempio tremò. Alle mie spalle, la pietra si crepò. Odore di sangue e terreno fertile si diffuse nell'aria. Un'ombra mi coprì, allungandosi sul pavimento come centinaia di dita fatte di nude ossa.

Mi voltai lentamente, il mio sguardo risalì lungo la corteccia spessa e luccicante e percorse i rami spogli di un albero gigantesco. Minuscoli boccioli dorati spuntarono ovunque e si schiusero a migliaia, aprendosi a rivelare foglie rosso sangue.

Un Albero di Sangue si ergeva affondando le radici nel punto in cui la mia prima goccia di sangue era caduta.

Colsi un movimento. Girai di scatto la testa a sinistra, e tutta l'aria che ero riuscita a racimolare mi sfuggì dai polmoni.

Vidi alcune agili ombre che salivano gli ampi gradini, esitavano, ispezionavano i corpi sul pavimento di pietra.

Voltarono le teste e si guardarono l'un l'altro. Coppie di acuti occhi color ghiaccio guardarono verso di me, che ero rimasta in piedi di fronte all'Albero di Sangue, ansimante. Mi irrigidii.

Dietro di loro avanzavano figure più grandi. Due. Tre. Quattro. Tante altre. *Dozzine*. Forse addirittura un centinaio. Forse di più. Ciascuna più grande di quella che la precedeva, il pelo lucente sotto il sole, mentre le nuvole si disperdevano. Avevano occhi di un azzurro incandescente come non li avevo mai visti. Con le orecchie ritte e le narici frementi avvertirono nell'aria l'odore di... sangue.

E il *mio* odore.

Riconobbi il pelame bianco di Delano e poi il mio cuore si contorse nel vedere Kieran, gli occhi innaturalmente lucenti puntati su di me, sulla luce argentea che ancora emanavo.

Avanzarono, gli artigli ticchettanti sulla pietra, scavalcando a testa bassa i caduti. Si mossero lentamente intorno a me, circondandomi e facendo largo a...

Santi numi.

Il Wolven color acciaio era grande il doppio di qualunque altro avessi visto, e alto quasi quanto me. Forse addirittura più alto. Avanzò su zampe grosse il doppio di una mia mano.

Era Jasper. Durante la battaglia di Punta di Spessa non mi ero resa conto di quanto fosse grande.

Il Wolven argenteo si fermò di fronte a me, fissando i miei occhi sgranati con i suoi dalla luce inquietante, e io fui consapevole che se fossi fuggita, o avessi cercato di afferrare il pugnale che mi era caduto per proteggermi, non sarei riuscita a fare nemmeno un centimetro.

Quella consapevolezza mi provocò un brivido e mi fece distogliere lo sguardo da Jasper, dai Wolven, per puntarlo oltre la statua di Nyktos.

Casteel stava risalendo i gradini, i capelli scuri bagnati e scompigliati come se avesse corso più veloce del vento stesso. Pallide striature rosse gli sporcavano il volto severo e mentre saliva a grandi passi teneva la testa china.

Mi resi conto, in maniera piuttosto sciocca, che assomigliava a un dio. Vestito di nero, con le spade ai fianchi e la durezza quasi brutale che era calata sugli splendidi tratti del suo volto, mi ricordava il dio Theon.

Jasper si voltò verso il principe. Gli altri Wolven smisero di girarmi intorno. Casteel aggirò un corpo, con il petto che si alzava e si abbassava per il respiro ansimante, e si fermò solo quando Jasper emise un basso ringhio di avvertimento.

Si avvicinò lentamente, contemplando me, i Wolven, i corpi e le torce accese. I suoi occhi si sgranarono quando qualcosa di simile alla comprensione gli balenò sul viso.

«Dei» mormorò. Occhi dorati trovarono i miei e li catturarono. Casteel incrociò le braccia, sfoderando le spade.

L'aria mi rimase bloccata in gola mentre un senso di oppressione mi serrò il petto, stritolandomi il cuore.

Casteel non era venuto da solo.

Altre persone stavano salendo i gradini. Naill. Emil. Alastir. Volti familiari. Altri senza nome. I sensi dentro di me presero vita, percependo... paura, soggezione e così tante emozioni diverse che temetti di rimanerne travolta di nuovo, e che avrei...

Neanche lo sapevo, che cosa avevo fatto.

Dagli altri Wolven giunsero ringhi quando altre due persone raggiunsero la cima delle scale, seguite da molte altre vestite come quelle che giacevano a terra, le spade d'oro snudate. Avrei dovuto preoccuparmi, ma furono i due entrati prima di loro a catturare la mia attenzione.

Un uomo alto, biondo, dalle spalle larghe e con una tunica bianca macchiata dalla pioggia di sangue. Il taglio della mascella, il naso diritto e gli zigomi alti mi erano dolorosamente familiari. Si fermò bruscamente, portando la mano alla spada che aveva al fianco.

«Impossibile» alitò la donna al suo fianco, che aveva capelli di onice lucente legati mollemente alla base del collo. Anche la forma dei suoi occhi e della sua bocca mi era familiare, ed era bellissima: mozzava il fiato quanto l'incredulità che emanava.

Anche senza le somiglianze, le corone fatte di osso sbiancato e contorto mi avrebbero rivelato chi erano.

La Regina Eloana si premette una mano sul corpetto del suo semplice abito color lavanda, senza maniche... un abito macchiato dalla pioggia caduta poco prima. «Hawke...»

Il bagliore argenteo che mi circondava si ritrasse e svanì, rientrando nella mia pelle, mentre un tremito mi scuoteva tutta.

«Che cosa hai fatto?» chiese lei, avanzando con occhi ardenti quanto quelli del figlio. «Che cosa hai riportato?»

«Non è troppo tardi» parlò Alastir, facendomi sussultare. «Non è troppo tardi, Eloana...»

«Sì.» Lo sguardo della regina tornò su di me, sui Wolven che mi circondavano, e infine su suo figlio.

Spostai gli occhi su Casteel. Se ne stava lì, a non più di tre o quattro metri da me, che sembravano però una distanza impossibile, un abisso invalicabile.

Era lì.

Hawke.

Casteel.

Il Principe di Atlantia.

L'Oscuro.

Mio marito.

Il mio *cuore gemello*.

Casteel si abbassò su un ginocchio, incrociò le spade sul petto e poi chinò la testa nella V creata dalle lame mortalmente affilate. Trascorse un istante, e un tremito del mio cuore, poi lui sollevò il mento quanto bastava a guardarmi.

I Wolven si accovacciarono, a testa china, ma stirarono le labbra ringhiando quando le persone alle spalle del re e della regina avanzarono in silenzio.

«Sì, è troppo tardi» disse di nuovo sua madre, alzando le mani e chiudendo le dita sulle ossa contorte.

La Regina Eloana si tolse la corona, e a occhi sgranati la osservai posarla sul pavimento del tempio, ai piedi della statua di Nyktos.

Con una folata d'aria, le fiamme che emergevano dalla torcia di pietra ruggirono, oscillando e danzando al vento. Le altre torce fecero lo stesso, i fuochi si accesero, e le ossa della corona scintillarono. Il loro bianco scolorito si crepò, scivolò via e si ridusse in cenere, rivelando le ossa dorate sottostanti.

«Abbassate le spade» comandò la regina, sollevando il mento mentre si inginocchiava, nonostante la rabbia violenta e impotente che riempiva lo spazio intorno a lei, una rabbia che aveva il puzzo di una paura antica finalmente concretizzata. «E inchinatevi di fronte... all'*ultima* discendente dei più antichi, colei che reca in sé il sangue del re degli dei. Inchinatevi di fronte alla vostra nuova regina.»

Ringraziamenti

Non stringereste tra le vostre manine (si spera) ansiose questo libro se non fosse per la fantastica squadra della Blue Box Press e tutti coloro che hanno avuto un ruolo nel prepararlo. Grazie a Liz Berry, Jillian Stein, MJ Rose, Kimberly Guidroz, Chelle Olson, Jenn Watson, Kevan Lyon e Stephanie Brown. Un enorme grazie va ai JLA Reviewers e ai JLAnders, perché sono i lettori più gentili, straordinari e solidali che esistano. Ultimo, ma non meno importante, grazie a te, lettore. Niente di tutto questo sarebbe possibile se non fosse per te.

Questo volume è stato stampato nel luglio 2022
presso Grafica Veneta – Trebaseleghe (PD)